T0279635

TIEMPO DE TINTA Y CENIZA

TIEMPO DE TINTA Y CENIZA

Lidia Herbada

Papel certificado por el Forest Stewardship Council®

MIXTO
Papel procedente de
fuentes responsables
FSC® C117695

Primera edición: julio de 2022

© 2022, Lidia Herbada
Publicado por acuerdo con su agente Editabundo Agencia Literaria, S.L.
© 2022, Penguin Random House Grupo Editorial, S. A. U.,
Travessera de Gràcia, 47-49. 08021 Barcelona

Printed in Spain – Impreso en España

ISBN: 978-84-666-7280-1
Depósito legal: B-9.625-2022

Compuesto en Comptex&Ass., S. L.
Impreso en Black Print CPI Ibérica
Sant Andreu de la Barca (Barcelona)

BS 7 2 8 0 1

A mis padres

Primera parte

1

Y tantas manos que han encerrado besos,
y tantas cosas que quiero olvidar

PABLO NERUDA

En la madrugada del 19 de enero de 1935, un gran estruendo reventaba los oídos de quienes vivían próximos al acueducto. El Viaducto de Madrid, tan sólido, se había hundido y tambaleaba los cimientos de las vidas de las hermanas Galiana.

Uno no entiende la vida de los adultos hasta que se hace mayor. De pequeños no comprendemos los actos de nuestros mayores, que aprendemos a interpretar a medida que crecemos y, entonces, llega el día en que los aborrecemos. Y en ese instante, solo en ese instante, uno repite los mismos movimientos, cayendo en los mismos errores. No somos más que una fila de botones parejos expuestos en el mostrador de la calle Carretas. La familia en la que naces, el tiempo, el lugar pueden marcar la vida de una persona. Dicen que la felicidad está hecha de un solo instante, y nosotros lo que más tememos es saltarnos ese preciso momento en el que podemos ser felices.

El griterío en el colegio al llegar al barrio de Argüelles la devolvía a los años de infancia, cuando jugaba a las muñecas con su hermana en la calle Sagasta. Ambas se tiraban del pelo, y no había dolor. Ahora el juguete y la golosina no servían de nada. Su madre las había protegido de todo mal con los abriguitos, lazos, sombreros, guantes, pero un día las niñas crecieron y decidieron su propio destino. A Carmen ya no le valía pasar las horas en el balcón tejiendo, con agujas largas, un punto del derecho y un punto del revés. La madeja se desmadejaba y parecía que quisiera escapar. Y vaya si lo hacía. Escapaba a un mundo nuevo en el que las letras se juntaban para dar forma a la poesía. Escapaba a conferencias en el Lyceum Femenino, donde escuchaba a Victoria Ocampo, la escritora argentina que impartía charlas sobre Harlem; mujeres así le demostraban que había otra vida al cruzar el charco. Escapaba a la Residencia de Señoritas y conocía a María de Maeztu, que con su cuerpo menudo podía levantar a todo un salón. Gracias a ellas, las mujeres no se vieron obligadas a alojarse en pensiones de mala muerte para poder estudiar, por fin contaban con un lugar decente en el que subsistir.

Tuvo también la gran suerte de ver por primera vez en escena *Yerma*, el drama lorquiano, con una de sus grandes actrices, Margarita Xirgu, de quien recordaba aquel texto que invitaba a «dejar el ramo de azucenas y meterse en el fango hasta la cintura para ayudar a los que buscaban [buscan] las azucenas». Aprendió que a la mujer le importaba mucho más el mundo de fuera que estar pendiente de perfilarse las cejas cuidadosamente depiladas, o de ladearse el sombrero. Escapaba por una ventana abierta y entonces encontraba un jardín repleto de azucenas.

Había nacido en una familia muy diferente a ella, o quizá ella era la diferente. Lo que sabía es que desde muy joven no encajaba en la sociedad que le había tocado vivir. Se percató de ello el día en que leyó el *Romancero gitano* en uno de los bancos de la Cuesta de Moyano y una corriente de emociones nuevas recorrieron su cuerpo. Desde ese momento supo que había alguien que podía explicar su mundo con versos. Alguien desconocido era capaz de poner nombre a todo lo que callaba su corazón. Le sorprendía que una persona ajena a su entorno supiera más de ella que su propia familia, lo que le provocaba un inmenso dolor. Pero, en lugar de quedarse cosiendo en la máquina Singer, optó por huir y unirse a una nueva familia. Una elegida por ella. Una alianza de intelectuales se había formado en torno a su corazón.

Aquella noche no pegó ojo, la habían invitado a pasar una velada en un sitio muy especial, la Casa de las Flores. Todo el mundo hablaba de ese edificio y de las manos prodigiosas del arquitecto Zuazo, que había construido algo muy diferente en el centro de Madrid. Estaba a medio camino entre la modernidad y la tradición. Se dirigió hacia ella, con el corazón en vilo, consciente de que iba a ser una de las tardes más importantes de su vida. Su amiga Aurora Casas no podía acompañarla, y eso la divertía aún más. Se sentía una chica rebelde rompiendo con lo que los demás esperaban de ella. Por fin descorría las cortinas de la vida sin el dolor de lo perdido. Ya no se veía forzada a medir las palabras o a cruzar las piernas como ellos querían que las cruzase. A veces, no nos salvaban las personas, nos salvaban los lugares, pero es verdad que, en esos mismos lugares, había personas que también nos salvaban.

Llegó a la calle Princesa con un aire de chica pizpireta, adorablemente bella y graciosa, con su larga melena rubia recogida con una horquilla de concha que dejaba caer unos mechones por el lateral de los hombros. Esta vez no la recorría para coger el tranvía y acudir a Parisiana a patinar con su gorro de lana hasta las orejas. De hecho, no lo había vuelto a pisar desde aquel momento en el que la vida había dejado de tener sentido. Ahora vislumbraba otro mundo bajo sus pies. El destino le daba otra oportunidad. Quería zambullirse en otras charlas, en otros cafés y olvidar esos ojos chispeantes que le perseguían desde hacía algún tiempo.

Madrid estaba tan vivo que invitaba a ello. Carmen observaba cómo cambiaba su ciudad, le gustaba formar parte de ello: hablar con el vendedor ambulante, con el perro que la miraba embelesado e incluso con el transeúnte que pasaba por su lado.

La calle estaba llena de señoras con sus cabritillas sobre los hombros, y señores con sombreros de ala paseaban periódico en mano por alguna de las anchas avenidas, sorteando la locura del tráfico de viandantes. Parecía que nadie quería quedarse ni un solo día en casa, y mira que la situación no invitaba al chato, pero aquí en Madrid la gente era jacarandosa, le gustaba salir y deambular por las calles. Carmen miró de soslayo la esquina, cuántas tardes tomó café en esos soportales, entrelazando sus manos con otras manos que sostenían miradas furtivas. Un deseo que sabía que tenía que apagar, y qué mejor que sofocarlo con la excitación de gente nueva.

Cruzar la calle se convertía en una odisea; ese mismo año el ayuntamiento había tenido la brillante idea de quitar los semáforos, pretendían que los ciudadanos se rigieran por las normas tradicionales de tránsito y estacionamiento. Carmen se deslizó entre los coches y estos se detuvieron a su paso bajando la ventanilla. Era una mujer diferente al resto, no llevaba sombrero de rafia ni chales de batik, no solo era bonita, sino que dejaba escapar una impronta de seguridad, y eso resultaba cautivador para el género masculino. Transmitía una alegría sincera, nunca mostraba sus tristezas más profundas, era sin duda una mujer bella y natural con un mundo interior rico. Con las esposas hablaban, pero con ella las conversaciones subían a un estadio superior: se podía dialogar sobre el último estreno en el Teatro Calderón, el quinto gabinete Lerroux o la nueva sala del Museo del Prado.

Todo en ella era fascinante; una mujer ilustrada que volvía locos a los hombres sin el menor esfuerzo. Ellos advertían que sus manos no estaban dedicadas al arte de la aguja. Al pasar por su lado, se oía siempre una ruidosa algazara. Veían a una mujer libre, y eso era la fuente de atracción más poderosa que había en el mundo.

Los pocos coches pasaban de largo, pero cuando veían la imagen de Carmen reflejada en los capós, paraban con aires lisonjeros para cederle el paso. Tenía algo que los enamoraba, una dulzura natural. Sus piernas terminaban en unos tobillos finos y sus andares desprendían ligereza. La raya de sus medias esbozaba la línea de una vida vertiginosa. Sin duda era una de las mujeres más bellas de su época. Una guapa interesante, de las que no se daban cuenta del huracán que provocaban a su paso, lo que la dotaba de un encanto especial. Su físico no encajaba con su manera de ser: mujer de aspecto frágil y delicado, pero con alma y sed de aventura. Un camaleón en mitad de la jungla de aquel Madrid de la época que podía hacer suspirar a tantas almas como se propusiera.

Llegó hasta la calle Gaztambide, ya se respiraba el aroma de las flores y la cultura que emanaba de aquel edificio. Su corazón latía con fuerza, por fin empezaba a vivir. Desde la terraza, se podía atisbar la ciudad repleta de cafés, de bullicio, de caminatas, de amigos, de tertulias culturales, de calles de esparteros, de toneleros. El Madrid cultural estaba en ebullición. El cine americano había llegado a los carteles de la Gran Vía y se podía ver a la Garbo en *La Reina Cristina de Suecia*; o a la Stanwyck en *Siempre en mi corazón*. En el teatro Fontalba estaban *Los Hermanos de Betania* con Martínez Kleiser y Del Palacio, y en el Calderón, *Luces de verbena*.

Ese Madrid que vencía al Núremberg por 2-1 era una fiesta fuera. Pero las casas tenían pasillos de mármoles fríos y suelos de linóleos que provocaban las grietas. La ciudad también era muchas otras cosas. El Gobierno, o mejor dicho el abanico de los Gobiernos, no paraba de airear políticos de un lugar y de otro. La tasa de desempleo estaba haciendo mella, lo que provocaba numerosos altercados. Pero en el exterior la cosa no mejoraba: Hitler rompía el Tratado de Versalles, los aviones italianos comenzaban a bombardear ciudades de Abisinia y, en aquel caos político, el avión de Gardel se estrellaba dejándonos sin su comparsita.

Madrid era una olla exprés, y el corazón de Carmen, la válvula a punto de estallar por los aires. Tenía sed por conocer a uno de los hombres más carismáticos del panorama cultural al que habían cedido la cartera de cónsul en Madrid, tras abandonar Gabriela Mistral la ciudad por asuntos desleales. Dicen que los aires de cónsul no le distanciaban de la gente, sino todo lo contrario. Mantenía una mente abierta y cordial, lo mismo hablaba con el embajador como con el chico que despachaba fruta en el mercado de Argüelles, donde cada día elegía personalmente los tomates más frescos. En el último año había rogado mediante cartas a Carlos Morla-Lynch, consejero de la Embajada de Chile, venir a Madrid, y este movió cielo y tierra para traerle. Estaba harto de Java, de su clima, y quería estar tranquilo en la capital de España junto a su mujer y su hija. Aquí iba a encontrar lo que tanto ansiaba, lo que Carmen también anhelaba. Cultura a raudales a horas intempestivas en diferentes lugares, ya fueran casas, cafés o algún improvisado rincón de la ciudad. La gente quería saciarse de cultura y poder charlar sobre Góngora, Unamuno u Ortega con semejantes. Lo importante era detectar a esas personas afines y juntarlas una noche. Entonces Madrid explosionaba. Carmen lo había experimentado unos años antes por primera vez, y dicen que la primera vez que un poema toca el alma, uno ya se vende al diablo de su creador.

La Casa de las Flores era un lugar exclusivo, un espacio donde se juntaban diferentes artistas, escritores, pintores, grabadores, escultores, mentes prodigiosas reunidas bajo la figura de aquel hombre del que todo el mundo hablaba, del señor don Pablo Neruda. La elección de su casa no fue fácil, después de mirar un buen número por la zona de Argüelles quedó prendado de la Casa de las Flores. Un edificio singular, cuya construcción fue encargada por el Banco Hispano Colonial al gran arquitecto del momento, Zuazo, quien ya era reconocido por haber creado Nuevos Ministerios y el Palacio de la Música. La Casa de las Flores contrastaba con las casas madrileñas que rodeaban el barrio de Argüelles: ni un solo balcón; en su lugar, una cascada de diferentes terrazas cortadas en forma de peldaños de escaleras que daban a un gran patio de manzana donde crecían en libertad diferentes árboles. La casa se llenaba de cultura, vino, cante, arte y de todo lo bonito que traía siempre la creatividad, de libertad en definitiva.

Carmen sentía un gran nerviosismo. Tenía tanta curiosidad por conocer el sitio como al hombre ilustrado. La casa estaba bordeada por arcos y grandes soportales, donde a veces, si hacía buen tiempo, los artistas bajaban y charlaban sentados en los barriles.

La Casa de las Flores ocupaba toda la manzana. Lo más llamativo sin duda era su estructura, parecía un edificio metido en otro edificio, como esas muñecas matrioskas que albergan a otras más pequeñas, y de él emanaba un olor a geranios que se extendía por toda la calle. Un loro en la esquina daba la bienvenida cada vez que se acercaba alguien. Enredaderas de plantas recorrían las barandillas. Los edificios colindantes eran grises, pero este tenía una tonalidad de rojo vivo gracias a la cerámica San Antonio, que al licuarse con los primeros rayos del sol se convertía en una explosión de color en la esquina de Hilarión Eslava.

Carmen dejó el sombrero en el recibidor, quería entrar sin que nada la atase, su corazón estaba hecho un nudo y ya nadie podía deshacerlo. El edificio contaba con inmensos portales distribuidos en diferentes arcos, y no sabía por dónde acceder. Era un espacio laberíntico, aun siendo abierto al público se cerraba como lo hace la cultura. Por la calle Rodríguez San Pedro, los números setenta y setenta y dos. Por Hilarión Eslava, los números seis, cuatro y dos. Por Meléndez Valdés, el cincuenta y nueve y el setenta y uno. Por Gaztambide, el diecisiete, el diecinueve y el veintiuno.

Extrajo del bolsillo un papelito doblado y leyó: «Hilarión Eslava, quinto piso». Sacó a continuación el encendedor de plata art déco de la marca Dupont que tenía un reloj incrustado, las horas ya no marcaban igual. Se acordaba de aquella tarde en la verbena de la Paloma, cuando se impregnó de su aroma y se sintió tan libre como una antorcha al viento. En ese instante un escalofrío le recorrió el cuerpo y le encogió el alma. Tomó el encendedor entre las manos y lo acarició. Abrió una cajetilla, escogió un cigarro y lo golpeó dos veces sobre la misma. Con aire coqueto colocó su uña pintada entre los dientes, dio dos caladas, una más lenta que otra, saboreando el deseo que había crecido en la ausencia. Lo tiró al suelo enfadada consigo misma y lo pisó con su tacón de aguja matando el deseo de volver a verle. Se atusó el pelo, se desprendió de la horquilla y lo ahuecó con gracia. Intuía que en esa casa olvidaría todo lo que amaba y le causaba tanto dolor.

Llevaba un vestido de crespón de China rojo que le sentaba admirablemente bien y destacaba con su melena rubia. Una estrella de cinco puntas ondeaba en una bandera roja y azul que le daba la bienvenida. Sentía que había llegado a Chile y que todos la estaban esperando. Una miríada de pájaros cruzaba el cielo en ese instante. El corazón de Carmen estaba a punto de saltar. Al entrar, varias niñas empujaban a otra que iba montada sobre una bicicleta, y dos vecinas discutían desde el altillo con otra del bajo sobre los vertidos de agua; se respiraba un ambiente de corrala.

Una mujer que fregaba el rellano la saludó muy amablemente.

—Viene usted a la casa de los hombres cultos, ¿no?

El ascensor estaba estropeado así que Carmen subió hasta el quinto piso con esfuerzo y la lengua fuera. Por la escalera se abrían pequeños ventanucos que daban al exterior y desde allí se veía a la gente paseando tranquilamente; mientras un abuelo ayudaba a su nieto a subir a un banco, otra mujer tejía concentrada en la tarea y unos niños jugaban con sus soldaditos de plomo. Sentía que el ambiente de aquella comunidad era mágico y que la había estado aguardando durante años, y ahora llegaba el momento de brotar como uno de esos geranios de la casa.

Llegó hasta la puerta. Un timbrazo resonó al otro lado con especial musicalidad. Tardaron tanto en abrirla que Carmen perdió la noción del tiempo, todavía podía percibir las manos de él rodeándole la cintura y el aroma de su piel palpitando en su cuello.

Al levantar la cabeza vio a un señor alto, grande y de manos inmensas que le dio la bienvenida fundiéndola en un gran abrazo. Su voz hueca y profunda retumbaba en la escalera.

—Mi nombre es Pablo Neruda. ¿Tú eres la que nos va a inmortalizar con alguna foto? Te estábamos esperando, como decís por aquí, como agua de mayo.

Carmen se quedó algo desconcertada porque no llevaba la cámara. Pensó que tal vez debería irse, que allí no necesitaban su presencia. Pero Pablo enseguida soltó unas grandes carcajadas, que inundaron la escalera, y la acogió como a una más con su aire campechano.

—Comer, beber y ganas de declamar. Hoy no es día de trabajo, mujer —dijo a la vez que bajaba una silla de uno de los armarios y la desplegaba para ella—. Creo que conoces a todos. Rosales, el pintor, que lleva ya media botella de vino. Rafael está en la terraza dando de comer a una paloma. Su mujer, la bella dama, está en la esquina. Manuel, el que lleva dos horas escribiendo algo tan importante que no nos hace ni caso. Huidobro, el que levanta las palabras que creíamos muertas. Mi gran amiga y compatriota, Lola Falcón.

Esta última se levantó y la invitó a sentarse en el sofá. Carmen interrumpió con viveza.

—Yo creo que a alguno de vosotros os he visto en casa de Morla-Lynch y Bebé hace algunos años, en su piso de Alfonso XII. A Manuel, seguro. Creo que su mujer lo acompañaba aquel día.

Manuel, que escuchó su nombre, levantó la mirada y asintió.

—Sí, yo estuve con mi mujer Concha. Hoy está indispuesta. Me disculpo en su nombre —dijo Manuel Altolaguirre hablando de Concha Méndez.

María Teresa León, la mujer de Rafael Alberti, se levantó. Era sin duda una de las mujeres que más brillaba, con cara de niña mona, pero con unos ojos voraces que a Carmen enseguida le llamaron la atención.

—Me encantaría presentarte a Rafael, pero él y sus animales... Ahora mismo debe de encontrarse en la terraza cazando alguna paloma para sacar en su próximo espectáculo. Y vendrá en el momento menos inoportuno, como un moscardón.

Carmen se echó a reír. Enseguida congeniaron y comenzaron a charlar. Los temas se disparaban como escopetas de feria. Hablaron de todo, de cómo estaba Madrid en aquel momento. La situación parecía tensa, pero nadie se esperaba que muy pronto estallara en mil pedazos.

—¿Dónde vivís en Madrid?

Teresa se encogió de hombros.

—Por primera vez estamos en un sitio fijo, en la calle Marqués de Urquijo. La casa es espaciosa, con grandes ventanales, perfectos para escribir, y a un paso del paseo Rosales para tomarnos en cualquier momento una horchata. A Rafael le encanta ese paseo. —Y añadió—: Tienes que venir un día con nosotros. Nos han dicho que haces unas fotos fantásticas, que captas la esencia del que te mira desde el otro lado del objetivo.

—Vaya, no sabía que era tan conocida.

—Me habló de ti Maruja Mallo, la pintora.

—Sí, hemos salido juntas, incluso hemos ido de feria. Qué bien lo pasamos. —Sintió que se ahogaba recordando aquella plaza de San Andrés y esos farolillos que daban luz a su alma.

—Todo el mundo piensa que Madrid es el mar, pero es una pequeña charca.

—Donde hay demasiadas ranas —agregó Rafael, mientras desde atrás las cogía por los hombros.

—Mira, ya está aquí el desaparecido. Rafael, te presento a unas de las mujeres más creativas de Madrid, Carmen Galiana.

Carmen era, sin duda, una mujer con carisma, inteligente y llena de ingenio. Pero se sentía algo intimidada ante tanto esplendor, no era del todo ella. Los ambientes en los que estaba acostumbrada a moverse tenían mucho más de encorsetados y desde luego la gente no se mostraba tan natural y amigable. Se notaba extrañamente cómoda. Entre la excitación del momento, la novedad y el elenco de personalidades importantes concentradas en esa habitación, le costaba ser ella misma, aunque poco a poco se iba soltando.

Un detalle importante que contribuyó a su relajación fue liberar uno de los pies del apretado zapato.

—Déjame tu abrigo. —María Teresa se lo arrebató de las rodillas de forma amigable. A continuación la imitó y se quitó los dos zapatos—. Es una maravilla descalzarse. Si no lo hubieras hecho tú primero, creo que hubiera sido yo. Los pies deberían estar siempre desnudos, no somos cenicientas que buscan a su príncipe.

—Vengo andando desde la calle Sagasta y de verdad que no podía más.

—Acompáñame a la cocina y así me ayudas con algún canapé más. Estos, como verás, no paran de comer, y si viene luego el esperado a tocarnos alguna canción al piano va a necesitar un buen plato de jamón.

Se quedaron a solas en la cocina, que tenía una fresquera que daba al patio de manzana, sirvieron algún refresco y una botella de vino. Carmen partió algo de jamón y María Teresa echó dos hielos en su vaso y añadió un refresco. Estos quehaceres facilitaron que la reciente invitada se relajara un poco.

Le parecía fascinante charlar con alguien con quien se podía hablar de todo, que había nacido en un ambiente militar y burgués en una ciudad pequeña como Burgos. Una mujer que rompía barreras, había dejado a su marido y una vida idílica para arrastrarse en el abismo poético de un hombre como Alberti.

Salieron a respirar aire fresco a la terraza. Era inmensa, daba la vuelta al edificio.

—Menudas vistas.

Las dos mujeres miraban el horizonte. Carmen, apoyada en la balaustrada, no se contuvo y sintió la necesidad de expresar su admiración.

—Todos hablan de tu valentía. De tu viaje a la Unión Soviética para asistir al Primer Congreso de Escritores Soviéticos. No sabes cuánto te envidio. Me gusta esa capacidad de ir de un lado a otro sin que nada te detenga, como si la escritura no tuviera un lugar para quedarse.

—Eso me enseñó mi tío Ramón Menéndez Pidal. Siempre me decía que uno debe luchar por los ideales desde cualquier lugar del mundo.

—Creo que yo soy más miedosa.

—El miedo se calla, no se habla, creo que se mastica. ¿Y a qué le temes?

—A olvidar y no guardar fidelidad a mis ideales. A anteponer a mi vida alguien que arrase la mía —respondió Carmen alisándose el pelo.

—Yo también tengo el mismo miedo. Una vez Rafael me preguntó si sería capaz de dejar todo por él.

—¿Y qué le contestaste?

—Siempre que lo dejase él primero.

Carmen se sonrió entre confidencias y canapés. Pablo entró con una bandeja de jamón serrano recién cortado. Y cogiéndoles de los hombros les dijo:

—Venga, chicas, que se enfría. ¿Os conocíais?

—María de Maeztu me habló muy bien de ella.

—¿Cuándo habla mal María de alguien? —rio María Teresa León.

Aquel ambiente de gente nueva traía a Carmen una ilusión perdida. En el centro de la mesa Pablo se disponía a hablar, agitando una cuchara contra un vaso. Un encantador de serpientes, un hombre que conectaba los hilos de todos sin que los vieran. Pasaba la puntada entre sus piernas y les amarraba allí con él, mientras las horas transcurrían.

En un rincón de la sala se hallaba Manuel Altolaguirre, tomando notas, corrigiendo y editando para el primer número de la primera revista que iban a lanzar, *Caballo Verde*.

El interior de la casa se mostraba desnudo. Había un sillón al fondo y sillas de madera carcomidas por el paso del tiempo, tal vez tomadas prestadas de alguna mudanza. Había corriente, las puertas estaban abiertas y se podía escuchar el tintineo del tranvía al pasar. Pablo Neruda, el autor de *Residencia en la tierra*, tenía una repisa repleta de souvenirs de diferentes países, entre ellos una colección de elefantes con las trompas hacia arriba.

—Siempre he creído que el elefante trae suerte a mi casa.

El salón era muy amplio, Neruda había tirado un tabique para hacerlo más grande. Con las sillas de madera descolocadas parecía una reunión informal y en la mesa se apreciaban varias botellas de vino abiertas, algo de queso y un poco de jamón. No sabía cómo había podido dormir aquella noche, era consciente de que le aguardaba algo importante, pero ahora que se encontraba allí con ellos su corazón se desbocaba. Neruda levantó su copa.

—Quiero daros las gracias por hacer de Madrid mi casa de acogida. Estoy feliz y también aterrorizado por todo lo que puede venir. Pero os digo una cosa, mientras haya poesía nada ni nadie nos amedrantará.

—¡Viva la poesía! —gritó un joven Rafael Alberti enfervorecido. A su lado estaba la mujer de belleza arrebatadora acariciándole el cuello.

Rosales se acercó hasta Carmen.

—Este tipo va a hacer algo grande y nosotros vamos a estar aquí para verlo —proclamó con total convencimiento.

Neruda, enérgico y alegre, relataba algunos secretos de cónsul, mientras paseaba por el salón con su gran oratoria y su carisma fuera de lo normal. Las paredes de aquella casa estaban repletas de máscaras asiáticas traídas de sus viajes. Su mujer deambulaba por allí, pero apenas ponía atención, se hallaba absorta en los lloros de la hija, que padecía hidrocefalia.

Una mujer encantadora pero reservada. Los callados siempre esconden lo que gritan otros a voces, y en la mirada de esa mujer se podía ver dolor. La hija de los Neruda lloraba a ratos en el cuarto de al lado. Maruca, su mujer, no hacía más que levantarse para atenderla. Unos días antes, les había visitado Vicente Aleixandre y había quedado horrorizado al ver a la pequeña.

Neruda se levantó.

—Quiero leeros algo que he escrito, espero que os guste.

Y entonces comenzó a declamar. Todos sintieron una enorme transcendencia en ese momento, porque sin duda sabían que tenían ante ellos a uno de los poetas más importantes de su generación.

> *Pero no penetremos más allá de esos dientes,*
> *no mordamos las cáscaras que el silencio acumula,*
> *porque no sé qué contestar:*
> *hay tantos muertos,*
> *y tantos malecones que el sol rojo partía,*
> *y tantas cabezas que golpean los buques,*
> *y tantas manos que han encerrado besos,*
> *y tantas cosas que quiero olvidar.*

Su voz era engolada y potente, todos callaban, estaban absortos, protegidos en esa casa con olor a flores. Cuando terminó de recitar, Neruda tiró la hoja al suelo y la corriente la llevó debajo del sillón.

Carmen no pudo contenerse, una lágrima rodó por su rostro, como si las ruedas del tranvía se separaran de los rieles. Y entonces se acordó de él. Recordó esos rincones oscuros, que es donde había más luz, cuando en el silencio se lo decían todo; de los largos paseos por Las Vistillas, cómo se arropaba dentro su chaqueta y sus brazos la cobijaban. No había más mundo que él. Ella, que había dejado atrás una miríada entera de pájaros, le echaba de menos. Sería mejor que el aire le hiciera olvidar. No hay nada más doloroso que hallarse en un lugar donde se disfruta y que la persona a la que amas no esté a tu lado para vivirlo. Salió a la terraza y se sujetó a la barandilla con fuerza. Miró hacia la acera y sintió vértigo. De nuevo metió la mano en el bolsillo y acarició el encendedor, por una extraña razón buscaba el consuelo en aquel objeto material, quizá como si aquello la devolviera a lo vivido.

Detrás de ella salió Delia del Carril, una mujer con acento argentino. Le ofreció un pañuelo. Era una mujer serena, culta, parecía la madre de todos. Tal vez les llevara más de veinte años, pero no lo parecía por la piel, sino por la manera de comportarse.

—No he podido evitar observar cómo te emocionabas. No hay seres que merezcan nuestras lágrimas.

—Gracias, eres muy amable. No suelo emocionarme en público.

—No está bien visto. Mira estos geranios. Uno no tiene que detenerse en las plantas que están en la terraza.

La tomó de la barbilla y le dirigió la mirada hasta el horizonte, donde podía descubrir una de las vistas más impresionantes de Madrid. Podía divisar la ladera del Manzanares con un atardecer que parecía que ardía en llamas.

—Gracias por levantarme la barbilla.

—A mí también me gusta contemplar los geranios. Pero a veces hay que enfocar más allá, porque cuando uno mira hacia arriba dejan de importarle muchas cosas.

—¿Llevas mucho con ellos?

—Un tiempo largo, sí. Y la verdad es que uno se queda donde le acogen. Con Pablo me llevo más de veinte años, pero entiendo cada gesto, cada palabra suya como si perteneciéramos a la misma generación. Paso mis días en esta ciudad tan maravillosa yendo a perfeccionar mi pincel en la Academia de San Fernando o con estos locos. Les debo tanto... sobre todo al matrimonio Alberti. Y bueno, también a Pablo. Se han portado muy bien conmigo, haciéndome sentir una más en esta gran familia. Aquí nunca te sentirás sola, pero en tu pequeña isla —puntualizó, señalando su corazón— puede que sí.

Un silencio revelador sobrevolaba el ambiente.

Neruda salió a la terraza, pálido, descuidado, con los ojos brillantes. Tenía los pantalones anchos y llenos de papeles, apareció como si las hubiera estado escuchando; era un ser omnipresente, estaba pendiente de todos y de todo. Encendió un cigarro y miró a Delia de una manera diferente. Como si ella fuera lo más preciado de aquel lugar entre los souvenirs. Y entonces también Carmen pudo entender a Delia. Neruda se marchó, sabía que la conversación terciaba entre asuntos de mujeres.

—Es difícil, Carmen, amar en lo prohibido —dijo Delia—.No sé qué pude ver, o sí. Morla-Lynch lo definió a la perfección, yo no lo hubiera descrito mejor: «Su voz lenta, monótona, nostálgica, como cansada, pero sugestiva y llena de encanto». Recuerdo cómo lo conocí. Vino un día al bar Correos y me puso su mano sobre mi hombro y entonces sentí que había llegado a casa. Ahí donde le ves, tan rudo, le da miedo el ruido de Madrid y los tranvías. ¡Ah! Y es un apasionado del tenis. Qué difícil cuando hay una red que separa a las personas.

Hablaba de él con una delicadeza extrema. Carmen escuchaba con atención, entendía muy bien las palabras de Delia del Carril, no podía ocultar lo evidente. Ella sentía esa red en su mundo.

—No sabes cómo te entiendo. Uno no quiere, pero cuando le llevan al cuarto de la luz roja y comienza a ver cómo se revela la foto, se produce un pequeño milagro, y entonces ya no quiere salir de allí y ver la luz natural. Te ciega más la luz de fuera que la de dentro.

—Has descrito muy bien lo que es la dicha, se nota que eres

fotógrafa y estás muriendo de amor. Seguro que podrías escribir, no todo el mundo tiene una sensibilidad especial al arte.

—He escrito algún pensamiento, pero soy una aficionada. Lo mío es mirar por el objetivo. Captar ese instante en el que la persona se halla más en su mundo, más despistada que nunca, entonces es cuando es más ella. Sobre morir de amor, estoy aprendiendo a olvidarle.

—Eso es otro arte. Entremos adentro. Parece que la niña de Pablo está llorando y se va haciendo tarde. A Pablo le cuesta mucho sobrellevar la enfermedad de su hija; creo que le pasa como a ti, la poesía y la fotografía nos esconden y nos salvan. En el fondo no deja de ser un niño al que le dan miedo las responsabilidades.

—Delia, no pares de mirar por encima de los geranios.

—Creo que todos somos un poco Pablo. Cuando nos tocan algo nuestro, tampoco queremos exponerlo. Si no te importa, voy a ver si ayudo a recoger un poco la casa. Al final vamos a terminar antes de lo previsto. El esperado no ha venido. Y sin él, a la fiesta le falta alma.

—¿A quién esperabais?

—Al chico de Granada.

Al entrar Rosales dijo:

—Hormiguita, cierra la ventana, los de dentro estamos con frío.

—¿Te llaman así?

—Es una larga historia. Muchos dicen que es por mi tamaño, aunque yo prefiero pensar que es porque escarbo bien en la arena y puedo pasar desapercibida.

Aquella noche comprendió muchas cosas; entre ellas, que debía buscar una vida propia, que no podía seguir pensando en algo que no conducía a nada, que los pecados y culpas se quedaban en un baúl. Supo de la existencia de mujeres con inquietudes, con vidas agitadas como la suya y con corazones que querían latir y oler a flores. Que había casas dispares en Madrid, y que no por eso eran menos bellas. Al contrario, en lo diferente estaba lo puro. Conocer de cerca la Casa de las Flores y a un grupo de artistas tan influyentes fue una de las experiencias más mágicas en la vida de Carmen Galiana.

Con los años se hablaría de la generación del 27, pero ellas, aquellas que los acompañaban, llenarían páginas en la mente de otras féminas en años posteriores, serían las grandes escritoras de la silenciada edad de plata de las mujeres. Y Carmen tenía el privilegio de empezar a pertenecer a ese grupo. Su sentido común le advertía que no tenía que mostrar ningún sentimiento en alto. Ahora era un tiempo para callar, vivir y disfrutar de la poesía, del arte, de la literatura y, en su caso, de la fotografía, y olvidarse de una vez por todas del amor que, aunque fuera una fuerza liberadora, también le había minado la energía vital. Reconstruirse era lo más difícil, pero tenía que intentarlo.

2

Nos traemos adentro una carga inquietante de gustos y de gestos ajenos que se nos van quedando enganchados. Y es que pasamos, pasamos constantemente sin detenernos entre cosas y gentes que nos cruzan y tampoco se detienen porque van de camino y seguimos andando y apenas nos dejan la manera de sonreír, la frase hecha, la superstición, la manía, el gesto de la mano... A veces así recogemos cosas tontas, basuras, cristales, agua o maravillas. Somos el producto de lo que los otros han irradiado de sí o perdido, pero creemos que somos nosotros. [...] Somos lo que nos han hecho, lentamente, al correr tantos años. Cuando estamos definitivamente seguros de ser nosotros, nos morimos. ¡Qué lección de humildad!

MARÍA TERESA LEÓN

Madrid canjeaba sus calles como sellos de la Plaza Mayor. Si bajabas por la calle Olivar, cerca de Lavapiés, las farolas se volvían chulescas; si cruzabas la zona de Tetuán, los traperos recogían las basuras eligiendo lo que se podía aprovechar; si paseabas por la Cuesta de Moyano, los libros se convertían en baldosas por donde las gentes caminaban para cultivar sus mentes. Madrid se tornaba una ciudad piropeadora en la Puerta del Sol, para arreglarte con esmero un reloj en la calle de la Sal. En todos estos lugares te topabas con música de organillo, la que estaba en boga, y con esos aromas de señor cafetero que recorría los cafés del viejo Madrid, de orégano, de zapatilla de esparto en la calle Toledo, de lejía, de clavel de gitana de San Miguel, de olor a pan en la Casa de la Panadería cerca de la Plaza Mayor. Todo Madrid conformaba un barco con diferentes tripulantes al que se sumaban a cada hora personas de cualquier procedencia. Y, entre todo ese laberinto de calles que cruzaban y coches que aumentaban, se hallaba la calle Mayor, la arteria principal de gentes de toda la vida, que vivían y respiraban en un pequeño barrio. Vivir en la calle Mayor era hacerlo en un pueblo dentro de Madrid, donde, en las horas punta, se oían los repiques de la iglesia más antigua de la ciudad, San Nicolás, que avisaban de que algo estaba a punto de llegar.

Aquel día llovía, lo hacía violentamente; la calle Mayor estaba inundada de charcos y un viento huracanado golpeaba con fuerza los paraguas. Algunos se volvían hacia arriba sirviendo de parapeto. Los hombres vestían con gabardinas de color beis, y muchas de las mujeres llevaban sombreritos ridículos que se volaban con los golpes bruscos de aire. El tiempo transcurría deprisa, se les había echado la mañana encima.

Helena, con su gabardina de color almendra y un echarpe sobre los hombros, llevaba un sombrero ladeado y, debajo de él, un pañuelo anudado al cuello por el que dejaba asomar un mechón oscuro de su cuidada cabellera. Le acompañaban sus dos hijas, una de cada mano, que no paraban de molestarla y darse patadas entre ellas. Las niñas calzaban merceditas, vestían abriguitos marineros y gorros de punto hechos por su madre. Las llevaba perfectas, desprendiendo un aroma a colonia Álvarez

Gómez por toda la calle. Olían a limpio, a ropa recién planchada, a familia decente del viejo Madrid. Violeta, la hermana mayor, ingeniosa y arisca, tenía la trenza deshecha, mientras que Amelia, frágil y obediente, lucía dos trenzas en sendos coleteros de forma impecable. Su imagen lo decía todo: la niña de mamá perfecta, impoluta, y la niña de papá, al que, esperando un hijo, le llegó una criatura alocada y disparatada.

—No seas pelma, Violeta. Mamá, dile que me deje —gritó la menor, empujando a su hermana hacia la pared.

—¡Os queréis estar quietas! Si lo sé, os quedáis con vuestro padre. Portaos bien o no volvéis conmigo.

—Si es ella.

—No, eres tú —increpó Violeta con saña.

—No se hable más —sentenció la madre.

Solía recurrir a la técnica del «no se hable más» para callarlas. Era infalible. Su tono serio y su tirón de brazo consiguieron que se quedaran de morros subiendo la cuesta de la calle Mayor. Helena recordaba cuando paseaba con su madre antes de ponerse enferma. Siempre le decía que tenía una pendiente imperceptible que se inclinaba a la altura de la farmacia de la Reina Madre. «El día que llegues a mi edad, ya verás como lo notas». No hacía falta llegar a la edad de treinta y cinco, que fue cuando falleció, para notar esa pendiente. Dos hijas le hacían sentir cada día lo que costaba subir las cuestas. Cargar con ellas no resultaba una tarea fácil, pero Helena sacaba siempre fuerzas para tirar y tirar. Así era una madre coraje de las de antes, de las que sacrificaba los cafés por parques y juegos con sus hijas. Así la enseñó su madre y así llevaba su legado.

Esa calle soportaba un enorme trasiego de gente, gente que subía y bajaba, que murmuraba saludos. Porteros de las casas que miraban de soslayo a las mujeres que iban sin compañía, pequeños corros de vecinas que se ponían al día, viejos tenderos que contaban las penas y las alegrías de los negocios. Era el pequeño barrio de Madrid. Un barrio con vida, donde las caras sonaban y se saludaban como en un pueblo. A la altura del Mercado de San Miguel estaba la gitana vendiendo flores. Algunas flores pochas colocadas en barreños y otras relucientes que se mezclaban las unas con las otras.

—Helena, hoy tengo rosas. Llévate algunas —dijo, mientras cortaba los tallos.

—Araceli, muchas gracias, pero es que voy con una prisa loca. Me van a cerrar Pontejos.

—Bueno, mujer, pero luego baja y te las llevas. Hoy no me ha comprado nadie. —Bajó la voz en un susurro apiadador.

Helena abrió el monedero y le pagó las flores.

—Pero ¿no te las llevas, mamá? —se extrañó Violeta.

—Cariño, luego las recojo. A veces hay que ayudar, aunque uno no necesite flores.

Al lado de la gitana había algunas tiendas y, enfrente, un local llamado Lechuga, donde vendían carnes frescas y huevos y en el que en verano las moscas revoloteaban en el mostrador; más abajo, la mercería donde Fermín se enfundaba las medias en las manos y les enseñaba a las clientas lo bien que les quedarían en las piernas. Y, a dos pasos, en la calle Bordadores, se hallaba una vaquería con una puerta pequeña y baja regentada por un matrimonio octogenario que casi siempre sisaba un poco más de la cuenta, por lo que Helena prefería comprar en el mercado. A las niñas les gustaba pasar por la puerta, porque olía a leche fresca que se vendía en frascos.

Madrid estaba todo levantado, con muchas obras que llegaban hasta la Puerta del Sol, exasperando a conductores y peatones. Había que ir bordeándolas. Algunos lugares se cerraban y otros se abrían, como el cine Gong en la calle Marqués de Cubas, donde las películas americanas irrumpían con fuerza.

Helena protegía a su familia, semejando una mamá gallina con sus polluelos. Había soñado toda su vida con una familia perfecta. Un marido apuesto que se desviviera por ella y unas hijas para las que poder hacer vestidos con nidos de abeja. Una familia feliz y acomodada en un Madrid que estaba cambiando. Habían cerrado el Mercado de la Cebada, así que ahora Helena tenía que hacer la compra en el Mercado Central de Frutas y Verduras en la plaza de Legazpi. En Madrid escaseaba el pescado, algo cómico cuando uno de los ministros se llamaba Salmón. Se empezaban a escuchar noticias extrañas en los medios, como si lo que pasara en el extranjero estuviera ya cada vez más cerca. Todo el mundo cuchicheaba sobre la extraña muerte de los porteros de la casa número 30 de la calle Alcalá Zamora. Habían comprado una botella de coñac y, según los medios, se habían suicidado alegremente a puñaladas.

Madre e hijas atravesaron la Plaza Mayor. Algunos adoquines estaban más salidos que otros, lo que obligaba a Helena a sortearlos y a sus hijas a ir pegando pequeños saltitos. Violeta se deshizo de la mano de su madre y se paró en el número 35, en una tienda llamada La Primavera, «La casa que más barato vende, lanería, confecciones para la señora».

Pegó la nariz en el escaparate. El señor de la tienda se apresuró a regañarla trapo en mano. Desde luego no tenía un buen día.

—Señora, a ver si cuida un poco más de sus fieras. Esta mañana he limpiado todo.

La niña le hizo burla y Helena le pegó un capón.

—¡Quieres comportarte!, me haces pasar vergüenza. Vas a ser mi perdición. Siempre me das problemas. Aprende de tu hermana Amelia. Ella es una hija modelo y tú me llevas por la calle de la amargura.

—Me aburro, mamá —dijo Violeta, gesticulando con la cara.

—Pues cómprate un mono.

Las hermanas eran muy diferentes. Cuando recibían las visitas, Amelia se quedaba sentada en la silla como una estatua de sal; sin embargo, Violeta cogía la bicicleta y daba vueltas al salón que se comunicaba con el cuarto del servicio, vociferando como un vendedor ambulante. Su padre perdía los nervios antes que Helena, y más de una vez la tiró tan fuerte del brazo que llegó a hacerle daño. Pero llevar a esta hija por el camino recto no era nada fácil. Quizá los niños necesitaban de paciencia y Madrid no era el lugar preciso para la tranquilidad.

Violeta hizo un mohín de desaprobación al dependiente de La Primavera y salió corriendo. Su madre y su hermana Amelia la alcanzaron en la tienda de relojes de la calle de la Sal y llegaron hasta la calle Carretas.

Helena se topó con una de las vecinas más chismosas del barrio.

—Helena, tú siempre tan elegante y fina. Da gusto verte con tus trajes de franela y el pelo siempre impecable. Y tus hijas siempre tan perfectas. Y no digamos tu marido. Por cierto que lo he visto esta mañana, llevaba mucha prisa, creo que me ha dicho que se dirigía a La Chopera a ver a un cliente.

—Muchas gracias, mi madre siempre decía que en el vestir está la elegancia, e intento que mis hijas aprendan de esto, pero bueno, qué te voy a contar. Las niñas de ahora no son como nosotras, las de antes.

—Y a Ricardo, ¿cómo le va?

—Parece que va teniendo más clientes. Al principio, como todo, la cosa iba lenta, pero ahora se está animando.

—Piensa qué suerte la tuya, que le tienes trabajando en casa y no de picos pardos. Es mejor atarlos en corto.

—Sí, es muy trabajador. Yo no quería príncipes de novelas, ni héroes, yo buscaba un hombre bueno, hacendoso y que no fuera vulgar. Y la verdad es que he tenido mucha suerte en la vida. No es fácil dejar la carrera militar y encontrar tu sitio. Ricardo es un hombre de familia, sin grandes suntuosidades. Ahora tenemos más tiempo para nosotros.

El marido de Helena se levantaba todos los días a las seis de la mañana; era un hombre infatigable y dinámico. Había tenido que cambiar de profesión de la noche a la mañana, y lo había hecho de forma impecable.

—Qué gusto oírlo. A Lola Burgos, la de Mayor 47, la ha dejado su marido, ya sabes, el clásico al que le gustaba bailar y los deportes. Veros a vosotros nos hace creer en el amor. Mi hermana y yo siempre lo decimos, que mira que es apuesto el marido de Helena, con esas hechuras y esa altura. Hoy en día son todos bajitos. Qué bien se os ve con las niñas los domingos. Hacéis una familia de marco. Es bueno que sea creyente, sin exageración, pero que tenga sus valores.

—Muchas gracias, querida.

—Se oyen tantas cosas raras, a veces te dan ganas de no leer nada. Habrás oído lo de los porteros de la calle Alcalá Zamora.

—Que se han matado, ¿no? Mi marido lo escuchó esta mañana en la radio.

—Es que yo cada vez estoy más asustada, lo que se oía antes fuera se oye con más frecuencia ahora aquí.

—Ella ha muerto, él no creo. Es una noticia peregrina. De esas que cortan el habla. Te voy a dejar que tengo que comprar alguna cremallera. Si vieras qué casa he dejado, todos los patrones encima de la mesa. Se me va a echar la tarde encima.

—Qué guapas están tus niñas y qué señoritas ya.

—Violeta me tiene loca. Ahora míralas, parece que no han roto un plato. Pero llevo una mañanita con ellas... desde que hemos salido no han parado. La mayor pincha a la pequeña.

—Son niñas, mujer.

—Y yo una madre sin paciencia.

—Cuando quieras me las dejas una tarde y os vais a tomar algo al café de Pombo o a algún lugar a cenar, como el Parisiana.

—Ese sitio lo conozco de oídas, parece mentira que viva en Madrid. ¿Allí es adonde va la gente a patinar?

—Por la noche se vuelve otro. Dan unas cenas que están de rechupete.

—Muchas gracias, querida, por tu ofrecimiento. No te digo que no —sopesó riéndose.

Violeta se acercó a su madre tirándole del brazo y protestó:

—Yo con esa señora no me quedo.

—Cariño, tranquila, son cosas que se dicen. Nadie se va a quedar con nadie que no sea papá ni yo.

—Papá quiere llevarte al cine —interrumpió Amelia, moviendo los brazos—. Ayer se lo dijo a Turi.

—¿Ah sí? Me parece que vosotras sabéis mucho para ser tan pequeñas.

La hermana pequeña subió los hombros y continuó saltando en los charcos.

Esa mañana la señora Herrera del Saz había salido con sus hijas Violeta y Amelia a comprar en Pontejos algunos botones y alguna cremallera que pudiera luego coser en sus vestidos de domingo y se dispuso a cumplir su propósito. Entró en la tienda, pidió la vez y, al llegar su turno, subió en el mostrador a Amelia para poder tomarle las medidas. Le levantó la axila y a la niña se le escapó una risa de cascabel que imitaron todos los que estaban en el comercio.

—Ha muerto Carlos Gardel —soltó una de las empleadas, a la vez que separaba botones en el mostrador.

De la forma más cotidiana emergían las noticias más impactantes. Pero nadie interrumpió su rutina. Son noticias que vienen y van en el Madrid de 1935.

—Me dejas helada. Mira que hemos bailado mi marido y yo tantas veces sus tangos en el Beti Jai.

—Dicen que dos mujeres se han suicidado por él.

—Pues sí que le querían —exclamó Helena sacándole el jersey a su hija por la cabeza.

Mientras tomaba medidas a la pequeña, desde el hombro hasta la mano, y las iba apuntando en una agenda de bolsillo, una mujer que había a su lado le señaló:

—Si las tomas mal, el patrón deja de ser un éxito.

—Es un trabajo de micos este.

—Pero luego están tan guapas...

—¡Violeta, quieres dejar de chuparte la punta del pelo! Mira que has salido de casa impoluta y vas a volver que no te reconozco.

—Lo hago sin querer.

—Ya vas siendo una señorita, y las señoritas no se chupan el pelo.

La niña cruzó los brazos y se quedó haciendo círculos con los dedos en el cristal.

Violeta tocaba todo lo que había en la tienda, no paraba quieta, se aburría y quería cruzar al local de enfrente. Se había encaprichado del juguete de aquella época, un diábolo rojo que se vendía en el número 3 de la misma calle, la papelería Bargueño, donde el pintor cubista Juan Gris, hijo del fundador, aprendería a pintar sus óleos en la trastienda. Además de grabados y litografías, había pequeños tesoros expuestos que hacían del escaparate una ventosa con las naricillas de los más pequeños pegadas; en el centro, el diábolo rojo que Violeta había echado el ojo varios días atrás.

En la acera una niña lanzaba el diábolo al cielo. Venía de la papelería, su madre se lo había comprado. Helena estaba ya pagando en la caja cuando su hija comenzó a tirar de su brazo. Sabía perfectamente lo que esta quería, pero no se lo iba a dar. Pensaba que lo deseado hay que ganárselo, y la mayor, que ya tenía ocho años, estaba últimamente muy caprichosa. Todo lo contrario de Amelia, a la que a veces había que animar a comprarse algo, ya que no era tan antojadiza como la mayor. Si no se las frenaba ahora, luego se podrían desmadrar. Y es que Ricardo, su marido, al pasar poco tiempo en casa no se ponía duro con ellas.

—Mamá, quiero ese diábolo rojo. Lo quiero, lo quiero...

—Basta, por favor. No quiero escuchar ni una súplica más. No lo voy a comprar.

De pequeños alguna vez también hemos codiciado un pequeño diábolo rojo. Lanzarlo tan alto que traspase el cielo y volverlo a atrapar con la cuerda. Sin embargo, un día ese diábolo desaparece de nuestra vista y entonces creemos que alguien lo escondió y le culpabilizamos toda nuestra vida de esa pérdida.

Violeta, la mayor de los Herrera del Saz, lloraba desconsoladamente bajando la calle Carretas y tirando de la mano de su madre con la cara repleta de churretones. Quería tener el diábolo, el juguete de moda de aquellos años, se lo había visto a las niñas de su colegio, pero un «no se hable más» era determinante y acababa siempre acallando sus llantos.

Así que el diábolo rojo aterrizaría un año más tarde en su casa de la calle Mayor 82, en mitad de los sucesos que cambiarían su vida para siempre. Llegaba de forma abrupta y en manos de alguien que desataría los hilos de una familia en un Madrid envuelto en desorden y caos.

Esa noche ocurría lo inesperado. El Viaducto se hundía. Algo tan consistente como el Viaducto se había desmoronado. Qué podían esperar ya. Las calles de Segovia y Bailén eran un reguero de bomberos. El ruido descontrolado de las sirenas provocó que las niñas corrieran a esconderse dentro de la cama de sus padres, cerrando los ojos y apretujándose a ellos en busca de su calor. Ricardo no aguantó y se levantó, se anudó el batín con fuerza y descorrió los visillos. Abrió el balcón y se asomó a la calle. Todos los vecinos hicieron lo mismo, se apoyaron en el mirador de aquel Madrid. No recordaban algo así desde la boda de Alfonso XIII y Victoria Eugenia, en 1906, cuando el anarquista Mateo Morral arrojó desde la ventana de al lado, en Mayor 88, un ramo de flores con una bomba contra la carroza real y mató a veinticinco personas e hirió a más de cien. Ricardo podía ver la cara de asombro de muchos de sus vecinos. Todos pensaban que era una bomba. Había mucho desconcierto, pasaban bomberos y las sirenas se aproximaban. Helena acariciaba sus mejillas, las colmaba de besos y pronunciaba aquella frase que no pararía de repetir en los años sucesivos: «Todo va a salir bien».

—Lo que nos faltaba —gritó Helena desde la cama, apretando las cabecitas de las niñas contra su pecho.

—Tranquila, Helena, está todo controlado. Serán las obras. No hay que perder la calma.

—Duermo si quieres con las niñas y tú te vas al otro cuarto.

Ricardo se acercó a Violeta, la cogió en brazos y la llevó al balcón. Quería que viera con él el trasiego de coches y quitarle el miedo. Ella se chupaba la punta del mechón del pelo con una mano y con la otra acariciaba la cara de su padre.

—Mira las sirenas cómo se escuchan. ¿Has visto qué grande el camión de bomberos? Madrid está preparado para cualquier cosa. Tenemos a los mejores hombres. Estamos muy protegidos, aquí no va a pasarnos nada.

Violeta sonrió y se abrazó al cuello de su padre con tanta fuerza que por poco le ahoga.

—Hay cariños que matan —rio el padre mientras le besaba la frente—. ¿A que ahora estás más tranquila?

—Yo nunca he tenido miedo. Tú me has enseñado a no tenerlo. Quiero irme a mi cuarto ya. ¿Puedo dormir con Amelia?

—Lo que diga mamá.

—Claro, duerme con ella, y rezad un padrenuestro dando gracias por que no haya pasado nada.

Cogió la mano de su hermana. Por el pasillo se escuchaba a Violeta contarle cómo el camión de bomberos giraba en la esquina y subía por la calle Mayor con la escalera levantada.

Helena, que vestía un camisón blanco con puntilla, se acercaba a Ricardo, que seguía con los antebrazos apoyados en la terraza observando el espectáculo. Ella le rodeó con las manos a la altura del pecho y colocó su cara contra su espalda. Podía sentir sus músculos y el calor de la protección que le brindaba siempre su marido. Se sentía segura con él, y en su fuero interno agradecía que hubiera dejado la carrera militar para tenerle más cerca de ellas.

—Querido, lo has hecho muy bien. Cada día me doy más cuenta de la suerte que he tenido.

Ricardo entrelazaba sus manos con las de Helena chocando sus anillos de casados. El de Ricardo, más ancho, y el de Helena, mucho más fino. Hasta que la muerte nos separe, se dijeron en 1926 en la iglesia de los Jerónimos.

—Solo tienen miedo si nosotros se lo mostramos.

—Ricardo, me encanta cómo les hablas, lo fácil que haces la vida. Violeta tiene más afinidad contigo. A mí me cuesta entenderla. Hoy me ha montado un numerito en la calle por no comprarle un diábolo. Y luego, chupándose el pelo todo el día.

—Déjala, son cosas de niña, yo me comía las uñas. Solo hay que abrazarla y prestarle atención. Si le gritamos o le decimos que esto sí o no, al final su cabeza no asimila. Es una cría muy inteligente, hay que intentar escucharla mucho.

—No es fácil, Ricardo.

—Ya lo sé. Este año yo no he podido acompañaros tanto como me gustaría. El trabajo nuevo, mi frustración por dejar la carrera militar. Todo eso me enerva y pierdo mucho la compostura con ellas. Pero quiero que sepáis que mientras esté yo, no os va a faltar de nada.

Helena le besó la espalda, le apretó contra ella, pegó su nariz contra el escaparate de su cuerpo, sentía que estaba en una zona conocida y que sus sentidos permanecían a salvo con Ricardo.

—Dime que no va a pasar nunca nada.

Ricardo se volvió y le cogió la cara con las manos.

—Estando yo, jamás os pasará nunca nada.

—¿Me lo prometes?

—Te lo prometo.

Ricardo era un hombre de Estado. Un ser familiar y entrañable. De valores férreos, protegía a su familia como un lobo en un bosque oscuro. No quería hacerles sufrir. La decisión de dejar la carrera militar había sido algo muy meditado. Sus ideas monárquicas restaban peso a los aspectos puramente económicos, no tenía miedo de empezar de nuevo y así lo había puesto de manifiesto estudiando hacía algunos años la carrera de Derecho. Había demostrado a su familia ser un hombre de valores consistentes y encontrar siempre un camino para seguir adelante. Helena sabía perfectamente lo que le había costado colgar los galones y que todo lo había hecho por ellas. Por eso se sentía en deuda con él, no quería defraudarle nunca. Estar a la altura de un hombre leal suponía todo un reto; fallarle era aterrador.

Se abrazaron sin alzar las miradas, un silencio recorría la habitación. Se tumbaron en la cama y Ricardo acarició el pecho de Helena, descubriendo uno de los pezones oscuros y erectos a través de uno de los botones que con suavidad desabrochó. A ella todavía le ruborizaban los momentos de intimidad. A pesar del desgaste físico del día, Helena tenía ganas de sentirle, de olvidar el ruido ensordecedor de las ambulancias. En ese instante en que Ricardo se puso encima de ella, desapareció de su mente el ruido de las sirenas y abandonó el miedo para dejarse ir en el cuerpo de Ricardo. Esa noche sintió los brazos de su marido como cuando le conoció unos años atrás en aquella fiesta benéfica militar en el Hipódromo de la Castellana. Tenía la misma mirada profunda, los ojos negros penetrantes de pestañas alargadas y esa sonrisa pícara que hacía que su mundo volara en globo.

Amelia interrumpió la escena pidiendo un vaso de agua. Helena dio un salto de la cama y se apresuró hacia las niñas.

—Tengo sed —dijo la pequeña Amelia, que miró a su madre buscando su protección.

El agua siempre fue el entretenimiento del miedo.

—Vamos a rezar un avemaría dando gracias, ya veréis como así retomáis el sueño. —Se aproximó a sus camas y les colocó dos vasitos de agua en la mesilla.

—Yo creo que a Dios no debemos molestarle con tonterías de niñas. Hay que pedirle cosas de verdad necesarias —interrumpió Violeta—. Pienso que si pides mucho al final cuando llega lo importante, no te lo concede.

—Tal vez estés en lo cierto, Violeta. Pero tu hermana es pequeña. Tú tienes mucho de resabida. Pero a los niños y algunos mayores rezar nos tranquiliza. Así que, por favor, hazlo por nosotras.

Las niñas se arrodillaron en el suelo con las manos juntas y rezaron al unísono. Violeta guiñó un ojo, no iba a esforzarse mucho en la petición, porque quería guardarse ese deseo para más adelante. Así que guiñó el ojo y rezó como un loro que repite sin pensar. Helena las guio con su dulce voz. Tenía miedo, miedo de que a sus hijas y a Ricardo les pudiese pasar algo y no pudiera enfrentarse a ello sola. Su mundo era suyo y lo defendería como una leona. La situación de Madrid no ayudaba, cualquier sobresalto era un latigazo en el corazón. Comenzaba el tiovivo de la violencia en la ciudad, aumentaba la delincuencia en la calle, surgía el quinto gabinete de Lerroux, se unían tres partidos republicanos. Se acabará formando el Frente Popular. La vida azarosa en política se contrarrestaba con chotis, nuevos cafés, teatro, copa y cines. Helena sabía que cuando cerraba la puerta de su casa, su familia estaba a salvo. Por eso era feliz cuando los tenía con ella. Cuando su marido venía de trabajar, soltaba la cartera desgastada en la entrada y ella le hacía un masaje en el cuello. Cuando sus niñas abrían y cerraban el baúl de ese cuarto de armarios jugando con la infancia. Y esa Turi que era su salvación, que conocía los secretos de su familia y seguro que los callaba por respeto. Una mujer que era sus manos y sus pies, que estaba dedicada plenamente a los suyos, y a la que consideraban un miembro más en la familia. Cuidó de su madre hasta el final y ahora ella se la había traído para que la ayudara en la etapa más difícil, la crianza de sus hijas. Pequeños diablillos que se iban formando sin la figura de los abuelos.

Helena volvió a la cama con los deberes hechos para retomar donde lo dejó. Ricardo estaba tumbado preparado para dormir. Ella le acarició suavemente el pelo, sintiendo entre los dedos su textura. Cerró los ojos y le hizo una pregunta para buscar de nuevo su protección.

—Ricardo, ¿tú no tienes nunca miedo?

—El miedo es para los cobardes.

—Tú estás hecho de otra pasta. Llevas sangre militar, pero los demás no somos así. Tu padre te enseñó que había que luchar hasta el final. —Y añadió—: Desde que nacieron las niñas tengo un miedo diferente, como si se hubiera acrecentado. No sé qué futuro les espera. Quizá si fueran hombres estaría más tranquila.

—No creo que sea cuestión de sexos. Mira tu hermana, tú siempre dices que ella no tiene miedo.

—Mi hermana es una inconsciente alocada que vive en un mundo creado por ella. No piensa, actúa según sus impulsos. Para mí ha sido siempre una niña consentida y egoísta. A veces me recuerda a Violeta y me aterra.

—Todavía es muy pequeña para saber a quién se parecerá. Creo que piensas demasiado. ¿Y sabes por qué? —dijo cogiéndola en brazos.

—Dime por qué, bobo. Sé por dónde vas —admitió, revolviéndole el pelo.

—Estás demasiado en casa.

—Me gusta tanto tu nariz. ¿Te acuerdas cuando nos conocimos? Llovía.

—Yo no recuerdo que lloviese.

—Sí, te caían gotitas de lluvia por la nariz y entonces me di cuenta de lo bonita que es.

—¿Tenía que llover para darte cuenta?

—Lo recuerdo como si fuera ayer. Dieron la señal de partida y partiste como una exhalación con tu caballo Timón. Después de la carrera, nos presentaron en la tribuna. Era una fiesta nueva para mí, tanta gente elegante y tú destacabas entre todos. Nunca pensé que dispusieras de tanto valor para acercarte a la sobrina del teniente coronel de Infantería.

—Hace tanto de aquello, Helena —sonrió, besándole la frente.

—Lo echo de menos, querido.

—¿El qué?

—Un rato para nosotros alejados del mundo. Como ahora, pero sin que nos interrumpan las niñas para pedir un vaso de agua.

—Lo tenemos fácil, lo hemos hablado alguna vez. Nos vendría bien salir nosotros.

Helena se tumbó en la cama, ya más tranquila, introdujo las manos por debajo de la almohada y la apretó con fuerza. El frío de la rutina era lo que a ella le daba la paz. No quería más sobresaltos en esa calle Mayor, ni oír hablar de historias pasadas. No necesitaba que le contaran sobre el día en que a su tío le cayeron unas gotas de sangre en el hombro que provenían del cuarto piso fruto de aquel acto terrorista a principios de siglo; o sobre hoy y el estruendo de las piedras caídas del Viaducto. El único puente que les sustentaba en Madrid se había desplomado. Una metáfora cruel del destino. Se sentía cansada de las obras de los vecinos y de las obras de la ciudad. Quería paz en su vida.

Cuando hablaba con Ricardo el mundo era un mecano y él las piezas que colocaba en los lugares precisos para que no se derrumbara. Hoy rezaba sus oraciones agradecida porque todo había quedado en un susto. Las sirenas pararon y su corazón comenzó a latir de nuevo con total normalidad. Y entonces pensaba en su hermana, en lo diferente que eran, en lo deprisa que iba la vida y en que todavía ella no tenía un porvenir. Le aterraba imaginar que eso pudiera ocurrirle a alguna de sus hijas. No entendía a las mujeres que decidían no formar una familia, ni a las que sentían deseos de viajar. El lugar de la mujer estaba con su familia, no existía viaje más apasionante que el ver crecer las niñas, el cuidar de una casa y hacer llevadera la vida de un marido. Todo ello formaba un *trivium* esencial para ser feliz. No concebía la vida sin Ricardo. Él era su vida, como lo eran sus hijas. Ricardo, su amor, su compañero de fatigas. Un hombre varonil y valiente que había empuñado las armas en la guerra del Rif en Marruecos. Helena se sentía con cierta responsabilidad, que a veces pesaba. Era un ángel de hogar y debía protegerlos a todos. Ella mejor que nadie sabía lo que suponía nacer en una familia militar. Su tío y su padre habían sido militares, y en ese carácter rudo y frío se esconden hombres temerosos y sensibles.

Pensó que, como al día siguiente Ricardo cumplía años, tal vez sería buena idea salir los dos a bailar, retomar algo de romanticismo perdido, llevarle por sorpresa a algún local de moda. Así fue como su intención comenzó a rodar. En medio de la tormenta de aquella noche, llegó un sueño profundo y reparador. Llamaría a su hermana para que cuidara de las niñas, eso le proporcionaba cierta tranquilidad. La prefería a su vecina o a Turi, a pesar de que hacía tanto que no venía por casa, que no sabía si aceptaría. Las niñas la adoraban y con ella se sentían cómodas. Se lo debía a Ricardo, él también necesitaba un poco de aire fresco en compañía de su mujer.

La mañana siguiente parecía bien distinta. Todo permanecía en calma. Estiró un brazo entre las sábanas y las palpó. Ricardo ya no estaba, pero podía sentir el calor del cuerpo que una hora antes había abandonado la cama. Se levantó, se puso la bata y abrió el balcón para ventilar. La gente paseaba ajena al estruendo del Viaducto. Qué pronto olvidamos todos. La señora de enfrente ya estaba pasando la mopa, las niñas se habían ido al colegio. Había un silencio encantador en la casa. Se sentó en la coqueta y se cepilló el pelo. Se colocó un rulo y lo sujetó con una pinza para darle forma. Se pellizcó las mejillas y puso la radio de fondo.

«Perborol, con el empleo de un dentífrico adecuado que no contenga abrasivos ni substancias capaces de abrasar las mucosas bucales, podrá conservar todos sus dientes hasta la erupción de los definitivos. Perborol, ten una dentadura blanca, sana y fuerte».

La radio, esa amiga que la acompañaba cada mañana, tenía un aire tranquilizador. En la coqueta siempre mantenía una pequeña agenda donde iba apuntando todos los objetos que compraba y que no utilizaba, pero que eran vitales para sentir que cuidaba a su familia. El locutor pasaba de soslayo por la noticia del hundimiento del Viaducto. «No hay inexplicablemente ni una sola víctima, solo los daños que lamentar de unas piedras revueltas en el suelo».

Helena respiró y siguió acicalándose como una ratita presumida. Se puso un salto de cama y se dirigió a la cocina. Allí se sentó en la mesa y apuntó en el cuaderno de notas toda la compra del día anterior, para pasarle la nota a Ricardo y que este le diera el sobre de la siguiente semana. Patatas, legumbres, jabón, huevos y azúcar. Iba anotando lo necesario para que no faltase de nada. Aprovechaba también ese mismo cuaderno para incluir alguna receta interesante y hacer delicias culinarias para su marido. La voz de su madre le venía a la cabeza. A un hombre se le conquistaba por el estómago. Qué razón tenía, todavía recuerda su primer estofado. Ricardo le entregó un diploma, que ella orgullosa expuso en la pared. Todavía seguía ahí, ahora manchado y macilento por el aceite, los dedos de sus hijas, pero desde luego guardaba todo ese amor que se veneraban. Junto al reconocimiento culinario, se encontraba Turi cortando patatas y echando las mondas a un barreño.

—¡Qué madrugadora, Turi!

—Quería prepararle algo rico al señor, sé que hoy es su cumpleaños.

—A mí me gustaría hacerle un flan, pero creo que me he olvidado de la harina.

—La he comprado yo, señora. Puede ir a coser o a arreglar alguna cosa de las niñas mientras yo se lo preparo.

—Ay, Turi, qué haríamos sin ti. Voy a aprovechar a llamar a mi hermana para pedirle que se lleve hoy a las niñas y nosotros salir esta tarde noche.

—No sabe la alegría que me da. En el pueblo las mozas salen y entran, y una vez casadas olvidan sus quehaceres. Solo piensan en lo doméstico. ¿Ha oído lo de esa noticia terrible?

—Lo de la portería de la calle Alcalá Zamora, ¿no?

—En mi barrio, señora, en el Puente de Vallecas, ha aparecido una mujer muerta.

—No he oído nada.

—Mi familia dice que en Madrid pasan cosas muy extrañas. Quieren que me vuelva.

—En todos los sitios, Turi, pasan cosas, lo que ocurre es que en Madrid somos muchos, y cuantos más somos, más cosas ocurren. ¿Y qué ha pasado exactamente?

—Una muchacha de catorce años ha sido apuñalada por un hombre más mayor. Unos sesenta tendría. Dicen que el hombre estaba con la cría desde los once.

—Qué barbaridad. Eso es lo que me aterra, que algún desalmado así se cruce con mis hijas.

—Es mejor no escuchar la radio. Por eso me gustan tanto los toros. Ahí todo es alegría.

—La verdad es que distraen.

—Menos ayer que cogieron gravemente al Niño del Barrio. El público va a verle porque es un novillero valentísimo. Pero ayer se llevaron un buen susto.

—Turi, yo no entiendo mucho de toros.

—Eso es porque no ha visto torear al Niño de la Estrella. No sabe lo bien que lo hizo con el picador Marinero. Coge la muleta y le da cada capotazo que te quedas sin habla.

Turi se movía por la cocina agitando un delantal y dando pases alrededor de una mesa.

—Me pierdo, Turi. ¿De dónde te viene tanta afición?

—De mi primo Curro. Él quiere torear en alguna plaza grande, salir como el Gallo, por la puerta grande. Alguna como Vista Alegre o Tetuán. Aunque mire el Gallo, el otro día sufrió el ridículo más espantoso cuando vio cómo se marchaba el toro al corral.

—Turi, voy a ver si llamo a mi hermana, espero que no esté ocupada.

—Si lo está, ya sabe que yo me puedo quedar con las niñas, son un primor. Recuerde que hoy viene la Antonia a coser.

—Tengo un buen número de prendas que quiero que me coja dobladillos y me cosa algún botón. Estoy con el delantero de la niña, pero me tiene que hacer la espalda. Violeta es que no se está quieta.

—Si es algo sencillo ya sabe que yo puedo ayudarla.

—Ya me ayudas bastante con la casa y con las niñas.

—La Violeta me metió una carta doblada en el bolsillo que decía que me veía guapísima últimamente en el Mercado de San Miguel. Lo firmaba un tal Ángel, tu amante. ¿Dónde verá esas cosas la chiquilla?

—Ay, Dios mío. Esta cría. Es muy difícil.

—Es buena de corazón. Son cosas de niñas. Se lo he dicho para que sepan un poco y no se lleven sorpresas. Que luego pasa lo que pasa.

—Todos la consentís mucho. Ricardo, la profesora... con la pobre Amelia hace lo que quiere. Pero lo vamos a pagar caro si no le ponemos freno.

—Yo hoy me puedo sentar con ella y hacemos collares de botones. Ayer la puse a separar lentejas. Me lio una bien gorda, tiró las lentejas y eligió las negras feas.

—Te lo agradezco, Turi, a ver si así la mantenemos entretenida. Hoy es el día de Ricardo y me apetece tener la fiesta en paz. No quiero que me vea discutir.

—¿Le preparamos algo especial al señor hoy?

—Había pensado en filetes de pescado. Vete limpiando las espinas. Sobre cada filete echa un picadillo de jamón, alcaparras y perejil. Utiliza la cacerola de porcelana, que hoy es un día especial y para algo la tenemos.

La casa olía a café, a tostadas de pan untado con tocino recién hechas. Ricardo se había metido en su santuario, su despacho, su pequeño refugio donde pocos podían acceder, previo aviso. Entrar en él era conocer a Ricardo y sus gustos. Junto a la ventana había un gran globo terráqueo en un pie de caoba. A la izquierda, una gran librería con obras de autores extranjeros y, por supuesto, de Góngora y Lope de Vega, que eran sus favoritos. Después de trabajar, se sentaba en su sillón de cuero, y allí podía pasar horas leyendo a los grandes literatos. Un hombre al que le gustaba cultivarse y escribir poesía cuando nadie le veía.

Años atrás, Helena acostumbraba ponerse a sus pies mientras Ricardo le leía alguna novela corta. Juntos disfrutaron del *Gran Gatsby*. Una obra, según su marido, moderna y digna de admirar. Habían perdido esa costumbre.

Esa mañana, después de poner en orden todos los papeles, Ricardo leyó algunos periódicos. Era un hombre culto al que le gustaba contrastar la información, el debate. Madrid era un carrusel de noticias variadas con destacados titulares. Comenzaba con *El Liberal* y la aparición de una bandera monárquica en la puerta de los antiguos almacenes Madrid-París. «El Gobierno se movía con miedo, un miedo al extremismo». «Una mujer se mudaba de casa y se dejaba olvidado a su padre. Una vecina de la calle de Requena de Puente de Vallecas se había mudado de domicilio dejando olvidado a su padre paralítico. Todo esto provocaba una profunda indignación en la barriada, teniendo que ser protegida por la ira de la multitud».

Madrid se había convertido en una ciudad de noticias serias y noticias absurdas, aderezadas con anuncios como el del rizador Intea, «para rizar y ondular los cabellos, solo por 69 pesetas».

Helena habló con su hermana y esta accedió encantada a pasar una tarde y parte de la noche con sus sobrinas. Un problema menos, pensó. Se quería poner guapa para Ricardo, así que se metió en el baño y se tiñó el pelo con Camomila Intea, que decían que era una especie de manzanilla que decoloraba de una manera paulatina y natural el cabello cuando este se había oscurecido demasiado. Cerró la puerta, no quería que Ricardo la viera de esa guisa, todavía guardaba esa coquetería para él. Tenía que estar perfecta para su marido, siempre en su sitio, como una figurita de Lladró. De nuevo la voz de su madre sobrevoló su pensamiento: «Un marido no puede ver los bigudíes de una mujer, perdería el misterio».

Las mañanas eran tranquilas, Helena las pasaba bordando junto a la ventana y su marido trabajando fuera o algunos días en casa. Desde que terminó Derecho tenía más trabajo, sobre todo con asuntos de tierras con algún latifundista, y más en estas últimas semanas de la contrarreforma agraria. Turi se encargaba de recoger a las niñas del colegio, que entraban en casa como elefantes en una cacharrería.

Las tardes Ricardo las pasaba en su despacho, las niñas se sentaban en su regazo y coloreaban con pasteles Goya los folios que él les dejaba.

—Dibujadme algo y os vais al cuarto de los armarios, que tengo que trabajar.

—Quiero que estés más con nosotras —dijo Violeta.

A su hija mayor le gustaba jugar con todo lo que había por la mesa: el abrecartas, las gomas, los sobres...

—Ten cuidado no te cortes.

Ricardo tomó entre las manos una goma y con ella les hizo un tirachinas.

—Papá, ¿me enseñas las insignias? —Y añadió—: Cuéntame cuando ganaste a todos en la guerra.

Para Violeta su padre era un héroe, había luchado en todas las guerras y siempre estaba ahí para salvarlas. Ricardo, dándole un beso en la frente, eludió la solicitud de su hija.

—Un militar de carrera debe promover la paz y en Madrid, gracias a Dios, está todo tranquilo.

Ricardo quería ocultar a su familia el deslizadero político en que se había convertido Madrid.

Muchas tardes Helena le reprendía cuando estaban juntos por leer *El Heraldo* y *El Liberal*, porque según ella solo traían desastres. Pero a su marido le gustaba leer y hablar de política. Creía que una persona política era una persona a la que le preocupaba su país. Pero no era un hombre radical, al contrario, era conciliador, respetaba la postura de cada uno y apostaba por el debate. Estaba convencido de que el Gobierno actuaba paralizado por el miedo, el mismo que tenía él a los extremismos, de los que opinaba que no traían nunca nada bueno.

Cuando las niñas llegaban del colegio, se iban a jugar al cuarto de los armarios. Un espacio claustrofóbico lleno de armarios hasta el techo con un baúl de tachuelas oxidadas en el centro, del que sacaban ropa y se disfrazaban. A veces simulaban ser la mujer bala. Violeta cogía a su hermana y la empujaba contra la pared en un triple mortal. Ese día Violeta se hacía la remolona para jugar, quería estar más con su padre, como un gatito buscando su comida se acercaba a él. Cuantos más mohines hiciera, quizá pronto pudiera conseguir el ansiado diábolo.

—Papá, quiero que me compres el diábolo.

Apenas la miró, siguió buscando entre los papeles sin levantar la cabeza. Volvió a repetirlo y su madre, que estaba en la puerta, la increpó.

—Te he dicho que no lo vamos a comprar. Ricardo, por favor, ponte serio con la niña.

—Lo que diga tu madre.

Violeta se calló y permaneció estática junto el globo terráqueo. Le fascinaba esa cantidad de países con sus nombres desconocidos. No conocía ninguno. Daba vueltas y vueltas al globo cerrando los ojos. Contaba diez y paraba el globo con los dedos.

—Papá, Java. ¿Lo conoces?

—Nunca he ido allí.

—Java está en Indonesia.

El padre levantó la mirada sorprendido y se acercó a su hija, acariciándole la cabeza con comprensión. Se arrodilló para estar a su altura y la del globo terráqueo.

—¿Eso lo has aprendido en el colegio?

—No, me lo ha enseñado la tía.

—¿Ella ha estado en Java?

—No, pero conoce mucha gente interesante que ha estado. Gente que tiene miras. ¿Qué es eso, papá?

—No lo sé. Quizá ojos para ver lo que pasa en el mundo.

—Yo quiero conocer Java. ¿Me llevarás?

—Cuando seas mayor viajaremos a muchos lugares, pero para eso tienes que portarte bien. Y sobre todo no enfadar a mamá. Allí en Indonesia hay playas inmensas. —Acarició el lunar que tenía Violeta en la comisura del lado derecho de la boca.

Ella se echó hacia atrás, a veces los gestos corporales denotaban sus emociones internas.

—Quizá allí nadie se ría de mi lunar. En el colegio las niñas dicen que es una mancha en mitad del océano, dicen que es muy feo. Odio ese lunar.

—Es imperceptible, Violeta, lo heredaste de mi madre, y te puedo asegurar que todo lo que nos hace diferentes es lo que nos identifica. Hija, ese lunar te hace especial. Te hace única ante los ojos del mundo.

La niña se acercó a la cara de su padre y le dio un beso en la mejilla. Con él, todo dejaba de ser un problema. Ricardo encontraba las palabras exactas para calmarla en medio de la ebullición de emociones atrapadas en ella.

Ricardo se preparó su pipa y sonrió a su hija. Le agradaba que fuera aventurera, que soñara con encontrar nuevos lugares. Sin embargo, su hija Amelia tenía miras menos altas, ella sería una mujer de bien, ayudaría en cosas de la beneficencia. Ambas tan diferentes pero igual de adorables. Quizá con Violeta sentía una afinidad especial. Le gustaba hablar con ella aunque fuera descarada y a veces cortante, pero le hacía gracia su desparpajo afilado. Su hija era un ser especial, y sabía que según la educaran daría mucho de sí.

—No molestéis a papá. Tiene que trabajar. Que esté en casa no quiere decir que no trabaje.

Violeta trató de permanecer allí, pero su madre la cogió de los hombros y la dirigió al cuarto de los armarios con su hermana, quedándose a solas con Ricardo.

—Ayer estuve con Requena, y me comentó que se jubila Cecilio Rodríguez, el jardinero mayor del ayuntamiento. Ahora ya verás cómo dejarán las calles.

—Bastante tienen con el tema del Viaducto. Les llevará meses por lo menos.

—El tránsito rodado va a quedar parado durante años.

—Ahora a ver las niñas cómo van al Sagrado Corazón. Tienen que cruzar toda la calle.

—Clama el ciclo, Helena. Bordeando. En la vida todo se puede bordear.

Helena se acercó a Ricardo y le rozó la mano.

—Me gusta que estés con nosotras, querido, que hayas dejado la carrera de militar, creo que nos ha hecho bien a todos.

A Ricardo se le tensó la vena del cuello y miró a Helena.

—Para mí es un tema muy difícil.

—Lo sé, querido. Creo que te vendría bien desahogarte conmigo. Soy tu mujer, tu paño de lágrimas. A veces eres demasiado hermético y eso te genera angustia, aunque en el último año te veo mejor, más relajado, disfrutando más de nosotras.

Ricardo la abrazó por la cintura y la llevó contra su pecho.

—¿Viajarías conmigo a Java? —preguntó divertido.

—¿Y en qué hablaríamos allí?

—Javanés.

Ambos rieron. Ella le dio un beso en la comisura de la boca, se acercó a su oído y le susurró:

—Hoy ponte guapo, porque voy a salir con el hombre más apuesto de todo Madrid. Voy a llevarle a bailar y a cenar. Creo que es su cumpleaños.

—Las niñas no me han felicitado.

—Amelia esta mañana me lo ha recordado, pero claro, Violeta es tan atolondrada que nos hace olvidar a todos nuestros quehaceres.

—Anda, ven, con esos ojos azules tan bonitos que tienes, no puedes enfadarte.

—No sé si te parece una locura, Ricardo, pero he pensado que cuando venga Antonia a coser para las niñas, podía pedirle algo para mí. He visto un vestido en Esparteros, adornado con un cuello alto, más amplio por un lado que por el otro, y luego lo adornaba una capita. El escote en redondo simulaba un efecto de pelerina sin serlo, no sé si me entiendes. Por supuesto no elegiría muselina de seda. Ricardo, no me estás oyendo, lo noto porque ya no estás aquí.

—Quiero que bajes a Esparteros y te lo compres. Te lo voy a regalar.

—Es una locura, Antonia me lo puede hacer igual.

—Si algo he aprendido en la vida es economía grande, no pequeña. Los plagios no salen igual y a la larga no nos hacen felices.

—Luego se lo digo a Antonia. Pero te gusta más, con lunares negros o rayas plisadas. Lo que no quiero es que tenga costuras vueltas y dobladillos, que luego pesan más.

—Te pongas lo que te pongas estarás radiante.

—Ya te dejo trabajar. Cuenta con que hoy tendremos la tarde para nosotros.

Helena sentía que se lanzaba a su marido como aquel ruso en paracaídas cerrado. Le costaba llegar hasta él, por eso quería aprovechar a salir de la rutina donde estaban sumergidos. Todavía eran jóvenes para divertirse y vivir el Madrid del que todo el mundo hablaba. Fue al cuarto de los armarios y les dijo a sus hijas que le llevasen a su padre el flan que habían hecho y le felicitaran. Las crías, sorprendidas, se mostraban arrepentidas.

—Se nos ha pasado, mamá.

—Yo me acordé esta mañana pero luego se me pasó —lamentó Amelia.

—Tranquilas, yo tampoco os lo he recordado a lo largo del día. Papá está muy sensible y cosas así le pueden afectar mucho. Tenéis que estar muy cariñosas con él y más ahora.

Helena se acomodó en un rincón del comedor, en una mecedora cerca del balcón. Allí, la luz que incidía a través de la ventana le permitía ver mejor a la hora de enhebrar la aguja y coser. Su ritual comenzaba en el balcón y seguidamente terminaba en el pasillo, donde tenía la máquina Singer de pedal heredada de su abuela. Sus pensamientos vagaban entre manitas de cerdo, huevos a lo oriental, muselina florida, hileras de frunces, colegios y dobladillos de pantalón. Tomó el cuello del vestido y se detuvo a pensar cómo hacerlo. Ahora se llevaban bien diferentes: cuellos de verano, cuellos formados por una cinta de terciopelo negro, cuellos con chorrera de crespón, cuellos altos para las blusas y, por supuesto, los de siempre, los cuellos rectos.

Hacía tanto que no iban al teatro o al cine. El Madrid cultural estaba en ebullición y con las niñas no podían tampoco disfrutar del ocio de la ciudad. Todo el mundo hablaba de la Pajarita Pinta, en la calle Colmares. Su marido se lo había propuesto un sinfín de veces. Sabía que podía confiar las niñas a Turi, quien las cuidaba como si fueran suyas, pero Helena prefería estar con ellas, que para eso las habían tenido. «Solo es una noche, nosotros también necesitamos tiempo». Los matrimonios discutían cuando no se aireaban, lo había visto en alguna de sus amigas, así que tocaba salir, despejarse y, por qué no, sentirse una pareja soltera y enamorada por una noche.

Hoy por fin va a conceder a su marido lo que tanto le ha solicitado él durante el último año. Era su mejor regalo de cumpleaños, ponerse guapa para Ricardo y no darle quebraderos de cabeza con problemas de casa. Llamaban a la puerta.

—Preparaos que viene la tía a buscaros —gritó Helena a la vez que se colocaba un collar de baquelita que le había regalado Ricardo en su primer aniversario.

Las niñas corrieron a su falda y se encaramaron a su cintura. Ricardo y Helena se aproximaron al hall a recibirla. Llevaban cuatro meses sin verla. La situación era algo tirante. Se habían hablado por teléfono, pero apenas se habían visto desde la última vez que tomaron algo en el Lyon. Helena detestaba los cafés de Madrid, decía que se sentía como gallina en corral ajeno, que estaban llenos de grupos de muy variada suerte y de tabaco, olor que aborrecía porque se impregnaba en la ropa y luego no había manera de desprenderse de él. Algo que chocaba con la personalidad de Ricardo, que adoraba esos cafés, porque podía mezclarse con la cultura de Madrid y sentirse uno más. De hecho, solía comprar el periódico en la Glorieta de Bilbao para luego pasarse por el café Comercial.

Carmen notó una corriente de calor y frío al mismo tiempo. Hacía tanto que no subía a esa casa que se sentía algo incómoda.

El sereno atractivo de Carmen contrastaba con las facciones duras de Helena, dulcificadas gracias a los grandes ojos azules del color del mar. Carmen dejaba caer sobre los hombros una melena dorada que enmarcaba su bello rostro y en el que destacaban, especialmente, unos labios carnosos con la comisura en forma de corazón.

—Querida, gracias por cuidar de ellas. Creo que puedo hablar por todos. Te hemos echado de menos.

—En lo que pueda ayudar, ya sabéis que aunque no nos veamos tan a menudo, siempre puedo echaros una mano.

Carmen estaba radiante. Llevaba un vestido de muselina de color amarillo con lunares pequeños blancos, un cinturón que le entallaba la cintura y unas zapatillas de esparto con cinta beis que anudaba en la pantorrilla, trepando por los finos tobillos.

—De verdad siento lo de la última vez, que malinterpretases mis palabras. Las niñas no tienen la culpa.

—Yo también lo siento. No sé por qué me fui. No es fácil para mí tener una hermana que no entiende mi estilo de vida. Tú ya no te acordarás, pero me reprochaste con dureza algunas cosas, como que estaba tirando mi vida por la borda. Me gusta explorar nuevas vidas, soy tan solo una chica inquieta.

—Hacía tanto que no subías por casa —terció su hermana, cogiéndola de las manos.

—He conocido gente nueva y no por eso quiero que se me juzgue.

—Aquí nunca se te juzgará —sonrió Ricardo.

—Quizá te vuelves un poco egoísta sin quererlo —intentó culpabilizarse para relajar la conversación.

—Quiero enseñarte mis juguetes —dijo Amelia encaramada a ella.

Los niños siempre suavizaban cualquier tensión de los mayores. Ellos como nadie y sin darse cuenta echaban una aspirina al ambiente y mitigaban todo dolor de cabeza.

—Se nos va a hacer tarde. Hoy vamos a ir a jugar a los laberintos de la plaza de Oriente. ¿Queréis?

—Id al Retiro a echar migas a los patos —propuso Ricardo, y Carmen se alegró de que sintiera curiosidad por los planes.

—Si a ellas les gusta, lo haremos. Hoy la tarde es de Amelia y Violeta —exclamó tajante Carmen.

—Disfrutad. No volváis muy tarde. Sabes, Carmen, que no me gusta que estén tarde por ahí. Tienen unos horarios, mañana tienen colegio.

Carmen detestaba esa actitud de su hermana, siempre controlando todo, se preguntaba cómo Ricardo podía vivir en esos horarios militares, quizá porque él también lo era. Notó que le brotaba un sentimiento de rabia mientras ponía los abrigos a las niñas.

—Amelia y Violeta, venid conmigo, no os separéis de mí. Cuando crucemos la calle siempre de mi mano.

Las niñas se alborotaron como locas abrazadas a su tía. Carmen se dio la vuelta y se encontró bajo el marco de la puerta a Ricardo y a Helena mirándola fijamente. Una familia feliz, una vida estructurada frente a ella, una mujer soltera, con dos crías de paseo por la ciudad. Su hermana hacía unos meses le había recordado sus carencias, y ella se sentía mal por ello. Madrid estaba repleto de tabúes y empezaban a asomarse por las faldillas unos códigos católicos demasiado estrictos, y quienes no los siguieran estaban marcados. Carmen estaba señalada por su familia como cosa *non grata*. Una vida diferente que chocaba con la vida ideal; ellos eran sonrisas y lágrimas y Carmen era una mujer que se escapaba para vivir su vida fuera de las trincheras.

Había decidido aceptar la oportunidad que le brindaba Helena y todos felices. De nuevo entraba en el juego de ir a su mundo para no perder a sus sobrinas.

No pretendía averiguar lo que su hermana y su cuñado pensaban de ella, deseaba vivir una tarde tranquila con sus sobrinas. Se habían distanciado tanto que el simple hecho de disfrutar unas horas junto a dos niñas inocentes y alejadas del pensamiento interesado de los adultos, le hacía sentirse bien.

Amelia se puso de puntillas y estiró el brazo.

—Tía, quiero dar el botón —dijo, señalando el ascensor.

—Estás creciendo tanto. Pronto lo darás tú sola.

—Papá estaba nervioso —afirmó Violeta.

—¿Y en qué lo has notado?

—Cuando está nervioso, le da por tocarse el pelo y decir gansadas.

—Eso lo hacen los mayores.

—¿Decir gansadas?

—Sí, eso es.

Las tres bajaron en el ascensor con las manos entrelazadas. Se despidieron de la portera y salieron a la calle. Entonces Carmen subió con ellas por la calle San Nicolás, sintiendo el amor que le profesaban a través de esas manitas calientes. Nada más girar la esquina frente al tradicional hostal en el que los recién llegados a la ciudad pasaban meses, su tía preguntó a aquellas niñas expectantes:

—¿Queréis que vayamos a un sitio secreto?

—¿No vamos a ir a jugar en los laberintos? —dijo Amelia con su vocecita angelical.

—Anda calla, la tía nos va a llevar a un sitio más interesante.

—¿Os gustaría ir a un teatro con unos amigos? ¿Y ver guiñoles?

—¿Qué es eso?

—Marionetas que se mueven. Unos amigos llevan un teatro móvil, llamado La Barraca. Seguro que os gusta. Los patos siempre estarán ahí, pero muñecos con cuerdas que tienen vida pocas veces los veréis.

—¡Sí queremos! —exclamaron entusiasmadas.

Fueron al Retiro, donde estaba instalado el teatro portátil que iba de pueblo en pueblo representando los *Entremeses* de Cervantes. Carmen sentó a las niñas junto a ella, una a cada lado, que, nerviosas, se removieron en su asiento cada dos por tres hasta que un señor entre clarines y clamores gritó: «Con todos ustedes... *Los títeres de Cachiporra*».

Las niñas aplaudieron enfervorizadas. En el escenario improvisado un mosquito, mitad duende, mitad insecto, se acercó a Violeta y le dijo:

—Yo y mi compañía venimos del teatro de los burgueses, del teatro de los condeses y de los marqueses, un teatro de oro y cristales, donde los hombres van a dormirse y las señoras... a dormirse también. Yo y mi compañía estábamos encerrados. No os podéis imaginar qué pena teníamos. Pero un día vi por el agujerito de la puerta una estrella que temblaba como una fresca violeta de luz. Abrí mi ojo todo lo que pude. ¿Y sabéis lo que hice?

Violeta saltó nerviosa en el asiento.

—Me encanta, vienen a actuar aquí para estar en contacto con la naturaleza. Los árboles son otros protagonistas.

—Mira que eres lista.

El duende giró su cabeza hacia la niña más pequeña, que instintivamente bajó la cabeza hacia el suelo, más tímida y prudente que su hermana, por si la invitaban a participar.

—Amelia, ¿estás bien?

—Me da vergüenza.

El duende, que lo oyó, apuntó:

—El que tiene vergüenza, ni come ni almuerza.

El clamor de risas de los niños que estaban sentados en el suelo comenzó a ser un alegre cascabel, que obligaba a pararse a todo aquel que pasaba por allí.

Las niñas emocionadas seguían el alboroto de música y los diálogos disparatados del guiñol, mientras apretaban con fuerza las manos de su tía.

Al final de la obra Amelia se dirigió a su tía:

—Quiero la trompetilla que tocaba el mosquito y contarle a papá y a mamá todo lo que hemos visto.

—Es un secreto, Amelia. No podemos decir nada. Se enfadarán con la tía y no volveremos a verla.

Tía Carmen se rio, quizá había cometido una locura al mostrarles una nueva ventana al mundo.

—Esto nunca lo sabrán vuestros padres. Será algo nuestro. Quería que conocierais el teatro por dentro. Yo sé que creceréis yendo al cine. Pero el teatro siempre os transmitirá un lenguaje propio.

—Yo quiero ser actriz —gritó Violeta.

—Como nos oiga tu madre, nos mata. Crece siendo lo que quieras, pero sigue lo que a tu corazón de verdad le apasione.

—Mamá dice que tú haces siempre lo que quieres. Que eres una descarada y que no te va a ir bien.

—No es tan fácil como lo ven los mayores desde fuera. Si ser una descarada es rodearte de un abanico de gente interesante y tomar café con ellos. Sí lo soy.

—Yo de mayor también quiero ser eso.

—Violeta, serás lo que desees. Desde que nacemos ya somos lo que seremos. Va con nosotros, y a veces es complicado cuando tu mundo de fuera no acompaña a nuestra esencia. Todavía eres muy pequeña para entenderlo.

—Te he echado mucho de menos en este tiempo, pensé que no nos querías. No quiero tardar tanto en verte.

—A veces uno se aleja de las personas, no por falta de amor, sino porque necesitan tiempo para comprenderse. Tu madre y yo, aunque nos queremos, no nos entendemos. Ella ve la vida de una forma y yo la veo de otra. Y fíjate, esto representa bien lo que te he explicado: nuestras esencias siendo criadas en la misma casa fueron siempre distintas.

—¿Como una cajita de música? —dijo Violeta dando la mano a su tía.

—Exacto. Fuera suena la misma música, pero uno por dentro lo oye diferente. Y yo escucho una melodía que solo entiendo yo.

—¿Y cómo hace la otra persona para percibir la melodía completa?

—Es muy complicado, tendría que haber escrito la partitura, tendría que haber sentido la nota, haber vivido lo mismo. Y la esencia. En ese lunar está tu esencia, en esa manera de andar, de moverte. Y Amelia tiene la esencia de la bondad, la lleva en sus cabellos rizados. Tú, aunque te moldees el pelo con las tenacillas, nunca podrás tener el pelo rizado y natural de tu hermana. No llevas su esencia, ni ella lleva la tuya.

—¡Qué difícil es vivir! —exclamó Violeta con un puñado de arena en la mano.

—Vamos para casa. Se hace tarde.

—¿Tan pronto? —le preguntó ella.

—Para ser el primer día fuera no ha estado mal.

A la vuelta cogieron un simón, que les llevó a casa. Un súbito sentimiento de nostalgia le recorrió el cuerpo, supo que el día se estaba acabando y con él muchas de sus esperanzas. Luis, el sereno uniformado con su chuzo y capuchón negro que sujetaba en la mano izquierda un faro y en la derecha un pito, esperaba con la llave delante de su portal. No solo eran vigilantes nocturnos sino que vociferaban el tiempo que iba a hacer, evitaban los robos y protegían a los ciudadanos de cualquier peligro. La ciudad con ellos estaba a salvo.

—Ya es hora de recogerse.

—Sí, ya se nos ha hecho un poco tarde.

Carmen abrió su monedero y le entregó unas monedillas. Los serenos vivían del ayuntamiento y de esas pequeñas gratificaciones que alegremente algunos vecinos les daban por facilitarles la rutina en las calles de Madrid.

Sabía que le quedaba muy poco tiempo con las sobrinas. La vida se hacía de momentos, y hoy sabía que había experimentado uno de esos que no se olvidan. Viendo a Amelia y a Violeta percibía un reflejo de ella y de su hermana. Tan diferentes, en mundos iguales. Habían nacido en la misma familia, educadas por los mismos padres, viviendo en la misma casa y tan dispares. Estar con ellas y abrirles una ventana a una nueva vida le parecía un acto rebelde. No solo quería observar todo lo que pasaba a través de esa ventana, sino que necesitaba que Violeta y Amelia también se percataran de que había otro mundo y que cuando fueran creciendo podían elegirlo como ella lo había hecho.

Entraron en el ascensor. La portera había rociado de sosa la escalera y un olor fuerte se introdujo por las fosas nasales.

—Mira qué contentas van con su tía las niñas más guapas del barrio.

Violeta, orgullosa, abrazó a su tía y la sujetó la mano para que nadie se la quitara.

Subieron hasta el cuarto, donde las esperaban Helena y Ricardo, y le dieron las gracias amablemente, como quien deja unas botellas de leche en el rellano. Carmen quiso irse de allí cuanto antes, su mundo ya era otro y quería vivirlo.

—¿Vendrás a comer mañana?

—Creo que no.

—Gracias de nuevo. Ya sabes que aquí tienes tu casa.

Sonó con tono frío. Carmen y ella lo sabían, pero habían aprendido a sonreír sin pararse a pensar o hablar del dolor que podían sentir. Con ellas era mejor pasar página, porque detenerse en alguna era recriminarse, era no entender la vida y ofuscarse por algo que ya no tenía sentido. A veces cuando algo no tiene solución es mejor callar que increpar.

En muchas ocasiones las relaciones entre hermanos se deterioran cuando aparecen las parejas, que suelen actuar como piezas externas que se interrelacionan, y en la mayoría de los casos creemos que son esos elementos externos los que perjudican las relaciones familiares. Nada más lejos de la realidad, los hermanos, las hermanas, juegan su papel, están ahí, crecen, se mueven y siguen siendo los protagonistas. Nadie ajeno tiene la culpa, solo ellos pueden hacer frente a la indolencia. Carmen y Helena no querían destapar la realidad, que se les antojaba cada día más difícil de olvidar. Agitar sus sentimientos de camaradería infantil había dejado de funcionar, se batían interiormente perplejas porque nada era igual que antes y, aun así, había unas niñas a las que amaban profundamente que no tenían la culpa de los secretos, de los sentimientos encubiertos que ni siquiera las protagonistas querían destapar. Aparentar, disimular y hacer que no pasase nada, continuar viviendo, eso se les daba muy bien a Helena y a Carmen.

3

Hay manos que triunfan al quedarse vacías y otras como puños que no conservan nada.

ERNESTINA DE CHAMPOURCÍN

En el mes de febrero, Helena pasó varios días en cama. Su marido estuvo atento desde el primer momento. Todas las tardes colocaba un vasito de agua en la mesilla, y le trajo una campanita para que lo llamase cuando necesitara algo. De las niñas se encargó Turi, no querían que molestasen, Helena necesitaba descansar.

Amelia de vez en cuando se dejaba caer por el cuarto de su madre. Algunas veces le ponía un trapo húmedo en la frente, otras le leía algún cuento que traía con cuidado desde su habitación o simplemente se acercaba y le besaba la mano con ternura.

Violeta era algo más despegada, pasaba menos tiempo con su madre, probablemente porque estaba mucho más asustada, pero ayudaba de la mejor forma que sabía; apenas se la escuchaba en casa, se portaba bien, no jugaba a la pelota, no gritaba y procuraba comer rápido para no alargar los tiempos del almuerzo. La portera también lo agradecía porque había dejado de tirar vasos de agua al patio interior.

La gripe era una señorita del pan pringado, llegaba a su cita puntual cada mes de noviembre. En Madrid, una ciudad con escasos espacios higiénicos, en la que la población aumentaba cada año y en la que con mayor frecuencia se compartían medios de transporte como el tranvía, o tabernas, era normal que atacara con fuerza. Solía llamarse «la Pepa». ¿Tienes a la Pepa ya? ¿Cuándo se irá la Pepa de la casa?

El primer día de febrero que pudieron salir a la calle era domingo. Las niñas estrenaban muda interior y vestiditos con lazada en la parte de atrás. Al fin, los cuatros juntos, marchando como una familia idílica en la que el matrimonio guiaba los pasos de las pequeñas que iban detrás jugando al pilla pilla. Como todos los domingos se dirigían a la iglesia de Jesús.

Los tacones de Helena, al unísono con los zapatos de su marido, marcaban el paso como en una marcha militar. Violeta cada vez más a la zaga, se entretenía mirando los escaparates de las tiendas, saludando a los vendedores ambulantes o repasando la altura de los edificios, mientras su hermana corrió a coger las manos de sus padres. Al pasar por el hotel Palace, alcanzó a tirar de la trenza a Amelia. Ya le estaba molestando de nuevo.

—Os vais a hacer daño —dijo Helena, separándolas.

Le sacó la lengua. Ricardo la cogió en brazos y la intentó calmar.

—Hacedlo por vuestra madre. Acaba de salir convaleciente y no podemos alterarla así. —Y añadió—: Mira, Helena, mira el hotel Palace. Podríamos pasar una noche tú y yo aquí. Dicen que tiene unas vistas espectaculares al Retiro.

—Nosotros nunca vamos a poder pagar ni una noche en ese hotel.

—¿Cuánto cuesta una noche? —preguntó Violeta de forma petulante.

—Tiene que rondar las ochenta pesetas.

—¿Y el hotel de enfrente?

—¿El Ritz? Más de lo mismo. Siempre se han hecho la competencia.

El padre interrumpió la conversación y les dio una lección de historia. Le gustaba dirigirse a ellas como si fuesen adultas.

—El Palace y el Ritz los mandó construir Alfonso XIII para su boda.

—Una excusa perfecta —dijo Helena divertida.

Doblaron la esquina y vieron entrar a la gente, en su mayoría matrimonios, pero también alguna mujer solitaria que quería escuchar el sermón de don Eustaquio, nuevo en la iglesia desde hacía un mes. Helena se sentó en los primeros bancos, sin embargo, a Ricardo, que no le gustaba figurar, prefería hacerlo en los bancos de atrás. Como buen militar necesitaba tener una vista panorámica del lugar.

Una vez que estuvieron acomodados y mientras esperaban el inicio de la misa, a su lado por el pasillo central un hombre con el pelo revuelto, jirones en la ropa y con pinta de indigente comenzó a pasear lento hacia el altar a la vez que farfullaba palabras ininteligibles. Desprendía un olor a viejo, como armario cerrado.

—Huele a naftalina, mamá.

—¡Te quieres callar, hija, y recogerte un poco en tu asiento!

De pronto y ante el público que llenaba el templo, sacó una pistola. Helena despavorida corrió hacia un rincón junto a sus hijas. Sospechaba que aquel hombre empezaría a disparar a diestro y siniestro

—Salid fuera. —Ricardo gesticuló con los brazos.

—Ricardo, ven con nosotras.

—Salid, por favor. Yo iré enseguida.

Todo el mundo corrió sin ninguna dirección. La madre cogió a sus dos pequeñas y con las prisas tiró el cepillo que había encima de un banco. En un descuido, mientras la gente marchaba despavorida, Violeta se deshizo de la mano de su madre y corrió al lado de su padre. Este estaba agachado en un banco. Su hija se apoyó sobre su espalda.

—¿Por qué no te has quedado con tu madre?

Desde el centro del pasillo el hombre dirigió la pistola hacia su boca, se disparó y cayó hacia atrás como un peso muerto. Violeta no lloró. Levantó los ojos y apoyó su barbilla en el banco de madera.

—¿Ha muerto, papá?

—¿Por qué no te has quedado con tu madre? —repitió sin cesar Ricardo.

—Papá, quiero estar aquí contigo.

Su padre abrazó a Violeta y suspiró.

—Pobre hombre. Cómo tienes que estar para hacer algo así —dijo pensando en alto.

—Tengo miedo.

—No te preocupes, ahora seguro que viene la ambulancia y le salvan.

—Eso lo dices para que me quede tranquila.

—Anda, ve con tu madre y tu hermana.

Antes de salir, Violeta corrió a ver la imagen de un niño Jesús que había en una de las capillas junto a la puerta principal de salida, se arrodilló y le dio las gracias, no sabía muy bien por qué. Mientras, Ricardo se acercó al cadáver, le tomó el pulso, le cerró los ojos y se detuvo en la expresión atormentada del aquel hombre. No entendía su acto, pero podía comprender su desesperación.

Cuando salieron, una ciudad de contrastes les estaba esperando, la multitud espantada de los feligreses asustados mezclándose con los que disfrutaban del Carnaval; el primer día lleno de serpentinas y confeti, que empezaba a inundar las calles; personajes y animales que reían y bailaban ajenos al horror que se había vivido dentro de la iglesia hacía escasos minutos.

Violeta aún siguió apretando la mano de su padre, tan valiente como él no se había amedrentado en los momentos difíciles. Su padre le soltó la mano, la puso delante de él, la cogió por los hombros, la apretó con fuerza, como quien quiere recoger la entereza que a él le faltaba, y despacio se inclinó hasta darle un beso en la cabeza.

Helena y Amelia todavía temblaban, apenas gesticulaban, solo un hilo de voz salió de su boca:

—Querido, ¿estáis bien?

—Tranquila.

El carnaval y su música ensordecedora, con sus gigantes y cabezudos, desfilaban por la calle. Madrid vivía una época convulsa. Ricardo pisó una serpentina y la humedeció con la sangre que llevaba en la suela de su zapato. Helena giró la cabeza.

—¿Habéis estado muy cerca?

—Tranquila, ya pasó.

La algarabía arrastró a la familia Herrera del Saz, que entrelazaron sus manos esperando llegar a casa y olvidar. Amelia siguió llorando, no pudieron quitarse de la cabeza lo que vieron. Violeta no derramó ni una lágrima. Tiró de la chaqueta a su padre y le miró.

—Papá, no ha llegado ninguna ambulancia.

Él la subió encima de un banco para mirarla a los ojos, quería estar seguro de que su hija escucharía con atención lo que quería decirle.

—Todos tenemos nuestro momento para morir. Él eligió el suyo.

Como cada domingo, Ricardo les invitó a tomar el aperitivo en la castiza taberna de El Anciano Rey de los Vinos, que obviamente en 1931 eliminó la palabra rey de su rótulo, situada en la calle Bailén, muy cerca de su casa.

Helena y Ricardo comenzaron a discutir acaloradamente en la calle, porque ella no entendió cómo todavía le quedaba cuerpo para beber un chato después del espanto que acababan de presenciar. Y Ricardo firme e impertinente, como solía comportarse cada vez con más frecuencia, tiró de las niñas y elevó la voz diciendo que seguirían con los planes de siempre, evadirse tomando un vermut.

Finalmente, Helena se resignó a seguir los pasos de su marido porque no quiso ser el blanco de las habladurías del barrio una vez más, y alertar a todos de que el matrimonio discutía en cualquier momento o lugar.

Una vez dentro, se dirigieron al final de la barra, Ricardo subió a un taburete a su hija pequeña y pidió un chato y un vermut y dos vasos de limonada para las niñas.

Violeta pidió permiso para a ir al baño, necesitaba un espacio donde apoyar los brazos, el cuerpo sobre las paredes tiznadas, respirar y preguntarse cómo todavía seguía impasible; quizá la imagen de su padre le ayudó. Su héroe, sacado de cualquier vulgar cuento de hadas, las salvó, y al menos le debía el acto gallardo que habían vivido hacía un momento, como si aquel fuera el mejor regalo que pudiera hacerle en su vida, porque quizá no encontraría nada mejor que ofrecer una niña como ella a la que todos castigaban por su infinita desobediencia.

Los acontecimientos que rugen con fuerza en nuestra memoria cuando crecemos son inversamente proporcionales a los sentimientos que desarrollan los adultos cuando los viven juntos.

—Cariño, ¿estás ahí?

—Sí, papá. Ya salgo.

—¿Estás bien, mi amor?

—Sí.

—Termina la bebida y vámonos a casa. Hoy ha sido un día un poco complicado.

Y de la manera que solo los niños pueden devolvernos su pincelada de realidad más disuasoria, Violeta creyó que aquel momento heroico sería premiado como si fuera la cruz del mérito, con su anhelo más preciado, el diábolo.

Se colocaron alrededor de la mesa del salón, adornada con el mantel de lino bordado a conciencia por Helena durante sus años de adolescente para acompañar su ajuar. Mientras Turi terminó de servir una sopa de ajos, recién preparada, cazo a cazo despacio desde la sopera al plato. Helena, aún impaciente y nerviosa por la discusión, por lo vivido en la iglesia, animó a Turi a servir con más apremio porque el caldo se enfriaba, y Ricardo miró con desdén a su esposa porque no entendía que los conflictos en casa acabaran salpicando a la que menos interfería.

—Querido, estamos viviendo un ambiente convulso. No me gusta lo que ha pasado hoy.

—Lo sé, comprendo que estés así. Para mí, tampoco ha sido fácil.

—¿Tú sabes algo más?

—Nada concreto, las cosas están cambiando. No hay que alarmarse, son incidentes sin importancia como los de la Gran Vía del año pasado. Todo se solucionará.

—Anoche no me gustó nada que el sereno te dijera «sin novedad en el frente, mi capitán». Me molesta el tono que utiliza cuando te saluda con ese «capitán». Lo suelta con un poquito de sorna. Por favor, si ni siquiera estás ya en el ejército.

—Luis es un buen hombre, quiso hacer su gracia. No hay que tomárselo mal.

—La gente ve a los militares como enemigos. Nadie piensa que sois hombres de paz. Y eso no me gusta, porque si las cosas se empiezan a poner peor...

—Tranquila, de verdad.

—Tenemos dos hijas.

—De verdad, no va a pasar nada. Os voy a proteger, no dejaré que nadie os haga daño.

Probablemente, las situaciones más tensas se resuelven con mayor facilidad cuando la inocencia se abre paso.

—¿Sabéis qué sería lo mejor, papá y mama? —comentó Violeta, decidida a exigir su recompensa.

—Dime, cariño, seguro que tienes la mejor de las respuestas.

—Regaladme el diábolo y se esfumarán los problemas.

Ante la sobria ocurrencia se sonrieron y un «no hay regalo» sobrevoló la habitación, como comenzaron a hacerlo las noticias, una vez que Ricardo encendió el receptor.

«El alumno de sexto año de Medicina, Matías Montero, de veinte años, domiciliado en Marqués de Urquijo 21, vendedor del seminario F.E, al regresar a su casa es tiroteado. La policía detiene en las inmediaciones a un joven socialista que porta una pistola con cuatro proyectiles disparados. Ese mismo día el Mercado de la Cebada es un hervidero de guardias por todas las esquinas, lo que no impide que el presidente de la Juventud Socialista Madrileña, Enrique Puentes, sea tiroteado en la travesía de San Mateo, resultando ileso. En el Instituto Calderón de la Barca, resulta herido Antonio Ruiz Cuerda de la FUE, por un estudiante perteneciente a las JONS...».

La sucesión de noticias fueron interrumpidas por Helena con un grito y un portazo.

—Apaga la radio, por favor. No quiero escuchar más barbaridades.

—Sí, es lo mejor.

—¿Quieres que vayamos al teatro?

—Ricardo, por favor.

—Tranquila, no hay que hacer nada obligados.

De repente, los plomos saltaron. Ricardo bajó al cuarto de contadores. Turi llegó al salón con una vela. Alrededor de ella, Helena comenzó a rezar. La luz incandescente iluminó sus caras.

—Turi, tengo miedo, hoy nos ha pasado algo muy grave, íbamos con las niñas...

Ricardo las interrumpió.

—Bueno, basta ya. Sí, Turi, un tipo se ha pegado un tiro. Esas cosas pasan cuando la gente no es feliz.

—Me voy a la cama.

Helena estaba nerviosa, no podía más con la situación, ella no era tan valiente como su marido ni se tomaba las cosas con tanto aplomo.

Esa noche durmieron distanciados en la cama, donde aún se podía percibir cierto nerviosismo por la situación que habían presenciado. Pero de nuevo la luz radiante de la mañana les hizo desconectar de la noche anterior. Helena se aseó, luego desayunó y a final de la mañana salió con Turi a hacer la compra. Ricardo recibió a uno de sus amigos y lo llevó al templo de su despacho. Este daba al dormitorio de las niñas, solo les separaban unas cortinas de ante dibujadas con la flor de lis con un cordón que las ataba. Ricardo alzó la voz:

—Madrid es una ciudad de vagos y maleantes que se esconden bajo signos políticos con tal de armar bulla.

—Las cosas, Ricardo, se van a poner mal.

—Ya lo sé. Deseo proteger a mi familia, y al abandonar la carrera militar creo que lo hago, pero tampoco me gusta lo que oigo, lo que pasa es que a Helena no la puedo preocupar.

El amigo decidió aceptar la invitación de comer en casa y Ricardo pidió a Turi que se llevara a las niñas al cine de la calle Goya. No querían que corretearan cuando los compañeros de carrera estaban de visita.

—Las cosas por Madrid se están poniendo muy mal. Deberías irte a un lugar seguro. Todos estáis fichados por vuestras insignias de militar.

—No va a pasar nada, sinceramente no creo que haber servido durante años como militar sea un lastre.

—Te veo, Ricardo, como si nada te importara, como si la vida no tuviera valor.

Se abrió la chaqueta y sacó dos entradas de teatro.

—Esta noche se estrena *Yerma*, dicen que hay un chico llamado Lorca que escribe como pocos. ¿Por qué no vais tú y tu mujer? Yo creo que os vendría bien.

Ricardo tomó las entradas y pensó que, dada la convulsión del país y de su alma, el drama lorquiano era un buen plan. Por lo menos vería a otros sufrir y se sentiría reconfortado.

4

El corazón es centro, porque es lo único de nuestro
ser que da sonido.

MARÍA ZAMBRANO

El sonido de las campanas la despertó a primera hora de la mañana. Helena se estiró entre las sábanas bajo la cadencia de los
suaves tintineos que se escuchaban desde la iglesia de la Glorieta
de Bilbao. Se recostó en la cama esperando a que su tía abriera las
cortinas de terciopelo y le diera los buenos días. Ella no era tan
dulce como su madre, no la despertaba con un beso en la frente
o tarareando alguna canción. Su tía era brusca en el trato, una
mujer que no había tenido hijos y que le habían caído dos de la
noche a la mañana.

Helena vivía en deuda con la risa, con los sueños, porque
sentía que no tenía derecho a disfrutarlos; no obstante, en un día
tan especial como ese amanecer en el que cumplía diecinueve
años, brotaba una ligera esperanza. Su mundo había cambiado,
pasaba de subirse los calcetines a quitárselos de manera súbita.
Las circunstancias imprevistas con las que les había golpeado la
vida las hizo crecer muy rápidamente. Atrás quedaron las rodillas de su padre donde se sentaba, el olor a pipa y los concursos

de perros en el Retiro a los que acostumbraba acompañarle. De un día para otro su vida había dado un giro extraordinario, había pasado de vivir con sus padres a estar junto a dos extraños, a quienes había aprendido a querer a base de acostumbrarse. Sus tíos cerraron su antiguo hogar y, sin pensárselo, se fueron a vivir con dos jóvenes sobrinas huérfanas, intentando que el nuevo hogar fuera el refugio de una familia desolada.

Por primera vez, su tía apareció con una sonrisa lisonjera mientras portaba una bandeja con el desayuno preparado. Su sobrina se hacía mayor y no quería que perdiese el tiempo, era un buen momento para encontrar un prometido acertado. No podían permitirse que una mujer se quedara para vestir santos, mientras las chicas de su edad recorrían de arriba abajo la Plaza Mayor para dejarse ver, como un ritual de mujeres casaderas en aquel Madrid castizo.

El carácter introvertido y asustadizo de la mayor de las Galiana no debería arrinconarla en un lugar de la casa junto a la máquina de coser. Tenía que dejarse ver, para lograrse un porvenir.

A pesar de que en esos años veinte algunas mujeres habían empezado a estudiar en la universidad, y que se presagiaba un cambio en el destino final de todas ellas a través de los aires influyentes de Europa que estaban penetrando con fuerza, la realidad era otra bien distinta. Había mujeres que estudiaban en la facultad de Farmacia, o en Filosofía y Letras, y desgraciadamente nunca ejercían su profesión, y las que lo hacían terminaban pasando largas horas sentadas viendo sus consultas vacías; la mujer seguía sin ofrecer la confianza necesaria en un mundo laboral ya definido.

—Helena puede estudiar si lo desea, incluso trabajar escribiendo a máquina, o ser modista, pero que lo vea como un entretenimiento. Su vida tiene que estar en la cotidianidad, en la casa, con un hombre de bien y con unos hijos, es la única manera de ser feliz. Una familia le va a dar estabilidad. Es lo que hubiese querido mi hermano para ella y voy a luchar para que estas dos pequeñas encuentren su lugar —confesaba Víctor, su tío, a todo aquel que se le acercaba, más con el afán de cotillear si las niñas hablaban con algún chico que con la sincera preocupación que cabía esperar.

En estos últimos años habían pasado muchas cosas en la casa de los Galiana que habían precipitado la madurez de las dos niñas, principalmente la muerte de su padre tres años atrás, cuando en uno de esos días de frío invierno, sufrió un infarto inesperado mientras desfilaba con el fusil al hombro como somatén frente al Palacio Real.

Le velaron en casa como era costumbre, expuesto durante un largo día en el que la familia y sus dos hijas se preguntaban si aquella pesadilla era real. Helena todavía se despertaba a medianoche con las imágenes de su padre impecablemente vestido encerrado en aquella caja de pino, mientras decenas de vecinos y conocidos pasaban a su lado dándoles el pésame.

Su muerte prematura les dejaba en la desolación más absoluta. La pequeña de las hermanas estaba muy unida a él, habían profundizado en una relación tan cómplice que a veces más que padre e hija parecían compañeros de juegos que pasaban las horas construyendo maquetas de balandros.

Probablemente aquel viudo esmerado con sus hijas se había visto obligado a serlo porque el pilar de la familia, la madre de las niñas, les había dejado años antes. La tuberculosis había infectado sus vidas y aquello supuso un varapalo tremendo para las dos pequeñas, que padecieron la enfermedad de su madre como un sufrimiento largo, horas de cuidados en casa y la premonición de una muerte anunciada y lenta que habían gestionado como algo cotidiano.

Se habían quedado sin referencias, sin esos anclajes familiares cuando más lo necesitaban. Pero gracias al hermano del padre, Víctor, y a su mujer, Piedad, que se habían quedado al cuidado de ellas, las niñas empezaban a ver cómo se normalizaba su vida. Su tío, hombre militar, recio, junto a su tía, una mujer que entendía la vida solo estando casada, empujaron a Helena a una de las fiestas militares benéficas que se iban a dar en el Hipódromo de la Castellana. Con motivo del ascenso de un amigo de ellos de coronel a general, don Jorge Soriano Escudero, habían recibido una invitación. Se iba a celebrar una fiesta para entregarle solemnemente el bastón, el fajín y el sable de general que le regalaban sus subordinados.

Madrid estaba cambiando. Dos años antes, Primo de Rivera triunfaba sin apenas oposición, el rey Alfonso XIII aprobaba este golpe y permitía y hacía caso omiso a la Constitución y apoyaba un Gobierno de militares. Adiós a los políticos, el Gobierno se formaba de generales y el ambiente tenía aire de marcha marcial. España dejaba de ser una monarquía constitucional para dar paso a una dictadura militar. En septiembre de 1923, Primo de Rivera juraba el cargo de presidente de un nuevo directorio militar junto a generales como Mayandía, Navarro o Ruiz del Portal, entre otros. El pueblo le recibía bien, tenía un carácter espontáneo e intuitivo que hacía que se identificaran con él. Se disolvían las Cortes y se suspendían las garantías constitucionales. Las primeras medidas que tomó fueron acabar con el sistema oligárquico, disolver el caciquismo y todos los ayuntamientos. Mientras tanto, Europa salía malherida de una primera guerra mundial. Un año después moría Lenin en Moscú. Las noticias se disparaban, todo fluía rápidamente; sin embargo, el teatro y el ocio continuaban salvando la capital.

Madrid se vio afectada por la implantación de una serie de normas prohibitivas. Así, si dos o tres amigos se paraban en alguna esquina, el guardia de seguridad se les acercaba y les gritaba: ¡Circulen, circulen!, algo que divertía y molestaba al madrileño de a pie. Había concursos de gallinas en la Casa de Campo, los hombres se acababan de quitar la barba, las mujeres llevaban la falda un poquito más larga y el gran científico de pelo alocado Einstein acababa de aterrizar en Madrid. El madrileño al que todavía no le había llegado la radio y que solo tenía el cine mudo para entretener sus ocios vivía ajeno al mundo exterior.

La casa de las Galiana era un reflejo de lo que pasaba en la calle. Hacían caso omiso a las noticias que llegaban, la vida se aceptaba según viniera. Su tía descorrió del todo las cortinas y la luz entró de lleno en la habitación incidiendo en los ojos azules de Helena. La mujer insistió en que algo importante la estaba esperando en la lámpara del comedor.

—Hoy es un día muy especial. Por eso queremos darte algo también especial, tu vida de señorita empieza hoy.

Helena se encontró con un traje colgado en la lámpara de araña. Nunca había visto nada igual. Sus tíos se lo habían comprado en las Sederías de Lyon de la Carrera de San Jerónimo. Un modelo confeccionado en piel de ángel, de un azul cerúleo pálido que le hacía resaltar sus ojos, ceñido en la cintura, plegaba el vuelo en los costados. Su tía se acercó y abrió una cajita de la que extrajo un ramillete de flores silvestres, prestando a su vestido un ingenuo encanto.

—Tu madre se sentiría tan orgullosa de ti. Si te viera se emocionaría. Te has convertido en una mujercita que no tardará en hacer feliz a algún hombre.

—Ella seguro que desde algún lugar nos está observando.

—No lo dudes. Mira, estás preciosa. Radiante diría yo. Tu mundo hoy va a cambiar, te lo garantizo.

—¿No es demasiado elegante? —preguntó sorprendida.

—Hoy nos acompañarás a lo que será tu primera fiesta social. Habrá gente importante, por lo que debes comportarte.

—No sé si sabré hacerlo. Pero ¿vendrá mi hermana conmigo? —Su entonación desvelaba cierto nerviosismo.

—Ha llegado el momento de separarse. Aunque tenéis mucha afinidad, tú eres un año mayor y toda una mujer y tienes que empezar a labrarte un camino. Estás en otro momento, ella pronto lo estará y entonces volveréis a ese punto de unión. Pero los años van pasando y no vuelven. Tu tío y yo hemos pensado que es hora de dar un paso hacia una nueva vida, y qué mejor para entrar en sociedad que hacerlo de nuestra mano.

—El vestido es tan bonito. No sé cómo agradecéroslo.

Helena lo apretó contra su pecho como si fuera el pasaporte a una vida nueva. Era la primera vez que le regalaban algo tan preciado, le parecía una aventura excitante que debía aprovechar. Las rutinas domésticas se aparcaban el día de su cumpleaños dejando entrar un soplo de distinción a su vida.

—Tu tío prefería uno de flamisol en blanco, pero yo creo que no resaltaba tus ojos color mar. Con ellos pescarás todos los peces del océano. Ya sabes cómo es. En el fondo es un tradicional. No le hace ninguna gracia que se lleven a su niña.

—Yo quiero seguir con vosotros.

—No te irás lejos, pero estás en una edad peligrosa en la que puedes perderte. Pensamos que te encuentras a un paso de alcanzar la madurez. Y nosotros te vamos a dar un empujón.

—Quiero probármelo.

—No es para menos. Hazlo. El tío ha ahorrado también en estos meses para poder darte algo, se siente en deuda con tu padre.

Los nervios se agarraron a su tripa. Cogió el vestido como si se tratara de su pareja de baile y bailó con él por toda la casa.

Carmen jugaba a ponerse de pie en una silla sin manos cuando advirtió a su hermana pasar como un cohete.

—¿Adónde vas tan deprisa?

—Los tíos me van a llevar a una fiesta. Habrá gente importante.

—Yo quiero ir contigo.

—Todavía eres muy pequeña.

—Voy a cumplir dieciocho el año que viene. Bueno, prométeme que luego me contarás todo con pelos y señales. Si alguien recita algún poema, o si hay pintores con sus caballetes en las esquinas.

—Seré tus ojos. Te contaré todo, Carmen. Debe de haber gente muy importante. La tía quiere que me ponga este vestido. Habrá hombres apuestos y no vacilaré para conocer a alguno.

—Yo no me quiero casar. Quiero estudiar, me gustaría ser médico, o escribir versos como Pardo Bazán, o ser una aventurera e ir de polizón en cualquier barco. O mejor, trabajar como fotógrafa y captar la esencia de cada persona. Quiero hacer tantas cosas que siento que no voy a tener tiempo.

—Tienes unas ideas descabelladas. Ahora piensas así, pero cambiarás, ya lo verás. Un año en la vida de una mujer es una vida.

Carmen se quedó pensativa. No entendía esa ilusión de su hermana por estrenar un vestido. Ella ponía la ilusión en otras cosas.

A veces los pequeños hitos que marcan nuestra vida pasan desapercibidos. Y, así, en aquel preciso instante un distanciamiento invisible bajo la seda de un simple vestido escondía la primera ruptura de la relación de dos mujeres para siempre.

Carmen se quedó pensativa, no comprendía esa emoción desbordada de su hermana. Ella se interesaba por asuntos bien distintos, lo que no impidió que una sensación de temor frente a todo lo que estaba revolucionándose alrededor se manifestara en su interior. Su mundo que estaba parado ahora comenzaba a dar vueltas muy deprisa, como una peonza que se choca con las esquinas de los armarios.

Se despidieron en el rellano y una tímida sospecha se posó sobre ella, algo se escapaba de sus manos, su hermana del alma, su compañera de juegos se iba a un lugar donde ella no estaba invitada. Por primera vez se alejaban y ninguna sabría hasta qué punto. La casa se quedaba en silencio sin las risas cómplices de las dos niñas que hasta hacía pocos días todavía jugaban en el dormitorio. Carmen la esperó durante largas horas. Soñó con que le fuera bien, que estuviera tranquila y que le contara qué había ahí fuera que necesitaba llevar un vestido que no fuese de crepé para sentirse importante. Se sentó en el sofá, se descalzó, alargó el brazo y dejó caer la aguja en el gramófono, sonando los *takes* de Porter, mientras leía un poema de Emilia Pardo Bazán.

> *Alma mía, despliega esas alas*
> *que inertes y rotas plegaste, cual suele*
> *la herida paloma.*

Una melodía envuelta en Cole Porter se escuchaba a lo lejos. Una fiesta espléndida les esperaba en el Hipódromo de la Castellana.

Este lugar generaba mucha controversia desde su inauguración; por un lado, muchos lo percibían como un obstáculo para que la Castellana creciera y se modernizase y otros lo veían como el lugar ideal para salir de la rutina: apostar por las carreras de caballos o disfrutar del campeonato de saltos en los días soleados.

La polémica estaba servida y, entre viandas y refrescos, siempre se discutía en la cantina del Hipódromo sobre las cuestiones que giraban en torno a su demolición. Unos a favor y otros en contra, pero es que así era el ambiente del país, siempre sumido en debate.

Había sido inaugurado a finales de siglo XIX por Alfonso XII y doña María de las Mercedes en los altos de la Castellana, rodeado de villas y palacetes, donde años más tarde se construirían los Nuevos Ministerios. Era un punto de encuentro de la alta burguesía y la sociedad madrileña. No dejaba de ser un club social para que las jóvenes casaderas conocieran a tipos distinguidos y las personas de un alto nivel social hablaran de la sociedad madrileña bajo la mirada de los caballos cabalgando en el césped cortado al uno.

La mayoría del público utilizaba la línea de tranvía Bombilla-Hipódromo, inaugurada en 1908, para llegar, ellos con sus trajes de chaquetas abotonadas cruzadas, y ellas con sus vestidos de muselina, mientras otros llegaban a pie. La estructura de dos tribunas a ambos lados, una gran explanada donde se colocaba el público y, al fondo, el tendido de los sastres, un lugar para los que entraban sin pagar semejante al gallinero en el teatro, revelaba la posición social de cada uno en la capital con solo mirar en qué grada estuvieran. Gómez de la Serna calificaba todo aquel despliegue como el desfile de las rentas. Todos querían aparentar y tener un lugar distinguido para encontrar lo que venían a buscar, cerrar un buen negocio, tratar preocupaciones o casar una hija con algún joven interesante de la aristocracia.

Un ruido ensordecedor de caballos dio la bienvenida al general Miguel Primo de Rivera, quien tomó asiento en la tribuna regia. Aparentaba ser un tipo afable y encantador saludando a los allí presentes. A su izquierda se sentó el conde de Romanones y a su derecha, el diplomático Salvador de Madariaga. En la fila de delante se acomodaron el alcalde de Madrid y las representaciones de las Repúblicas hispanoamericanas. Cuando ya estaban todos sentados hizo su aparición el rey de España, Alfonso XIII, que vestía uniforme de capitán general con las insignias del regimiento del rey. Le acompañaba doña Victoria Eugenia, que iba con un vestido de tisú en plata. Había acudido con las infantas para organizar una rifa benéfica por las familias de las víctimas de Marruecos.

Las patrullas de Caballerías entraron saludando al rey. Todos firmes. Los caballos en línea esperando que se levantara el monarca y les hiciera el saludo militar. Al fondo se podía ver el departamento de apuestas, la sala de peso y secretaría. Las gradas estaban separadas por un seto de pista donde se amontonaba la gente para ver las carreras.

El alcalde se levantó y leyó ante los concurrentes los textos de los telegramas intercambiados entre el rey de España, Italia y los presidentes de las Repúblicas de Argentina, del Uruguay y de Brasil, y entre los jefes de los Gobiernos italiano y español. El monarca agradeció de forma cálida y efusiva a su majestad Víctor Manuel el espíritu fraternal entre ambos. Un aplauso atronador se oyó en el Hipódromo.

A partir de ese momento comenzó el disfrute de un día maravilloso y soleado. Iba a dar comienzo el concurso de saltos de obstáculos.

Helena, que había hecho su entrada del brazo de su tío, llevaba el pelo recogido y dejaba ver su cuello como un cisne que echaba a nadar en el estanque. Su tía iba detrás saludando a los allí presentes. La piel le brillaba como nunca; quizá la excitación de estar en un lugar tan nuevo para ella proporcionaba cierta transpiración inusual de sus poros, ayudada por los pómulos maquillados que su tía Piedad había decidido marcar con colorete rojizo.

Se acordó de su hermana, lo bien que lo pasarían juntas oteando a esas mujeres de la aristocracia que ponían ojitos a todos los hombres del lugar. Las mujeres vestían impecablemente. Unas llevaban martas cibelinas por los hombros, otras iban embutidas en vestidos crepés dejando sus hombros al aire. Las había ataviadas con vestidos largos estilo charlestón y largos collares de perlas o con sombreritos en forma de cascos. Algunas llevaban anteojos, otras, sombrillas para frenar el sol abrasador y ellos, sombreros.

—Quiero estar en la tribuna aquella —solicitó, señalando el lugar exacto—, la que está cerca de la cantina para poder comer algo y poder bajar al césped.

—Esa es la tribuna de la libre circulación. Ahí no puedes estar. Tenemos la tribuna norte, Helena. Si podemos evitar la gente mejor. Y encima con este vestido maravilloso, para que te salte el barro y se estropee. Por la comida no te preocupes, habrá un *lunch* exquisito seguro.

Helena se enfadó, quería apreciar aquel bullicio desde más cerca. Le encantaban los caballos. En un bolsito llevaba unos diminutos prismáticos para observar al público más selecto. El césped recogía los palmitos de la alta burguesía y sociedad madrileña. Se sentía importante. Podía ver a los *jockeys* preparados en las cuadras acariciando a los caballos y poniéndoles las sillas que les tocaría montar.

Alfonso XIII bajó para saludarles y desearles suerte. El rey tenía algunos caballos de sus cuadras y algún jinete predilecto. El departamento del jurado se hallaba en la tribuna posterior oteando el césped y viendo cómo los jinetes se aproximaban al *starter* para comenzar sus carreras.

—¿Disfrutas, Helena?

—Mucho, estoy muy emocionada. Gracias por traerme.

—Víctor, mira, han venido los Herrera del Saz. Les estoy saludando. Ella siempre tan elegante y distinguida —dijo Piedad, haciendo aspavientos con la mano.

—Estupendo, luego les vemos. El chico acaba de venir de Marruecos, han hecho una labor encomiable. Desde luego que hay que estar orgullosos de nuestro ejército. Fue muy valiente en la campaña de Annual, me contó su padre. Además, siendo tan joven, la verdad es que le honra. Le auguro muy buen porvenir.

—¡Cuándo terminará esta dichosa guerra!

—Aún falta tiempo, estamos perdiendo muchos hombres. Creo que quieren desembarcar en Alhucemas, pero todavía les queda mucho. El pronto de ellos no es el nuestro. Quizá meses, o un año. Quién sabe. El año pasado en el Rif, Primo de Rivera trató de contener, no esperaba algo así. Para él, la única solución era un semiabandono. Y eso que el general Francisco Franco no lo veía así y ha habido bastante tensión entre ellos. Romanones luchó mucho por quedarse en tierras africanas y seguir al pie del cañón. Y mira, ahí tienes a Madariaga, que dice que gracias a este éxito rifeño estamos más unidos a Francia. Todos quieren figurar y llevarse los galones por delante. Tenemos que confiar en otros países, siempre creemos que podemos con todo. Y opino que Francia nos ayudaría mucho. Cada día pienso que el éxito será cada vez más naval.

—¿Y el chico de la guerra que nos concierne dónde está?

—Sí, por eso el chico de los Herrera del Saz se volvió, él es de Infantería y bueno, según su madre, es un chico demasiado emocional. Lo ha pasado mal.

—En la guerra y el amor uno debe dejar las emociones fuera.

Helena se levantó y fue a la rifa benéfica, le apetecía ver a las infantas de cerca, y a la reina Victoria Eugenia, que se mostró amable con los allí presentes.

—Buenos días, ¿le gustaría colaborar?

Helena compró un número para entrar en la rifa. Nunca había tenido a la familia real tan cerca y estaba deseando llegar a su casa para contarle todo a su hermana. Al final pudo ver con sus propios ojos lo que decía su hermana, que eran personas como ellas, aburridas y fuera de lugar, posando como si hubiera una cámara delante.

Subió de nuevo a una de las crujías, la exterior, un lugar privilegiado dado los contactos que tenían sus tíos. Un disparo al aire y los caballos comenzaron a correr a toda velocidad por la pista. Le llamó la atención un chico moreno, que se ponía de pie para aligerar el peso y poder correr más. Apretaba sus muslos a los lomos del caballo. Su pelo ondeaba al viento, era arrebatador verle. Tanta masculinidad en sus brazos, sintiéndose campeón. La adrenalina al verle subió por momentos. Un escalofrío recorrió su cuerpo, algo que la sorprendió, porque ella no era de esas mujeres que se dejaban llevar por las emociones.

—¿Cómo se llama el caballo del jinete número siete?

Víctor miró su entrada y respondió:

—Timón. Pero no creo que gane, fíjate en las patas traseras, tienen que ir un paso por delante.

—Yo creo que va a ganar. Él lleva las cuerdas muy bien.

—No son cuerdas, son bridas, y siento decirte que ha perdido.

—¿Ya ha acabado?

En un segundo la carrera terminó y la ilusión de Helena se evaporó. Los jinetes dieron una vuelta saludando al público, mientras estos agitaban sus pañuelos. Había ganado el coronel de las Navas con Impetuoso. Un caballo aparentemente viejo de crines blancas pero con la experiencia de los ganadores.

Helena y sus tíos bajaron a las cuadras. Les apetecía observar de cerca a los caballos. La sobrina insistió en ver cada lugar estratégico más de cerca. No quería que el día de hoy terminase, ansiaba absorberlo, vivirlo, para luego contarle a su hermana todo con un minucioso lujo de detalles.

—¿Por qué sabías que no iba a ganar?

—A un caballo ganador se le ve. Mira aquel, se llama Mussolini y lo monta Leforestier, es propiedad del barón de Velasco. Un caballo cuidado, siempre en cuadra y con una doma excelente. Me apuesto el cuello a que dentro de unos meses será el ganador en el Gran Premio de Madrid.

La tía de Helena la miró con cierta complacencia.

—Mira ven —le dijo ella—. Siéntate. —Y añadió—: Quiero que conozcas a alguien. Nos gustaría que fuera militar y no cualquiera. Alguien que pudiera darte una buena vida. Un militar de carrera.

—A mí los hombres mayores no me gustan. El amigo del tío no lo quiero para mí.

—¿Escudero? Claro que no, somos dos tíos modernos, no unos insensatos. Queremos un chico de tu edad, un joven que te entienda y que te acompañe en la vida —precisó su tía.

—Estoy emocionada, no sé ni qué decir, nunca he estado a solas con un chico. Me parecen de otro mundo.

—No hay que decir nada, solo asentir. Los hombres son como las cartas, uno nunca sabe las que lleva, pero en cualquier momento puedes hacer escalera de color. Y tus tíos están aquí para que lleves las mejores cartas. A los hombres, y más a los militares, como lo han pasado tan mal en la guerra, cuando una mujer es cariñosa ya se deshacen. Es todo más fácil que con un ingeniero o un arquitecto.

»He visto a unos amigos, tienen un hijo que me gustaría para ti. Es capitán de Infantería. Estuvo en la guerra del Rif. Fue una contienda dura, despiadada y murieron muchos de los nuestros. Solo el hecho de haber participado en ella ya denota hombría.

—A lo mejor yo a él no le gusto.

—¿Cómo no le vas a gustar? Tienes presencia, buena educación, eres bonita, solo un loco no se fijaría en ti —dijo riéndose.

Helena tuvo miedo, era un lugar donde no sabía competir y su tía siempre le comentaba la envidia que se generaba entre las mujeres. Salir de su cuarto de juegos a una jungla no entraba en sus planes de cumpleaños. Soñaba con aquel chico jinete que acababa de ver, le hubiese encantado que fuese militar. Le imaginó en la guerra del Rif montado en su caballo con las patas delanteras levantadas y sable en mano.

Un relinchar de caballos la sobresaltó. El jinete número siete pasó por su lado hacia la verja. Ella le sonrió y él apenas se dio cuenta de su presencia. Sintió un temor dentro de ella, el más terrible de los que se ciernen sobre las jóvenes casaderas: ser ignoradas.

—No sé, quizá estaría bien conocer a ese chico que decís —susurró a su tía tímidamente.

Su sueño con aquel jinete se había esfumado. La ignorancia hace que a uno le desaparezca de inmediato el deseo. Helena no quería luchar por nadie, deseaba una vida fácil, y sabía que si sus tíos la animaban a conocer a ese joven sería porque era su destino. Pensaba que el destino no viene, sino que se trabajaba por gente de confianza. Pretendía conocerle y poder contárselo a su hermana esa noche. Se juzgaba sin ninguna compasión y sentía que ella no resaltaría entre tantas mujeres, por eso esperaba que sus tíos movieran los hilos de su destino y que fuera cuanto antes.

Minutos más tarde se inició un desfile organizado para entregar las condecoraciones a los militares que habían destacado por hazañas victoriosas en la guerra del Rif.

El amigo de su tío, Escudero, recogió la medalla de manos del rey. En la tribuna posterior, entre el público, estaban la actriz María Guerrero y el marqués de Villamejor. Toda la flor y nata de Madrid se encontraba reunida allí, en el fondo era un homenaje a los hombres de la guerra de Marruecos. Con este acto buscaban demostrar que la vida continuaba y se reunían para darles ánimos y ensalzar la figura militar.

El acto terminó en un *lunch* organizado por el ayuntamiento donde el ambiente fue más distinguido. Uno de los jinetes que venía enfundado en su pantalón blanco manchado de barro y fusta en mano se llamaba Ricardo Herrera del Saz, amigo íntimo del teniente coronel Kindelán, con el que acababa de hablar. Era un joven apuesto que había quedado segundo en el concurso de saltos. Todo el mundo le dio la enhorabuena. Sus padres estaban en la tribuna central. Su madre le susurró:

—Estoy orgullosa de ti. Mira qué chica tienes a las siete menos cuarto.

—Mamá, no empieces. Sabes que odio esas estratagemas.

—Esta no es como las otras. Parece distinguida y alegre. Conozco bien a sus tíos. Creo que formaríais una *gymkhana* perfecta.

—Las otras también eran distinguidas —señaló, dejando caer un mechón de pelo por su cara.

—Te podías asear un poco. Mira cómo vas embadurnado de barro.

—Pensaba irme. Ya han leído la ristra de telegramas oficiales y he participado en el concurso. Me quiero ir a casa.

—Te esperas. Tu padre y yo queremos presentarte a la joven. No nos hagas un feo.

—¿La conocéis?

—Qué pregunta es esa. No te vamos a traer una cualquiera. Su tío es íntimo amigo de Escudero, el hombre al que acaban de poner la condecoración. A ti te faltó una.

—No empieces con eso.

—Anda, ve a cambiarte y ponte el uniforme de gala de Infantería. Te estaremos esperando. No te demores.

—Mira que eres. No estoy en ese momento, quiero sentir algo especial, no que mis padres me empujen a una mujer que no conozco de nada. Esa no es mi idea del amor.

—¿Y cuál es tu idea del amor?

—Sentir cómo el reflejo de la luna incide en una noche de verano y atraviesa el alma.

—Hijo, de verdad...

—Estaba bromeando. Me gustaría sentir lo que vosotros sentisteis.

—Míranos ahora. Tu padre —dijo señalándole— viendo cómo se mueve María Guerrero y yo comiendo canapés sin parar. El amor es un negocio, se puede asemejar a un viaje en metro Sol-Cuatro Caminos. Antes de crearse no pensabas que lo necesitaras y ahora no sabrías vivir sin ello.

—Así que el amor para ti es una línea de metro. Yo prefiero el tranvía. Para mí el amor es encontrar a una persona con la que tener afinidades y poder compartirlas. Es llegar a casa y sentir que aunque no haya farolero en la calle tu hogar lo alumbra ella.

—Qué cantidad de ensoñaciones. Cuando la veas querrás ese farol para el resto de tu vida. Es una muñeca, tiene los ojos azules, dicen que es muy cándida. De gestos firmes, su madre era guapísima, una mujer distinguida, dulce en el trato. Te va a encantar, hijo. Y esos ojos... ¿Te lo he dicho ya? Podrás bañarte en el mar a todas horas.

—Está bien, ahora vengo. Sabes, mamá, que lo hago por ti. —Le dio un beso en la mejilla y añadió—: Sé que te divierten más estos juegos que el ver a tu hijo hacer saltos.

Helena y sus tíos se acercaron a la grada. Hablaron con el teniente coronel Kindelán, quien enaltecía la figura de Escudero. A su lado estaba el nuevo brigadier, que agradeció con unas palabras muy discretas y emocionadas el homenaje.

La madre de Ricardo se acercó a Piedad fundiéndose en un abrazo.

—No sabía que estaríais por aquí. Qué alegría que me ha dado cuando os hemos visto.

—A mí también. Hemos venido con una de mis sobrinas, Helena.

—Sí, ya os he visto. Mira qué bien, pareces muy dulce, tanto como tu nombre.

—Muchas gracias —dijo tímidamente la joven.

Helena empezaba a aburrirse, llevaba más de dos horas en una postura tan regia como la tribuna, sin mover el cuello, soportando conversaciones que no iban con ella. Por un momento se acordaba de la muñeca que había dejado olvidada en el baúl, y los juegos de cartas con Carmen, y la lucha de los domingos por escoger el mejor banco de misa. Y mientras lo hacía, crecía una desazón interna, porque sentía que no estaba a la altura de las circunstancias, que disgustaría a sus tíos si no lograba prometerse, y ellos ya habían puesto demasiadas esperanzas en ella.

La madre del posible candidato fue a abrazarla de forma cariñosa y la examinó escrupulosamente de abajo arriba y de arriba abajo, como si fuera una mercancía digna o no de cruzar la frontera. Helena disimuló su turbación mirando alrededor, donde cada vez se reunían más círculos de hombres que no le transmitían nada, los unos con unos bigotes ridículos, otros con tantos galones como las canas que peinaban y, de vez en cuando, un par de jóvenes que se acercan a esos círculos a presentarlas. Y entre aquella multitud congregada, su jinete número siete volvió a aparecer, con el inolvidable mechón de pelo moreno cayendo sobre la frente, menos jadeante, con la tez más morena. Vestía de forma diferente, desde luego se parecía bastante al muchacho que hacía unos instantes la había ignorado por completo.

Se quedó paralizada, porque probablemente se habían equivocado de chico. Se puso de puntillas para distinguir entre el tumulto al joven que querían presentarle. Ricardo Herrera del Saz tenía el pelo mojado y echado hacia atrás, a pesar de su mechón rebelde. Engalanado con el uniforme de Infantería de color azul marino, portaba un sable y un fajín de color gris marengo. Se acercó adonde estaban ellos y el mundo de Helena no volvió a ser el mismo. La vida le traía un golpe de suerte.

—Siento haberos defraudado. Esperaba más de la carrera.

—¿Te presentas al Gran Premio de Madrid? —le preguntó Víctor.

—Qué va. No sé si lo sabéis pero va Leforestier.

—Hemos visto su caballo, tendrías pocas posibilidades.

Tía Piedad arremetió un codo a su marido y este despertó para que introdujera en escena a su sobrina.

—Esta es nuestra sobrina Helena Galiana. Hoy celebra su cumpleaños.

—Muchas felicidades —le dijo Ricardo acercándose para tomarla de la mano.

—Muchas gracias.

—Si hubiera ganado, te lo podría dedicar, pero hoy no ha sido mi día.

De pronto todos se hicieron a un lado y los dejaron solos. Se mantenían cerca como marcaba la normativa de buena carabina que debían ser, mientras fingían que comían y miraban hacia aquellos dos jóvenes presionados a entenderse, bajo el testigo del Hipódromo de la Castellana.

—Nos han dejado solos, de la manera más natural posible —dijo Ricardo con cierto sarcasmo.

—Sí, la verdad es que es violento.

—No te apures. ¿Te gustan los caballos?

—Me encantan.

—¿Quieres venir conmigo a la cuadra y lo montas?

—Pero es que no llevo ropa apropiada.

—Te dejaré unos pantalones. Montarlo es difícil porque él solo tiene afinidad conmigo. Hoy me ha arrancado los botones de la chaqueta antes de salir. Pero yo te lo sujeto y te subes.

—¿Estaba nervioso?

—Lo montamos otro compañero y yo. Estuvieron a punto de venderlo y, no sabes, cuando volvió a la hípica y me vio me tiró al suelo de un cabezazo. Desde entonces está contento y nervioso a la vez. Al subirme a él esta mañana he tenido la corazonada de que nos quedábamos los últimos y, mirado así, no ha estado tan mal.

Helena se rio. Ricardo era encantador, directo, sin importarle las reglas y sobre todo era galante. Un tipo que había pasado tiempo en la guerra y ya nada de fuera le hacía ponerse nervioso.

—¿Conocías el Hipódromo?

—Si te digo la verdad, es la primera vez que salgo. No te creas que me gusta salir, soy más de casa, de coser. Me encanta la costura. ¿A ti?

—¿Que si me gusta la costura? —Se echó a reír.

—¿Qué te gusta? —dijo, ruborizándose.

—Me gusta escribir, encerrarme en un rincón y poder desahogarme. He pasado noches muy amargas en Marruecos, recordando a los mutilados, donde cada día veía morir a compañeros y lo único que me tranquilizaba era leer a Goethe, a Faulkner.

—No sé quiénes son.

—Escritores maravillosos. Es difícil llegar hasta sus libros, pero tengo un amigo que viaja y me ha conseguido algunos. Para mí la lectura es un escape en la vida.

Helena se quedó mirándole, invadida por una ola de excitación que le cubría el pecho. Nunca había visto un hombre tan alto, ni tan apuesto, ni que montara tan bien a caballo. Se notaba que Ricardo era un poco más mayor que ella, en la forma de expresarse, en la seguridad, manejaba la situación de otra manera que Helena. Su cumpleaños estaba siendo diferente a los que había soñado, probablemente como nunca había imaginado.

—El Hipódromo es impresionante.

—Eso es porque no conoces el de Aranjuez o el de San Sebastián. La palabra es pintoresco. El de Madrid es magnífico, tienes unas vistas espectaculares del Palacio Real. Ya verás cuando te subas al caballo, percibirás todo de otra forma.

—Me da miedo subir. Si me lo permites te voy a negar esa invitación.

—Bueno, como quieras, así que eso de pedirte que seas mi pareja en la *gymkhana* mixta, ni loca, ¿verdad?

—Creo que no.

—Ahora habrá una exhibición de la yeguada del marqués de Corpa, y luego vendrán las parejas mixtas que saltarán al terreno para hacer diferentes pruebas de competición. Me hubiera encantado que me acompañaras, seguro que tu tía no se esperaba eso de ti. A veces, me gusta romper las normas y hacer cosas que no prevén, llevarles la contraria.

—Yo soy una chica que prefiero pasar desapercibida. A mí me gusta seguir las normas, me dan seguridad.

—Ya veo.

—Antes has pasado por mi lado y no me has visto. Me he fijado en ti.

—¿Iba con el caballo?

—Sí.

—Cuando estoy con los caballos me olvido del mundo, me olvido de todo lo que está a mi alrededor. Monto para buscar la libertad. ¿Tú dónde te sientes libre?

—Nunca he tenido la sensación de sentirme libre. Libre estoy siempre. En la vida no anhelo libertad, creo que la libertad es de uno. Sinceramente tampoco me lo he preguntado nunca. —Y entonces bajó la mirada acompañándola con un ligero movimiento de cabeza como había visto hacer a otras chicas para engatusar.

—No lo veo como tú. Descartes afirmaba que la libertad es la voluntad del individuo para elegir. Mira, el hecho de que tus tíos y mis padres nos hayan dejado solos se traduce en que no nos han dejado libres. Han movido los hilos que quieren ellos. Pero ¿y los nuestros? Nosotros también tenemos sueños y debemos perseguirlos. Faulkner dice algo que impacta: que siempre hay que soñar y apuntar más alto de lo que sabes que puedes lograr. ¿Cuál es tu sueño?

—Llevar una vida sencilla junto a alguien que me quiera, y ser madre. No entendería la vida sin ser madre. Es la continuación del ser, tiene que resultar algo maravilloso. Desde que la perdí se ha convertido en una obsesión que me ronda día tras día. Cuando eres hija, entonces tienes una misión, el serlo, pero cuando pierdes una madre, solo queda un destino, que es el de ser madre.

—Es un sueño bonito.

—¿Eso quiere decir que te gustaría tener también ese sueño?

—Me pareces tan natural, no como esas mujeres retorcidas, que hacen una cosa y piensan otra. Tú sabes lo que quieres, o te han enseñado esos principios y los has asimilado para creerlos.

Al levantar los ojos, Helena se percató de que sus tíos se acercaban, llegaba la hora de irse. Además, unos nubarrones grises empezaban a descargar algunas gotas sobre los allí congregados como si el cielo y la tierra se hubieran puesto de acuerdo para augurar que los días soleados a veces son tormentosos.

—Creo que ya vienen a buscarnos.

—Helena, me ha gustado mucho hablar contigo. He estado muy cómodo.

—Yo me he sentido escuchada y como si hubiera estado en casa, pero contigo.

—Nunca me habían dicho nada igual. Es halagador.

—Hemos pasado una velada encantadora —interrumpió Piedad, buscando la complicidad de la madre de Ricardo.

Ricardo se colocó el fajín y habló animadamente con Víctor.

—¿Has visto que han terminado las obras del Círculo de Bellas Artes?

—Es inmenso. Menuda altura que tiene hasta la azotea, va a dar vértigo subir. El gasto ha sido elevado. Les ha costado como diez millones de pesetas.

—La gente está contenta de ver a Madrid acicalarse y ponerse guapo.

Curiosamente, un amor incipiente comenzaba a florecer en el Hipódromo de la Castellana, donde años más tarde, en 1933, se iniciarían los trabajos de demolición que darían lugar a la creación de Nuevos Ministerios. Un amor que empieza, y un amor que en cualquier momento puede demolerse. Así era la vida, frágil y asustadiza, pero, hasta que llegara ese momento, había que seguir viviéndola.

El resto de la velada estuvo amenizada por una banda militar que hizo los honores tocando la *Banderita*, mientras los hombres de Sanjurjo en el sur del país marchaban a Marruecos al son marcial. El desembarco de Alhucemas se realizaría durante el día, unos meses después, concretamente en septiembre. Con dicho desembarco, el gabinete de Primo de Rivera cumpliría lo prometido, traer la paz a Marruecos. El optimismo se afianzaría en la península.

Ricardo se dio la vuelta y miró a Helena. Pensó en lo inocente que era, una mujer sin complicaciones, con ganas de ser madre, sin la necesidad de preguntarse acerca de nada e ignorando las vicisitudes que el mundo real nos devolvía. Él, que había crecido muy rápido rodeado de fusiles y de olor a pólvora, cansado ya de luchar, también necesitaba asentarse, dejar su petate y crear un lugar apacible donde sentirse a salvo. Por primera vez, pensaba que quizá había llegado el momento de empezar una nueva vida junto a la mujer a la que su familia aprobaba.

Al día siguiente mandó a su casa un ramo de rosas blancas,

sugerencia de su madre, que apostaba por que las flores cuanto más claras, mejor mostraban los intereses lúcidos de quienes las enviaban.

Helena posó su nariz en las rosas, perdiéndose en su aroma, como si alcanzara a descubrir tras ellas la mano que firmó la dirección de su casa, como si adivinara la sonrisa que su jinete habría esbozado eligiendo cuál sería el ramo más bello de la floristería para hacerla estallar de felicidad. Jamás intuyó que la vida le regalaría lo soñado tan pronto. Desde luego era una mujer afortunada.

—Mirad lo que ha llegado. Son de él —gritó con alegría por toda la casa.

—Helena, todo lo has conseguido tú. Cualquier hombre desearía formar una familia contigo —dijo su tía Piedad.

Su hermana la miró y le preguntó:

—Pero ¿cómo es, Helena? —Adelantándose a la respuesta de su hermana, añadió—: ¿Tan maravilloso?

—Es un hombre, no un niño. Encuentra siempre las palabras justas para hacer de las situaciones algo conocido. Sabe hablar de todo. Le interesa Goethe. Es valiente, es un jinete militar que cuando mira lo hace con gallardía, seguro de sí mismo. Es un ser extraordinario, arrebatadoramente guapo.

—Entonces, no le dejes escapar —rio su hermana.

—Ha luchado en la guerra de Marruecos, valiente como él solo. Monta a caballo, salta obstáculos, es un hombre diferente.

—Hablas como si fuera Ramón y Cajal.

—Es más que eso. Y me quiere a mí. ¿Esas flores significan algo?

Tío Víctor la levantó en volandas.

—Significa que pretende algo serio, casarse, tener hijos.

—¿Realmente desea todo eso?

—Estoy seguro, su familia es seria. Él es un hombre formal.

Como bien dices, se ha hecho a sí mismo. Querrá llevar todo a un grado más, no perder el tiempo, busca estabilizarse.

—¿Dónde viviremos? Quizá estoy corriendo mucho.

—Corre, hijita mía —decía Piedad—, con un hombre así, merece la pena correr.

Sobre el sillón, vio su vestido, estaba arrugado. Lo tomó entre sus dedos y lo volvió a oler.

—¿A qué huele?

—A libertad, hermanita.

—Tú nunca has nombrado esa palabra.

—A partir de ahora sabré que la libertad es Ricardo. En una tarde él me ha mostrado todo lo que no conocía.

—¿Me dejas que te haga una foto para inmortalizar este momento?

—Claro. Posaré para ti.

Helena se subió en el alféizar del balcón y sonrió. Tenía una sonrisa como nunca la había visto su hermana antes. Parecía puro champán, disparaba miles de burbujas en el descorche de la vida. Su hermana se alegraba tanto por ella, jamás la había visto tan viva. Ella sentía todo eso cuando leía a Góngora, o cuando hacía balandros con su padre. Recordó aquella tarde en la que fumó por primera vez: su padre a hurtadillas estaba fumando, ella se acercó y le pidió una bocanada, y juntos absorbieron ajenos el mundo. Todavía resonaba en su mente la conversación que mantuvieron mientras aspiraban el mismo humo.

—Papá, cuando tú no estés, quiero viajar por el mundo.

A día de hoy aún le venía a la mente la cuestión que le había planteado su padre.

—Si tuvieras que elegir, piénsalo bien, entre no salir de Madrid nunca o recorrer el mundo sin llegar jamás a pisar esta ciudad, ¿qué escogerías?

—Qué difícil es tu pregunta, papá.

—Nada en esta vida es fácil.

—Déjame que lo piense unos días.

—Te he hecho esta pregunta porque lo verdaderamente importante en la vida no se piensa. Cuando piensas algo mucho es que hay dudas sobre ello.

Al cabo de un par de días, se acercó a él y afirmó convencida:

—No tengo dudas, viajaría. Madrid es monótona, y a veces hasta gris. Pero quizá no sea Madrid, sino todo donde permanecemos más de un día.

Su padre se rio y la abrazó con ternura.

En ese instante en que apretó el botón para hacer la fotografía y vio a su hermana radiante, sin ninguna duda, supo que no se había equivocado.

Vinieron meses muy fugaces, locos, rápidos, las hermanas apenas coincidían. Helena vivía su amor con Ricardo solo para ella. Salían casi todos los días con la carabina de turno, a veces les acompañaba Víctor y otras veces Piedad con alguna amiga. Les observaban de cerca siguiendo sus pasos, como quien sigue a dos niños a gatas por un pasillo inmenso que no se sabe adónde va a parar.

Los teatros se abrían y cerraban para ellos. Uno de los principales fue el Teatro Infanta Beatriz, entre las esquinas de Hermosilla y Claudio Coello. Ricardo invitó a Helena a ver la obra *El amigo Teddy,* que tenía mucho renombre en Europa. La reina Victoria Eugenia se hallaba junto a sus dos hijos mayores en uno de los palcos, el príncipe de Asturias y el infante Jaime. Helena se removía nerviosa en su butaca, no podía creerse que aquel chico de cabello negro que corría a lomos de un caballo pudiera estar ahora con las manos entrelazadas con las suyas. Sentía su piel suave entre sus dedos y la sangre corriendo por todo su cuerpo. Su tío le sonrió desde el lado extremo. Sin duda ese caballo era ganador. Ella sí que había ganado la carrera de su vida.

—Me alegro tanto de que vinieras aquella tarde al Hipódromo. Me gustaría llevarte a un sitio muy especial, quiero que conozcas el ambiente de Madrid.

—Tendrás que ganarte a mi tío para que me deje pasar un poco más de tiempo contigo. Se va haciendo tarde.

—Las noches en Madrid se han vuelto mágicas. Uno no vive Madrid si no conoce sus noches. Mientras tú eras una niña buena y dormías, yo recorría locales, antes me enredaba en algo de alcohol y madrugadas eternas. Desde que te he conocido todo es distinto. Quiero asentarme, nunca había tenido esa sensación de querer parar. Me veía siempre en guerras que no iban conmigo. Pero tus tíos y mis padres, que son gente de bien, y sensatos, nos han hecho estar juntos y creo que nos va a ir de maravilla. Uno lee tantos libros, tantas historias, que tiene en la cabeza el amor que han descrito otros. Y el amor es lo que tenemos tú y yo. Es pasear con un carrito por la plaza de Oriente, es dar de comer a las palomas en la Plaza Mayor, es ir juntos por la calle Bordadores y meternos en San Ginés a tomar churros, es pasar una mañana de domingo entera en el Rastro, tomarnos un chato en Carrasco y volver a casa derrengados. Es celebrar la vida juntos.

—Háblame de esos cafés, siempre los he detestado. Me encanta que me cuentes cosas. Me fascina escuchar ese mundo que existe ahí fuera y que yo desconocía.

—Muchos cafés abren sus puertas, yo suelo ir mucho al café Varela, y antes lo hacía al de Valle-Inclán, el café de Levante. Alguna vez he entrado también al café Gijón. Pero nada como el café que está en Carretas, el Pombo, ese es otro mundo, creo que me gusta tanto porque es muy literario. Huele a madrugadas, a cultura, a diván granate.

—¿A diván granate?

—Hay uno enorme granate, donde te tumbas cuando estás mareado, con un espejo muy grande en la parte de encima, y cuando entra la gente, puedes ver quién va llegando solo con mirar ese espejo. Enfrente hay un gran cuadro en el que Ramón Gómez de la Serna preside de pie, rodeado de ocho de los fundadores de la tertulia. Está pintado por el gran maestro Gutiérrez Solana. Como verás soy un apasionado de los cafés, me encanta el ambiente que los rodea. Es un lugar donde se habla de lo que más nos duele. Siempre he creído que la gente fuera de sus ambientes es cuando más se abre. Y los cafés de Madrid permiten esa licencia, escupir lo que uno lleva dentro y no brota con palabras.

—Mis tíos dicen que no son lugares para señoritas, yo la verdad es que soy más de casa. Me gusta pasar las tardes cosiendo en la máquina Singer. Nos la han traído hace poco y la chica que tenemos, Antonia, me está enseñando. No es nada fácil mover el pedal.

—Se nota que eres hacendosa.

Una vez que salieron del teatro, Ricardo hizo un gesto para que Víctor les dejara un poco de tiempo y poder hablar más tranquilos. Subieron por Plaza de España, pasando por la Puerta del Sol hasta llegar a la calle Carretas, número 4. Café Pombo. Entonces, se acercó a Víctor y, guiñándole el ojo, le dijo:

—Déjame con ella un segundo.

Carretas, al que calificó Ramón Gómez de la Serna como el lugar donde se saludaba a Madrid entero. Lo más relevante concurría en esa calle. Calle arriba y calle abajo paseaba todo el ambiente granado de Madrid. Carretas estaba repleta de cafés, de sederías, de pequeñas librerías como El libro de Oro o Nicolás Moya; había bazares, objetos de decoración, y ortopedias importantes como Galeán. Una calle que aglutinaba vida, encanto y mucho movimiento. En el número 4 estaba el gran café y botillería de Pombo, con sus mesas cuadradas, su aire dieciochesco y donde se respiraba olor a pipa mezclado con alcohol.

Un lugar en el que se congregaban los literatos de la ciudad, hombres ilustres que hablaban de literatura todas las noches de sábado de forma religiosa. Ricardo abrió la puerta y cedió el paso a Helena. Ella entró en el local con coquetería y le sorprendió el ambiente.

—Mira, a la derecha está Ramón Gómez de la Serna.

—Me suena su nombre.

—Es el escritor de las greguerías. Para él el café es la universidad y defiende que se aprende mucho más que yendo a ella. Vamos a ponernos cerca de su mesa, así le escucharemos mejor.

—Está mal que lo diga, Ricardo, pero a mí me cuesta leer, no me interesa. Sé que te debo parecer poca cosa afirmando esto, pero si algo soy es una mujer muy sincera. Pienso que las parejas deben conocerse para quererse. Y creo que si tú eres de una manera, me puedes enseñar tus inquietudes y yo también puedo aprender de ellas.

—Estoy seguro de que conmigo te encantará leer. Quien dice que no le gusta leer es porque no ha tenido en sus manos al autor adecuado. ¿Sabes cuándo te das cuenta de que te gusta leer? En el instante en que no te das cuenta de que lo estás haciendo y lo estás disfrutando.

—Tienes razón, ¿por qué no me pides un café con melindres?

—Marchando.

Ramón Gómez de la Serna se hallaba rodeado de anaqueles de libros. Era un literato inaudito y muy implicado en la vida moderna; próximo al mundo de la farándula, no solo por su don de gentes con cualquiera que se acercara a él, ya fuera un mesonero o un aristócrata, sino también por su matrimonio con Aurora Jauffret, conocida tonadillera que brilló en los escenarios con el nombre de La Goya. Quizá esa fue una de las causas por las que ofreció muchos libretos teatrales con los que obsequió a Madrid.

El café desprendía un olor a leche merengada espolvoreada en canela, estaba lleno de gente, lo que agobiaba un poco. Estaba dispuesto en forma de túnel con mesas correlativas para sentarse de cuatro en cuatro, y justo en la mesa del medio, se había colocado Gómez de La Serna, quien animaba con su oratoria a seguirle en *La Sagrada Cripta del Pombo*.

En los bajos del local había una vieja cripta que envolvía el ambiente con un aire sacramental: la atmósfera de la tertulia y de la buena conversación pausada. A un lado se encontraba Huidobro y el pintor Gutiérrez Solana, a su derecha, un grupo de jóvenes universitarios armando bulla, mientras que Helena y Ricardo se sentaban en la mesa del fondo. Aquel café era decadente, decorado con enormes espejos del siglo XVIII, como si entraras en un palacio destruido en cuyas paredes quedaran todavía efervescencias del ayer. El local estaba diseñado en bronce, que contrastaba con las mesas color verde que acababan rezumando vino y espuma de cerveza.

Ramón, con una gran pipa en mano, se alzó a la mesa y gritó:

—Camarero, traiga a toda esta gente ajenjo y licores verdes.

Helena se sobresaltó y le susurró al oído a Ricardo:

—Esta gente va a terminar muy mal, yo creo que beben mucho.

—Se bebe para olvidar. Esta gente es artista, si supieras la cantidad de escritores que han bebido para crear sus obras.

Helena, divertida, le miró y le acarició la cara con timidez.

—Qué feliz soy en tu mundo.

—Y más que lo seremos.

La oratoria por parte de Ramón Gómez de la Serna fluía, mientras todo el local permanecía atento a sus palabras. Cuando terminó de hablar, se agachó debajo de la mesa y cogió un montón de libros y los fue regalando a los allí presentes.

—¿Es así de generoso siempre?

—Es una tertulia muy disparatada, a veces te da libros y otras te pide el carnet para apuntarte. En el fondo quiere tenernos a todos controlados y pasar lista. Si te das cuenta, todos van de negro.

—Sí, y por sus caras famélicas tienen pinta de comer poco. El lugar es extraño —apuntó Helena temerosa, esperando que Ricardo asintiera.

—El lugar es maravilloso, es un imán que te atrae, y siempre que llega el sábado quieres volver.

Después de escucharle. Ricardo se levantó, volteó la silla y se sentó a horcajadas mirando a Helena.

—Tú tío que está fuera me va a matar. ¿Por qué crees que te he traído?

Helena se encogió de hombros, tosió suavemente, el humo flotaba por el local, apenas se podían ver las caras de los parroquianos. Ricardo se levantó de la silla y se arrodilló en mitad del café. El suelo estaba perdido de vino y otros licores que no se distinguían.

—¿Quieres casarte conmigo? —le propuso, mientras se hizo un inesperado silencio que rompió en una algarabía de gente que gritaba y aplaudía.

—Sí, quiero —pronunció Helena, más confusa que contenta ante el espectáculo tan bohemio y el tosco público que les acompañaba en el momento más especial de su vida.

Todos elevaron sus copas y vitorearon varias veces el nombre de la pareja. Ramón Gómez de La Serna se levantó rechoncho y con un tono de voz grave dijo a los cuatro vientos:

—Por la pareja más bonita de todo el café Pombo. Les deseo larga vida y un matrimonio feliz.

Aquel café fue testigo de una pedida improvisada. En el mismo café en el que se dejaron ver Unamuno, Larra, Goya, Diego Rivera, Jorge Luis Borges, Oliverio Girondo, Tristan Tzara, Valery Larbaud y un sinfín de gentes, Ricardo había pedido la mano de Helena, y no lo había hecho un sábado por la mañana, donde el ambiente era más colegial, lo había hecho durante la noche cuando el ambiente literario había embriagado a esos jóvenes que iban a empezar una nueva vida.

—No puedo ser más feliz. Aunque ya sabes que a mí me gustaría una pedida más formal. —Sonrió tímidamente Helena en busca de una aclaración sobre eso por parte de Ricardo.

—Quieres decir algo más ceremonioso, ¿no? Pues mira que aquí dentro van de negro como clérigos. En el fondo somos unos modernos. Ramón Gómez de la Serna ha admitido que le gustaba el Pombo porque aquí se jugaba con anacronismos y porque en ningún sitio iban a resonar mejor las modernidades que en este viejo sótano.

—A mí me haría ilusión que estuvieran mis tíos, mi hermana, que hubiera más luz y no un sótano gris.

—Ahora salgamos, quería que estuviésemos solos los dos. Otro día haremos la pedida para la familia. Tu tío nos estará esperando —dijo, cogiéndola del brazo y riéndose.

El tío de Helena, sorprendido por los vítores que llegaban del interior, y abrumado por la sonrisa que se apreciaba en la cara de Ricardo y la mirada perdida de su sobrina, intuyó que allí dentro había pasado algo importante. Y por temor a escuchar algo que no le gustara, prefirió no preguntar ni añadir ningún comentario. Cuando llegaran a casa, sin duda su mujer no estaría muy de acuerdo con el final de la velada de los dos jóvenes.

Ajenos a esos confusos pensamientos, los dos tortolitos aligeraban el paso, mientras sentían lo que describía Ramón Gómez de la Serna de esa ciudad, un Madrid «feliz, facilitón y elegante». Así era el amor entre los dos.

5

Soy feminista; me avergonzaría de no serlo, porque
creo que toda mujer que piensa debe sentir el deseo
de colaborar, como persona, en la obra total de la
cultura humana. Y esto es lo que para mí significa,
en primer término, el feminismo: es, por un lado, el
derecho que la mujer tiene a la demanda de trabajo
cultural y, por otro, el deber en que la sociedad se
halla de otorgárselo.

MARÍA DE MAEZTU

Helena se preparó para acudir a la peluquería, mientras su hermana tenía medio cuerpo fuera de la ventana saludando a su amiga Aurora Casas, que vino a buscarla para llevarla a la Residencia
de Señoritas, un lugar donde sus padres le habían apuntado para
que estudiara y se alejara de las malas compañías.

No solo se trataba de una mera estancia sino que era un refugio de cultivo intelectual y perfeccionamiento moral. Estaba
dirigida por María de Maeztu que, habiendo mamado el amor
por las letras de su madre, se embarcaba en este proyecto inspi-
rado en los principios de la Libre Enseñanza para dar cobijo intelectual en Madrid a las chicas que venían a estudiar de fuera.

El comienzo no fue fácil, ninguno lo es. A María le costaba mucho romper las reglas de un país que estaba muy anquilosado, y donde veían a la mujer como un mero instrumento del hogar. María de Maeztu no se lo pensó y se fue a estudiar Filosofía y Letras a Salamanca, donde Unamuno le ofreció su casa y la acompañó todos los días a la universidad. Sin duda, fue considerada una *rara avis* cuando afirmó que estudiaría Derecho. Su entorno se echó las manos a la cabeza, pero, a pesar de los obstáculos, no hubo vuelta atrás.

En 1915 fundó La Residencia de Estudiantes, para que ninguna mujer se sintiera sola en el vagón de la vida. Esta residencia estaba orientada a las muchachas que se preparaban para entrar en la universidad, en el Conservatorio Nacional de Música, en la Escuela Normal, Escuela del Hogar u otros centros de enseñanza, y a las que en el ámbito de lo privado se dedicasen al estudio de bibliotecas, laboratorios y archivos. Y también para aquellas que quisieran venir a Madrid a buscar un complemento a su educación, a la vez que una gran ciudad donde compartir con otras jóvenes sus inquietudes artísticas o científicas.

María de Maeztu finalizó su doctorado en Madrid, alojándose en una casa de huéspedes de la calle Carretas. Aquel no era el mejor lugar para el estudio, le asaltaban las voces, las risas, los chinches, las discusiones y los ruidos de la calle, por lo que entendía que a las muchachas de provincia que acudieran a formarse a la ciudad les pasaría lo mismo. Era consciente de que a las nuevas estudiantes había que darles un lugar cómodo y limpio donde se sintieran a gusto. Y así surgió la idea de la Residencia de Estudiantes, del esfuerzo de una joven con ganas de toga y deseos de crecer culturalmente.

En el caso de Aurora Casas, fue directamente a la Residencia para «ordenar su desordenada vida», palabras textuales de su padre.

—Aurorita y tú, mira que sois raritas. En vez de venirte conmigo a la peluquería y hacerte un *marcel* o un *garçon*, prefieres ir con ella a ver una charla de esas extrañas y sentiros así modernas. Cómo os gusta romper las reglas.

—No somos raras, Helena, solo distintas. Pasarme horas en la peluquería con bigudíes no me parece nada rompedor, es más, me parece tedioso y aburrido. Lo detesto.

—El día de mañana estarás sola como una paraguaya. Esos pájaros de intelectuales no te van a salvar de nada. La vida es otra cosa, la tía me lo hizo ver. Y desde que estoy con Ricardo todo va sobres ruedas.

—Me alegro por ti. —Corrió para abrir la puerta.

Carmen tenía el ímpetu de una joven de su edad que se comía el mundo. No soñaba con hombres que la bajaran en corcel blanco y que atravesaran la calle Sagasta para rescatarla en nombre de eso que llaman amor. Y tampoco le gustaba regirse por las normas que nadie sabía quién había instaurado y que se alejaban tanto de los intereses que ella apremiaba por cubrir.

Aurora llamó al timbre y recogió a Carmen para irse a la Residencia de Estudiantes. Las chicas de su edad que querían sentirse modernas y desenfadadas se ondulaban el pelo con ondas anchas, muy marcadas, o bien se cortaban la melena. Su hermana sin ir más lejos se podía pasar horas en la sombrerería eligiendo un sombrero con un aire chambergo a lo gran cardenal y otro con ala truncada para el verano. Sin embargo, para Carmen no había nada más moderno que no llevarlo; por qué había que taparse la cabeza si preferías que se alborotara la melena al viento. Pocas mujeres de la época se pintaban los labios, y Carmen había empezado a hacerlo con gracia, un rojo chillón que provocaba la ira de su hermana y su tía que no cejaban en repetirle: «Pareces un semáforo».

Para la familia de las Galiana, Aurorita Casas, como así la llamaban, era una mala influencia: la habían echado del colegio en Palencia porque se negaba a leer los libros que ellos querían y acudir a misa los domingos, pensaba que una mujer debía elegir lo que de verdad le apeteciera en cada momento. Sus padres se habían divorciado hacía poco, algo que tampoco gustaba a los tíos, a lo que Carmen siempre respondía que lo que hiciera una familia no se heredaba. Era, según palabras de ellos, una chica consentida, rebelde y malcriada que provocaba un efecto nocivo para la mente de Carmen Galiana. Se habían conocido un año antes en el Retiro, Aurora estaba en una de las barcas tomando el sol y Carmen estaba leyendo en las escaleras que daban al estanque. Aurora se acercó hasta ella y le sorprendió que estuviera leyendo la *Revista de Occidente*. Desde entonces se habían hecho íntimas.

Los padres de su amiga querían que tuviera un oficio y beneficio, por eso le habían traído a Madrid. Habían escuchado hablar de la Residencia de Señoritas, un lugar seguro donde su hija podría formarse y crecer intelectualmente. Ellos, aunque divorciados, coincidían en que lo mejor para Aurora era estar en un entorno culturalmente reconocido con chicas que tuvieran las mismas inquietudes. Después de su divorcio no les atraía la idea de que su hija se casara pronto, debía antes viajar, conocer mundo, estudiar y luego decidir sobre su futuro.

—Quiero que conozcas dónde estoy estudiando. Las clases que más me gustan son las de inglés, bailes rítmicos y literatura. Aquí nuestra vida se compone de muchos compartimentos: por las mañanas estudiamos, por las tardes tomamos el té y hablamos con nuestras compañeras, dos veces al año organizamos fiestas, una de bienvenida para las que llegan y otra de despedida para las que se van. Les preparamos mensajes de adiós que ellas sacan de un bote de cristal y lloran a mares.

—¿Y no puedes acudir a bailes?

—Sí puedo, siempre que mis padres me firmen un consentimiento. Pero a mí nada se me ha perdido en un baile.

—Piensas como yo. Hace meses mi hermana fue a su primera presentación en sociedad, no puedes imaginarlo, parece que después de aquello no hay nada igual. Está obnubilada. Tonta con su amor y ajena al mundo de verdad.

—Con qué poco caen rendidas a los encantos de hombres, ¿verdad?

—Así es. Está prometida, anda por la casa vagando.

—¿Y tú qué le dices?

—Yo no le hago mucho caso. Si mi hermana viera este lugar, diría que es la perdición, o que es una secta, o que eso nos lo trae América para llenarnos las cabezas de pájaros.

—Qué lástima. Deberías estudiar aquí conmigo. Además no solo estudiamos, también practicamos deporte. Es un club social donde nos divertimos mucho. Jugamos al tenis o al hockey, tenemos hasta profesor. Dicen que dentro de unos años traerán baloncesto. Yo no sé exactamente cómo se juega, pero he decidido que me voy a apuntar a todo lo que salga. Tienes que venir con nosotras.

—No creo que me dejen.

—También bailamos. Para nosotras Isadora Duncan es nuestra musa. No nos dejan poner gramófono porque hace ruido, pero cada mes nos asignan una chica que nos va dirigiendo y la que me tocó esta última vez, me trajo música y me permitió bailar en la habitación. Tienes que venir de verdad, serías tan feliz.

—De verdad, no insistas, para mí es complicado. Siento tanta envidia. Me moriría por estar en este lugar.

—Hablaré con tus tíos. Aunque ya sé que opinan que no soy una buena influencia para ti. Se lo oí decir a tu tía mientras te esperaba, como si yo no escuchara. «Aurorita es el demonio hecho en persona», susurró.

—Gracias por todo lo que me ayudas. Si ellos te conocieran de verdad, estoy convencida de que les gustarías.

—Veo en ti tanto de mí.

—Sí, yo creo que somos espejos. Quizá yo no parezca tan rebelde pero sí tengo la misma sed de cultura que tú, quiero aprender tanto. No me visualizo llevando la vida de mi hermana. No me veo ni casada ni teniendo hijos. El amor es un impedimento, paraliza la cabeza. Mira la vida de Helena...

—¿Qué vida lleva?

—Peluquería, paseos con mis tíos y con su adorado Ricardo.

—¿Tiene un pollito?

—Y no veas cómo cacarea, todavía no ha venido por casa, pero parece que cuando habla de él, está con el mismísimo Ramiro de Maeztu.

—Pues que venga a dar una charla —dijo divertida.

La Residencia de Señoritas no solo era un aula donde impartían clases sino que se ofrecían también veladas y conferencias muy interesantes. Ese mismo día, Ortega y Gasset daba una charla sobre «Temas de antropología filosófica». Llegaron hasta la calle Miguel Ángel, número 8, propiedad del Instituto Internacional, pero alquilado a la Junta para Ampliación de Estudios de cara a albergar algunas dependencias de la Residencia de Señoritas y del Instituto Escuela desde principios de los años veinte.

Había como ciento sesenta chicas. Todas hablaban, reían, se sentían felices. Aurora le mostró las habitaciones. Las chicas entraban y salían dando portazos, armando mucho jolgorio por el pasillo. Otras estudiaban en la biblioteca o practicaban algún deporte. Ninguna permanecía pasiva, todas iban de un lugar a otro aprovechando la estancia.

Carmen las miró con cierta envidia, lo que le hubiera gustado quedarse esa noche allí y no salir del centro. De todas formas contaba con Aurora y pensó que, con la excusa de ir a verla, podría pasar algún día en aquellas aulas. Desgraciadamente no contaba con unos padres como los de ella, divorciados, modernos y muy diferentes a su tía, que cuando menos lo esperase la llevaría a una de esas fiestas y le presentaría a un señor aburrido, encorsetado, que fumara en pipa, de esos que solo pasean y luego te llevan a tomar un chocolate con churros al café Suizo.

En las escaleras, Aurora le presentó a una chica, con indumentaria estrafalaria y que llevaba un sombrero en la mano, arrugado y hecho un gurruño.

—Me llamo Maruja Mallo, soy pintora.

—Yo Carmen Galiana, y todavía no sé lo que soy.

—No digas eso. Todas lo sabemos. No quieras ser una simple chica que estudie Magisterio. Eso lo detesta María de Maeztu, siempre insiste en que no está pagando luz en este edificio para que las chicas estudien solo para dedicarse a dar clases.

Le tapó los ojos y le dijo que pensara algo rápido.

—Venga, di lo que quieres ser.

—Soy fotógrafa, pero no ejerzo.

—Mañana ejercerás. Tengo un amigo de mi padre que trabaja en Marqués de Cubas, tiene un estudio de Kodak, su mujer ha fallecido y estoy segura de que le va a encantar tener una ayudante. No se hable más.

—¿Así de fácil?

—La ilusión es el motor de la apatía.

En aquella Residencia de Estudiantes las decisiones se exponían sobre la mesa, como cartas de julepe y volaban, vaya si volaban. Carmen había llegado sin ocupación alguna y al día siguiente tenía una posibilidad de ver cambiar su vida. ¿Por qué no intentarlo? A ella le encantaba la fotografía, era un arte tan respetable como otro.

Le entregó una tarjeta y Carmen la atrapó rápidamente en

su bolso. Alguien le daba una oportunidad, y saliendo de esas paredes, seguro que le traía algo rompedor, y no el modelo de pelo *marcel*. Y es que le había llegado a sus oídos que Maruja Mallo era aquella chica que junto a un tal Federico Lorca, Dalí y Margarita Manso tuvieron la osadía de quitarse el sombrero y atravesar Sol sin él. Durante el trayecto aguantaron estoicamente los insultos, las humillaciones y las críticas que recibieron durante y después de aquel acto de rebeldía.

Su hermana detestaría alguien así, una mujer que rompía las reglas. Cuánto odiaba esa actitud de Helena, que se negaba a aceptar cualquier realidad que estuviera alejada de su legítimo pensamiento, y que no era otro que el que le había marcado la sociedad, su entorno. Nunca había dedicado el tiempo suficiente a generar su propia opinión.

No se imaginaba que la lectura nos traía respuestas, y que cuanto más leía más aumentaba la curiosidad. Solo quien devoraba el desarrollo de los conocimientos, de las ideas, de las aristas artísticas, experimenta el placer de conocer con minuciosidad y exactitud el mundo.

La relación iba perdiendo día a día aquella conexión infantil, compartir el cuarto de juegos no era suficiente para mantener un vínculo. Las primeras semanas eximió de culpa a su hermana y se la atribuyó a Ricardo, ese novio desconocido; desgraciadamente, a medida que el tiempo avanzaba se daba cuenta de que lo que no encajaban eran ellas.

En aquel lugar rodeada de mujeres liberales, que podían escapar de sus hogares porque sus padres se lo permitían, porque hacían un esfuerzo para costear el sueño de sus hijas, sintió tanta envidia como nunca antes por no tener a los suyos.

Carmen se acordaba de su padre, un hombre conciliador, que la escuchaba, que atendía cada interrogante, que apelaba a solventar su interés en cualquier apreciación por pequeña que fuese. Cuánto le echaba de menos. Estaba convencida de que si su padre viviese y hubiese visto ese mundo de cerca, la habría arrancado de su hogar y la habría llevado a la Residencia de Señoritas. Solo había que ver la cara de esas chicas para saber que Madrid estaba cambiando y ellas eran cómplices felices de ese momento.

De esas aulas salieron mujeres muy conocidas y que ejercieron la abogacía como Victoria Kent o Matilde Huici. También hubo muchas otras a destacar como Felisa Martín Bravo, que fue profesora de Física de la Universidad Central, y Elisa Soriano, médico de profesión. Una red de mujeres que tejieron los hilos para entrelazar una sociedad más justa y equitativa entre hombres y mujeres.

Se internaron con discreción en la sala para escuchar a Ortega y Gasset. En las primeras filas, ya estaban sentadas las becarias que venían de Estados Unidos, o bien para aprender la lengua o directamente a estudiar la cultura española. Sentadas con las piernas juntas, estiradas, modosas, como si jamás hubieran roto un plato, mientras las españolas vitoreaban, aplaudían y agitaban sus sombreros.

María de Maeztu hizo su aparición y acaparó la atención de las espectadoras a pesar de su apariencia de mujer menuda. Con voz vibrante y manos nerviosas, y ataviada con un sombrerito que parecía que se le caía, subió al escenario y pronunció unas improvisadas palabras dirigidas a las allí presentes.

—Buenas tardes, gracias por venir. Me llena de orgullo saber que ya somos más de ciento sesenta chicas. Esta residencia empezó hace diez años cuando eran solo tres. Tres valientes mujeres que dejaron su casa para estudiar. Hoy las que estamos aquí sentadas les debemos tanto a esas tres mujeres que quiero que les demos un fuerte aplauso.

La sala se llenó de vítores y aplausos. María, sujetándose el sombrero, siguió hablando. Una mujer sencilla con una oratoria que atrapaba en las sillas.

—Antes de que Ortega y Gasset tome la palabra, quiero decir que el camino hasta llegar aquí, a estar todas sentadas en esta sala, no fue nada fácil. La andadura no puede ser más áspera y a veces las espinas me quitan la salud, pero la finalidad me parece cada día más certera y luminosa. Iba sentada en el vagón de tren para Salamanca, donde estudié Filosofía y Letras y todavía hoy puedo ver las miradas de reproche y escuchar los cuchicheos de quienes me rodeaban, por ver una mujer viajando sola. Entonces pensé que debía buscar un lugar limpio, en el que las mujeres que vinieran de fuera se sintieran acompañadas por otras mujeres que percibieran lo mismo. Hoy tenemos trescientas cincuenta alumnas, porque nuestros edificios no tienen más capacidad, ya que pasan de quinientas las solicitudes que cada año recibimos.

Carmen se acercó al oído de Aurora y se lamentó:

—Te entran ganas de quedarte aquí y ser alumna honoraria. Adoro la biblioteca, y esos cuartos amplios donde no hay una hermana gritando y peinándose todo el día.

—Ya sabes.

—Si la vida fuera tan fácil. Yo siempre he seguido lo que me marcaron.

—No lo creo. Mira, estás aquí, junto a mí, escuchando a una de las mujeres más fascinantes de Madrid.

—Adoro este lugar.

—Se me está ocurriendo algo.

María de Maeztu las vio hablar y les hizo un gesto de desaprobación. Las increpó desde el estrado y las mandó callar para acto seguido interrumpirlas.

—¿Hay algo más interesante en esas butacas que no podáis exponerlo en alto?

—Me gustaría que mi amiga viniera a estudiar aquí, pero tiene una familia muy tradicional, no como las nuestras y, claro, no la dejan.

—¿Cómo te llamas?

—Carmen Galiana.

—Te voy a proponer algo, Carmen Galiana. Ven por las tardes, las que puedas, como oyente externo.

—¿Se puede?

—Cuando elegí Derecho me dijeron que estaba loca. Aunque no se lo dije a nadie, la noticia de que yo pensaba vestir la toga se extendió por Bilbao, y el Colegio de Abogados, reunido para examinar tan grave cuestión, acordó cerrarme sus puertas, en caso de que yo terminase la carrera, e instar a los otros Colegios de España para que hicieran lo mismo. En vista de esto y de otras cosas, desistí de vestir la toga. Pero más adelante pensé que quizá yo no estudiaría, pero daría la oportunidad a más mujeres de hacerlo, y fundé la Residencia de Estudiantes. ¿Piensas todavía que hay algo en la vida que no se puede?

El silencio se hizo en toda la sala. Todas se miraban y callaban, tenían un gran respeto a María de Maeztu. Pequeñita pero con una lengua vivaz y directa.

—Acepto su propuesta. Vendré como oyente y me formaré con vosotras.

—Muchas veces dicen que este lugar es caro, que solo vienen hijas de gente bien, y cosas así, y lo que no saben es que si alguien tiene la mirada de sed de cultura que tienes tú, abro el grifo y la invito a venir. Pero eso no lo cuentan, no les interesa. Y ahora si me permitís, creo que hay una persona entre nosotros que es mucho más interesante que yo, don José Ortega y Gasset.

La conferencia duró más de una hora. Luego vino la rueda de preguntas. Carmen se tenía que ir, no quería llegar tarde a su casa.

—Ya nos veremos dentro de unos días. Te he contado lo bonito, aquí también son muy estrictos en cuanto al recogimiento y el estudio. Hay un claro espíritu corporativo. Tenemos toque de silencio a las once de la noche, aunque por las tardes podemos dar pequeños paseos.

—¿Tan pronto?

—Sí, hija, cuando tú estés en tu casa tan ricamente, yo me encontraré aquí en mi cuarto, aunque me suelo coger un libro y debajo de las sábanas leo a escondidas.

—Eres lista.

—Creo que soy una superviviente. El ser humano se hace a todo. Al menos Madrid me ha dado la oportunidad que Palencia me arrebató.

—Aun así, sigo envidiando este sitio. Vas a forjarte como persona y tendrás más recursos que las que estamos fuera.

—No olvides ir mañana a Marqués de Cubas, yo creo que puedes trabajar como auxiliar de fotografía. Maruja Mallo tiene muy buenos contactos, es de armas tomar. Todo lo que se propone, lo consigue.

Cuando Carmen salió de ese lugar, sus pies flotaban. En la puerta se topó con María de Maeztu, que estaba tomando un poco de aire.

—¿Tú eres la chica de la tercera fila?

—Sí.

—No dejes de venir por aquí. Estoy dando vueltas a crear algo importante y necesito mujeres como tú, decididas, fuertes. Pretendo montar un lugar donde podamos dar conferencias, que no utilicemos la sala de la Residencia para hacerlo. Buscar otro sitio solo dedicado a charlas. Todavía no tengo el nombre. Quiero contar con algunas mujeres muy interesantes que se mueven por Madrid, como María Teresa León, Maruja Mallo, Concha Méndez, Josefina de la Torre, Margarita Manso, Ernestina De Champourcín...

—A Maruja Mallo la acabo de conocer y también me ha parecido una mujer de la que aprender mucho.

—Me alegro que hayas conocido a Maruja, te adentrará en este mundo. Tienes alma y creo que puedes ayudarnos, para que no nos lleven al olvido. Madrid, como cualquier ciudad de España, es un mundo de hombres, y seguirá siendo así si no hacemos algo. A todo el que rompe las normas, al principio lo tachan de indecente.

—Ya me he dado cuenta.

La Residencia de Señoritas dirigida por María de Maeztu, que había nacido en una familia acomodada de espíritu progresista y liberal, albergaba una colección de más de doce hoteles en las mejores zonas de Madrid, Fortuny 30, Rafael Calvo, Miguel Ángel y Francisco Giner. Todos tenían vistas al jardín, cuartos con baño propio y calefacción central, lo cual hacía que pertenecer a ella fuera un orgullo y un privilegio.

Aquel día en la soledad de su cuarto, Carmen recordó muchas cosas, que había mujeres que no iban a colegio de monjas, que leían libros y se adentraban en mundos complejos; que existían vidas paralelas como las de Plutarco; que no solo Madrid tenía palomas en la Plaza Mayor, que esperaban a que les echasen de comer; que existían mujeres que levantaban el vuelo estudiando. Niñas que iban al colegio sin acompañante, que se escapaban por las tardes a La Rosaleda del Retiro, donde echaban sus cuerpos en la hierba y leían lecturas prohibidas. Todos esos pensamientos chocaban con la actitud de su hermana, que vivía para coser y para el amor de Ricardo, un amor que se colgaba del brazo y que la llevaba a soñar con una vida tranquila de niños y paseos de domingos.

Al igual que la vida de las Galiana, la ciudad iba creciendo labrándose un porvenir, un sinfín de cambios en estos locos años veinte.

La cinematografía irrumpía con fuerza, se abrían numerosos locales de proyección programando una buena cantidad de cintas, que estaban hechas en España.

Madrid y el resto del mundo caminaban a derechos, llegaba el periódico *La Nación*, que vino para ser el órgano oficioso de Primo de Rivera, y en plena calle Alcalá se había terminado de construir el Círculo de Bellas Artes. Todos esperaban que el general Primo de Rivera, que ya llevaba casi dos años en el poder, acabase con la sangría de Marruecos. Todos ansiaban el fin de la guerra de los españoles en África.

Y mientras los señoritos acudían a los teatros a olvidar, al Pavón, al Novedades, al Teatro del Cisne o al Eslava, todos tenían reposiciones taquilleras o estrenos. Y, entre ellos, uno de los más sonoros, La Latina, el teatro predestinado al género musical.

Madrid se llenaba de terrazas en mitad de las aceras, nadie quería perderse esa ciudad ávida de noticias, de algarabía, incesante, en la que los niños bien de provincias les rogaban a sus padres que les pagaran la Residencia de Estudiantes por ciento cincuenta pesetas al mes.

Sorber el júbilo de la calle Alcalá repleta de cafés en los que escuchabas tan pronto una tertulia con Valle-Inclán o una charla de Ortega y Gasset, subir y bajar del tranvía número 8, lleno de mantones de Manila y parpusas, porque los madrileños son más chulos que un ocho.

Y mientras, las Galiana cobijadas entre esas cuatro paredes, deshaciéndose de su pasado, tejiendo sin intuirlo, avanzaban sin retorno a la mayor metamorfosis de sus vidas.

6

Se repartió mi alma para formar tu alma.
Y fueron nueve lunas y fue toda una
angustia de días sin reposo y noches
desveladas.

CONCHA MÉNDEZ

La casa de la calle Sagasta que compartían tíos y sobrinas reunía las condiciones conformes a la época, no tenían agua corriente, así que Helena, como tantas otras veces, se ofreció a ir a por cubas de agua, mientras Carmen se vestía para acudir a la calle Marqués de Cubas, no podía retrasar más ir a conocer al fotógrafo que le había recomendado Maruja Mallo.

En su salida hacia la puerta Helena entonó la misma perorata que repetía desde hacía semanas.

—Tengo tantas ganas de que conozcas a Ricardo. Es todo un caballero. ¿Sabes? Estoy deseando casarme con él porque le podré ver durante más tiempo, y así aprender mucho más a su lado. No imaginas lo que me dice, que cuando nos vayamos de luna de miel vamos a hacer un viaje de novela. Leeremos alguna que contenga un itinerario que nos fascine y recorreremos juntos el mundo como lo hacen los protagonistas de los libros. Él tiene unos amigos que lo han hecho y se fueron siguiendo la ruta de las aventuras del Cid. ¿No te parece algo apoteósico?

—Si a ti no te gusta viajar. Y además te agobia estar lejos de tu cama, porque dices que los hoteles no tienen las sábanas de hilo que tienes en casa.

—Eso lo decía antes. Ricardo me ha enseñado que en la vida se pueden desear muchas cosas, y a medida que uno va conociendo nuevas personas uno va llenando la maleta de nuevas formas de pensar. ¿Por qué no vienes hoy con nosotros? Vamos al Cómico, que actúa Luisa Puchol. Dicen que está colosal.

—No puedo, tengo cosas que hacer.

—¿Y adónde vas?

—Me ha salido un trabajo de telegrafista. Una amiga me ha recomendado.

—Ten cuidado dónde te metes, qué necesidad tienes, Carmen, de ponerte a trabajar, que pasan cosas terribles, mira la hija de Paca, la panadera, es modista y más de un marido se ha propasado con ella.

—Tranquila, tendré cuidado.

—¿Por qué no vienes después del teatro?

—De verdad, no, gracias.

—Le he hablado tanto de ti que está deseando conocerte. Ricardo tiene muchos amigos, algunos son muy interesantes. ¿Te imaginas salir los cuatro juntos?

—Ya me lo presentarás. Pero hoy saldré tarde y seguro que acabaré cansada.

—Bueno, como quieras, no te voy a insistir.

Carmen subió por la calle Sevilla y aminoró el paso. Hacía tiempo que había desechado la idea de ser telegrafista o modista, como muchas otras acababan siendo por ser a fin de cuentas la profesión más accesible para una mujer con ciertos estudios y resuelta.

Ella buscaba la pasión en las cosas que la acercaban a un universo infinito. Deseaba respirar un soplo de aire fresco fuera de las paredes de su casa.

Estaba agradecida por el cuidado que sus tíos habían puesto en ellas, lo habían hecho como si fueran unas niñas de provincias, que salen los domingos a misa, y a las que apremian rápido a buscar novio para crear su propio hogar. Quizá hubiera sido muy distinto si su padre hubiera vivido, él mismo hubiera reñido a su hija mayor que, antes de conocer a Ricardo, solo se había dedicado a trazar algún vestido con algún patrón de revista, separar las lentejas buenas de las malas, ir de las primeras al mercado de San Miguel, o al de la Cebada a por pescado fresco, y escuchar la radio. Tampoco había cambiado mucho con su novio, que pasaba a recogerla para llevarla a Rosales a tomar una horchata o bien a pasear por el Retiro. Él era el cobijo tranquilo y pausado en sus horas muertas y había supuesto el muelle para que conociera otro Madrid. Ahora solo quedaba trazar planes de boda y arropar niños entre sus brazos.

Carmen tenía otras inquietudes, un corazón que se desbocaba y le salía por la boca, como los caballos que van a galope y no paran de saltar obstáculos. A la edad de trece años, ya soñaba con su propio mundo, no entendía que su hermana tuviera pasión por balancear el pedal de la Singer mientras la vida se escapaba por los dedos. La vida de su hermana no cuajaba con la suya, y sentía cierta pena. El distanciamiento era cada vez más delatador pero ninguna lo hablaba, seguían en la corriente del río por la sangre que compartían. Pero si el río se detenía, lo mejor era esperar a que lloviera y volviera a llenarse el caudal.

El estudio se encontraba en la acera del Banco de España, entre la boca de Marqués de Cubas y Cibeles. La calle era un trasiego de gente, había diferentes puestos, una calle con vida de ambiente tradicional y divertido. Era el pequeño rastro de Madrid, todos los mostradores invitaban a comprar.

Allí podrías encontrarte a una mujer con el pelo alborotado que vendía el pájaro de barro que vuela, tirabas de un hilo y el pájaro levantaba su vuelo, mientras un hombre gritaba en la esquina: «Vendo ligas, ligas de mujer y tirantes de goma para caballero». Junto a la tienda, un hombre que ofertaba libros de poesía por veinte céntimos. Otro puesto donde se exponían peines y llaveros. En algunos lugares estratégicos, había algún chino vendiendo perlas, no llegaban del Imperio del Sol, sino de Alemania, y hacían la competencia al mercado español. En Alemania funcionaba una fábrica de bisutería barata, que tenía una franquicia en la calle Toledo, y todos los chinos acudían a por abalorios que suponían las delicias de los madrileños.

El bullicio y la jarana de aquella calle evadían a Carmen del alboroto de sus pensamientos, golpeándole la cabeza.

Un chaval con pantalones cortos, tirantes y las rodillas manchadas de polvo, como solía ser la costumbre, se acercó a Carmen y le ofreció el periódico *El Cencerro*.

—Anímese y cómpreme uno.

Carmen abrió su monedero y lo hizo. Le inspiraban cierta ternura aquellos chavales que no iban al colegio y ya estaban en la calle bregando para sacarse el pan. Justo encima de la puerta de madera roja había un gran cartel: A BUSTO O TARJETA, USTED ELIGE.

Carmen asió despacio el pomo de aquella puerta, asumió el riesgo de emprender la mayor aventura de su corta experiencia, el riesgo de exponerse a un escándalo mayúsculo, además de mentir el resto de sus días a sus tíos, a su hermana, a su círculo más cercano. Alejarse del tiempo que las señoritas del pan pringado vaciaban para colmarlo de un sueño.

La tienda era mucho más pequeña de lo que parecía por fuera, un recibidor color nogal ocupaba buena parte del frente, y alrededor de él vitrinas de madera oscura. El local presentaba un gran desbarajuste, sillas almacenadas en el lado izquierdo, y abandonados a su suerte marcos de fotos, máquinas de fotografiar, estuches y fundas, focos y letreros que marcaban los precios diminutos repartidos toscamente. Un hombre entrado en años, encorvado y con unos anteojos en la punta de la nariz abrió una de las puertas del recibidor y se dirigió a Carmen.

—¿Busto o Tarjeta?

—Perdone que le importune, pero yo no venía a hacerme fotos.

—Servicio no tenemos, gracias —le dijo señalando la puerta para que se marchara.

—No, espere, me ha dado su tarjeta Maruja Mallo, porque me ha comentado que busca un ayudante.

—¿Y tu hermano no ha venido contigo?

—Sería para mí.

Don Ernesto se volvió, le dio la espalda y se puso, de nuevo, a ordenar fotografías sobre el aparador. Tomó entre sus manos un álbum y empezó cuidadosamente a pegar las fotos que tenía sobre la mesa. Su voz era ronca y desagradable, un empedernido fumador inequívocamente. A pesar de su desgaste físico todavía tenía abierto el negocio; ahora que estaba solo, sabía que necesitaba contar con alguien.

—Si no quiere nada más... Lo siento, pero mi idea de auxiliar es otra, busco un chaval desenvuelto al que yo pueda formar, no una falda andante que me maree a los clientes y a la que tenga que enseñar de fotografía.

—Está siendo muy impertinente. Le pondré el don, porque soy educada, pero aquí donde me ve, entiendo de fotografía tanto como usted.

—¿Ah sí? Dime algún fotógrafo interesante de este siglo.

—La mujer de Clifford con su estudio en la calle Mayor o Alejandra de Alba, creo que han hecho de la fotografía un nombre.

—A ver, no tengo nada contra ti, pareces espabilada, pero dispongo de anuncios por palabras en *El Liberal* y una trayectoria en este barrio. No quiero que la clientela se me espante cuando vea una mujer detrás del mostrador. Y, por cierto, Alejandra de Alba ayudaba mucho a su marido, José Martínez Sánchez, y sinceramente no creo que esas mujeres fueran profesionales por sí mismas, lo fueron porque delante de ellas se hallaban hombres importantes.

—Déjeme que le tome unas fotos. Luego las revela y si le parece que tengo una visión distinta a la hora de captar su esencia, me llama.

—Eso es lo fácil, yo conozco bien la profesión y sé posar, te resultaría sencillo. Mira, yo no quiero problemas, me he quedado viudo hace muy poco, y estoy como quien dice en duelo. Mi mujer me ayudaba, ponía los líquidos en los barreños. Y hablaba con la clientela, ella era dulce, tenía encanto, lo que llaman los ingleses «*charming*».

—De verdad, yo puedo ayudarle.

—Ahora, déjeme trabajar, tengo que hacer este álbum engorrado que me está dando problemas.

La puerta se abrió y entró una mujer con un niño de la mano arrastrándolo con más mal humor que fuerza, mientras le buscaba desesperada una atención amable en aquel ambiente de malos humos.

—Buenas tardes, necesito hacerle una foto a Pedrito.

—Pase adentro, por favor. —Don Ernesto se giró sobre sí mismo, señalando unas cortinas detrás de él mientras abría las puertas del recibidor para que pasaran.

El niño comenzó a llorar lanzando patadas al aire, el primer golpe se lo llevó el mostrador, y detrás de él siguieron su madre, don Ernesto y todo lo que veía a su alrededor. Las estanterías vibraban con los tarros de cristal. Carmen desde lejos contemplaba la escena atónita, así que decidió coger uno de los cordeles que había sobre una vieja mesa y, mientras hacía figuras con él, se lo acercó al pequeño como quien le muestra un regalo. El niño se tranquilizó, siguió a Carmen hasta el interior del estudio mientras el fotógrafo pudo finalizar el retrato.

Al terminar, Carmen se acercó a don Ernesto entusiasmada.

—Por favor, deme una oportunidad.

—Yo tengo pocos niños, que se te den bien los niños no me dice nada. Haremos una cosa, la siguiente clienta será toda tuya. Si logras hacerle fotos de busto y tarjeta, el trabajo es tuyo. Solo te puedo pagar diez céntimos.

—Acepto, don Ernesto, de verdad, es la ilusión de mi vida.

—¿Tienes recomendación de tus padres? No quiero problemas con ellos.

—Ellos murieron.

—Vaya, lo siento, creo que eres muy joven para no tener padres, tiene que ser muy duro. Por cierto aquí solo trabajamos con Kodak.

—Estupendo.

La puerta se abrió de nuevo para dar paso a una mujer desgreñada, con el pelo cortado a lo ninón, las cejas sin depilar, hablando con una tarabilla en una conversación desordenada, su aspecto era, sin duda, el de una chica descuidada.

—Buenos días, vengo a hacerme una foto, mi novio, que vive en Jaén, que por cierto es simpatiquísimo, y quiero mandarle una foto para que no me olvide.

—¿Tú vives aquí en Madrid?

—Sí, estoy en casa de dos señores, pero no duermo con ellos, me alojo en una casa de huéspedes. Madrid es tan caro que tengo que trabajar mucho. Lo paso todo el día llorando, el segundo triste y cariacontecida, el tercero intento cavilar y el cuarto grito un «eureka» que se oye hasta en el Mercado de la Cebada. Pienso que lo mejor que puedo hacer es sacarme una foto de estudio que salga bonita y poder mandársela.

Carmen tomó entre sus dedos una cámara alemana de la marca Ebner, desplegó el muelle y miró por el objetivo. Vio a una chica sin vida, apagada y con una mirada perdida. La observó detenidamente. Pensó que si le hacía una foto de tal guisa, él saldría escopetado. Así que no se lo pensó. Se acercó a ella, cogió un lápiz que tenía en el bolso y marcó sus cejas.

—¿Qué me haces?

—Quiero que te veas bonita.

La hizo quitar la blusa.

—Yo no quiero fotos así, ligerita.

—No, tranquila, estoy mostrando tus hombros.

Le alborotó el pelo, le pintó los labios y con un poquito de estos, se lo puso en las mejillas para darle un aspecto más alegre.

—Ahora ponte la camisa, pero ese cuello ábretelo un poco, para que remarque más tus hombros. Tienes un cuello muy bonito.

Carmen empezó a disparar como quien está en el campo, ve el cervatillo y sabe que ese objetivo es suyo.

—Listo, vente en unos días. Tendrás las fotos.

—No sabes cómo te lo agradezco, se nota que sabes arreglarte. Debes de tener un novio feliz a tu lado.

—No tengo y si te digo la verdad, no lo echo de menos. Hoy he sido muy feliz haciéndote fotos.

Don Ernesto estaba subido en una escalera a punto de matarse para coger unas cajas a las que no llegaba en lo alto de una de las estanterías. La escalera se tambaleó de un lado como en un número circense.

—Ya he hecho mi trabajo, déjeme que le ayude con las cajas.

—¿Esa chica era el mismo pajarillo que entró sin plumas?

—Sí, le he dado un aire nuevo.

—No sabía que también entendías de maquillaje. Se fue siendo un pavo real, tenía otro plumaje.

—Entiendo de mujeres, y creo que esa chica más que una foto para su novio, lo que necesitaba era sentirse bien consigo misma.

—El trabajo es tuyo —sentenció, estrechándole la mano—. Prefiero trabajar en silencio, no me gusta que me den conversación y, por cierto, mañana el que hace las fotos soy yo. Tú solo has apretado el obturador a modo de prueba.

Carmen salió del estudio, loca de contenta. Aquel día se desperdigaron definitivamente las inseguridades y los miedos que le habían impedido tomar antes esa decisión, lo hicieron como las migas que se echa a los peces en el estanque del Retiro.

Al llegar a casa, su hermana, muy excitada, le contó que ya tenía fecha de boda. Las coincidencias no existen y sin embargo el destino había jugado para que el mismo feliz día en el que ella encontraba el lugar donde forjar sus anhelos, Helena sellaba su noviazgo. Decidió alegrarse, a fin de cuentas cada persona ambiciona su porvenir, solo sentir felicidad los unos por los otros aumenta ese gozo.

Por fin conocería a Ricardo en la pedida de mano dentro de unos días, y quizá ella pronto encontrara a alguien especial. Carmen no se negaba, ni estaba cerrada al amor, intuía que este te atrapa en un momento concreto, solo llega cuando uno tiene el cronómetro en marcha y todos los corredores han abandonado la salida.

El amor no dejaba de ser una barca en el Retiro que flota junto a las gaviotas que se posan en el agua. Para Helena esta era una barca rumbo al hogar, el que todos esperan, y subía a la que ya estaba remando su prometido, para dirigirse juntos hacia el centro del agua, como marca la tradición.

Para Carmen, el amor era una embarcación que surca el estanque, y si alguien se acercara remando no le importaría subirle, siempre que tuviera un corazón en la misma dirección.

7

Si tú, espontáneamente, me dieras un beso... y me atrajeras... así... estrechamente... dejándome... oír en tu pecho latirte el corazón... y un poco también la plata de tu voz...

Margarita Gil Roësset

Madrid se vestía de charanga y farolillos, de fiesta y de color. La verbena de la Paloma se celebraba ese año en un agosto donde el calor era más ligero que otros años. Los madrileños la esperaban como agua de mayo. Acudían cuando caía la tarde, lo hacían en familia, con amigos y vecinos. Había verbenas muy variadas: la de San Cayetano, la de la Paloma, la del Carmen, la de San Antonio de la Florida. Con ella, Madrid cantaba, bailaba al son de un chotis. Todos corrían en su búsqueda esperando el cochecito rojo que traía el papelito ganador o para jugar a los muñccos del «pim, pam, pum». Las figuras de cartón se levantaban en el aire. Olía a paso cambiado, a madrugada que no terminaba, a una ciudad que se relajaba antes de que llegara la tormenta.

Era el único lugar donde la suerte siempre estaba de nuestra parte, las caras de las gentes lo decían todo. Las mujeres se engalanaban, dejando de lado sus trajes de Charleston, llevaban el pelo a lo *garçon*, y muchas de ellas iban encopetadas con su mantón de Manila. Era un símbolo de poder, de linaje y, sobre todo, de tradición. Dicen algunos que fueron las cigarreras las que crearon el mantón de Manila. Los fardos de tabaco que llegaban de América venían envueltos en telas de sedas para preservarlos de la humedad, y las trabajadoras las bordaban y las convertían en mantoncillos para cubrirse los hombros. Otros decían que venía de Manila; otros, de China, concretamente de Cantón. Qué más da de dónde venga. El mantón era de la mujer española, que pisaba por donde caía y arrastraba los flecos dejando una huella imperecedera. En Madrid lo han llevado desde la señora hasta la gitana, por eso nació una industria de mujeres bordadoras y flequeras. Era parte de la esencia de la vieja villa. La verbena lo sabía. Carmen también.

Su hermana enhebró un hilo en mitad del pasillo y se sentó en un taburete de madera a punto de resquebrajarse. Carmen pasó por detrás como una flor de Talavera que estaba a punto de brotar. Vino a recogerla su amiga Aurorita Casas y Maruja Mallo, que, ansiosas, quemaron el timbre.

El ascensor de poleas se atascó en el segundo, siempre se quedaba ahí; la señora Mari Portilla era lenta sacando la compra. La portera limpiaba las escaleras con sosa, y el fuerte olor que desprendía subía hacia el último piso y mareaba. Carmen saltó los escalones hasta que aquella le echó el alto con la fregona, como un militar que tanteaba sus pasos. Necesitaba salir, respirar, zambullirse en la feria, que decían que siempre tocaba.

—¿Adónde vas, niña?

—Con unas amigas.

—Pásatelo bien, pero no vuelvas muy tarde, que hoy tenemos sereno nuevo y no tenemos referencias.

Maruja Mallo aparcó su bicicleta mientras agitaba la mano en señal de saludo. Se había pintado con un maquillaje de color estrambótico y su cara de pájaro se acentuaba aún más, como si se escondiera tras una máscara. No llevaba sombrero, algo habitual en ella.

A Carmen le gustaba su compañía, aprendía mucho a través de su ingenio; desde luego era una mujer encantadora, una gallega que disfrutaba el ambiente de la verbena, el mezclarse con la multitud, tantearles y observarles para luego pintarles. Estaba viéndose con Rafael Alberti, un «ni contigo ni sin ti» había hecho que pisara todas las fiestas y verbenas de Madrid.

Aurorita compró algodón de azúcar, andaban nerviosísimas por la emoción contenida. La habían arrastrado porque decían que estaba algo mustia, y que ahora que empezaba a trabajar y a acudir a las clases como oyente en la Residencia de Estudiantes la verían menos. «No puede ser bueno estar metida en el cuarto de la luz roja revelando fotos», dijo Aurora, sonriendo. Maruja se unió a los reproches y le tomó el pelo.

—Si es que tendrías que tener la cabeza como las jóvenes de tu edad. Un buen marido y unos hijos para criar. No estar sumergida en cosas banales. Pero qué le vamos a hacer, si ella no es como las demás y no quiere ser un ángel del hogar.

Rieron y se abrazaron por la calle, como tres colegialas a las que no les importaba el mañana. Carmen se había puesto guapa, tras el maquillaje escondía la hipocresía de la gente, era su parapeto. Llevaba con gracia el mantón de Manila bordado en flores de diferentes colores, podían verse las corolas de estas. Unos labios de rojo reventón y unas ganas de fiesta que ya no había nadie que se las quitase. Movía sus caderas de un lado a otro como una chulapona de Madrid, guapa, arrogante, divertida y pizpireta. Carmen podía llegar a ser mujer fatal o un chiquillo con el pelo despuntado con las rodillas llenas de heridas por haberse caído de la bicicleta en la plaza de Lepanto. Tenía un estilo propio y mucha personalidad. Era el blanco de todas las miradas: las mujeres la observaban con recelo y los hombres intentaban entablar alguna relación.

Tres chicas solas y alegres hacían que los piropos se disparasen, y eso que ya quedaba menos para que la dictadura de Primo de Rivera los empezara a prohibir. Carmen provocaba a su paso, pero sin la menor intención de hacerlo.

En la plaza de San Andrés, el público abría sus balcones para ver desfilar a las féminas con sus mantones de Manila de pájaros de seda y flores de vivos colores. Había llegado el concurso más esperado de la verbena: el de mantones y mata de pelo. Algunas niñas llamaban verdaderamente la atención, llevaban matas de pelo rubias que arrastraban hasta la cintura, otras eran como el ébano o, más despeinadas, se dejaban caer por la espalda como pequeñas cascadas. Carmen se arregló para la ocasión, se puso pintona. No estaba bien visto que una mujer acudiera a una verbena sola con amigas, pero ya tenía la mayoría y le apetecía vivir, bailar y lucir su mantón. Este era un regalo de su madre y no lo había estrenado nunca.

Un señor con un bigote enhiesto a lo káiser gritó desde una de las esquinas:

—El concurso va a empezar. No se arremolinen tan cerca. Hoy hemos batido un récord. Tenemos entre nosotros veinticinco mantones. Algunos hasta bordados en hilos dorados.

Aquel estrépito de voces, olores y espectáculo le recordaba las verbenas vividas junto a su madre, cuando esta le compraba un boleto para la tómbola o comían juntas un bocadillo de calamares en la pradera; el momento en que se asía de su mano para no perderla o buscaba el hueco de su cuello para posar su cabeza si se sentía cansada. Uno no está preparado para volver a los lugares donde compartimos vivencias de felicidad con las personas que ya no están.

Carmen arrastró el mantón y lo envolvió en dos vueltas para que cayese por los antebrazos. Los flecos le hacían cosquillas, era lo más cerca que había estado nunca de que alguien la rozase. Su corazón era como el mantón sin bordado, no había permitido que ningún hombre hiciera de bastidor tensando su vida. Detestaba que cualquiera se entrometiera y lo arrasase como una barraca de feria. En casa se había quedado Helena, con quien había dejado de hacer cosas juntas: meter la mano en la boca de los leones de la fuente de la plaza de Oriente y pedir un deseo, comprar castañas o pasear los domingos. Un noviazgo había enterrado sus vidas.

Cruzó la plaza con los hombros al aire, con un gesto coqueto se subió el mantón que los volvía a cubrir por unos instantes; así, en un interminable juego de seducción, miró y compartió impresiones con sus amigas.

Al fondo, apoyados en una de las paredes de la plaza, se arremolinaban cientos de chicos, que fumaban, reían y miraban hacia el centro.

Carmen dejó caer su mantón de Manila al suelo, ajena y de espaldas, lo recogió con gracia y, fugaz, le rozó un velado soplo en la nuca, tan tenue que la hizo estremecerse.

En una diagonal finita, de aquel percusor surgieron unos ojos verdes que bordearon la silueta de Carmen desde los tobillos hasta la nuca, recorriendo su cuerpo en una radiografía imperecedera.

Ella intentó no prestar atención, espantar el picotazo en su nuca, jugando con un papelito de rifa entre sus manos, que rugoso, tocaba para distraerse, mientras aquel chico no paraba de devorarla como un animal preso de su deseo, con total descaro.

Sostenía un chato en la mano, al que daba pequeños sorbos, sin dejar de observar su espalda, absorto, ignorando su alrededor. El aire contenido de la verbena se había escapado al cielo, para quedar ellos dos a solas en la plaza de San Andrés. La algarabía bajó unos decibelios cuando las miradas se cruzaron. Una explosión agitó hasta el último rincón de sus entrañas, aquellas que estaban dormidas despertaron por primera vez cuando él posó sus ojos en ella.

Se le quitaron las ganas de comer, y de bailar, solo quería estar en esa esquina petrificada sintiéndose observada por el desconocido.

Carmen se mantenía de espaldas a él, pero podía percibir la mirada golpeándola insistente, tan provocadora y con esas ganas de adentrarse en ella. Otra vez un golpe de calor recorrió todo su ser.

Su cuerpo se sacudió por la pequeña brisa que se había levantado en la plaza. El mantón ondeaba al viento, intentaba sujetarlo para cubrir de forma púdica algo de ella. Aún percibía que alguien al otro lado de la plaza la traspasaba, como aquellos trenes que van despacio sin mercancía.

Lentamente se dio la vuelta, su mirada se chocó con la de él, sus pupilas pusieron freno a los ojos verdes de aquel chico, que era inmensamente apuesto. Unas pestañas negras, que parecían tintadas, y una nariz prominente que bajaba en línea recta hasta unos labios mullidos que terminaban en forma de corazón, tendenciosos, en un tobogán de almidón, donde Carmen pasaría una vida reposando. Vestía una americana de botones cruzados y una camisa blanca bien planchada y almidonada.

Todavía no había daños que lamentar, pero cuando alguien te mira así, de la manera que la estaba mirando ese chico, ya no había escapatoria.

Sujetó el mantón de Manila como si este la salvara del deseo que la recorría por dentro, de aquel impulso que la atrapaba, que la arremetía contra él, como las hélices de los aviones que levantan todo lo que está a su paso. Lo agarró con firmeza dejando caer los flecos sueltos, quería soltarlos al aire, el mismo que a ella le faltaba. Los feriantes se cruzaron por delante, niños, gentes del barrio, militares, chicas de servicio y las miradas se perdieron en el tumulto de la verbena.

Los ojos de Carmen eran vivos, arrebatadores, como lo son los ojos que nacen al primer amor.

Se sentía minúscula, la música la mareaba, la arrastraba al abismo de la mano con él, martilleando sus oídos, envolviéndola en una centellada de neblina. Aquel chico tenía ojos de aventurero, de resabido, sin temor, una mirada capaz de conducirla hasta el borde del precipicio.

El concurso iba a empezar. Una música atronadora se oía en la plaza de San Andrés, que se mezclaba con la de las Vistillas. No quería que nadie la arrancase de ese instante. Hay instantes que componen una vida. Sabía que era uno de esos.

El chico había encontrado un hueco entre la gente y la volvía a seguir. Carmen le esbozó una sonrisa, mientras se volteó con garbo, no soportaba la ardiente agonía que despertaba en ella.

No sabía por qué había estado tan seca, pensó que las sonrisas tenían un tiempo, y este había durado demasiado. Su corazón era un galope de caballos que corrían por el humilladero, que atravesaban Sol, subiendo por Carretas hasta llegar a la calle de Núñez de Arce. Quería contárselo a su hermana, a sus amigas, pero no tenía el valor de hacerlo. Había caído como caen todas y se sentía culpable.

Ahora la feria había pasado a un segundo plano, también lo habían hecho la barraca, los gigantes y cabezudos, sus amigas, su hermana, sus tíos. Todo Madrid había quedado en un segundo plano. Quería volver a cruzarse con esa mirada y volverse a subir en globo.

—Carmen, hija, estás en las musarañas, te hemos apuntado al concurso de mantones —dijo Aurora, tirándola del mantón.

Carmen, nerviosa, aceptó participar porque había alguna posibilidad de encontrarse con él, llamarle la atención mientras desfilaba. Quizá cruzar alguna palabra y escuchar su voz. Sería grave, impostada, como las voces de los hombres recios y fuertes. Qué bonito era imaginarse la voz de alguien cuando todavía no lo has escuchado.

Las mujeres comenzaron a ponerse en fila para mostrar ordenadamente sus mantones al jurado. A Carmen se le cayó un mechón rubio por la frente y se lo recogió detrás de la oreja, estiró el cuello buscando el encuentro con él. El destino juega con uno, te embarca en vidas que no conoces, te expulsa del control más estricto, te arrastra río abajo, con la inquietud y el desasosiego más absoluto.

Y también hay amores como los de Helena, regulados, con la indolente calma de quien navega con viento a favor. Quizá no sea casual que cada uno busca el grado de excitación que quiere para su vida.

De reojo lo buscaba entre la multitud, por si el destino estaba de su parte y le podía volver a ver. En la verbena uno pierde tantas cosas, que perder una mirada no es de extrañar.

Estaba débil, desarmada ante un desconocido. Sentirse viva ante un extraño es tentador, alguien que tenga una vida tormentosa, o sea un simple sereno que recorre las calles; qué incertidumbre es elegir al azar sin referencias, solo bajo el designio del corazón. El deseo de imaginarse quién sería provocó en ella agitación. Sus amigas aprovecharon ese momento para empujarla al centro de la plaza, quisieron que destacase en el concurso, mientras Carmen les susurraba palabras de desaprobación. No estaba preparada para exponerse en medio de ese tumulto de curiosos, como en la Revolución francesa se arremolinaron los vasallos en torno a la ejecución de su reina. Los brazos de aquel chico eran su guillotina, a punto de acabar con su cabeza. Lucir el mantón con garbo, a pesar del sofoco, era prioritario si deseaba ser la primera dama ganadora, la que triunfase esa tarde, y ser la diana para que aquel chico apareciera de nuevo y sentirse orgullosa ante él.

El concurso empezó, Carmen llegó tarde.

—Todavía puede presentarse alguna chiquilla que lleve un mantón de Manila. La inscripción no está cerrada.

Carmen se acercó tambaleándose a la cola formada por las chicas que se habían presentado, y se coló junto al escenario donde se escuchaba la banda.

Todas parecían más altas, más guapas, con más gracia y, sin embargo, nadie tenía el mantón de su madre, que llevaba impreso los hilos del amor, de los años vividos de la ausencia. Quería ganar por ella, demostrarle a la vieja villa que se puede triunfar siendo y sintiendo de otra manera. Era su pataleta, la mejor protesta para demostrarle a su hermana que todos los caminos para ser feliz eran lícitos: no deseaba un señor que la acompañase por las tardes, ni uno de domingos que la llevase a misa, ni uno que le hiciera tres churumbeles. Aspiraba a vivir una revolución, una pulsión rítmica que la empujara a conseguir lo que se propusiera.

Sonrió al jurado, envalentonada agarrando su mantón con firmeza, su madre estaba envuelta en él. Se espigó y sonrió al público con gallardía. Carmen había heredado sus anchuras, sus hombros en líneas perfectas y la alegría de vivir; esa no competía con nada, lo ganaba siempre todo.

Al fondo, entre la multitud, el chico de tez morena asomó la cabeza, se puso de puntillas. Con su porte alto, compacto, de espaldas tan anchas como un nadador, sonrió con encanto, el mismo de los que saben que la vida para ellos es fácil, de los que no se rinden y no se amilanan ante una mujer independiente.

Carmen en ese momento descubrió que no era flor de un

día, que era una mujer de una belleza exquisita, y no una moza verbenera como las que estaban allí. El pecho la oprimía en una plaza congestionada, como solo el primer amor es capaz de arrebatarte tu esencia, que vulnerable te desarma para mostrarte como una figura desnuda en medio de una plaza. Así se vio Carmen. Y a lo lejos, como marcan las leyes de la geometría, otra figura ocupaba su espacio estudiando sus medidas y seduciéndola con la presencia física que imponía un hombre que aspiraba a abrazarla, que escalaba con sus manos largas a lo largo de su cintura, que se quedaban posadas unos segundos en su talle para terminar en sus hombros. Podía intuir aquellas manos suaves que dejarían caer el camisón de encajes crudo cada noche a los pies de una cómoda. Imaginando aquel juego prohibido el jurado la interrumpió.

—Todas sois un primor, todavía estamos decidiéndonos, no es nada fácil nuestra elección.

La belleza de Carmen se había impuesto sin lugar a dudas, brillaba como un farolillo de verbena, aquella elegancia aristocrática de alta burguesía de Madrid junto a su gracia volátil de modistilla inocente despertaban el arrebato del público. No era una de esas muñecas que salían en la revista de moda de Jeanne Lanvin, que vestían con modelos de crespón o chinchilla; era una de esas mujeres que no se olvidan, que se desenvuelven misteriosas en una época memorable. El agua de rosas transparente ocultaba las emociones de su alma casi infantil.

El jurado decidió pronto, lo tenía claro, la ganadora era Carmen Galiana. Sus amigas rieron y gritaron desde la plaza:

—Venga, Carmen, con gallardía, que eres la mejor de todas.

La elección fue difícil. Había dos tipos de mantones: el mantón oscuro con motivos orientales, que era el modelo más representado por las chicas, y el de Carmen, que era bordado con hilos dorados y tonalidades color esmeralda.

Una voz se oyó por la megafonía:

—Y para ella es el premio, la más bonita de todas las mujeres. ¿Cómo te llamas?

—Carmen.

—¿Carmen de dónde?

Le costó decirlo, sentía que había dejado a su familia en evidencia. Balbuceó y lo respondió con fuerza:

—Carmen, madrileña.

—Enhorabuena, tú eres la elegida. Nos ha gustado mucho tu mantón, con sus vivos colores, guarnecido con sus largos flecos y bordado de una sutil elegancia. Fijaos bien en este mantón de Manila y concededle todos los honores que se merecen por su belleza, originalidad y su primor. Está confeccionado, por lo que se percibe, en puntada corta e igual.

Carmen, mirando a la concurrencia con timidez, explicó:

—Yo no entiendo de costura, me lo regaló mi madre, ella lo llevaba cuando iba a las terrazas de los hoteles o asistía a fiestas de jardín por la noche.

Lo primero que pensó fue en su hermana Helena, si la viera en mitad de la plaza, quizá no le hablaría jamás. Pero había merecido la pena, solo por cruzarse la mirada con él. Seguro que lo había visto, qué ganas de zambullirse en la verbena y toparse con él.

Todos se acercaron a darle la enhorabuena. Carmen buscó al hombre que la dejó como una peonza sin cuerda dando vueltas en mitad de este mundo. Miró al cielo para tomar aire y poder encontrarle. Un instante y le había perdido de nuevo, pero aun así daba gracias a Dios, porque en una milésima de segundo sintió lo que deben de sentir esas mujeres cuando hablaban del amor. Una llamarada que la quemó por dentro y encendió su cuerpo en ascuas.

Sus amigas la rodearon, la vitorearon, pero ella era incapaz de expresar que tanta emoción no venía del concurso, sino del hombre que la había mirado y la había dejado seca. A ellas se acercó el dependiente de La Imperial. Aprovechó la ocasión para promocionar sus zapatos. Ahora la tienda estaba al cincuenta por ciento. La ocasión la pintaban calva, cualquier lugar era bueno para hacer promoción de los negocios. Al final salía más barato que poner un anuncio en *La Voz*. Un lugar como aquel, lleno de mujeres, suponía la mejor propaganda de los zapatos.

A Carmen la llevaron de nuevo al estrado, le colocaron la banda en el pecho y le dieron un apretón de manos. No se sentía feliz. Se sentía que había ganado un concurso de belleza. Algo frívolo que no iba con ella. Tampoco podía disfrutar del éxito. La hicieron bajar con cautela por las escaleras, ya llegaban las mujeres que iban a participar con sus matas de pelo para el siguiente concurso. El jurado cuchicheó. El pelo que más abundaba era el mechón negro cordobés que llegaba hasta el suelo y barría los adoquines. Por fin, resolvieron la votación y la ganadora fue María de Frutos. Ella sonrió, se sintió pletórica, se notaba que llevaba esperando el premio todo el año. Había ido varias veces a la peluquería para tratarlo de forma especial y conseguir el ansiado reconocimiento.

Carmen se quitó la banda y se la guardó en el bolso. Cruzó la plaza de los Carros, pasando por la plaza de San Andrés y llegó hasta el otro escenario, la plaza de la Paja. Un hervidero de gente la rodeó, la llevó casi en volandas hasta un rincón.

Allí, Aurora y Maruja se encontraron con algunos chicos de la generación del 27. Todos quisieron hacerse una foto en la barraca. Alberti sonreía a cámara, Manuel Altolaguirre colocaba un gorro a Concha Méndez. Los dos introducían sendas cabezas en las figuras de cartón, una gitana y un torero, desde luego una pareja folclórica.

También estuvo con ellos Federico García Lorca, el de la sonrisa feliz, el chico guasón y simpático, que se subió a hombros de Alberti y sonrió a la cámara comiéndosela, a la vez que cantaba canciones de La Argentinita. Maruja y Aurora se divertían con los chicos de lo lindo. Todos habían ido hasta la barraca de la rifa a posar ante el fotógrafo. La luz de magnesio les convertía a todos en cadáveres. Los chicos saltaban, reían y coqueteaban como gatos en celo buscando a sus presas.

Carmen prefirió ir a por una limonada, de nuevo hacía calor. Un niño que iba con su madre lloraba a su lado, protestando porque quería que le tocase algo de la rifa. El ruido de la fiesta arremetía con fuerza en los oídos de Carmen. Al otro lado, un grupo de jóvenes llevaban a la Pepona, otros jugaban con un martillo a introducir cabezas en agujeros. La música sonaba cada vez más fuerte, el suelo tenía regueros de limonada y vino, y un hedor recorría la fiesta. En el medio, algunos bailaban chotis, otros bebían tumbados en bancos y, a medida que la verbena avanzaba en sus horas, todo empezaba a descontrolarse.

Carmen quiso irse, sentía que allí era un pasmarote, sus amigas estaban con el grupo del 27 y ella no tenía la suficiente confianza para relacionarse con gente nueva. «Cuesta sentirse fuera de lugar», pensó entre el ambiente empalagoso y el sonido estridente de los petardos. Le recorrió un halo de melancolía. Introdujo la mano en su bolso, palpó la banda y se preguntó cómo la vida podía cambiar tanto: un minuto antes era el centro de atención y ahora había quedado relegada en un rincón.

Carmen permanecía en una esquina esperando a sus amigas para irse juntas a casa. Le daba miedo marcharse sola, ahora que la gente estaba en el punto más álgido de la alegría. Siempre le han dicho que una chica solitaria por las calles no era decente, y eso se le había ido grabando desde pequeña.

Ensimismada en sus pensamientos, comenzó a andar hacia atrás buscando un rincón para apoyarse, algo seguro que la mantuviera en un lugar conocido. De pronto un bulto bloqueó su retroceso, se golpeó con alguien sin querer, que le pisó el mantón.

—Perdona, no te había visto. Te he pisado el mantón —se disculpó, recogiéndoselo del suelo y poniéndoselo sobre sus hombros. Los flecos entre sus dedos le hicieron cosquillas. Un simple roce y Carmen se sobresaltó viendo el cielo estrellado. Apenas había edificios altos en el Madrid de entonces, eran casas bajas que facilitaban que las farolas iluminaran el reguero de pisadas por donde iban. Lentamente, elevó sus ojos desde esos zapatos pulcramente atados, recorriendo ese cuerpo firme que ya había reconocido, para acabar en el rostro anhelado durante toda la noche.

—¡Ay!, gracias, no me he dado cuenta.

Carmen entornó los ojos y colocó su mantón con gracia.

—Dime, ¿en qué mes has nacido?

Carmen se rio, se sentía inquieta a su lado, nunca había estado con alguien que la tensara como las cuerdas de tender. Ese chico era de los que se mostraban seguros, y manejaba la situación como si siempre lo hubiera hecho. Notaba su boca devorándole el talle femenino, sus ojos, sus manos delicadas. El chico se acercaba cada vez más y le sonreía, exhibía una dentadura blanca, y sus dos incisivos no alineados le daban un aire pícaro y travieso.

—¿Esa pregunta tiene trampa?

—Sabes que todos los juegos tienen trampa.

Cuando sonreía el hoyito de la barbilla se le hacía más pequeño. Se tocó el mentón varonil y siguió poniéndola nerviosa. No parecía que fuera intencionado, era un chico que fluía de manera natural ante los encantos de Carmen.

—Venga, que la feria no es la vida.

—La vida como la feria es un reclamo para que siempre volvamos la cabeza hacia la barraca triste con su luz parpadeante. ¿Escuchas el disparo?

Carmen se dio la vuelta de una manera que emanó sensibilidad y delicadeza. Este se acercó hasta la comisura de sus labios sin apenas tocarla. Ella se asustó, como un perrito caniche que no conoce el terreno. Andaba despacio ante el resplandor de aquel monumento que no esperaba encontrar en la verbena. De fondo sonaba *Agua, azucarillo y aguardientes.*

—Tengo que darte mi felicitación, ha sido un premio merecido —dijo subiéndose a la barra y sentándose confortablemente.

Todo en él emanaba masculinidad.

—¿Me has visto?

Carmen coqueteó como había observado hacerlo muchas veces a su hermana cuando iba al mercado de la Cebada, eran trucos de mujer experimentada que ella ponía en práctica por primera vez. Pensó cada palabra, cada frase que iba a decir, quiso parecer interesante.

—Mentiría si te dijera que no. Desde cualquier lugar de la plaza te veía.

Cortejaba como si hubiera nacido para ello. Carmen ladeaba la cabeza y aquel chico se movía al hablar con ella con una soltura y naturalidad como si lo hubiera hecho siempre.

—Se te ve sedienta. Seguro que quieres una limonada.

—Ya no hay camareros, toda la gente está empezando a irse.

—¿Qué quieres tomar? Esta noche te serviré todo lo que solicites. —Pegó un salto dentro de la barra y cogió dos vasos.

—¿Eres así de adulador siempre? —dijo, mordisqueando su labio inferior.

—Hoy has ganado un premio, te mereces lo que pidas.

—Se me ocurren tantas cosas que pedir. Pero antes, quiero saber... ¿Qué te ha traído aquí?

—Soy parco en palabras, y a veces hasta seco, eso me dicen, pero creo que el destino me ha traído aquí para estar contigo.

—Seco, como el esparto. ¿Crees en el destino?

—Nunca he creído. Antes pensaba que las personas se conocen, entablan una relación y que, como la nieve, si cuaja, entonces planeas un futuro juntos. Pero hoy la vida me ha dado un vuelco.

—¿Y con qué soñabas tú?

—Yo soñaba con un amor, al que das forma cuando lees, cuando vas al teatro y ves a los protagonistas, cuando sueñas. Sin embargo, el destino te muestra otras maneras parecidas al amor, que debes aceptar, convives con ellas y caes rendido porque ya no tienes salida.

—¿Eres conformista?

—Me encanta que te cuestiones todo, así era yo. Me recuerdas tanto a mí.

—Leo mucho, y eso me hace cuestionar las cosas, quizá lo mismo que los escritores cuando deciden describir a sus personajes.

—A mí me encanta escribir, pero pocos lo saben. Aprendo de Rubén Darío, de Dámaso, de Juan Ramón. Me da miedo que alguien vea lo que escribo, por eso leo más que escribo. No me gusta mostrar mi lado más oculto.

—¿Miedo al rechazo?

—No tanto a eso, sino que puedan leer cómo soy de verdad, utilizarlo contra mí, hacerme daño.

—No te veo un chico con miedos.

—Más de lo que crees. Pero no hablemos tanto de mí. ¿Y tú qué haces en tu tiempo libre?

—Me apasiona la fotografía. He empezado por las mañanas en un estudio en la calle Marqués de Cubas, estoy muy emocionada.

—Qué mujer tan interesante eres. De pronto te presentas a un concurso de belleza y también te gusta la fotografía.

—Hago cosas que los demás no esperan. Alguien tiene que romper las reglas.

—Pues vamos a hacerlo. Hazte una foto con un desconocido. Inmortalicemos este momento.

Carmen estaba fascinada con este chico. La velada estaba terminando, los jóvenes universitarios jugaban al churro en una de las esquinas, otros se acaramelaban en los rincones, otros no podían ni articular palabra. Y allí, bajo la luz de la farola estaban ellos, dos ajenos a lo que ocurría a su alrededor. Mirándose una y otra vez, asegurándose de que aquel milagro era una realidad, que necesitaban tocarse para creer que sus sonrisas conquistaban su espacio, que su juventud se permitió en ese instante ser eterna, varados ya en el tiempo sin miedo a nada.

Las amigas de Carmen la estaban esperando, su grupo se había ido. Ahora corrían por la calle Segovia. Unos hombres hacían pis en forma de arco contra la pared mientras otros reían sin parar. Le gritaban desde la esquina para que se reuniera con ellas.

—Carmen, se hace tarde, cada mochuelo a su olivo —gritaba Aurora con un gorrito de feria y dos peluches en la mano.

—¿Una foto? —extendía el brazo. Solo una foto. Se arrodilló ante ella. Y le suplicó una foto.

—Me haré una foto contigo con la condición de que me des fuego.

Carmen sacó de su bolso un egipcio y lo colocó femeninamente entre sus labios. Él se introdujo la mano en el bolsillo derecho y sacó un encendedor y otro cigarro.

—Tiene un reloj incrustado, es muy bonito —dijo Carmen.

El chico dio vuelta a las manecillas y paró el reloj en las once y veinte de la noche.

—Es la hora en que nos conocimos. El tiempo se ha parado

desde este mismo instante, y siempre que encienda un cigarro me acordaré de ti.

Retiró suavemente el cigarro de Carmen y se lo puso en la boca junto al suyo. Prendió los dos a la vez. Después se lo dio a Carmen entre sus dedos y esta aspiró lentamente el aroma de aquel hombre, sin poder dejar de mirarle. Carmen pensó que era lo más seductor que nunca había visto hacer a nadie.

Indecisa, miró hacia las chicas que tiraban de ella como un imán. Al otro lado estaba él con su sonrisa arrebatadora y sus manos en los bolsillos. Y entonces eligió el camino que le marcaban, eligió el Madrid de reglas encorsetadas, el Madrid de los sin piropos, el Madrid de generales y no políticos, eligió correr hacia lo conocido.

—¿Y ahora nos haremos una foto?

—Lo siento, es que no me da tiempo —gritó, dando dos vueltas del mantón al cuello.

—¿Te volveré a ver? Solo dime eso.

Su voz se perdió en aquella plaza de San Andrés, como se extravían los papeles de las rifas que no ganas, los besos que no das. Los camareros ya estaban recogiendo la plaza, había sangría por el suelo, limonada, vino, pisadas y mucho cansancio. Otro año que la verbena de la Paloma finalizaba.

Carmen terminó desayunando churros en San Ginés con el corazón cruzado, su cuerpo agitado. El destino había sido caprichoso. No sabía si le volvería a ver. La feria, con su musiquilla de organillo, les había invadido por dentro. A partir de esa noche ya nada sería igual. Había sentido una sacudida provocada por el látigo de los domadores.

Entre las sábanas todavía sentía cómo su cuerpo palpitaba. Jamás olvidaría aquella emoción tan loca, en la que su cuerpo y su mente cooperaron en una exaltación embriagadora, del día en que le conoció.

Se ahogaba, se moría por dentro, una cerilla había prendido un devastador incendio que lo volvió todo del revés. Las mariposas prendieron el vuelo a su alrededor, y cuando al despedirse se rozaron las manos, todas revolotearon juntas en su estómago.

8

Libertad no conozco sino la libertad de estar preso en alguien
cuyo nombre no puedo oír sin escalofrío.

LUIS CERNUDA

A la mañana siguiente Helena estaba en el salón tejiendo una bufanda de lana. Desató la madeja y la puso en las manos de Carmen, primero una mano y luego otra. Frente a frente. Aprovechando que no levantaba la cabeza, la interrogó para ver dónde había pasado la noche.

—Querida, ayer viniste muy tarde.

—Estuve con ellas, en la verbena. Te lo tengo que decir, no puedo esperar.

Hizo una pausa y comenzó a hablar de forma atropellada. Se movía en el asiento con la ilusión de una niña que ve por primera vez la nieve. No hay nada más excitante que vivir algo por vez primera y poder contarlo a las personas con las que has compartido también momentos felices.

—¿Qué me vas a contar? —le preguntó en el tono en el que lo haría una madre protectora.

La hermana mayor había asumido este papel desde que sus padres murieron, pero no se daba cuenta de que Carmen ya no era una niña, había crecido. Su frase inquisidora la frenó, y entonces solo le contó que había ganado un premio con el mantón de mamá.

—Son cosas delicadas. No puedes llevarlo cuando quieras. Es de las dos, debes ser más cuidadosa.

—Lo sé, pero es tan bonito que me apetecía ganar con algo suyo.

—Hoy va a llover. Esta ciudad es de locos, anoche un calor soporífero y hoy parece que refresca. Qué tiempo más loco. El tiempo en Madrid es desalmado.

Apenas prestaba atención a Carmen, estaba más pendiente de sí misma, de la casa, y de la hora en la que vendría a recogerla Ricardo.

—¿Comes hoy con los tíos?

—No te he dicho nada, Helena. Me han cogido como telegrafista.

Helena, a pesar de la noticia, llamó a su tía Piedad para ponerla en antecedentes.

—No nos habías dicho nada. Bueno, no es lo que nos gustaría para ti pero es un oficio decente, así que si es una ilusión para ti, me alegro. Dentro de nada vendrá septiembre y empezar ese mes con trabajo es una tranquilidad. Algún sueldo más en la casa se agradecerá y más ahora que Helena pasa a mejor vida.

—¿Por dónde trabajarás? —inquirió Helena, fisgona.

—Cerca del Banco de España, es un señor serio, me ha dado una máquina de escribir, dice que me enseñará, que al principio iré lenta, pero que luego estaré mucho más suelta.

—Tú pregunta todo lo que se te ocurra, que eres tímida y pavisosa, y a veces hay que sacar pecho, y más en los trabajos —dijo su tía con un tono petulante para quien jamás había trabajado fuera del hogar.

—Así lo haré.

Carmen mantenía la conversación por inercia, sosteniendo madejas, dándole vueltas como lo hacía su memoria recordando a aquel chico; aunque no volviera a verlo, nadie podría arrebatarle aquella desazón intensa que apremiaba su corazón. Un amor contenido en una tarde de agosto, lo guardaría siempre. Entonces le formuló la pregunta a Helena.

—Helena, tú que eres una mujer más vivida que yo, con más experiencia en cuanto a amores.

—Pregunta.

—Tengo una amiga que se ha enamorado, dice que no ha hablado nunca con él, pero que lo ve pasar por la calle Factor, calle arriba y calle abajo, y que se queda pasmado mirándola y ella siente que lo ama.

—Eso no es amor ni es nada. ¿Cómo te vas a enamorar con un solo vistazo? Así van los jóvenes como van. Eso mismo les pasó a los padres de tu amiga Aurora. Se eligieron así de sopetón, sin un conocimiento previo. Las parejas cuando se eligen, también lo hacen las afinidades. Mira los tíos, se quieren y se respetan. Te aseguro que ningún paseo por la calle Factor lleva a un final feliz.

—Yo sí creo en el amor fogoso, el del flechazo. El que te quita las ganas de comer, de dormir y solo piensas en él. Tu primer pensamiento del día y el último son para él.

—Tú nunca te has enamorado, no puedes saberlo, pero cuando te llegue, vendrá como algo pausado, hablaréis, viviréis cosas juntas. Entonces, poquito a poco, disfrutarás yendo con él a Biarritz, otras veces te gustará que te lleve a El Paular. Y así pronto os iréis conociendo, a través de pequeños paseos, detalles, menudencias.

Carmen no tenía ganas de seguir escuchándola. Estaba claro que cada día estaban más lejos la una de la otra.

Decidió salir, buscaba la calle como nunca lo había hecho, de sus ojos irradiaba un brillo que le iluminaba los pómulos. Cruzó rápido la Puerta del Sol, llegó hasta el recién inaugurado Bellas Artes, allí giró a la derecha avanzando, y frente al hotel Palace, se quedó un instante contemplando la puerta, porque le gustaba cotillear quién entraba y salía de esos grandes hoteles. Era hora de trabajar, con una gran emoción que no le cabía en el pecho, aquel chico golpeaba con fuerza en su corazón.

Don Ernesto la estaba esperando en el recibidor. Sus pies se arrastraban, su cabeza ya peinaba canas, y unos anteojos le caían a la altura de media nariz. Sobre su mesa repleta de álbumes esperaba una primera jornada. En el estudio se respiraba un ambiente pastoso: las mezclas del agua, de la composición química de los fijadores, de los reveladores rezumaba las paredes desconchadas, desde las que iban brotando pequeñas goteras que no había intención de arreglar. El suelo realizado con tablas de madera crujía al pisar, avisando del paso de nuevos clientes.

—Buenos días, Carmen, pensé que te habías acobardado y que no ibas a venir.

—Aquí estoy, yo nunca fallo. Soy mujer de palabra.

—Eso me gusta. —Y añadió—: A ver si limpias un poco la tienda que está manga por hombro.

—¿Puedo poner la radio?

—Claro.

«La mujer ha llegado al deporte de conducir automóviles. Las esposas y las hijas del mundo aristocrático se encargan atuendos para conducir los coches».

«Victoria Kent, la primera mujer en el mundo del derecho. El feminismo irrumpe con fuerza. Este año 1925 no lo vamos a olvidar nunca».

—Desde luego que no. Esto es el fin del mundo —gritó don Ernesto.

—No sea así, don Ernesto, tiene que tener una mente abierta. La mujer está irrumpiendo con fuerza, no hay nada más que ver esas mujeres en escena, como Margarita Xirgu o la María Guerrero.

—Si yo fuera tu padre y viera a mi hija trabajando aquí en la tienda, con un señor que le dobla la edad y del que no sabe nada...

—Me está asustando.

—Son suposiciones, me parece que sois ligeritas de mente o poco listas o muy inconscientes. Yo pensé que con Primo de Rivera pondríamos España en orden, y lo ha hecho a nivel estructural, nuevos edificios, rascacielos como el edificio de Telefónica en la Gran Vía, más mejoras en los trenes, pero no sé, no me termina de convencer. Lo que me gusta es que ha acabado con todos esos políticos que no tienen vocación y al menos ha cogido a gente preparada. Pero lo de la guerra de África nos va a traer muchos problemas, ya de hecho lo que hemos vivido ha sido una debacle. La espada de Damocles a nuestras espaldas, perdiendo miles de chicos en edades que no son las de morir.

Ya quedaba menos, unos meses más tarde, la guerra sería ganada con el apoyo del ejército de Francia que pondría fin al caudillo rifeño Abd el-Krim.

Carmen entró en la segunda estancia, limpió todas las estanterías que estaban llenas polvo. Hoy si fuera por ella dejaría esta labor y se volvería a casa.

Don Ernesto la llamó a la puerta con los nudillos.

—Tienes un cliente que quiere foto de busto.

Carmen salió a recibirlo a la puerta cuando vio que se trataba del chico que había conocido en la verbena. No se lo podía creer, allí estaba con sus hechuras bien plantadas y su talle como el espigo.

—¿Qué haces tú por aquí?

—Ya que no nos pudimos hacer una foto anoche.

—¿Cómo me has encontrado?

—Sigues tan preguntona como ayer. Me quedé con el nombre de la calle y llevo más de dos horas entrando en todos los estudios a ver si podía dar contigo.

—Eso es interés.

—Pues eso, ya estoy aquí para hacerme la foto que no me hice ayer. A mí ya me gustaría hacérmela contigo, pero no quiero ponerte en un brete.

Carmen se ruborizó, no sabía cómo tratarle, estaba nerviosa, había soñado con él toda la noche y ahora por primera vez le tenía delante a la luz del día, allí ya no había luces de bohemia para esconderse detrás de ellas. No podía dejar de mirarle la boca, y sentía vergüenza por si él sabía dónde dirigía su mirada, esas cosas se notaban. Estaba nerviosa, se había hecho un moño mal hecho y este le caía por mitad de la espalda. Llevaba un vestido de flores que tapaba sus rodillas. Era un vestido suelto y cómodo que escondía sus formas, un vestido informal para estar en tienda.

—¿Qué tipo de foto quieres?

—Tú eres la entendida. Hazme la foto que más dure hacerla.

Carmen, cohibida, preparaba el carrete. Hacía que no le oía. Sabía que estaba coqueteando, pero ahora mismo ella no podía ni mirarle a los ojos.

—Aquí solo trabajamos con Kodak.

—Seguro que es un buen material.

—¿Quieres de tarjeta o de busto?

—A la luz del día eres mucho más arrebatadora.

A Carmen se le cayeron al suelo algunos carretes y comenzó a recogerlos de forma apresurada, como quien ve el tranvía y sabe que si no corre lo perderá. Él se adelantó, se agachó y se los recogió mirándola. La tomó de las manos y ella se deshizo como el gato que se esconde porque sabe que le pueden ahogar en la charca.

Carmen percibió su olor, a jabón Heno de Pravia y a madroño recién podado. Se levantó y le acercó un taburete de tres patas. Le hizo sentarse y comenzó a indicarle qué hacer con firmeza. Ahora estaba en su terreno. Tomó la cámara entre sus dedos, movió el obturador y comenzó a disparar.

—Gira la cabeza hacia el lado derecho, levanta un poco la barbilla.

—Ahora el que estoy nervioso soy yo.

—Para que salga una buena foto, además de poner algunos paneles para que la luz vaya dirigida, el retratado tiene que dejarse llevar. Y tú estás muy encorsetado, debes relajarte.

Carmen se subió a una silla, mostrando sus pantorrillas, corrió una pequeña cortina andrajosa por donde entraba la luz. El cuarto quedó en penumbra y los nervios volvieron a flor de piel. De nuevo le temblaba el cuerpo. Le hablaba a la altura de sus pómulos.

—Así mejor.

—Siéntate.

—¿Tú estás nerviosa?

—Yo no.

—Yo lo estoy mucho, Carmen. Por favor, hablemos de otra cosa —sugirió, cambiando de tema—. ¿Has visto las monedas que han aparecido, el famoso real cuproníquel? Llevan en el reverso la corona real.

—No me interesa la política.

—Mujer, no te iba a hablar de política. Solo te quería decir que la Fábrica de Moneda y Timbre lanza cincuenta mil monedas cada día. ¿No te parece una bestialidad?

—Me parece que si no te estás quieto vas a salir movido en la foto.

—Parece que he entrado en la peluquería. Me encanta cómo haces tu trabajo de forma minuciosa.

Al segundo volvía a hablarle y Carmen volvía a perder la concentración. Cogió una revista que estaba encima de la mesa y preguntó:

—¿Lees la *Revista de Occidente*?

—Me apasiona. El otro día estuve en una charla en la Residencia de Estudiantes viendo a Ortega y Gasset. Me encanta cómo muestra la filosofía al ciudadano de forma tan apasionada y natural.

—Eres fascinante. Es un gusto conversar contigo, se puede hablar de todo. Seguro que te lo han dicho muchas veces.

Carmen hizo un chasquido con sus dedos para que mirara en esa dirección y Ricardo posó.

—Ya lo tienes, pásate dentro de unos días.

—¿A qué hora sales?

—¿Para qué quieres saberlo?

—¿A qué hora sales?

—A la una y media, luego a las cinco tengo clase.

—Si no te entretendré mucho. Déjame que te invite a tomar algo y luego te llevo a clase.

Carmen estaba loca de contenta, el destino le había traído el amor a su puerta, algo que no esperaba. La mañana se le hizo larga, sabía que él estaba aguardando fuera, contaba cada minuto, cada segundo para volver a verle. Terminó de recoger todo y se despidió de don Ernesto hasta el día siguiente.

Estaba apoyado en la pared de enfrente, fumando un cigarro, mientras se limpiaba el zapato por detrás de la rodilla. Cruzaron la calle, la cogió del brazo y fueron paseando a través de los viandantes. Cruzaron la calle Mayor y llegaron hasta el Viaducto. Andaban, hablaban, se paraban para observar la altura que tenía. Al fondo se extendía un vasto prado con una inmensa arboleda.

—Un día esto se va a caer. ¿Tienes vértigo?

—Un poco, ¿tú?

—Si lo tuviera no podría dedicarme a lo que me dedico.

—¿A qué te dedicas?

—Ayudo a tener un mundo mejor. Pero hoy dejemos a un

lado el hablar de trabajo, hemos venido a disfrutar de esta mañana radiante.

—Me gusta que pienses en los demás. Pero, oye, sí que eres parco en palabras.

—Mira, ves, estamos cruzando por el puente, donde hace muchísimos años pasaban las tropas. ¿A quién se le ocurriría poner ascensores?

—Me encanta que replantees todo, aprendo tanto contigo.

—Y yo contigo. Pasear en este Madrid a tu lado es el regalo que me ha dado la vida. Antes veía el Madrid con casas grises, desde que estoy contigo parece que esta ciudad tiene luz.

Carmen continuó andando en silencio, a veces no sabía qué contestarle, tenía miedo de ilusionarle y echarse para atrás. No reconocía esos sentimientos que tenía revolucionados, y tampoco sabía si en algún momento aquella sensación se agotaría. No quería hacerle daño, quería vagar, como lo hacían las cometas que pierden la cuerda. Quería perder la cabeza por él, experimentarlo una y otra vez, incluso en los momentos en los que no pudieran estar juntos. Vivir lo que no tuviera de día con él, imaginándose situaciones a su lado. Eso era el amor. Y estaba conociéndolo a su lado.

Llegaron hasta una de las calles más estrechas de Madrid, la travesía de las Vistillas. Desde un lado se contemplaba la inmensa cúpula que coronaba la iglesia de San Francisco el Grande, con sus frescos de Goya, y por el otro lado se alzaba la plaza de las Vistillas. Una calle angosta, pequeña, Carmen se alegró de tener a ese chico a solas.

—Aquí corre frío.

Se quitó la chaqueta y se la puso por los hombros. Le separó un mechón de su pelo y se lo coronó detrás de la oreja.

—Es un callejón que me encanta, porque estás en Madrid pero parece que la brisa del mar te da de lleno.

—Me lo estoy pasando muy bien.

—Esta ciudad hay que conocerla siempre con alguien encantador.

—Oye, que yo soy de Madrid, no hace falta que te vuelvas altanero.

—Quería presumir, y que me vieras un muchacho de postín.

—Desde que te conozco me has parecido muy especial. ¿No te parece que vamos muy rápido?

—Creo que uno se enamora cuando necesita solo un segundo para hacerlo. En ese segundo va montado el primer beso, la primera mirada, el primer deseo, no deja de ser un tranvía. Y sabes los que no se enamoran, los que no lo entienden —concluyó. Y agregó—: Háblame de ti, Carmen.

—No sé qué contarte... que me gusta la fotografía, estudiar, leer todo lo que cae en mis manos.

—¿Qué piensa tu madre de todo eso? No es fácil ver a una hija con el espíritu tan agitado.

—Mi madre murió cuando yo era pequeña, una mujer frágil con un corazón triste. El matrimonio de mis padres no fue fácil. Mi padre vivió toda la vida atormentado por ver a su esposa enferma. Ella era una mujer muy católica, muy regida por las normas...

—Y tú tan libre. Quizá eres así porque en el fondo vives en honor a tu madre. Haces lo que quieres hacer en todo momento. Como si a través de ti, tu madre se liberara, viviera la vida que hubiese querido.

—¿Ves el garabato de este banco? Lo hice yo a la edad de seis años.

—Algún día pujaré por este banco y lo llevaré a mi casa. Y podré decir que tengo una obra maestra.

Carmen se ruborizó, puso sus manos sobre su cara. Y apretó sus dientes esbozando una sonrisa.

—¿Qué piensas, Carmen?

—Que quiero acumular todos los segundos de esta vida para montarme en todo lo que nos ofrezca Madrid.

—Madrid y el mundo entero.

La abrazó y la subió en volandas. Carmen se fue escurriendo, cayendo como una hoja de un árbol que se posa sobre un banco en el parque. El cuerpo de este chico era su banco, se escurría lentamente por su piel, primero su pecho, luego su pelvis. Un golpe de calor les abrazó de nuevo.

—Qué feliz soy. Y lo mejor es que no sé ni quién eres y siento que ya te conozco.

—Somos dos seres iguales, perdidos, amantes de sed de cultura, de viajes, de besos, de caricias. Todo eso somos tú y yo.

Sacó un cigarro y el encendedor. Carmen tomó la cajetilla y extrajo otro. Ahora era ella quien le quitaba el cigarro de los labios y lo unía con el suyo en su boca. Ricardo encendió la llama y Carmen suavemente rozó con sus dedos sus manos, aspirando el humo y colocándole el cigarro en sus labios.

—Aspirar contigo el mismo humo es algo que me embriaga.

El chico tomó las manos de Carmen y le puso el encendedor en la palma de la mano.

—Guarda nuestras horas.

—Las viviremos todas.

Llegaron días de encuentros, de risas, de zalamerías, recorrieron jardines escondidos de Madrid donde bailaron a la luz de las farolas, junto a sirvientas que dejaban el servicio con chicos que venían de fuera de Madrid. Ella estaba conociendo un mundo de intimidad, de palabras susurrantes al oído, de caricias por los brazos, de deseo infinito y sin final.

La ciudad existía para ellos, con sus cafés y sus horchatas. Paseaban por el Retiro y cuando nadie les veía, rozaban las manos en las barcas, sintiendo la suavidad de los dedos. Pisaron todos los cafés, algunas tardes charlaban en el Gato Pardo, donde algún año antes Benavente ofrecía tertulias de tarde acompañado de su corte de aprendices. También en el café Lyon con sus charlas de eruditas y periodistas. Luego en el Marfil, o en el Levante. Fueron hasta el café Español, donde coincidieron con Antonio y Manuel Machado. Cada uno de estos lugares gozaba de la presencia de un personaje importante que lideraba la tertulia. En el café Jorge Juan lo hacía José Francés. En el café de Roma, Gregorio Marañón y sus pupilos del Ateneo.

Todo Madrid olía a café y charla. Carmen escuchaba las tertulias de los allí presentes cogiéndole de la mano, mientras él anotaba algo en servilletas. Había empezado a escribir a su lado, ella lo leía y disfrutaba. Tomaban sucesivos cafés entre miradas, risas, ansiando un beso que no llegaba. Aquel respeto inesperado que querían romper, y el miedo latente del que no deseaba violentar al otro.

La inocencia de una mujer que nunca antes había estado con un hombre y el amor que palpitaba en el corazón de un hombre que jamás había sentido así merecían, sin duda, encontrar un lugar en el que ambos se sintieran cómodos, para besarse con delicadeza, como la espuma del café flota en la leche, lentamente, de forma sutil.

Deseaba llevarla al Varela, pero sabía que lo rechazaría seguro. No puede estar hasta altas horas de la noche, una mujer debe llegar a una hora prudente si no quiere que la consideren algo que no es.

En una de esas largas veladas Carmen quiso acercarlo hasta el Ateneo. Él, atónito, se quedó maravillado: en una calle minúscula, escondida, la calle Prado, aparecía ante sus ojos un lugar en el que se respiraba ciencia y cultura, con sus símbolos herméticos en las paredes, y sus ateneístas más destacados, como Azaña, Unamuno o Valle-Inclán. Cuántos...

—Es fascinante, Carmen, la cantidad de escritores que hacen por la cultura.

—Me gustaría que conocieras a las mujeres que mueven la cultura en Madrid.

—¿Tus amigas del otro día?

—Madrid está cambiando.

Efectivamente, la ciudad estaba cambiando y nadie se daba cuenta. No lo hacían solo sus calles, sus grandes avenidas, sus rascacielos en la Gran Vía, sus aceras más anchas, el fútbol, los toros, los teatros. La mujer estaba transformándose y nadie se percataba de ello; ya no quería coser o ser modista, incluso dedicarse a tocar el piano, ansiaba ser algo más. Madrid no era su hermana, con un matrimonio a punto de venir, una salida a parques con los niños y un cuidado de la casa. Madrid era Carmen, un Madrid en movimiento, con energía, que necesitaba escapar y seguir creciendo. Como decía Ortega y Gasset, la única preocupación del hombre es buscar una mujer ordenadita, muy beata, y muy ignorante, y muy doña Nada, para no tener que inquietarse respecto a su fidelidad.

—Claro que cambia, Carmen, y nosotros con él.

Se acercó a sus labios, pudo sentir cómo su corazón se disparaba. Allí se encontraban los dos, guareciéndose en el Ateneo. Solos, ajenos al mundo, dos enamorados que estaban emprendiendo el vuelo.

—Carmen, siento que quiero estar siempre contigo. Tengo que hablarte.

Carmen puso el dedo índice sobre los labios de él.

—No digas nada, no rompamos este momento. ¿Dónde me llevarás mañana? ¿Y el resto de tus días?

—Tengo que irme por trabajo, pero volveré en septiembre, entonces hablaremos.

9

Cantan, y cuando cantan parece que están solos
Miran, y cuando miran parece que están solos
Sienten, y cuando sienten parece que están solos.

RAFAEL ALBERTI

El general Primo de Rivera acababa de embarcar en el buque insignia de la armada, el acorazado Alfonso XIII, en el puerto de Ceuta. Cumplía dos años en el poder, llevaba metido en la cabeza su objetivo más importante, su eterna promesa, conseguir la pacificación de Marruecos. Dirigía una nueva misión, el desembarco de la bahía de Alhucemas. Se trataba de una operación militar conjunta hispanofrancesa. El líder rifeño Abd el-Krim había extendido la guerrilla hasta el protectorado francés, lo que había facilitado que España y Francia trabajasen conjuntamente. Así fue como se acabó con la insurrección rifeña. El éxito fue clamoroso. Seis meses después, el líder rifeño se rindió a los franceses, y las madres españolas descansaron en sus hogares. La operación había sido muy estudiada, el desembarco se había realizado a las doce de la mañana, a plena luz del día. Fue un éxito militar indudable, y el 8 de septiembre de 1925 todo Madrid hablaba de esa noticia. Las noticias de Unión Radio relataban los pormenores, los locutores se desgañitaban narrando las hazañas. «Nuestros hombres han pasado dos días de rancho y frío, con sus dobles cantimploras y sacos terreros, en ningún momento han perdido la esperanza, y nos han demostrado una vez más su valentía y gallardía».

Sin embargo, en la casa de las Galiana, había otra noticia que celebrar, la esperada pedida de Helena Galiana. La mayor de las hermanas se comprometía formalmente con Ricardo Herrera del Saz.

En la casa todos corrían de un lado a otro preparando la salita donde se organizaba el acto. Mantel bordado con las iniciales de Helena, parte de un ajuar que llevaba tiempo guardado en uno de los armarios, oliendo a naftalina, y que tía Piedad, con gran orgullo, no paraba de mostrar. Además de collares y veneras, y cruces afiligranadas. Tía Piedad enseñaba las sábanas y colchas con primor.

—Son de una delicadeza, Helena, y además bordadas. Todo lo tenía preparado tu madre.

En un cestillo había ropa de niño con bordados en vivos colores. Y una almohada pequeña llamada *almhajina* para el primer difunto de la familia.

—¡Qué alegre todo! —exclamó Carmen con las piernas cruzadas.

Abrió la cómoda y siguió mostrando la ropa interior que llevaría el día de la noche de bodas.

—Algún día te casaremos a ti, querida. Tú también tendrás una gran fiesta. Estoy impaciente. ¿A qué hora vendrán Ricardo y sus padres?

—Les dije que a la hora del té.

—Si no somos ingleses —se rio Carmen.

—Antes de que vengan, tengo unos pendientes que eran de tu madre y quiero regalártelos, quién mejor que tú para llevarlos —aseveró tía Piedad, subiéndose a un altillo que estaba bajo dos llaves.

Helena emitía ligeras exclamaciones de emoción cada vez que su tía le mostraba algún objeto nuevo reservado durante años para ese momento inolvidable. La prometida lucía un vestido de tul con raso de color negro, con un correctísimo escote.

—Ese negro no me gusta, tú te has empeñado, pero el negro es para funerales, no para celebrar el advenimiento de una boda.

—Tía Piedad, a mí me gusta, lo llevó mi madre, y hoy ella está con nosotras.

Carmen llevaba puesto un vestido por debajo de las rodillas, jugaba con su cámara de fotos sentada en el alféizar del balcón, pulsaba el obturador incesantemente ignorando o apuntando con gracia lo que en aquella sala ocurría, cuando sonó la puerta. Helena corrió a abrir, era el tío Víctor. Una pequeña decepción no venía mal para valorar los grandes acontecimientos.

—Había una cola terrible en el Banco Hispano Americano, no había manera de que a uno le dejaran en paz.

—Ven a ver el ajuar de la niña.

Las mujeres de la casa se arremolinaron para ver el tejido. Tío Víctor, que llevaba un traje oscuro, se sentó en el sillón fumando un puro habano.

—Yo de esas cosas no entiendo, pequeñas.

—Se nos va Helena, pero a una vida mejor.

—De verdad habláis como si fuera a morir —exclamó burlona Carmen desde el balcón.

—Ay, Carmen, qué joven eres para entender el mundo. Ya verás cuando te toque a ti.

Carmen comenzó a declamar al azar, le gustaba unir versos, frases que leía en libros, unir a poetas diferentes y crear sus propias composiciones a cuál más absurda.

—Cuando abandonas la casa, ¿hay algo que va contigo?

—Tía Piedad, dile que se calle —pronunció alterada Helena.

—Solo bromeaba. Intentaba que te divirtieras, no me gusta verte así de nerviosa. Es un día bonito. Vamos a disfrutarlo.

Llamaron a la puerta, Helena comenzó a agitar los brazos, hacía tanto tiempo que esperaba ese momento. Las tres mujeres de la casa avanzaron por el pasillo estrecho.

—Espera, tía Piedad, no abras, unos segundos.

Helena cogió a su hermana de la mano, descorrió una pequeña cortina que comunicaba con el dormitorio y la hizo pasar, y en la soledad le dijo:

—Carmen, sé que a veces no nos hemos entendido, que yo concibo el mundo de una forma que no es la tuya. Pero quiero decirte que por muy lejos que me lleve la vida, siempre tendrás mi mano. Contigo estaré hasta la muerte. Te quiero, hermanita.

—Me vas a hacer llorar. Tienes que ser feliz, prométemelo. Yo también tengo una pequeña ilusión, y quién sabe si pronto yo estaré tocando ese ajuar y soñando con París, o con Moscú.

—Tú nunca piensas en Teruel, tú siempre a lo grande. Esa parte que sabes que me enloquece también me hace quererte. En tus ojos puedo ver el mismo brillo que yo llevo.

—Anda, ve, no le hagas esperar. Hoy tú eres la protagonista.

Las dos hermanas salieron juntas para recibir a Ricardo. Carmen apretaba fuertemente la mano de Helena, sabía que ese camino que habían recorrido tantas veces juntas ya lo haría sola. El corazón de su hermana pertenecía a otro. Pero querer a alguien es dejarle libre, es permitir que vuele, es alegrarse de estrenar alas.

Las mujeres de la casa iban a recibir por fin al novio esperado. Al abrir la puerta Ricardo estaba con el brazo en cabestrillo. A su lado dos señores recogidos, serios, formales, que habían instigado a su hijo a llevar una buena vida, sonreían.

Helena no podía contener la emoción, Carmen se quedó petrificada en aquella esquina que de pronto se había vuelto heladora. No podía creer lo que veían sus ojos. Hacía más frío que nunca. Aquel chico, Ricardo, era el mismo chico que el de la verbena. Quería chillar, gritar, y su voz estaba seca como una alpargata. Las manos comenzaron a temblarle, su cuerpo se resquebrajaba, esa era la misma sensación de la traición y tenía que mantener el tipo por la futura novia, por sus tíos. Quería que se terminara aquella pesadilla.

Helena le dio un beso en la mejilla y acercó la mano de Ricardo a la de su hermana.

—Por fin os conocéis. Ricardo, ¿qué te ha pasado?

—Nada, un rasguño sin importancia.

Ricardo agitó las manos sudorosas, parpadeó y huyó de la mirada de Carmen. Necesitaba hablar con ella, pero no podía hacerlo allí.

Aquella mujer que había metido el dedo hasta su corazón estaba asustada, como una gacela presa del miedo. Se sentía un ser despreciable, quería correr a abrazarla, llenarle de besos el rostro, y explicarle, explicarle lo inexplicable. Todas las cobardías no tienen necesariamente una justificación. No es fácil abandonar una vida y meterse en otra. El temor a hacer daño, la misma herida que ya tenía un precio y reflejaba el rostro de Carmen. Un semblante tornado a pálido y desmejorado, en el que en solo un momento ya se podía vislumbrar cómo se apagaba el brillo de sus ojos que durante las últimas semanas y gracias a sus encuentros había crecido; parecía que no había dormido en años.

Sus padres acompañaron a Ricardo, le llevaron hasta el salón y le sentaron junto a Helena. En la pared había un gran espejo rococó, donde quedaban reflejadas las caras de todos. Cada uno jugaba un papel. Helena risueña se mostraba cauta delante de sus suegros, que seguían formalmente sentados sin abrir la boca. Tía Piedad no paraba de hablar y demostrar con multitud de alabanzas el partidazo que era su sobrina. El tío, simplemente callado, encendió un habano mientras Ricardo dirigía una y otra vez su vista hacia Carmen. Ella miraba el balcón, qué ganas de acabar con su vida. Hay momentos que invitan al vacío y aquel era uno de esos.

Helena recogió el ajuar que estaba expuesto en el sillón y le pidió a su hermana que lo sacara fuera de la habitación.

—Carmen, por favor, ¿me ayudas con esto?

Esta entró en la salita y recogió las sábanas con las letras grabadas, miró unos leones bordados con las iniciales H&R y quiso rugir como ellos. No podía sentir más odio, lo sentía hacía él, hacia su hermana y hacia el mundo entero. Tía Piedad sacó una tetera, acompañada de unas pequeñas tacitas. El té traído del hotel Savoy de Londres, las servilletas con puntillita, el blanco nuclear del mantel, las rosquillas. Todo estaba cuidado hasta el mínimo detalle, porque debía ser una celebración idílica.

Y ahí estaba Ricardo, que no le quitaba la vista de encima a Carmen. Helena apoyaba la cabeza en el hueco del hombro de su futuro marido y suspiraba. Qué dolor más grande cuando amas con toda el alma y la persona te devora el corazón y luego lo escupe sin dejar rastro de él. Carmen sentía el mismo mareo que aquella noche en la verbena.

En aquella estancia en la que las conversaciones empezaban a apagarse, tía Piedad rompió el silencio.

—Tienes mala cara, Carmen, ¿te encuentras bien? —le preguntó.

—Estoy bien, de verdad.

—Es que has comido poco hoy. Esta niña no nos come nada desde hace un tiempo.

Helena comenzó a contar las vivencias compartidas con Ricardo. Hablaba de cuando se conocieron en el Hipódromo de la Castellana, con su porte, sus ojos y con el deseo a flor de piel;

luego vino el hotel Victoria con el baile de disfraces... En la distancia, Carmen escuchaba, cabizbaja, mientras Helena relataba cómo había portado un antifaz durante el baile y él rehusaba bailar, y su hermana no podía ver tanta injusticia. Luego vinieron los paseos nocturnos alrededor del Beti Jai, paseos que no fueron de ella. Qué dolor más grande, su propia hermana le había arrebatado al hombre de su vida. Ese deseo era suyo y de nadie más. Quería acabar con los dos, con esa boda, con la vida que carecía de sentido.

Y ahí seguía Ricardo, con su traje impoluto, con el brazo izquierdo en cabestrillo. Y el humo del puro del tío Víctor, que sobrevolaba la habitación y le impedía ver los ojos de Ricardo, envueltos en niebla, absorto en la inmensidad, como lo estaba ella en la arboleda perdida en la que quería vivir. Carmen sufría tan fuerte conmoción que los oídos le zumbaban como abejas en un panal buscando la miel. Acúfenos martilleando sus oídos.

Ricardo estaba ahogado, se le notaba al hablar, si apenas articulaba algunas palabras, estas eran torpes. Toda esa tragicomedia era la vida moderna.

La madre de Ricardo le puso la mano encima de la rodilla y le regaló los oídos.

—Helena, vas a tener tanta suerte, te llevas un hombre bueno, trabajador, honrado, un militar con sangre de valiente.

—¿Eres militar? —interrumpió Carmen la retahíla de piropos.

Helena se sobresaltó y apostilló, como si fuera él. Parecían dos seres mimetizados.

—Sí, nada menos que capitán de Infantería.

—¿Y has desembarcado en Alhucemas con Sanjurjo?

—A ese desembarco no he ido. No ha hecho falta.

—Claro, aquí tenías que estar preparado para otros asaltos —espetó Carmen con sorna.

La pequeña de las hermanas generaba tensión en la conversación. Su tía Piedad, que veía cómo se hacía la protagonista, intentó quitarla de escena.

—Cariño, trae unas rosquillas, y un poco de Calisay.

Esta se levantó y se fue arrastrando por el pasillo, arañando la pared con los dedos de las manos, que le ardían, desprendían fuego. Ese dolor lo compensaba con el sufrimiento que quemaba en su interior, cuanto más daño hay fuera, más se apaga el de dentro, dicen.

Luego vinieron los regalos de pedida. Entre ambas familias se cruzaron valiosos obsequios. Por parte de Helena, Ricardo recibió un alfiler de corbata con una perla. El novio regaló a los tíos de Helena, Víctor y Piedad, un *barrette* de oro con zafiros y unos gemelos; y a la novia, un pasador con una amatista y una pulsera de oro. Por su parte, los tíos de Helena les obsequiaron con un reloj de mesa. Ese día Ricardo Herrera del Saz pidió la mano a Helena Galiana. La boda se celebraría en la próxima primavera.

Los futuros suegros de la novia se despidieron entusiasmados por lo bien que habían casado a su hijo. Ricardo decidió quedarse, quería estar con Carmen, mirarla a los ojos, que derrotados lentamente apagaban el brillo que en las últimas semanas él había admirado tanto. No podía dar crédito a que la mujer con la que se iba casar fuera la hermana de la que estaba profundamente enamorado. Tenía que parar ese momento, pero no podía, su honor, su familia le arrastraba, tanto valor en Marruecos y aquí se hacía pequeño.

Por fin, tía Piedad levantó a Helena y a tío Víctor para que le ayudaran en la cocina y Ricardo aprovechó un momento para estar a solas.

—Carmen, yo nunca había sentido nada así.

—Déjame en paz. No quiero verte en los años que me queden de vida.

—Voy a dejarla, de verdad.

—Aunque la dejes, yo no voy a estar contigo. No te haces idea de lo despreciable que me pareces.

Su hermana entró en el salón, dando vueltas con una bandeja plateada con tres copas de vino blanco.

—Brindaremos nosotros, ahora que los mayores nos han dejado. Nos casaremos en los Jerónimos, Ricardo, lo tengo decidido. Es la iglesia donde me bautizaron, y tiene que ser una boda preciosa. Iré con un vestido blanco y un velo que me cubra la cabeza. Y tú estarás impresionante con tu traje de capitán de Infantería y tus galones.

Ricardo, cabizbajo, solo tuvo ojos para Carmen.

—Me voy a trabajar —anunció esta, como excusa para salir de aquella habitación cuanto antes.

—¿Tan tarde?

—Sí, tengo que recoger unas cosas en la oficina para traerme a casa.

—Anda, querido, acompáñala, no me gusta que mi hermana vaya sola.

—Puedo ir sola, de verdad.

Ricardo vio una oportunidad fantástica para estar a solas y explicarle sus verdaderos sentimientos por ella.

Abrieron la puerta del ascensor de poleas, desde el sexto hasta el primero se les hizo eterno aquel viaje en un habitáculo tan pequeño, en el que prácticamente sus cuerpos se tocaban. Carmen miraba cada zócalo de la pared que bajaba, contaba a través de las ventanas los escalones de madera, todo menos mirarle. Leyó el letrero de los que habían instalado el ascensor. Ricardo la tomó de las manos y esta se deshizo como una liebre que no encuentra madriguera.

—Ricardo, no quiero saber nada más de ti. Tienes una vida que te espera.

—¿Y nosotros?

—Nosotros no somos nada.

—Nunca había conocido a nadie como tú: la suavidad de tu piel, de tus dedos, de todo aquello que me estremece cuando estoy contigo. A tu lado, soy más Ricardo que nunca.

—Has jugado sabiendo todo esto.

—Te equivocas, amor, yo no he jugado a nada. Mis padres me llevaron hasta ella, lo conveniente, lo que se espera de nosotros. Soy capitán, estoy acostumbrado a luchar en guerras, a mancharme de barro los zapatos...

—Límpiate las botas, y ve con ella. La destrozarías si ahora te vienes conmigo.

—Dime qué hago. No es fácil.

—Ricardo, la vida no es fácil. Nada es fácil. Vivir no es fácil, elegir no es fácil.

—No quiero hacer daño a tu hermana.

—Mira, en eso estamos de acuerdo. Esperemos a la primavera, ella nos hará olvidar lo que sentimos. Yo no sé si lo que sentías era real, pero me has decepcionado tanto que aprenderé a olvidarte antes. No sé nada del amor, soy inocente.

Bajaron al descansillo, dejaron de hablar. Allí estaba la portera limpiando el suelo de rombos.

—Enhorabuena, ¿usted es el novio?

Ricardo no pudo ni hablar. Carmen les presentó y salió a la calle, mordiéndose las lágrimas.

—Ahora, si me permites, quiero caminar sola. La calle Mayor es mi protección, mi guía, y ella me acompañará.

—¿Cómo te olvidaré, Carmen?

—El otoño vendrá y lo arrasará todo. Y yo «volveré tristemente los ojos hacia el tiempo desdeñado».

—«Y como del pasado verano el dulce ambiente, su sol, su luna y flores, recordaré mi juventud y amores». Carolina Coronado. Es uno de mis poemas preferidos, no pensaba que nadie lo conociera. Pero sigues sin enseñarme a olvidarte.

—Esperemos al otoño.

—Nunca he conocido lo que siento cuando estoy junto a ti, nunca tuve entre mis dedos unas manos como las tuyas, nunca me pegó una punzada el estómago como cuando te vi por primera vez al otro lado de la plaza.

—A mí nunca nadie me desangró como a un corderillo. Nunca. Estoy pensando que los dos hemos conocido juntos sensaciones que nunca habíamos experimentado, es irónico. Debemos estar agradecidos. Y ahora si me lo permites, quiero que te vayas por tu camino. Solo te pido que en estos meses que nos quedan actuemos como adultos, seamos sensatos y finjamos no conocernos. Madrid es muy grande. Esta casa, pequeña. Por favor, intenta no venir por aquí.

Ricardo vio alejarse a Carmen, mientras él golpeaba con la punta del pie en la pared de granito. No le importaba que los dedos se le rompieran, eral tal el dolor que sentía que se merecía ese sufrimiento.

Carmen subió la cuesta, cada vez más empinada, y al pasar por la calle Juan de Herrera, miró hacia ella. Y pensó en esa niña, jugando en la calle del Biombo cuando no había bombas que atravesaban el corazón. Ahora estaba destrozada, había conocido eso que llaman amor de la manera más alejada de como lo sueñan las niñas cuando están en el encerado.

Esa noche en su cama pensó en el otoño que describía Carolina Coronado, el tibio sol de octubre. Cómo la espesa niebla fría robará la luz y se quedará a oscuras, llorando, aguardando lo que nunca llegará y que con tanto gozo vibró en primavera.

Días después, tío Víctor publicó un anuncio en el periódico *La Voz*:

Ha sido pedida la mano de la señorita Helena Galiana por el joven y apuesto caballero, capitán de Infantería don Ricardo Herrera del Saz. Recibiendo los novios numerosísimos regalos. Han sido firmados sus esponsales. La boda se efectuará en Los Jerónimos en la próxima primavera. Para la sociedad madrileña será un gran acontecimiento, hacía muchos años que en casa de los Galiana no se celebraba un acto de tan extraordinaria solemnidad.

10

Algo se había roto: un corazón se rompe más silenciosamente que un vaso de vidrio, no causa el estruendo con que se despide de la vida un objeto precioso: se va en silencio y deja el silencio desaparecer. Deja estupefacción porque no solo ya no es lo que era, sino que ya no es lo que iba a ser...

ROSA CHACEL

Y la primavera llegó. El *Ave María* de Schubert sonaba en la iglesia, retumbaba en la colina donde estaba situada Los Jerónimos, cuando Helena Galiana hizo aparición en la puerta de la iglesia del brazo de su tío Víctor. Iba con un vestido blanco de larga cola, holgado, sin corsé, y lucía un tocado de tul, sujeto por una tiara de flores de azahar, que le caía por los hombros; a sus espaldas, el Museo del Prado. Ninguna obra era tan importante como el día que se disponía a vivir con el hombre de su vida. Caminaba despacio, nerviosa, con el corazón agitado, como una paloma que ve el tragaluz y quiere volar. Pasó por los bancos, y con gesto recogido levantó la mirada. Su hermana no podía aguantar tanta desazón. Le sonrió y le lanzó un beso en el aire, que Carmen recogió con una muestra de cariño, bajando la cabeza. El altar mayor estaba profusamente iluminado y decorado con flores y plantas que perfumaban el ambiente, y allí la estaba esperando, vestido de azul marino, el capitán don Ricardo Herrera del Saz.

Carmen fue testigo del acto desde uno de los primeros bancos, su corazón estaba deshecho. Ricardo la miró, no pudo dejar de hacerlo. Carmen le esquivó, había recibido a la primavera desplomada. Ella, mustia, apagada, había pasado unos meses en los que solo iba a trabajar al estudio por la mañana, ya no asistía por las tardes como oyente a las conferencias y charlas. Todo le dejó de interesar. La apatía inundaba su vida y, sin saber el verdadero motivo, todos lo achacaban a la venida de la primavera. Esta desgasta, cansa, y si va acompañada de desamor, te apaga y te rompe en dos.

Es terrible pensar que un día como aquel, que no quieres que llegue nunca, deseas que lo haga para quedarte solo con una parte de él. Carmen ansiaba celebrar la boda, solo para pasar un día completo junto a Ricardo; tenerle a escasos metros, en el mismo claustro donde el tenor cantaba *El Profeta*, la llenaba de emoción y de dolor.

Una vez que salieron desposados, se dirigieron al hotel Reina Victoria, y comenzaron el banquete con unos entremeses variados, huevos escalfados Princesa, una langosta con salsa mayonesa y, por último, un filete miñón de buey a la parrilla. La idea del postre fue de Helena, le encantaban los fresones con helado melba. Todo acompañado de aguas minerales de todas clases, vino blanco, tinto y, por supuesto, champán.

Hubo baile: abrieron los novios y luego les siguieron todos los comensales. Ricardo tenía un primo soltero que no quitaba la vista de Carmen. Se armó de valor y se dirigió a ella.

—¿Bailas?

—Claro —respondió muy decidida.

Era una ironía, antes que no le interesaba el galanteo ni ponía atención en ningún hombre, ahora debía hacerlo para olvidar a uno.

No podía evitar mirar a Ricardo, y este no paraba de observarla desde cualquier punto de la sala; parecía la misma verbena de aquel agosto, pero sin acordes de zarzuela. Habían pasado varios meses y nada ni nadie podía dilapidar su amor.

—Me llamo Indalecio, soy de Cuenca.

—Encantada.

—Me lo estoy pasando muy bien. Es un gusto que nos hayan puesto tan cerca en la mesa.

Un chico sencillo, de los cortos en palabras, sin inquietudes, y con la única ilusión de casarse y tener hijos. Carmen se aburría, se acordaba de sus largas conversaciones con Ricardo, sus deseos de conocer otros lugares lejanos, sus conversaciones triviales sobre los rumores que recorrían Madrid o sus coloquios sobre política y cultura. Terminó el baile, y aquel chico siguió pegado a sus talones.

—Qué bonito está Madrid, me gustaría pasar un carnaval aquí, dicen que todo Madrid se prepara y que suelen ser inolvidables.

Conversaciones banales, carentes de sentido. Iban y venían por la sala. Indalecio no sabía cómo impresionar a esa hermosa mujer y comenzó a hablar de la Gran Vía sin parar. Le contó que habían levantado un edificio dantesco, un rascacielos de la compañía Telefónica, que daba cuarenta y un metros a la Gran Vía, treinta y cuatro a la calle Fuencarral y cincuenta metros a la de Valverde. A Carmen le horrorizó aquella insistencia, le preocupó ese interés por las medidas, parecía que había sacado un metro.

—Los obreros han trabajado casi mil horas. No sabes qué belleza. Impacta cuando pasas.

Carmen sonrió, mojó sus labios en vino blanco y buscó los ojos de Ricardo. Se cruzaron sus pupilas en el mismo instante y espacio como nunca habían dejado de hacerlo. Carmen le retiró la mirada inmediatamente, esta le había golpeado con fuerza el estómago.

Indalecio siguió como un tarabilla, no paró de darle al carrete en todo momento. Cogió carrerilla, aturdiendo a Carmen.

—Tienes que ver la Gran Vía iluminada, es un espectáculo, con el Palacio de la Prensa a un lado, y esos anuncios luminosos, es todo un primor. Cómo está cambiando todo, ¿verdad?

—Sí, eso parece.

Indalecio la abrazó mientras bailaba, posó su mano en la espalda y la agarró con firmeza. Hablaba sobre lo que todo el mundo conversaba en 1926: el vuelo de España a Argentina de un hidroavión español, el Plus Ultra.

—Mira que somos únicos.

—Si me disculpas, voy un momento al baño.

Carmen necesitó ir al tocador, Ricardo, que observaba la escena desde lejos, se levantó para ir al cuarto de baño y coincidir con ella. En mitad del pasillo la agarró del brazo.

—Carmen, por favor, solo un segundo.

—Por favor, vete, ella puede venir, nos puede ver. Hoy es vuestro día, eres un descarado.

—Necesito estar a solas contigo. Solo será un segundo.

—Hoy no es el día. Ya te has casado. Lo nuestro fue un bonito sueño, pero ya terminó. Te deseo toda la felicidad del mundo.

—Estás radiante, pareces la novia tú, ese brillo especial que solo lucen las novias.

—Esas palabras regálaselas a ella hoy.

—Esto es muy doloroso. Yo no la quiero. Mis padres, mi deber, me han arrastrado hasta aquí. Antes de conocerla no sabía que se podía sentir esto que ahora estoy viviendo por ti.

—Es mi hermana, y debes quererla. Piensa que algo de mí va en ella.

—Me faltas tú. Esta noche pensaré en ti. Cuando esté acariciando sus brazos, pensaré que son los tuyos; cuando toque sus muslos, me enredaré a ellos como la hiedra y cerraré los ojos, y soñaré que vamos al Pasaje del Comercio en la calle Montera y allí, donde nadie nos ve, te comeré a besos. Dejaré caer tu vestido.

—Para, por favor.

Carmen salió corriendo hacia el baño. Cerró la puerta y lloró amargamente apoyada en la pared. Se había convertido en el día más doloroso de su vida. Quería acabar con esa boda. Escaparse con Ricardo y soñar que esto había sido una pesadilla. La tía Piedad, despistada y empujando con fuerza, entró en el baño, Carmen se recompuso el vestido y se secó las lágrimas.

—¿Qué haces aquí? Tu hermana te está buscando, quiere tirar el ramo, y creo que lo tiene todo preparado para que te caiga a ti.

—Ahora salgo.

La tía Piedad la cogió de las muñecas y la miró con dulzura.

—Anda, enjuágate con agua esas mejillas. Sé cómo te sientes. Crees que la pierdes, y que no volverá más lo que construisteis, pero ese vínculo de hermanas tan fuerte no se va, cariño. Tan solo es un distanciamiento de calles. Ella marchará a vivir cerca de la calle Mayor, y tú podrás ir a verla siempre que quieras. Créeme, cuando se pierde la convivencia, muchas otras cosas bonitas se presentan.

—Gracias, tía. Gracias por haceros cargo de nosotras en el momento en el que más lo necesitábamos.

—No podemos dejar que derrames lágrimas, la única protagonista del día de hoy es tu hermana. Así que respira y sal afuera a coger el ramo.

Carmen salió con la sonrisa puesta. Ricardo estaba fumando en una de las esquinas. Todos le aclamaron para que dijera unas palabras. No lo dudó, se levantó con la copa de vino en mano. Miró a Carmen primero, quería demostrarle que ese discurso iba para ella. Y así lo hizo. Ella bebió un poco de agua y miró a los novios.

—Hoy os he traído uno de mis poemas preferidos. Es de Luis Cernuda, y dice así:

> *Adiós, dulces amantes invisibles,*
> *Siento no haber dormido en vuestros brazos.*
> *Vine por esos besos solamente;*
> *Guardad los labios por si vuelvo.*

Helena le cogió de la mano y lo mostró a todos como un trofeo, algo que solo ella podía tener.

—Cómo no le voy a querer, si me hace la mujer más feliz del mundo.

Esa noche el mundo rodó para Carmen, ella en su cuarto, desmaquillándose, quitándose la máscara fingida, lloró amargamente. Ricardo, en la ventana de su habitación, miró la luna, le gustaba la luna llena, la luz que reflejaba en la habitación. Fumaba, no paraba de fumar como si aquel humo pesado pudiera llevarse lejos su desgracia.

Helena llegó hasta él y le rodeó con sus brazos.

—Ven esta noche a mi lado. Debes de estar muy cansado.

—Estoy agotado.

—Querido, no tenemos que hacer nada, no tenemos por qué ser como el resto, descansa sobre mi pecho. Mañana salimos para Andalucía, habrá muchas noches.

—Gracias, Helena, gracias por ser tan buena.

—Solo te quiero. No es un mérito, me lo pones muy fácil.

A la mañana siguiente muy temprano, con sus maletas encueradas, se subieron al sedán que estaba aparcado en la puerta y recorrieron las provincias de Andalucía, la luna de miel más repetida por los recién casados de la época. Fueron algunos meses, donde dejaron atrás la capital, Helena disfrutando de los encantos de las ciudades que combinaban la historia mudéjar, Al-Ándalus, gótico, barroco; Ricardo poniendo no solo tierra de por medio, sino también las intenciones de mantener para siempre escondido su gran amor.

11

Me busco y no me encuentro.
Rondo por las oscuras paredes de mí misma,
interrogo al silencio y este torpe vacío
y no acierto en el eco de mis incertidumbres.

JOSEFINA DE LA TORRE

Dos años después, Madrid fluía en lo arquitectónico, una joven Celia Gámez triunfaba en el Reina Victoria y la Argentinita se hacía popular con el cuplé *Las tres mariposas* de los Álvarez Quintero. Los años taurinos fueron una verdadera calamidad: murió el Litri en Málaga de forma dramática, y el toro Gallego cogió a Mariano Montes, causándole la muerte en la plaza de Vista Alegre.

Un Madrid conmocionado, donde los periodistas no daban abasto cubriendo crímenes, publicando folletines: comadronas que robaban los niños a madres que daban a luz, autores de teatro que eran agredidos por mujeres cuando estaban dormidos, hombres que arremetían contra sus mujeres con navajas de afeitar, asesinatos en la calle Montera que se silenciaban porque eran perpetrados por individuos de las clases altas. La dictadura iba acogiendo a muchos españoles bajo su manto, pero también se oían voces de rechazo contra ella. La clase media se estaba resistiendo. Muchas mujeres a espaldas de sus maridos acudían al Monte de Piedad a empeñar sus joyas. Sabían que allí no se perdían, luego las recuperaban, pero nadie les ahorraba esas lágrimas en la puerta prestando sobre la mesa su sortija de pedida, decían que iban al monte una vez al año. El Gobierno había regalado unas migajas a esas mujeres, que acudían con sombrero pero con el estómago vacío, para sostener algo la economía.

Carmen pasaba las mañanas en la tienda de fotografía concentrada en retratar la sociedad madrileña, y las tardes como una buena chica ayudando en la cocina, fregando los armarios, echando sosa en el suelo y tendiendo la ropa en la parte interior del pasillo.

En una de esas largas tardes tediosas bajando las cuerdas, se escuchó una gran explosión: losas de cemento volaron por los aires, los cristales de numerosos comercios quedaron rotos, y la onda expansiva empujó a Carmen al suelo. Aún con la conmoción en el cuerpo, sus tíos corrieron desde las habitaciones a ayudarla.

—Nada, tranquila, es una explosión. Voy a asomarme a ver qué ha sucedido —le tranquilizó su tío, mientras se le oyó hablar por el balcón con unos y con otros.

—No ha sido nada, no se sabe qué ha explotado. Están llevando algunos heridos a las casas de socorro.

—Una no gana para sustos.

Era en ese terrible momento en el que algo inesperado desquebrajaba su vida para siempre, como lo hacía un estallido de deslealtad, cuando volvía a su mente Ricardo. Su ausencia durante estos años había apaciguado su amor. Al menos consolaba saber que no estaba cerca, que la tentación estaba tan lejos de su vida que no hacía falta esforzarse: procuraba visitarles poco y, cuando ellos lo hacían, solía encontrar excusas tontas para marcharse durante algunas horas.

Además había decidido salir poco a poco. Ese día Maruja Mallo y Aurorita Casas acudieron a verla, tenían algo que contarle.

—Tienes que salir, Carmen, no puedes estar encerrada en casa durante todo el día.

—De verdad, chicas, no insistáis, estoy bien, a veces uno necesita un cuarto propio.

—Por eso venimos. Desde hace un tiempo, estamos yendo al Lyceum Club Femenino. Más que un cuarto propio, es una casa de juegos donde las chicas se reúnen para debatir, para charlar...

—En estos dos años han pasado muchas cosas. Mi hermana ha tenido dos niñas, ya lo sabéis, y al principio estuve volcada con ellas y su cuidado. Tampoco os creáis que dispongo de mucho tiempo libre. Don Ernesto me está asignando tareas nuevas en el estudio, además se va haciendo mayor y necesita más de mí.

—No sabemos qué te pasa, tu hermana también está preocupada, nos la encontramos en el bar Correos, ella es la que nos ha animado a subir. También nos ha comentado que desde hace dos años te has alejado mucho de ellos, y que te ven muy poco. Que prefería cuando eras una loca del arte y te juntabas con nosotras, ya que al menos te veía feliz.

Carmen tomó entre sus manos las sábanas y les dijo a las chicas que le ayudasen a doblarlas. En ese quehacer diario charlaron de aquel lugar mágico que habían venido a contarle.

—¿Qué queréis exactamente?

—Tienes que venir a ese sitio, Carmen.

Aurora Casas parloteaba animadamente, mientras que Maruja Mallo se sentaba en el sofá observando la escena sin hacer nada, solo mirándolas.

—Me encantaría pintaros ahora mismo. Una escena como esas de Sorolla, donde las sábanas parecen el mar tranquilo.

—¿Y eres la presidenta de ese lugar, Maruja?

—No, lo es María de Maeztu, la mujer aquella de la conferencia que te paró para hablarte.

—Cómo olvidarla.

—Adquirió el edificio hace un par de años, el de la calle Barquillo, le llaman La Casa de las Siete Chimeneas. El comienzo fue muy duro, había muchas burlas. Ya sabes, llamándonos feministas, nos ridiculizaban. El ataque siempre es un acto de cobardía.

—Qué sabrá la gente de feminismo.

—Es un lugar especial, donde las chicas charlan con una taza de té en la mano, se escapan una hora y aparcan lo que están haciendo como tú ahora: la colada, el hogar, los niños, una casa que pesa.

—¿Y qué hacen allí?

—Deberías venir. Es un punto de encuentro. Unas leen el periódico, otras van a la biblioteca. Allí hay una mujer encantadora, María Martos, antes estaba María Lejárraga, cualquier libro que le pidas, alguno prohibido, ella te lo da.

—Qué fantástico.

—Pero si no te gusta leer, también tienes un coro de música, donde las chicas aprenden música seria o ligera. Un lugar en el que te permites el lujo de pararte a tomar una taza de café con mucha conversación, sin prisas. Te vendría muy bien para animarte. Quizá allí te abras con alguien y le cuentes qué te preocupa.

—No insistáis.

—También dispone de una salita donde puedes leer el periódico. Hay como unas veinte asociadas: señoras ilustres, con buena base cultural y con el mismo objetivo en común, quieren conquistar sus fueros.

—Me alegro de que haya por fin un lugar donde poder descansar las cabezas.

—Carmen, no te pedimos que te quedes, solo ven a verlo. No tiene nada que ver con la Residencia, es más bien un club social, relajado, escuchas conferencias si quieres; pero si no, puedes encontrar un cuarto propio donde descalzarte y tocar el piano sin tener que hacerlo para un grupo de cansinas mujeres amigas de tu tía.

Las tres se echaron a reír.

—Por ahí me habéis convencido. ¿Sabéis cuántas veces me ha hecho mí tía Piedad tocar la comparsita para el barrio entero?

—No te lo pienses. Ven esta tarde.

Las amigas se marcharon y ella prosiguió con una de sus tareas, sacudir por la ventana la alfombra de batista blanca. Dos golpes secos eran suficiente para que las pelusas volasen por la calle Sagasta.

Carmen se despidió con la idea de no acudir, no necesitaba un lugar para aguantar las lágrimas o la tristeza, se maldecía por haber conocido aquella tarde a Ricardo. Todavía soñaba con sus ojos llorones, su mechón fuerte de pelo cayendo sobre la frente y su mirada varonil. Era irresistible guapo, con un porte aristocrático y un espíritu libre no sujeto a normas.

Recordaba sus marcas en las mejillas de una dureza indescriptible pero que, al contacto de sus ojos, se abrían para dar paso a una sonrisa de dentadura perfecta. Su piel dorada y su ligereza de vivir, tomándose todo de forma divertida. Aún se estremecía al recordar el roce de sus manos. Durante este tiempo, había evitado verse a solas, sabía que los sentimientos de los dos eran más fuertes que el propio abismo, y que no quería cometer una locura ahora que habían formado la familia idílica con sus dos hijas maravillosas. Uno cuando es padre piensa que debe olvidar cualquier imprudencia de juventud, respetar a los seres que ha traído al mundo siendo un ejemplo para ellos.

Era domingo, un día radiante y con mucha luz. Los transeúntes paseaban sin prisas, con sus niños, perros y pasos cambiados. Carmen salió de casa para ir al bosque, para dejarse morir como los elefantes; ese lugar era la Cuesta de Moyano. Andaba a paso ligero por la calle Prado, sus pies la avisaban de que pronto podría estar a salvo, en su universo creado de lectura. Se detuvo en el Jardín Botánico y se agarró fuertemente a los barrotes de la verja. Aspiró el olor a mimosas y prosiguió su camino.

Lo único que la liberaba del corazón oprimido eran los libros. Llegó a la Cuesta de Moyano, empinada hacia los Jardines del Buen Retiro. Los puestos estaban abigarrados, pegados unos con otros. Los había de libros clásicos, modernos y alguna que otra revista caducada de *Blanco y Negro*.

Carmen acarició las tapas de los libros, revolvió las hojas y las olió. Ese olor le anestesiaba el dolor. Las palomas revoloteaban por el suelo. Ojeó los textos y cogió entre sus manos un libro. El autor era Federico García Lorca, aquel chaval simpático y distraído que jugaba a mecanos, que saltaba en la feria por encima de las cabezas y se colaba por las ventanas para tocar el piano en las reuniones literarias. No había tenido la oportunidad de leerle y cuando lo leyó su corazón entendió las preguntas de ese desamparo. El título era el *Romancero gitano*. Ese pequeño libro tenía todas las respuestas.

Carmen emergió de su largo invierno hibernado como solo lo pueden hacer los animales ávidos de sed literaria a través del genio que describía el desamor más desgarrador. Quien lucha con furia para empezar de nuevo, vence a su contrario olvidándole, como Ricardo había hecho, dejándola a un lado, centrado en su mujer, en las dos niñas guapas, Violeta y Amelia, tal y como se esperaba de él.

Esa misma tarde acudió al Club Femenino Español. Abrió la pesada puerta y llegó hasta ella el barullo procedente de varias chicas parlanchinas y divertidas que, sentadas en pequeños grupos, se diseminaban por un gran salón. Helena atravesó titubeante el arco de la entrada mientras una de aquellas chicas con falda plisada por debajo de las rodillas se levantó y se dirigió a ella.

—Bienvenida. Debes de ser nueva. Mi nombre es Margarita Nelken y me dedico a ganar pleitos, por si alguna vez me necesitas.

—Un placer.

Enfrente, dos chicas con aire señorial bajaban la escalera: Zenobia Camprubí, la mujer de Juan Ramón Jiménez, llevaba un libro de Tagore en la mano, autor al que había dedicado años a traducir; a su lado, María Rodrigo, con unas partituras de Puccini. Era la mujer encargada del departamento de música.

—Chicas, empieza el coro, quien se apunte debe ser puntual. Hoy no quiero distracciones, os voy a enseñar los cuatro tiempos. He traído el diapasón.

Isabel Oyarzábal, a la que llamaban Beatriz Galindo, leía sentada *El Liberal*, ajena al mundo. A su lado se encontraba la ginecóloga Rosario Lucy, que también era profesora de Psicología en la Enseñanza de la Mujer. Frente a ella estaba María Lejárraga, quien se acercó sin pensárselo con *El Liberal* en la mano.

—Puedes inscribirte si quieres, tenemos biblioteca, donde puedes leer periódicos o libros. Este lugar te vendrá bien, es un lugar donde podéis hablar de los problemas comunes, donde las más jóvenes podéis reír, y si queréis, tenemos clases nocturnas por si trabajáis por la mañana.

—Tenéis todo pensado.

—Sí, es un proyecto de María muy bien pensando. Una mujer que no conoce la pereza, es la incansable. Le ha costado mucho atraer a las mujeres a la cultura. A ti, ¿qué te ha traído aquí?

—Si te dijera que un desamor, a lo mejor me verías menos feminista.

—Creo que la gente confunde mucho el término. Puedes sentir, enamorarte y querer que la mujer tenga su lugar fuera de la costura y tejer un vestido de cretona. En tus ojos veo que has sufrido mucho.

—Mucho.

—Tengo una amiga americana que pasó por todo eso que pasas. Ella me contaba que el desamor la llevó a sentirse como un animal al que cada vez se le obligara a vivir en espacios más reducidos. El amor no correspondido te va reduciendo; por eso la cultura te abre a un espacio más grande y te pone en tu lugar.

—¿Y qué pasó con tu amiga?

—Encontró el equilibrio cuando se fue a vivir a Kenia y vio a los guepardos en libertad. Entonces se rio de ella, cómo podía haber sido tan obtusa.

—¿Quieres que yo me vaya a Kenya?

—Quiero que te asocies al Lyceum Club Femenino Español. Un lugar de cultura y esparcimiento. Huyamos de esa galantería desdeñosa que tanto nos abruma. Que, con esa cámara que llevas al cuello, documentes todo, se vean nuestros pataleos ocultos debajo de la mesa. Y luego hagamos una exposición, donde otras mujeres vean la vida de las que dieron un paso al frente para conquistar el terreno. Se te ve una fotógrafa que no tienes miedo de fotografiar una manada de lobos o meterte en un lago con cocodrilos.

—Eso es verdad. Nada me da miedo.

—Anda, no te quedes en un espacio reducido. Quédate aquí con nosotras.

La condesa de San Luis se acercó a ellas y anunció:

—Va a empezar en la sala contigua un concierto de Beethoven. Animaos.

María Rodrigo, compositora de admirables obras como *Diana cazadora*, estaba en mitad del pasillo batuta en mano, esperando a que todas las chicas se acomodaran para dar comienzo. Todas esas mujeres iban pasando para tomar asiento. Colocando alguna silla de más, se encontraba una de las grandes precursoras de este club, Julia Peguero de Trallero. Ella había sido la que más había insistido en que la mujer no necesitaba conversar, que para eso tenía a sus amigas, las vecinas, las fiestas privadas; lo que de verdad necesitaba era reunirse con mujeres de cultura para intercambiar conversación de calidad.

El Lyceum Femenino ya era una realidad. Habían exportado la idea de Londres, allí lo había fundado Constance Smedley y, aunque algunas féminas tiraban piedras contra su propio tejado y lo tachaban de esnobismo, la verdad es que juntar a tantas mujeres interesantes, inteligentes, intrépidas, aventureras y emprendedoras en un salón era algo que no tenía precio. Las puertas estaban abiertas a partir de la edad de nueve o diez años, y podían acudir sin la garantía de unos padres o marido, buscando alguna distracción cultural. El Lyceum supuso romper las reglas de una sociedad intolerante y de normas imperativas y sin sentido.

En las butacas, como espectadora en aquel concierto, se hallaba la abogada Victoria Kent con su gesto recio de jurista sabia, y a su lado, la dulce y perdida Elena Fortún, creadora de Celia y Cuchifritín, una escritora que escondía el dolor de una sociedad que no le permitía ser quien era realmente. En las primeras filas se encontraban Benita Asas Manterola, una eminencia en Sociología, directora de *El Mundo Femenino* y fundadora de El Desayuno Escolar; la doctora Nieves Barrio, del Instituto de Puericultura; y Ascensión Madariaga, directora del Preventorium para pretuberculosos, a cuya fundación dedicó todos sus esfuerzos. Mujeres que no solo destacaban porque tuvieran hombres importantes a su lado, sino que ellas mismas habían demostrado su valía. Asistía también Carmen Baroja, que se encargaba de la sección de arte. Cada una tenía una misión y un lugar destacado. Ninguna de ellas quería excluir al hombre, al contrario, querían tomar tazas de café juntos y debatir con *El Heraldo* o *El Liberal* en la mano. Abrir las ventanas y dejar volar las mentes.

En la segunda fila podía distinguirse a las extranjeras, mujeres como Hellen Phillips, vicepresidenta del club, representante de América en la Residencia de Señoritas norteamericanas, profesora de la Universidad de Texas; y Elizabeth Baker, una apasionada organizadora en Francia durante la guerra de cantinas para mujeres. Todas ellas sabían que la dignificación de la mujer solo podía venir de aquellos salones de cultura.

Carmen salió de allí sabiendo que su mundo no podía quedar relegado a una barraca de feria, al roce de unos ojos; debía continuar su camino, forjar uno nuevo en el que su objetivo hubiera cambiado totalmente.

Y vaya si cambió. Lo primero que hizo fue cortarse el pelo, se compró un traje de rayas, y continuó fumando egipcios como acto de rebeldía. Acudía sola a los cafés y se sentaba cerca de la barra como una provocación.

Los días siguientes prosiguieron en la rutina buscada. Para Carmen, acudir al estudio de fotografía y pasar sus horas con don Ernesto le hacían poner los pies en la tierra, no dejaba de ser un trabajo rutinario en un mundo real. Le gustaba estar tirada en el suelo observando las fotos que no valían, las que habían ido desechando durante el día. Algunas se descartaban porque el revelador se había pasado de tiempo y otras porque el cliente no venía nunca a buscarlas. Al final, que alguien no fuera a recoger una foto al estudio decía mucho de lo que para esa persona significaba la vida. Un instante de ilusión y luego un olvido. Pensaba que desde ese ángulo la perspectiva era otra. Le gustaba hacer *collages* con ellas y colocarlos debajo del mostrador. Allí encontró una nota y unas letras «Para ti». Carmen abrió la caja y encontró un vale de cuarenta y cinco pesetas. «Vale por un aparato fotográfico Kodak último modelo».

No se había atrevido a darle el regalo en persona y le había preparado una sorpresa. Era un hombre parco en palabras, pero con detalles encantadores. Carmen apretó contra su pecho aquel vale y soñó durante la tarde con las fotos que llegaría a hacer.

Ese día se alargó demasiado en el estudio, porque don Ernesto se fue muy pronto, tenía cita con el médico, y ella siguió superponiendo los descartes como una manera de distraerse hasta que llegara otro cliente. Entró un chico fuerte, de casi un metro noventa de alto, con ojos de gorrión y una mirada asustadiza. Se trataba de un joven llamado Ángel, tan grandón que llegaba hasta el marco de la puerta, ocupando todos los espacios.

—Quiero hacerme una foto. Vaya, veo que te gustan los *collages*.

—Sí, me encantan.

—Yo soy un gran coleccionista. Me apasiona sobre todo coleccionar mariposas. Recuerdo una noche que me subí casi hasta el tejado para atrapar una que tenía las alas maravillosas.

—Así que entiendes la locura del arte.

—De arte entiendo menos. Mi padre era un gran coleccionista de arte y, por tradición, sabía que tenía que seguir sus pasos. Coleccionar. Y las mariposas siempre me atrajeron por la variedad de sus colores.

—Pero a ti te ha dado por alas de mariposas. Yo, quizá, no

he seguido los pasos de nadie de mi familia, porque no me ha gustado nunca lo que hacían. Me aburren los convencionalismos.

—Yo creo que soy convencional, quiero casarme y formar una familia.

Carmen le hizo pasar al estudio. Obviamente una mujer con esa belleza tan indómita, que te pide que sonrías, que dispara sobre ti una infinidad de flashes, removió en el asiento a aquel joven, que sujetaba con las dos manos su sombrero de ala, sonreía tímidamente y, cada vez que ella le pedía algo, bajaba la cabeza y se ponía nervioso.

—Ven dentro de unos días.

Ángel fue cada día durante semanas. Probó todos los formatos posibles del estudio. Y un día se armó de valor.

—Han abierto el teatro Novedades, ¿te gustaría acompañarme alguna vez?

Carmen quiso darse una oportunidad por primera vez, no dársela a ese chico que ponía tantas atenciones en ella, que parecía cariñoso y agradable, tan perfecto, sino a ella misma, que necesitaba divertirse, sentir algo de nuevo, aprender a quererlo; qué tenía de malo desear eso.

Durante días de paseos, charlas y horas en el café Pavón, Ángel le confesó que no tenía muy claro a qué dedicarse, que le gustaba meterse en líos sin quererlo y que su padre le había animado a ingresar en el ejército, aunque él no se veía allí.

Solía acompañarla a casa muy galante, se sacaba el encendedor del bolsillo de la chaqueta, aunque él no fumaba y lo había comprado para que Carmen siempre tuviera fuego, pero tampoco le demandaba verse todos los días, respetaba su tiempo, su dedicación al Lyceum, su trabajo como fotógrafa, que era muy diferente al de cualquier chica de su edad, y para ella eso era una garantía.

Llegó primero al café, colocó las sillas y dejó a Carmen al lado de la ventana para que tuviera buenas vistas. La misma rutina, un té para ella, y para él un anís del mono. La vida continuaba para Carmen.

Pero una tarde que volvieron cansados de una exposición sobre mariposas en el antiguo Hospicio de Madrid, entraron en el Suizo para que ella descansara los pies. Esta se apoyó en la ventana y una nariz chatilla se pegó al cristal produciendo vaho. Tenía las manos sucias y pequeñas y un mechón de pelo mojado colgando del lado izquierdo de la cara. No era otra que su sobrina Violeta. Carmen con un gesto cariñoso la mandó entrar. No lo hizo sola.

Ricardo se agachó a su lado, sin fijarse en el escaparate y Carmen sintió que su mundo se tambaleaba como una barca de feria que se descuelga en el aire, se agitaba de un lado a otro. Tenía un segundo para recomponerse, justo el momento en que los dos accedían al interior del local. Ricardo entró a tomar un café con su hija mayor. Se apoyó en la barra, le armó una coleta mal hecha, para evitar el gesto que Violeta repetía y que tanto molestaba a su madre. Luego la sentó en un taburete y la acercó hasta el mostrador. Los pies colgaron y empezaron a danzar de un lado a otro mientras daba vueltas en el taburete, y entonces exclamó:

—Está la tía, papá.

—¿Y cómo no me has dicho nada?

—Porque creo que está con alguien que no conocemos.

Ricardo se acercó hasta la mesa, la voz de Carmen enmudeció como si se apagara en medio del desierto, cuánta rabia acumulada es capaz de ceder cuando uno cree que ha superado los torrentes que te arrollaron, y de pronto aparece lo que perdiste, aquel río Nilo que creías muerto se abre paso más vivo que nunca. Carmen se levantó, y enseguida presentó a su acompañante.

La vida era injusta, Carmen había encontrado a ese chico bueno, ideal, leal, y ella ahora quería apagar su sed en ese oasis prohibido.

—Qué alegría verte.

—Sí, lo mismo digo.

Apenas quería mirarle. Carmen se agachó y cogió a Violeta en brazos. La rodeó con sus manos y sintió un trozo de piel de Ricardo junto a su corazón.

—Estás cada día más alta. Mira, Ángel, es mi sobrina. ¿No es la niña más guapa del mundo?

—Ya lo creo que lo es.

—Me encantaría que algún día vinieras con nosotros. Te echamos de menos —dijo Ricardo, dominando la situación. Se mostraba altivo, como lo hacen las personas que no controlan sus sentimientos.

—¿Mi hermana está bien?

—Sí, muy bien, ya me comentó que algún día habéis quedado para hacer la compra.

—Así es.

—La tía está muy ocupada, pero seguro que algún día se pasará, ¿verdad? —Volvió a mirar a Violeta. Los dos se escondían en los ojos de ella para evitar la situación tan incómoda.

—Claro, pronto.

El corazón de Carmen tenía vida propia, se movía como un despertador que no para de sonar. Ricardo sonrió y se dirigió en la misma dirección que lo había hecho desde el primer encuentro en la verbena de la Paloma, hacia aquella mirada en la que le gustaba deleitarse.

—Si me disculpáis, voy al baño —dijo el acompañante de Carmen.

Los dos se quedaron solos, con una pequeña como testigo.

—¿Sigues con tus nuevos amigos?

—Sí, son muy divertidos. Me gusta estar con ellos, siento que encajo.

El camarero que estaba detrás de ellos aprovechó ese momento para llamarles:

—Pequeña, ¿quieres venir a la barra como los mayores a tomarte el vaso de leche y las pastas?

—Papá, di que sí.

—Anda, ve con Mariano —la animó Ricardo más agradecido que nunca, porque podía estar a solas con ella. Este se colocó las mangas de la camisa y continuó absorbiendo cada gesto de su cara—. La vida sigue estando de nuestra parte. No hemos podido hablar en todo este tiempo. He pasado tantas veces por el estudio de fotografía, pero tu amiga Aurora Casas también me dijo que ahora es cuando te veían más que nunca. Necesito hablar contigo, dame un día de tu vida. Solo un día.

—Por favor, Ricardo, no lo pongas más difícil. Eres el marido de mi hermana. ¿Sabes lo que eso significa?

—Sí, nuestra cárcel. A ella la conocí meses antes que a ti, soy un hombre de palabra. Durante estos años me he sentido un cobarde, pero no lo soy, soy un tipo muy responsable. Los miedos se han hecho una gran bola que ha rodado demasiados kilómetros. Ahora mismo, hace unos segundos cuando me he girado y te he visto, me he dado cuenta de que soy capaz de cualquier cosa. Dame un día de tu vida. Pasemos una noche juntos en el hotel Nacional, conozco al tipo de la puerta, y no nos pedirá el carnet.

—¿Tú estás loco?

—Loco por sentirte un día. Mañana si quieres nos vemos en el teatro Novedades a las ocho de la tarde. Lo han abierto, todo Madrid habla de ello.

Violeta dio un salto y se acercó hasta su padre con un bigote de leche, que Ricardo con dulzura le borró con sus dedos.

—¿Has dado las gracias a Mariano?

—Sí, y me ha dicho que siempre que quiera tendré mi vaso de leche en la barra.

—Gracias, Mariano —levantó la voz Ricardo.

—Nosotros nos tenemos que ir.

Violeta se colgó al cuello de su tía y metió su nariz en él.

—Prométeme que vendrás.

—De esta semana no pasa. Y os llevaré algo a las dos. —Y añadió—: Violeta, ya eres una señorita, no te muerdas más el pelo, que se va a pudrir.

Violeta bajó la mirada avergonzada.

—Ha sido un placer conocer a la familia de Carmen. No sabía que tenía una sobrina tan guapa. Mira que eres reservada —dijo Ángel, cogiéndola de la barbilla.

—Nos vemos pronto —se despidió Ricardo sin parar de mirar a Carmen.

Esta le pidió a Ángel volver sola a casa, necesitaba vagar por Madrid, sin la presencia de nadie, y pensar. Cruzó la calle Mayor, atravesó por la plaza del Biombo, anduvo por Señores de Luzón, pasando por la calle Santiago y miró la cruz de la iglesia. Su corazón palpitaba, no podía dejar de pensar en las marcas de la cara de Ricardo, en su nariz, y en esos labios donde dormía el deseo. El deseo es más peligroso que una fuga de gas. Si no hay alguien que lo sepa manejar, todo puede saltar por los aires. Se sentó en el parque de Lepanto y dio lentamente una calada a un egipcio. Sola, alejada, en un Madrid efervescente.

Ricardo la esperó en la puerta del teatro Novedades, había pasado la anterior noche trabajando y parecía que venía habiendo dormido las horas de rigor, fresco y bronceado.

Carmen apareció en un simón, lucía un vestido de tul. Nada

más poner el pie en el suelo, lo miró y sonrió, como si aquella tarde hubieran dejado las ataduras en el mismo vehículo del que se acababa de bajar. El mundo era de los dos, y se habían prometido que unas horas en la vida de alguien no pueden hacerle daño a nadie, disfrutarían de ese momento eternamente. El riesgo que asumían no era solo que les descubriesen, sino que ambos percibían que una vez que sus cuerpos se acariciaran no habría nada que pudiera detenerlos.

Ricardo transpiraba una esencia aromática atrevida, una mezcla de salida cítrica con un sensual fondo de almizcle; el mismo aroma que conquistó a Carmen, quien desprendía un olor a flores silvestres que florecen en un jardín de rosas y jazmines.

La obra era lo de menos, un sainete, *Lo mejor del puerto*, una excusa para sentarse cómodamente y después correr como desaforados debajo de las sábanas de la suite del hotel Nacional. Ricardo mintió a su mujer. Últimamente estaba saliendo a deshoras de la oficina, se reunía con clientes y luego cerraba algún café con ellos, por eso Helena le dio un beso en la mejilla y le deseo una noche de poco trabajo. Él llevaba una culpabilidad pesada sobre sus hombros, que dejó caer al ver las piernas de Carmen en la esquina de la calle Toledo.

Con su habitual galantería abrió paso a Carmen, le mostró su asiento y esta le dijo que no hacía falta, todavía tenía esa rebeldía de huir de esa expresión desdeñosa de la que tanto hablaban aquellas mujeres del Lyceum. Juntos y nerviosos, primero se unieron los codos, luego los antebrazos.

Ricardo imaginó las distancias, hasta que decidió avanzar lentamente, un primer roce de los dedos de Carmen sin que se percibiera, fue lento para no apagar las ganas de golpe. Olía el pelo de Carmen desde esa distancia, es fácil diferenciar el aroma de la persona a la que amas, percibir cómo crece en el aire, cómo se pulveriza en un instante y cómo quieres atraparlo para siempre.

Primero se agarraron los meñiques, que provocaron dos puñetazos de placer en el estómago. Ricardo entrelazó su mano con la de Carmen y entonces un chispeante goce creció por momentos. Subía por sus brazos, quería estudiar cada poro, cada rugosidad, sus pequeñas manchas de nacimiento en relieve. Tomó la mano de ella y la llevó hasta su boca carnosa, y lentamente le dio un beso entreabierto, rozando su lengua con la punta de sus dedos. Ella pudo sentir su humedad en ellos y sintió un pinchazo entre las piernas. Ricardo puso la mano en su rodilla y empezó a conocer otro camino de piel de Carmen. Se acercó a su oído.

—Pensé que no vendrías.

—Parecías tan seguro de que lo hiciera.

—En el ejército cuando nos lanzamos a una misión, siempre arengo a mis soldados a ganar la batalla, hacérselo creer es asegurarnos alcanzar el objetivo.

—Así que ha sido una sorpresa verme aquí.

—Eres una mujer fascinante, la mujer más viva que nunca conocí. Ajena a normas, y lo que tenemos es tan fuerte que nadie que tuviera la oportunidad de sentirlo huiría por la puerta de atrás.

—Solo un día, Ricardo.

—Tengo una habitación preparada para los dos. Me han conseguido una botella de champán. Creo que con ella será más fácil.

En ese momento de placer más salvaje y tierno, su hermana, sus sobrinas, su casa, sus escaleras costosas, su trabajo, su Madrid quedaron atrás. Se sentía en una playa solitaria con un mar bravo que la atrapaba y le humedecía sus sentidos.

Una gran bocanada de humo comenzó a salir de uno de los rincones de la sala. La gente empezó a levantarse, al principio en sigilo, después alarmada. El antiguo coliseo construido con madera estaba viejo y apolillado. Carmen y Ricardo, ajenos, seguían jugando con sus dedos hasta que el tramoyista, poco antes de las nueve de la noche, gritó:

—Está ardiendo la decoración del último cuadro. Quitad las cuerdas. Cortadlas.

Las precauciones no sirvieron de nada, el escenario comenzó a arder. Los lamentos y los gritos de la gente hicieron que Ricardo y Carmen se despertaran de un mal sueño.

—¡Fuego, fuego! —Oían chillar.

Ricardo tomó la mano de Carmen y se subió a la butaca.

—Tranquila, salgamos por la puerta de la derecha, parece que hay menos gente.

—Ricardo, ¿qué ha pasado?

—Hay un fuego pavoroso. Saca un pañuelo del bolso e inténta ponértelo en la boca. No hables, es peor.

Los espectadores saltaban por encima de las butacas, se apelotonaban en la puerta. Señoras y niños corrían hacia las salidas, mientras que algunos hombres rompían las cortinas para ponerlas en los cercos de las puertas. En el suelo había centenares de personas que no se movían. Las escaleras empezaron a arder, se escuchaba el crepitar de las hogueras que daban al público el mayor espectáculo de fuegos y no artificiales, que se mezclaban con los lamentos de la gente y la caída de los materiales sobre el escenario y sobre las butacas.

—Ricardo, estoy pisando a alguien. No se mueve.

—No mires al suelo, cariño, y corre.

El pensamiento de Carmen se paró en seco, sabía que tenía que salir de allí, por ella, pero sobre todo por su hermana, no podía descubrir que estaba con Ricardo cuando sucedió la catástrofe. Las llamas se veían desde la calle, estaba llena de curiosos observando el espectáculo; a Madrid le encanta ver de cerca las tragedias, los vecinos tenían las ventanas abiertas. Gritos de gente envuelta en llamas que salía a la calle Toledo, buscando una salida. Durante los primeros minutos reinó un gran silencio que fue interrumpido por las ambulancias y los bomberos que se acercaron hasta el lugar. La plaza de la Cebada hizo un embudo, familiares de quienes se encontraban dentro corrían despavoridos en busca de noticias. La calle olía a quemado.

Helena hacía punto sentada en la esquina del despacho de Ricardo. Hoy que él no se encontraba en casa, prefería estar en ese rincón, se sentía acompañada por sus cosas. Tenía la radio puesta. «Espantosa catástrofe en el teatro de Novedades». Helena se puso en el lugar de esa pobre gente que se arremolinaba en las proximidades del teatro buscando escapatorias. Pensó también en las parejas incipientes que suelen ir al teatro para darse su primer beso, en las madres con las hijas que buscan un descanso en sus jornadas maratonianas del hogar. Pensó en cada uno de ellos. Y rezó por ellos. Un incendio violentísimo que había causado cientos de muertos y heridos.

El fuego había destruido el teatro Novedades. Los vecinos de Chamberí, de Universidad y Centro podían distinguir las llamaradas saliendo, y la gran humareda que se dispersó por Madrid. Periodistas se arremolinaban en la puerta buscando la noticia fresca.

—Es una catástrofe, mi hijo que bajaba desde el Alto de León pudo ver las llamas. Es espantoso —gritó una vecina desde una ventana.

Ricardo pudo poner a Carmen a salvo en la calle. Los dos se abrazaron, sabían que lo que habían vivido era un presagio de que su amor no podía estar cerca.

—Vete a casa, yo quiero ayudar un poco más.

—Ricardo, no vuelvas a entrar. Te lo ruego.

De pronto un sinfín de chillidos entre la multitud. Un niño colgaba del hierro forjado del primer piso. Tan solo lo sostenía un trozo de su camiseta. La gente se echó para atrás. Ricardo midió por dónde podía caer y, sin pensárselo, estiró sus brazos y el niño voló por los aires hasta aterrizar sobre seguro en los antebrazos de Ricardo. El niño estaba medio asfixiado y se lo llevaron en ambulancia. Ricardo, impregnado de cenizas, sudor y dolor, se acercó al cristal de la ambulancia.

—¿Se pondrá bien?

—Sí, estará bien, no se preocupe. Y gracias, en nombre de la ciudad de Madrid, por salvarlo.

La prensa como perros hambrientos se le acercaron con los ruidos de los flashes de lámpara como telón de fondo:

—Señor, ¿quién es el salvador? Madrid lo tiene que saber.

—Soy un simple acomodador. Cualquiera lo hubiera hecho. Si me dejan, mi mujer y mis hijas me esperan en casa.

Ricardo llamó a un simón e introdujo a Carmen en él.

—Siento...

—Tenemos que dar gracias por estar vivos. Nunca te olvidaré, Ricardo. Debo de estar loca, pero volvería a repetir esta noche una y mil veces.

—Sin desgracias.

—Sí, solo la nuestra. Y lo viviría una y otra vez, a tu lado.

Ricardo cerró la puerta del coche, se dirigió sin rumbo al hotel Nacional, donde su amigo le proporcionó una habitación con baño, se duchó y se puso ropa limpia. Se tumbó en la cama con el torso al aire, con su mano izquierda se acarició relajado el pecho y pensó en Carmen. Una noche que pudo estar bañada en amor, en champán, en bambalinas, en luces, que no encontró su salida de emergencia.

Horas más tarde llegó a casa. Helena estaba despierta, se acarameló a él como un koala que espera su eucalipto.

—No sé si lo has oído, esta noche ha sido terrible para tantas personas en el Novedades. Tenemos que dar muchas gracias a

Dios por estar vivos. Hay gente tan buena, bomberos de paisano han ido hasta el lugar por ayudar cuando no les tocaba.

—Vengo muy cansado, Helena. Mañana me lo cuentas.

—Deberías trabajar menos. Anda, descansa.

Carmen llegó a casa, sus tíos la estaban esperando despiertos en el salón.

—Nos tenías preocupados.

—Me ha traído hasta aquí Ángel.

—Esta tarde vino a buscarte, nos alegra que os encontrarais luego. Nos encanta ese chico para ti. Se le ve bueno, respetuoso, estamos muy contentos. Oye, y no es por nada, pero tiene muy buena planta.

Carmen, se metió esa noche en la cama, agarró fuertemente la almohada y lloró amargamente. Sabía que tenía que separarse de Ricardo, y para ello debía distanciarse de sus sobrinas, de su hermana, de todo aquello que le recordaba a él.

12

Don Alfonso XIII abandonó el palacio, iba con el corazón contrito, conservó su tranquilo espíritu y se despidió una a una de todas las personas que le habían acompañado en esos años. Los alabarderos presentaban las armas por última vez y el rey, llevándose la mano a la frente, les saludaba tragando saliva. Un golpe de tacón y un «Viva España» se dejó oír en la plaza de Oriente. El tren del destierro estaba preparado para doña Victoria Eugenia, los infantes y las angelicales infantitas. Un aire de luto se percibía en los alrededores del Campo del Moro. Todo estaba dispuesto con precisión militar. El monarca viajaba a Cartagena con destino a Marsella, a bordo del buque Príncipe Alfonso. «Las elecciones celebradas el domingo me revelan claramente que no tengo el amor de mi pueblo». El rey al pisar tierra francesa, dicen que lloró amargamente, apoyado en el último ministro de Marina, el almirante Rivera.

España estaba sumida en la pobreza más absoluta, era una nación predominantemente agraria, la ciudad acogía más gente de la que podía asumir. El salario mínimo era de cuatro pesetas y veintisiete céntimos al día. El día de las elecciones, el 12 de abril, la Guardia Civil esperaba al lado de la Cibeles para disolver la manifestación que con vivas a la República rodeaba los leones de la Cibeles. Los intelectuales corrían a esconderse en cafés. Algunos lo hacían en el sótano del café Lion, de la calle Alcalá, 59, y otros lo hacían en el Negresco y en la Granja del Henar, justo al lado del Círculo de Bellas Artes, donde tantas tardes pasó preparando la *Revista de Occidente* alrededor de un vaso de agua de Mondariz el filósofo Ortega y Gasset. Los cafés, refugio intelectual de aquellos hombres eruditos, políticos, artistas, escritores, que tantas veces habían convivido en los bajos con hombres de signos falangistas, ahora eran testigos de un Madrid que comenzaba a revolverse como una paloma coja. De la noche a la mañana, los amigos se habían convertido en enemigos y una ola de desconcierto sobrevolaba la ciudad.

Había llegado la República, para servir a todos, no era de uno ni de otros, la bandera tricolor ondeaba en todos los ayuntamientos y se podía oír *La Marsellesa* desde los balcones. Comenzaba la revolución en Madrid.

El Gobierno provisional que ganó las elecciones lo integraban Alcalá-Zamora, Lerroux, Azaña y Miguel Mihura, entre otros. Las calles eran un hervidero de gentes a favor de la República, y en contra de ella. De esta, con solo setenta y dos horas de edad, ya empezaba a correr el rumor de que se le amontonaba el trabajo.

La vida convulsa de Madrid iba de la mano de Carmen, que no paraba de moverse de un sitio a otro, sobre todo con sus visitas durante horas al Ateneo, donde escuchaba a los intelectuales; atrás quedó aquella tarde en el teatro Novedades, en el que todo ardió, las yescas salieron por el aire y el coliseo quedó convertido en cenizas en el corazón de Carmen.

Hoy tenía una cita muy especial, nada menos que en casa de los Morla-Lynch. Atravesaba por la Gran Vía, justo enfrente del Casino Militar donde pequeños grupos republicanos ondeaban las banderas.

Aurora Casas le había hablado de Carlos Morla-Lynch, un hombre de negocios chileno. Él y su mujer, Bebé Vicuña, se habían asentado en Madrid para dirigir la Embajada de Chile. Era un matrimonio muy especial, al que se podía ver con autoridades importantes del Gobierno y con miembros del Cuerpo Diplomático o rodeados de toda la bohemia literaria de aquel Madrid de los años treinta. Habían vivido durante años en París, tenían la mente abierta, pensaban que uno no debe encerrarse en una casa palaciega y no conocer la vida. Madrid les daba todo eso que les proporcionaba la capital francesa, y a raudales. Les había dado a Lorca. Un ser maravilloso, que brillaba, que se iba de las fiestas sin avisar, y que traía la mirada neoyorquina de los grandes avances. Carlos Morla-Lynch admiraba el talento, le daba igual de dónde viniera, y por eso le gustaba estar rodeado de gente interesante y de buena conversación.

Su casa olía a fiesta, a brandy, a empanada chilena, a piano a deshoras y a mucha literatura. De la casa colgaban grandes gobelinos y enormes estanterías que llegaban hasta el techo. Él era un tipo encantador, con un gran don de gentes, y uno de los mejores amigos de Lorca. Habían forjado una amistad muy especial.

—Carmen, es un placer conocerte. Me alegra volver a verte, Aurora. Pasad y sentiros como en casa.

El salón estaba repleto de flores, con un gran piano de cola y dos sofás de terciopelo mirándose frente a frente. Las conversaciones volaban de un lado a otro del aparador, como una pelota de tenis; se hablaba mucho del alcalde de Madrid, Ruiz Jiménez y de la gran idea con su bajada en las tarifas de taxi, de toros y de prensa; y del drama que vivía Hitler, que se temía por su vida, ya que se había suicidado su amor, su sobrina Geli Raubal.

Carmen era la segunda vez que iba ver al hombre que le había arrebatado el corazón con su libro el *Romancero gitano*. La primera, le vio de lejos y le pareció un niño con cabeza grande y frente despejada, juguetón y divertido. No podía dar crédito a que debajo de esa ternura infantil pudiera haber un hombre que describiera el amor y el dolor de la vida de aquella manera.

Lorca era un ser sociable, al que le gustaba estar rodeado de amigos, pero también tenía una actitud escapista, si no se sentía cómodo podía salir por la ventana y no se le volvía a ver en días.

La casa era magnífica, las vistas daban al Retiro; desde aquel mirador se podían admirar los árboles frondosos, y junto a la ventana, un reloj de pie de madera de raíz avisaba de las horas pasadas.

Bebé Vicuña tocaba al piano el *Nocturno* de Chopin. Allí se hallaban sentados Altolaguirre y su mujer Concha Méndez; junto a ellos, la aristócrata Carmen Yebes, una mujer que adoraba el arte; también estaban Arthur Rubinstein, el famoso pianista, los escritores Eugenio Montes, Salinas y Lorca. Este se encontraba tumbado entre cojines de brocado con las manos cruzadas debajo de la cabeza. Parecía sentirse muy cómodo, repantigado sobre el sofá con una mueca de comerse el mundo.

—Vengo de Nueva York, estoy tranquilo y relajado en la casa de mi buen amigo Carlos Morla-Lynch. ¿Qué haríamos sin ti los amigos literatos?

—Moriros de hambre. No paráis de zampar en casas ajenas —se burló Aurora Casas.

—Ay, Aurorita, qué lengua mordaz tienes —dijo Carmen, sonriendo.

—He traído a mi amiga Carmen Galiana. Quedó fascinada

con el *Romancero gitano*. Dice que nunca ha leído algo tan especial, esa campiña, ese barco sobre la tierra...

Carmen, tímida, no pudo articular palabra, pero Lorca le hizo sentir cómoda y distendida.

—De verdad, Federico, muchas gracias por tu generosidad al mostrarnos el mundo de forma diferente.

—Me alegra saber que alguien me lee.

—Mira que eres presuntuoso —rio Concha Méndez.

Federico atrapó a todos en su tela de araña, las horas pasaron y nadie se movió de sus asientos. Iba de un tema a otro con un ingenio único. Era el orador más interesante que había en Madrid, y allí estaba, al lado de Carmen. Por unos momentos se detuvo el tiempo y Carmen le miró embelesada, necesitaba de alguien así que le arrancara el pasado.

Lorca extrajo de la estantería libros al azar y los colocó en línea en el suelo, haciendo un camino. Eugenio Montes era todo lo contrario a él, un hombre callado, parado y, sobre todo, no soportaba sus excentricidades. Federico era un funambulista, se subía e iba pegando pequeños saltitos de libro en libro, sin dejar de contar miles de historias. En un momento determinado, besó la mano de Bebé Vicuña, la levantó del taburete del piano y se sentó a él.

—¿Qué queréis que os cante?

—Alguna que nos deleite —respondió divertida Bebé Vicuña—. Y sobre todo que no avergüence a Arthur, el mejor pianista de nuestro tiempo.

Cantaron y tocaron que daba gusto. Todos aplaudieron, bebieron, sin pensar en el mañana.

Federico se escondió un momento y apareció vestido con las galas de Morla-Lynch. Llevaba puesto el uniforme con sus bordados y la espada en el lado derecho. Todos sus galones brillando en el salón.

—Hoy iré a palacio y me sentaré en el trono. Os vigilaré a todos.

—¡Anda, loco! —se rio Carlos Morla-Lynch—. Deja eso donde estaba.

—¿Le molesta, amable caballero?

—De ti nada puede molestar.

Todos rieron divertidos. Algunos, algo cansados, comenzaron a irse, y justo cuando Carmen se levantó y se dirigió hacia el mirador, se le acercó Federico que como buen estudiante de almas le preguntó:

—En tu mirada veo tanto dolor, Carmen. ¿Quién te ha hecho esos surcos en la cara?

—Además de buen pianista, y de echarte buenas siestas, conoces el alma de la mujer como pocos.

—Soy simplemente un observador, y veo en ese corazón mucho desasosiego. Estás aquí, pero no estás aquí. No sé cómo explicarlo.

—Lo explicas tan bien. Estoy enamorada, muy enamorada, pensé que sería pasajero, pero pasan los años, y él sigue ahí con la misma fuerza con la que llegan las verbenas de la Paloma.

—Yo creo en el «ser», cuando veo desgracias cernirse sobre almas que no merecen sufrirlas.

—¿Cómo puedo apagar el dolor?

—Solo se vive una vez, nada es para siempre, ni la misma monarquía que parecía que duraría años. De mí dicen que soy un juguetón que no piensa, pero ¡ay, Carmen!, pienso más que los que no saben pensar.

—Serán los que no te han leído.

—No te desconsueles.

—Me siento mejor.

—Los seres humanos solo necesitamos hablar. Mira, cuando viví en la Universidad de Columbia, en pleno centro de Nueva

York, un sitio magnífico junto al Río Hudson, me di la oportunidad de mirar desde otro prisma. Estamos encerrados en ciudades pequeñas, corazones pequeños y no nos abrimos al mundo.

—Me encantaría ir a Nueva York.

—Tienes que leer *Poeta en Nueva York*. Estoy seguro de que no tendrás ni que ir. Yo te traeré Nueva York, como espero traerte alegría. Supongo que vendrás a más fiestas. Carlos es un tipo encantador y su mujer ni te cuento. Con ellos he encontrado mi propia familia en Madrid. Nos gusta ir de casa en casa y preparar pequeños pícnics. Un día tráenos algo tú y ya verás cómo tendrás otra cara, y entonces te reirás de hoy.

Lorca se fue a la francesa, se escabulló sin despedirse. En mitad del rellano se oyó su voz a lo lejos:

—Nos veremos en los bares cuando los abran.

A la media hora de irse llamaron a la puerta. Carlos se levantó. Era el doctor Gregorio Marañón.

—Pasaba por delante y he visto la luz en vuestra casa, y me imaginé que andarías con la última.

—Para ti, Gregorio, siempre la penúltima.

Carmen no podía dar crédito, uno de los doctores más importantes del mundo estaba en la misma estancia que ella. Era un hombre elegante, tímido y muy caballero. Un hombre sabio. La noche se alargó más de la cuenta y terminaron hablando del nuevo alumbrado de la Glorieta de Bilbao, y sobre todo de la República.

En la puerta llevaba más de dos horas Ángel, había esperado toda la velada fuera para llevarla a casa.

—Carmen, ¿lo has pasado bien?

—De fábula.

Ángel le contó que la calle Mayor ahora mismo era un hervidero de gente. La orquestina que actuaba en el café Cristina andaba tocando *La Marsellesa*, cada vez había más personas que se arremolinaban en la calle.

Seguía saliendo con Ángel, un ser maravilloso que solo tenía ojos para ella. Se había apuntado como guardia de asalto, por fin encontraba una profesión que encajaba con él. Toda esa fuerza bruta que lo caracterizaba la había canalizado en todos los asaltos que había en Madrid, en poner orden en la quema de iglesias. El Gobierno de Maura había creado un grupo de chicos fuertes, que tuvieran una condición física excepcional, para confiarles las operaciones más delicadas de la República.

A la salida del estudio solía pasar a buscarla. Algunas veces se iban a pasear por el paseo de Recoletos, otros días, al Círculo de Bellas Artes y, en ocasiones, cuando Carmen no estaba muy cansada, se iban al cine; más de una vez se quedó dormida en la butaca, sobre todo con las películas de submarinos de guerras. Uno de esos días, Ángel aprovechó a la salida del cine, se arrodilló en plena Gran Vía y le dijo:

—¿Quieres casarte conmigo?

Ella le tomó de las manos y le levantó del suelo.

—Me halagas tanto, pero todavía es pronto, tengo muchas cosas que hacer aún, yo no deseo ser una señora de casa y hogar.

—Yo eso no lo permitiré, quiero que sigas teniendo tu espacio. Te esperaré siempre.

Carmen se sentía mal, que alguien te ame, te venere, como lo hacía Ángel, era doloroso y a la vez algo asfixiante. Sabía que si no daba pronto un paso al frente, le haría sufrir. Todo se lo ponía fácil y ella sentía que se ahogaba. Pero pensaba que con un poquito más de tiempo, las cosas llegarían a buen puerto.

Ricardo colgó los galones de militar. Los militares veían la Ley Azaña como un agravio personal, por eso muchos abandonaron la carrera militar. Entonces, decidió estudiar Derecho. Helena seguía sumida en los cuidados a sus hijas que crecían y en atender a su marido en su casa de la calle Mayor, mientras la fiel Turi les ayudaba en el hogar. La vida de nuevo se estabilizaba para todos.

—Quiero invitar a mi hermana a comer.

—Claro.

Llovía fuera, lo hacía copiosamente, el salón estaba frío. Los pies de Carmen estaban helados. Los tres en una mesa redonda, mientras las niñas jugaban en el cuarto de los armarios. Carmen apenas miraba a Ricardo, comía sin levantar los ojos del plato. La mesa, larga y estrecha, estaba preparada de forma sencilla, había algo de queso y lonchas de jamón como aperitivo. Todos guardaban las distancias.

—¿Sigues yendo a la Residencia de Estudiantes? —le preguntó Ricardo.

—Sí, ayer conocí a Victoria Ocampo, una argentina muy interesante. Vino a escucharla Ortega y Gasset y nada menos que el doctor Marañón.

—¿Queréis más garbanzos? —decía Helena sirviendo a cada uno.

Ricardo la miraba embelesado, mientras jugaba con la servilleta.

—¿Y de qué os habló?

—De las influencias de los barrios negros de Nueva York. El otro día Lorca me hablaba de esa misma ciudad desde otro ángulo. Es increíble lo que puedes llegar a conocer de un lugar sin estar allí.

Ricardo se puso en pie y le acercó un cenicero para que fumara.

—Me siguen apasionando los mundos que nos traes.

Sus manos se acariciaron sin quererlo. A su cabeza llegó el olor a quemado, las caricias que abrasaban en ese teatro de la calle Toledo.

—A mí me parece que es un mundo frívolo, todos quieren

sobresalir y no sé. La verdad que me gusta más el mundo que conocemos. Madrid ahora mismo no está para salir a la calle, cuanto menos nos identifiquen con gente que no es de nuestro mundo mejor —manifestó Helena, sin entender muy bien de lo que hablaban su esposo y su hermana.

Ricardo suspiró hondo, puso las manos sobre los hombros de su mujer, que se echó hacía atrás buscando un beso, y él, rezagado como lo había sido durante los últimos años, le beso la frente en un gesto más fraternal que marital.

—No todo el mundo es feliz en cualquier mundo, cada persona debe encontrar el que más feliz le hace.

—Mira, en eso estamos de acuerdo, Ricardo. —Y añadió—: A ver qué nos depara la República.

—Helena, hay que vivirlo con ilusión. El español es un ser antitodo, al final la República no deja de ser un acicate contra la dictadura. Estoy segura de que muchos de los que aplaudían al rey al despedirle estaban votando a favor de la República —le respondió Carmen con manifiesta molestia.

—El culpable ha sido ese conde de Romanones, un traidor a la patria y a su rey —exclamó Helena.

—Todo en la vida no es blanco y negro. Ni los buenos son tan buenos, ni los malos son tan malos —dijo Carmen, aspirando el humo de un par de caladas.

—Ver a la pobre reina como una cualquiera sentada en un cajón de embalaje no es agradable.

—Al menos se pudo sentar —subrayó Ricardo, sonriendo y rebajando la pugna entre las dos hermanas.

—Querido, tú lo has pasado muy mal con la Ley Azaña —le increpó Helena.

—Sí, ha sido muy duro ver tantos años de esfuerzo, de luchas, relegados, pero bueno, uno tiene que pensar que las cosas siempre pueden ir a mejor. Que algo que creías perdido un día se pone delante de ti, y entonces ese día se vuelve perfecto y maravilloso.

Carmen tiró el tenedor al suelo, nerviosa, sabía que aquellas palabras no eran baladíes, tenían un mensaje y un claro receptor, ella misma.

—Ricardo, por favor, dentro de nada te oiré gritar: ¡Viva la República!

—No sé si tanto, pero sí puedo decir, con los años que llevo en este mundo, que a veces algo que no esperas te sorprende para bien, y entonces llega el momento en el que no puedes quitarte eso de la cabeza. Te martillea, una y otra vez. Estoy muy ilusionado con las cosas que están por venir.

Turi, erguida, entró en el salón interrumpiendo la conversación.

—Sacudiendo la cama, he encontrado una chinche.

Helena se levantó espantada dando gritos de histeria y llevándose las manos a las orejas para no escuchar más, mientras Turi siguió dando pistas.

—Debe de haber por lo menos un nidal.

—Tranquila, cariño, las vamos a matar y no quedará ninguna.

Carmen se sonrió mirando a Ricardo. Las cosas más simples de la vida a ellos no les daban miedo, y una simple chinche era capaz de poner una casa patas arriba. Decidió dejarles solos en el asunto doméstico que les concernía y se fue a compartir un rato con las niñas al cuarto de los armarios. Figuras de madera por el suelo hacían que fuera difícil andar por la habitación. De puntillas, fue sorteándolas hasta dejarse caer en un rincón.

—Tía, has venido.

—Aquí estoy. ¿Jugamos?

Ricardo se apoyó en el marco de la puerta y las sonrió.

—Me encanta verte con ellas.

—Son unas niñas muy buenas.

—Antes de que llegaras, Helena me ha dicho que no es normal que una tía venga tan poco a ver a sus sobrinas.

—Estoy muy liada, el trabajo, y Ángel.

—¿Sigues con él?

—Sí, vamos muy en serio, me ha pedido casarme. Es un hombre maduro, varonil, infunde tranquilidad. Sabe lo que quiere.

—Boda y República. Bonita combinación. Un día podíamos salir los cuatro.

—Violeta, no hagas gamberradas a tu hermana. ¿No ves que está tranquila? —regañó con cariño Carmen a su sobrina mayor—. Me tengo que ir, se me está haciendo tarde.

—¿Tan pronto? —se apresuró a contestar Ricardo.

Carmen se levantó de un respingo y le dijo molesta:

—Me tengo que ir, mañana asisto a una conferencia muy interesante de María Montessori, no sabes lo que ha conseguido esa mujer en las escuelas.

Al salir por la puerta Ricardo no se apartó y pasó muy justa, rozándole, seguía oliendo a jazmín y a rosas recién cortadas.

—Helena, me voy —le gritó Carmen desde la puerta a su hermana con más rabia que prisa por huir de esa casa.

—A ver si vienes más a vernos. —Se oyó a lo lejos la voz de su hermana, que seguía trasteando con Turi en la habitación.

Madrid se preparaba para más revueltas, empezaron con las quemas de las iglesias y conventos. Ardían conventos en Madrid, el de los jesuitas en la calle de la Flor, el de los Carmelitas de Ferraz, el de los Salesianos de Villamil, el del Sagrado Corazón de Chamartín. El Gobierno provisional ordenaba el estado de guerra en Madrid. No hay nada peor para este joven Gobierno que estos sucesos que no pueden controlar. Lo que empezó como un proyecto ilusionante se tornaba peligroso y descontrolado.

Ángel esperaba a Carmen a la salida del estudio. Por primera vez le vía con su uniforme, iba engalanado, y enseguida le vino la imagen de Ricardo: se acordaba de su porte, de sus anchuras, del dorado de su piel. Pero ahí estaba el hombre que la amaba con locura, con su uniforme bien planchado, ligeramente parecido al de la policía. Llevaba una porra elástica, fuerte, que según él hería pero no mataba.

—Estás muy guapo.

—¿Te gusta?

—Mucho, pero me da miedo. No quiero que te metas en problemas.

—Solo la utilizaré para protegerte y para proteger a mi ciudad de cualquier altercado.

—Ángel, por favor, todo se está poniendo muy complicado en Madrid.

—Tranquila, no voy a pecho descubierto. Me han dado un vehículo especial, la camioneta Hispano Suiza.

—¡Pero si no lleva puertas!

—Claro, Carmen, así puedo acceder más fácilmente donde esté el jaleo.

El pueblo madrileño recibía feliz al guardia de asalto, por fin la ciudad se sentía segura con estos fornidos hombres creados por el director general de Seguridad, Galarza.

Carmen veía a Ángel como un compañero de vida, un chico bueno que la quería, con una profesión estable. Cómo podía ser tan tonta de decirle que no a un hombre así. Cuando alguna vez él tenía trabajo y no podía recogerla, ella sentía el vacío de lo conocido, de las rutinas, del bollo mojado en el café Suizo. Del brazo que la amarraba paseando por las Vistillas, de las eternas esperas cuando salía de algún evento cultural. Las cosas no eran más que de una manera. Pronto iba a llegar el sí quiero. El Madrid revuelto la empujaba hacia el abismo y a una rápida respuesta que, sin pensárselo dos veces y con la casa de campo como fondo del decorado, dijo: «Sí».

Carmen tomó las manos de su pretendiente y se dirigió a él con dulzura.

—Ha llegado el momento, Ángel, ahora me siento completamente preparada para casarme contigo.

Ángel tomó su cara entre las manos y la llenó de besos.

—No sabes, soy el hombre más feliz del mundo. Quisiera gritar al mundo lo feliz que soy y seré contigo. Quiero celebrarlo.

—He pensado en ello toda la noche, estaba muy nerviosa, sé que has esperado tanto que te mereces entrar en mi mundo de lleno. Quiero llevarte esta noche a un lugar muy especial. Uno de mis amigos estrena *Yerma*.

—No lo había escuchado nunca.

Hicieron tiempo antes de que empezara la obra, caminaron desde el Hipódromo de Recoletos hasta el Mediodía de Atocha, pasando por el Prado. Ángel andaba como un pavo hinchado y Carmen, con los hombros caídos. Estrechaban sus manos y se dirigían al teatro Español, a ver la representación extraordinaria.

Sobre el escenario, la gran Margarita Xirgu, ella como nadie podía dar vida a una mujer estéril sin vida. De su vientre nace el bien y el mal, como nacen las pasiones más rastreras de los hombres. Carmen acariciaba la mano de Ángel y, dos filas más atrás, estaba Ricardo, acariciando la de Helena. Qué mundo de desdichas, donde los hombres y mujeres son los perdedores.

La sala estaba llena, los palcos enfervorecidos. Lorca, entre tímido y vivaz, se asomaba a través de las cortinas para escuchar los aplausos. Solo habló para dirigirse al palco de la derecha, allí había viejas actrices de toda la vida:

—Gracias también a vosotras, por lo que os debemos —les dijo—; a vosotras, que habéis seguido siendo grandes y bellas.

Carmen se dio la vuelta en dirección al palco y se encontró con los ojos de Ricardo. No pudo evitar sonreírle, de nuevo su mundo patas arriba, pero esta vez había dado su palabra a Ángel, a la vida, de no perder el tiempo. Este no perdonaba. Debía continuar su camino. Por desgracia su cuñado ya tenía su vida y de allí no iba a salir.

Ricardo cerró los ojos y soñó con ese teatro Novedades; su corazón ardía en llamas, hubiera saltado aquellas butacas, hubiese tomado a Carmen entre sus brazos y se hubiera ido con ella al hotel Nacional a celebrar el nuevo año. Carmen pensaba en esa habitación que les esperaba, todavía tendrían las sábanas calientes de tantos locos abrazos desmedidos arrancados a tiras.

Ángel la miró con ojos de gorrión, los mismos que tenía cuando entró en el estudio a hacerse su primera foto. De los hombres de pastel de domingos, de los hombres que dejan el asiento para que te sientas, de los hombres que no levantan la voz y solo piensan en que llegue la hora en que el trabajo termine para irte a recoger. Y de los hombres que no temían al te quiero.

—Me ha encantado, Carmen. Cuando nos casemos, iremos todos los lunes al teatro.

—Ese día cierran muchos —dijo divertida.

—Eres adorable.

Carmen le acompañó hasta el cuartel militar de Pontejos. La estela de Ricardo desapareció bajando la calle Carretas.

En diciembre de 1935, Alcalá Zamora disolvió las Cortes y anunció la fecha del 16 de febrero de 1936 como el inicio de nuevas elecciones. Las elecciones del 16 de febrero fueron ganadas por el Frente Popular.

13

Una patria, Señor, una patria pequeña, como un patio o como una grieta en un muro muy sólido. Una
patria para reemplazar a la que me arrancaron del
alma de un solo tirón.

MARÍA TERESA LEÓN

En la madrugada del 12 al 13 de julio de 1936, una camioneta, la
número diecisiete, salió del cuartel de Pontejos. Marchaba deprisa, sabiendo que se dirigía directamente a la calle Velázquez 89.

El reloj marcaba las dos, era noche cerrada, en el vehículo
iban guardias de asalto y le seguía una Fiat con las puertas abiertas, donde viajaba Fernando Condes, capitán de la Guardia Civil, jefe de la motorizada y escolta del socialista Indalecio Prieto.

El timbre sonó con insistencia, se identificaron como la
policía. Abrió la puerta la doncella de la familia, quien avisó enseguida a la mujer de Calvo Sotelo, sus hijos estaban dormidos.
Este se colocó el batín y salió a recibirles; estaba confiado, ya
que los había visto por el balcón y sabía que eran policías.

Más de veinte hombres llegaron hasta la casa, desconectaron
los teléfonos, nadie podía hacer llamadas telefónicas. Arrancaron el cable del despacho y, en el del pasillo, pusieron a un hom-

bre vigilando el otro aparato telefónico. Algunos de ellos bloquearon la puerta y otros comenzaron el registro. La mujer de Calvo Sotelo se abrazó a él, mientras este le decía que estuviera tranquila, y que no saliera de la casa. La abrazó con fuerza, le pidió que se calmase y le aseguró que, cuando llegara a la Dirección General de Seguridad, la llamaría. Se despidió de todos sus hijos entrando en cada una de las habitaciones; solo la mayor estaba despierta, le dio un beso. Bajó las escaleras, mientras le sujetaba las manos un guardia de asalto. De nada sirvió su inmunidad parlamentaria.

Lo empujaron en la camioneta y lo sentaron en la parte de atrás. Ocupó el tercer banco. Atravesaron las calles de Ayala, Padilla y Juan Bravo. El chófer sabía perfectamente adónde se dirigían. Un disparo seco y frío sobre la sien. Un silencio aterrador que solo rompía el sonido del motor. Nadie miró hacia atrás. El trayecto continuó hacia el cementerio del Este.

José Calvo Sotelo había sido exministro de Hacienda durante la dictadura de Primo de Rivera, había luchado mucho por la economía y, sobre todo, para que las clases más altas contribuyeran en mayor medida en el sistema tributario. Pensaba que la división en España tenía un origen económico y no político, y aun siendo monárquico, sabía que si volvía esta, debería restaurarse completamente renovada. Después de haber estado varios años exiliado en Francia, había regresado con un escaño y un pasaporte hacia la muerte. Días antes había tenido un grave enfrentamiento con Casares Quiroga. El parlamento vivía un hervidero de amenazas, una guerra civil en el interior. La jornada anterior habían asesinado al teniente Castillo, guarda de asalto, abatido a tiros de pistola cuando salía de la calle Augusto Figueroa.

Por la mañana Carmen se despertó con la noticia. En la portada del *Ya* estaba el cadáver de Calvo Sotelo, el fotógrafo Yubero había realizado la fotografía. Le temblaron las piernas. No quería escuchar más las palabras «hombre de asalto». Tuvo un presentimiento. Un frío helador recogió su espalda, pegándole un latigazo en el estómago.

Salió a pasear hacia la calle Mayor. Esta pesaba, el asfalto ardía bajos sus pies. Al llegar a la casa donde vivió Calderón de la Barca, junto a la farmacia de la Reina Madre, se paró en seco e intentó coger aire, le faltaba el resuello. Sus ojos vivos, chispeantes, se apagaron, la vida le había golpeado de forma abrupta, el dolor era cada vez más fuerte, le oprimía el pecho. Cuando este viene de quien no esperas, todavía se hace más insoportable, tanto que cayó de bruces en mitad de la calle, apoyando su cuerpo en una de las rodillas y produciéndose una bursitis. Al principio notaba tan solo cierto malestar, pero a medida que ascendía por la cuesta el líquido se iba desparramando y oprimiendo, y el dolor se hacía más presente.

Deambulaba por la acera, los edificios le parecían más grandes, la ciudad, más desconocida, su mundo, patas a arriba. La única escapatoria que tenía al amor de Ricardo había saltado por los aires.

Llegó hasta la papelería Bargueño de la calle Carretas, miró aquel escaparate y vio el diábolo rojo, el juguete que tanto le pedía su sobrina y sus padres no se lo querían comprar. Había rogado a todos tenerlo, poseerlo como un tesoro escondido. Los deseos de los más pequeños siempre son insistentes, de pataleta pero firmes en el tiempo; el de los mayores se evapora. Carmen entró en la tienda como un autómata. Quería regalárselo a su sobrina, en ese juguete se acumulaba la inocencia que nos arrebatan cuando llegamos a adultos, ¿por qué privarles a sus pequeñas de algo que tanta ilusión les hacía? La vida era cruel y despiadada por sí misma, no hacía falta más.

Ángel llegó exhausto a casa de sus tíos, la llamó con insistencia, pero Carmen ya no estaba allí, había salido hacia el cuartel de la calle Carretas para tener la última conversación con él, deseaba mirarlo a los ojos. Sus tíos dijeron a Ángel que hoy habían notado a Carmen especialmente inquieta, que seguro que necesitaba un tiempo para pensar, que toda novia se ponía nerviosa ultimando los preparativos antes de la boda. Ángel comenzó a inquietarse y se dirigió a la casa cuartel.

Ella decidió dar una vuelta por la calle haciendo tiempo, mientras, él llegó al gimnasio del cuartel. Una vez allí puso la radio y escuchó de nuevo el asesinato. Entrenó horas y horas en aquel local mugriento del Cuerpo. Tenía una constitución física excepcional: sus músculos levantaban el acero sin esfuerzo. Realizó miles de flexiones con la intención de olvidar la madrugada vivida, sabía que a Carmen no podía engañarla. Ella, que era una mujer cultivada en el mundo del arte, jamás podría entender que Ángel estuviera armado con un flamante fusil al que llamaban ruso.

Carmen entró en el gimnasio y apagó la radio. Se sentó en un taburete. Ángel cayó derrengado en la tarima, desplomado, como los trapos que se arrastran por los suelos y ya no saben cómo sacar más brillo.

—Mírame a los ojos —le dijo.

—Carmen, estoy preocupado por ti.

—Mírame a los ojos —gritó fuera de sí.

Ángel lloró como un niño que no encuentra consuelo. Se arrastró hasta los pies de Carmen y se encaramó a ellos, consciente de que era la última vez que merecía su amor. No podía hablar, sabía que la había fallado, a ella y a sus ideales, a sus valores, pero no pidió perdón.

—Dime que tus manos no están manchadas de sangre.

—Carmen, solo he hecho frente a los conflictos de orden público. Estoy entrenado y mi disciplina así me lo ha exigido. Algunos nos dicen que utilizamos métodos poco ortodoxos, pero yo creo que son convincentes.

—No entiendo lo que dices. Miguel Hernández, ese es el lenguaje que entiendo yo: «perseguidos, hundidos por un gran desamparo de recuerdos y lunas... pero siempre abrazados».

Carmen se despidió de él, la relación estaba rota, quizá nunca fue una relación, quizá fue el sueño de los que quieren amar. Ángel se quedó solo junto al fusil. Los dos en silencio, como cómplices que callan y revuelven una habitación sin hablar.

Sentía que había perdido la fe en el ser humano. Tomó el diábolo y lo apretó contra ella. Bendita inocencia que se escapaba por la plaza de la Armería. Allí estaban jugando sus sobrinas, frente a la estatua de Felipe II; aquel rey que consiguió la unidad ante tantos enfrentamientos era ahora testigo de la ingenuidad de dos niñas que jugaban ajenas al mundo.

Helena miró a su hermana con dureza, la educación que había proporcionado a sus hijas se había escapado por las manos de su hermana. Carmen sintió que no había amor previsible, ni siquiera el de su hermana. Se sintió sola. Terriblemente sola.

La noticia de la sublevación en África iba extendiéndose como la pólvora por los lugares oficiales de Madrid, pero la gente de a pie seguía ajena a ello. Los madrileños salían de los cines y teatros, algunos preparaban su verano en la sierra, las terrazas estaban a rebosar, otros se sentaban en los pilones de la plaza de Oriente volando las cometas, los chiquillos se bañaban desnudos en el río Manzanares salpicándose de libertad y pureza.

Madrid olía a aire limpio que mecía los árboles del Retiro, las barcas remaban sin dirección. Nadie esperaba la gran tormenta que amenazaba, pero las ametralladoras esperaban inquietas apoyadas en los ventanales del Ministerio de la Marina. La Puerta del Sol seguía recibiendo a los viandantes, que luchaban por pasar entre los tranvías, y los cafés llenos de hombres, que esperaban que en casa su mujer y sus hijos estuvieran bien, y donde llegaban a mesa puesta.

Nada pasaba en España: el Gobierno dominaba la situación, decían. Todo estaba controlado. Carmen y Helena también controlaban hasta que el diábolo voló por los aires en la plaza de la Armería. Violeta lo lanzó al aire con el impulso de las cuerdas y se elevó por encima de las rejas que separaban las vistas de la Casa de Campo, quedándose enganchado entre los barrotes.

—Carmen, si hemos dicho que no queríamos diábolo, no puedes venir tú hoy y poner nuestra educación patas arriba.

—Cuando algo te hace tanta ilusión desde pequeño es muy egoísta que nosotros los mayores lo estropeemos. ¿No te das cuenta de que les estamos negando un pedacito de felicidad?

—Qué sabrás tú de felicidad, querida. Tú, que estás sola, que pierdes el tiempo con todos los chicos que has podido tener. Has tirado tu vida por la borda. Ángel siempre esperando a una mujer que no sabe ni qué desea.

—Cállate.

Carmen cerró los ojos y maldijo las palabras de su hermana. Pensó en Ricardo; que su hermana se cruzara antes en su camino era mala suerte. Tragó saliva y se mordió los labios, no quería romperse delante de sus sobrinas. Quizá las manos manchadas de Ángel eran un castigo que tenía que recibir por amar al hombre equivocado.

Violeta miró los barrotes fríos que terminaban en forma de flecha dorada y pidió que la ayudaran a bajarlo. Carmen se subió a la reja y con una piedra lo hizo caer.

Helena cogió el diábolo y lo guardó en su bolsa de tela.

—No se hable más.

Un estruendo sonó, como un camión descargando en la obra, mientras Amelia y Violeta se tiraban en el suelo simulando una peonza que daba vueltas sin parar. Tenían las rodillas raspadas de jugar, con esa sangre que no escuece en la plaza pero que cuando Helena las bañaba tenía que soplar para que el dolor aminorara.

Las hermanas Galiana estaban sentadas al pie de una farola, que tenía alrededor un banco de piedra. No se miraban. Espalda con espalda, la única posición donde podían mantenerse cerca. Un chico se acercó corriendo.

—La cosa se pone seria, hay cañonazos desde Bailén y el cine Capitolio. Van hacia el Cuartel de la Montaña. El Gobierno ha hecho la declaración de guerra formal, los soldados republicanos lo han sitiado. Dentro están el general Fanjul y el coronel Serra, dicen que los han herido.

Una miríada de pájaros sobrevolaba la Armería y daba vueltas en el cielo sin ninguna dirección. Comenzaba a chispear, era inconfundible el olor a tierra mojada, que llegaba envuelto de un calor extremo previo a la tormenta. La gente corría a resguardarse bajo el tejadillo de la Almudena, subían las escaleras de dos en dos para quedarse allí petrificados, mirando hacia arriba, donde habían anidado los pájaros. De nuevo un estruendo mayor se oía en la plaza y retumbaba en la catedral, tambaleando los cristales de la casa del guardés próxima a esta; lo hizo con tanta fuerza que todos se miraron asustados. La plaza se quedó desierta en un instante, todos fueron a refugiarse junto a dos rampas que bajaban desde los pies de la estatua de Felipe II, que fue el único testigo erguido de la gran tragedia que se avecinaba.

—Se ha caído la cúpula de San Nicolás de los Servitas. Anda todo ardiendo —gritó desde el otro lado un muchacho que vestía un mono y corría despavorido.

Las calles olían a madera quemada, a azufre, los heridos se cruzaban por la calle como sonámbulos desorientados. Los ciudadanos afines a la República suplicaban armas y se acercaban hasta el Cuartel de la Montaña, que estaba situado donde años más tarde se ubicaría el Templo de Debod, cerca de Plaza de España.

Madrid se vestía de duelo, los tiestos de los balcones se movían con fuerza, los azulejos de las casas se caían. Las sábanas se volaban en los patios de luces. Vecinos enfrentados corrían por las calles de Señores de Luzón y Santiago para llegar a prender una gran hoguera en mitad de la plaza de Ramales. En Mesonero Romanos, una pandilla de jóvenes se zarandeaba y se acuchillaban sin descanso. Una batalla campal en las calles de Madrid, pedradas, cristales rotos y tranvías repletos de gentes, mezclados en dolor y olor humano. Todo temblaba en la ciudad durante esa madrugada. El Madrid de Helena y Carmen estaba desapareciendo, las ráfagas de fuego cruzaban el cielo iluminando las calles. Helena rezaba ante la Virgen del Perpetuo Socorro. Carmen sabía que no había tiempo que perder, las cosas se iban a poner muy difíciles.

—El Gobierno ha dimitido, Helena, y dicen que Martínez Barrio va a formar uno nuevo a base de republicanos de centro. Mis padres están preparando las maletas, se van del país, creo que a Francia. Salen dentro de unas horas —le dijo Ricardo a Carmen desde el portal de la calle Mayor.

—¿Quieres que vayamos con ellos?

—Aquí tenemos todo. Nuestro hogar, tus tíos, tu hermana. No puedo separarte de ellos.

Ricardo sabía que huir del país era perder a Carmen. Ni era tan valiente, ni entraba en su cabeza un resquicio de cobardía.

Los meses siguientes no fueron nada fáciles, muchos vecinos se despellejaban los unos a los otros, nadie se protegía, había que salvar la piel de cada uno. Varias guarniciones se habían sublevado en provincias.

La calle Mayor tenía difícil acceso, muchísimas personas estaban huyendo, el ruido de los motores rugía como si fuera de leones.

Carmen invitó a sus sobrinas a tomar un suizo en la pastelería de la calle Espejo. Esas niñas necesitaban algo de normalidad, había que tratar de evadirlas de la situación que estaban viviendo.

—Tenéis que ser buenas —les comentó Carmen con ternura.

—Mamá es tonta, no nos ha querido dar el diábolo —le dijo Violeta.

—No digas eso, quizá me precipité. Mamá solo quiere lo mejor para vosotras. Quizá ella prefiere que os ganéis los juguetes y yo soy más de camino fácil. A quien Dios no da hijos le da sobrinos.

En el portal estaba esperándola Aurora Casas con cara de preocupación.

—Carmen, tengo que hablar contigo, es importante: os han delatado.

—¿Qué dices? ¿Por qué?

—He visto vuestros nombres. El tuyo no está entre ellos, pero sí tu hermana y Ricardo. Van a mataros seguro como no os escondáis.

El mundo de Carmen se tambaleó. Subió corriendo por las escaleras para avisar a su hermana, mientras las niñas, con la lengua fuera, se esforzaban por alcanzarla. Dos timbrazos seguidos y Helena salió, colocándose la bata.

—¿Ya estáis aquí?

—Helena, os han delatado.

—¿Quién?

—No lo sabemos.

—Ha podido ser Turi —contestó Aurora—. ¿De qué pie cojea?

—Turi es imposible, lleva con nosotros una vida.

Helena, confundida, no sabía cómo interpretar aquello.

—Aurora tiene razón, Helena, ahora no podemos fiarnos de nadie. Ricardo ha sido militar, para ellos es simpatizante de la monarquía, y luego está vuestra suscripción al *Blanco y Negro*.

—Este mundo es de locos.

—Ahora no es momento de pensar. Id haciendo las maletas, esta noche pensaré adónde podéis ir.

—Carmen, tú vendrás con nosotras.

—Yo ahora me voy con Aurora a ayudar a mis amigos, ellos me necesitan. Sabréis de mí a medianoche.

Helena cogió las manos de su hermana y por primera vez en mucho tiempo fueron capaces de mirarse a los ojos como lo habían hecho tantas veces en las noches de su infancia.

—Hazlo por las niñas, Carmen, por favor, somos tu familia. Esa gente no te va a dar nada, solo te va a traer problemas —le rogó su hermana antes que se marchará.

—Si todos pensáramos en la familia el mundo no se salvaría.

Helena ese día compró flores y las colocó en el jarrón del recibidor, pensaba que traían suerte. Pasó la tarde tocando el piano, ahora más que nunca sus clases de adorno la salvarían. Turi había madrugado y apareció temprano, pero la desconfianza ya sobrevolaba sobre ella con fuerza.

Carmen llegó con Aurora al palacio Heredia Spínola, en la calle Marqués del Duero, número 7, un edificio decadente. Un gato negro cruzó la acera huyendo de las tinieblas. El edificio estaba destartalado, revuelto, con los muebles imperio tapados con sábanas, y mantas agujereadas por el suelo. Había un montón de disfraces colgados del techo; y es que cuando Madrid tenía otra luz bailaban y jugaban a disfrazarse. Todavía podía sentirse a Lorca vestido con la chaquetilla de torero bajando por las escaleras y declamando «Verde que te quiero verde»; y a León

Felipe disfrazado de duque de Nicolás, y Luis Cernuda con una armadura de caballero. ¡Qué distinto es un edificio por dentro cuando un corazón se apaga!

Rafael Alberti llevaba enganchada al hombro una radio, un receptor de galena que se conectaba a cualquier calefacción.

—Llegáis a tiempo, en unos días estoy seguro de que van a bombardear el Museo del Prado. La Junta de Salvación de Tesoro Artístico nos ha informado de que van a sobrevolar aviones y está en peligro. Necesitan de nosotros.

—Contad conmigo, he venido a ayudaros —le dijo Carmen.

—Otra valiente como tú, Teresa —añadió Concha Méndez.

—Vi desde aquel día en la Casa de las Flores que tenías un brillo especial, el brillo de los valientes.

Manuel Altolaguirre estaba fumando en una esquina y saltó:

—No solo tenemos que salvaguardar los cuadros, muchos de nosotros como Lorca y Miguel Hernández deben estar a salvo, son los nombres que más suenan en las listas de perseguidos.

—Hoy he hablado con Bebé Vicuña, la mujer de Carlos Morla-Lynch, están en Madrid. Han venido de Valencia y se han ofrecido a ayudarnos. Quieren abrir la Embajada de Chile y dar cabida a refugiados.

—Les honra que pudiendo escapar a otro país quieran abrir las puertas de la embajada y darle otro servicio —apuntó Carmen, quien aprovechó el momento para plantear la cuestión que más le preocupaba—. Necesito pediros un favor: que protejáis a mi familia. Ellos están expuestos por la carrera militar de mi cuñado.

—No tengas duda, Carmen. Esta noche sacaremos los cuadros del Museo del Prado y luego llevaremos a todos los que podamos a la Embajada de Chile.

Una llamada les dejó fríos. Al otro lado del teléfono, Isabelita, la hermana de Lorca, rogaba a Rafael Alberti que no hablaran de él, que le tenían escondido. Por favor, «que los periódicos no hablen», lloraba desconsoladamente.

—Quita el artículo que habla de él en el *Mono Azul*. No vamos a dar pábulo a esos desalmados. Desde hoy, nadie hablará ni nombrará a Federico García Lorca.

María Teresa León se acercó a Carmen y la tomó del brazo.

—No te preocupes, todo va a salir bien.

—¿No tienes la sensación de que esto es una pesadilla? Cuando brindábamos por el año en el hotel Savoy, no sabíamos lo que se nos venía encima. —Y añadió—: ¿Tú sabes dónde está Lorca?

—Federico abandonó Madrid buscando un lugar seguro en Granada. Se dirigió a la Huerta de San Vicente con su familia. Pero viendo cómo se tornaba todo, decidieron llevarle a la casa de los Rosales, donde su gran amigo Luis Rosales lo tiene refugiado, como uno más de los suyos.

—María, siento dentro de mí una fuerza desmedida por luchar por lo que verdaderamente vale la pena.

La casa se hallaba en silencio, ya no había disfraces ni matasuegras. La lámpara de araña iluminaba con una luz pobre el rastro de polvo del aparador. El salón estaba oscuro; ellos, callados. Temían por la vida de los suyos. Se habían expuesto en exceso, y Madrid andaba muy revuelto.

Alberti estaba nervioso, paseaba de un lado a otro, haciendo crujir las tablas de madera. La ciudad caía en manos del ejército franquista, las tropas se encontraban ya a la altura del Manzanares.

—Ahora mismo estamos viviendo en el caos y la anarquía. No te puedes fiar de nadie. Hoy creo que ha delatado a mi familia nuestra chica de servicio, Turi. No sabéis el dolor que se siente cuando alguien a quien quieres te traiciona. La persona que cuidaba de nuestra casa nos da la espalda y nos empuja al abismo. Sientes que tu hogar vive un terremoto y que ya nada te da protección.

—Tranquila, Carmen, España está preparada para salir de todo. Ya vivió un golpe de Estado, y luego la intentona golpista con Sanjurjo hace algunos años. En el fondo no quieren derribar la República, quieren derribarse los unos a los otros —dijo Aurora.

Cernuda, que estaba en otra habitación, reapareció en el salón.

—Hay que proteger el patrimonio cultural, forma parte de nuestra esencia.

—Habéis hecho tanto por la cultura, que da pavor que ahora vuele todo por los aires —lamentó Carmen, moviendo una lágrima de la lámpara de araña. Y añadió—: ¿Estáis seguros de que van a ir contra el Museo del Prado?

—Lo han expuesto demasiado, ha permanecido meses abierto, hasta agosto. No podemos arriesgar. Esta noche colocarán trincheras. Carmen, tú acompañarás a Teresa al museo.

Todos temían por el patrimonio cultural, ya que hacía meses habían bombardeado algunos conventos jesuitas y se habían perdido muchos libros incunables, y ahora no querían que pasara lo mismo con el Prado. Había que protegerlo.

Salieron esa noche hacia el Prado. Carmen y Teresa acudieron con la brigada de incendios, y entre todos colocaron trincheras para protegerlo. Después entraron y con sigilo fueron eligiendo qué cuadros salvar. En un sinfín de carreras, Carmen se quedó ensimismada frente a *La rendición de Breda* de Velázquez.

—Vamos a bajar este al sótano —le pidió a Teresa.

—¿Qué ves en él?

—Teresa, hay veces que elegimos a alguien y no sabemos por qué destaca por encima del resto. Con el arte pasa lo mismo. Quizá sea algo instintivo.

El traslado de los cuadros se hacía con sigilo, con sumo cuidado, según la norma que había impuesto el Office International des Musées. Los bajaban por el estrecho laberinto que conformaba la escalera hasta el sótano, un depósito frío donde la pintura se conservaría como un muerto en su mesa camilla.

—¿Tienes miedo, Carmen? —dijo Teresa, quien temía por su vida y la de Alberti.

—El miedo es algo ficticio, algo que generamos cuando vivimos en la incertidumbre. Hace tiempo que dejé de esperar y desde ese momento no siento miedo. Me preocupa mi familia. Ricardo no se merece acabar fusilado.

—Él se salvará, te lo aseguro. ¿Cuánto lleváis juntos?

—No lo estamos, creo que me has entendido mal. Ricardo es el marido de mi hermana.

—En tus ojos se puede ver, al igual que en el cuadro, el triunfo del vencedor al vencido. Algún día quizá recibas las llaves del reino que buscas.

Carmen guardó silencio y bajó las escaleras empinadas. Estaba oscuro, con sumo cuidado sacó del bolsillo un pañuelo y puso el cuadro contra la pared. Después subieron a por otro. Y así iban salvando todos los que podían. Cuando subió a la planta principal por última vez, solo el vacío ocupaba el espacio que habían dejado algunos de los mayores tesoros del arte. En las paredes permanecían la señales de los marcos que habían engalanado durante años aquel museo, que había perdido en una sola noche su identidad. Carmen se quedó recogida en un rincón, se abrazó las piernas y cerró los ojos.

Los periódicos llenaban sus páginas con la situación de la capital, y pedían reclutamientos para que fueran a alistarse a la calle Colón, a la vez que se instaba a comprar las máquinas de escribir Hispano Olivetti: «Comprando está maquina protege usted la industria nacional». Madrid, la capital más encendida en ansias de libertad, que albergaba tesoros incalculables en obras de arte, era bombardeada diariamente por aviones extranjeros que Alemania, Italia y Portugal habían proporcionado a los facciosos españoles. Era la lucha entre la brutalidad medieval y el progreso de la cultura.

Entre las seis y media y las ocho de la tarde, las bombas caían sin ninguna medición. Los cielos se llenaban de escuadrillas de aviones rusos, conocidos como chatos, los Polikarpov I-15, pilotados por voluntarios que no tenían miedo a defender Madrid ante los bombardeos alemanes de los Junkers Ju 52 que dejaban su carga. Aumentaban los derribos de aviones franquistas gracias a la destreza de los pilotos rusos que controlaban el cielo rojo de Madrid. Todos los ataques iban dirigidos a hospitales y museos. Hombres y niños sucumbían por la metralla. Se podían escuchar sus gritos.

En el Museo del Prado cayeron nueve bombas incendiarias sobre el edificio, tres en los jardines y dieciséis bengalas en los alrededores. Enfrente de Princesa, diecinueve bombardearon el Palacio de Liria, que albergaba uno de los mayores tesoros artísticos de Madrid, luego vino la Biblioteca Nacional y el Museo Arqueológico. Todo Madrid ardía en llamas, miles de muertos tirados en las calles.

Carmen, Teresa y algunos hombres de la Alianza de Intelectuales Antifascistas, sacaron días después los cuadros del Museo del Prado hacia Valencia, atándolos a los camiones, casi sin embalar, pero con la esperanza de ponerlos a salvo.

—Sobre todo tened cuidado con las costuras de los cuadros. Y proteged las esquinas, el pan de oro es muy delicado —dijo Teresa.

Las dos mujeres se quedaron, frente a frente, en medio de una desconocida plaza llena de sacos, trincheras, pedazos de metralla y polvo, en lo que antes había sido una de las calles más transitadas, la del Prado.

—¿Vendrás con nosotros, Teresa?

—No, mi lugar ya no está aquí en Madrid. ¿Qué harás tú?

—Estoy perdida. ¿Qué harías si quisieras recuperar lo vencido, Teresa?

—Correría y lo armaría tan fuerte a mi pecho, como un cuadro. Estaría dispuesta a cualquier cosa para que no se rompieran las costuras de mi corazón.

—Esta noche salvaré a mi familia. Dime dónde puedo encontrar a Morla-Lynch. Él seguro que hará todo por ampararnos.

El desfile de camiones comenzó a arrancar despacio, algunos cuadros permanecían expuestos al aire que les golpeaba mientras avanzaban. El de *Las Meninas*, entre otros, fue atado al esqueleto del camión, y cuando atravesaban algún puente tenían que descargarlo y volverlo a subir.

Los cuadros sufrieron aquel trayecto hacia Valencia como lo hace la propia vida, en la que todo lo que se ama duele, supura y sufre. Carmen tenía una nueva misión. Salvar a su familia. Salvar a Ricardo. Salvarse ella.

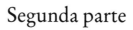

Segunda parte

14

Recibo un cable de Chile con una sola palabra: «Federico». Al mismo tiempo se abre la puerta y alguien se detiene en el umbral y luego inclina la cabeza en silencio... Y por primera vez tengo la sensación de que el timón se me escapa de los dedos... como que pierdo pie... y que me voy a caer.

Hace frío de repente en la estancia, y diríase que un velo negro, oscuro como un abismo, descendiera frente a mí...

CARLOS MORLA-LYNCH

Los miembros del Cuerpo Diplomático se encontraban en Madrid, entre ellos el embajador de Chile, Aurelio Núñez Morgado. Él y su mujer iban a acudir a los Juegos Olímpicos que tendrían lugar el 1 de agosto en Berlín. Apenas producido el alzamiento militar en África, el 18 de julio, estalló en Madrid la revolución social. Carlos Morla-Lynch, que se definía como un liberal de izquierdas, amante de la cultura y la escritura, era el jefe de negociado del Consulado de Chile, y se hallaba en ese momento en Baleares, disfrutando de unos días de vacaciones junto a su mujer Bebé Vicuña. Pero la vida en un instante lo cambia todo y el diplomático iba a sufrir el golpe más devastador de toda su vida.

Carlos Morla-Lynch todavía guardaba el cable desde Chile donde le preguntaban insistentemente por Federico García Lorca. Junto al cable, uno de sus poemas escritos a mano.

La noche se puso íntima
como una pequeña plaza.
Guardias civiles borrachos
en la puerta golpeaban.

Unos días antes de su partida a Granada, Lorca le regaló a Carlos Morla-Lynch algunas hojas con poemas escritos de su puño y letra. El poeta obsequiaba con tantas sonrisas lisonjeras como dibujos o palabras a amigos y conocidos. Su generosidad era tan inmensa como el amor que sentía por su familia. Aquel niño grande que salió de su Granada natal porque se le quedaba demasiado chica, que jugaba a ser artista en la Residencia de Estudiantes, que embarcó hacia la gran metrópoli para romper con un doloroso pasado reciente; aquel hombre que buceó en sus recuerdos de niñez y maduró con el sufrimiento amoroso, escondiendo sus deseos más oscuros, y que, una vez liberado, se convirtió en un genio transgresor a su vuelta a España, quiso volar de nuevo a su hogar, junto a su familia, en el peor momento, para estar cerca de su padre en su cumpleaños.

La situación no era fácil, Granada como tantas ciudades en España estaba muy revuelta. Las noticias auguraban malos tiempos para los que habían destacado en las letras, en la política, en la universidad o en cualquier ámbito de la vida pública. Sin embargo, Lorca decidió volver. Al fin y al cabo, qué había hecho él, nada grave podía ocurrirle. Su padre, un adinerado latifundista muy conocido en la provincia por ser un buen hombre que se había hecho a sí mismo y que ayudaba cuanto podía a parientes y amigos, cumplía setenta y siete años, y eso no se veía todos los días.

En su tierra le esperaban en la Huerta de San Vicente, la casa familiar de verano. A las afueras de la ciudad, rodeada de la vega, de sus maizales y hazas de tabaco, se alzaba una casa de campo sobria pero dotada de todas las comodidades propias de la época, luz y agua corriente. Allí, a la sombra de la parra de la entrada, sus padres abrieron los brazos a aquel muchacho inquieto que había escrito algunos de sus mejores poemas en la segunda planta.

Una de esas mañana soleadas, cuando los milanos sobrevolaban la casa, un grupo de asaltantes armados entraron en la casa con violencia y la revolvieron, rompiendo poemas, golpeándolo en el pecho y empujándolo contra la pared. Uno de ellos se llevó a la fuerza al casero y, con mirada desafiante, escupió al suelo. Todos sabían que volverían y que no había tiempo que perder.

Desde entonces Lorca prohibió encender la radio: comenzaba un periodo de violencia y de terror, una persecución pertinaz a todas aquellas personas que podían haber tenido un contacto con las izquierdas, y necesitaba no pensar y estar distraído. La cosa se estaba poniendo muy fea, por lo que, días después de la celebración del cumpleaños, se decidió juntar a la familia en consejo familiar e invitar a Luis Rosales para que estuviera presente en ella. Las caras de los García Lorca reflejaban angustia e incertidumbre. Cada uno iba dando su opinión sobre la mejor manera de esconder al escritor. Algunos apostaban por que saliera al campo enemigo, otros que volviera a Madrid. Él se sentó encima del piano y, mirando a Rosales, accedió a refugiarse en su casa. A ambos les pareció la opción más conveniente: con nadie mejor que con su amigo literato; esconderse bajo las letras le suponía una gran paz interior.

Los Rosales eran una familia importante de Granada, bien posicionados, dueños de los almacenes La Esperanza. Muchos de los miembros estaban vinculados a la Falange, como José Rosales, que pertenecía a los «camisas viejas», y habían luchado contra la República. Gerardo y Luis Rosales rescataron a Federico aquella noche y se lo llevaron a su casa. Era un gatito magullado y herido que no encontraba consuelo. La casa tenía dos plantas con una puerta de comunicación y Lorca estaba siempre solo en la parte de arriba, para tenerle más aislado. Por el día, pasaba las horas tocando el piano, pintando, con la esperanza de salir pronto; por la tarde noche, recibía la visita de Luis y ambos se sumergían en conversaciones largas de poemas y vida. Las mujeres de la casa, Esperanza, tía Luisa y criadas como Basi, le cuidaban, le mimaban y le daban de comer todo lo que a él se le antojaba, querían protegerle. Poco a poco se fue sintiendo mejor hasta que los aviones con sus ruidos atronadores de motores sobrevolaron la casa. Un milano se posó en la ventana augurando un mal presagio. Hombres en los tejados, policías en la calle y un sinfín de gente en su búsqueda. El 16 de agosto a la una de la madrugada acudieron varios hombres a detener a Lorca, parecía que estaba todo medido y premeditado. Él bajó las escaleras derrumbado, sus ojos brillantes y enrojecidos del miedo. Tía Luisa lo tomó de las manos y juntos rezaron el Señor Mío Jesucristo delante de la imagen del Sagrado Corazón de Jesús que estaba colocado sobre el piano. Le dio un beso en la frente y le dijo: «Así todo te irá bien». Este temblaba, arrastraba los pies aferrándose a la tierra, mirando a la hermana de Luis Rosales, a la que susurró al oído: «No te doy la mano porque no quiero que pienses que no nos vamos a ver otra vez». Aún temblando, pero con aire de fortaleza, se introdujo en el coche Oakland, que atravesó la plaza de la Trinidad y le condujo hasta el Gobierno Civil. Las gestiones de la familia Rosales por liberarle fueron inútiles. Allí pasó sus últimas horas, para ser después fusilado por los fascistas en Víznar.

> Y no quiero llantos. La muerte hay que mirarla cara a cara. ¡Silencio! ¡A callar he dicho! ¿Me habéis oído? ¡Silencio, silencio he dicho! ¡Silencio!

Morla-Lynch dejó el libro de *La casa de Bernarda Alba* sobre la mesa, miró por la ventana y vio cómo clareaba el día. Su corazón se estremeció al presentir cada disparo, eran las cinco menos cuarto de la mañana, la hora en que murió Lorca, del día 18 de agosto de 1936. Una fecha que a Carlos Morla-Lynch le marcó para siempre. A él le debía ayudar a los que huían de esta barbarie sin sentido.

Dicen que en el bolsillo de Lorca había dos billetes de avión para irse a México con su adorada actriz Margarita Xirgu. La historia está llena de lagunas.

Su gran amigo sintió que el mundo se abría a sus pies. Todavía podía recordar los grandes momentos que pasaron los dos a solas hablando de la vida y la muerte, de todo lo que les daba miedo. Federico lo había vivido; sin embargo, Carlos se quedaba al otro lado de la orilla esperando la incertidumbre de su existencia. Aún se acordaba de su primer encuentro con él en el café de Riscal, bajando y subiendo las escaleras y haciendo siempre el ganso. Sin maldad, sin temer a nadie y con la franqueza de los que van de frente por la vida. Morla se sentó al escritorio de cajones y escribió: «Un muchacho joven, de regular estatura, exento de esbeltez sin ser espeso, de cabeza grande, potente, de rostro amplio constelado de estrellas brunas...». Carlos Morla-Lynch podía hacer una radiografía exhaustiva de él, lo conocía como la palma de la mano. Mientras escribía con la Montblanc lloraba amargamente. En la soledad uno podía expresar los sentimientos que en público se escondían. Cierta sensibilidad no estaba bien vista para algunos.

Llevaba meses sumido en una gran tristeza, habían asesinado a su gran amigo Federico García Lorca, lo hicieron a sangre fría, ni la casa de Luis Rosales ni sus versos llenos de esperanza sirvieron de protección a su pecho. Lo esperó durante toda la noche aquel día que mataron a Calvo Sotelo. Carlos y sus amigos intelectuales esperaron en la casa de la calle Alfonso XII la llegada de Lorca, con las copas a medias en la mesa y los cigarrillos doblados en los ceniceros. Todos los intelectuales lo esperaban, pero él se había ido a Granada; en Atocha, tomó el tren hacia su muerte. Sentía rabia, tristeza ante tanta barbarie. Lorca quería estar al lado de su familia, un niño que buscaba el consuelo de los suyos, pero Carlos le había pedido en numerosas ocasiones que se quedara en Madrid, bajo su amparo. Apretó el puño y se maldijo por no haber parado ese tren. Hubiera sido más fácil quedarse escondido en su casa o en algún rincón perdido del casco antiguo que volver a Granada. Solo la vinculación familiar le haría bajar hasta allí.

Carlos, al enterarse de su muerte, vagó por su casa de Madrid, desolado. Se acordaba de las eternas noches con él, tirados en el sillón hablando de lo efímero de la vida. A él no le interesaba la política, nunca se quiso comprometer, y mira que le habían echado lazos, pero siempre prefirió quedarse al margen. Jugaba con la vida sin miedo, como el niño que está en mitad del pasillo con sus canicas de cristal. Las hacía rodar para que luego volvieran a él.

Desgraciadamente un día, en una de las madrugadas más oscuras, las canicas no volvieron. Y el corazón de Carlos Morla-Lynch se rompió en dos. No encontraba consuelo, su mujer intentaba lo imposible para que levantara el ánimo.

Los fusilamientos diarios se contaban por cientos. El edificio de Telefónica en Gran Vía había sufrido uno de los más cruentos bombardeos. Carlos pasaba horas en su cuarto escribiendo diarios: lo único que le llenaba su alma vacía era la escritura, en ella encontraba consuelo. Escribía sobre temas personales, alternando con los informes oficiales tediosos y espesos que debía enviar al embajador.

«Una quinta columna fascista diseminada por Madrid», y el Gobierno «sin preaviso, se ha ido a Valencia, dejando al Cuerpo Diplomático entregado a su propia suerte». Las izquierdas «piden asilo atolondradamente», como han hecho el 7 de noviembre Pío del Río Hortega, Adolfo Salazar, Ricardo Baeza y Gustavo Pittaluga; ese día solo queda ya acostarse resignado con los tiroteos fuera y esperar una mañana más de «formidable bombardeo» que desde luego no ha de oírse en Bucarest, pero casi lo parece.

Escribió un punto para terminar el informe y se levantó al salón buscando a su mujer. Estaba decidido, no podía quedarse con los brazos cruzados.

—No me quedaré impasible, se lo debo a él, se lo debo a todos los hombres que pueden ser perseguidos. Amo a todos los españoles, a todos por igual sin distinción de colores políticos. Abriremos las puertas de la embajada y daremos cobijo a todo aquel que quiera sentirse a salvo.

Bebé, su mujer, le acarició el pelo. Era la primera vez desde la muerte de su gran amigo que veía algo de luz en los ojos de Carlos.

Ni siquiera tenía la certeza de si iban a sobrevivir él y sus refugiados en la embajada, en los distintos pisos que organizaban; desconocía también si empeorarían o mejorarían las relaciones diplomáticas con las otras embajadas, pero sabía que callar era de cobardes, huir, de ruines, y quedarse impasible, de traidores. Su corazón y su cabeza estaban con el pueblo, y debía permanecer junto a aquel que quisiera abrigarse en un lugar alejado de los bombardeos.

Las relaciones diplomáticas con Chile eran muy buenas. De hecho, España era el principal comprador de salitre de Chile, compuesto químico de nitrato sódico y nitrato potásico extraído de los grandes yacimientos del país, que no solo servía como fertilizante en la agricultura, sino que se usó como explosivo durante la Primera Guerra Mundial. Por otro lado, a muchos profesores chilenos se les integró en escuelas laicas durante la Segunda República.

Morla-Lynch hizo una llamada al embajador republicano de París, Álvarez del Vayo, y le pidió explicaciones de lo que estaba sucediendo y en qué momento se encontraban. Este le contestó que la frontera de Irún estaba ya cerrada y los teléfonos con San Sebastián y Barcelona, cortados. Entre miembros del Cuerpo Diplomático siempre corría la frase «Le seguiremos informando», pero cuando los obuses silbaban al lado de la oreja y, más aún, cuando el ejército se sublevaba contra el Gobierno, la comunicación solía cortarse.

Muchos asilados comenzaron a hacer sus maletas, en las que introducían lo más valioso para ellos: álbumes de fotos, alguna rebeca, ropa de cuando sus niños eran bebés, sacos de comestibles con lentejas, patatas o latas de paté... Y se echaban a la calle con lo único que les quedaba, el miedo. Todo iba envuelto y revuelto en pequeñas maletas encueradas. Al cerrar la puerta de su casa, algunos acariciaban el marco donde iba la foto de boda, otros daban un beso en el suelo; eran conscientes de que sus pies ya no pisarían aquel umbral.

La vida continuaba, pero los alimentos empezaban a escasear. Las zonas trigueras y de ganadería habían quedado en manos de las tropas de Franco, la ración diaria de pan se fijaba en trescientos gramos por persona, el azúcar solo se conseguía con receta médica y la carne y el pescado eran para los hombres que estaban en el frente. Algunas mujeres dejaban sus Singer y construían armas para luchar a favor de la República.

La guerra civil les pillaba por sorpresa, lo que provocaba la separación de familia y amigos, el dolor de la barbarie que caía en forma de obuses por toda la ciudad. Algunas embajadas extranjeras en Madrid se abrían para dar techo, alimentos y asistencia médica a los miles de asilados que se encontraban indefensos. Todo quedó arrasado por las bombas que cayeron en Madrid, los edificios eran recortes de cartón que se desplomaban en mitad de las aceras provocando el olvido de las calles y el exilio de muchos intelectuales que con su palabra habían levantado el alma.

El Gobierno había huido a Valencia, y muchos de los diplomáticos estaban fuera del país, por lo que algunos no tuvieron casi tiempo de reacción a la hora de quedarse en España y ayudar o, por el contrario, huir sin mirar hacia atrás.

La Embajada de Chile fue una de las más activas y de las que ayudó a más asilados. Fue testigo de importantes acontecimientos en la vida de España, desde la monarquía de Alfonso XIII, pasando por la ilusión de la llegada de la República, hasta terminar de testigo de la Guerra Civil, un escenario cruel, donde jugó un papel primordial en los derechos civiles de aquellos que sentían que su vida estaba en peligro.

La bandera de Chile ondeaba al viento el día del alzamiento de África. Carlos Morla-Lynch corría de sede en sede abriendo las puertas de la embajada y los pisos que dependían de ellos. No había tiempo que perder. La pólvora estallaba con fuerza y era necesario salvar a las personas sin mirar ni condición ni lado político.

La sede de la embajada se encontraba en la calle Prado, número 26, un edificio histórico junto al Ateneo, la iglesia de Jesús de Medinaceli y el hotel Palace. Se había quedado pequeño con los cientos de refugiados que llegaban buscando el calor de los muros, por lo que empezaron a abrirse diferentes sedes que tenía la embajada repartidas por la ciudad.

Así, se abría el edificio del Consulado situado en la plaza de Salamanca, en Santa Engracia, donde se hallaba el refugio chileno y la casa de la condesa de Gavia, lo que se llamaba el Decanato. Su nombre venía porque el embajador de Chile había ejercido durante años como decano de la Embajada de Chile. Todas estas sedes eran edificios en muchas ocasiones de condesas que ponían sus propiedades en manos de la bandera de su país para ayudar a personas que se sentían indefensas o se encontraban en peligro. Todo aquel que permanecía dentro de la embajada estaba protegido por el derecho de asilo.

—Buenas tardes, tengo que pedirle un favor personal —le dijo Carlos a la condesa de Vilana, la chilena María Astoreca.

—Carlos, tus deseos son órdenes para mí.

—Necesito tu casa para que protejas a refugiados. No damos abasto. Aquí nos estamos quedando sin alimentos. Bebé y yo hemos abierto también nuestra casa de Hermanos Bécquer para que duerman y descansen. Ya sabes que todo aquel que se halle dentro de una embajada extranjera estará a salvo.

Dicho y hecho, la condesa abría su edificio y acogía a cientos de refugiados, que se arrastraban por la calle de Alonso Martínez en busca de un hogar por tiempo indefinido.

Carlos llegaba por la noche rendido a tumbarse en el sillón, Bebé le colocaba un trapo húmedo sobre la cabeza, para mitigar el terrible dolor que le producían sus migrañas, y enseguida se ponía en pie para hablar con contactos y seguir abriendo lazos. No había tiempo que perder.

—Tienes que descansar, Carlos. Va tu vida en juego.

—Bebé, creo que la vida me ha impuesto esta misión. Cuando nos divertíamos tomando café en los Campos Elíseos, no esperábamos vivir una guerra. Un diplomático no solo tiene que estar para fiestas. Te advierto que me sentía cansado de la frivolidad de ese mundo: jugar al golf en Puerta de Hierro, de las falsas apariencias y de esos aristócratas que por el hecho de serlo se creen que están por encima del bien y del mal.

—Esto que estás haciendo te puede causar un problema. En cierto modo, yo echo de menos la vida fácil de Madrid.

—Quien me conoce sabe que no estoy ni con los unos ni con los otros. Pero mi deber es estar. Mi madre se encuentra muy enferma y creo que se lo debo. Quiero que se sienta orgullosa de mí, y tú y los niños también. Se lo debo además a Federico, estoy indignado, casi no han gastado papel para hablar de su muerte en los periódicos. Mientras el mundo entero lo está gritando.

—No podía haberme casado con un hombre mejor. Un hombre que disfruta del arte, de la sensibilidad de la música, que puede hablar con el rey, con la condesa de Yebes, o estar en una tasca con un flamenco o un poeta, incluso que es capaz de quitarse un plato de la boca para dárselo a cualquiera que lo necesite.

El Gobierno republicano de Martínez Barrios, Largo Caballero, Negrín y Giral mantenían una relación cordial con la embajada, pero dejándole claras las líneas del asilo. España se dividía en dos, nacionales y republicanos, muchos no querían participar en este enfrentamiento, pero se veían arrastrados y conminados a elegir un bando u otro.

Después de los últimos acontecimientos, Helena recogía sus enseres metiéndolos en la maleta. Llamó a las niñas, se puso delante de ellas, les juntó las manos y las llevó delante de la Virgen del Perpetuo Socorro.

—Mamá, yo no quiero rezar, no sirve de nada —dijo Violeta, mordiéndose la punta del pelo.

—Aunque creas que no sirve, es un consuelo. Necesitamos

la ayuda divina para superar esto. No estáis solas, papá y mamá estarán con vosotras. Vamos a un lugar muy divertido, donde habrá otros niños, donde podréis cantar y jugar. Nos están esperando.

Helena apretó su puño compungida, mientras Amelia, ilusionada, preguntó:

—¿Habrá cine?

—No lo sé, cariño, para mí todo es nuevo también.

—Mamá, ya tenemos una edad. Podemos ver en tu cara el miedo. Yo no lo tengo, y Amelia tampoco. ¿Vendrá la tía?

Ricardo entró en la habitación de forma apresurada.

—Andan fuera unos tipos con fusiles. Están subiendo en el ascensor, parecen varios, se oyen muchas voces.

Las niñas se sobresaltaron y se agarraron a la falda de su madre.

Comenzaron a aporrear las puertas de los vecinos y a hacer registros, sin duda buscaban a alguien.

Helena agarró las manos de sus niñas pequeñas y las besó con dulzura.

—Estaos en silencio, por favor.

Ricardo se acercó a la mirilla que tenía forma de aspa. Abrió sigilosamente una rendija. Su estómago se encogió. Amelia le apretó la mano y comenzó a llorar. Él le tapó la boca y la mantuvo así durante un rato. Luego, apartó a las niñas y a su esposa a un lado, apagó las luces y abrió la puerta, como si alguien ya hubiera estado allí.

Los hombres salieron del ascensor, llevaban una linterna en la mano. Uno de ellos dijo:

—Aquí no hay nadie. Se han largado.

Ricardo respiró y acarició la cabeza de sus hijas. Luego abrazó contra él a toda la familia.

—No hay tiempo que perder. Vamos al Decanato, allí es el

lugar más seguro. Tus tíos vendrán, y espero que tu hermana no haga locuras y venga con nosotros.

—Es una inconsciente.

—Mamá, ¿puedo llevar el diábolo?

—Sí, cariño, cógelo.

Bajaron a la calle Mayor con miedo. A Helena le temblaban las piernas. Miraron hacia Capitanía y luego hacia la izquierda, pasaron andando por la calle Calderón de la Barca y subieron por Juan de Herrera. No querían ir por ninguna vía principal y levantar sospechas. Caminaban con sigilo; Ricardo, delante de ellas, cargaba con dos maletas, y Helena, detrás, sujetaba con fuerza a las niñas, a las que les castañeaban los dientes.

—Ricardo, no te separes de nosotras cuando lleguemos.

—Tranquila, piensa que vamos a estar bien, que solo serán unos días, quizá semanas, hasta que todo esté en calma, y luego volveremos a nuestra casa.

Ricardo, nervioso, necesitaba ir a buscar a Carmen, exigirle que fuera con ellos. Era un peligro que estuviera por esas calles desamparada, pero ahora era el momento de poner a salvo a su familia, se lo debía.

Las miradas de los viandantes se acentuaban más, unos sospechaban de los otros, ya no se podía confiar en nadie. En mitad de la calle Arrieta, un coche con las luces apagadas las encendió y les enfocó.

—¿Adónde vais?

—Vamos a casa de mi hermana —dijo Helena.

—¿Dónde vive?

—En Sagasta, número 14.

—¿Quiere que les acompañemos?

—No hace falta. Muchísimas gracias. Nos gusta tomar el aire.

—Tengan cuidado, pasear por la noche con dos niñas tan pequeñas puede ser peligroso. Tomen algún tranvía.

—Gracias.

Tomaron uno de los tranvías que atravesaban la Castellana, que, desde el inicio de la guerra, era uno de los que aún se mantenían en funcionamiento. Ricardo subió y pagó al revisor. Se fueron a la parte de atrás, temblando al vaivén del vagón, que pegaba saltos contra los rieles.

—Mamá, me mareo —dijo Amelia.

—Tranquila, mi amor, pronto llegamos.

La campana del tranvía era tranquilizadora, Helena cerraba los ojos y escuchaba ese sonido que le era tan familiar. En mitad del paso, unos milicianos los pararon. Subieron dos hombres con mono azul y pistolas. Con la punta de una de ellas iban abriendo los bolsos y pidiendo identificaciones. Llegaron hasta Helena y Ricardo, y mirando fijamente a ella le preguntaron.

—¿Tienes frío?

—No, estoy bien, gracias.

—Pues si no tienes frío, abre la ventana. Queremos ver las caras de todos mientras circuláis. No tenéis que esconderos, debemos mostrar las caras al pueblo. Solo el que tiene miedo tiende a esconderse.

Helena bajó la persiana de madera y un aire fresco le golpeó la cara.

—¿No ves? Así mejor.

Al igual que entraron se fueron, en un camión abierto con varios milicianos que iban sentados espalda con espalda. Ricardo colocó la mano encima de la de Helena.

—¿Qué será de mis tíos y de Carmen?

—Tranquila, pronto estaremos todos a salvo.

Una hora y media después, llegaron por fin al Decanato. La puerta estaba abierta, les recibió el portero.

—El encargado de Negocios de Chile, Morla-Lynch, les dará

la bienvenida en unos momentos. Si les parece les voy mostrando las dependencias.

El Decanato, ubicado en la Castellana, era una enorme mansión de grandes ventanales con vidrieras, que estaba rodeada por un extenso jardín con árboles milenarios y un pequeño huerto descuidado, en el que algunos asilados encontraban esparcimiento. Se hallaba bordeada por un gran tabique que hacía de muro, y en el patio de atrás se ubicaban las cocheras y las caballerizas. Gozaba de invernaderos con cristales desplazados por el retumbar de las bombas. Desde aquellas ventanas se podían ver los guardias de asalto vigilantes cruzando las calles y las colas de mujeres en busca de comida. La ventana era el mirador de las vidas desmembradas por la guerra.

La familia de Helena hizo su entrada de forma temerosa en aquel lugar desconocido, en el que se unirían a otras familias que llevaban allí varios meses. Apenas se miraban. Los unos y los otros se mostraban distantes, salvo los niños, que como siempre hacían de nexo de unión, buscando los rincones blancos donde poder jugar. Los muebles, con su estilo isabelino, desprendían frío, y las paredes, todavía desiertas, invitaban a hacerlas suyas. Una bandera de Chile ondeaba en el salón, encima de la Chimenea. Parecía que estaban en otro país. Unas escaleras conducían a los cuartos de arriba, todos ellos dispuestos en literas, a las que había que trepar como monos para subirse; todavía se podía elegir cama. Otra escalera inferior permitía el acceso a las bodegas y los sótanos, donde, cuando los bombardeos eran más fuertes, intentaban guarecerse en la profundidad. El frío extremo se colaba en los huesos, ya les habían avisado de que no había carbón.

Un hombre con mirada insolente estaba en cuclillas limpiando el aparador, Helena se imaginaba que no le hacía mucha gracia que entrara más gente. La casa se iba llenando de voces, a cada instante entraba gente nueva, los olores se acrecentaban. A lo largo del día empezaron a entrar más refugiados, y pronto se tuvo que hacer turnos para la alimentación, que básicamente consistía en garbanzos, lentejas y, alguna vez, tortilla.

Carlos Morla-Lynch les estaba esperando en el comedor principal. Este había salido de su casa para darles personalmente la bienvenida. Disculpó al embajador que no había podido acompañarle. Era un hombre de porte recio, llevaba una boina ladeada y transmitía sencillez.

—Sentíos en vuestra casa, no importa el partido al que hayáis votado. El embajador nos ha dicho que no solo están siendo perseguidos los simpatizantes de la derecha. Basta con tener un recibo de Acción Popular, de algún club aristocrático, ser propietario de una finca urbana o rústica o patrono de industria o de comercio. Lo pagan también sus familiares, parientes y amigos. Yo mismo he perdido a mi mejor amigo hace poco, Federico García Lorca. Es una guerra sin piedad, sin sentido, donde está muriendo gente inocente.

—Gracias, no tenemos palabras de agradecimiento por dejarnos un lugar donde pasar estos días.

—Subid a la primera planta, allí tendréis sábanas y toallas limpias. ¿Y estas niñas tan bonitas?

—Decidle gracias.

—Gracias —dijeron al unísono.

—Aquí hay muchos escondites para jugar y hay muchos niños, y más que llegarán.

Las embajadas cobijaban exmilitares que por la Ley Azaña habían abandonado su carrera militar, médicos como Gregorio Marañón, historiadores como Ramón Menéndez Pidal, tenderos, religiosas, aristócratas, ingenieros, fotógrafos. En las legaciones había hombres de derechas y de izquierdas moderadas. En estos pisos convivían el amor, la generosidad, el egoísmo o la terquedad; todo lo bueno y lo más mezquino del ser humano se unían entre esas cuatro paredes.

La casa revuelta recibía sin cesar a una muchedumbre de mirada perdida que llegaba arrastrando sus maletas. Apenas hablaban impresionados por la solemnidad de aquel espacio y por las circunstancias que les habían obligado a dejarlo todo sin preverlo, de la noche a la mañana, como en un mal sueño, sin que pudieran calmar su angustiada incertidumbre y tranquilizar a sus hijos que, pegados a las faldas de su madre, entraban sacudiendo preguntas.

A pesar de sentirse a salvo por primera vez después de tantos días de angustia, Helena no podía esbozar una sonrisa. Se dio la vuelta y, entre el tumulto, observó a un grupo de personas, entre ellos una congregación de monjas con el rosario en la mano y un grupo de austriacos que no hablaban nuestro idioma y se habían quedado sin representación diplomática que los protegiera. También entró otra familia en la que la madre llevaba de la mano a un niño de la edad de Violeta, curiosamente con un ojo de cada color, verde y marrón, una mirada extraña, que aparecía y desaparecía según caía el flequillo sobre su cara. Se quedó mirando fijamente a Violeta y le hizo burla.

La mayoría mostraban la mayor de las desolaciones, como cuando te arrancan de cuajo la certeza, la serenidad, cuando derrumban tus ilusiones y deduces que falta poco para enterrar la esperanza. Ese era el dolor del alma partida que se reflejaba en aquellos cuerpos temblorosos, en los rostros demacrados y en la herida profunda que jamás cicatrizará.

Helena recogió a sus hijas y subieron al cuarto que les habían indicado.

—Ricardo, ¿no vienes con nosotras?

—Ahora voy. Voy a fumar un cigarro.

Ricardo se apoyó en el marco de la puerta. Junto a él había un hombre mayor.

—Qué terrible es la vida. He perdido a mi hijo hace unos meses. No me queda nada, pero he pensado en él, y me he obligado a venir. Yo soñaba con una República sin enfrentamientos. Estos bestias se han cargado un país, la libertad, la cultura, la estabilidad y lo malo es que los ayudan Italia y Alemania. He pensado que en casa no podía estar así, me aterra la soledad.

—Ha hecho bien. Este es un lugar seguro.

—Ya no hay nada seguro.

La noche llegaba deprisa, la luz se filtraba por las persianas y el suelo se hacía de franjas iluminadas. La mezcla de olores, a tuberías y a vómito, cargaba el ambiente.

Aquella noche algunas embajadas y legaciones acogían a los refugiados que se arremolinaban por las aceras buscando abrigo y protección. La de Brasil o México también abrían sus puertas, otras se mantendrían cerradas porque los diplomáticos habían huido del país.

Ricardo miró el horizonte desolador pensando en Carmen, en la suavidad de su piel, en sus manos. Soñaba con volver a verla, con el despertar de su inocencia a lo largo de los años que habían compartido ese amor profundo, su vida que no valía nada sin ella a su lado. Se sentía ajeno al mundo, a ese momento vivido, cuando Helena le tocó el hombro.

—Nos han dicho si queremos comer algo.

—Comed vosotras, yo no tengo hambre.

—Voy a ayudar en la cocina a pelar patatas. Aquí cada uno tiene una misión, y creo que elegiré la cocina.

—Helena, gracias.

—¿Por qué, querido?

—Por ser una madre ejemplar, por venir durante el camino sujetando la mano de nuestras hijas. —Ricardo se acercó a su frente y le dio un beso, como si aquello fuera más una sentencia que un agradecimiento.

Miró a su alrededor, el lugar se había convertido en un espectáculo dantesco: la muchedumbre aterrorizada, todos muertos de frío, demacrados, pálidos como las velas que algunos sujetaban en mitad de la noche, esperando de pie a que alguien les dirigiera una palabra de aliento.

La mayoría de los niños dormían en mitad de los pasillos porque abultaban menos que los adultos. Nadie hablaba, un silencio aterrador se oía en el Decanato. Meses después aquel silencio se extrañaría porque muchos de ellos empezaron a enfermar y las toses inundaban los pasillos. Las enfermedades de pulmón harían mella en los más pequeños y en los ancianos.

Atrás quedaron las carreras de caballos en los altos de la Castellana, las risas en el café del Pombo o en el de la Ballena alegre. Las barcas del Retiro dejaron de remar, los hoteles se convirtieron en hospitales de campaña, como el hotel Palace. Los teatros echaron sus cierres.

Horarios militares, duchas frías, la palabra «evacuación» siempre en la boca y poco entusiasmo en las caras exaltadas de la gente.

Esas primeras noches durmieron sin esperanza alguna. Helena asida a la mano de Ricardo, colocados en dos literas, oliendo a orín y carne humana. Convivir con tanta gente no era fácil, demasiada aglomeración y demasiadas rarezas juntas. No dejaban de ser unos privilegiados, porque en general los refugiados dormían tirados en el suelo, algunos con suerte se tapaban con alfombras o enrollaban toallas en la parte superior para que estuviera mullida y poder descansar la cabeza.

Se oían pasar los aviones cruzando el cielo, los estómagos se encogían en «ays» silenciosos. Los obuses caían, provocando un estrambótico ruido que rompía el ánimo. Los aviones subían y bajaban y al instante se alejaban, dejando una estela de luz que iluminaba la habitación como si fuera de día.

—Mamá, mira los fuegos artificiales.

—Sí, Amelia, es precioso.

—Mira, el humo que dejan en el aire es como una cometa.

Helena miró a Ricardo preocupada, era difícil ver ese espectáculo con la mirada de sus hijas. En aquel humo rosáceo iba flotando la metralla, miles de muertos y heridos caían en Madrid cada hora. Gentes inocentes que pagaban lo que hacían otros.

—Espero que Carmen traiga a mis tíos mañana. Estoy muy preocupada. Madrid es una cadena de chivatos y ellos pueden estar en peligro.

Ricardo le apretó la mano sin mirarla, porque en el fondo su piel estaba hecha de la piel de la mujer que amaba.

—No temas, Helena. Vendrán.

Lo que dudaba era si lo haría Carmen, refugiarse en el Decanato, encerrarse junto a él, era mucho más peligroso que las bombas que sacudían la ciudad. Todo podía saltar por los aires. Convivir con ella era un deseo latente, pero también le hacía daño. Cuando amas a alguien en lo prohibido, el corazón se agita como una paloma que quiere salir y ver la luz.

Ricardo no durmió, escuchaba los aviones con las ráfagas pasar e iluminar una y otra vez la habitación, y los obuses caían tan cerca que se confundían con los latidos de la culpa que le atormentaba.

La luz entraba por la ventana, las cortinas habían sido utilizadas para acomodar a los niños en el suelo, así que el fogonazo despertó a Helena. El señor que dormía junto a ella en el suelo se levantó y cerró las persianas.

—Debe permanecer todo cerrado. No se les puede olvidar que estamos en peligro. Los periódicos no dicen cosas buenas de las embajadas y estamos vigilados.

Se sintió un alboroto en la planta de abajo. Ricardo se puso rápido un pantalón y bajó corriendo por las escaleras. Un chico que había bebido más de la cuenta gritó en la escalera.

—Aquí no estáis más que ricos. Habéis huido como ratas cobardes. Por culpa vuestra hoy han matado a mi padre.

Con las manos en la cara, se arrodilló como un niño y lloró desconsoladamente.

—Preparad aspirina y bromural, y que duerma la mona —dijo el portero de la embajada ayudándole a levantarse del suelo.

—Nadie tiene la culpa de lo que está pasando, somos el pueblo y estamos sufriendo todos lo indecible. Vamos a tratar de calmarnos y hacer de este nuestro hogar —expuso Ricardo.

—Hace mucho frío y tenemos hambre. Se ha acabado el carbón —gritó una madre desconsolada.

Ricardo se quitó la americana que llevaba y se la dio a la mujer para que abrigara al niño.

—Pensad que estar fuera es más peligroso, al menos aquí tenemos un techo para dormir. Hoy se reúne Morla-Lynch en el edificio de la calle Prado con más embajadores y seguro que encuentran una salida para nosotros.

—Ni siquiera ha venido a vernos el embajador desde que estamos aquí —protestó una mujer que ponía sus manos en la estufa.

Helena se acercó a Ricardo y lo cogió de la mano.

—Gracias por calmar el ambiente.

—No sabes cómo entiendo el dolor de esa gente, el dolor de todos. Si pudiera parar esta barbarie tomaría el fusil y saldría ahí fuera, pero creo que las armas no callan el dolor de un corazón herido. Esta guerra es un sinsentido.

Ricardo se dio cuenta de que no quedaba carbón de piedra para cocinar. Salió al jardín y junto a otros hombres comenzaron a cortar árboles para cargar leña.

En la calle Prado, Carlos Morla-Lynch se había reunido con

los miembros del Cuerpo Diplomático que permanecían en Madrid. Llegaban en coches oscuros hasta la puerta, con caras de preocupación, y con ganas de exponer la situación que estaban viviendo. Se sentaron alrededor de una mesa redonda, solo faltaba el representante de China, que llegó unos minutos más tarde.

—Gracias por venir, creo que es importante que nos reunamos los que estamos en Madrid para ver desde un prisma diplomático todo lo que está sucediendo. Quiero que me relatéis lo que está pasando en vuestras delegaciones. Mientras tanto tomaré notas y le pondré un cable al delegado Agustín Edwards, que ahora mismo está en Londres.

El representante de Bolivia relataba que había llevado hasta su delegación a unas monjas compatriotas, ya que unos milicianos habían entrado en el convento de Carabanchel y las habían sacado fuera, desvalijándolas y haciendo registro. Ellas asustadas habían pedido auxilio.

—Eso me ha pasado a mí en el convento de las Reparadoras. Han cogido a Doussinague, hermana del subsecretario de Estado, y le han hecho todo tipo de vejaciones.

—El súbdito inglés mister Borger ha muerto, le han tiroteado cuando estaba apoyado en el balcón de Gran Vía. Su mujer ha resultado herida. —El representante británico se levantó de la mesa indignado, mientras se encendía un cigarro.

El de Portugal, bebiendo un vaso de agua y bastante alterado, miraba a Carlos Morla-Lynch.

—La situación es incontrolable, la gente no piensa con la cabeza, sobre todo los grupos extremistas. Treinta de mis compatriotas han sido obligados bajo pena de muerte a ir a combatir contra los nacionales.

El cónsul de Finlandia, con menos experiencia que el resto de los allí presentes y más asustado, solo pudo explicar la situación en el sur del país.

—La esposa del cónsul en San Sebastián ha sido asesinada a tiros y el cónsul en Gibraltar ha sido detenido en Granada.

Carlos Morla-Lynch iba tomando notas de todo lo que le iban contando. Se dirigió al representante de Egipto:

—No damos abasto. Esta mañana me llegaron noticias de que el canciller de su delegación ha sido tiroteado. Entiendo todo lo que está pasando, pero ahora no podemos tener miedo. Esa gente nos necesita. Y tenemos que darles derecho de asilo. Y, más tarde, intentar sacarles de aquí de manera segura.

—Los registros se tienen que hacer delante de un diplomático, y se están realizando sin horas concertadas y forzando mucho. La gente está entrando en pánico —dijo el representante de China.

—Lo que más me preocupa son los extranjeros residentes en España, deben acudir a los consulados y conseguir los papeles para salir lo antes posible. Imaginaos estar en un país que no es el tuyo y que sientas que puedes morir —manifestó Morla-Lynch.

—Habrá que hacer un comunicado de prensa, es lo más rápido —sugirió el embajador Núñez Morgado. —Y añadió—: Debe dejarse constancia de la nacionalidad que tienen y que lleven ese documento siempre consigo. Haremos todo lo necesario para hacerles sentir que estamos en un país civilizado a pesar de esta barbarie.

—También debemos hablar con la Sociedad de Naciones y el Comité de No Intervención —dijo Morla-Lynch.

El embajador Núñez Morgado se levantó con el rostro más serio de lo habitual:

—Estoy en continua comunicación con ellos. Y en contacto con los tribunales populares, hoy mismo he liberado algunos prisioneros. Hay que ir con pies de plomo.

Disolvieron la reunión y se fueron marchando, solo quedó

el representante de Uruguay, que se acercó a Morla-Lynch, quien continuaba escribiendo pequeñas notas. No descansaba ni de día ni de noche para sacar de las situaciones más peligrosas a los que llegaban a pedirle ayuda, sabía que tenía que tener largas conversaciones con el Gobierno republicano y conseguir hablar desde la razón para encontrar una salida.

—Carlos, entrar en esta embajada es una tranquilidad, por eso todo el mundo está intentando pedir asilo aquí; otros he oído que se disfrazan, incluso untan de dinero a los vigilantes.

—Eso es lo que tenemos que controlar. En todas las situaciones extremas siempre están los que se aprovechan. Creo que los milicianos saben que si tocan las embajadas, el mundo se pone en pie.

—Carlos, ¿crees que es seguro? Tengo a mi familia aquí.

—Yo creo que las embajadas son lugares infranqueables, quizá algunas más que otras. Por ejemplo, la de México tiene buenas relaciones con el Gobierno republicano y, sin embargo, la de Reino Unido es una embajada con mayor riesgo.

—Me enteré de lo de Federico García Lorca. Mi familia y yo te acompañamos en el sentimiento, teníamos constancia de tu buena relación con él.

—¿Sabes lo que me da más rabia? Que fue un cabeza de turco, que un hombre con la mente de un chiquillo sin maldad alguna no se merecía esa barbarie. Yo que lo consideraba invencible, triunfador siempre, niño mimado por las hadas.

—¿Cómo te enteraste?

—Paseaba por la Plaza Mayor y oí a un chiquillo que vendía periódicos vociferando que Lorca había muerto en Granada. No quise creérmelo. Luego me lo corroboraron. Hacía un mes que no nos veíamos. Me gustaba organizar reuniones, y sin él estas reuniones estaban dormidas. Lorca alegraba la vida de todos los que lo conocíamos. Qué cabeza pueden tener esos desalmados que a deshoras entran en horas de siesta y arrebatan la vida a un inocente.

—De veras que lo siento.

—Se lo debo a él. Por eso estoy luchando, para poder salvar a cuanta más gente mejor. Por eso estoy así. Quiero traerme al poeta pastor de ojos verdes, Miguel Hernández. Avisad a los intelectuales amigos y a aquellos con los que he mantenido amistad en este tiempo, quiero salvarlos a todos.

15

¡Quiero escapar indemne del infierno
que arde en la trama de tus besos sabios!

ERNESTINA DE CHAMPOURCÍN

Helena estaba en la cocina pelando patatas. Tenía las piernas abiertas y la falda por encima de las rodillas. Un hombre desde el quicio de la puerta no paraba de mirarla.

—Mira que eres bonita. La comida que nos preparas va a estar muy rica.

Ella seguía en su quehacer, evitando mirar hacia la puerta, sus hijas estaban a un lado jugando con las peladuras de las patatas. Esa situación tan incómoda le provocaba náuseas. De pronto, escuchó ruidos en la entrada.

El embajador hizo su aparición en el Decanato, le acompañaba su chófer y detrás, Carlos Morla-Lynch. De uno en uno iban parándose a hablar con los que allí estaban alojados. Cuando llegó a la altura de la cocina, le preguntó a Helena:

A ella se le cayó un mechón por la cara y con la mano se lo echó a un lado, mientras ellos cruzaban la puerta hacia el interior.

—¿Son tus hijas?

—Sí, Amelia y Violeta. Me acompaña mi marido Ricardo.

—Un placer teneros por aquí. Siento mucho que no tengamos servicio. ¿Queréis que busquemos algún criado o algún chófer por si tenéis que hacer algún recado?

—No, gracias, nos apañaremos bien solos —saltó Helena.

Helena prefería trabajar sola, y tampoco le gustaba estar rodeada de personas nuevas que le importunasen. En general, la situación era de desconfianza ante todos.

—Veo que te dedicas a la cocina.

—De momento somos cincuenta personas y creo que puedo con ello, luego a medida que vayan entrando seguro que será una empresa de romanos.

—Nuestra idea es que os sintáis confortables, aunque pasemos algunas estrecheces nos gustaría que estuvieseis cómodos.

Helena se encargaba de la cocina, dirigía a la gente y les hacía ponerse en diferentes filas haciendo tres turnos con varios horarios, para que pasaran todos a por un plato. Miró a dos hombres más mayores y les dio tres sacos de lentejas:

—Limpiad las lentejas en esa mesa.

Solía llenar cada plato con un cucharón que introducía en una olla enorme, y cuando de vez en cuando se colaba algún gorgojo, Helena sin mediar palabra lo quitaba lentamente con una cuchara más pequeña, como si solo fuera una mota que se hubiera caído accidentalmente.

A medida que pasaban los días y escaseaban los alimentos, algunos que eran muy generosos preferían quedarse sin comer para que hubiera para todos. En cambio, otros o bien escupían lo que comían porque no era de su agrado o trataban de tomarse el plato de al lado.

Helena, protegida por la oscuridad de su cuarto, lloraba amargamente por este tipo de reacciones. Su marido solía regañarla, porque entendía que cada persona afronta las situaciones de forma diferente y debían entender las circunstancias de cada uno.

Ricardo aprovechó esa tarde para subir a la azotea, allí había algunas personas tomando el sol y otras tendían la ropa para blanquearla. Desde allí se contemplaba otro Madrid, el de los tejados, parecía muy diferente, más viejo, más decadente, como si le hubieran echado años encima.

—Dicen que la Vitamina D es muy buena —le sorprendió un hombre regordete con gafas de pasta.

—Creo que tomar algo de aire es un beneficio para todos —contestó Ricardo algo molesto por la intrusión.

Ricardo apoyó los antebrazos en la balaustrada de yeso y trató de adivinar dónde estaría la Glorieta de Bilbao, de esa glorieta salía la calle estrecha de Sagasta. Pensaba en Carmen, en su pelo dorado, en su nariz respingona, en sus largas conversaciones eruditas sobre «la Resi» o sobre el ángulo perfecto para una buena fotografía. Se imaginaba cada pliegue de su piel, cuánto la echaba de menos... por eso apretaba con las manos fuertemente la barandilla y cerraba los ojos para menguar el sufrimiento vivido.

Ricardo soltó la barandilla y bajó de tres en tres las escaleras, dispuesto a arrastrar a Carmen hasta el Decanato, hacerla entrar en razón, salvarla de una situación tan peligrosa. Habían transcurrido demasiados días sin noticias de ella, y a medida que bajaba un escalón tras otro, el peso de su cuerpo caía, la falta de esperanza le iba oprimiendo el pecho. Al alcanzar el último peldaño paró en seco. Tocó la rugosidad de la pared y lamentó que la vida fuera demasiado compleja.

Carmen llegó a casa para recoger a sus tíos, subió en el ascensor de poleas, lento e inseguro como siempre, y le abrió la puerta su tía, sobresaltada, con la cara desencajada. Le preocupó esa ruptura de su cotidianeidad, el corazón se le hizo un nudo. Su tía con los nervios desquiciados apenas se hacía entender.

—Se lo han llevado, Carmen —gritó desaforada en mitad del rellano.

—¿Qué ha pasado? —Intentó calmarla cogiéndole de las manos y cerrando la puerta de la casa.

—Al tío Víctor se lo han llevado. Vinieron cuatro tipos muy serios y con aire de milicianos, entraron en la casa revolviéndolo todo y arrancaron de cuajo los teléfonos. Me enseñaron un documento oficial y me dijeron que se lo llevaban.

—¿Pudiste ver quién lo firmaba?

—Agente de vigilancia, me informó uno que era, y ya ves, se lo han llevado.

—Siéntate y respira. Tenemos que salir de aquí cuanto antes.

Un vecino aporreó la puerta. Carmen y la tía Piedad pegaron un respingo y se abrazaron.

—Soy yo, el vecino.

Carmen abrió tan asustada como si fuera un extraño el que había llamado.

—Carmen, Piedad, tengo una noticia y no sé cómo contársela. Me duele tanto ser yo quien se lo diga. Estaba en el archivo de la Dirección General de Seguridad, porque ahora nos han llamado para estar allí, a mí no me gusta. La verdad es que la situación es muy desagradable, porque las noticias que nos llegan son aterradoras. El caso es que estaba allí, nos piden que recopilemos fichas, fotos, documentos de los arrestados...

—Por favor, te pido que nos digas lo que has visto —le rogó Carmen con las manos en el pecho.

—Han traído un hatajo de documentos nuevos de esta mañana, había una foto de perfil y la de un cadáver que parecía que sonría.

Piedad se apoyó en uno de los sillones, en el que tantas veces vio a Víctor encender sus caros habanos. Su sobrina la abrazó, mientras aquella comenzó a golpear con fuerza primero el sillón, después la pared, llorando desconsolada con la misma violencia que sus entrañas la golpearon.

Carmen la sentó y le dijo:

—Tenemos que salir cuanto antes.

—Lo han matado —repetía una y otra vez Piedad.

—Le han dado un paseo, Piedad. Le he preguntado al tipo que suele llevarnos esas cosas. En un principio se lo querían llevar a la Checa de Fomento, pero a mitad de camino del paseo de Pontones, dice que le pegaron dos tiros, no sufrió. Lo siento mucho de verdad. —Dicho esto, se fue hacia la puerta y cerró de golpe, con el mismo portazo con el que unas horas antes había sacudido a otra familia más.

En aquellos días, los paseos por la ciudad podían terminar con un tiro en la cabeza o yendo a alguna de las más de doscientas checas que existían. Desde los partidos republicanos no paraban de llamar al orden, la prensa también se hacía eco tratando de frenar esa barbarie. La situación empezó a cambiar con la creación de la Junta de Defensa en Madrid, donde su consejero, Santiago Carrillo, paró esos paseos, considerándolos una vergüenza.

La familia de las Galiana tenía que escapar y encontrar refugio, demasiado tiempo habían tardado en hacerlo.

—Él no era un radical. Solo estaba afiliado a la CEDA —justificó su mujer.

—Tía, hay que salir de aquí, no hay tiempo que perder.

Carmen acarició las paredes, en señal de despedida del que había sido su hogar, mientras reparó en que la fragilidad había cubierto de lleno a su tía, como un manto.

Salieron con sumo sigilo de madrugada, con un ligero equipaje, con lo puesto. La calle estaba vacía, muchos habían huido al campo y otros se encontraban dentro de sus casas con las luces apagadas. Un trozo de cornisa cayó delante de ellas. Carmen miró hacia el tejado, dos personas cruzaban de un edificio a otro, parecían dos gatos negros en aquella noche oscura.

—Carmen, hija, ¿adónde vamos?

—Te voy a llevar con Helena al Decanato, es uno de los edificios que tiene la Embajada de Chile.

—¿Y tú?

—Me iré a Francia con algunos amigos, me están esperando en un hotel de Gran Vía. Allí están los brigadistas internacionales y Robert Capa, uno de los mejores fotógrafos del mundo.

—No te signifiques tanto, Carmen, mira tu tío. La vida te puede dar la espalda.

Un chico pasó a su lado corriendo y empujó a Piedad, tirándola al suelo.

—Han matado a dos personas junto a la Embajada de Yugoslavia.

—Carmen, por favor, no estaremos a salvo en ningún lado.

El chico abrió una alcantarilla y les dijo:

—Venid conmigo, atravesaremos bajo tierra y saldréis al otro lado, estaréis bien. De momento aquí no estamos a salvo. Están revisando cada calle y disparan sin preguntar.

Carmen sabía que no había tiempo que perder.

Allí permanecieron dos días, en la oscuridad más absoluta, comiendo algo de víveres y compartiendo una cantimplora con aquel chaval de apenas dieciséis años. Solo el que sabe lo que es ser perseguido, reconoce el miedo como un veneno escalando por la espalda.

Únicamente una bandera permaneció ondeando en medio de aquella inhóspita Castellana. Un símbolo tan sencillo servía como escudo de protección; los lugares con banderas extranjeras eran la mejor escapatoria.

A las puertas de las embajadas seguían esperando el beneplácito de aceptación grandes grupos de mujeres, hombres, niños y ancianos, familias completas, parejas.

—No sabéis cómo está todo. Yo he visto entre la plaza de Manuel Becerra y el Arco de Carlos III más de veinticinco cadáveres, algunos cubiertos por mantas, otros por simples sacos agujereados —narró el joven.

Todos eran víctimas, y todos miraban al otro lado buscando a sus verdugos. Las sospechas volaban de un balcón a otro, de una portería a otra, de un café a otro.

Carmen dio un beso en la mejilla a su tía.

—¿No te vas a despedir ni siquiera de tu hermana?

—Es más doloroso para mí despedirme de las niñas también.

—Hazlo por nosotros. No sabemos qué será de cada uno cuando esto termine. Te pesará toda la vida si no das un beso a tu hermana.

Carmen puso el pie en el jardín de la entrada, repleto de madroños y cipreses, y sintió que una fina brisa acariciaba sus tobillos. Después, entraron por un pórtico a un comedor enorme que se abría a una gran cocina. Algunos jugaban al bridge, otros limpiaban garbanzos, otros sacaban brillo a los muebles, y luego estaban los que, impasibles, miraban un punto fijo esperando que llegara la hora de la liberación. Sus caras lo decían todo, una tristeza callada y silenciosa recorría aquella habitación. Helena corrió a los brazos de su hermana.

—¡Has venido!

—Helena...

—No hables, por favor.

Helena corrió hacia la escalera que daba a la azotea y llamó a Ricardo. Este se apoyó en la pared y clavó sus ojos en los de Carmen. Ella entró en otro jardín, mucho más profundo, con árboles frondosos, y escuchó a lo lejos un piano. Pero qué extraña sensación, pensó, cuando no se veía ninguno. Chopin recorría su alma cada vez que miraba a Ricardo.

La casa estaba envuelta en la bandera de Chile y en los brazos de Ricardo, de los que, sin tocarlos, podía notar su fuerza estrechándola por la cintura. Allí estaba el único hombre que había amado y amaría en la vida. Lo sentía tan cerca como el aire de aquel jardín que la había rozado hacía un momento. Ricardo estaba a medio metro de ella, amándola, como si el tiempo no hubiese pasado. Allí de nuevo los dos en la plaza de San Andrés: ella paseando su mantón de Manila y él sin poder quitarle los ojos de encima. Las instantáneas de la vida se hacen así, en un solo clic, y la foto quedaría revelada para siempre en sus retinas.

Ese instante se paraba en el tiempo, como las hojas de otoño que caían en las aceras. Se miraron fijamente, había sido una eternidad sin verse, analizaron cada jirón de piel que habían perdido por el camino.

Ella alzó la mirada, en un Decanato que se había tornado vacío, las voces de la gente eran una banda sonora que se escuchaba de fondo como un hilo monótono, cada vez más bajo. Sus corazones, dos bolas de fuego que buscaban agua para calmar su sed, pero era imposible hacerlo cuando los dos estaban tan cerca.

Todo ahí dentro era rutina, lavado, planchado de sábanas, ropas, risas de niños corriendo por la escalera, madres buscando la luz para encontrar los piojos a sus niños, tareas de limpieza, abrillantar muebles.

El tiempo se detuvo. Ricardo se acercó a ella y le dio un casto beso en la mejilla. Cómo ardía, cómo se inflamaba el estómago cuando la persona que callas amar se acerca a ti y te roza después de tanto tiempo.

Carmen juntó las manos para paralizar el temblor que la recorría. Ahora que lo veía ahí junto a ella el mundo dejaba de girar, nada le interesaba tanto como estar a su lado. Cuando uno conoce la barbarie de la vida pierde el miedo. Sabía que su vida estaba en juego y que nada importaba tanto como esos breves instantes de felicidad, rascar momentos a un tiempo finito. Necesitaba parar ese instante, dejarse acariciar por el ser amado, quizá no tendría más oportunidades que vivir ese único amor. ¿Y se lo iba a perder?

Helena cogió la mano de su hermana y la arrastró hasta la cocina que se comunicaba con el salón. Puso los garbanzos a remojo para el día siguiente. El olor a despensa cerrada las invadió.

—Querida, quédate aquí con nosotros. Ya habrá tiempo de salir. Están luchando para que podamos hacerlo, quizá solo sean unos meses. No me hagas esto, Carmen, bastante difícil es para mí estar aquí con gente desconocida y no tener el amor de mi hermana conmigo.

Las niñas estaban jugando al escondite cuando vieron a su tía y se lanzaron a su regazo.

—Tía, has venido. Lo sabíamos. Es tan bonito este lugar. Por la mañana se oyen los fuegos artificiales, pero por la noche se ven desde el ático.

Carmen le contó en aquel rincón lo que había pasado con Víctor. Helena se abrazó a su hermana y lloró con desconsuelo. En la crueldad más grande siempre hay una mirada de niño que nos salva. Carmen miró a Ricardo con aire conmovido, y le sonrió. Cada vez que él hablaba podía sentir una ligera brisa que le soplaba al cuello, no era otro aire que las palabras cercanas de aquel hombre que leía su vida en el calor de una chimenea. Su amor era como un marcapáginas que se quedaba siempre detenido en la misma página. Deseaba llegar hasta el final, pero también le daba miedo que el libro perdiera parte de sus hojas.

—Hay una habitación que podréis compartir, os lo dirá el jefe de piso.

—¿No me digas que, Ricardo, eres jefe de piso?

—Tu hermana quería, pero yo prefiero no bregar con toda la gente. Si acaso, jefe de cuarto.

—¿Y a mí cuál me toca?

—Siento decirte que no vas a poder elegir. No quedan literas, pero tendrás una alfombra que te servirá de colchón. Luego te enseño cómo se enrolla para que hagas una almohada.

La tía de Helena y Carmen estaba asustada, apenas hablaba. Vivir un duelo tan cruel como el asesinato de tu marido por gente desconocida y en unas condiciones míseras no era nada fácil.

Helena cogió sus bolsas y las llevó por un pasillo estrecho. Cada cuarto tenía un nombre grabado en la puerta: la habitación El Balandro, la de Cibeles, y hasta la habitación Prado. Una nota de color entre tanta miseria.

A tía Piedad y a Carmen les tocó vivir en El Balandro. Piedad se sentó en el suelo, temblorosa. Vio que encima de una mesilla de noche había té, y con una lamparita de alcohol lo calentó. El señor que estaba a su lado le gritó:

—Si hay un incendio será culpa suya.

Tía Piedad sopló y se bebió el té ardiendo, mientras derramaba algunas lágrimas que caían en la taza. Se durmió rápido. En cambio su sobrina no pegó ojo, estuvo en vela pensando en esa gente y en su pobre tío Víctor. Se sentía pequeña ante tanta miseria, no podía estar ahí como una señorita de bien con los brazos cruzados, tenía que pensar en algo. Y así se pasó toda la noche, revisando sus pensamientos, que vagaban de un lado a otro sin descanso.

Por la mañana la casa olía a humanidad, se abrían las persianas para ventilar algo el aire espeso. La gente era madrugadora. Se sentaban en corro en la alfombra, escuchando la radio, muertos de frío, alrededor de una gran estufa. La situación iba empeorando, sin apenas carbón y con pocos comestibles. En el almuerzo algunos tendrían solo un plato de sémola con agua y sal y un poco de pan, y otros nada.

Los titulares de la mañana no se parecían a los de la tarde. Si a primera hora se escuchaba que Madrid resistía ante los facciosos, a última, que la ciudad no podía aguantar más y que el peligro era cada vez mayor. Los periódicos monárquicos habían sido secuestrados por los republicanos y, así, era bastante llamativo ver en la portada del *ABC* un «¡Viva la República!».

Un señor con el pelo revuelto se acercó a la radio y la apagó:

—Parece que llevamos aquí una eternidad, hemos visto morir a Unamuno. Según de qué bando sean las noticias son celebradas por unos o por otros.

—Tenemos los pies yertos de frío —gritó Carmen Peñaranda.

Algunas personas iban cantando por los pasillos *La Internacional*, otros jugaban a las cartas y otros discutían sobre la guerra de partidos.

Carmen se acercó a Ricardo y a su hermana, con gran entusiasmo.

—Anoche no pude dormir, estuve dándole vueltas... Pienso que la gente tiene que tener una ocupación, tenemos que hacer de este lugar un hogar. Esta gente anda desolada, sin familias, quizá no puedan volver a sus casas. Esos pensamientos son torturadores. Creo que entre todos podríamos hacer algo importante.

—Carmen, por favor, no quiero que traigas aquí tus locas ideas del Lyceum. Esta gente necesita también estar en paz, olvidarse de preocupaciones innecesarias.

—La paz y la quietud de la cabeza conlleva peligro. No pueden sentir constantemente que la vida pende de un hilo.

—Estoy contigo, Carmen, deben sentir que estamos en la vida, no fuera de ella. Y fuera teníamos vida.

—Ricardo, tú encima dale la razón.

A su lado había un hombre bien vestido. Lucía un traje oscuro de solapas anchas y llevaba unas gafas de pasta.

—Les estoy oyendo. Mi nombre es Diego O'Connor y estoy de acuerdo en que es muy triste ver a la chavalería correr sin ningún juego, observando la cara de sus padres.

—¿Qué se le ocurre?

—Tengo algunos contactos con casas de películas. Creo que podríamos ofrecerles sesiones cinematográficas.

—Tendrá que haber alguien que vigile —dijo Helena.

—Claro. A los niños los pondremos en el suelo y las madres podrán estar detrás, advertidas de que deben controlar a sus pequeños.

—Pero ¿vamos a poder meter esos proyectores aquí?

—Mi chófer, José Fortea, se camuflará con ropas, y os aseguro que es listo como una liebre. Llevará luengas barbas y ningún miliciano sospechará de él.

—Es fantástico —gritó Ricardo.

Carmen y Ricardo estaban que no cabían en sí, con miles de ideas en la cabeza. Helena, más comedida, tenía en mente la comida del día siguiente: no sabía si ponerles lentejas o sopa de ajo, no había mucho más para elegir. Carmen sacó un egipcio y buscó por la mesa su encendedor. Ricardo tomó dos cigarros y los encendió a la vez. Les dio una calada y con total delicadeza le puso un de ellos en la boca. Acto seguido, ella hizo el gesto de quitarse un trocito de nicotina de la lengua. Un gesto imperceptible para todos, pero que logró avivar el fuego de una habitación repleta de frío.

El índice de Ricardo acarició los nudillos de Carmen, no quería dejar de hacerlo, un escalofrío helador recorrió su cuerpo.

Necesitaba un momento para estar a solas con ella. El deseo era tan fuerte que podía parar el miedo de una guerra.

Esa noche, Ricardo se hallaba aún despierto tumbado en la cama con el brazo bajo la cabeza cuando una ráfaga de luz iluminó la habitación. Se levantó y abrió el visillo del balcón. Miró hacia la Castellana y pensó que Carmen podía estar en su cuarto con su camisón de tul viendo lo mismo; eso hizo que se sintiera más cerca de su amada. Qué ganas de escapar por el pasillo y reunirse con ella. Necesitaba respirar el mismo aire, vibrar con su boca, escuchar su risa...

—Ricardo, anda, ven a la cama y cierra la persiana. Nos pueden ver.

—Sí, ya voy.

—Llevamos unos pocos días y parece que fueran años. ¿No tienes la sensación de que a toda esa gente que nos parecía extraña ahora no podrías dejar de verlos? Ya somos una pequeña familia.

—Es extraño cómo se adapta el ser humano a cualquier circunstancia.

—No podemos poner esto patas arriba, hemos venido solo por un tiempo. Yo creo que no está bien que dancemos a nuestro antojo y queriendo tener aquí la vida que llevábamos fuera.

—No estoy de acuerdo. Pienso igual que Carmen: debemos dar conferencias, que los niños vean películas, que se hable de literatura, incluso que haya bautizos... hay muchas mujeres embarazadas. No podemos echarnos a perder y que por estar entre cuatro paredes sintamos que la vida ha muerto. Si esto es lo que nos ha tocado vivir, al menos vamos a sobrellevarlo de la mejor manera posible.

Ya por la mañana, Ricardo estaba en uno de los baños afeitándose con la navaja y con la toalla enrollada a la cintura, apenas había intimidad. Carmen pasó por el baño y él a través del espejo de la navaja pudo ver su figura. Esta se había levantado pletórica, había muchas cosas que hacer, una de ellas, crear un salón de actos para las conferencias que habían planificado ofrecer. Empezó a mover sillas, y algunos que la vieron se animaron a hacerlo con ella.

—Desde aquí puede dar una charla el abogado don José Larraz sobre... no se me ocurre... quizá sobre temas de hacienda pública. ¿A quién le puede interesar?

Dos hombres que estaban desayunando en la cocina levantaron la mano.

—Ya tenemos una conferencia. ¿Hay algún doctor entre nosotros?

—Está con nosotros el doctor Antonio Soroa.

—Vaya, y yo que me quería escapar —dijo riéndose.

—Sería para nosotros un orgullo que nos diera un curso de sanidad —propuso Carmen.

—Intentaré darle una vuelta. Quizá aquí todo el día sentados nos pueda causar trombos. Si os parece puedo dar el jueves una conferencia sobre profilaxis.

—Fenómeno —respondió ella entusiasmada.

—Me da cosa pedirle algo más, pero sería bueno que fuera preguntando y apuntando en algún sitio los dolores que tiene cada uno. Esta mañana me ha dicho una madre que a su hijo le dolía mucho la tripa, y creo que si supieran que hay un doctor entre nosotros, eso les relajaría.

—Por mí encantado. Necesito sentirme útil.

—Veo que estás pletórica —interrumpió Ricardo, sentándose a horcajadas en una de las sillas.

—No puedo estarme quieta. Me gusta ver a esta gente entusiasmada. Por cierto, te has cortado aquí —advirtió, mientras le señalaba tímidamente la parte inferior de barbilla.

—Sí, escuece, ha sido al afeitarme.

Carmen se fue a la cocina y buscó en uno de los cajones un algodón. Volvió y se lo puso en la herida. Cada experiencia a su lado despertaba un sentimiento desconocido, la ternura con la que ella acompañaba el algodón sobre la herida le disparaba aún más sus emociones.

—Llevas solo una noche y ya veo en las caras de todos ellos su entusiasmo, provocas en el otro lo que provocas en mí.

—Ricardo, baja mi hermana.

Ricardo se dio la vuelta, Helena le dio un beso y se dirigió a la cocina.

—Tenemos una cocina estupenda, amplia y bien dirigida —dijo Ricardo.

—No por dorarme la píldora vas a comer antes. Tendrás que esperar un rato. Estás en el segundo turno.

—Soy un hombre de esperar, y muy paciente. —Se desabrochó el ojal de la camisa y miró a Carmen.

Esta se mostraba dispuesta y con ganas de armar un ejército de voluntarios. Se acercó al periodista Vicente Gallego.

—Creo que nos vimos alguna vez por mi estudio. Estoy segura de que a muchos les interesaría saber cómo se hace un periódico. Se me está ocurriendo que podríamos lanzar una revista o una pequeña publicación donde contáramos cosas del día a día.

—Yo estaría encantado.

—Sería interesante crear pequeñas reseñas de las conferencias. O de cómo se limpian mejor los baños, o qué sé yo, qué hora es ideal para arreglarse el pelo. Quiero que la gente tenga pequeñas ilusiones, porque estoy convencida de que el día que salgamos de aquí lo haremos con la cabeza muy tocada, y cuantas más herramientas les demos de ocio y cultura más serenos y confiados se encontrarán.

—No sé cómo darte las gracias.

—Creo que nos viene bien a todos estar entretenidos, no sabemos cuánto nos queda entre estas cuatro paredes.

Los baños tenían un tiempo y un número, al igual que las comidas. La organización era la clave para no perder el control de la situación. Día a día se introducían diferentes tareas y ya desde la mañana se programaban actividades, como la danza y la gimnasia rítmica en el jardín a las diez, a la que se apuntaron algunas mujeres y algunos niños.

Bobby Deglané, locutor de la radio, organizó un programa de entrevistas por la tarde de lo más animado con el público presente. Carmen creó una pequeña escuela con niños de diferentes edades y estuvo impartiendo gran parte de sus conocimientos. Les leía *El Lazarillo de Tormes*, a Machado, a Neruda, a Rafael Alberti..., instaurando un rincón de la Casa de las Flores en el Decanato.

Carmen se sentía plena porque estaba ayudando a cada una de las personas que vivían en aquel lugar, y lo hacía atendiendo todas las necesidades individuales, a pesar de la gran cantidad de demandas.

El número de refugiados iba en aumento, y si en un principio se concentraron unos cincuenta, pronto se convirtieron en doscientos, llegando finalmente a superar los setecientos, lo que hacía más difícil no solo las tareas domésticas, sino la propia convivencia.

Sin embargo, fuera la situación pintaba mucho peor, con los hospitales desbordados de heridos y la escasez de alimentos y carbón. A pesar de la falta de combustible, el olor a quemado prendía en el aire, ya que se solían encender hogueras quemando documentos o recuerdos, porque nadie quería ser señalado, y la incertidumbre era tal que no podías estar a salvo en ningún lugar. A menudo había intentos de restaurar cierta normalidad y podías encontrarte con los soldados del frente, engalanados, viendo comedias o varietés en el Calderón o en el teatro de la Zarzuela, con los nervios de acero, mientras las bombas retumbaban en la plaza del Callao.

El embajador solía hablar de esas noches envueltas en miedo y terror. Aquellas que describía como noches pavorosas, con los reflectores en todas las direcciones barriendo el cielo en busca de aviones de guerra, las explosiones de minas y el ruido atroz de las ametralladoras bombardeando una y otras vez las cabezas.

16

La razón como esperanza. Pero a costa de cuánta renuncia. Y quién le consolará al poeta del minuto que pasa, quién le persuadirá para que acepte la muerte de la rosa, de la frágil belleza de la tarde, del olor de los cabellos amados...

María Zambrano

Carmen estaba con sus sobrinas zurciendo calcetines para los milicianos, era una de las tareas que les habían solicitado desde el cuartel que había justo en frente del Decanato.

—Mira, Violeta, si pones un huevo dentro del calcetín, ya verás como no te pinchas.

—Gracias, tía. ¿Cuándo saldremos de aquí? Me gustaría ir a los merenderos de la Casa de Campo. Quizá allí estaríamos a salvo.

Tomó a su sobrina de las manos y le dio un abrazo.

—Llegarán los merenderos y correremos alrededor de ellos, te lo prometo. Solo hay que esperar a que todo se calme.

—Pero ¿cuándo? Dentro de unos días va a ser la noche de Reyes. ¿Sabrán los Reyes que estamos aquí?

—Claro que lo saben. Busca a Carmen Peñaranda y pídele

un poco de papel, que siempre lleva. Ya verás, vamos a hacer una carta, y luego la echaremos.

Luis, el portero, avisó de la llegada de Carlos Morla-Lynch, quien entró para hablar con ellos disculpando de nuevo la ausencia del embajador Núñez Morgado. La gente lo siguió dándose codazos y sonriendo por tener noticias tras tan larga espera.

—Las cosas se están poniendo peor. Hoy una bomba ha caído en la Puerta de Alcalá y los niños que andaban por ahí se han salvado de puro milagro. Estamos teniendo trato con la Embajada de Rumanía para valorar si podemos abrirla. Muchos pequeños se están quedando sin padres y hay que ayudarles a salir. Sé que permanecer aquí todos juntos no es fácil, pero quiero dar las gracias a los que estáis haciendo de este lugar un hogar con vida.

—Dinos en qué podemos ayudar.

—Ruego que se vayan los niños a otro cuarto.

Cuando ya no había ninguno en el saloncito imperio, prosiguió:

—No quiero que ningún niño se quede sin regalos. Como decía mi amigo Lorca, hay un cielo de mil ventanas y yo quiero abrirlas todas. Vengo a buscar a algún hombre para que me ayude.

Ricardo se levantó el primero. Luego lo hicieron cinco más.

—Yo no tengo miedo.

—Yo tampoco —dijo otro.

Carmen y Helena se sobresaltaron a la vez.

—Estupendo. Iremos en el coche del embajador para no levantar sospechas. Con tres hombres será suficiente. Nos dirigiremos a los sótanos de los almacenes de Gran Vía, donde han acumulado juguetes para los niños. No quiero que ninguna bomba explote bajo la inocencia de estas criaturas.

Ricardo se acercó a él y le tendió la mano.

—Creo que hablo en nombre de todos los que estamos aquí. Agradecemos mucho la ayuda que nos está ofreciendo Chile, estamos en deuda con este país maravilloso. Pero nos preguntamos cuándo saldremos de aquí.

—No hay que darlas. Sé perfectamente lo que uno siente cuando está fuera de su casa, añadiéndole, por supuesto, la incertidumbre de la vida que les espera, y el desasosiego que les producen las noches llenas de bombardeos. Pero quiero que estéis tranquilos, esta zona no será vulnerada. El embajador lo ha negociado y nos respetan.

—En la guerra nadie respeta nada —gritó una señora que estaba al otro lado de la habitación, mientras alzaba la cabeza para hacerse ver.

—Solo les puedo decir que el embajador se halla en contacto con el Ministerio de Relaciones Exteriores y ha solicitado una autorización para declarar ante la Sociedad de Naciones Unidas que el Gobierno de Chile está dispuesto a sacaros y costear los gastos.

—Yo no quiero irme de aquí. Nada ni nadie me da seguridad.

Ricardo miró a Carlos Morla-Lynch.

—Me tiene para lo que haga falta. Iré con el chófer y los que quieran venir conmigo.

Helena sobresaltada se dirigió a Ricardo y lo llenó de besos. Se agarró a su cuello y le imploró:

—No puedes exponer tu vida así por unos juguetes.

—Helena, dejé mi miedo en Marruecos. No son los juguetes en sí, voy para salvar su inocencia. Aquí hay muchos niños y la noche de Reyes es muy especial, no se pueden quedar sin regalos.

Carmen miró a Ricardo, cogió unas sábanas y se fue al cuarto de planchar. Quería que cuando terminara de hablar con Helena y besara a las niñas viniera hasta ella, también necesitaba despedirse de él como si fuera la última vez.

En el cuarto de la lavandería Carmen estaba en cuclillas cuando Ricardo entró y la cogió de la cintura. El cuerpo de Ricardo ardía en deseo, no podía parar sus ganas ni el ímpetu por besarla, había llegado ese momento que tanto ansiaba.

Carmen frenó el impulso desmedido de Ricardo y le retiró las manos, pero al juntarlas en el mismo movimiento hacia abajo, vibró en ella aquel deseo contenido. El sentirle tan cerca, como nunca antes, y descubrir ese arrojo en él aceleró su respiración.

El deseo cuando se enredaba en lo prohibido era mucho más liberador. Ricardo era el único hombre que podía entenderla, el que compartía sus mismos valores, el mismo que escuchaba sus lecturas sobre poetas, con quien paseó por las Vistillas, quien le dio un beso casto en la mejilla del café Pombo. Aquel hombre al que había amado con tanto desenfreno, siendo prohibido, estaba ahí junto a ella en un sótano a solas. Podría caer una bomba ahora mismo, pensó, y llevarnos de este mundo a los dos y arrastrarlo todo, pero juntos, solos los dos, y solo en ese instante de estallido abrazarse para siempre.

Ricardo apretó su pecho contra ella, quien tembló como un animalito que ha encontrado su madriguera. Él comenzó a besar sus mejillas, primero una, luego otra, mientras Carmen derramaba lágrimas, que él recogía con su boca entreabierta ahogando sus labios en ellas.

Sabían que lo que estaban sintiendo jamás saldría de aquel cuarto, y la frustración apagaba levemente las llamas de esa ardiente agonía. Después de aquel momento, Ricardo saldría a la calle, se jugaría la vida, ya que las bombas no entendían de clases, ni de hombres enamorados. Cuando la muerte ronda tan cerca cambia el prisma de nuestros anhelos, y ahora solo importaba ese instante, por eso apretó cada vez más a Carmen contra él hasta llevarla a la pared, para que no se le escapara. Carmen sonrió como una colegiala jugando a la rayuela. Sabía que ninguno de los dos huiría, sus corazones iban acompasados, latían en pecado. La cabeza de Carmen ardió, una incipiente quemazón le recorría el cuerpo, para terminar en un dolor que le oprimía el pecho. Ricardo tomó su barbilla y pegó su nariz como un esquimal, jugó con ella, como si no les importara nada el derecho de asilo. De pronto sus pupilas se clavaron y afloró un brillo intenso en los ojos. Carmen introdujo una mano en el hueco de la camisa y por primera vez exploró un trozo de su piel, imaginándose cómo sería su cuerpo.

Ricardo cogió en volandas a Carmen y la sentó sobre la máquina. La lavadora se puso en marcha con el vaivén de sus cuerpos, los dos sonreían. El movimiento iba de un lado a otro, como el tranvía con su traqueteo, como sus cabezas. Un estruendo, similar al de la bomba de Alcalá que retumbó en la calle Barquillo, resonó a lo lejos. El chico encargado de limpiar los baños bajó para avisarles.

—Ha estallado un obús en el número 57 de la calle Toledo.

Carmen, sobresaltada, olvidó lo que estaba haciendo: la guerra interrumpía el amor como los carros de combate entraban cual apisonadoras enterrando Madrid.

—Ahí vive don Ernesto, mi jefe.

—Tranquila, Carmen, lo encontraremos.

—Vive justo encima de la pequeña alpargatería.

—Iré en su búsqueda. Tengo que salir, me pilla de camino, él estará bien. No te inquietes, mi vida.

—Por favor, tráele. Es un hombre muy bueno, confió en mí y se portó como un padre.

Ricardo salió corriendo, se montaron en el coche del chófer

y tiraron hacia la Gran Vía, atravesando las calles desiertas, la ciudad destruida. Por todo Madrid se oía el ruido de sirenas de ambulancias. Miles de heridos tirados en el asfalto negro eran evacuados por camiones, dentro de los cuales las enfermeras atendían a los pacientes y los preparaban para su llegada a los hospitales, o lo hacían en plena calle. En mitad de la calzada, muebles u objetos personales abandonados por quienes habían huido de forma apresurada y coches quemados sin dueño obstaculizaban el paso.

Madrid era un hospital de guerra. Cuando llegaron a los almacenes, otro guardia les abrió la puerta, bajaron por unas escaleras y cargaron los juguetes. Ricardo dio una moneda al chófer y le rogó que le dejara cerca de la calle Victoria. Se bajó del coche, pasó por las taquillas cerradas donde vendían entradas para los toros y se dirigió a la calle Toledo. Madrid estaba desierto, era otra estampa.

Anduvo por la calle Toledo, difícil de reconocer en ruinas, pasó por la iglesia de San Isidro y se topó con un gran socavón en el suelo, provocado por un avión alemán que había destrozado la calzada. En la acera había tiradas alfombras, alpargatas y guarniciones de piel. Una gran humareda empañaba los ojos de Ricardo, que veía solo los recortes de las portadas de edificio, como si fueran de cartón. No quedaba nada de las casas, solo el eco de lloros y quejidos, y unos pocos viandantes que iban con las caras sucias de orín y polvo.

—¿Qué ha pasado? —preguntó Ricardo a un tendero.

—Ha sido espantoso. Un obús lanzado desde las posiciones franquistas de la Casa de Campo ha penetrado sobre el cuarto de estar.

—¿Hay algún herido?

—Dicen que nadie. A veces hay que dar gracias a Dios por las horas en las que caen las bombas.

Un grito se oyó dentro del edificio, provenía de entre los escombros. Su voz sonaba hueca y cansada.

—Hay un hombre, pero no podemos pasar. El edificio se va a caer.

Ricardo pensó en Carmen, en lo que significaba su jefe para ella. Tenía que sacarlo como fuera, aunque se dejara la vida dentro, demasiada cobardía había protagonizado en sus últimos años. Había defraudado a su mujer a la que, sin sospecharlo, le había arrojado por las trincheras sus votos matrimoniales; sus hijas, que adoraban a su madre, le verían como un perro cuando crecieran, y luego estaba el amor de Carmen, que lo llenaba todo. Cuando amas a alguien con tanta intensidad que le ofreces hasta tu propia vida, no importa los estragos que dejes, sientes que tanta benevolencia es merecedora del perdón.

Se remangó y, en un cubo de agua que los vecinos habían dejado cerca de él, metió las manos y se mojó los antebrazos. Pidió una chaqueta y se la puso en la cabeza a modo de turbante. Las llamas eran gigantescas, las yescas saltaban por los aires. Escupió al suelo y levantó los escombros como pudo. Comenzó a despejar la zona más alta de la casa derrumbada, y entonces una mano repleta de venas azuladas tembló emergiendo de las ruinas. Parecía una bandera blanca pidiendo socorro. Ricardo se apresuró y consiguió liberarle la parte superior de su cuerpo.

—No se juegue la vida por mí. La mía ha terminado.

—Soy amigo de Carmen Galiana.

—Mi niña rebelde. Solo dígame si está bien.

—Ella y su familia están en el Decanato. Soy su cuñado.

—No le haga daño. Por favor, parece fuerte, pero ella es muy frágil. No le haga daño.

Un hilo de voz se quebraba.

—No es mi intención.

—No le haga daño. Cuídela.

Don Ernesto dejó los ojos entreabiertos, y Ricardo pudo escuchar los estertores de la muerte y sentir los suyos. Un grito como de animal brotó desde su interior. La vida de los otros se apagaba, mientras sentía la suya como escoria. Se acordó de cuando jugaba en las plazas con total libertad; ahora los niños lo hacían entre las trincheras, atentos a las sirenas, al aviso de los toques de queda, tras los que corrían con la lección aprendida a resguardarse y a esperar en las porterías para volver a salir. La guerra era una tormenta que tronaba con fuerza y cada día era más difícil esperar que un día saliera el sol.

Ricardo rezó un avemaría por su alma y le cerró los ojos. Cogió la cámara que llevaba al cuello y un par de carretes que encontró en el suelo. Era una Leica de 35 mm, la misma que fue testigo del horror de una guerra sin sentido. Se la colgó.

Lloró durante el camino de vuelta, mientras caminaba por delante de cadáveres tapados con mantas raídas y algunos a la intemperie. Las gentes despavoridas corrían buscando casas amigas y refugios donde guarecerse. Anduvo en medio de la Gran Vía sin miedo. Llevaba la guerra dentro. Se colgó la cámara al cuello, miró por el objetivo y observó las piezas de artillería antiaéreas que estaban en los tejados. Se sintió un luchador furioso con ganas de volar todo por los aires.

Llegó de madrugada a la embajada. Carmen le esperaba en el comedor, le había preparado una sopa de ajo. Al ver su cara, solo pudo abrazarle y llorar. Tomó la cámara en sus manos y le dijo:

—Dentro de esta cámara están los horrores que estamos viviendo.

Carmen la abrió y tiró el carrete al suelo.

—Algún día nos sentaremos en la plaza del Retiro, donde el Ángel Caído. Sabes que es mi lugar favorito. Y tú estarás a mi lado. Y te haré una foto y sonreiremos. Esto es solo una pesadilla.

—Carmen, nunca nadie me quiso de esta manera. Tu lugar no es este y, sin embargo, estás aquí por mí.

—Mi lugar estará siempre donde esté tu corazón.

Ricardo lloró como un niño en el sillón, abrazado a su cintura sintiendo cómo sus manos le acariciaban la nuca.

—No sabes qué difícil es vivir con alguien que se repugna continuamente. He destrozado vidas, quizá no con bombas, pero os he parado la vuestra. Eso es imperdonable.

—Ricardo, mi vida no está parada, la he disfrutado, y más desde que apareciste.

—Soy un traidor. Primero lo fui con mi tierra, por la que debería estar luchando, ayudando a los míos; después traicioné a la mujer con la que me casé y a ti, que siempre los has dado todo por mí.

—Qué fácil es juzgarnos, hablar de monárquicos y republicanos como de cromos que cambiamos, cuando lo verdaderamente importante es nuestro corazón. Estamos aquí de paso, Ricardo. Mientras los de fuera se pegan sin sentido, nosotros nos amamos. El amor nos salvará.

Ricardo besó las manos de Carmen y subió las escaleras para dirigirse a su cuarto. Dio un beso en la frente a sus hijas, que soñaban con la llegada de los Reyes Magos. Todos dormían. Escuchó la agonía de la muerte de don Ernesto y sus palabras le golpearon el pecho con más fuerza: «No le hagas daño». Ricardo apretó el puño y se durmió.

17

Todas las épocas tienen su sello inconfundible: se definen por su estilo y este se lo dieron los inquietos, los que padecieron la ansiedad de superarse constantemente.

LUCÍA SÁNCHEZ SAORNIL

Quique se sentó a conducir el tren, llegó bamboleándose de un lado a otro. En la parte de atrás dos señoras agitaban sus pañuelos por la ventana, mientras él gritaba desde su silla «¡Viajeeeros al tren!». Sacó la cabeza por la ventanilla y respiró el aire de la sierra. Hizo una frenada en seco y se apeó para recoger más maletas de los pasajeros que estaban esperando en el andén.

Violeta le observaba desde un lado de la habitación preparada para subir en la siguiente estación. Aguardaba inmóvil y sin parar de mirarle. Quique lanzó su gorra al techo y bajó de la silla.

—¿Has comprado tu billete?

—Aquí lo tengo —contestó, entregándole un papel garabateado.

—La próxima vez no me lo arrugues, tengo que cortártelo.

Quique se dirigió a la ventana y la abrió de par en par, sacó su cabeza y dejó que el aire que salía del extractor de la cocina le revolviera el pelo.

Dos milicianos vestidos con mono azul, que portaban un rifle en el cinturón y una pistola en la mano, andaban de un lado a otro de la calle, se les podía ver desde la ventana.

—¿Ves a esos chicos? —le preguntó con la sonrisa de los que llevan cansados todo el día por una jornada dura de trabajo pero que intentan ser amables con los pasajeros.

—Sí, los veo, se pasan todo el día de un lado a otro.

—Los voy a recoger en la siguiente estación, lo haré de noche, quieren que les lleve a Valencia.

—¿Puedo acompañarte con ellos?

—Necesito una autorización de tus padres.

Violeta cortó un papel en dos y se lo dio.

—Aquí la tienes.

—Estupendo. Antes me tendrás que acompañar al salón de baile, creo que allí está el carbón, lo necesitamos para que esta noche no pasen frío.

Rodolfo, el filósofo que estaba recogiendo sus cosas en el salón, se acercó y jugó con ellos como si fuera un pasajero más de aquel vagón.

—Buscadme un asiento que quiero ir con vosotros. ¿Pasáis por Cotos?

—Sí, claro, haremos parada en Cercedilla también, por si le viene bien.

Su padre Enrique bajó por las escaleras y le deshizo el tren, tiró las sillas y le cogió de una oreja arrastrándole hasta el salón llamado Lafayette, un lugar que habían destinado como cuarto de juegos y para fumar. Se podía oír a Rodolfo en la lejanía.

—Solo son niños, están jugando.

Enrique sentó a su hijo con un empujón y le hizo temblar.

—Mamá te estaba buscando, no puedes estar aquí perdiendo el tiempo. Sube y ayúdala con los baños. Se ha ido el agua y te puedes imaginar la cochambre que hay arriba.

—Papá, me están esperando los pasajeros, hoy les llevo a Cercedilla.

—A Cercedilla te voy a mandar de una bofetada como no ayudes a tu madre.

Quique, aquel niño de mirada esmeralda, limpiaba con esmero los baños, sacaba los pelos enredados en la ducha y desatrancaba los retretes con la escobilla. En su cara se podía ver el asco que le producía limpiar todas las diarreas que había ocasionado la cena anterior.

—Anda, cariño, eso lo hago yo —le dijo su madre—. Vete a jugar con los otros niños.

—Papá me ha regañado.

—Él también está nervioso —justificó ella, sentándose en la taza del inodoro y poniendo las dos manos en los hombros de Quique.

—He dejado a la mitad de los pasajeros tirados en el andén.

—Ellos seguro que te están esperando, no hay un tren como el tuyo.

—¿Lo has visto?

—Claro que lo he visto.

—Todo el mundo quiere subirse en el tren de Quique, ¿sabes por qué?

—Dímelo tú.

—Porque les cambia la cara. Aquí se aburren. Nos habéis dicho que íbamos a pasar unas pequeñas vacaciones y no salimos ni para ver las montañas. Pero desde mi tren, mamá, se observan los Altos del Hipódromo. La sierra les espera.

Su madre intentó sonreír pero no podía, y antes de que viera cómo se le caían las lágrimas, le abrazó, y entonces pudo dejar que las lágrimas rodaran por su rostro y que Quique no se percatara de ello.

Un estruendo se oyó, se agitaron los cristales y se rompieron.

—¿Qué ha sido eso, mamá?

—Fuegos artificiales. En todos los barrios de Madrid han puesto guirnaldas y verbenas. Todo el mundo está yendo a bailar.

—Quiero ir y tomar limonada. Quizá me puedan llevar los dos señores que andan fuera de oscuro, seguro que están esperando para llevarnos con ellos a bailar.

La madre de Quique lo abrazó de nuevo contra su pecho, una lágrima con sabor salado se deslizó hasta caer en la boca de su hijo. Esta vez no pudo ocultársela.

—¿Por qué lloras, mamá?

—Me emociono. ¿Tú no te emocionas?

—Yo me emociono cuando gana el Madrid. O cuando papá pisa el acelerador, bajo la ventanilla y el aire me da en la cara. Parece que toco los árboles.

—Es bonito emocionarse, nunca dejes de hacerlo.

Quique limpió el rombo negro que estaba en el suelo, sin saber que el dibujo de la baldosa era imperecedero. En el pasillo estaba don Nicolás, vestido con sotana, un hombre de mediana edad, profesor de la Universidad de Chile. Paseó la mirada por el baño y se enterneció al ver a un niño tan pequeño trabajando como un adulto.

—Veo que haces bien tus tareas.

—Mi padre me ha dicho que es de vagos pasarme el día deslizándome por la barandilla de la escalera.

—¿Es divertido deslizarse?

Quique dejó la esponja y lo llevó hasta la escalera.

—Solo hay que poner aquí una mano y dejarse deslizar. En

mi casa solía poner algo de aceite, pero aquí hay mucha gente mayor y no quiero que les pase nada. Notará que el trasero le quema, pero luego abajo se pasa.

—Eres un chico con un corazón grande.

Quique se pasaba horas deslizándose por la escalera de madera carcomida, le recordaba al tobogán de la plaza de la Armería. Don Nicolás miró a ambos lados, se levantó la sotana y se subió a la escalera, dejándose caer por ella y quitándose algunos años.

—Pues sí que es divertido, muchacho.

—Ya se lo dije.

—Te voy a proponer algo. Si quieres ayudarme, doy misas, hago algún bautizo. Creo que alimentar el alma de los que están aquí puede ser bueno y a ti se te ve un chico dispuesto a ayudar.

—Si es algo peligroso como poner bengalas o tirar fuegos artificiales no puedo, mi padre me lo prohíbe.

—Será algo más tranquilo. Quiero que seas mi monaguillo, que preparemos juntos un pequeño altar. ¿Sabes dónde encontrar una especie de mesa?

—Conozco un altar, dice mi padre que es de la época de Felipe II, está en la sala de la bandera.

—¿Y velas?

—Eso también puedo suministrárselas. Las guardan en el cajón de la cocina.

—Eres un chico espabilado.

—Mi padre dice que soy listo para algunas cosas pero no para otras.

—¿Qué te gustaría ser de mayor?

—Tengo muchas ideas, pero todavía no lo sé. Quiero estudiar y quiero ayudar a la gente.

Quique se quedó en silencio mientras el sacerdote recogía algunos libros que había sobre la mesa. Tenía algo que contarle, debería saberlo porque quizá no era merecedor de ser su ayudante.

—Padre, hay algo que tiene que saber.

—Dime, hijo.

—Mi padre es anarquista, ni él ni yo creemos en Dios.

Don Nicolás se echó a reír y le revolvió el pelo.

—No es un impedimento para que me ayudes. Dios entiende a cada uno como es, lo importante es lo que llevamos dentro. Es más, te diré que Dios te ha hecho como quieres que seas. Iría en contra de Él si te rechazara.

—Si a usted no le importa, puedo empezar ahora mismo.

Quique se fue al salón de la bandera y vio la pequeña mesa de color caoba que iba a hacer de altar. La arrastró hasta la habitación arañando el suelo, pesaba un quintal. Se hizo con dos velas y las colocó una enfrente de otra. Se dirigió a la cocina y cogió un mantel que puso encima de la mesa en forma de tapete. Así se inauguró el pequeño altar en el salón Lafayette, junto a la biblioteca.

Una vez a la semana Quique ayudaba a don Nicolás a la preparación de la misa. Lo más bonito eran los bautizos, en los que se advertía la alegría de la gente; lo peor, cuando tocaba entierro. Los alimentos escaseaban y muchos morían por mala nutrición, a pesar de que el doctor que los trataba siempre recomendaba leche, porque la falta de calcio, unida a factores como la humedad, la ausencia de higiene y la hacinación afectaban a los pulmones, lo que provocaba que muchos refugiados, tanto niños como adultos, padecieran de bronquiectasias, pulmonías o neumonías que solían acabar fatalmente.

Don Nicolás consolaba a las familias, les cogía de las manos y les daba un pequeño responso cercano, en el que se podía ver el sentimiento noble y de entrega de él hacia los que sufrían estando encerrados sin esperanza. Delante del cuerpo presente rezaba por su alma y enaltecía lo que había significado para aquellas personas, sus virtudes, dejando a un lado su color político, algo que la gente agradecía. Con él se sentían en calma.

Todas las mañanas a las diez de la mañana, Quique subía por las escaleras, y con una campanita avisaba que se iba a oficiar la misa. Él era el encargado de bajar las persianas y de sentar a los asilados en la alfombra. A las señoras mayores les buscaba sábanas de la lavandería, las hacía un revoltijo y se las enrollaba a la cintura para que hicieran de amortiguador a sus nalgas. El ambiente era de recogimiento; solo se rompía en alguna ocasión cuando, torpemente, al monaguillo Quique se le caía la copa del cáliz y ponía todo perdido de vino, lo que provocaba la risa de los asistentes.

La misa terminaba con un rezo por aquellos cuya vida corría peligro y por apiadar los corazones de los dirigentes y mandos de aquella guerra.

Al terminar la misa, Quique se quedaba recogiendo la mesa. A veces, cuando nadie le veía, imitaba a don Nicolás y levantaba la mano derecha haciendo una señal en el cielo. Los domingos la gente estaba contenta, porque por dentro se sentía que era el día de descanso. Algunos pelaban patatas, otros charlaban animadamente, y los más valientes salían al jardín a cortar arizónicas. Normalmente la mayoría de los residentes en el Decanato no salían de sus cuartos por los ruidos que se originaban en las habitaciones inferiores.

Violeta estaba junto a su madre, observando fijamente a Quique, cuando este asintió con la cabeza. La niña se despegó del brazo de su madre y se acercó a charlar con él.

—Al final no pudiste llevarme en tren.

—Es que mi padre me mandó a limpiar los baños. Quiere que sea un hombre de provecho.

—Yo hoy he ayudado a limpiar el polvo de las habitaciones.

—Esta noche quiero enseñarte algo.

—Yo no puedo salir por la noche. Duermo con mis padres en literas.

—Eres de las privilegiadas.

—Entramos casi al principio y nos tocó. Si quieres en la hora de la siesta te dejo que vengas y te echas un rato.

—¿Harías eso por mí?

—Claro, te diré cuál es mi cuarto y así podrás descansar. A la hora de la siesta no hay nadie.

Quique se quedó mirando a Violeta, y se preguntó si para ella sería fácil estar en ese lugar. Él echaba de menos jugar en la calle, al menos antes de que vinieran los sacos, ya que a partir de ahí los juegos empezaron a cambiar y ahora hay que jugar al escondite detrás de ellos. Y correr a esconderse a los portales, porque unas sirenas suenan al unísono a determinadas horas. La madre de Quique le contaba que eran los simulacros de los bomberos y que había que estar preparados por si alguna vez la ciudad se incendiaba. Quique sabía que eso no pasaría nunca y se lo tomaba como un juego de los mayores para que los niños se divirtieran.

Decidió aceptar la invitación de su nueva amiga para echarse la siesta. Cuando entró en la habitación se sorprendió de lo grande que era, tuvo que abrir la ventana y que se aireara. Las maletas andaban por el suelo y algunas sin abrir, de lo que él deducía que los mayores, al desconocer cuándo llegaría la hora de irse de la casa de vacaciones, habían dejado todo a punto para salir rápidamente. Esa habitación era una leonera: algunas literas no tenían colchón, solo mantas dobladas en dos veces para que fueran más mullidos los canapés. Todavía podían verse las marcas de las espaldas que habían pasado la noche allí. Quique imaginaba las literas como barcos de doble altura. Se tumbó en la cama más cercana a la puerta y puso sus pies en la parte superior de la litera. Se bajó y subió por las escalerillas hasta la litera de arriba. Estiró su brazo y vio a los hombres de negro que iban de un lado a otro revistando las alcantarillas, seguro que buscaban alguna rata que llevarse al estómago. A lo lejos escuchó un ruido atronador, como si un edificio se hubiese caído, y sonrió. Pensó en la limonada y en el baile de las verbenas. Cerró los ojos y sacó a Violeta a bailar. De pronto un estruendo más fuerte hizo que se rompiera la bombilla del techo, que estalló en mil pedazos como trozos de estrellas brillantes. Apretó los ojos más fuerte y siguió bailando bajo las buganvillas.

Su padre irrumpió en el cuarto, lo cogió del brazo y lo arrastró hasta el suelo.

—Tú debes de ser tonto o te lo haces.

—Papá, una amiga me ha dejado esta litera —respondió de forma directa.

—Te puedes coger cualquier cosa. A saber qué enfermedad contagiosa tienen los que están en esta habitación.

—Estoy cansado —respondió con los ojos llenos de lágrimas.

—Yo sí que estoy cansado contigo.

Ricardo entró en el cuarto. Iba a recoger unos enseres y ponerlos en otro cajón.

—No le hable así al muchacho. ¿Quiere soltarlo?

—Yo le hablo como me da la gana, que para eso es mi hijo.

—Delante de mí no, suéltelo. Salga un poco al jardín y tome algo de aire. Estamos todos muy exaltados.

—Tú qué sabrás, con tu americana planchada y tu bandera enrollada al cuello. Ten cuidado porque puede estrangularte.

Ricardo miró a Quique como si su padre no estuviera.

—Anda, baja, que están poniendo una película para vosotros.

Quique pasó por detrás y Ricardo empujó la puerta para

abrirla. La mejor manera de distanciarse de hombres como aquel, tan exponencialmente fanfarrones como cobardes, era ignorarlos.

Quique bajó y se unió al resto de los niños, que se arremolinaron alrededor del proyector. A lo largo de los meses se habían ido sumando chiquillos de todas las edades, tanto que formaban un peculiar colegio, donde solían recibir clases de algún profesor mientras que otros aprendían las tablas de multiplicar con sus padres.

Violeta se sentó junto a Quique. Le gustaba estar con él, era de su edad y le divertía cómo se ganaba el aprecio de todos. En mitad de la película se dieron la mano. Quique silbaba, esa niña le ponía nervioso. Deseaba pasar el mayor tiempo posible con ella en esta nueva casa de vacaciones.

—He pensado en lo que me dijiste y quiero que me enseñes eso que has visto.

—Lleva alguna manta. Vamos a pasar mucho frío.

—Mis padres no me dejan salir de aquí, ni siquiera al jardín.

—Cuando escuches que el reloj del pasillo marca las diez y que la casa está en silencio, te espero en el salón de la bandera.

—Es toda una aventura. Quique, ¿sabes de qué país es la bandera?

—Oí a mi padre decir que era de Chile, y que debe de haber varias casas de verano como esta.

—Pero no estamos en verano, Quique.

—Para que veas que somos unos privilegiados, habrá niños que no puedan venir a villas como estas y estén por las calles sin vacaciones.

—A veces, Quique, veo a los mayores tristes.

—Yo creo que es porque no suben a mi tren. Si quieres mañana buscaremos más sillas de las diferentes habitaciones y haremos un tren mucho más grande.

Quique esperó a que su padre estuviese dormido para abandonar de puntillas el cuarto. Dejó la puerta abierta, no quería armar ruido, pero al salir se encontró de golpe con don Nicolás.

—¿Qué haces tú por aquí?

—Me he despertado, soy sonámbulo, soñaba con chocolate.

—Te prometo que cuando salgas de aquí, te llevaré una caja de bombones.

—Sueño todas las noches con chocolate.

—Cuando te vengan esos pensamientos, intenta distraer la mente.

—Eso haré.

Don Nicolás pasó arrastrando sus pies, iba descalzo y se metió en uno de los cuartos. Quique supo que no podía volver a su cuarto, su padre podía verle, así que bajó deslizándose por la barandilla. Al final de la escalera, lo estaba esperando Violeta. Cruzaron el pasillo a oscuras, él iba palpando los muebles.

—Pensé que no vendrías.

—Qué va, yo siempre cumplo mis promesas.

—¿Adónde vamos?

Quique cogió la mano de Violeta y subió por unas escaleras estrechas hasta llegar al ático. Abrió las dos puertas de cristal, se acercó decidido a la barandilla y contempló a algunas personas que iban arrastrándose con las maletas y parando en seco cada vez que cruzaban una esquina.

—Toda esa gente está buscando su casa de vacaciones. Deberían hacerse un plano. Papá tiene algunos en su cuarto.

—He visto cómo te trata tu padre.

—Es bueno, pero es un hombre, dice mi madre, muy nervioso. Perdió el trabajo y no le gusta relacionarse con la gente, como a mamá. Nosotros nos adaptamos mejor.

—Yo adoro al mío. Para mí es la persona más honesta que hay en el mundo, y nos ama con locura.

—Es bonito tener una familia así.

Quique respetaba a su padre, sabía que no podía molestarlo a determinadas horas, y también recordaba cuando, hace algunos años, siendo más pequeño, le enseñaba a trepar por los árboles. Por todos esos momentos vividos, su padre siempre sería su padre. Un hombre profundamente castigado por una frustración latente que formaba parte de su universo.

Un coche oficial de la embajada se detuvo en la puerta, portaba dos banderas identificativas en el capó; a veces se podían utilizar los coches de la embajada para algo importante. Un hombre con un brazalete en el lado izquierdo salió de casa, estrechó la mano del conductor y abrió el maletero. Sacó dos maletas y las escondió detrás del ciprés que estaba junto al jardín. Los dos hombres de oscuro se acercaron al coche y lo inspeccionaron, dejándole ir.

El hombre miró hacia arriba y Quique tiró a Violeta al suelo. Los dos escucharon cómo el coche se dirigía a la izquierda de la calle.

—Ese hombre es mi padre.

—¡Qué vista tienes!

—Tiene pelada la coronilla, lo reconocería entre mil.

—¿Y qué hace yéndose en un coche de la embajada?

—No lo sé. Quizá vaya a por víveres. Mi padre es un hombre muy servicial, todo lo que tiene de burro, lo tiene de servicial.

—¿Nos habrá visto?

—Yo creo que no.

Quique sintió un revoltijo de nervios en el estómago: ver a su padre embarcado en una misión secreta era algo digno de admirar.

—¿Qué tiene este sitio de especial?

—Vamos a esperar a que lleguen los fuegos artificiales.

Una ráfaga azul cruzó el cielo. Los proyectiles iban de un lado a otro en fuego cruzado. El humo rosáceo caía en la terraza, la oscuridad de la noche se apoderaba de Madrid. El reloj del pasillo daba las dos de la mañana. Ambos niños seguían tumbados en el suelo dándose la mano. Toda la casa estaba en silencio, ese silencio roto por el ruido de los obuses.

—Mira qué bonito ese, ha cruzado nuestro tejado.

—Es precioso, Quique.

El niño se levantó y vio a algunas personas corriendo de un lado a otro de la calle.

—Otros que vienen a nuestra casa de verano.

—Hay que irse de aquí, seguro que alguien se levanta a abrirles. —Y añadió—: Ya empiezas a estar nerviosa.

—No es verdad.

—Sí, lo es, siempre que lo estás te muerdes la punta del pelo.

—Lo hago desde pequeña.

—Me gusta.

—Debes de ser el único.

Quique dio la mano a Violeta y le dio un beso en la mejilla.

En la misma noche, mientras Quique y Violeta veían un azul de colores, el número de muertos se contaba por cientos, los brigadistas sacaban los cuerpos de sus compañeros de los escombros y los enterraban en la retaguardia.

Quique bajaba las escaleras alegre pensando que su padre estaba trayendo víveres para la casa, sabía que su padre era un valiente y eso le llenaba el corazón de alegría.

—¡Quique!, ¿adónde vas? —exclamó Violeta.

—Pues no sé... —Se encogió de hombros.

—¿Quieres ver lo que contiene la maleta que dejaron escondida?

—Vamos afuera.

Quique abrió una ventana opuesta a la entrada principal, pegó un salto y se dejó caer en el jardín. Le indicó a Violeta cómo salir y la esperó para darle la mano y ayudarla a pegar otro salto. Violeta midió mal y se cayó sobre la rodilla derecha, que comenzó a sangrar un poco.

—¿Te has hecho daño?

—No te preocupes, vamos al ciprés y veamos qué contiene la maleta.

Quique miró alrededor y vio que no había nadie. Abrió la maleta que estaba a rebosar y pudo ver lo que contenía. Un montón de jabones y sellos cayeron en el suelo del jardín.

—¿Tú padre trabaja en una droguería y en un estanco?

—Trabajaba para una empresa eléctrica.

—¿Y para qué quiere esto?

—No lo sé, será nuestra próxima misión.

18

En mis ojos, sin querer,
relumbraban cuatro faroles.

FEDERICO GARCÍA LORCA a Margarita Manso,
«Muerto de Amor» en *Romancero gitano*

Ricardo se despertó con una triste noticia: uno de los hombres que vivía en el cuarto contiguo a Carmen y tía Piedad había fallecido por tuberculosis. Su mujer estaba desconsolada con el cuerpo presente. El padre Nicolás le había dado la extremaunción. No habría funeral, ni un enterramiento al uso. Ricardo cortaba leña con otros dos jóvenes para preparar un ataúd.

—Se merece un bonito lugar. Le enterraremos en el jardín.

La mujer del hombre no sabía cómo darle las gracias.

—Es muy duro enterrarle aquí, pero al menos va a estar enterrado en Madrid.

—Él ya no está aquí. Su alma se fue —dijo Ricardo entrando dentro de la casa para lavarse las manos de la tierra.

Carmen se agachó junto al huerto y arrancó la tierra que quedaba alrededor de las plantas. Un olor a tierra mojada se aspiraba mientras una solitaria flor marchita permanecía inerte. Ya era imposible salvarla, y se vio reflejada en aquella flor.

El ciprés se movía de un lado a otro y su cabeza lo acompañaba en ese paseo. Atrás quedó la verbena de la Paloma, cuando eran libres, o aparentemente libres para correr bajo la lluvia y resguardarse con la americana de él bajo los soportales de la Plaza Mayor. Atrás quedaron también las charlas en los viejos cafés de Madrid con intelectuales de la época, donde aprendía cada día lo que eran las palabras «espíritu libre». El amor la había amarrado como la mala hiedra que crecía en aquel jardín, ya no tenía escapatoria para correr y huir a otro lugar.

Ricardo regresó al jardín. Al ver su melena a través de la ventana, no se detuvo ni siquiera en el salón y salió fuera a fumar un egipcio. Ofreció otro a Carmen, quien lo aceptó sin dudar. Cada vez que venían personas nuevas traían cigarros, víveres, e intercambiaban un plato de comida por ellos, o incluso por jabones o cualquier objeto útil entre tanta escasez.

—No sabe uno lo que necesita cuando se siente encerrado.

Ricardo puso su pierna encima del banco, marcando el gemelo, y sonriendo a Carmen le contestó:

—Yo supe de muchas cosas estando libre.

—¿Cuándo lo has estado?

Ricardo miró al fondo de la calle y pensó en qué mundo les depararía a los dos. Se escuchaba con fuerza que Santander había caído y que Madrid se mantenía fuerte y cerrada a cualquier enemigo. Madrid era Carmen, con sus cafés abiertos, con su madrugada alargada, con sus conversaciones literarias durante largas horas.

—Cierra los ojos y piensa un deseo.

—Sueño con escapar y empezar una nueva vida en otro país.

Ricardo la cogió de la muñeca y se la llevó a la cara, en la que asomaba una barba incipiente que pinchaba. Abrió sus labios y la lamió suavemente.

—Estás loco, nos podrían ver.

Volvió ligeramente la cabeza hacia la ventana y pudo ver a un grupo de gente dando el pésame al señor Antonio Águila. Su hermano pequeño había muerto hacía unas semanas en el frente y su otro hermano estaba en el hospital.

—Cuándo acabará esta pesadilla —exclamó Ricardo.

—Acabará cuando seamos capaces de dialogar sin armas, cuando seamos capaces de ser valientes en las relaciones, cuando seamos capaces de mirar al cielo y no sentir vergüenza por nuestros actos.

—La mayoría son víctimas, no tienen preferencias políticas ni ideas revolucionarias, ni siquiera saben por qué están siendo arrastrados y arrojados por los barrancos. A otros les pilla en una zona del bando de turno y se alistan por miedo.

—Echo de menos mis tardes con los chicos intelectuales. Dicen que Lorca unos días antes de ser asesinado dijo: «Yo no soy enemigo de nadie». Qué razón tenía, estos campos al final se llenaron de muertos. Escapémonos, Ricardo. Vente conmigo a Francia, incluso a Chile, a cualquier lugar en el que estemos a salvo.

Ricardo callaba, descendió hasta el pozo de sus recuerdos y rescató a Helena y a sus dos hijas. Carmen se dio cuenta de la tesitura en la que lo estaba poniendo.

—Olvídalo, ¿no ves?, yo también soy una egoísta.

—El amor es lo más egoísta que hay, nos arrastra a todos hasta el fango, y lo peor es que aunque estemos hasta arriba de barro queremos seguir revolcándonos.

—Ricardo, desde que te conocí no he dejado un minuto de sentir tus manos, de saber que esa mirada es con la que me quiero despertar cada mañana, y al final el corazón, como una vez nos dijimos, es fuego que quema.

Sus ojos se clavaron en los de Carmen.

—Me tomarás por loco, pero solo verte por la mañana cómo

te dedicas a la gente, cómo hablas con unos y con otros para hacerles la vida más fácil, incluso cuando les construyes a los niños un ajedrez de pan y servilletas, en ese instante, soy más tuyo que nunca. No quise hacer daño a Helena, ni siquiera sé por qué llegué tan lejos, por amor, por cobardía... si me hubiera separado de ella, hoy no estaría aquí contigo. Creo que la vida nos acerca a situaciones que denigramos, pero cuando lo envuelve todo el amor, uno se da menos asco.

—No te atormentes, mi vida, eso nos hace daño. Nadie eligió este camino, la propia existencia nos plantea tantos interrogantes que pensar en las respuestas acaba por ahogarnos.

Ricardo pasó años de su vida mirando la calle por un balcón que no le pertenecía, soñando con los brazos de Carmen, temiendo morir sin poder llenarla de besos. Y ahora, cuando debería estar asustado por los obuses y metales que caían del cielo, es cuando más sentía la paz interior. Carmen sacó su pitillera y extrajo dos cigarros. Los prendió y colocó uno en la boca de Ricardo. Lo posó como se posan las mariposas en los cristales. Suavemente, lentamente, soltando cada calada de deseo que había entre los dos. Bocanadas al aire de un deseo no resuelto.

—Dime, ¿quién eres, Ricardo?

—¿Y si te digo que soy el Ricardo de Carmen, todo lo que amas tú de él? Ese soy yo.

De vez en cuando echaba la vista a la ventana y veía lo que pasaba dentro. La vida cotidiana se interrumpía por una explosión formidable que hacía tambalear los cimientos de la casa.

—¿Y si alguna vez esta casa es el centro de las miradas?

—El embajador ha hablado con la Cámara de los Comunes y nos ha transmitido que estamos a salvo, que se prohibirán los bombardeos de poblaciones civiles sobre edificios con protección diplomática.

Frente a la casa se detuvo un camión lleno de gallinas y patos.

—Parece mentira que tengamos algo más que comer.

En la puerta había algunas madres con los hijos en brazos mirando esos camiones con ojos hambrientos. Ricardo saltó la verja y empezó a bajar las cajas y dárselas a las madres que estaban fuera.

—Tomad y corred, no miréis para atrás.

—Gracias, señor.

Carmen lo estaba esperando en la verja y lo sonrió.

—Si te ve Helfant te podría regañar.

—Me sabe mal que algunos tengamos privilegios dentro de la barbarie y otros, sin embargo, no puedan ni llevarse un plato de patatas a la boca.

Un estruendo se oyó detrás del jardín interrumpiendo la conversación de Carmen y Ricardo. Los milicianos golpearon la puerta y sacaron a la calle a empujones al portero Luis para hacerle una serie de preguntas en batería, que temblando apenas emitía un hilo de voz.

—Soy gente de bien.

Le levantaron las manos y lo cachearon con el rifle, abriéndole las piernas de un golpe seco y obligándolo a poner las manos en la cabeza.

—Nos han dicho que algunas embajadas tienen armas. Como nos enteremos que ocultáis armas aquí, tú serás el responsable de todos.

—Aquí no hay nada.

Un miliciano escupió al suelo y otro le hizo un gesto de que parara, había sobrepasado los límites del registro. Se fueron por donde vinieron, se apoyaron en la pared de enfrente y encendieron un cigarro.

Entró al rellano con las piernas temblando, Ricardo se acercó a él y le dio un vaso de agua, mientras llamaba a la Dirección de Seguridad.

—La gente cuando lleva un rifle se crece. Tranquilo, bebe, amigo.

—Muy amable. Mi familia es republicana, nos ha pillado aquí. Estoy seguro de que Franco va a perder la guerra, necesita armas y no las tiene. El pueblo siempre está con la izquierda. Es una batalla perdida.

—Anda, bebe y tranquilízate. Aquí estamos a salvo.

A los cinco minutos del incidente se presentó en el Decanato un guardia de asalto. Luis, que ya tenía voz, les narró lo sucedido y aseveró:

—Todo está ya tranquilo, muchas gracias.

—Si vuelve a suceder nos avisan.

Morla-Lynch escribió en penumbra, a la luz de una vela, una carta timbrada y escueta al comisario Vázquez desde su casa de Hermanos Bécquer, donde le pidió que intercediera para la liberación del aviador Gallaza y de don Nicolás, quien, de todos los que estaban en la casa, él era el que más problemas podía tener por su condición de sacerdote. En la misiva le contaba que en la embajada vivía la gente apiñada y que el lugar estaba infestado de cucarachas que se colaban en los barreños donde tienen las patatas. También le daba las gracias por los nuevos víveres, con los que podían alimentarse durante algunas semanas más.

Entre la cocina y el salón de la embajada, una puerta daba paso a una biblioteca ovalada, repleta de libros y objetos de decoración. Hoy era día de teatro.

La vida allí era un contraste de ánimos y sensaciones motivadas por el escenario que había fuera y que podían observar a través la ventana, desde donde se divisaban los árboles tirados por los cañonazos, el trasiego de los coches que eran incautados por los milicianos, quienes llevaban diferentes armas de época que habían saqueado de algún museo, y las prisas de las gentes que corrían de un lado a otro intentando guarecerse.

En cambio, en el interior una larga hilera de sillas se repetían una detrás de otra representando el patio de butacas de un teatro.

Quique y Violeta, en la puerta, repartieron números para distribuir los asientos entre el grupo de refugiados, que veían en la función una oportunidad perfecta para distraerse. Hoy tocaba un espectáculo de lo más divertido, una comedia como las que se representaban en los mejores tiempos en el teatro Calderón.

Ricardo se sentó con Helena en la segunda fila. Carmen se acercó a ellos y les animó a participar.

—A mí me da vergüenza, Carmen —confesó Helena desde su asiento.

Por el contrario, su marido estaba animado. La charla con Carmen en el jardín le había subido la moral y quería integrarse con ella. Maroussia Valero, una mujer de facciones delicadas, había sido la encargada de montar una pequeña obra y, como conocía bien el efecto que podía causar si en plena obra se escuchaba algún obús, había subido un poco la música y bajado las persianas.

Ricardo salió disfrazado con mantilla, peluca, falda de seda y unos impertinentes que llevaba colgados al cuello.

—Esto me lo pagarás, Carmen.

—Anda, que es divertido. Mira tus hijas cómo te admiran. Están encantadas. Hazlo por ellas.

Comenzó la obra, Maroussia dio unas indicaciones y repartió unos panfletos. Carmen hacía de hombre, llevaba una chaqueta negra de solapas anchas y un bigotito a lo francés. Ricardo no se sabía nada del papel, así que leyó a saltos intentando no defraudar a ese público, que no paró de reír. En el fondo le encantaba, ya que hacía tanto tiempo que no veía a la gente tan divertida que era bonito compartirlo con ellos.

La obra sucedía rápida, con momentos dramáticos, divertidos, y al final los dos protagonistas, Ricardo y Carmen, tenían que darse un beso casto. El telón cayó y el público rompió en silbidos, vítores y aplausos. Un gran estruendo, una bomba, interrumpió la diversión, destrozó los cristales que se hicieron añicos y saltaron, y el público se tiró al suelo tapándose la cabeza con los brazos.

Algún miliciano desde fuera les gritó y les increpó con golpes en la puerta.

—Apagad la luz, o entramos y os volamos la cabeza.

Ricardo estiró un brazo y apagó un interruptor, buscó con su mano la mano de Carmen y la apretó con fuerza transmitiéndole que estuviera tranquila, que él estaba con ella. Alguien encendió una vela en el pasillo; era Timy, el niño de la duquesa de Peñaranda. Un crío espigado que les había salvado a todos de morir en la oscuridad.

La gente se levantó, sigilosa como la fuerza de la gravedad que nos empuja hacia el suelo, y se dirigieron en penumbras hasta sus cuartos. Nadie hablaba, el teatro de la comedia había pasado a la tragicomedia. Esa noche fueron pocos los que pudieron dormir, ya que vivían en continuo sobresalto, con las sirenas de las ambulancias, los cañoneos y los obuses, para terminar después con un atronador silencio que se mantenía a modo de acúfeno en sus oídos.

Morla-Lynch tomó el cuaderno de notas que tenía junto a la mesilla y apuntó que esa misma semana saldría otra expedición con asilados fuera de España. Durante las últimas semanas habían incrementado el número de furgones con personas que salían desde las diferentes embajadas bajo la protección del derecho de asilo, dispuestas a comenzar una nueva vida en Francia, en Italia o al otro lado del Atlántico. La alegría era grande y lo celebraba con coñac. Su mujer le dio la mano, sabía que estaban juntos en esto. Esa semana se presentaba bien complicada, porque tenía que hablar con la Embajada de Rumanía y tratar el asunto del Consulado de Perú. Todo era un revuelo de actividades, mover las fichas deprisa y salvar a esa gente que se hallaba encerrada en la embajada.

Su mirada se centraba en los palomos, llamados así por ser los más jóvenes, que solían vivir en la buhardilla. Qué mundo tan difícil les estaban dejando a esos que venían detrás. Las cosas se complicaban cada vez más: Agustín Edwards tardaba en contestar a los mensajes y las solicitudes en las embajadas aumentaban, con más de setecientos nuevos y muchos de ellos ni siquiera aparecían en las listas.

Ricardo esperaba su turno para el baño, a que saliera quien se encontraba dentro, cuando oyó el llanto de un hombre. Este se percató de su presencia y se dirigió a él:

—Tiene que ayudarme, quiero traerme a mi hijo, pero se ha metido en algo peligroso y creo que lo van a matar.

—Cálmese.

Después de hablar con aquel desconocido durante bastante tiempo se fue al cuarto, se tumbó en la cama con el corazón herido y recordó su época en África cuando era militar. El primer día que se puso el uniforme, que se miró al espejo y vio reflejada la sonrisa de su padre, y él se la devolvió. Desde entonces el mundo se había fundido, salvo sus ideales que permanecían férreos; se había hecho militar porque era la mejor forma de atraer a la paz y ni siquiera había sido capaz de trasladarla a su vida.

Se colocó los antebrazos por debajo de la cabeza y recordó a Carmen caminando por la plaza de San Andrés con su mantón de Manila con flecos, la primera vez que escuchó su voz y sus paseos con ella por el Viaducto. Su amor se reducía a cuatro o cinco encuentros que podían arrasar como el obús una ciudad. Carmen había arrasado su vida, sin embargo, la ciudad no había quedado desierta, sino llena de flores como esa Casa de las Flores donde ella estuvo una vez con Pablo Neruda. Todavía podía oler sus geranios, y el viento fresco del Madrid ilusionante por una República que les llenaba de esperanza. Se llevaba a la cama sus recuerdos en un bote de cristal, y los encerraba abrazándolo como los niños que no despegan la nariz del escaparate, porque quieren atrapar el mejor pastel de la pastelería de la calle Espejo.

Los faros de un coche se detuvieron en la puerta. Ricardo percibió el ruido del motor, se asomó por la ventana y pudo ver a Enrique, que cogía un vehículo oficial lleno de banderas y se iba en mitad de la noche, con un chirriar de neumáticos. Esperó a que las luces se perdieran en el abismo de las calles.

19

Mis pensamientos son montes,
mares, selvas,
bloques de sal cegadora,
flores lentas.

Gerardo Diego

Por la mañana Ricardo bajó las escaleras de la embajada hasta el salón. Las mesas estaban completas, con personas a ambos lados, algunos jugando, otros charlando.

Enrique, sentado junto a la ventana, subió las persianas y escuchó fuera a tres milicianos que blasfemaban y escupían al suelo. El hombre hizo lo propio y escupió dentro de la embajada.

—¿Qué miras? —dijo, dirigiéndose con gesto displicente a Ricardo.

—Tienes mala cara, ¿has dormido mal?

—Eso a ti no te importa. Preocúpate de tu mujer y de tu cuñadita. Nosotros fortaleceremos la República.

Ricardo caminó por el salón, sin quitarle ojo, algo de él le resultaba inquietante, sus ojos negros, su tez blanca en línea con su pelo canoso. Un reflejo de luz entró por la ventana y se dirigió a una cadena que llevaba al cuello, provocando un destello en la pared. No tenía nada colgado, solo una cadena de oro, algo que le chocó sabiendo que era un hombre sencillo, y que, según había contado en sucesivas ocasiones, lo estaba pasando muy mal, porque se había quedado desempleado muchos meses atrás y les había tenido que prestar dinero su cuñado.

En aquel momento su mujer y Quique entraron en la sala. El pequeño portaba una caja de latón con las sagradas formas que don Nicolás le había pedido para bendecir. Enrique que lo vio le dio un empujón tirándolas al suelo.

—Quique, suelta eso. Prefiero que lleves un arma y aprendas a pegar dos tiros, es lo único que nos salvará de esta guerra.

Su mujer se apresuró con miedo a recoger las formas del suelo, mientras tiraba del brazo del niño para que se fuera de la habitación.

Ricardo se acercó hasta él y le puso la mano en el hombro.

—Venga, tranquilo. ¿Sabes jugar al bridge?

—Ni sé ni me importa. No quiero perder mi vida en juegos de cartas mientras esperamos la muerte.

—Enrique, tienes que tranquilizarte, lo que sueltas por la boca asusta a la gente.

El hombre salió al jardín, mientras Ricardo se apoyaba en el alféizar de la ventana para mirar desde dentro hacia fuera, y observó que Enrique compartía un cigarro con los milicianos que les acompañaban durante largas horas en las entradas de las embajadas. A veces se pasaban la mañana o la noche, dependiendo de la necesidad que hubiera en algún otro punto de la ciudad, para vigilar que nadie entraba ni salía sin el debido permiso. Carmen se acercó a Ricardo.

—Gente así no nos ayuda en este lugar. Lo peor de este mundo son los excesivos, los que avivan el ambiente.

—Le he intentado tranquilizar, pero no ha habido manera.

—No me gusta ese tipo. Tiene algo...

—Sí, a mí tampoco, lo veo agresivo. Creo que algún día podemos tener un problema con él.

—A veces la guerra tiene cosas terribles, saca lo peor del ser humano y, sin embargo, aquí estamos tú y yo viviendo la mejor época de nuestras vidas. Me gustaría que un día tuviéramos un momento a solas. Poder sentirte, Ricardo, y vivir con ese instante para el resto de la eternidad.

Ricardo abrió la puerta del jardín y la sujetó de forma galante para que Carmen saliera.

Helena salió de la cocina y se acercó a su marido, y juntos observaron a través del ventanal que el cielo resplandecía más azul que otros días, la luz del sol incidía con fuerza, atravesaba el cristal y se adhería al pie del aparador apoyado.

—¿De qué hablabas con mi hermana?

Por un momento dudó, tuvo que hacer memoria de la conversación más trivial para disimular el encuentro con Carmen.

—Le he comentado que Enrique no me gusta nada. Ni sus formas ni la manera que tiene de gritar a su hijo. Si lo trata así delante de todos, cómo será cuando esté a solas con él.

—Creo que sacáis las cosas de quicio. Las personas según en qué circunstancias estemos nos comportamos de una manera o de otra.

A medida que avanzó la jornada, el cielo se tornó gris plomizo y empezó a llover. Al igual que en un mismo día radiante, el cielo decae y atrae una gran tormenta, la vida se llena de momentos maravillosos que suelen ser el preludio de algún desastre.

La tormenta llegó a mitad de la tarde, lloviendo de tal manera que los rostros de los hombres que había fuera se difuminaban. Carmen leía un libro en la biblioteca, y se esforzaba por recordar el rostro de Ricardo, que ya no estaba a su lado. Helena se acercó a ella y se puso junto a la ventana para coser una colcha.

—Apenas hay luz.

—La tormenta lo inunda todo.

—Desde hace algún tiempo noto a Ricardo distante. Tengo la sensación de que su cabeza está en otro lado.

—Le veo como siempre le conocí. Un hombre parco en palabras y pendiente de vosotras.

—De las niñas está pendiente, pero de mí... No me hagas caso, deben de ser cosas mías.

—Es este encierro, que nos ahoga el pecho, no vemos cuándo salir ni cuándo terminará esto, deformamos la realidad.

La embajada olía a legumbres, a barro, a tierra mojada, a perfume y a sudor, como si se tratase de un bazar. Las personas recorrían de un lado a otro las estancias, plagiaban las mismas actividades que hacía unos meses vivían fuera de esas paredes, celebraban comuniones, bautizos, se impartían conferencias, se cantaba, se leía, se discutía sobre política, se daban clases y también se rezaba. Y a pesar de pelar patatas, de bailar, de hacer gimnasia, de separar lentejas negras de las más claras o limpiar frijoles, siempre sobrevolaba el miedo.

Había un hombrecillo, al que llamaban Tomasito, que recorría la embajada y se creía el guardia de circulación de los obuses. Llevaba una botella de ginebra en el bolsillo, e iba dirigiendo con sus manos dónde arreciaba la artillería.

—Tengo instinto proyectil —rio en mitad del salón, mientras que los demás se hallaban desperdigados por el suelo y con las manos tapándose los oídos. Cuando todo terminaba la condesa de Peñaranda se acercaba a él y le daba la enhorabuena.

—Menudo oído tienes.

—He visto hasta el incendio del palacio de Liria y se lo conté todo a la duquesa de Atholl. Un buen cañonazo que tiraron desde la Casa de Campo.

Las personas, contrariamente a lo que cabría esperar, comentaban los bombardeos, y pasaban las horas los unos con los otros intentando normalizar la situación. No hay mejor forma de tratar el miedo que hablando de él para olvidarlo.

Ricardo encendió la radio y las noticias seguían sobrevolando, esta vez en torno a la batalla del Ebro, que continuaba en su apogeo. Helena lo recriminaba.

—Apágala, por favor. Intentemos distraernos.

La vida en la embajada se hacía pesada, todos deseaban escapar de allí y volver a la normalidad a la que estaban acostumbrados. En ese fluir de gentes de un bando y de otro, se hallaba Carmen, con su mirada dulce, con su cámara al hombro, fotografiando a las gentes que se amontonaban en ese lugar. Algunos se tapaban la cara por miedo a que el objetivo fuera una escopeta y el obturador un gatillo, pero otros miraban al objetivo con valentía. Ella, sin apenas conocer sus nombres, los fotografiaba a todos, para quedarse con el recuerdo cuando la guerra finalizara. Con el tiempo se dio cuenta de que eran los ojos lo que le gustaba fotografiar. Ricardo la observaba, le gustaba ver cómo se movía por la embajada como si hubiese pasado allí años; era una mujer increíble y con el arrojo de las personas que hacen de cualquier sitio su hogar.

Morla-Lynch seguía recibiendo informes y hablando con algunos miembros de las diferentes embajadas. Le habían llegado noticias de hombres valientes como Porfirio Smerdou Fleissner, cónsul honorario de México en Málaga, que brindaba acogida en su residencia privada a numerosos perseguidos de ambos bandos.

Un coche llegó a la embajada de la calle Prado. Morla-Lynch estaba tomando un té helado, cuando abrió las puertas al embajador de México, Pérez Treviño, y este no dudó en contarle cómo veía la situación:

—La situación es insostenible, nos hemos echado a las calles a ayudar a los heridos. Está habiendo un choque violentísimo de dos sublevaciones, una militarista y de tendencias perfectamente conservadoras, y otra popular, roja, de las masas.

—Tenemos que seguir ayudando a los asilados y encontrar la manera de salvarles. Nuestra labor es darles garantías de vida a todas esas personas que se encuentran en medio y que son pacíficas.

—La Embajada de México al igual que vuestra embajada da cabida al político más importante como al ciudadano más humilde. Nuestras escaleras se están convirtiendo en nuestros baños, en nuestras cocinas y cuartos. La gente lo está pasando mal, pero no paran de sonreír.

—Mi mujer Esther no descansa, utiliza un pase por ser mi esposa para poder salir de Madrid, a veces tiene que manejar un camión y va en búsqueda de alimentos.

—Sabes que mi embajada está en continua colaboración con la vuestra.

—Creo que vamos a tener que vender nuestra casa para sufragar los gastos. Ya no nos quedan fondos.

—Podéis enviarnos esta tarde más asilados a la nuestra, alguno seguro que podemos recibir.

—No sabes cómo te lo agradezco. Estoy mandando cables al embajador de México en Lisboa para que nos ayude, y que sea cómplice con nosotros. De esa manera podemos acoger aquí a más personas y después enviarlas allí, ya sabes, mientras que el Gobierno de Burgos no se entere. El camino fácil sería abandonarlos, tenemos salvoconductos para poder salir, pero esa gente forma parte de mí —le comentó Morla-Lynch terminando el té helado. Y añadió—: Somos diplomáticos y ahora más que nunca debemos implicarnos en esta misión.

—Así es, con nosotros está el alcalde socialista de Madrid, Pedro Rico, al que aún no hemos podido sacar a Valencia, y continúa a nuestro lado. Un grupo de anarquistas lo ha violentado cuando iba camino, y le ha dicho que lo matarían por traidor, así que ha venido a nuestra sede.

—El ambiente está muy convulso, se han forzado algunas delegaciones, como la de Alemania o Finlandia. Quiero evitar las armas, las embajadas deben ser sitios seguros y pacíficos.

—Yo también lo creo así, pero no estaría mal que algunos de los que están aquí supieran manejar algún arma por si se tienen que defender.

—No toleraré ningún arma. Sigo creyendo que ese no es el camino.

Se despidieron y se dieron un apretón de manos.

En la sede del Decanato todo estaba tranquilo. Ricardo se acercó a Carmen y se puso de cuclillas, ella estaba leyendo en la biblioteca.

—Estoy seguro de que algún día en alguna tienda pequeña de Madrid, o quizá de París, revelaremos esas fotos y nos acordaremos de todo esto como si hubiera sido un mal sueño.

—Es real, Ricardo. Estoy cansada de creer que vivimos continuamente en un sueño, y me enfada, porque en ese sueño estamos tú y yo. Y duele despertarse de él envuelta en sudor.

—He visto el terror en las caras de la guerra, sé que todo lo más fuerte y lo más desagradable que vive el ser humano es real, pero a veces el dolor y el amor dura muy poco.

—Nosotros haremos que dure más.

—Eres como el amanecer de África, tienes los colores del fuego y, de pronto, a medida que cae la tarde te vas difuminando, hasta que llega la noche y te siento fría, como si huyeras de mí.

Carmen no contestó de inmediato.

—Entiéndelo, Ricardo, estás casado con mi hermana.

—Somos como las palomas de la Plaza Mayor que buscan la

comida y a veces no llega. Y solo cuando te veo, entonces me sacio y ya no tengo ese hambre voraz.

—Ricardo, a veces las palomas son atropelladas por los coches, andan despacio, se tambalean y un día...

—No encuentro las palabras contigo. A veces siento que te das, que estás de mi lado, y otras que te pierdo, que levantas el vuelo y que nunca podremos estar juntos.

Ricardo empezó a experimentar esa vieja torpeza que sentía cuando Carmen le hablaba. Tartamudeó unos momentos. Ella se deshizo de la mano que la apretaba, subió por las escaleras y se quedó mirando por la ventana. Estaba lloviendo y en cada gota de lluvia lo veía a él con su inocente torpeza, con su brusquedad en el tono cuando algo no le salía como él quería.

Sintió a su espalda un aliento que le acariciaba el oído, se dio la vuelta y se encontró de golpe con la mirada de Enrique. Era descarado y dañino. Su cara era una lija de arrugas, y sus ojos estaban sin vida.

—Debe de ser difícil para ti, estar escondida y no dar la cara a tus amigos.

—No me conoces de nada —exclamó Carmen, empujándole hacia atrás.

—Creo que aquí nos conocemos más de lo que creemos.

La mujer se puso nerviosa, dubitativa, ese hombre le hablaba como si la conociera. Estaba realmente asustada. Corrió y se metió en un cuarto, cerró la puerta, pero al instante el picaporte empezó a moverse y tuvo que encajar una silla para que no pudiera abrir. Debió de desistir, porque al rato oyó el paso de unos zapatos alejarse de allí.

No le gustaba la manera de andar de Enrique, ni lo que escondía aquella mirada, siempre gris; tampoco el hecho de que no se integrara con nadie de la embajada. Ni siquiera se mostraba afable con su hijo ni se alegraba por él cuando se le veía jugar junto a Violeta y otros niños.

Lo más triste de estar en el lugar que a uno no le pertenece es el momento de celebrar los días importantes, aquellos que se hacen rodeados de amigos y familia. Aquella familia era una familia extraña, pero no dejaba de ser familia. La gente se ayudaba, se mostraba dispuesta y habían encontrado un calor parecido al del hogar.

Al día siguiente era su cumpleaños y no estaba triste. Quizá el tener a Ricardo a su lado para celebrarlo le alegraba un poco el corazón. Echaba de menos a las chicas, a esos amigos que habían permanecido a su lado cuando más lo necesitaba. A saber qué sería de cada uno de ellos, o si seguían con vida.

Aquella mañana Helena la recibió con una tarta. Ricardo no estaba a su lado, había salido a hacer unos recados y a ayudar con los víveres para la embajada. Su tía Piedad le encendió la vela y todos le cantaron al unísono el *Cumpleaños feliz*; las voces desentonaban, subían y bajaban sin ningún acorde. Cuando acabó la celebración, Carmen se fue a un sillón y se sentó con su trozo de tarta, un bizcocho medio crudo pero que sabía al mejor pastel de la pastelería de la calle Espejo.

Su sobrina Violeta se acercó.

—Felicidades, tía. Te hemos hecho un dibujo.

—Mira que sois bonitas.

El dibujo representaba la figura de una mujer fotografiando la calle Mayor, la cual se reconocía por su avenida ancha y porque en uno de los balcones había dos mastines, los perros que tenía el vecino de enfrente. Pensó en esos perros, en qué sería de ellos.

Ricardo entró al salón, vestido con una gabardina, le acarició la cara a su mujer y se dirigió donde su cuñada.

—Felicidades, Carmen —le dio un beso en la mejilla aprovechando el día oficial. Sintió su piel tersa y caliente, deseaba acariciarla hoy más que nunca.

—Al final has llegado a tiempo.

—Me hubiera gustado estar antes, pero no he podido. He ayudado al chófer del embajador a traer más víveres.

Carmen dejó el plato con las migas del trozo de tarta y cogió su cámara de fotos. Ricardo se apoyó en la pared y ella comenzó a disparar. A través del visor se dio cuenta de lo perfecto que era en sus líneas, sus rasgos marcados y esa terquedad que definía su rostro. Helena estaba detrás viendo la escena y tardó unos segundos en romper aquel momento, requiriendo a su marido algo turbada.

—Ricardo, ¿vienes y me ayudas con las ollas?

—Claro, voy.

Helena se adentró en la cocina y Ricardo la siguió como un niño que sabe que ha hecho algo mal.

Carmen se sintió violenta, ya que por un momento había secuestrado a Ricardo solo para ella, se lo había arrebatado a su hermana. Cerró los ojos y recordó su rostro, y entonces se percató de lo terriblemente enamorada que estaba y que ya nada la podía parar. Al abrir los ojos de nuevo lo vio conversando con su mujer, con ese porte de aristócrata, con un mechón de pelo que le caía por la frente y hacía resaltar esa nariz recta, con esos rasgos marcados en las mejillas y esos labios grandes. Él era un oasis en aquel secarral de dolor y barbarie.

Cuando Helena se dio la vuelta para pelar las patatas, él buscó entre la multitud a Carmen, quien seguía impasible en aquel rincón, retirando un carrete y colocando otro con esas manos delicadas de mujer artista. En aquel carrete iba su vida, sus dedos lo tocaban con suavidad. Ricardo pensó que era su cabello y ella lo acariciaba amablemente. De nuevo vio a la mujer que descubrió hacía muchos años, con el mantón de Manila rozándole los brazos, con aquel cuello cisne, bella, y aquellos pechos pequeños que cabían perfectamente en sus manos.

El obturador de Carmen se abrió y cerró a los impulsos de Ricardo.

Los dos se miraron y se vieron cómo eran. Dos palomas en la Plaza Mayor, comiendo las pequeñas migas que llegaban, mientras Helena se hacía la distraída.

Carmen subió a su cuarto, quería cambiarse de ropa. Hoy era una noche especial, no todos los días se cumplían años. Su hermana Helena preparó una mesa en el centro del salón con mantel de hilo, deseaba que su hermana tuviera un cumpleaños único.

La estaban esperando cuando apareció por la escalera. Sus pies iban despacio, bajaba cada escalón mirando el suelo. Ricardo estaba tembloroso en la mesa. Se levantó y le llevó una copa de coñac.

—Te estábamos esperando. Nos falta brindar por ti.

—Gracias, espero no haber tardado mucho.

—Lo bueno siempre se hace de rogar.

Ricardo se sentó entre su mujer y Carmen. Era un excelente orador, contaba sus viajes de África como si todavía estuviera allí. Relató con todo tipo de detalles el día en que cazó un guepardo porque se habían quedado sin comida. Carmen le miraba embelesada, mientras que Helena cogía a sus hijas de la mano e intentaba adivinar las direcciones de las miradas de su marido y su hermana.

—¿Queréis ir a jugar?

—Sí, mamá. —Se levantaron enseguida.

Había muchos comensales a la mesa: desde los más cercanos, incluida la tía Piedad, hasta la mujer de Enrique con su hijo. Carmen se dio cuenta de algo y se dirigió a Ricardo:

—Tengo que contarte algo.

—Dime.

—Ayer vi a Enrique muy extraño, como si me conociera, creo que sabe que todos mis amigos son antifascistas y he tenido miedo.

—Tranquila, aquí estás a salvo. Él pertenece a la CNT. Es un pobre hombre. Investigaré más sobre él. Intenta evitarle.

Ricardo se levantó de la mesa y se acercó al portero.

—Perdone, ¿esta noche ha salido alguien?

—Sí, Enrique. Nos pidió un coche oficial de la embajada, dijo que era importante, un tema de su cuñado, creo.

—¿Dejáis coches oficiales a gente que no sabemos ni quiénes son?

—El jefe de negociado nos indicó que cualquier persona de la embajada que se sintiera indispuesta, o quisiera tratar un asunto personal urgente, podía hacerlo. Él intenta que no se sientan aquí como en una cárcel.

—Está bien.

Ricardo volvió a la mesa y se sentó al lado de ellas de nuevo. Helena lo miró fijamente.

—¿Pasa algo?

—No cariño, todo en orden.

Ricardo rozó la pierna de Carmen y le dejó una pulsera junto al zapato para que la recogiera. Carmen no identificó la señal y siguió bebiendo y hablando con los que estaban en la mesa, hasta que de una patada involuntaria trasladó la pulsera a los pies de Helena. Helena sintió el contacto de algo frío junto al tobillo y se agachó para ver lo que era. Tomó la pulsera entre sus manos y antes de que su cabeza empezara a rodar, Ricardo se adelantó.

—Creo que te mereces un detalle por alimentar tantas bocas y cocinar para todos nosotros.

La gente rompió en un aplauso. Helena se levantó del asiento y sonriendo dijo:

—Lo hago con gusto, y a ti, Ricardo, qué te voy a decir, que gracias por estar siempre ahí.

Carmen se giró y leyó en el rostro de Ricardo lo que había sucedido, y reconoció ese semblante, que era el mismo que se encontró cuando lo vio en el día de la pedida de mano de su hermana.

En ese momento supo que la pulsera no era para su hermana sino para ella. Ricardo había salido días antes a comprarla en el mercado negro, quería que Carmen tuviera un regalo de cumpleaños especial, pero no contaba con que su mujer se apropiara de algo que ya no era suyo aunque desconociera el destinatario. Sintió rabia. Helena estiró el brazo sobre el mantel para que Ricardo se la pusiera. Este cerró el broche y apretó los labios con fuerza. Qué duro era cerrar un broche en el corazón de otra persona, pensó, mientras daba un sorbo a una copa de coñac.

Helena se levantó y con la fuerza de la inercia la pulsera resbaló para quedarse encajada al principio de la muñeca. Su marido miraba de reojo aquella pulsera que guardaba un secreto que solo él conocía. Había grabado con la cuchilla de afeitar las iniciales de los dos, C.R., y por ironía del destino ese símbolo iba pegado a la piel de Helena.

Carmen bebió un sorbo de coñac y sacó de su bolso un egipcio. Dio dos caladas al aire y fumó de forma femenina. Colocó un dedo en el borde de la copa de coñac y comenzó a darle vueltas, pequeños gestos llamando la atención de Ricardo. En la primera vuelta de su dedo le susurraba al oído que se escaparan al jardín y se volvieran dos locos que se embadurnaran de barro; en la segunda vuelta, mejor que se fueran a la litera de arriba y ella pudiera arrancarle esa camisa que se pegaba en mitad de la espalda; y en la tercera vuelta... Helena cogió la copa y mirando a su hermana le soltó sin rodeos:

—Podríamos poner la radio y bailar algo. El portero lleva días mirándote, yo creo que le gustas.

—Helena, no me apetece bailar con nadie, solo quiero estar aquí.

—Bailar no significa nada. Cuando termine la guerra y salgamos de este lugar, todo lo que hayas vivido aquí se irá por el desagüe. No hay que sentirse culpable por bailar en estos momentos tan terribles que estamos viviendo.

Ricardo tiró la copa sin querer y manchó el vestido de su mujer.

—Lo siento, cariño.

—No te preocupes, todo lo que se derrama, jamás vuelve a la copa. Se queda en la tela.

La duquesa de Peñaranda, agitando una cuchara contra el vaso, dijo:

—¿Os parece que juguemos a algo divertido?

—Claro, ¿por qué nos vamos a aburrir? —respondió Helena.

Su voz sonaba cínica. Quería llamar la atención del marido perdido, parecer divertida, jovial y un tanto alocada, algo de lo que carecía porque todo eso lo había recibido su hermana por nacimiento. Carmen se levantó al baño.

—Si me disculpáis.

Ricardo se puso en pie, como un hombre galante que era, y recorrió con la mirada a Carmen, quien se escapó por las escaleras. Quería hacer lo mismo, pero su mujer lo abrazó y lo mantuvo agarrado por la cintura hasta que pudo liberarse de ella buscando una vulgar excusa. Subió las escaleras y se encontró con Carmen.

—Mi hermana sabe algo, la noto diferente.

—Anda, no pienses eso y únete ahora. Si te vas, va a sospechar.

—Está bien. Por cierto, ¿sabes algo de Enrique?

—No me gusta nada, no lo veo por aquí.

Ricardo subió al cuarto de Enrique y se detuvo en el marco de la puerta. Se quedó un momento en la habitación, dio dos pasos y accedió al interior. Miró debajo de algunos libros que había sobre una cómoda y no vio nada. Echo un ojo por la ventana para ver si descubría algo y, entonces, se percató de la lámpara que colgaba de un clavo de la ventana. Probó a encender y apagar. Y al segundo, una luz hizo lo mismo al otro lado. Volvió a encender y apagar, esta vez tres veces, y al momento, tres toques de luz golpearon la ventana. No podía creérselo, alguien al otro lado le estaba haciendo señales con la luz, como si entendiera ese código; había descubierto un lenguaje secreto. Pensó de dónde venía la luz, tomó un lápiz y dibujó en la pared los puntos.

Vio que la luz no procedía de la casa de Campo, porque tendría que ser una luz más tenue por la distancia. En medio de aquella trayectoria estaba la Biblioteca Nacional. Sin duda se hallaba mucho más a la izquierda; o bien llegaba desde el Viaducto o lo hacía de la iglesia de San Francisco el Grande. No quería dejar señales, así que cogió la suela del zapato y pisó la pared con fuerza para dejar un borrón sobre ella. Se escucharon unos pasos rápidos, alguien subía por las escaleras. Ricardo estiró la alfombra y dio un puntapié a un objeto: era un crucifijo. Lo cogió y se planteó por qué tendría un crucifijo escondido debajo de la cama una persona que no era creyente. Abrió la ventana y se descolgó por ella, manteniéndose pegado al muro exterior sobre la cornisa y con la ventana entreabierta. Quería espiar a Enrique y conocer lo que hacía durante tantas horas en su cuarto.

Enrique llegó cansado, se deshizo de la mochila que llevaba al hombro, desenrolló la alfombra y se quitó las botas llenas de grava lanzándolas. A continuación, sacó de debajo de una estantería una radio y la puso en marcha. Se oyó primero sin sintonizar y al segundo pudo reconocer Radio Salamanca. Ese tío no era trigo limpio y algo escondía. Cuando se durmió con la radio encendida, Ricardo escaló por el muro para abrir la ventana de al lado; menos mal que todos andaban distraídos en el salón y todavía no habían subido a las habitaciones. Las risas se oyeron de fondo, habían empezado a jugar al juego de la verdad, el ambiente estaba relajado.

Bajó al salón, sentados alrededor de una estufa de carbón había algunos asilados. Carmen sacó un paquete de egipcios y Ricardo alargó su brazo para darle fuego. De nuevo el roce de las manos entre ambos.

—Yo quiero hacer una pregunta a mi hermana, que para eso es su cumpleaños.

—Acepto el reto. Pregunta.

—¿Qué es lo más arriesgado que has hecho nunca?

—Sin lugar a dudas, el día que entré en el Museo del Prado para salvaguardar las obras de arte junto a mi amiga Teresa. No lo dudamos ni un momento. Podíamos sentir el olor a quemado y el humo sobrevolando las ventanas de la pinacoteca.

—¿Lo harías otra vez? —preguntó Ricardo.

—Por supuesto. Salvaguardar la historia para futuras generaciones es algo que no tiene precio.

—Para ti, Ricardo, tengo otra: ¿Crees que la guerra tiene un sentido alguna vez?

—Helena, es una pregunta complicada para un hombre que ama la carrera militar, pero te contestaré lo mismo que te dije hace muchos años: si es para salvaguardar la paz, creo que sí.

—¿No es algo contradictorio, paz y guerra? Son palabras antagónicas, como también lo son la verdad y la mentira.

Ricardo bebió otra copa de coñac y mirando a Sánchez Mazas, uno de los dirigentes del fascismo con José Antonio Primo de Rivera, eludió la pregunta de su mujer.

—¿Has oído lo del dirigible Hindenburg en Nueva York?

—No lo he oído. ¿Qué ha pasado, Ricardo?

—Todos los pasajeros y la tripulación han muerto, pero, claro, esos importan menos, están mucho más lejos.

—Creo que has bebido demasiado, Ricardo —le recriminó su mujer.

—Somos más de mil asilados y algunos no estamos en listas, bien porque nos ignoran, bien porque entramos después de consignarse el último listado. Y quien no está en esa lista, no existe. Tiene la vida muerta ya en vida.

—Querido, por favor, estás alterando a la gente —protestó Helena, tratando de quitarle la copa.

—Hace una hora ha terminado la Comisión de Asuntos Generales, y aquí nadie ha venido a decirnos nada.

El juego se terminó pronto porque desembocó en un violento combate verbal. Allí, en el Decanato, algunos creían que Franco y las tropas no entrarían en Madrid, y otros que el embajador estaba tardando mucho en evacuarlos. Los ánimos estaban encendidos. La noche llegó y los obuses se escucharon hasta bien entrada la madrugada como lo habían hecho durante los últimos meses.

Por la mañana, recibieron la visita de Carlos Morla-Lynch.

—Tenemos que daros una noticia buena. Tenemos algunos nombres nuevos que pueden evacuarse muy pronto, saldrán para Francia.

Sacó de su bolsillo una lista y empezó a leerla. Carmen estaba nerviosa, porque no quería ahora por nada del mundo alejarse de esas paredes. Uno a uno fueron nombrados por nombre y apellidos todos los afortunados, sobre todo mujeres y niños. Algunas lloraban de alegría, otras en cambio gritaban agarradas a sus pertenencias. Estaban asustadas, se negaban a salir, desconfiaban que al otro lado de esas paredes estuviera la salvación, cuando lo único que llegaba desde allí era el dolor, la incertidumbre, tan alejadas como se sentían de esa libertad bajo una cárcel de oro.

—Mi mujer no se irá —gritó un hombre en la escalera.

—Tenemos que confiar, no nos queda otra. Aquí no hacemos nada ya —gritó Ricardo. Y añadió—: Una vida fuera nos está esperando.

—El embajador Núñez Morgado ha solicitado al Gobierno republicano la libertad de algunos asilados.

—¿En virtud de qué? —replicó de nuevo el hombre que no quería que su mujer se alejase de él.

—En virtud del Consejo de la Sociedad de las Naciones en Ginebra. Nos han dado toda clase de garantías, si no, yo soy el primero que me negaría a que salierais —aseguró Morla-Lynch.

Después de los ánimos exaltados, vinieron los abrazos y las despedidas. Allí habían formado una familia, más unida que los lazos de sangre; en los peores momentos solo puede rescatarnos la fraternidad.

El Gobierno republicano había enviado cuarenta camiones civiles de la Defensa de Madrid y del Departamento de Seguridad, escoltados oficialmente por cien guardias de asalto en motocicletas. Se dirigían a Valencia para luego emprender un viaje a Francia.

—Seguro que pronto nos volveremos a ver —sonrió Ricardo ayudando a las mujeres y a los niños a subir a los camiones.

Morla-Lynch se acercó a él y le tendió la mano.

—Gracias por calmar los ánimos. Hay total seguridad, nos la ha garantizado el general de la Defensa de Madrid, el general Miaja, cuando hemos hablado con él, y nos ha dado el visto bueno. Han sido negociaciones muy arduas, pero al final se ha abordado como un tema humanitario.

—No sabemos cómo agradecerle todo lo que está haciendo por nosotros.

—Sé cómo es sentirse de otro lugar, una buena acogida es fundamental. Se trata de respetar los tratados internacionales y luchar por ellos. Y aquí estamos haciendo lo que un día hicisteis los madrileños por mi mujer y por mí, arroparnos y hacernos sentir como en casa.

—Hay algo de lo que quería hablarle. Entre los asilados hay uno que no me da buena espina. Tiene carnet de la CNT y he visto que en su ventana cuelga una linterna. He averiguado que mantiene un código con alguien al otro lado a través de luces.

—Sé que es difícil confiar cuando hay un abanico de colores políticos, pero debemos ser cautos. La embajada se abre, sin embargo, nuestras cabezas siguen perteneciendo a los mismos ideales, esos nunca se pierden.

—Quizá tenga razón.

—Debemos dar prioridad a las mujeres, a los niños y a los ancianos. El ministro de Estado nos ha dado indicaciones de que los últimos en partir sean los hombres en edad militar.

La evacuación de refugiados comenzó de forma inmediata con la salida de cincuenta y cinco asilados que viajaron a Chile en el vapor Ordufla.

20

*Fue cuando comprobé que murallas se quiebran con suspiros
y que hay puertas al mar que se abren con palabras.*

RAFAEL ALBERTI

El silbido de las balas no dejó dormir a Ricardo, que se levantó para fumar un cigarro. Se puso una camisa, salió a las escaleras y se sentó en mitad de ellas. El Decanato estaba en completo silencio, una calma que solo fue interrumpida por la aparición de Enrique, quien abrió la puerta y se acercó a paso ligero portando una maleta vieja. Pasó por su lado sin mirarle siquiera y bajó las escaleras sujetando con fuerza el asa de esta. Ricardo se adelantó y puso la mano en la puerta, impidiéndole el paso.

—¿Adónde vas a estas horas?

—Déjame en paz. No es asunto tuyo —dijo escupiendo al suelo.

—No vas a salir de aquí sin que me des una buena explicación.

Enrique se abalanzó sobre él y empezaron a forcejear. Primero Enrique le propinó un puñetazo en la mandíbula. Ricardo se levantó, sujetándose al respaldo de una silla, y arremetió contra él para propinarle un puñetazo en el rostro, que por un momento le dejó algo mareado, el tiempo que tardó Ricardo en abrir la maleta y sacar un montón de papeles. Había planos y listas de nombres desconocidos. En uno de los planos había una cruz roja que indicaba el camino de una casa particular al Hospital Obrero. Enrique seguía medio inconsciente en el suelo.

Ricardo se fue a la cocina y le tiró un vaso de agua en la cara.

—¿Quién coño es esta gente? —Y añadió—: ¿A quién vas a traicionar?

Enrique se levantó muy despacio y algo perturbado contestó:

—Ven con nosotros, Ricardo, tú tienes madera, lo vi desde un principio. Debemos acabar con la República.

—¿De qué estás hablando? Te equivocas conmigo. Soy un hombre de paz.

Enrique dirigió a Ricardo una falsa sonrisa y sacó del tobillo una pistola.

—No rechistes, amigo. Y ábreme la puerta. O mataré uno a uno a todos los que estáis aquí.

Cruzó a toda prisa el jardín, cerró la valla dando un portazo y salió al paseo de la Castellana. Corría sin dirección, como un loco que se ha escapado de un psiquiátrico. Ricardo corría detrás de él, siguiéndole, cuando paró delante de ellos una ambulancia. Alguien desde dentro arrojó al suelo a un herido por la parte de atrás, junto con un almohadón. Llevaba la pierna colgando, se estaba desangrando.

Enrique abrió la parte del conductor de la ambulancia y le gritó:

—Si te acercas un paso más, lo rematamos.

Ricardo se quedó petrificado observando la escena. Enrique cerró la puerta de la ambulancia, bajó la ventanilla y no cumplió su palabra. Sacó la pistola y lo disparó en la rodilla.

—Dicen que el dolor con más dolor apaga el dolor primigenio.

La sirena de la ambulancia no paraba de sonar, se pusieron en marcha por Raimundo Fernández Villaverde dirección el Hospital Obrero. Ricardo se agachó y le puso la mano en la rodilla al herido. No paraba de brotarle sangre, la tenía hecha añicos. No podía dejarle en mitad de la calle, desangrándose y sin medios. Miró hacia el Decanato, vio que no había tiempo que perder. Debía llevarle allí, alguien se haría cargo, no podía abandonarlo en mitad de la Castellana como un gato muerto. Ese joven tenía que salvar su pierna. El chico susurraba entre delirios y sudores.

—Me han quitado mi identificación. Soy del ejército rojo.

—Tranquilo, muchacho, vamos a salvarte —le aseguró, arrancándose un trozo de la manga de su camisa y haciéndole una especie de torniquete.

—Dígale a mi madre que siempre la quise. Ella no quería que me alistara, pero yo necesitaba que tuviera algo que llevarse a la boca.

—Tranquilo, no hables ahora.

Ricardo se colgó su brazo al cuello y lo arrastró por la Castellana hasta llegar de nuevo al Decanato, y cuando entró en el jardín gritó:

—Luis, abre la puerta. Luis, es urgente.

Las luces se iban encendiendo en cada ventana como un alumbrado de Navidad. Algunos bajaron desde sus habitaciones para ver qué estaba ocurriendo.

—¿Dónde hay un médico? —gritaba Ricardo desesperado.

—El último doctor se fue en uno de los camiones con su mujer —respondió Carmen a la vez que se ponía la bata.

—¡Mierda! —protestó Ricardo. Acto seguido preguntó—: ¿Quién tiene conocimientos de medicina?

Una religiosa que estaba al fondo habló:

—Yo tengo algunos conocimientos, pero no puedo curar a un rojo.

—Es un chico, por favor. Olvidaos de una vez de la ideología. Este país lo estamos destruyendo a base de enarbolar banderas.

Ricardo levantó su cabeza y le mostró los ojos del herido, que estaban entreabiertos. La religiosa dio dos pasos hacia atrás. Carmen la miró, recriminándola.

—No representas a Dios, quítate esos hábitos y vete de aquí.

Sosteniendo la cabeza del chico, se dirigió a Ricardo:

—Haz lo que tengas que hacer. Ayudaremos como podamos a este muchacho para salvarle la vida.

Una chica joven y con melena negra, que parecía haber salido del concurso de miss Simpatía de Carabanchel, se acercó hasta Carmen.

—Me llamo Anita Guardiola. Mi padre es cirujano, estudió la carrera en el Monte Sinaí de Nueva York; de hecho, ahora debe de estar ayudando por las calles de Madrid, no quiso venir con nosotras porque nos dijo que su lugar estaba con los heridos. Le he escuchado durante las sobremesas hablar mucho de las operaciones, y estoy estudiando Enfermería. Algo puedo ayudar.

—Gracias, Anita —dijo Carmen.

—¿No sería mejor llamar a un coche oficial de la embajada y llevarle al hospital del Quinto Regimiento? Creo que está aquí al lado —propuso uno de los oficiales.

Anita puso su mejilla en el corazón.

—Apenas tiene constantes vitales. Lo más recomendable es ayudarle lo que podamos aquí y después trasladarle.

Las dos mujeres se tomaron de las manos y se abrazaron con fuerza entrelazándolas con el herido.

—Necesitamos algodón, yodo y alcohol —les indicó Anita.

Carmen corrió y buscó en los cajones de la cocina lo que la chica le iba pidiendo.

Helena hacía de barrera con sus hijas para que no vieran aquel espectáculo, parecía un torero desangrándose en la plaza.

Amelia no podía ni mirar la escena, sin embargo, Violeta no tenía miedo, fijó los ojos en la herida abierta que no paraba de sangrar. Por primera vez, en medio de aquel desconcierto, supo ver más allá, como lo hacían los adultos que las protegían, y se volvió hacia su hermana pequeña, la cogió de la mano, la abrazó y la arrastró hasta una de las habitaciones más pequeñas.

En uno de los rincones su amigo Quique lloraba desconsolado, porque su padre había desaparecido y nadie le decía dónde estaba. Las niñas se acercaron curiosas.

Quique se escurrió en un rincón y se pasó toda la noche con los brazos entrelazados a sus piernas y hecho un ovillo. Amelia y Violeta se colocaron a ambos lados de él y se mantuvieron así, en silencio, durante largas horas, con los hombros juntos.

Ricardo miró a Carmen, sabía que lo dejaba en buenas manos, cerró la puerta tras de sí y se fue corriendo en dirección al Hospital Obrero.

El chico temblaba en el suelo, como las lagartijas que acaban de perder la cola. Carmen y aquella joven daban las órdenes para que Luis y otros dos chicos las ayudaran a levantarlo y ponerlo en la mesa de la cocina.

Carmen, siguiendo las indicaciones de la joven, mojó un pedazo de algodón en alcohol y se lo colocó al muchacho en la nariz para que aspirara y mitigara el dolor, a modo de anestesia.

Anita limpió la sangre de la rodilla con un paño de cocina y comprobó que la rótula estaba hecha añicos.

—Hay que sacarle la metralla. Todo ese metal dentro se oxidará pronto y hará que tenga una asepsia por todo el cuerpo.

—¿Qué es eso? —le preguntó Carmen.

—Una infección que lo llevará hasta la muerte.

Ricardo por su parte cogió un coche de la embajada y se dirigió al Hospital Obrero. El edificio se levantaba sobre cuatros grandes galerías distribuidas en planta. Rompía con la estética de los edificios de la ciudad, porque estaba construido en su totalidad en piedra, y se desplegaba amurallado como un conjunto con varias entradas y un gran patio central en el que había una fuente y una iglesia. En la puerta se topó con una hilera de camiones que trasladaban heridos hacia el interior, varios coches oficiales curiosamente estacionados en la puerta, y hombres armados que vigilaban quién entraba y salía; sin duda, algún personaje importante estaba dentro del hospital. Ese debía de ser el objetivo de Enrique, porque de interesarle solo robar identificaciones de republicanos, podía haber ido a cualquier otro lugar.

Ricardo decidió acceder por la puerta principal, aprovechando la confusión de la llegada de otro furgón con malheridos en camilla. Unas enormes escaleras se abrían paso, junto a una pequeña sala, en la que se leía un letrero que decía ADMINISTRACIÓN, y en cuyo interior una gran cantidad de repisas de metal soportaban ordenadamente tarros de cerámica de Talavera, en diferentes tamaños y de un bicolor sobre todo azul y blanco; sin duda era el único espacio ordenado en aquel lugar donde se apilaban camas, colchonetas, enseres, heridos y pacientes, aprovechando cualquier superficie.

El ritmo era frenético y los médicos, voluntarios y enfermeras salían corrieron de un lugar a otro.

Una mujer joven con un delantal manchado de sangre se dirigió a un grupo de hombres que estaban sentados en la entrada esperando instrucciones.

—Venid, necesitamos transfusiones.

Ricardo continuó por un pasillo angosto que comunicaba con una gran galería donde algunos enfermos estaban de pie repitiendo ejercicios, otros aprendiendo a caminar, y los gritos retumbaban en toda la planta. Subió hasta el último piso y entró en varias habitaciones y pidió identificaciones a los que estaban conscientes.

—No sabemos dónde las tenemos. Vino un enfermero y nos ha dicho que las necesitaba, pero que luego nos las devolvería. No podemos salir de aquí sin ellas, nos jugamos la vida.

—Tranquilo, ¿has visto por dónde se ha ido?

—Ni idea.

Ricardo salió al pasillo, se asomó a la ventana y vio en el centro del patio varias ambulancias aparcadas, entre ellas la que habían utilizado Enrique y su cómplice para escapar y que ahora se hallaba estratégicamente ubicada delante de un edificio octogonal. Tenía una persona apoyada en la parte trasera, estaba fumando y parecía que esperaba a alguien, sin duda a Enrique, que debía de estar en alguna parte de ese edificio.

Ricardo bajó las escaleras un piso para inspeccionar con más detenimiento cada estancia, y así entró en un pequeño cuarto donde un hombre con la cara quemada pedía agua. Le preguntó por él a una enfermera que acababa de llegar y esta le explicó que las balas explosivas causaban ese horror, era el arma más terrorífica que estaban usando en ese momento. Ricardo se acercó a él y le apretó la mano con fuerza, estar tan cerca de la barbarie nunca puede alejarnos de la dignidad humana de cada individuo, mostrarle un respeto incondicional.

Cerró los ojos y salió corriendo al edificio octogonal. Este tenía dos pisos: en la parte de arriba estaban los quirófanos y en la parte de abajo, diferentes despachos, almacenes de herramientas y la farmacia del hospital, repleta de medicinas y cloroformo. Allí debía de encontrarse, sin duda, el personaje importante porque varios milicianos y guardias de asalto rodeaban el patio y el edificio. Ricardo se acercó hasta uno y le ofreció un cigarro.

—Tengo a mi padre dentro. ¿Sabéis por qué tanto jaleo?

—Ha venido la Pasionaria.

—¿Está herida?

—No, qué va, de vez en cuando viene para ingresar, tiene problemas de hígado. Acaba de entrar, no sabes qué voz tiene, impone, la misma voz ronca del Parlamento.

—Se lo diré a mi padre, seguro que le gusta.

Siguió conversando con el oficial para hacer tiempo mientras se percataba de que el tipo que acompañaba a Enrique ponía en marcha el motor de la ambulancia, sin duda faltaba poco para que este saliese.

Carmen abrió un costurero y sacó una aguja. Enhebró un hilo y lo pinchó sobre un almohadón. Anita tomó un tenedor y lo deformó con la hoja de la puerta. Carmen le acercó una vela y lo quemó durante unos segundos para desinfectarlo. La joven estudiante de Enfermería se santiguó y separó cuidadosamente la carne que caía a ambos lados del fémur.

Al otro lado de la camilla improvisada sobre la mesa de la cocina, uno de los muchachos le sostenía las piernas y otros dos la cabeza y las manos, mientras Carmen seguía empujando el algodón mojado en alcohol sobre su nariz. Anita escarbaba con fuerza la metralla y la iba retirando cuidadosamente, depositándola sobre un barreño que habían colocado junto al cuerpo.

Rodolfo se acercó a ellas y les dijo:

—Aquí tengo un cortaplumas que yo creo que les servirá, lo he quemado también para desinfectarlo.

Carmen estaba empapada en sudor, pero no le temblaba el pulso. La rodilla del herido empezó a dejar de temblar, apenas se movía y en ese momento dejó caer a un lado la cabeza.

—Lo perdemos.

Carmen de forma instantánea empezó a bombear el corazón,

daba pequeños golpes en el pecho seguidos de pequeños soplos en la boca para hacerle llegar aire.

—Mamá —se agitó el herido.

Anita le dio la mano y le susurró el oído:

—Ella está contigo, pronto la podrás ver.

Los latidos del corazón volvían a coger fuerza, como un caballo de carreras que empezaba a divisar el obstáculo para saltarlo.

Carmen se secó la frente con un pañuelo y después le secó el sudor al herido apretando su mano.

—Nos queda el trozo de metralla más grande que está atravesado entre la tibia y la fíbula. Hay que ponerle de lado, pero al moverle también perderá más sangre. Tenemos que intentar que no haga ningún movimiento brusco.

Anita hizo un corte con el cortaplumas de seis milímetros y pidió la ayuda de los tres hombres para ponerle de lado. La anestesia casera empezó a perder efecto y el muchacho comenzó a gritar y a apretar los puños golpeando con fuerza la rodilla.

—Ponerle más alcohol en las fosas nasales, necesitamos que esté tranquilo —ordenó Anita. Y añadió—: Doblad más el tenedor, ponedlo junto al fuego de la estufa.

—Ya no queda carbón.

Carmen tomó el tenedor y lo introdujo en uno de los cajones de la cocina, que era metálico. Lo apretó con el pie y dio un pequeño gruñido hasta dejarlo doblado.

—Ahora sí, inténtalo.

Anita hizo una incisión con el cortaplumas, dejando la rodilla más abierta, y por ahí volvió a meter el tenedor y lo removió hasta encontrar un punto fijo para tirar hacia fuera. Nadie de los que estaban allí hablaba ni respiraba. Solo un ruido de metralla que cayó al barreño cortó el silencio.

Ricardo se dirigió al sótano por una escalera contigua en la parte de atrás del patio, que se abría a un pasillo oscuro roto por una luz artificial, donde había una puerta abierta y se oía ruido dentro.

Se apoyó en el marco de la puerta y observó a Enrique de espaldas abriendo cajones, retirando tarros de las repisas de cristal y arrastrando el material médico de aquel almacén. Sobre la mesa estaban abiertas dos maletas pequeñas de cuero y una pistola Mauser del año 1920. Ricardo aprovechó y entró con sigilo, apartó de un golpe la pistola de la mesa y la arrastró con el pie hasta el otro lado de la habitación.

—Enrique, ¿para quién trabajas?

—Soy anarquista, ateo y de la CNT.

—¿Por eso tienes un crucifijo en el cajón? No más mentiras. Si tengo que salir sin vida de esta habitación lo haré, no le tengo miedo a la muerte. Dime, ¿para quién trabajas?

—No sé si has oído que el general Mola ha dicho que hay cuatro columnas que están llegando a Madrid, pues yo pertenezco a la quinta columna, la que ya está dentro. Tengo una misión que cumplir.

—¿Qué misión?

—Matar a Dolores Ibárruri Gómez, la Pasionaria. Ella es la primera que ha alertado de la existencia de enemigos infiltrados en las filas republicanas.

—¿Estás loco?

—Al principio pensé que tú estabas conmigo, vi que eras militar, que me seguías con la mirada por toda la embajada. Deduje que pertenecías a mi célula triangular.

—No sé de qué hablas.

—Somos tres, el nuevo integrante solo conoce a la persona de la que depende. Creí que tú formarías parte de nuestro grupo, hasta que vi que estabas contra mí. Pensé que eras el 77373.

—¿Qué es ese código?

—Todos en la quinta columna tenemos un código, vivimos en secreto. No te puedes fiar de nadie.

—Piensa en tu mujer, en tu hijo.

—A ellos no los metas, no tienen nada que ver. Solo está involucrado su hermano, es el tipo de la ambulancia. Ha estado trabajando en el estanco de la plaza de la Paja, pasando información y proporcionando identificaciones republicanas a los nuestros. Queremos hacer algo grande.

—¿En qué consiste vuestro trabajo?

—Lo que venimos haciendo es enviar información a través del frente o la frontera con Francia. También nos dedicamos a la evacuación y huida de aquellos que son perseguidos a la zona sublevada; o hacemos distintos sabotajes, como el que tenemos planificado de volcar los trenes que vienen de Albacete. Voy a pasarles la información a los míos. Tengo contactos en diferentes embajadas, ya sabes que el Cuerpo Diplomático solo quiere que salgan niños y mujeres, pero nosotros vamos a sacar hombres para que luchen contra la República.

—Estás poniendo a gente en peligro. Si tanto crees en la causa, lucha tú, pero no impliques a gente inocente.

—La he utilizado como refugio, tengo a las fuerzas republicanas del SIM siguiéndome y creo que allí encontré un respiro. Mi gente está en otro lado.

—¿Dónde están?

Enrique, según hablaba, se iba aproximando lentamente a Ricardo hasta que lo tuvo lo bastante cerca para abalanzarse sobre él y cogerlo del cuello, que apretó hasta dejarlo sin respiración.

—En la iglesia de San Francisco el Grande. Iré y les pasaré todos los documentos de identidad extranjeros falsificados que tengo.

—Me encargaré de que no salgas con vida de aquí.

Enrique lo lanzó contra el suelo, cogió la pistola y apuntó a la cabeza de Ricardo, que se giró rápidamente. Se oyó un primer disparo, que fue al aire. Volvió a intentar atraparlo, pero esta vez Ricardo lo agarró de la cintura y le golpeó la tripa, consiguiendo que se tambaleara, aunque no lo suficiente para impedir que volviera a apretar el gatillo. El segundo disparó desvió su recorrido, porque Ricardo le sujetó la mano y le volteó la pistola. Lo hirió de gravedad. Enrique, moribundo y tendido en el suelo, dejaba escapar un hilo de sangre por su boca, junto con su vida.

—Que tus actos digan más que tus labios.

Y expiró con los ojos abiertos. No se los cerró: pensó que ese hombre tenía que ver la barbarie de sus actos aunque fuera en la otra vida.

Ricardo salió corriendo con el maletín lleno de documentos, entre los que aparecía la identidad de Enrique y su compinche. El fallecido había utilizado el apellido de su padre, que era coronel republicano, para hacerse con algunos carnets de la CNT, y de esa forma acceder a instalaciones militares y hacerse con información. La vida del otro muchacho era bien distinta. Había sido cartógrafo, lo que había posibilitado su entrada en las instituciones cartográficas de la República con el fin de suministrar mapas y facilitar el paso de los nacionales. Sobre el tercer miembro de esta triangular no apareció ningún dato, solo el código 77373 y que tenía muchos contactos en la cárcel Modelo de Madrid.

Ricardo buscó en uno de los cuartos ropa de enfermero, ya que la que llevaba podía dar pistas al chico que estaba esperando a Enrique. Salió a la calle y sin dudarlo se acercó a él.

—Soy 77373, Enrique me ha dicho que nos vayamos. Él se encargará de la Pasionaria.

—¿Y los documentos que hay que llevar a la basílica de San Francisco el Grande?

—Están aquí, en esta cartera.

Ricardo había sacado antes todos los documentos y le entregó una cartera vacía. Ese chico temblaba.

—Tranquilo, los llevarás bien. ¿Quién es tu contacto allí?

—Francisco Ordeig Ostembach. Fue primero el conservador de las obras de arte, y luego le eligieron responsable del almacén por la Junta Delegada de Incautación y Protección del Tesoro Artístico. Nadie puede sospechar de él. No trabaja solo, lo hace con su hijo, aunque este se dedica a escuchar las radios enemigas para pasar información. El padre está más preocupado por proteger los códices. Pero allí nos reunimos alrededor de una mesa camilla, y solo con una vela para no levantar sospechas. Tenemos que estar preparados para cuando las tropas de Franco entren en la ciudad.

—Al menos están preservando las obras. No creo que necesitéis estos documentos.

—¿Dudas de entregarlos?

—No qué va.

—Está bien, bueno, dame la cartera que voy a llevarla.

Ricardo le dio la cartera vacía y se despidió con un apretón de manos. Ni siquiera sabía qué pasaría con ese chico que no llevaba las manos limpias, pero no le preocupaba. Debía volver al Decanato. La calle no era un lugar seguro, y más sabiendo que en todos los bandos había infiltrados. A medida que avanzaba la guerra se daba cuenta de que muchos eran supervivientes de vidas destrozadas, que se dedicaban a meterse en asuntos turbios para sobrevivir. La astucia y la traición eran mejores armas de lo que habían sido hasta ahora el respeto y la tolerancia.

Al llegar a la embajada, se encontró a Carmen echada en un sofá. Se había pasado toda la noche despierta, esperando a que el herido despertara.

—Ricardo, estás aquí.

—¿Cómo está?

—Si pasa esta noche, dice Anita Guardiola que se salvará, y en cuanto esté mejor lo acercarán al hospital.

De madrugada se oyeron un cañón lejano y las ametralladoras cada vez más cerca, mientras que en la mesa de la cocina solo se escuchaban las convulsiones de aquel herido que temblaba sin esperar el amanecer.

A primera hora de la mañana, Carlos Morla-Lynch puso un cable a Chile dando el nombre del herido, y telegrafió a Burgos señalando la ubicación de la embajada. La vida de aquel hombre no corría peligro. Esa mañana salieron otros siete camiones con más asilados, en uno de ellos subieron la mujer de Enrique y su hijo Quique. Este sujetaba el bolso a su madre, tenía los ojos tristes y el corazón lleno de nostalgia; lo sabía porque se acordaba cuando su padre lo bañaba y le enjabonaba el pelo. Ahora él no volvería nunca más a hacerlo. Su madre le había contado que había muerto por salvarlos y que estaría en un lugar mejor desde donde cuidaría de ellos.

Violeta salió corriendo a despedirse. Quique apoyó la nariz en el cristal y echó vaho por la boca y el cristal del camión quedó empañado. Allí escribió al revés con sus dedos menudos: «No dejes de ver fuegos artificiales». La vida parecía que se detenía, pero marchaba deprisa.

21

No sé quién solía decir en mi casa: hay que tener recuerdos. Vivir no es tan importante como recordar. Lo espantoso era no tener nada que recordar, dejando detrás de sí una cinta sin señales. Pero qué horrible es que los recuerdos se precipiten sobre ti y te obliguen a mirarlos y te muerdan y se revuelquen sobre tus entrañas, que es el lugar de la memoria. A la memoria del sonido sigue la de los colores, la del tacto. Se mezclan para no tener piedad con nosotros.

MARÍA TERESA LEÓN

El gobelino que presidía representaba una escena campestre, un par de cervatillos que saltaban entre unas montañas. De fondo un coro de asilados cantaban el *Ave María* en la sala de ceremonias que se había dispuesto para celebrar el enlace entre Anita Guardiola y Juan Mendieta, aquel herido que cojeaba, esperando que ella recorriera el pasillo. Él llevaba un bastón que le había dejado uno de los asilados, aún le dolía la rodilla pero sentía que había valido la pena casi perderla. Hacía unos meses Anita le estaba operando en la misma mesa en la que hoy había unas cuantas copas para celebrar el enlace, con víveres y algo de pan.

Los aviones nacionalistas habían arrojado sacos repletos de pan: bombas y pan cayendo del mismo cielo, ya uno no sabía qué esperar.

La feliz pareja contrajo matrimonio en una ceremonia oficiada por un comandante y prometió por escrito que irían a vivir juntos en cuanto terminara la guerra. Las persianas estaban bajadas y la luz natural quebraba algún hueco queriendo escapar como el que lucha en la guerra y quiere salir de ella.

Los días se habían hecho plomizos como las balas que continuaban cayendo, el sonido de la metralla todavía se podía escuchar a lo lejos.

Ricardo se preguntó si aquella mujer que estaba delante de él y cuya silueta había imaginado entre sus manos podría algún día recorrer un pasillo como hoy estaban haciendo aquellos enamorados. Qué suerte la de otros, pensaba, mientras su corazón se hacía un puño. Helena a su lado y al otro sus hijas, impecables, como era su familia, le recordaban que la vida no es lo que esperamos tener, ni siquiera lo que imaginamos. La vida está quieta, impasible, pero un día llegan unos balazos desde un aeroplano y te dejan seco en mitad del suelo. Su sueño de niño se escapaba por esas rendijas de la persiana e impedía que entrara la luz.

Cuando volvió la cabeza hacia el pequeño altar creado para tal evento, Carmen se había escapado al jardín. Todo había terminado, los meses habían pasado y ya pronto los sacarían de la embajada para emprender una nueva vida en algún otro lugar. Era preferible vivir en la misma ciudad, que ya no era como antes, y sentirse feliz estando al lado de la mujer que amaba, que escapar a un lugar libre sin la presencia de Carmen, eso sería morir en vida.

No hay mayor prisión que saber que existieron unas manos que te acariciaban y un día perderlas para siempre. Ricardo fue feliz, él se alistó al amor más difícil, aquel que se enredaba en el alma y que no podía levantar el vuelo como un gorrión.

Quería huir de aquel lugar, escapar con Carmen adonde pudieran sentirse libres, donde amarse sin medir los pasos ni las miradas, con total libertad. Qué difícil es soñar cuando no se imagina antes el sueño. Soñar en la realidad era duro, era tan doloroso como derrumbarse bajo los escombros.

Salió al jardín y allí conversó con ella.

—Han avisado de Valencia que hay un barco inglés que saldrá el martes temprano.

—Sí, lo he escuchado, nos han pedido los pasaportes para llevarlos a la Embajada de Francia. Parece que todo se termina y podremos salir.

—Me cuesta dejar esto.

—Sé cómo te sientes, Ricardo. ¿Has pensado lo que yo?

—Éramos nosotros. Esos que se casaban éramos nosotros.

—Es terrible. Nunca estaremos tan unidos como lo hemos estado aquí. Fuera la vida es otra cosa. Tú tienes a tu mujer, a tus hijas.

—Aunque te parezca una locura o algo cruel lo que te voy a decir, te diré que sufriré yo más, estoy abrazando a una mujer que no quiero. Es muy duro. Tú tendrás la libertad para encontrar algo parecido a lo que hemos sentido.

—Me duele cuando afirmas eso. Te piensas que para mí esto es más fácil. Una vez que has conocido un amor como el nuestro todo se queda en nada.

Carmen dejó rodar unas lágrimas por su rostro.

—Estoy tan dolido con la vida. Me prometió que iba a ser buena conmigo. Me puso todo fácil al principio. La vida te engaña, te endulza los labios y luego lo cambia por hiel cuando menos lo esperas.

Ricardo quería huir con Carmen, pero sabía que era ponerla

en peligro. Deseaba saltar por la ventana y alejarse de esas paredes, de su vida, y empezar una nueva a su lado.

Hubo entre ellos un silencio que no pudieron romper. Helena se asomó a la ventana y un golpe seco de aire frío le recorrió la espalda. Ricardo estaba mirando a su hermana como nunca la había mirado a ella. Dentro se hablaba de los horrores de la guerra, del hambre, del Gobierno que llegaría, de si volvería o no la monarquía... Todo era incertidumbre.

Helena fingió no haber visto nada y se acercó a Ricardo para darle un beso. Aquel beso era el de la recuperación de algo, el de poner el parche a un amor que estaba muerto, el beso del amor hacia sus hijas. El beso de una mujer que no quería tirar la toalla porque en tiempos convulsos era mejor tener un marido. Ricardo lo recibió como la paloma que anda alrededor de la silla y ve que dejan caer una miga de pan, y debe aceptarlo por ser considerada.

Carmen miró hacia otro lado, no podía más con la situación, consciente de que le quedaba muy poco tiempo con Ricardo. Ricardo sabía que los días se hacían de una sola noche. Y solo les quedaba una para vivirla.

Ese día había llegado un telegrama desde Chile que adelantaba el viaje tres días, ya no quedaba nada para salir de la embajada, todos saltaban de alegría. Ricardo y Carmen no podían demostrar su tristeza. Intentaban brincar con ellos, pero les costaba elevar los pies cuando el amor los ataba al suelo del Decanato.

Helena se echó a llorar, abrazada a la espalda de Ricardo. Lloró por la emoción de salir del Decanato, ya que sabía que estando allí su matrimonio pendía de un hilo. Ella era la primera que quería irse, con su marido y sus hijas, y volver a cualquier ciudad para alejarse de la fatalidad que rondaba su matrimonio. Debía salvarlo.

Carmen no cesó de mirar a Ricardo con esa mirada que lo podía todo. Saben que hay noches que hacen un día. Y de esa noche no podía pasar el enredar sus cuerpos y llevarse el calor que uniría sus almas por la eternidad. Carmen buscaba la nostalgia muda que permite sobrevivir años con el recuerdo. El olvido pertenece a aquellos que no han hecho nada por recordar.

Subió a su cuarto, que estaba en silencio. Su tía Piedad dormía en la habitación con las niñas. Habían conseguido una litera, ya que a medida que la gente se iba, recobraban algunos privilegios.

Desde hacía unos días dormía con la puerta abierta, ahora solo quedaba Carmen en ese cuarto. Abrió las ventanas, ya no tenía nada que temer. Puso un colchón en el suelo. Aquellas noches con los aviones sobrevolando como cóndores plateados y esos antiaéreos intentando derribarlos carecían de color y sentido.

Carmen se sentó en la penumbra a leer un libro bajo la luz parpadeante y el olor del incienso, que le recordaba a cuando entraba en alguna iglesia vacía, no para rezar, sino para buscar la paz de los muros fríos. Esperaba que Ricardo apareciera en algún momento de la noche, su mirada se lo había dicho todo. Vendría, sabía que vendría. Su corazón se agitó, se revolvió, subió y bajó al unísono de esos aviones que cada vez volaban más bajo. No quería cerrar la persiana. El dolor que había fuera es el que sentía ella dentro. Pensó en la Casa de las Flores y le vino el aroma a geranios, aquella época donde se envolvió en arte, charlas y amigos para olvidar a Ricardo.

Ahora estaba a oscuras impregnada con el olor de la cera quemándose. Ricardo apareció bajo el marco de la puerta, sus pies golpearon el suelo, tras ella, giró la rueda de su encendedor y pudo ver sus ojos. Podía cerrar los suyos y evocar su rostro y silueta, lo había imaginado muchas veces. Su cuerpo delgado curvilíneo le hacía sentir la magia de un lugar maravilloso alejado de obuses y metralla.

Se aproximó hasta su cara y le acarició la mejilla. Estaba caliente. Ella se acercó más a él y se dejó acariciar. Le tomó la mano y la pasó lentamente por el lateral de su cuerpo.

—Cuánto lo he echado de menos.

—Han sucedido tantas cosas desde aquella verbena.

Comprendieron de repente el tiempo pasado. Carmen miró el cuarto con la alfombra enrollada en el suelo, las colchas deshechas y las literas que habían sido utilizadas por cuerpos que ya estaban lejos de allí. No cambiaría la vida de ninguno de esos que marcharon por vivir aquella noche. La música siguió sonando en su interior.

Aquellos ojos de Carmen estaban cansados, tristes, había pasado tanto tiempo que su juventud se había apagado. Ricardo comenzó a tocar sus pechos, luego su cintura, y ese rostro rezumaba luz. Él reconoció todos los ángulos del rostro de su amada.

Carmen comenzó a desabrochar la camisa de Ricardo, lo hacía lentamente, sin prisa, quería saborear durante toda la noche al hombre que amaba. Ellos daban pequeños pasos en círculo por la habitación y se reían.

—Te amo tanto, Carmen.

Ahora la ciudad parecía alegre, las bombas habían parado solo para ellos. Podían escuchar sus corazones bombeando con fuerza, la sangre de Carmen y Ricardo fluía a la misma velocidad. Carmen había llegado a su vida como llegaban las aves migratorias, buscando un lugar para quedarse, sin saber que ese lugar estaba ya ocupado por otra. Ricardo la levantaba y la empujaba contra la pared.

—Nunca vi una mujer como tú, que disfrutara de la vida, que amara con tanta intensidad. Eres mi Casa de las Flores. Ese olor que desprende tu piel es único y va conmigo a todas partes.

—¿A qué huele mi piel? —jugó Carmen.

—Huele a ti. Olvido a que huelen los barrios de Madrid. Todo lo inundas tú.

Su cabello rubio ondeaba en el pecho de Ricardo. Estuvieron largo rato desnudándose, tocándose, abrazándose como dos gatos en un tejado que saben que nadie subirá a echarlos de allí.

—Me pasa algo —dijo tocando su pelo.

—Dime, Ricardo.

—Siento que este instante lo voy a llevar siempre. Hay momentos que cuando los vivo sé que me marcarán y otros que no recordaré. Y estoy seguro de que este será uno que me acompañará toda la vida.

—Eso es justo lo que siento cuando hago fotografías. Solo sé que algo merece la pena cuando quiero inmortalizarlo para siempre. Y de este haría mi fotografía favorita.

—El mundo no es nada sin ti. No tengo miedo a los obuses.

Un cañonazo se oyó cerca y una luz se levantó como una fuente termal. La habitación se iluminó completamente.

Ricardo dejó caer su vestido, se dirigió a la mesa y encendió una vela.

—Quiero mirarte, ver tu piel, quiero recordarla siempre.

—Me da vergüenza.

Él le entregó la vela y le dijo:

—Haz tú lo mismo.

—Siempre te imaginé así.

—¿Cómo?

—Con tu porte militar, con tus espaldas, salvaguardándome del peligro. Y tú, ¿cómo me imaginaste?

—No podía imaginarte, porque cada vez que lo hacía sentía que mi corazón iba más lento, como un reloj que ha dejado de dar la hora.

—Los relojes siempre dan las horas que nosotros queremos. Mi reloj siempre dará las once y veinte de la noche.

Pasaron unos minutos, sus cuerpos estaban marcados ya. Llevaban las huellas de los que amaban. Ricardo llevaba las marcas de Carmen como las líneas de humo que dejaban los hidroaviones en el cielo.

Tomó la muñeca de Carmen y cambió la hora que había dicho. Luego le quitó el reloj, lo dejó sobre la mesilla y comenzó a lamer su muñeca. Muy lentamente, saboreando cada lunar de su piel.

Una voz se oyó en el interior de Carmen.

«Aléjate de él».

Pero era imposible, Ricardo era la brújula donde ella orientaba su equilibrio. Los pensamientos de Carmen no cesaban, ahora mismo se subía como un pasajero en el tranvía número 8 y vagaba por Madrid. ¿Qué será de nosotros?, se repitió una y otra vez.

Es más fácil alejarte de alguien que nunca has amado, pensó Ricardo. Con Carmen todo se tornaba más difícil: era una mujer con la que podía hablar de arte, de cine, de teatro, de libros, su refugio literario. Con ella entendía lo que era el amor tal y como se lo había imaginado siempre, y ahora saber que esa tertulia se le escapaba de entre los dedos le producía náuseas. Frente a él se proyectaba la imagen de su mujer con sus obligaciones como marido, como padre. Pero ahora no era el momento de pensar en el futuro. La alfombra escondía los temores de los dos, un futuro incierto.

Las manos de Carmen se posaron como alas de mariposa en su torso, se cerraron sin querer levantar el vuelo. Él comenzó a besar sus pechos, lentamente, primero lo hacía alrededor de sus areolas oscuras, luego bajando hasta la mitad de su vientre. Con la punta de la lengua iba haciendo un mapa que solo conocían los dos. Coordenadas secretas, casi imperceptibles. Carmen se movió sintiendo los fuertes latigazos que le provocaban los labios de Ricardo. Este se atolondraba en su cuerpo, con la premura del que lleva algo en su boca que le abrasa. Todas las acciones de sus actos estaban invadidas por el miedo. Detrás de ellos estaba la ventana con la persiana subida. El miedo no se había podido escapar y se había escondido debajo de la alfombra.

Ricardo arrastró el pecado al suelo, con un pie desenrolló la alfombra y cuidadosamente tumbó a Carmen rompiendo las normas establecidas. A oscuras en la penumbra, lo prohibido crecía de forma más violenta.

A continuación, se puso encima de Carmen y comenzó a acariciarla. Esta se giró, se encaramó encima de él, controlando las posiciones como el militar que mira a través de la trinchera. Carmen veía un paisaje hermoso, sin bombas, para ellos la guerra había terminado. En ese momento no había ningún daño que lamentar. Ricardo estaba en el interior de Carmen, sintiéndola más ardiente que nunca. Los dos se movían al unísono, la espalda de Ricardo contra un suelo de tablas de madera que bailaban unas contras otras. En el furor de la batalla repleta de sudor y rezumando olores nuevos, Ricardo volvió a colocar las tablas con la espalda dejando una señal que era curada por los dedos de Carmen. Ella encajaba en él, como una pieza de rompecabezas. Llevaban tanto tiempo esperando ese momento que no se lo podían creer. Las manos de los dos se entrelazaban y se apretaban justo en aquellos instantes en que el sexo se hacía más impetuoso. Y en el fuego de las entrañas un ruido de obús se oyó en el edificio. Retumbó, templando todas las paredes. Era el preaviso de la tragedia mascada cuando uno vive en la felicidad que cree imperecedera. Aquella que se inventa cuando el miedo le asalta.

Los cristales vibraron pero no se llegaron a romper. Carmen

se sobresaltó e instintivamente cerró los ojos. Ricardo la abrazó acariciándole el pelo.

—Tranquila, ya pasó todo.

Ricardo se levantó y fue a bajar la persiana. Carmen se levantó de un brinco, con el ansia de no parar el momento vivido, y se fue hasta la espalda de Ricardo, le dio pequeños besos y le abrazó por detrás. Unos segundos de felicidad que quedaron rotos cuando Helena entró en la habitación sin llamar y se quedó mirando la escena.

—Me dais tanto asco.

Carmen bajó la cabeza sin poder mirar a su hermana. Ricardo se abalanzó al suelo para coger la alfombra. Helena se acercó y tiró de esta para dejarles desnudos.

Al segundo se oyó un estruendo, un tronar de cañones, dieciséis aviones sobrevolando el Decanato y bombardeando el edificio. El ataque se realizó de madrugada y se lanzaron nueve bombas entre subidas y bajadas de aviones que se posaban como moscas a la altura de las ventanas. Una bomba de aeroplano atravesó la ventana con la fuerza de un huracán. La onda expansiva fue de tal magnitud que absorbió a Carmen como una aspiradora expulsándola hacia el exterior. A Ricardo le hizo el efecto contrario, lo arrojó hacia atrás golpeándole la espalda con el hierro de la litera. Helena cayó inconsciente, justo antes de que el techo del edificio se desplomara sobre el matrimonio y los dejará cubiertos de escombros.

Durante más de dos horas estuvieron sepultados. Helena fue la primera en salir, muy aturdida, casi no podía ver, repleta de heridas abiertas y tragando el polvo y la gravilla que se le habían metido en la boca. Se dirigió adonde se hallaba su marido, que apenas podía articular palabra. Quitó algún escombro, pero vio que era imposible. Ahora lo que más le importaba eran sus hijas.

Ricardo tartamudeó y se oyó una voz hueca, moribunda, en la lejanía.

—Carmen, ¿estás...?

Helena se levantó con rabia y le dejó solo en la habitación, odiaba que pronunciara el nombre de su hermana. La voz de Ricardo se percibía por debajo de los escombros, pero Helena estaba horrorizada, para ella ya no era su marido. Las escaleras estaban llenas de personas asiladas cubiertas de polvo y escombros. Se oían gritos y a gente desesperada tratando de huir de aquel lugar que creían seguro. Helena corría por el Decanato buscando a sus hijas. Las encontró entre la humareda, las tenía tía Piedad en un rincón de la biblioteca. Helena rompió a llorar, había aguantado demasiado, y al verlas que estaban vivas, las abrazó envuelta en lágrimas. Hipaba mientras besaba sus menudas caras. Violeta se aferró a su hermana y esta se deshizo en abrazos hacia su madre.

—Cariño, estoy aquí. Mamá está bien.

Tía Piedad la atrajo hacia sí y le murmuró al oído:

—Estás aquí, hija. Carmen ha muerto. Carmen ha muerto —repitió espantada. Su corazón no podía aguantar otro golpe más. Y añadió—: ¿Y este lugar era un lugar seguro? Dime algo, hija.

—Tía Piedad, ahora solo tenemos que pensar en nosotras.

—¿Ricardo está bien?

—Sí, creo que sí.

Fuera se escuchaban ruido de sirenas, ambulancias que se acercaban al Decanato para ayudar. Algunas enfermeras de paisano que estaban en otras embajadas salieron de ellas sin pensárselo. Helena abrazó a sus dos hijas. Un enfermero pasó por su lado y le preguntó.

—¿Hay algún herido arriba?

—No sé. Creo que hay alguien, sí.

Su corazón estaba roto en mil pedazos. Aquel hombre al que había amado, en el que había confiado y con el que tenía dos hijas le había traicionado. Ese dolor era más profundo que cualquier bomba caída del cielo. Para ella ahora era un asilado más.

Ricardo llevaba más de tres horas bajo los escombros. Tardaron mucho en sacarlo, ni siquiera sabían si estaba con vida. No se oía nada y no movía las piernas. El voluntario que estaba cerca percibió un chasquido en la mandíbula. Estaba vivo, había que llevarlo pronto a un hospital.

En el suelo, un agregado honorario del Decanato con la cabeza abierta recibía los cuidados de una auxiliar. De menor gravedad, Carmen Peñaranda, que en ese momento se encontraba en la cocina pelando patatas, comentó en alto:

—No hay mayor monstruosidad que un bombardeo nocturno sin objetivo militar.

Carlos Morla-Lynch se presentó en la embajada y dio cuenta de lo sucedido: En el jardín del inmueble cayeron dos bombas incendiarias, otras tres en el tejado que produjeron un pequeño fuego. Una bomba destrozó la parte de atrás. Cuatro víctimas mortales, entre ellas Carmen Galiana, el portero del Decanato Luis Álvarez, un agregado militar y una señora. Los demás, con miedo pero a salvo. Esa misma mañana puso un cable a los tribunales populares dando cuenta del error. Este bombardeo, terminó diciendo al Delegado de Propaganda y Prensa de la Junta Delegada de Defensa de Madrid, había causado gran indignación entre los asilados y el vecindario. En el telegrama se podía percibir el enfado y la decepción de Morla-Lynch, que no entendía que se hubiera profanado un lugar sagrado. Debía hacer llegar al general Franco su condena al bombardeo de la aviación rebelde, reservándose el derecho de reclamar la indemnización de los daños producidos.

Ricardo salió en una camilla, y el enfermero cerró la puerta. Lo llevaron al hospital militar que se había habilitado en el hotel Palace en un coche de la Embajada de Chile, porque los furgones y las ambulancias estaban repartidos por Madrid, tras la noche con mayor incidencia de bombardeos de los últimos meses.

Helena sintió un vacío completo en su cuerpo. Subió sola al cuarto de Carmen, donde había visto la escena más atroz del mundo. Durante largo rato miró la ventana por la que salió despedida Carmen, en el suelo de la calle solo quedaban escombros. No derramó ni una lágrima, apretó el puño y sintió rabia. Soltó una mueca y contuvo el llanto, no quería regalar ni una gota a la mujer que le había robado a su marido cuando más felices eran. Tomó un libro quemado entre sus manos y lo tiró al suelo. Tanta cultura, tantas noches leyendo a Machado, a Neruda, a Alberti, que no tuvo bastante con ellos. En el fondo su hermana era como todas, una chica consentida que se encaprichaba de lo ajeno. Así lo pensaba. Lo quería tratar como un accidente y no como una tragedia. En ese instante que los vio allí desnudos juntos, supo que la confianza en su marido se rompía, como aquellos asilados que habían perdido la esperanza de estar a salvo en el Decanato.

Las niñas estaban tristes y tía Piedad se quería mostrar comprensiva pero se le daba mal. Ella no era una mujer ingenua, quizá lo supo antes que Helena. Tal vez eran suposiciones, cuando uno está herido ve cosas donde no las hay.

Su sobrina pasó unos días muy aturdida y golpeada por la escena. Siempre estaban ahí los dos, desnudos frente a ella.

Los días se deslizaron tristes, llegaron condolencias de todos los lugares, y Morla-Lynch acudió casi todos los días, le preocupaba la moral de los asilados. Estos podían ver cada mañana los agujeros que habían dejado los impactos de aquellas bombas en los muros. Intentó tranquilizarles con palabras de cariño. Ahora los bombardeos se escuchaban más lejos, pero apenas dormían por la noche.

Ricardo volvió del hospital a los pocos días, lo hizo con una venda enrollada a la cabeza y un brazo en cabestrillo. Le ayudó el primer secretario de la Embajada de Chile, García de la Huerta. Anduvo despacio, le costaba moverse. Todos lo recibieron con un gran aplauso, y aunque no quería emocionarse, lo hizo. Algunos le dieron palmadas en la espalda, otros le sonrieron y le contaron las hazañas con los árboles después de dejar la misión. El cónsul, el señor Rafols, le tenía preparado un colchón nuevo.

—No sé cómo agradecer tanto cariño —miró a todos con cierto nerviosismo.

Dio dos pasos y cayó derrotado en un sillón. Sus ojos buscaron a Carmen, le resultó extraño que no hubiera venido a recibirlo. Helena hizo una señal a sus hijas para que se acercaran a abrazarlo.

—Hola, papá, te hemos echado mucho de menos —admitió la mayor. La más pequeña lo observaba como a un extraño, no paraba de mirar la venda de la cabeza.

—¿Quieres tocarla?

—¿Duele?

—No, tus manos hacen que sean un bálsamo para mí.

Los baños ahora estaban vacíos, en total debían de quedar unas quinientas personas en la Embajada de Chile y sus casas auxiliares.

Ricardo, pensativo, tocó el mueble y palpó su rugosidad, no recordaba nada después del estallido. Tan solo que había tenido entre sus brazos a Carmen y ahora no la veía por ningún rincón de la casa.

Miró al secretario y haciéndole un gesto de subir, este lo acompañó hasta arriba.

—¿Me dejas un rato solo?

Ricardo se sentó en el suelo. La habitación no la había ocupado nadie desde entonces, y ahora se veía el techo a la intemperie tapado con una gran lona. Se sentó en el alféizar y se acordó de su amada. Le vino a la mente el recuerdo de la instantánea hecha por ella. Abrió el cajón y encontró una foto de Carmen, todavía con la sonrisa reciente, como si se hubiera horneado en ese mismo instante. Era una foto sacada en el estudio de don Ernesto. A través de la foto, rememoró su infancia, lo feliz que fue con sus padres, el día que le condecoraron con la cruz del Mérito, pero todos esos momentos corrían como en vagones de tren, lo hacían deprisa, para detenerse en el día en que conoció a Carmen. En mitad de la plaza de los Carros veía a una mujer tan diferente al resto, con un mantón de hilo dorado que se posaba sobre sus brazos. Y ese momento en el que se dio la vuelta para mirarle solo a él. Luego se acordó de cuando escaparon al café Lion y se sumergieron en el sótano donde estaba la ballena alegre, y esos cuadros de ballenas colgados de las paredes ahora le devoraban. Estaba de rodillas y a punto de besar a su amada, cuando Helena pasó por el pasillo.

—Tengo algo que decirte, creo que es importante. Las niñas y Piedad ya lo saben, pero creo que debes saberlo.

Ricardo se levantó y escuchó a Helena.

—Carmen ha muerto. La recogieron en la calle sin vida y se la llevaron.

Ricardo intentó aguantar las lágrimas.

—Puedes llorar, te vendrá bien. Yo no he podido hacerlo. El segundo secretario Francisco Grebel nos lo comunicó.

—¿Dónde la han enterrado?

—En la Almudena. Algún día cuando pase todo, te vendrá bien llevarle unas flores.

La cabeza de Ricardo estaba a punto de explotar. Sintió su mente como una bomba de relojería que no podía parar. El dolor por la explicación tan fría de su mujer hacia la muerte de su hermana le resultaba insoportable.

—Déjame solo, por favor.

Helena bajó las escaleras despacio, como una muerta en vida. Abrió la puerta del jardín y respiró aire fresco. Luego volvió a entrar y se fue hacia la cocina. Sacó un montón de lentejas oscuras, las dispersó por la mesa y solo cuando separó una lenteja negra del resto, entonces sus ojos lloraron a lágrima viva.

Ricardo se tumbó como un niño pequeño y empezó a golpear su cabeza contra el suelo, una y otra vez sin dejar de pensar en ella. Cada golpe propinado era un castigo por no haberla salvado. Se torturó pensando que si no se hubiera levantado hacia la ventana, ella no habría ido hasta él y todavía seguiría resguardada en el suelo. Este estaba desnudo sin las tablas de madera. Su cabeza comenzó a sangrar, un reguero de sangre le caía por los ojos, lo que le impedía ver la habitación, su visión estaba borrosa. Las gotas de sangre salpicaron la sonrisa de aquella foto. Vio su rostro en el agujero que había en el techo que comunicaba con el cielo, estaba nítido, y pareció que le sonriera. Se hallaba desnuda, su cuerpo liso y limpio de impurezas se mostraba ante él sin vergüenza. Sus pechos al aire le acariciaban su torso como la primera vez y, curiosamente, volvió a sentir el mismo escalofrío de entonces. Sus brazos se abalanzaban sobre él y le amarraban en un nudo de barco. Aquel en que se hubieran escapado juntos. Sus labios húmedos se acercaban a los de Ricardo limpiando el reguero de sangre. Qué poco le importaba la vida, se decía, en aquel rincón alejado del mundo.

Así, en la confusión más infinita, Ricardo durmió durante horas hasta que un gato se coló por la ventana y comenzó a lamer su herida despertándole de aquel letargo.

La semana pasó sin sobresaltos. Apenas bajaba al salón, quería estar solo, pero decidió hacerlo el domingo. Se preparó una misa por los que no estaban. Don Nicolás leyó la epístola, mientras el resto de los asilados guardaban silencio. Al nombrar a los ausentes y escuchar el nombre de Carmen Galiana, Ricardo se ahogó en lágrimas, no podía creerse que aquella mujer de rasgos angelicales ya no estuviera con él. Y es que los ángeles duraban poco en la tierra, pensó.

Esa misma semana, una de las chicas dio a luz a una niña asilada. Unas vidas entraban y otras salían. Ricardo se alegró por ello y se acercó hasta la muchacha.

—¿Me dejas cogerla? Es muy bonita. Tiene los ojos tan claros.

—Sí.

Ricardo la cogió entre sus brazos, le hizo una pequeña mueca que la niña devolvió.

La madre de la criatura, mirándole, no pudo evitar sonreír.

—Le he puesto el nombre de Carmen, como tu cuñada. Nos conocimos en clase de danza. Salíamos al jardín y nos reíamos tanto... esto no va a ser igual sin ella. Tenía una risa hueca, aniñada, que espero que mi hija también tenga. Lo he sentido con todo el alma. Ella hizo mucho por nosotros aquí. Dicen que estaba recogiendo su habitación el día que sobrevino la bomba.

Ricardo solo escuchaba, no podía hablar, porque cada vez que lo hacía lloraba como un niño.

22

La historia no es sino un diálogo, bastante dramático, por cierto, entre el hombre y el universo.

MARÍA ZAMBRANO

A mediados de noviembre se lograba un acuerdo entre los embajadores de Chile y España en Londres, y se determinaron las condiciones bajo las que tendrían que salir los demás evacuados. En virtud de aquel acuerdo partió para Chile una expedición de cincuenta y ocho asilados, jóvenes en edad militar, y otras cincuenta mujeres y niños con destino a Bélgica. Los de esta expedición fueron embarcados en Valencia a bordo de un barco argentino.

—¿Te vas a ir con ellos, Ricardo? —le dijo tía Piedad cogiéndole de la mano.

—No, estoy pensando cosas que me atormentan.

—Sé que es difícil estar aquí después de lo sucedido, pero sé un hombre y lucha. Lucha por tus hijas.

—Si no me voy es por ellas. Pero también sé que hay algo en mí que está brotando.

—No escuches a la rabia cuando brote, Ricardo.

—No es tanto una cuestión de rabia. Es solo que han pasado más de seis meses y creo que mi vida está en el frente.

—¿Lo sabe Helena?

—Helena lo entenderá.

—Ricardo, no os veo bien, no os veo como un matrimonio. La guerra os ha enfriado. Habla con ella, por favor. Helena es frágil, ha perdido a su hermana, conmigo no exterioriza nada. Quizá si estáis a solas pudierais encontrar el punto donde os perdisteis. Con Víctor me pasaba muchas veces. Él en su mundo, yo en el mío, pero siempre había una noche en la que hacíamos las paces.

Cuando Ricardo escuchó la palabra noche, su corazón levantó el vuelo. Carmen volvía a cogerle de la mano con fuerza. Los días tienen infinidad de noches, la mayoría son insignificantes, pero hay una noche que conforma la vida de todas. Su vida adulta solo tuvo sentido cuando Carmen apareció, antes todo fue un espejismo.

Ricardo se pasaba ahora la mitad del día cortando flores, las nubes sobrevolaban y cuando había bombardeos, todos como autómatas que ya conocían el peligro corrían a sus habitaciones y se tumbaban en el suelo hasta que finalizaran. El humo rosáceo se volvió gris. Qué distintos se ven los colores cuando la vida y el amor se marchan de la mano por una ventana.

Helena salió al jardín empujada por su tía Piedad, que le había dicho que a Ricardo le veía muy abatido. Dio vueltas en silencio mirando las manos de su todavía marido, que llevaban cortes por aquel día aciago.

—Dicen que la mimosa te atrapa aunque no quieras —le comentó Ricardo mientras puso un dedo sobre la flor.

La planta se encaramó hasta su dedo y se adhirió con fuerza permitiendo ver los pequeños dientecillos de la flor, que se retorcían sin soltarle.

—Helena, lo siento, lo siento mucho.

—Cuando alguien ha sido víctima de un agravio, no sabes lo que duele que le pidan perdón.

—¿Qué quieres que haga?

—Podías haberte quedado dentro de los escombros.

—¿Lo hubieses preferido?

—No sé lo que digo. Me haces sacar lo peor de mí.

Ricardo se levantó y la cogió de las manos.

—Helena, mira tu corazón, escúchale, y piensa lo que harías estando en mi lugar. El amor no es algo que puedas controlar. Cuando mi abuelo murió y entré en la casa a recoger sus pertenencias, había un reloj que seguía sonando. Eso es el amor, aunque haya un bombardeo que lo arrase todo, ese reloj no para de sonar.

—Ten cuidado cuando te vayas. Protégete y piensa que te hemos querido mucho. Y que sigues siendo padre de dos niñas que te adoran.

—¿Por qué? ¿Me voy?

—No eres un hombre de estar parado, creo que te paró el mundo, yo, Carmen, la vida en sí. Y debes encontrar el momento para salir y luchar por lo que crees. No has dejado de tener un corazón militar. Lo has medido todo con precisión pero sin ver las consecuencias.

—Las niñas, para mí son tan importantes...Y tú, aunque no lo creas.

—Por las niñas, no te preocupes, yo cuidaré de ellas. Estarán esperándote a tu vuelta.

—¿Y tú?

—¿Qué te importo yo?

—Helena, quise quererte, quise quererte... Eras tan buena...

—Odio esa palabra, los que la decís siempre lleváis las manos manchadas de culpa.

—¿Me perdonarás?

—Que te perdone Dios, Ricardo.

El afán de huir de la mezquindad de la muerte en vida es lo

que le llevó a Ricardo a alistarse en el frente. Ese día cogió una bolsa con sus pertenencias y se fue al cuarto de sus hijas. Amelia dormía, le dio un beso en la frente. Violeta lo abrazó muy fuerte al cuello.

—Me quiero ir contigo.

—Siempre irás conmigo.

Ricardo arropó a sus hijas con una lona que había en el suelo y miró hacia la litera de Helena. Parecía que dormía, pero como tantas veces se lo hacía. Ya no quería ver cómo se marchaba, para ella hacía años que se fue. Hacerse la dormida era lo mejor que había aprendido en los últimos años.

Ricardo bajó las escaleras y observó aquel lugar. Se arrodilló ante la bandera de Chile, la besó y con una navaja cortó un trocito de tela y se la guardó en el bolsillo. Esa bandera protegería a más de dos mil asilados en los años de la guerra.

Las tropas de Franco habían avanzado y habían dado por terminada la batalla del Norte; ahora preparaban una ofensiva para tratar de hacerse con Madrid. El mando republicano buscaba una maniobra de distracción en el extremo sur aragonés y así lo hicieron. A mediados de diciembre, los republicanos entraron en Teruel, querían aislarlo, buscaban una victoria aplastante, de esta manera los nacionales tendrían que poner más hombres en salvaguardar aquella zona que iba a ser atacada. Pero el tiempo no estaba de su parte y el camino era tosco y abrupto.

Ricardo se metió hojas de periódicos en todo el cuerpo para resguardarse del frío durante el trayecto en tren a Belchite. Le esperaban treinta grados bajo cero. En el bolsillo derecho llevaba las fotos de sus pequeñas y el escudo de Chile. Pisó la plaza de la ciudad, una ciudad pequeña de provincias con algunos bares abiertos. Todo parecía en calma. Se pidió un vino y lo bebió con la mano temblorosa. Se sintió completamente solo, su familia a cientos de kilómetros y su corazón completamente roto. Cogió su rifle y descorrió el cerrojo. Lo abrillantó. Una mujer embarazada le gritó desde la barra.

—Tenga usted suerte. La va a necesitar.

—Gracias, debería irse. Dentro de nada esta plaza estará irreconocible, usted y su hijo correrán mucho peligro.

—Recuerde que los suyos lo están esperando.

—Siempre hay un motivo para volver —dijo Ricardo con el corazón en vilo.

La mujer se fue hasta él y le anudó las botas. Él sonrió y le dio una propina. Comenzó a andar hasta llegar a una zona de montaña, donde pasó la noche a la intemperie.

Recordó un poema de Verlaine, «Hoy es día de recuerdos, / ¿De todo qué me ha quedado? / El aroma de su nombre». «Carmen», nombraba en silencio, y «el recuerdo de sus ojos», respondía al poema. Sacó de su bolsillo una petaca con whisky y miró al cielo, por ti, por el amor que conocí que a día de hoy me mantiene en pie. Recordaba su piel, nunca vio algo tan suave y terso, y su aroma. Y entonces entre la multitud de la tropa vio su sonrisa, a veces recatada y otras descarada, pero en todas las ocasiones sintiéndose bombardeado por ella. El frío y la lluvia que arreciaba se le metía en el cuerpo, los pies los llevaba yertos. Intentaba limpiar las botas manchadas de lodo con las hojas de las plantas que todavía quedaban con vida antes de pasar por encima de ellas la infantería. Nadie contaba con ese frío, ni con las balas de acero que volaban de un bando a otro ni con el hambre y la sed. A lo lejos un ruido de pisadas atravesaba el campo, ya se les podía escuchar silenciando el ruido de las águilas que sobrevolaban el cielo.

Se apoyó en una encina, se quitó las botas y del bolsillo interior de su cazadora sacó un papel doblado y una estilográfica de la marca Gester que le había regalado su mujer por un cumpleaños. En mitad de la noche escribió unas líneas y cayó dormido.

Los primeros rayos de sol de la mañana incidieron en su rostro. Ricardo se levantó y fue a buscar a los hombres que se dirigían en masa en una única dirección, como hormigas en fila, y los siguió sin hablar con ellos. A ambos lados del camino se podían ver varios camiones cargados de municiones que iban con los chasis descubiertos, y otros cargados de moribundos. Se abrían hospitales para que los heridos fueran a luchar con cualquier tipo de arma. Necesitaban gente. El espectáculo era dantesco. La batalla comenzó a las seis de la mañana, esperaron a que se fuera la niebla. Después empezó a llover, una gran tormenta arreciaba con fuerza y los destellos de los relámpagos que caían en mitad del camino les iluminaban.

El suelo se arremolinaba de barro y tropas que iban a luchar. Ricardo cargó el rifle y el petate en el hombro derecho, llevaba las ropas empapadas, cada vez se oían más cerca las balas de los máuseres. No tenía miedo a morir, quería luchar en aquel frente, demostrarse a sí mismo que debía verse con la muerte cara a cara. Ya no le quedaba nada desde que Carmen había muerto y sentía que su vida no tenía valor. Los crímenes que había cometido enamorándose de Carmen los limpiaría en mitad de la contienda.

Aquella batalla fue la decisiva, cien mil combatientes por un lado frente a cien mil por el otro.

Ricardo se tiró por un barranco con su abrigo oscuro que hacía de capa y se libró de una bala que iba contra él. A su lado un muchacho, temblando, le ofrecía un sorbo de vino de una bota, mientras se quitaba las alpargatas que llevaba puestas para curarse las ampollas de los pies. El ritmo del avance aumentaba.

—He dejado a mis padres por venir al frente. No sé si valgo para esto. ¿Tú a quién has dejado?

—Si te parece, no quiero hablar de nada personal. Hemos venido a luchar. Aquí nuestra vida no pinta nada.

—Me han enseñado que no hay que avanzar, sino resistir en el puesto.

—Yo continuaré, he resistido tanto que quiero avanzar.

—Ten cuidado, hay soldados por todas partes, y los bombardeos de los aviones cada vez son más continuos.

—Si me matan, quédate mis botas. Son tuyas.

La escuadrilla de cazas sobrevoló bajo, contribuyendo a que se creara una nube de oscuridad que provocó el ahogo de los que estaban en aquel barranco. Ellos dormían en pleno páramo arropados con mantas roídas que algunos hombres habían dejado para proporcionarles ayuda. El chaval estaba muerto de frío y no podía pegar ojo, la arena le arañó la espalda.

—Cómo me hubiera gustado llevar aquel avión —dijo aquel chico, mirándolo como si se tratara del mejor monumento de Madrid.

—No digas eso, reza para que esto termine pronto y vuelvas a tu casa con tus padres.

—Solo quiero que estén orgullosos de mí.

—¿No tienes una chica?, ¿alguien especial que te espere?

Abrió su pecho y le enseñó su documentación. Dentro llevaba la foto de una joven de tez morena.

—Nos vamos a casar.

Ricardo se tumbó detrás de las trincheras y recordó el rostro de Carmen, sus manos menudas y sus ojos de comerse el mundo. El ruido de los motores de aviones se acercó con más fuerza. La batalla ahora se desplegó en el cielo. El avance republicano siguió marchando. Los defensores de Teruel se desplegaron por toda la ciudad para defenderla. Las bombas cayeron en el suelo, que se abrió como un géiser.

—Que tengas suerte, muchacho.

—¿Adónde vas?

—Voy a la plaza de Teruel. Solo te voy a pedir algo. Tengo dos hijas que están en la Embajada de Chile, concretamente en el Decanato del Cuerpo Diplomático, en el paseo de la Castellana. Les he escrito este telegrama, dáselo si ves que Teruel queda liberada y he muerto.

Ricardo llegó a la plaza dos días después, y se encontró con que ahora la batalla se libraba cuerpo a cuerpo. Los edificios estaban destrozados, era una ciudad fantasmal con las calles rotas de dolor, y un olor a orín y a pólvora que impregnaba las estrechas calles. Se metió por uno de los soportales y se escondió en un edificio que estaba cerca del barranco. Sobre la mesa había botellas vacías, las cogió y las arrojó por la ventana. Se dirigió al balcón, que tenía todos los ventanales rotos. Apoyó el rifle en la barandilla y comenzó a disparar. Lo hacía al aire, sus manos no podían matar sin mirar a los ojos de quien tenía enfrente.

En el segundo piso había republicanos y en el tercero nacionales, las balas de ambos bandos se cruzaban en el aire. Se lanzaron dos minas que estallaron la radio dejándoles aislados, sin comunicación. De lo que pasaba allí, solo ellos lo sabían. En un rincón de la casa había una mujer embarazada llorando, aullaba como un gatito al que le hubieran quitado el plato de comida; era la misma mujer que le había atado las botas antes de empezar todo. Se acercó hasta ella y le tendió la mano.

—No me mates, por favor.

—Claro que no, tranquila —dijo sujetándole la mano—. Debes salir de aquí. Ve al sótano, yo te cubriré.

Ricardo bajó las escaleras y llevó a la mujer hasta el sótano haciendo él de escudo. Las granadas se escuchaban caer al vacío.

—Quédate aquí hasta que todo termine. Podrás salir en el momento en que no oigas balas volar.

—Tengo miedo. Está oscuro, hace frío y, luego, ese ruido incesante de balas.

—Todos los que estamos ahí fuera, seamos del bando que

sea, lo tenemos. Intenta pensar en algo bonito, algo que te haga feliz. Una vez una amiga me dijo algo muy bonito, creo que es de Gerardo Diego: «Mis pensamientos son montes, / mares, selvas, / bloques de sal cegadora, / flores lentas». Piensa en algo hermoso.

—El nacimiento de mi hijo.

—Lucha por él.

Cerró la puerta y subió por las escaleras. Un hombre lo esperaba al final. Le apuntó a la cabeza. Le obligó a levantar las manos y le hizo andar hasta el portal.

—Hoy no estás de suerte, amigo.

Ricardo, echándose hacia atrás, le dio un cabezazo y una patada en la espinilla, doblándole las piernas y, de un golpe, le tiró al suelo. Entonces sacó el rifle y le apuntó a la frente. Se detuvo unos segundos y pensó en Carmen.

—Dispara si eres hombre. Vamos, cobarde.

Podía haber disparado, pero no lo hizo. Este se revolvió con las piernas, sacó una pistola, disparó a Ricardo y le alcanzó el hombro. Escupió en su cara y le puso un pie en el cuello, haciéndole rodar hasta colocarle la boca mordiendo el asfalto. Un disparo de bala le atravesó la espalda, partiéndole el pulmón en dos y causándole una hemorragia interna.

Ricardo tuvo una muerte lenta, agónica, sus ojos se volaron y su mente corrió por las Vistillas, donde pudo escuchar un organillo y respirar el aire que olía a tontas y a listas. Vio a Carmen que le daba la mano en mitad de la plaza de los Carros, mientras un mantón les acariciaba a ambos. Cuánto amor por esas calles de Madrid, y cuánto odio provocó ese amor. La temperatura subió, sus mejillas se tornaron rosáceas. Recordó a sus hijas, lo felices que fueron en esos años de infancia en la calle Mayor. Sus labios se abrieron y tan solo pronunció el nombre de Carmen. Nunca hubo un nombre que le quemara tanto, ni siquiera esa bala explosiva que acabó con su vida en la Ciudad de los Amantes. Nunca hubo un lugar mejor para morir que en la Ciudad de los Amantes.

Las fuerzas nacionales planearon el ataque en el que tanques y jinetes lucharon en el río Alfambra controlando los altos que dominaban Teruel.

La localidad quedó desierta, ya no quedaban vecinos, parecía una ciudad que había sido abandonada hacía años. Militares y civiles muertos en las aceras, sangre y frío en los muros de una ciudad donde se lidió una de las batallas más crueles y más frías de la contienda. Los dos ejércitos lucharon en las puertas de Teruel.

Ricardo murió en aquel frente, en la soledad más fría. Las fotos cayeron de su bolsillo derecho, el frío aire las arrastró hasta la catedral, enterrada en escombros.

Dos semanas después Helena, sentada bordando una sábana, escuchó la radio en el Decanato del Cuerpo Diplomático. Habían sido largas semanas sin comunicación, se habían bombardeado radios y apenas llegaba ninguna noticia. Pudo oír la bengala de los nacionales disparada al cielo. Nadie estaba contento, una ciudad bajo escombros y muertos. La prensa nacional se hacía eco de la victoria. Teruel se tiñó de sangre, escombros, sudor y tristeza.

Carlos Morla-Lynch, en calidad de «ausente» del embajador Núñez Morgado, hizo su entrada en el Decanato. Llevaba un gesto compungido, preguntó por Helena y le dio la triste noticia que estaba esperando. Su marido había muerto, luchó sin parangón y debía estar orgullosa.

—Descanse en paz el capitán de artillería Ricardo Herrera del Saz, hombre de buenas tácticas y un valiente en el frente. Su cuerpo llegará en unos días, para que ustedes lo entierren en la más estricta intimidad en el cementerio recoleto de Leganés o donde dispongan a tal efecto. —Y añadió—: Entre sus últimas voluntades estaba entregar a sus hijas este telegrama, y que usted hará con él lo que disponga.

Helena esperó a que todos se fueran a la cama, tomó el telegrama y lo apretó contra su pecho. A pesar de todo, lo había amado y lo seguía haciendo. Sus ojos se llenaron de lágrimas cuando recordó cómo le esperaba en el altar de los Jerónimos, con el porte de los hombres de antes. Y le imaginó saltando obstáculos con el caballo en los Altos del Hipódromo, cuando todavía eran felices y el amor sobrevolaba como una cometa libre. Cuánto le quiso, se decía, y qué difícil había sido querer a un hombre que nunca la quiso a ella. La vida es injusta en el amor, amamos con locura a quien no nos ama, y nos aman aquellos a quienes aborrecemos. Tragó saliva y entonces se sentó y leyó la carta.

Amelia y Violeta:

Soy vuestro padre, os querré siempre y os guiaré desde donde esté. Mi pequeña Amelia, sé que llegarás lejos. Tu carácter reservado, como el de tu madre, te hará ganar todas las batallas. Y tú, Violeta, con mi ímpetu. Solo puedo decirte que antes de embarcarte en decisiones de vida, las pienses bien, no dejes solo que tu corazón sea el que tenga la última palabra. En definitiva, elegid en la vida lo que os haga feliz. Dentro de unos días sé que es tu cumpleaños, tienes tu regalo en el cuarto, detrás de la bandera de Chile. Espero que te guste y lo compartas con tu hermana. Es un regalo para las dos. Os quiere vuestro padre. Y a ti, Helena, que leerás esta carta antes de que llegue a las niñas, te preguntaré solo algo: ¿Por qué me engañaste?

Helena guardó la carta y esperó el día en que saliera el sol para leérsela a sus hijas. Estas se abrazaron a ella y así pasaron la tarde, encaramadas a su cintura, con las caras metidas en su delantal.

Los días pasaban sin mayor agitación. Aquel día era el cumpleaños de Violeta y en el salón le esperaba un regalo muy especial. Su padre había construido la casa más bonita del mundo durante las madrugadas desveladas en las que no podía conciliar el sueño, día tras día, cortando y lijando madera de los árboles del jardín. Llevaba un rótulo: Violeta y Amelia. El tejado era rojo y el resto azul. Uno de los asilados, don Diego, que se le daba bien dibujar, les había pintado una cigüeña con una hoja en la boca. Todo el cuarto estaba adornado con guirnaldas. Parecía una pequeña verbena, cualquier rincón evocaba a Carmen. Violeta, que jugaba, se puso por los hombros sin mala intención el mantón de su tía Carmen.

Tía Piedad le hizo un gesto para que se lo quitara cuanto antes. Helena se abalanzó sobre su hija y le arrancó el mantón tirándoselo al suelo.

—Que nunca te vea con ese mantón.

—La tía Carmen me lo deja.

—Ella ya no está.

Helena salió corriendo con él y subió las escaleras. Tía Piedad las abrazó y, disimulando, les dijo:

—Hoy podéis tomar gaseosa. Mamá... solo tiene un mal día.

Las calmó con un vaso para cada una.

—Echo de menos a la tía Carmen —comentó la más mayor. ¿Ya no la veremos más?

—Cariño, las personas a veces se van, y no por voluntad propia, es algo que aprenderás a medida que vayas creciendo. Ella está con nosotros. Tu tía vive en ti.

—No entiendo esa frase.

—La entenderás cuando vayas creciendo. Tía Carmen vive en mí, vive en tu madre, en tu hermana. Todos tenemos sus gestos, a veces su voz aniñada, otras su ímpetu, como decía tu padre que tú lo tenías de él.

—Yo necesito a veces hablar de ella, recordar cómo hacía mi tarta de cumpleaños, o cuando nos llevaba a ver los títeres al Retiro, pero con mamá está visto que no se puede ni nombrarla —espetó, cruzándose de brazos.

—Era su hermana, tienes que entenderlo. Para ella no es fácil. Piensa lo que quieres tú a Amelia, pues ella quería así a su hermana.

—Ahora sí lo entiendo, tía Piedad. Intentaré no pronunciar su nombre.

—Qué bonita eres, Violeta.

La niña se fue a por un trozo de tarta y a probar su nueva casa. Invitó a su hermana y a otros niños que corrían por el Decanato.

Con la llegada de la primavera, justo cuando empezaban a brotar las flores en el jardín, se evacuó a cerca de mil doscientos asilados. Dados los problemas que se venían acometiendo, se empezaron también a realizar canjes por personas que se encontraban en poder de los nacionales. Estos eran cada vez más costosos de realizar, debido al avance de sus tropas a Madrid, que frenaron su ofensiva a finales de 1938 con la llegada del frío. La embajada sufrió un problema de cañerías, que se rompían a consecuencia de las gélidas temperaturas. La situación empezó a agravarse y muchos comenzaron a padecer de bronquiectasias. Las fuerzas iban mermando día a día. En el escritorio de la Embajada de Chile en la calle Prado, Morla-Lynch escribía a la Sociedad de Naciones mostrando su preocupación:

Me esfuerzo por obtener la rápida evacuación de cien enfermos albergados en la Embajada. La primera impresión que se recibe al iniciarse estas gestiones es favorable, pero luego se eterniza la realización de lo que uno cree haber obtenido, y lo que encuentra facilidades en el lado republicano fracasa por las intransigencias con que se tropieza en el lado nacionalista. Lo más peligroso de estas evacuaciones es que a ambos lados tenemos espías y no es fácil confiar ya. Lo que se dice o se determina lo sabe el Gobierno media hora después, y en la zona contraria, el general Franco. Salen con la excusa de visitar un enfermo y al minuto en cualquier lado les han cazado, y es que la gente no escarmienta.

La vida en la embajada continuaba, y a través de la ventana del jardín veían pasar el tiempo; el cambio de estaciones venía con una nueva vida o alguien que se iba, lo más terrorífico es cuando se preparaba el ataúd blanco para un niño que se marchaba sin apenas empezar. La vida no se detenía. Las paredes asilaban ya a menos gentes, estaban tristes, la guerra había dejado a muchos sin hogar, sin familia, completamente desolados, mientras presenciaban la algarabía que provocaban otros en las calles festejando su triunfo.

Helena abrió la ventana y escuchó a un chico que tendría la edad de su hija, y que corría por toda la calle gritando, periódico en mano: «¡La guerra se ha acabado!».

Morla-Lynch acudió a despedirse de los asilados, le gustaba hacerlo de uno en uno, ya que para él cada persona conformaba una vida que salvar. Los veía como pájaros que se desbandaban echándose a volar. Se sentía orgulloso pero triste, demasiados horrores habían visto sus ojos, y ahora casi a nadie en la embajada.

Se acordó de Lorca, de su casa en la quinta planta de la calle Goya. La última vez que le vio reían, tomaban té y hablaban de

El Público, una obra de teatro sin estrenar. Se la había entregado en mano a él y a un amigo. «Guardádmela —les había dicho—. Prométeme, Carlos, que si me muero, quemarás estos papeles». Allí en el salón de su casa de los Hermanos Bécquer, Carlos mantuvo *El Público* entre sus dedos. Quién era él para romper el legado de su gran amigo. Quién era él para atrapar al gorrión que quiere cantar.

Los asilados corrían desorientados de un lado a otro haciendo sus pequeñas maletas, guardando sus escasos enseres, recuerdos que permanecieron intactos en las habitaciones. Muy pocos se quedaron en la embajada, detestaban la victoria de los nacionales y preferían fumar sus últimos días encerrados allí. Abrazos, besos, alegría para algunos, tristeza para otros; demasiadas heridas sin cerrar, como las del corazón de Helena.

Miró por la ventana escuchando un ruido de fiesta en las calles que no iba con ella. La guerra se terminaba. Paseó por la habitación y tocó cada mueble. Vistió a sus hijas. Violeta le preguntó:

—¿Y ahora adónde vamos, mamá?

—Queridas, adonde la vida nos lleve.

Helena aprendió a no hacer planes, a vivir con lo puesto. Bajó las escaleras de la mano con sus hijas, detrás iba tía Piedad con las manos vacías, y se acordó del hombre con el que vino, Ricardo. Hacía tanto que no pronunciaba su nombre, que un escalofrío le recorrió el cuerpo. Aquel hombre con el que empezó una vida, con el que formó una familia y con el que soñó vivir hasta morir. Sin él, sin su hermana, la vida era otra, pero tenía que luchar para que fuera bonita. La vida se lucha, se hace bonita según la vemos, y ella había aprendido a mirar de otra forma. El recuerdo y el olvido van de la mano y así quería que fuera. Salió sola al jardín y tocó la mimosa, posó su dedo en ella y se acordó de la frase de Ricardo: «Dicen que la mimosa te atrapa aunque no quieras». A Helena le había atrapado ese lugar, dejaba allí una pequeña familia, gentes que habían sufrido y padecido lo mismo que ella, el hambre, la sed, la tormenta y sobre todo las bombas que no dejaban de sonar y destrozaban tantas vidas. Para ella la mimosa era la puerta abierta y pesada de la embajada, ahora sí que le daba miedo poner un pie en la calle.

Pero lo hizo, aquella mañana recorrió la calle Mayor, luego fue hasta la Plaza Mayor, subió por la calle Botoneras y atravesó Tirso de Molina. Todo estaba devastado, como ella.

DOÑA HELENA GALIANA OSORIO
6 de Mayo de 1957
Viuda de D. Ricardo Herrera del Saz (capitán de Infantería)
Habiendo recibido los Santos Sacramentos
y la bendición de Su Santidad.
(Q. E. P. D.)
Sus afligidas hijas, Violeta y Amelia; hijo político, Jorge Noguera (funcionario de telégrafos), nietos y demás familia.
Ruegan a sus amistades la asistencia a alguna de las misas por el eterno descanso de su alma, que se celebrarán mañana día 7 a las 12 horas en el Altar Mayor de San Cosme y San Damián por lo que se anticipan las gracias.
Participan a sus amistades tan sensible pérdida y ruegan una oración por su alma.
La conducción del cadáver tendrá lugar hoy día 6, a las cuatro de la tarde desde la casa mortuoria, Mayor 82, al cementerio de Nuestra Señora de la Almudena.
NO SE REPARTEN ESQUELAS
NI SE ADMITEN CORONAS

Tercera parte

23

El amor es algo más allá de una pequeña pasión o de
una grande, es más... Es lo que traspasa esa pasión,
lo que queda en el alma de bueno, si algo queda,
cuando el deseo, el dolor, el ansia han pasado.

CARMEN LAFORET

Unos meses antes
12 de noviembre de 1956

Un aplauso recorría el salón de actos del Círculo de Bellas Artes, cuando en el estrado llamaban por orden a las treinta y siete enfermeras que iban a recoger la insignia. Todas caminaban al unísono, con sus batas blancas, sus brazaletes con la cruz roja en medio, menos Violeta, que iba a destiempo. Sus compañeras sonreían al público como mises que habían ganado la banda de la belleza; en cambio ella andaba con paso atropellado y con ganas de que el acto terminará pronto para empezar a trabajar.

Violeta subió las escaleras, agachó la cabeza y una mujer de la Junta General le impuso la medalla. Se llevó la mano al corazón y con un gesto delicado dio las gracias a los allí presentes.

—Enhorabuena, señorita Herrera del Saz. Es un honor para nuestra benemérita institución.

Estaba nerviosa, no se podía creer que hubiera conseguido lo soñado, tres años de estudio en su casa de la calle Mayor habían dado para mucho, formarse en una profesión y vivir de ella. En las butacas le siguió atenta su hermana; junto a ella, su marido se mostró inquieto en el asiento. A su lado una butaca vacía. Su madre, otra vez indispuesta, no había asistido. Esta vez tenía jaqueca, siempre enferma, a pesar de que el médico le había explicado, de nuevo, que lo que tenía era un problema de nervios y que la curación dependía de salir más a la calle, dar largos paseos y tomar baños de sol. Helena ignoraba las indicaciones y se replegaba en un hostigamiento continuo.

Violeta era la que más sufría, vivía con ella, siempre insistía en probar con nuevos fármacos que favorecían subir el ánimo, pero su madre se enfurruñaba y se negaba a tomar pastillas, porque decía que esas eran cosas para los locos.

Había días en los que sentía temblores o decía padecer febrícula, pero aseguraba que con su arrojo saldría de eso, lo que no se daba cuenta es que arrastraba también a Violeta en una espiral de desasosiego.

Estar allí con sus compañeras era un respiro, un resquicio de luz que permitía entrever una nueva vida. Pronto comenzaría las prácticas en la Fundación Jiménez Díaz. Día tras día, había consumido sus años de juventud en la monotonía, estudio, alguna compra en el ultramarinos de la calle San Nicolás, cine con alguna amiga y vuelta a casa.

Hoy era un día para estar feliz, ella y las compañeras que conocía en ese acto habían luchado por algo casi prohibido para las mujeres en aquella época.

Sin duda era singular, su decisión de independencia y de profesionalizarse marcaba la diferencia en un Madrid que censuraba con miradas, que no participaba del plan Marshall, lo que la convertía en una ciudad sumergida en un retraso económico importante.

No se lo podía creer, había conseguido estar en la primera promoción del C.N.S, el grupo de enfermeras dentro del Sindicato de actividades diversas, lo que no había sido tarea fácil. En los años cincuenta, la enfermería empezaba a ser considerada como una profesión. La incorporación de esta rama sanitaria al mundo profesional y académico suponía el avance de la mujer en una sociedad patriarcal. La junta rectora la formaban Ana María Romero y María Luisa Ponce. Esta última fue la que extrajo las medallas de una cajita metálica y se las colocó a las chicas, junto con las insignias. De fondo, en la sala, el cuadro del Generalísimo, que vigilaba atentamente todo lo que pasaba en cada rincón de Madrid.

Helena, la madre de Violeta, no estaba muy convencida de los conocimientos que le permitirían ejercitar una carrera. Se alejaba de una de las más nobles virtudes de la mujer, ser una cuidadora del hogar, y esperaba de su hija otra cosa: un buen marido, unos hijos, y parar el chismorreo de las vecinas que siempre le preguntaban por el futuro de su hija mayor. Debajo del «es muy exigente» de su madre, se escondía el desbarajuste de la vida de Violeta. Para su madre, su hija necesitaba un confesor, un guía espiritual, que la ayudara a elegir el camino correcto, si no, acabaría en el mismo lugar en el que acabó su hermana, perdiendo la dignidad y el honor.

Violeta apretó la medalla y recordó el día que llegó oficialmente a su casa el título profesional de Enfermería a nombre de Violeta Herrera del Saz Galiana. Lo recogió, previa identificación y presentación de dos timbres móviles de 0,25 pesetas. Por suerte, tenía unos buenos ahorros gracias a la herencia de su tía Piedad, y por eso sabía que el día que recogiera su insignia, estaría dedicada a su difunta tía.

Bajó del estrado, un revuelo de chicas con padres y novios se arremolinaron en torno a los canapés. Amelia se acercó hasta su hermana y le plantó un beso en la mejilla frío y distante, como era su hermana. Ni ese día podía dar algo más de sí.

—El acto se ha extendido mucho, intenta ir recta, vas con los hombros caídos y se veía que caminabas a descompás de tus compañeras. —Le costó decir una palabra de aliento—. No he traído a los niños porque me parecía que estos actos suelen ser aburridos para ellos.

—Me hubiese gustado verlos.

—Hemos venido un momento para estar presentes, pero nos tenemos que ir.

—Sí, como veáis, no creo que el acto se demore mucho.

—¿Te vienes con nosotros?

—Me quedaré al cóctel, quiero conocer a mis compañeras.

—No tardes mucho que sabes que a mamá no le gusta estar sola.

Violeta se quedó media hora más, siempre con el reloj mental en la cabeza para volver pronto a casa. Le había tocado el papel de cuidadora y no podía salirse de ese rol. Paseó por la sala, viendo como sus compañeras se llenaban de besos, de enhorabuenas y de roces cariñosos. Una sana envidia le brotó en el interior. Cuando era pequeña no notaba esa forma de amar diferente, pero a medida que iba creciendo, sentía que su forma de ser no encajaba con la de su familia.

Violeta tomó algún canapé y contempló la escena, orgullosa de pertenecer a ella. Por primera vez en su vida estaba alejada de las normas del hogar y vivía algo personal que había conseguido por sus propios méritos. Pertenecer al mundanal ruido le parecía divertido.

Enfrente de ella, un grupo de chicos conversaban, reían, algunos iban en mangas de camisa y otros con traje y corbata. Hablaban de temas diversos como si estuvieran leyendo el periódico y comentando las mejores jugadas de la semana. Sofía Loren había llegado a la ciudad levantando el júbilo de una población demasiado apolillada. «La Loren ha llegado a Madrid —gritó uno—, ha dicho que su máxima aspiración es obtener un buen marido». Todos deseaban encontrársela por la calle. Otro habló sobre la inauguración de Televisión española, y el más intelectual contó que el Premio Nobel otorgado al escritor Juan Ramón Jiménez lo tendría que celebrar solo en Suecia porque su mujer Zenobia había muerto. Pero donde todos estaban de acuerdo era en centrar su entusiasmo en el fútbol, y así, los ánimos se exaltaron al hablar del triunfo del Atlético de Bilbao en Valladolid. El más alto, que llevaba una gabardina de color beis, con gafas de pasta negras, y que se notaba que no estaba muy pendiente de la conversación de sus compañeros, levantó la vista hacia Violeta.

Ella miró aquel grupo con cierta envidia, eran chicos más mayores, divirtiéndose y con temas en común. Sus amigas eran diferentes, ninguna ponía interés por los temas que a ella le gustaban, y ver a aquellos chicos hablar, reírse, era algo que le provocaba envidia. El chico más alto se quedó mirándola, parecía que había visto una aparición. El de su lado dándole un codazo le dijo:

—Parece que hayas visto a la Virgen.

—Anda, no blasfemes.

—Ven con nosotros a los billares.

—No puedo quedarme mucho, tengo bastante trabajo. He dejado todo empantanado por venir a ver a tu hermana, Emilio.

—Lo puedes dejar para luego, no estaremos más de una hora.

—Dadme un segundo y ahora nos vamos.

—No te entretendremos mucho. Te viene bien quedar con gente de a pie.

Salió del grupo y todos le increparon.

—¿Nos abandonas? Sentimos si el tema de la Loren te ha

incomodado, pero es que nosotros estamos libres. Él los miró sonriendo.

—Voy a saludar a una amiga. Ahora nos vamos.

—¿A una amiga? Vas a tener más vida que todos nosotros —bromeó Emilio, riéndose.

Se acercó a ella aparentando timidez.

—Qué difícil es cuando todo el mundo ha formado sus grupos iniciar una conversación con alguno, ¿verdad?

—¿A ti también te pasa?

—Yo tengo un truco que es hacer que conozco a la persona y entonces ya empezamos a charlar.

—Es muy buen truco —dijo Violeta.

—¿Hacemos la prueba?

—Claro.

—¿Te llamabas Violeta y tenías una hermana pequeña?

—Así es. Estás de suerte.

—Tenías una madre y una tía encantadora, y un padre militar que se le daba bien cortar las maderas de los árboles. Siempre envidié sus brazos.

—Me estás asustando.

—Voy a parar el juego, tranquila. Mi nombre es Enrique Amorós.

—Encantada, yo soy Violeta Herrera del Saz.

—Violeta, ¿crees en las casualidades?

—Creo en la suerte y en que todos debemos intentar ir en su busca.

—Si te digo que eras mi mejor amiga a la edad de trece años, y que convivimos muy pronto, y que no nos casamos...

—Espera, no me lo puedo creer, ¿eres Quique del Decanato?

Él sonrió y le dio un gran abrazo.

—Qué alegría verte. En el momento en que has salido a recoger la medalla, he dudado, pero ya cuando has bajado lo he visto claro. Sigues teniendo los mismos movimientos alocados que cuando eras pequeña.

—Yo soy más despistada, por tu apellido nunca te hubiera reconocido.

—A esas edades lo único en lo que te fijas es en si tu tirachinas llega más lejos.

—Y mira que tus ojos son únicos.

—La heterocromía del iris me ha delatado.

—¿Qué haces tú por aquí?

—He venido con unos amigos del colegio. La hermana de uno de ellos va a ser compañera tuya de Enfermería. Es un orgullo que hayas conseguido ser una de las treinta y siete primeras mujeres de la promoción de Enfermería. De verdad, tienes todo mi reconocimiento.

—Díselo a mi madre, que no está muy convencida.

—Me acuerdo de ella, y de tu hermana. ¿Tenías también una tía?

—Sí, mi tía desgraciadamente murió por una de las bombas de la embajada. Salió disparada por la ventana. Pero hablemos de cosas bonitas.

—Sí, tienes razón. Mi madre se casó y tuvo una hija. Así que ya no soy el hijo único que conociste. Sabes, me acuerdo mucho de aquella azotea. Nos tumbábamos horas, el tiempo pasaba tan lentamente. Lo recuerdo como una época muy feliz.

—Mi madre esa etapa la tiene completamente borrada, y yo, al no hablar de ello en casa, he olvidado muchas cosas.

—Espero que a mí no. Oye, voy con los chicos a los billares de la calle Ciudad Rodrigo, por la Plaza Mayor. ¿Por qué no te vienes? Me encantaría seguir conversando contigo.

—Otro día. Mi madre me está esperando en casa. Y en los billares hay tanto ruido.

—De verdad, Violeta, otro día me gustaría charlar contigo,

incluso ver a tu madre. Para mí fue una época muy bonita. A pesar de los fuegos artificiales...

—A mí también me ha gustado. Mi madre dice que recordar algo que ha pasado es como subirte a la noria y dar vueltas en lo mismo.

—Si me aceptas un café, esta semana la voy a tener más libre. Ya me he asentado en la ciudad, he estado viviendo en Palencia.

—Me encantaría poder charlar y ponernos al día de nuestras vidas.

—¿El jueves a las 5, en la chocolatería San Ginés?

Enrique se tocó los rizos e intentó que no se le metieran en los ojos, mientras que Violeta se tocó la falda de color azul, que le había hecho su madre en una Singer heredada de su tía Piedad. Cada hilo del dobladillo lo había cosido su madre dejándose la vista, para que en alguna verbena de barrio se le acercara un marqués, o un comercial, o alguien con un buen porvenir que le diera una buena vida.

A Quique se le veía un hombre de mundo, un hombre que manifestaba cierta cultura y don de gentes, que no fumaba tabaco rubio como los otros, más sensato que sus compañeros. Violeta percibía en su hablar un saber estar y una madurez distinta a los jóvenes que había conocido, tenía una mirada limpia y se mostraba muy atento con ella.

Detestaba los hombres que a la primera de cambio le besaban las manos. Recordaba al último chico con el que había estado hablando, se preparaba para Correos y el día de su santo le envió flores, fue a recogerla al portal para sacarla a pasear, como si fuera un perrito, y, para colmo, estuvo toda la tarde marcando y mostrándole sus músculos. Estaba obsesionado con un aparato tortuoso que los chicos de su edad utilizaban deslizándolo por el suelo para marcar abdominales, lo llamaban el *rolling*.

No se sentía atraída por la misma clase de hombres que sus

amigas: los chicos de domingo que se repeinaban el pelo y se metían en misa para dar la imagen de niños santos.

Enrique había dibujado una sonrisa que le había regalado durante varios minutos. Estaban ilusionados por haberse encontrado; cuando alguien se tropieza con el pasado no solo se topa con una persona que caminó a su lado, sino que se avivan los recuerdos que giran en torno a esa época. La azotea, la biblioteca, la bandera de Chile, las escaleras con las tablas de madera, la sémola, la casa de madera que le construyó su padre con aquellos árboles del jardín.

La misma que en un ataque de rabia su hermana rompía, y Violeta, sin regañarla, cogía las tablas sobre el vuelo de su vestido para ponerlas a salvo. Lo importante no era la casa, lo importante es lo que guardaba aquella casa. Un amor infranqueable de su padre hacia ella. Sabía que siempre fue la favorita de papá, y Amelia crecía con eso. En una fracción de segundo veía su pasado deslizarse en los rizos de Enrique, que le puso la mano sobre el brazo y le dio la mano. Un apretón cercano y firme, parecía que sellaban una amistad limpia, infantil, de esas que se forjan de pequeños y que perduran a pesar de los años.

Violeta salió a la calle, estaba emocionada, no podía creerse que había vuelto a coincidir con Quique, ahora Enrique. En un lugar desconocido se topaba con lo conocido, desprendía el mismo aroma, eso era algo que no cambiaba con el paso del tiempo, se impregnaba en la nariz e iba dejando un reguero de sensaciones encantadoras. Enrique tenía la misma mirada dulce y ese lado travieso que había conocido cuando era un niño todavía. Sus rizos revueltos seguían cayendo por su frente, y esas manos de uñas comidas, que la sujetaban por la cintura cuando se asomaba a aquella azotea, ahora podía sentirlas de otra manera. Los roces de los de antes podían ser menos inocentes de mayores.

Se dejó llevar por los recuerdos de una infancia vivida sobre un tejado, donde fue muy feliz. Recordaba la tensión del momento en el que le dio su mano temblorosa y cómo se sentía avergonzada pero dichosa. Quizá cuando uno encauzaba la vida en el terreno laboral podría también hacerlo en el amoroso.

No quería precipitarse, existía una posibilidad de tener un buen plan con ese chico. El destino siempre hacía de las suyas cuando uno no esperaba nada. Muchas noches en la cama se había acordado de él, y había pensado qué habría sido de aquel niño con tanta inventiva. Esos ojos eran difíciles de olvidar.

Su corazón estaba bullicioso, como aquel Madrid con el ruido de los coches y el devenir de sus gentes en metro, con los balcones abiertos, con el buen tiempo que animaba a salir.

La calle Montera estaba repleta de sastrerías y camiserías, los hombres iban arreglados con traje y corbata y las mujeres ya empezaban a levantar sus faldas de vuelo. Las gentes se chocaban al pasar por la calle Preciados, donde los pequeños comercios daban paso a los grandes almacenes como Galerías Preciados, fundado por Pepín Fernández, que era el mismo dueño de Sederías Carretas. Un pulso entre las dos por captar a las señoras de la ciudad.

Violeta subió desde Cibeles hasta la Red de San Luis, donde una señora vendía el agua en botijo, las alfombras se sacudían en las barandillas de los balcones y las mujeres gritaban desde las ventanas llamando al hombre del butano, una práctica que apenas tenía un año de vida.

Cuando llegó a la calle Mayor, sus pies se volvieron pesados, la garganta, reseca, no le apetecía nada meterse en casa con el tiempo que hacía y hablar de la nada con su madre. Esta zona del centro de Madrid seguía siendo un pequeño pueblo. Las vecinas paseaban y saludaban a Violeta mirándola de arriba abajo. Mientras unas le decían: «A ver si un día vienes por casa y te presento a mi hijo, debe de tener la misma edad que tú»; otras se deshacían en halagos: «Mira que estás guapa, cada día te pareces más a tu madre». Hablaban por hablar porque, como siempre les recordaba su tía Piedad, la mayor era igual que su padre.

Violeta, muy amable, saludaba a todas las señoras del barrio y era el centro de la mirada de los tenderos. El lechero le había regalado dos tinajas de leche, solo porque ya era primavera y una chica con ese buen tiempo necesitaba crecer y ponerse guapa. Las excusas para acercarse a ella eran ridículas, pero Violeta, que conocía muy bien las estrecheces económicas que pasaba la familia que vivía solo de la pensión del capitán de Infantería que fue su padre, se hacía querer.

Dio dos timbrazos fuertes, su madre apareció en el dintel de la puerta con una bata azul marino. Apenas se arreglaba y solía ir siempre con los rulos puestos, descuidada y con la coronilla aplastada de tantas horas como pasaba sentada cosiendo.

—Pasa, hija. ¿Lo has pasado bien?

Su madre la hablaba desganada, tenía el día torcido, en el fondo no le gustaba que Violeta estuviera fuera de casa, donde no la podía controlar.

—Sí, mamá, he disfrutado mucho. Mira qué bonita es la medalla, y también me han dado una insignia.

Violeta le enseñó a su madre la medalla, era un orgullo para ella. Helena la tomó entre sus manos y solo se le ocurrió exclamar:

—Con todo lo que has estudiado, podría ser más grande.

La radio se oyó de fondo. «En Wellington (Nueva Zelanda), un jurado ha absuelto apreciando locura temporal a Leslie Jones, de cuarenta años, que "por piedad" dio muerte a un hijo suyo recién nacido por ser deforme. El parricidio se cometió a la vista de la enfermera que no pudo hacer nada».

—Esas cosas extrañas solo pasan fuera —afirmó la madre casi sin inmutarse, mientras pelaba las patatas extrayendo los puntos negros.

Helena solía coser cerca de la ventana, le gustaba el rincón porque la luz incidía sobre la tela y podía ver mejor. La vida de la madre de Violeta se ceñía a ir a misa los domingos, luego volvía a casa, preparaba la comida y se dejaba los ojos en la máquina de coser, haciendo arreglos que pagaban bien y así contribuía a la economía doméstica.

—Mamá, he traído lenguas de gato, que sé que te gustan.

—Querida, hubiera preferido un bollo suizo, pero ya sabes que yo soy lechuza —dijo, sonriendo a su hija—. Anda, pon un poco de leche y vamos a merendar.

Violeta recorrió el largo pasillo, llevaba toda su vida en aquella casa y recordó que de niña imaginaba ese lánguido pasillo como un oscuro laberinto; afortunadamente ya había perdido el miedo a ir sola a la cocina. Sacó de la fresquera una tinaja de leche fresca, que vertió sobre dos tacitas de porcelana. Después colocó ambas sobre un carrito que llevó hasta el comedor con cuidado de no derramarla.

—Mamá, te tengo que contar... ¿A que no sabes a quién he visto?

—A tu hermana y a su marido. Si me animaron a ir, pero, hija, no me he levantado yo hoy muy católica.

—Ellos estaban sí, pero también un chico que conocimos hace muchos años en el Decanato. Se llamaba Enrique Amorós. Quique, aquel niño con el que tanto jugaba, ¿te acuerdas que su padre murió? El niño de un ojo de cada color.

—Sí, creo que me acuerdo. Su padre fue un traidor. No me gusta que hables con gente así. Si tuvo ese padre, algo quedará en él.

—Ay, mamá, ya estamos, qué más da lo que fuera, yo era amiga de su hijo. Me ha recordado la azotea. ¿Te acuerdas de aquella azotea? Se veían los tejados de Madrid, y cruzaban gatos negros por ella en busca de comida.

—Como nosotros. Recuerdo la sémola, ¡qué mala estaba por Dios!

—¡Leñe!, siempre te acuerdas de lo peor. Dime algo bonito que recuerdes de aquella época.

—Me acuerdo de vosotras, siempre buenas, tú más trasto, pero buenas. Me acuerdo del frío atroz que te dejaba los pies yertos.

—Mamá, he dicho algo bonito.

—Está bien, me acuerdo de tía Piedad y su té caliente. Lo que hubiera dado por probar ese té, pero la condenada lo quería para ella.

—¿Te acuerdas de papá?

—Claro, recuerdo la primera vez que llegamos y pusimos los pies en aquel Decanato. Teníamos tanto miedo, pero él mostraba tanta seguridad.

—Era tan guapo.

—Era muy atractivo y tenía un don de gentes arrollador.

—¿Le echas de menos, mamá?

—Anda, hija, no me quiero poner triste. Recuerdo cuando le conocí, era muy simpático y tenía porte aristocrático.

—Yo apenas me acuerdo de papá. Casi no hablamos de él.

—Hablar del pasado es no vivir el presente y eso es absurdo. Dime, ¿cómo estaba Madrid hoy?

Helena siempre terminaba las conversaciones con frases lapidarias o evasivas, no le gustaba recordar aquella época de dolor. Había aprendido a olvidar a Ricardo, verle con su traje militar en el retrato que presidía el salón, en ese marco, lo había convertido en su propio Ricardo. El soñado, el ideal que mostrar a sus hijas y del que hablar a sus amigas. Un Ricardo apuesto, valiente, muy diferente del que se tragó una época que no quería mantener viva en su cabeza.

Violeta la distrajo con el Madrid de sus ojos.

—Los cafés llenos, los almacenes Simeón llenos, parece que lo regalan. Sabes que a la gente no le gusta nada estar en casa. Tú no pareces de Madrid.

—Muy graciosa.

Le intentaba sacar una sonrisa, exponerla al mundo para que despertara de su letargo. Pero a Helena le gustaba solo coser en aquel rincón y limpiar las lentejas, podía pasarse horas limpiando las piedras de las legumbres que compraba a granel en el mercado de San Miguel. De la despensa emanaba un olor a legumbres que llegaba hasta la mitad del pasillo.

A Helena le hubiese gustado que la vida de Violeta fuese distinta, que hubiera encontrado un hombre galante y servicial como su hija Amelia, un escribiente de los juzgados, que hubiese sido tuno en la facultad, sencillo y con buenas palabras siempre hacia su suegra. Un matrimonio serio, con un marido como Jorge, con dos niños repeinados y oliendo a colonia que nunca molestaban a la abuela porque jugaban en el cuarto de los armarios; una vida estructurada. Sin embargo, a su hija le había dado por escoger los libros y estudiar. Esos que un día quemaban a la innombrable. Detestaba que su hija se pareciera cada día más a su hermana. Quería olvidarla, y cada paso que daba la vida la traía de cuerpo presente.

Violeta no tenía el menor interés en el amor, no quería encontrar a uno de esos lechuguinos que se querían casar a la primera de cambio.

El salón era sobrio. Encima del aparador había una colección de figuritas de señores con sombrero mexicano hechos de arcilla, otra de reyes tailandeses y una foto de Ricardo en un marco rococó de color dorado. La quiso poner por si alguna de sus amigas subía a casa, que supieran que una vez hubo un marido respetable en el hogar.

La radio era la reina de la casa, acompañaba en las tardes largas de chocolate y picatostes, y a quien no tenía un receptor algún vecino le invitaba a su casa a escucharla. Helena se pasaba horas largas pendiente del serial *Lo que nunca muere*, y noticias como la próxima boda entre el príncipe Rainiero III de Mónaco con Grace Kelly llegaban a través de las ondas.

En realidad, suponía una ventana abierta al mundo: las chicas aprendían canciones, soñando que se las cantarían al hombre con el que se casarían, y cualquier novedad llegaba por ese pequeño aparato. Así pasaban los días, bien en casa escuchando la radio, bien en la calle en algún café de nombre inglés, o en la sierra. Desde el puente de los Franceses se podían ver los trenes con numerosos viajeros que subían a ella en busca de un cambio de aires.

Los cafés seguían abiertos, con su humareda de tabaco. La Gran Vía, evocadora, era el lugar de reunión y, paseo arriba, paseo abajo, se sentaban los muchachos en las terrazas a tomar limonadas y detectar con sus radares a las mujeres que estaban libres.

Había días en los que Violeta salía con amigas. Primero se daban una vuelta por el Retiro y luego bajaban paseando para terminar en algún cine o, como una locura, en la sierra de Madrid. A veces se agobiaba por ser tan diferente al resto de sus amigas; se sentía incomprendida. Subía a la sierra a esquiar siempre que podía con dos amigas, Mentxu y Terele, y se tiraban por la montaña con los esquís. Pero ahora con el buen tiempo ya no había nieve, así que se sentaban en la plaza de Navacerrada a comer torreznos. Charlaban durante horas de las novelitas rosas que leían, como si fueran personajes de verdad.

—Anastasio ha sentido lo mismo que ella.

—Uy, calla —decía Terele—, que luego la dejará por otra como vea que no le da lo que quiere.

Violeta miró el horizonte, queriendo escapar de aquella conversación tan ridícula. Mentxu, que lo vio, no dudó en atraerla a la conversación.

—Queremos presentarte a un chico que es como Bogart y trabaja en el Ministerio de Agricultura, nada menos que funcionario. Un buen partido.

—Quiero ser libre, ¿no lo entendéis? Yo ahora me he sacado Enfermería porque quiero trabajar, no estoy para chicos.

—Menuda pelma que eres. Mi madre ya me ha preguntado unas cuantas veces que para ser tan mona no entiende que estés sola. ¿Qué le digo?

—Dile que me compraré un mono si me aburro.

Violeta tenía que escuchar de sus amigas esa guisa de comentarios día sí y día también, así que empezó a proponerles ir al cine, al menos allí, en la sala oscura, no estaba obligada a hablar con ellas.

La Gran Vía era un reguero de cines: el Roxy, el cine Azul, Actualidades, el Avenidas... todos, con sus carteles enormes y de color, llamaban la atención del transeúnte que debía decidir cuál elegir para pasar la tarde entretenido. La mayoría de las películas permanecían unos seis meses en cartel y en las salas se exhibían cintas hollywoodienses o españolas, como *La Violetera* de Sarita Montiel, la gran actriz del momento.

Un señor las acomodó con una linterna mientras un botones que portaba una bandeja al cuello vendía algunas chucherías. Eran los cines de sesión continua y programa doble en los que se proyectaban el NO-DO y dos películas, una tras otra, con un breve descanso. Lo bueno era que, si uno llegaba tarde, podía quedarse hasta el final y volver a empezar a verla sin perder ripio. Y los miércoles era un día muy especial, porque las féminas podían ir al cine por una peseta.

Las películas de Hollywood son las que estaban más en boga. Sus amigas se morían por ver *Los caballeros las prefieren rubias*, para luego continuar con *Sissi Emperatriz*. Violeta no entendía que el único objetivo de las chicas de su edad en la vida fuera casarse con un príncipe.

Esa semana, Helena acompañó a su hija a hacerse un vestido, estaba obsesionada con que, sin un buen traje, se iba a quedar para vestir santos. Pero primero, entraron en la iglesia del Carmen a rezar delante de san Judas Tadeo, el abogado de los imposibles. Helena se arrodilló e increpó a Violeta para que hiciera lo mismo.

—Vamos a rezar para que la vida te mande un buen marido. Y buena salud. Y a ver si te quita esa manía de chuparte el pelo. Ya ni aquí respetas. Anda, cruza las piernas y reza un poco por tu futuro.

Violeta suspiró con cara de no poder más, no entendía ese lado católico tan acentuado que tenía su madre, pero la seguía por no enfadarla. En la puerta coincidieron con doña Brígida, una mujer que tenía una mercería y que era la mejor cogiendo los puntos a las medias.

—He venido con mi hijo, está fuera aguardando. Esperad y salimos.

Helena bajó las escaleras y se dirigió a saludar al hijo de Brígida. Era poco agraciado, con la cara como una paella, llena de granos, pero tenía una colocación en el Banco Hispano que su madre mostró con luces de neón, algo que a Violeta le parecía de lo más aburrido.

—Mi hijo esta semana ha dado varias letras del Tesoro a varios clientes. Y por las tardes no sabes la cantidad de fajas que ha vendido en la tienda. Tiene una labia que gana a cualquiera.

El chico tímido miró a Violeta con ganas de que les dejasen a solas. Así era el plan que habían armado en casa.

—Anda, hijo, invita a Violeta a un bombón helado.

Violeta se vio delante del chico sin saber qué decir. Por fin se quedaron solos. El chico paseó al lado de ella con los brazos caídos.

—Es algo violento esto que nos han hecho las madres.

—A mí también me lo parece.

—Pero creo que ha valido la pena.

—Si tú lo dices.

—Te he visto bajar del tranvía a mediodía. Y la verdad es que nunca me he atrevido a decirte nada.

—Pues no muerdo.

—Ya, pero uno no está acostumbrado a hablar con chicas tan guapas.

—Muchas gracias.

El chico miró al camarero y pidió dos bombones helados. De nuevo ellos elegían por ellas. Ni siquiera había esperado a que Violeta levantara la vista y poder pensar lo que le apetecía.

Estuvieron casi una hora hablando de la vida, de las inquietudes y del cine. Al hijo de Brígida le apasionaba mucho el séptimo arte.

—Te llevo mirando largo tiempo y es que me recuerdas a Ingrid Bergman.

—Vaya, es un parecido formidable.

—Sí, tienes sus pómulos, pero vamos, tú no tienes esa cara que pone ella en las películas trágicas. Aunque hace unos días leí que se encontraba en París, haciendo una cura de risa para olvidar esos papeles tan dramáticos que siempre interpreta.

—Nunca lo había oído —dijo riéndose.

—Me encanta tu risa.

—Muchas gracias.

Violeta se tomó el helado y enseguida quiso levantarse. Su madre se había ido a dar una vuelta con Brígida y vino a buscarla después de un buen rato.

—¿Lo habéis pasado bien?

—Mamá, no me hagas más esto. He pasado apuro —le dijo a su madre por lo bajini.

—Déjate de apuros. Brígida y yo sabemos lo que os conviene. Y a su hijo le pasa como a ti, que sois muy exigentes y vais por la vida sin ver. Dos alondras perdidas. Y la vida pasa rápido, y cuando uno quiere embarcarse con alguien ya ha pasado el tren y no puede subirse a ninguno.

—Mamá, no todo el mundo quiere llevar la vida que nos marcan. Esto no es como una gramola que pones el disco y bailas al son de los demás. Tía Carmen no se casó.

Un silencio sellado se cerró en los labios de Helena, y con paso firme subió hasta la plaza del Carmen. Helena y Violeta entraron a regañadientes en la tienda Paños Ramos, donde un cartel rezaba: «Vestir bien constituye un problema económico, le ofrecemos la oportunidad de adquirir dos cortes al precio de uno».

El dependiente hizo subir a Violeta a una mesa y le tomó las medidas, primero de cintura hasta los pies, y luego en el pecho. Ella lo tenía prominente y se daba cuenta de que el hombre se detenía mucho más que con otras clientas, algo que le hacía sentir muy incómoda. Salió a la calle sonrojada y se lo comentó a su madre.

—Mamá, no me gusta que me tomen medidas. Ya tengo una edad.

—Cariño, ya sé que eres una mujer. Gustar no es malo. Creo que te vendría bien empezar a leer algún libro de literatura romántica. Sería bueno para ti saber lo que sienten los chicos y las chicas cuando están juntos.

—Mamá, por favor, calla.

—Ya lo sé, soy tu madre, pero quiero lo mejor para ti.

En aquella época el mundo estaba segregado: las piscinas, los colegios, las misas de domingo, los bailes... Por un lado, los chicos, por otro, las chicas, segmentado como si de extraterrestres se tratara.

Helena esa noche se encerró en su cuarto y se llevó un libro de romántica, *Dos almas recias*, de Corín Tellado. Quería leer qué se sentía al dar un beso, con un roce de manos, comprobar si se podía despertar la llama del deseo, ese del que todos hablan pero que Violeta no había experimentado hasta el momento.

Su madre compraba semanalmente ese tipo de género, podía olvidarse de comprar el pan, pero nunca de su pequeña droga de domingo: la novelita rosa.

Helena tenía una pequeña estantería y guardaba los libros en fila india. La mayoría acababan siempre con el matrimonio, donde comenzaba la vida. Los hombres siempre eran los mismos: médicos, marinos mercantes, abogados, ingenieros que caían rendidos ante mujeres frágiles, amas de casa.

Violeta no se identificaba con ese perfil, y cada vez que intentaba leer ese tipo de novelas, había algo en su interior que se le revolvía, como una alimaña que la corroía por dentro. Ella no tenía esa necesidad de protección de las protagonistas.

Se tumbó en la cama, en la soledad de su cuarto, cerró los ojos y pensó en Quique. Primero lo hizo en la azotea, cuando era aún pequeño y le vino a la mente su imagen con los pantalones cortos; luego pensó en él ya de mayor, en aquella sala del Círculo de Bellas Artes, y tembló en su cuerpo vigoroso sin más abrigo que el de sus manos. Con esa imagen pueril todo se quedaba ahí, en algo infantil y pequeño. Su imaginación no podía desarrollar más allá que unos roces de manos y de cintura. Se sentía culpable, sucia, algo que le habían metido en la cabeza y que no podía sacar. Cómo sería amar a un hombre sin la culpabilidad, libre de ataduras, de esa religión mezclada con política que sobrevolaba el ambiente. Su mente volvía de nuevo al niño pequeño, Quique, a quien evocó en la oscuridad de un cuarto, con un anillo de papel en el dedo anular y prometiendo bajo el ruido de la metralla que nunca la dejaría: «Nos casaremos como hacen los mayores»; «Yo no me quiero casar», respondía ella con leve ironía; «Al menos llevarás este anillo».

Todavía percibía la suavidad de su piel al tocarla, entonces no lo había sentido así, pero ahora se imaginaba sus manos grandes y esos dedos acariciando los suyos con los pliegues del presente. El nombre de Enrique la había llevado hasta aquella habitación, a cerrar el cerrojo y a querer vivir lo prohibido sin saber lo que era.

Abrió el cajón, sacó la radio y la sintonizó en el mismo dial donde la había dejado su madre, intentando no cambiar la posición, temerosa de probar otras emisoras. El locutor alabó a Franco y rezó por los caídos por Dios y por España.

Después jugó con la rueda del dial buscando algo que le enseñará un lugar abierto, algo que fuera diferente y encontró Radio Pirenaica. Algunos la creían en un punto perdido de los Pirineos, para alimentar la idea de que la resistencia a la dictadura estaba vigilante, otros en Praga, y al final estaba en Moscú. Le costó llegar a ella, un montón de interferencias y varias lenguas extranjeras se colaron antes de sintonizarla. Un locutor con voz profunda habló a través de las ondas: «Y ahora os dejamos con una canción para que despertéis lo más oscuro de vosotros, lo que nadie ve, aquello que se esconde en algún lugar. Así, ahora en la soledad de la noche, podéis despertar».

La música penetró por los oídos de Violeta y llegó a lo más profundo, agitando su vientre. Era un bolero prohibido, que llevaba la magia de lo escondido, el locutor lo había presentado como *Bésame mucho*. Apagó la luz, cerró los ojos, y Enrique volvió de nuevo a su imaginación. Entonces sintió una picazón entre los muslos y el vientre, un latigazo desconocido. Se colocó la almohada entre las piernas y vislumbró a Enrique en su cuarto.

«Bésame, bésame mucho, como si fuera esta noche la última vez, bésame, bésame mucho, que tengo miedo a perderte, perderte después», susurró Violeta, acompañando a la voz que emergía de la radio e imaginando el beso largo que llevaba, sin saberlo, la huella del pecado.

24

No hay que tener miedo al cambio, sino buscarlo.
Porque cambiar es detenerse en el camino y subirse
a un alto para ver lo que va siendo nuestra vida, en
qué se parece a lo que nos gustaría que fuese.

JOSEFINA ALDECOA

Violeta desayunó aquella mañana frente a la foto enmarcada de su padre. Lo miró, y él también la miró de forma insistente, con esos ojos que penetraban en sus pupilas desde pequeña. A través de ellos pudo vislumbrar su infancia. Evocó aquellos días con su hermana en el piso de la calle Mayor, jugando en los laberínticos pasillos cada vez más largos donde estaba permitido esconderse durante horas; los tranvías y los simones pasando; el sabor de la horchata en las terrazas del paseo Rosales, que con él tenía un sabor diferente; los limpiabotas de la Plaza Mayor lustrándole los zapatos y él siempre, generoso, dándoles algunas monedas de más; y aquellas tardes tumbados en el sofá leyendo *El Mago de Oz*, de Frank Baum, con esas ilustraciones maravillosas de las baldosas amarillas. Sin duda su padre la había marcado, y en el fondo buscaba un hombre como él, culto, buen conversador y tan buen padre.

Hoy no era un día para ponerse nostálgica. Tenía una cita muy especial: iba a ver de nuevo a Enrique en la chocolatería San Ginés. Violeta pasó más de dos horas arreglándose el pelo, se hizo unas marcadas ondas a lo Gilda con unas tenacillas y se puso una falda tubo de color negro por debajo de las rodillas, dejando ver la línea de la media. Su madre cuando la revisó se sorprendió.

—Estás muy *gildona*.

—He quedado con las chicas.

—¿Y qué haréis?

—Una vuelta por la Gran Vía y luego vuelta a casa.

—¿No vas a volver a quedar con el chico de Brígida? Mira que esos pollos vuelan.

—Anda, mamá, no seas antigua, los pollos solo vuelan en Casa Mingo.

Violeta cerró la puerta de casa y bajó en el ascensor de poleas viendo a través del cristal a la portera que estaba fregando la escalera.

Salió del portal y subió la cuesta de la calle Mayor, pasando por la farmacia de la Reina Madre, donde estaba Brígida, que salió un momento a la calle para saludarla. En Madrid las gentes tenían dos ojos de más.

—Ay, si te viera mi hijo. Vas preciosa.

—Gracias, Brígida, voy a dar una vuelta con unas amigas.

—Pásatelo bien. —Y añadió, aprovechando las circunstancias—: Mi hijo está en el Banco Hispano, seguro que le haría ilusión que a la una y media pasaras a saludarle. Tiene una hora para comer, luego trabaja por la tarde.

La calle Mayor era un pueblo, todo el mundo se conocía, se saludaba, era como un pequeño teatro en el que no importaba dónde te sentaras, si alguien te reconocía, se sentaba contigo. Violeta subía la calle bajo la atenta mirada de los tenderos que pregonaban sus mercancías.

Iba con paso ligero porque no quería llegar tarde, y cuando alcanzó el pasadizo de San Ginés, se dio cuenta de que había sido la primera en llegar. La chocolatería estaba situada en un esquinazo, así que era difícil que los de uno lado pudieran ver a los del otro. Ese callejón siempre olía a churros y porras recién fritas. Entró dentro por si Enrique estuviera esperándola ya sentado, pero solo la recibió el gran espejo que presidía el salón, la barra de mármol blanco y un antiguo reloj que marcaba los minutos de las charlas. Casi todos los cafés de Madrid tenían los mismos detalles, cortados por el mismo patrón, así que una ya no sabía si entraba en el café Castilla, el de la India o de Levante. Fuera, la cosa pintaba más animada: estudiantes que tenían poca pinta de estudiar, sentados en mesas redondas, limpiabotas y cerilleros intentando engatusar a los clientes.

Eligió una mesa discreta de las exteriores, la que estaba más próxima a la calle Arenal, para que nadie los viera juntos, no sabía de qué se escondía, pero no quería chismorreos que le llegaran luego a su madre. Se sentó a esperar a Enrique. No entendía cómo estaba tan nerviosa, pero lo estaba. Por fin apareció él con su aire de galán, su marcado mentón que dejaba entrever un hoyuelo en la barbilla, y, de nuevo, sus rizos revueltos, rozándole la frente. No podía esconder las ganas que tenía de verlo.

Enrique se acercó hasta ella y esbozó una sonrisa de dientes perfectos. Violeta respiró profundamente. Él la miró sin titubear y se acercó a ella.

—Perdona, Violeta, me han entretenido.

—Nada, no te preocupes. Estaba mirando la carta a ver qué elegir.

—Aquí lo que está muy bueno es el chocolate y los buñuelos.

—Si quieres pedimos a medias un chocolate y unos picatostes. Yo mucha hambre no tengo.

—Me parece perfecto.

—Ojalá la vida fuera tan fácil, ¿verdad?

Violeta inclinó la cabeza hacia el hombro izquierdo y puso algo nervioso a Enrique, que no dudó en expresarlo.

—Parezco el mismo niño del Decanato. ¿Te puedes creer que estoy nervioso? Formas parte de mi vida.

—A mí me pasa lo mismo. Son muchas emociones. Nunca pensé que nos volveríamos a ver y es muy bonito.

—Se lo he contado a mi madre. Me ha dado recuerdos para ti. Me ha dicho que alguna vez subas a verla.

—¿Tú no vives con ella?

—No, desde que estudié ya sabía que mi lugar era otro.

El camarero con el delantal blanco impoluto sirvió el chocolate caliente y dejó los picatostes en el centro.

—¿Alguna cosita más, parejita?

Los dos se sonrojaron, pero no quisieron desdecirle. Violeta y Enrique no midieron los tiempos y escogieron el mismo a la vez. Pudieron sentir el roce de sus dedos y la suavidad de los mismos. Ella notaba que Enrique deseaba algo más, lo podía ver en el brillo de sus ojos. Con la mano un poco temblorosa le señaló.

—Perdona, coge tú. Y eso que no teníamos hambre.

—Dicen que el comer y el rascar, todo es empezar —comentó Violeta, nerviosa.

Enrique fue el primer valiente en sostener la taza, que quemaba, y soplar con cuidado.

—Y dime, ¿qué ha sido de tu vida todos estos años?

—Estudiar mucho. Me preparé para ser enfermera, me examiné en casa, fueron años muy sacrificados. ¿No crees, Enrique, que hay algo dormido en cada uno, una vocación, y que uno la despierta en el momento exacto?

—Sí, como que la vida llama a tu puerta y, aunque uno no

quiera, te hace pisar esas baldosas amarillas, conectando la tierra de Oz con la ciudad Esmeralda.

—¿Sabes? Mi padre me leía ese libro cuando era pequeña. Lo hacía con mi hermana y conmigo. Pero Amelia no ponía tanta atención, siempre estaba distraída.

—No quería ponerte triste. ¿Qué pasó con tu padre?

—Tengo lagunas de aquel tiempo. Sabes que mi padre era militar.

—Sí, eso lo recuerdo.

—Luchó en Marruecos, y allí ganó su primera laureada. No terminó la guerra, y con la Ley Azaña abandonó la carrera militar. Pero yo creo que el que nace militar, muere militar. Y pienso que mi padre se fue al frente a darnos ejemplo de que en la vida las cosas hay que lucharlas. Era un hombre muy sensible que quería inculcar a sus hijas valores, pero, desgraciadamente, en la guerra también se pierde. Y mi padre murió en el frente de Teruel.

—Tuvo que ser terrible quedaros tan pronto sin vuestro padre.

—Qué te voy a contar a ti.

—La relación con mi padre fue muy destructiva, no era un padre como el tuyo, pero con los años he sabido perdonarlo. Cuando uno tiene un padre del que se avergüenza, debe redimir sus pecados.

Enrique se emocionó. Violeta instintivamente posó su mano encima de la suya, recogió su mirada triste y la sostuvo unos segundos.

—Tú eres tú, y tu padre es tu padre.

—¿Tu madre qué piensa de mí?

—Eso no importa.

—¿Ves?

—Mi madre no es una mujer fácil. Creo que le hubiera gustado tener dos chicos y ponernos esos bañadores horribles que lleváis y tirarnos al mar.

Los dos se rieron. Enrique calló y la miró fijamente, sin dejar de acariciar su mano.

—Violeta, no has cambiado nada.

—Soy más mujer, guardo algo de lo que fui, pero soy otra persona —dijo, jugando con la servilleta de papel.

—Eso seguro, me sigues pareciendo fascinante.

—¿Has pensado en mí? —preguntó, mientras cogía un picatoste, coqueteando después de un halago como aquel.

—Algo.

Enrique se acercó y se alejó como un tranvía que duda de su destino. La confusión turbó a Violeta, que no entendía por qué Enrique había parado en seco aquella conversación cada vez más animada. Ella soltó sus manos e intentó disimular el desconcierto. Enrique miró sus piernas de reojo. Violeta era hermosa, tenía un cuerpo delicado y unas manos finas y vulnerables. Ella, cada vez más confundida por el silencio que se había impuesto desde hacía bastantes minutos, daba vueltas al chocolate espeso, que se iba haciendo más pesado. Cansada de repetir el mismo movimiento, dejó la taza de chocolate sobre la mesa, tomó la punta de su pelo y lo chupó instintivamente.

—Vaya, eres un chico parco en palabras.

—Y tú, la misma chica que se sigue mordiendo el pelo.

—Hay costumbres que no pasan, gestos que llevamos desde niños, que nos acercan a la infancia.

—Sin duda. Yo a veces me sigo mordiendo las uñas.

—Me he dado cuenta.

—Nada, anda, vamos a seguir bebiendo el chocolate. Que un chocolate frío y espeso tiene que estar agrio.

Enrique llamó al camarero, pagó y lanzó una última mirada a Violeta.

—Me gustaría que nos siguiéramos viendo, tener una amistad.

Violeta se quedó en silencio, inmóvil y pensativa ante la mirada de Enrique, al que veía abrumado y perdido ante una mujer. Ella exhibió una sonrisa conmovedora, intentando no demostrar el latigazo que le había provocado aquel silencio. Ella, que todas las noches se dormía pensando en él, que sin creer en Dios rezaba por Enrique como algo rutinario, y que aún guardaba ese papel enroscado en forma de anillo, se sintió estúpida.

Ese «algo» le había dolido, se parecía a los «te quiero un poco». Los cafés a medias, los teatros a medias, las terrazas a medias, los algo, le provocaban cierto rechazo. Su madre era una de esas personas que hacía todo a medias, menos pagar la renta al casero, que puntualmente llegaba a principios de mes. Violeta no quería estar con alguien como su madre, que era incapaz de expresar sentimientos, ocultando sus emociones, y pasar desapercibida.

Había un algo en el ambiente que la alejaba de Enrique. Ella, que había soñado con el primer beso de su boca, se daba cuenta de que con él no llegaría nunca. Su boca estaba seca, ya se había bebido el chocolate y ahora sí que no sabía de qué hablar. Quería irse a casa, encerrarse en el cuarto y romper todos los libros de romántica que tanto daño le habían hecho.

Una mujer rubia se acercó hasta la mesa y se dirigió a Enrique.

—Me parecía haberle visto, pero no sabía si era usted.

Le cogió de las manos y las apretó con fuerza contra su pecho.

—No sabe el bien que me hace.

—¿La veré esta semana? —preguntó de forma amable Enrique.

—Sabe que no me gusta faltar a mi cita.

Violeta, ante esa escena, fijó su mirada en la rama de un árbol, donde un pájaro carpintero picoteaba.

Se trataba de una cita en su misma cara, era de lo más bochornoso. Quería terminar cuanto antes ese chocolate y alejarse de aquel lugar. Ahora sí que iba a tener razón su madre, cuando uno volvía al pasado, este se mueve como en una noria y a veces no le gusta lo que ve. Violeta quería bajarse de esa noria y subirse a los autos de choque y empujar su pasado contra el bordillo. Enrique cogió sus manos, pero ella se deshizo rápido de las de él.

—Me ha gustado tanto verte —comentó Enrique en un tono muy conciliador.

—A mí también.

Justo en ese momento unos niños pasaron por su lado, iban escupiendo las tazas de los que estaban sentados allí.

—Sois unos gamberros.

Aquellos niños con pantalón corto, toalla al hombro, seguro que iban al río Manzanares. Normalmente pasaban horas en el puente de los Franceses con sus cuerpos al sol, las niñas soñarían con ellos de mayores y entonces ¡Zas! La realidad era bien distinta. Soñamos desde pequeños con un amor que cuando vamos creciendo deja de existir.

Violeta se levantó, Enrique le quitó amablemente la silla. Le puso la mano en el hombro y la despidió de forma muy educada. Una ligera inclinación de cabeza con un apretón de manos.

No sabía cómo podía ser tan falsa, pero lo estaba siendo, por la educación que le habían dado sus padres. A ella, que había soñado con un beso húmedo en los labios, de esos de película, le dio cierta pena y ganas de abrazarse. Las palabras de amor se quedaron mudas en su interior. Violeta estaba desconcertada, qué diferente de sus amigas, que elegían chicos interesados por ellas, que querían planes con ellas, y Violeta, ahí parada, despidiéndose como un picatoste en mitad de un plato ante la atenta mirada de

Enrique, que pensaría que era una más en su lista. No quería ser como esas chicas desgraciadas que esperan siempre al hombre de su vida, y este se la va pegando con unas y con otras.

—Todo un placer, Violeta. ¿Quieres que te acompañe a casa?

—No, iré sola. Muchas gracias.

Violeta pensó en deshacer el camino y volver a su casa, pero ahora crecía en ella un golpe de rabia. Dio unos pasos hasta llegar a la joyería de Enrique Busián en la Puerta del Sol y cambió de parecer. Iría a ver al hijo de Brígida al banco.

—Qué alegría verte por aquí. Mira que te hago rápido una cuenta bancaria.

—Pasaba por aquí y he pensado saludarte.

—Salgo dentro de media hora. Si quieres tengo el Biscúter fuera y nos vamos a Rosales a comer. Déjame que te invite.

Aquel chico hizo todo lo posible para que su compañero lo sustituyera. Salió a la calle y recogió el coche que estaba a la vuelta. El interés se palpaba, se olía, y era el abrillantador de los que no lo tenían. Un Biscúter blanco, con los asientos de cuero y el salpicadero de madera. Era el coche de un artista de cine; qué pena que su físico no encajara con el coche, pensó Violeta. Abrió la guantera y sacó un pañuelo por si Violeta se lo quería poner en el pelo y que no le diera el aire.

Puso el motor en marcha, y este sonó como un rugido de león. Encendió la radio. El sueño de toda mujer era escuchar un bolero en un Biscúter.

Subió por la calle Virgen de los Peligros y salió a Gran Vía hasta llegar a Ferraz, donde aparcó, para ir andando desde ahí hasta Rosales, número 20. Aquel chico no paró de hablar, se le notaba muy emocionado, el que aquella chica le hubiera ido a buscar al trabajo delante de sus compañeros era algo que lo llenaba de alegría.

—Trabajo de lunes a sábado, pero libro los domingos. Se rumorea que quieren ponernos el horario inglés, aunque no creo que llegue todavía.

—¿Te gusta lo que haces?

—A ver, me gusta, y además luego tengo el negocio de mis padres, donde suelo echar una mano. Se conocen muchas chicas, pero la verdad es que en todo este tiempo solo me he podido fijar en ti.

Ese chico era directo, exhibía su verborrea y se notaba que tenía un objetivo que quería alcanzar pronto, Violeta.

—Me gusta mucho tu coche, es muy elegante —dijo Violeta, comenzando Rosales.

—Me lo regaló mi padre cuando me saqué la plaza en el banco. Él quería que tuviera un porvenir, no que dependiera solo de la tienda, ya sabes, luego vienen los niños y uno tiene que darles lo mejor.

Violeta tenía la mirada ausente, pero intentaba estar ahí. Eso era por lo que sus amigas se morían, un chico plano que no tenía otra intención que casarse.

—Me gusta tanto la música. ¿A ti, Violeta?

—Me gusta muchísimo.

—Algún día acompaño a mi hermana a la verbena, ella está en la Sección Femenina, ya sabes, anda de un lado a otro con ellas, está aprendiendo mucho.

—Yo nunca me he querido meter ahí. Me parece un poco sectario.

—Es una tradición familiar. Ahora la tengo en casa todos los días preparándose para *Las flores de Mayo*, no para de cantar. «Venid y vamos todos con flores a María, con flores a porfía, que Madre nuestra es...».

—Yo también tengo de esas tradiciones en casa. Rezamos el rosario siempre cuando vienen mi hermana y su marido. Dicen que mantiene a la familia unida. Yo, que he perdido toda relación con mi hermana, no creo que un rosario nos vuelva a unir.

—Vaya, lo siento, yo con mi hermana me llevo formidable.

—Es que soy agnóstica, pero si creyera, pensaría que hay que rezar cuando a uno le brotara dentro el sentimiento, no por obligación. Mi madre me llama ateílla, dice que soy la oveja negra de la familia. Creo que tengo mucho de mi tía Carmen. Y mi madre nunca se llevó bien con ella. No por tener hermanas tiene que ser una relación bien avenida. Rezar y escribir tiene que hacerse cuando a uno le brote. Mi madre nos contó que mi padre escribía, lo hacía mucho desde Marruecos.

—Violeta, eres una chica moderna. Con mi madre te tendrás que callar esos detalles, no vamos a asustarla al principio. Ella te ve como una chica que no fuma, que va a todas las novenas con su madre y que en Semana Santa lleva mantilla. Recuerdo cuando te vimos, estabas impresionante. Tengo que decir que despertaste mis deseos más ocultos, Violeta.

—Mira, ya hemos llegado a Rosales.

Estaban pegados, los pies se chocaban al hablar, él hacía todo lo posible por rozar la piel de Violeta.

La tarde pasó ni fu ni fa, con ganas de que terminara pronto para Violeta. Desde luego era un chico agradable, pero no era Enrique. No había sido buena idea verlos a los dos el mismo día, porque las comparaciones resultaban odiosas. La acompañó con el coche hasta su casa y paró en su portal, hasta que no subiera en el ascensor no se iría de allí. Se acercó para abrir la manivela del coche y que Violeta bajara. Tendió el brazo en el asiento y la atrajo hacia ella, dándole un beso casto.

—Puedes venir a recogerme al banco siempre que quieras. Hemos pasado una sobremesa de rechupete.

—Gracias por invitarme.

Violeta llegó bien entrada la tarde, su madre le abrió la puerta, tenía ganas de hablar, pero su hija venía muy desinflada, con un beso puesto que no le sabía a nada.

—¿Qué tal tus amigas?

—Muy bien, te dan recuerdos.

—Se los devuelves. Pensé que vendrías a comer.

—Me entretuve, me encontré con el hijo de Brígida y me invitó a comer a Rosales.

—No sabes la alegría que me das. —Y añadió—: Tienes que hacer un poco lo que hacen los jóvenes de tu edad.

En la casa había un baño y un retrete. Violeta se encerró en el segundo, un cuarto oscuro, pequeño, que tenía una ventana que se abría con una cadenita metálica. Allí sentada en la tapa del inodoro escuchó las películas que la vecina ponía en alto.

El día había sido intenso y lo único que recordaba era aquel hoyuelo en la barbilla de Enrique, su risa que provocaba que los rizos cayeran hacia atrás, su olor, el pliegue de su nariz. Se enfadó consigo misma. Para no pensar decidió hacer limpieza de armarios, lo había aprendido de su madre. Mientras que cambiaba los trajes de un lado a otro, no pensaba. Se subió a una silla de puntillas y encontró bolsas con ropa de su padre. Helena no las había tirado. Se compadeció de ella, aquel carácter arisco de su madre sin duda se debía a no haber gestionado bien la muerte de su padre. No debía de ser fácil para ella haber sobrevivido a una guerra y quedarse sola al cargo de unas niñas. Una se hizo cisne y voló, y para ella la otra era un desecho de virtudes, alguien sin futuro marital, lo más importante, según su criterio.

Durante más de tres horas permaneció en el altillo bajando y doblando la ropa, olía a naftalina, que había por todos los rincones. Al fondo encontró un pequeño joyero rojo, envuelto en un papel de periódico del año 1934 con la noticia del estreno de la película *Yo he sido espía* en el cine Callao. Se había colado detrás del cajón, Violeta estiró el brazo y lo tomó entre sus manos. Quitó el envoltorio del papel de periódico. Al abrirlo vio las insignias y cruces de su padre en la guerra. Levantó el doble fondo y encontró una pulsera brazalete de bronce, que llevaba algunas incisiones y un papel amarillento de la joyería Aldao en la Gran Vía. Se la probó en el brazo derecho y jugó con ella en su mano. La pulsera bailaba, le quedaba grande. Se la quitó y se le cayó al suelo. Al recogerla se dio cuenta de que tenía unas iniciales grabadas de forma abrupta: C.R. ¿A quién podía pertenecer? Seguro que su madre le podría dar una respuesta. Se la dejó puesta y fue al comedor, era la hora de la cena.

Se sentó en la silla. Su madre bendijo la mesa y miró a Violeta con gesto de que tenía que seguirla. Violeta comía las lentejas con su pulsera puesta. Estaba feliz con su hallazgo. La lámpara incidió en la pulsera y un haz de luz se dirigió al ojo izquierdo de Helena. Al ver la pulsera entró en cólera.

—Quítate ahora mismo eso. ¿De dónde lo has sacado?

—Estaba en el antiguo cuarto de la sirvienta.

—No quiero verte con ella nunca más.

—Mamá, ¿no es tuya?

—Quítatela.

Violeta tiró el plato de lentejas al suelo y empezó a chillar, estaba fuera de sí. El primer impulso de la madre fue abofetearla, pero se contuvo mirando la foto de Ricardo que presidía el salón. Lo miró y le habló:

—Ricardo, ayúdame con ella, yo sola no puedo.

—Estoy cansada, mamá. Pasas los días entre estas tristes cuatro paredes, no sales con amigas, no te distraes, tu vida se centra en ir de misa a casa y de casa a misa. Te has perdido gran parte de mi vida. No pareces una madre, pareces un ser inerte que pasas por la vida porque tienes que estar. Alguna vez alguien me ha dicho que no te ve bien, pero yo he callado, pensando que era temporal, pero la vida sigue y tú continúas así.

—Hay mucha gente que se entretiene con la vida de los demás —respondió, más calmada y haciendo una profunda respiración.

Helena se acercó a la radio y la encendió. El serial se oía de fondo: «Siempre te querré, amor, eres mi refugio, sin ti mi vida no tendría sentido, mi dulce amo».

—Calla, nena, esta semana es el último capítulo, vamos a ver cómo termina.

—Mamá, la radio no va a tapar nuestros problemas.

Se incorporó de la silla, se acercó hasta su madre en el sofá de tres piezas, que estaba descolorido por el paso de los años, y puso su cabeza sobre el brazo del sillón.

—Mamá, ¿qué es lo que te preocupa? Yo puedo ayudarte, confía en mí.

—Déjame sola. Quiero terminar el serial.

Violeta se levantó y apagó la radio.

—Si no te explicas, verás cómo cada día me irás perdiendo. Recuerdo muy poco de mi infancia, pero sí me acuerdo de papá, que era dulce conmigo, que dejaba a un lado su pila de papeles para sentarme en sus rodillas. No lo sabes, pero cuanto más pasan los años, más le echo de menos. Quizá deberías salir más a dar paseos conmigo, como te ha dicho el médico.

—Hay mucho que hacer, hija.

—¡Basta! Te estoy hablando de lo que significan para mí los que ya no están. No solo los has perdido tú. Yo adoraba a la tía Carmen.

—Te prohíbo que pronuncies su nombre delante de mí.

—¿Qué te hizo? ¿Era más guapa, más pizpireta? ¿Llevaba una vida díscola? Quizá es la que querías hacer tú y no pudiste.

—Cállate —respondió su madre en un tono tajante.

—La odiabas a ella y me odias a mí, porque no estás conforme con tu vida. Helena y Carmen somos Amelia y yo. Te contraría que no tenga la vida que tú quieres, la que marca el buen camino: un marido y unos hijos como los de Amelia. Siempre sentados y nunca pegándose. Querías la misma vida para mí. Y te has encontrado con alguien que aborreces. Quiero que sepas que hoy me he besado, sí, me ha besado el hijo de Brígida y se me ha revuelto el estómago.

—No digas eso.

—No fui con amigas, mamá, te he engañado para que seas feliz en el mundo que has creado para mí. Quedé con el chico del Decanato. Sí, Enrique Amorós. Y ¿sabes? Tampoco me quiere. Nadie me quiere. Estarás contenta. —Violeta elevaba la voz cada vez más y hacía aspavientos con las manos.

Helena se acercó a su hija con ganas de abrazarla pero no pudo.

—Esos hombres, Violeta, están acostumbrados a ir con unas y con otras. De un padre traidor, solo puede salir un hijo traidor. Te lo advertí, debes elegir un hombre bueno, sí, de esos que te parecen aburridos pero que te darán una vida tranquila. Todos los que hablan, se ríen, se echan el pelo hacia atrás son hombres malvados que te harán infeliz. Yo vi los ojos de ese chico, tenía ojos de humo, ojos libres y tú no serías feliz. En la calle hay dos avenidas, la calle de los chicos malos y la calle de los chicos buenos. Tú decides, pero si haces caso a tu madre, te mereces un marido como Dios manda.

Violeta comenzó a llorar en el salón, se marchó de allí y se fue al despacho, donde apoyó los brazos en la ventana y se quedó mirando hacia fuera, hacia la calle Mayor, la arteria de todos sus desvelos, la calle que la había visto crecer, jugar y correr hacia el destino que nunca llegó.

De nuevo sus coches y sus simones iban de un lado a otro. Mujeres elegantes con faldas por debajo de las rodillas y hombres con sombrero. Apoyado en la pared del edificio de enfrente había un hombre fumando un cigarro. Miraba a cada mujer que pasaba de un lado a otro, las sonreía y las piropeaba. A los pocos minutos llegó su novia. Él le dio un beso, allí en ese instante comenzaba la tarde para ella. Nunca vería las miradas que minutos antes aquel tipo había lanzado a otras, y aquella chica viviría felizmente engañada. Violeta no quería ser una de esas mujeres.

25

Desde mi corazón la compasión me hizo entender
que lo único que se tiene es el amor que se da.

MARCELA PAZ

A las dos semanas, se volvieron a ver de nuevo, esta vez en la
pastelería más famosa de Madrid, Lhardy, que estaba situada en
la Carrera de San Jerónimo, aquella calle por la que un día pa-
searon carruajes, chisteras y damas de la alta sociedad. Recordaba a cualquiera de las que hay en París, con grandes escaparates
en los que se mostraba un sinfín de pasteles, repostería de alta
calidad que daba vueltas sobre estantes móviles, a dos pasos de
la Puerta del Sol.

En la parte de arriba estaba el restaurante, un lugar en el que
los motivos japoneses y las lámparas isabelinas robaban todo el
protagonismo al resto de los elementos que constituían el salón
blanco donde se decidieron los derrocamientos de políticos y
reyes; y donde el año anterior el médico Jiménez Díaz se había
reunido con varios científicos con el objetivo de crear un hospital que aunara la medicina con la investigación, el que años
más tarde se llamaría la Fundación Jiménez Díaz. Acudir al
Lhardy, que había sido fundado por el cocinero y repostero

francés Emilio Lhardy, era encontrarse con lo más granado de Madrid. El año que se creó también vino de la mano de la zarzuela y los aguadores corrían por las calles de Madrid. Un siglo de historia que se reflejaba en un gran espejo. Había perdurado en el tiempo, y todo aquel que acudía allí iba buscando el cocido madrileño o sus famosos riñones al jerez. Pero había otras personas que lo que les encandilaba era la pastelería en la planta de abajo. Violeta se hallaba a la cola cuando Enrique pidió unos pasteles de domingo. Al darse la vuelta la vio allí esperando.

—Esta chica viene conmigo.

Ella vibró de nuevo con su voz masculina, profunda, como si de un locutor de radio se tratase. Cuando por fin se recompuso, aún resonaba en su interior, como si se encontrara dentro de una campana, escuchando el retumbar de su voz golpeando en lo más profundo de su alma.

Violeta le contó que había ido a misa con su madre, y que ahora la había mandado a comprar unos pasteles, tenían visita en casa. Hoy venían Brígida y su hijo a comer, a hacer más cercanas las presentaciones.

Enrique se ilusionó al verla y no pudo contenerse.

—Pensé que no te vería más. Creí que te habías enfadado conmigo.

—No, lo que pasa es que tenemos vidas muy distintas.

—He pensado mucho en ti.

El deseo de los dos era muy fuerte, se miraron con ganas de quedarse a solas, pero había algo que les impedía exteriorizar.

—Cuando te comas los pasteles, guárdame la cuerda. Me gusta coleccionarlas.

—Menudos hobbies tienes tú, he conocido a chicas a las que les gusta coleccionar sellos, a otras mariposas, pero cuerdas de pasteles, nunca —dijo Enrique, mientras le sonría.

—Sí, los voy guardando, nunca se sabe cuándo una los va a

necesitar. Hay muchas cosas que no sabes de mí, quizá te guste conocerlas.

—Violeta, no seas descarada. Hay gente, podríamos conocer a cualquiera.

—Te gusta jugar, Enrique, parece que te emocionas cuando me ves, pero luego vas y paras en seco. Eres peor que un Biscúter.

Enrique se echó a reír y la agarró del brazo. Evitó mirarla a los ojos, la culpa y después la renuncia, esas barreras estaban desviando su atención. Salieron afuera, algún tranvía pasaba de largo y ellos paseaban. Se pararon debajo del reloj que empezó a sonar marcando la una y media.

—Déjame que te acompañe a casa.

—Esta vez no te diré que no. Quiero mi cuerda.

—Esa será tuya.

—Guardo muchas cosas de ti —dijo Violeta, coqueteando con el pelo.

—¿Qué es lo que guardas?

—Guardo el olor a los cipreses del jardín, guardo el olor a carbón, guardo el olor a sémola, guardo el olor a litera, el olor a sudor; guardo a mi padre, nadie me quiso en la vida como él; también guardo a mi tía Carmen, siempre me reservaba alguna flor del jardín; guardo a las buenas personas que un día estuvieron con nosotros y ya no están. Guardo tus manos suaves, guardo la inocencia, guardo el deseo de estar contigo en una piscina. Dicen que pronto van a abrir la Sindical. Me gustaría estar contigo en el agua, y acercarme a ti, y jugar con tus rizos y sentirlos mojados entre mis dedos.

—Yo también guardo mucho de ti: guardo subirme a los árboles contigo, guardo esos tejados de Madrid y esos gatos que cruzaban a través de ellos buscando refugio. Guardo los turnos esperando en el pasillo, la bandera de Chile, guardo el cáliz que utilizaba cuando era monaguillo, guardo a don Nicolás, guardo tu boca, guardo tus mejillas, guardo la litera en la que no pudimos dormir juntos y que un día me prestaste, yo también guardo tu inocencia, y la punta de tu lengua nombrando mi nombre. Recuerdo con nitidez aquel tiempo, nuestra boda de mentira y el anillo de papel en el tercer cajón de mi despacho.

—Pensé que no lo recordabas.

—No decir las cosas en alto no quiere decir que no las recuerdes. A veces callamos por protección, por miedo a ser descubiertos, por miedo a uno mismo, a sus límites.

—¿Qué límites?

—El deseo tiene un límite, no es una línea que se pueda traspasar.

—No pensabas así cuando eras niño.

—Hemos crecido, Violeta. Ya no somos los mismos. De pequeño el deseo no existe, existe el cariño.

—Esta es mi casa. Ya hemos llegado. Te diría que subieras, pero a mi madre no creo que le haga mucha gracia verte.

Los días de su infancia se desvanecían con las altas temperaturas de la ciudad, un cambio significativo teniendo en cuenta que la nieve era una habitual en Madrid, pero los últimos años el calor incesante había aumentado.

—Es mejor que no.

—Me están esperando.

Sus pies no se movían del sitio, se habían quedado atados a las baldosas amarillentas, que no amarillas.

Violeta se marchó mientras Enrique permanecía parado en la puerta de su casa, no quería darse la vuelta, ni siquiera mirarlo. Al final se fue hacia la calle San Nicolás, dejó a un lado el restaurante Ciriaco, donde tantas noches en el pasado había ido a cenar Alfonso XIII, miró hacia arriba y vio el balcón desde el que arrojaron la bomba sobre los reyes recién casados. Hoy se sentía como si la bomba de aquel día no hubiese caído en el tendido del tranvía, sino sobre él.

Llegó hasta la calle de San Nicolás y miró al cielo buscando un trozo de azul que le liberara de la presión que tenía en el pecho. Le encantaba estar con ella, pero no podía hacerlo. Era demasiado peligroso y un goce demasiado caro, cuando él ya estaba casado.

Su madre, Brígida y el hijo de esta estaban sentados alrededor de la mesa camilla. Tenían el balcón abierto y la butaca de espaldas a este. Ahí se sentó, buscando el sol en la espalda, necesitaba calentar su cuerpo, que se había quedado frío al dejar a Enrique.

—La niña nos trae pasteles.

—Y del Lhardy nada menos —dijo Brígida.

Aquel chico miró a Violeta como un pollo desplumado.

—Yo también te he traído algo, Violeta.

Sacó una cajita de caramelos de la Violetera. Curiosamente Violeta detestaba esos caramelos, le parecían de lo más empalagosos y, además, los identificaba con Pepita Carmona, una amiga de su madre que se los guardaba siempre en el primer banco de misa. Probarlos era asociarlos al incienso y los misales. Le revolvían el estómago, pero por no hacerle un feo cogió uno.

—Muchas gracias, es un detalle. Si quieres te enseño la casa.

—Para mí es un honor.

Violeta se levantó, necesitaba estar en movimiento, bajar las pulsaciones del corazón, que iba a galope. El salón tenía un gran espejo y frente a él estaba el cuadro del papa Pío XII. Debajo había una cómoda isabelina con tiradores de bronce.

—Como verás la casa es de estilo rancio abolengo. Si cierras los ojos puedes imaginarte que estás en un palacio. Pero, ya ves, somos del don pero sin din. Malvivimos con la pensión de mi padre, pero si fuera por mí vendería esta cómoda en Ansorena y al menos nos haríamos un viaje a Laredo y veríamos el mar. No lo conozco y la gente que lo ha visto habla de él como algo inmenso.

—Veo que no eres muy sentimental.

—Soy sentimental con las personas, pero no entiendo qué recuerdos te puede traer una cómoda.

—Me vas a tomar por bobo, pero el otro día me guardé la servilleta donde humedeciste tus labios y, bueno, así te recuerdo cada mañana.

—Vaya, no sé si me halagas o me asustas —dijo ella riéndose.

—Violeta, yo voy en serio contigo. De hecho no quiero dejar el trabajo en la mercería para poder darte mejor vida.

—Eso no lo hagas, por favor, piensa en ti.

—Y en ti —dijo, cogiéndola por la cintura.

Violeta iba de un lado a otro de la casa, como si se la fuera a vender. Enseñaba las vistas por la ventana que daban a la calle. Paseaba por los pasillos estrechos, mostrándole las habitaciones. Señalaba las goteras que nunca eran arregladas por el casero. Y los barreños debajo de la pila.

—Mira, este es el cuarto de los armarios donde tantas veces me he pegado con mi hermana.

—Me gustaría ver dónde duermes.

—Mi cuarto es pequeño y da a un patio interior. Es horrible enterarte de todo, hasta sé cuándo el ascensor se estropea, porque soy la primera en escuchar los gritos de la vecina Arsenia de arriba y pedir que cierren la puerta.

El chico se acomodó en la cama e hizo el ademán con su mano para que Violeta le acompañase a su lado. Ella se sentó junto a él y puso algo de música encendiendo la radio que estaba sobre su mesilla.

—Me encantan los boleros. Te contaré un secreto, nadie lo

sabe. Hay noches que busco radiales nuevos y escucho voces en el extranjero. Es una pena no saber otros idiomas.

—*J'ai perdu la plume dans le jardin de ma tante.*

—¿Qué significa?

—Yo perdí la pluma en el jardín de mi tía. Lo aprendí en *Escuela de sirenas*, la película de Esther Williams.

Violeta no salía de su asombro, era un chico fácil y previsible, a medida que hablaba con él más deseaba a Enrique. El amor era dejarse querer y eso era lo que estaba intentando.

Su amiga Mentxu le había repetido muchas veces que el amor más bonito es el correspondido, y eso no pasa de un día para otro, primero te tocaban una mano, luego te llevaban al cine, y al tercer día ya tienes unas ganas locas de pasar por el altar.

Cerró los ojos y el chico inmediatamente le puso la mano sobre las piernas, cubiertas por unas medias de nailon, apretó con fuerza y comenzó a subir cada vez un poco más arriba hasta que un enganchón en la media le paró el recorrido.

—Vaya, lo siento. Dámelas y yo te pondré un punto mañana, que estoy por la tarde en la mercería.

Violeta se quitó las medias y este, con sumo cuidado, las dobló y se las metió en el bolsillo interior de la americana.

Fueron al salón y se sentaron a comer un plato de lombarda que había preparado Helena. Aquel chico continuaba buscando a Violeta entre cuchara y cuchara, bien con la palabra, bien con la mirada o con la excusa de acercarle el pan o el vino. La sobremesa se alargó, terminando con una copita de licor Calisay.

Helena y Violeta fueron hasta la puerta para despedirles. Brígida miró a Helena como quien gana la última partida de póquer, «parece que lo de los niños está encauzado», se leía en su mirada.

Violeta cerró la puerta con la espalda y se dirigió a su madre.

—Parecía que no se iban —dijo, mordiéndose la punta del pelo.

—Anda, no seas descastada, es un buen partido, Rafael. Aprenderás a quererle, yo le he visto hoy más apuesto, como uno de esos galanes de cine italiano.

Por primera vez, ponían nombre a aquel chico con referencias, hijo de la vecina, Rafael. Violeta levantó la voz y manifestó:

—Mamá, quiero ser libre.

—¿Y no lo eres? Vistes con jeans, y eso que el otro día leí en una encuesta del *Ya* que los hombres dicen que sientan fatal, pues tú los llevas. Fumas, porque sé que fumas con Terele y Mentxu, solo hay que olerte la ropa. Creo que eres bastante libre, tanto que te vas a quedar sola. Te sigues mordiendo el pelo como cuando tenías cuatro años, todo está cambiando y tú sigues con las malas costumbres. Tu madre, la única cosa que te pide es que te cases con Rafael. Nadie te va a decir las verdades como te las dice una madre.

Violeta callaba y escuchaba a Helena. Pertenecían a dos mundos diferentes, dos generaciones distantes. Su madre se fue a la cocina y puso una perita en agua hirviendo, llevaba días que no iba bien al baño. Violeta, mientras tanto, se quedó en el salón revolviendo el revistero. Había revistas como *Blanco y Negro*, *Medina* y, por supuesto, la revista de la Sección Femenina. Se tumbó en el sillón y se dispuso a leer con la mente abierta, sin juzgar, la revista *Teresa*. Abrió al azar una de las páginas y leyó:

Comprenderán que las mujeres tenemos que conformarnos con verlo como simples espectadoras, y esperar que los maridos lleguen a casa cuando el sol ya está dorando las fachadas de las casas. Llegan cansados, con ganas de dormir, y para evitar «la bronca» traen un paquetito de churros, unos riquísimos churros, que no tenemos más remedio que comernos, con lo cual se hace la paz. (...) Durante las fiestas hay un día en el cual el marido saca a su mujer a divertirse; es como un regalo, para que la mujer le deje el resto de las fiestas «correrlas» solo.

Cada día entendía más a su tía, había aprendido a comprenderla y se sentía completamente identificada con ella. Si ella lo pasaba mal en esta época, qué sería unos años antes. Su tía no se casó, porque no encontró a nadie ideal para hacerlo o porque no le dio la gana. La boda es como el trabajo, pensaba Violeta, uno no se puede subir al tranvía de la desesperación, debía ser selectivo. Su madre era una mujer a la que solo le interesaba coser y guisar. La única emoción que la sobresaltaba a lo largo del día era terminar el encaje de bolillos que había empezado por la mañana. Su única vocación había sido ser madre, esposa y ama de casa.

A medida que leía la revista se quedó sumida en una gran tristeza. Una modelo desganada la sonreía desde el interior de la publicación, con su vestido de paño y su estola de visón.

Quizá una de las más amables cualidades de la mujer es la pulcritud. Una mujer bien vestida, bien arreglada, es un regalo para quien la contempla. No hay presunción, no debe haberla, sino simplemente que el presentarse cuidada y perfecta de atavío es casi un deber social, un deber para con los demás. Es el decoro del bien parecer, del perfecto cuidado de nuestra persona. Así, admiramos a esta muchacha bien vestida de nuestra portada sobre ese fondo de un grato ambiente. ¡Y de verdad es un descanso mirarla!

Las mujeres que crecían con ese modelo de sumisión se desvivían por contentar a un hombre, que a veces ponía atención en juguetes de feria. Violeta cogió la revista y comenzó a hacerla trizas. Esas mujeres le resultaban totalmente ajenas, ella era una joven motorizada en la vida, no esperaba que un hombre le abriera la puerta de la iglesia. Lloró desconsolada en el sillón, se cogió las piernas y se hizo un ovillo. Estaba aterrada, pertenecía a una generación y a un mundo que nada tenían que ver con su forma de ser. Nunca había sido sumisa, no soportaba la idea de estar encerrada en una urna de cristal que pudiera romperse. Quería vivir la pasión, sentirse deseada, pero también desear y no renunciar a nada de lo que le brindara la vida.

Se fue al cuarto del servicio y se subió al altillo, abrió de nuevo la caja que contenía la pulsera y la acarició. Presentía que en aquella joya tenía las respuestas de su vida. Sin duda, algo había pasado con su tía que desconocía, su madre se había puesto fuera de sí y no lo entendía. Quizá esa pulsera llevaba un secreto. Y su obligación era descubrirlo.

26

La gente corre tanto,
porque no sabe dónde va,
el que sabe dónde va,
va despacio,
para paladear
el ir llegando.

GLORIA FUERTES

Al fin llegó el primer día de prácticas de Violeta como auxiliar de enfermería. En los primeros años cincuenta, la enfermería se empezaba a considerar una profesión, desvinculándola del cariz religioso o caritativo ligado a esa figura. Años atrás, muchas enfermeras habían tenido en sus manos pacientes con difteria, viruela, tifus, tuberculosis, pero con el paso del tiempo este tipo de dolencias se había estabilizado. Las enfermeras estaban dedicadas al cuidado del enfermo, a darles la comida, a vestirlos y, sobre todo, a tratarles con esmero, cariño y buenas formas. Había hasta un manual de enfermera al igual que la mujer de casa disponía de uno para ser una buena esposa. Pero desde hacía un año, el término ATS, Ayudante Técnico Sanitario, pisaba con fuerza y las tareas habían cambiado, provocando una mayor emoción en el alma de Violeta. Ya no solo daría de comer a un enfermo, sino que podría suministrarle una vacuna o practicar alguna cura.

Violeta se levantó feliz y con ganas de empezar las prácticas en el Instituto de Investigaciones Clínicas y Médicas. Iba vestida con un traje sencillo, la chaqueta suelta y sin solapas, solo adornada con cuatro bolsillos. Sobre los hombros llevaba un bolerito. Salió de su casa y cogió el tranvía con la emoción de los primeros días de trabajo. Pagó con gusto sus veinticinco pesetas de trayecto, y se mantuvo concentrada con la mirada en el cartel que recogía las normas de comportamiento: «No fumar y no dar conversación al conductor». Ese día el coche estaba hasta los topes. El traqueteo del tranvía iba al compás de los nervios de su estómago. El revisor rebotaba de un lado a otro chocándose con las personas a las que pedía el billete; de fondo, el característico ruido del cable al pasar por las curvas. El tranvía estaba repleto de hombres, pocas mujeres a primera hora de la mañana. Alguno de ellos la miraba de arriba abajo, dada la sorpresa de descubrir a una mujer que se encaminaba a trabajar y, aún más, de una belleza tan radiante. Ella se bajó un poco más la falda y se apoyó en la ventanilla buscando algo que la resguardase de aquella danza de miradas.

Hacía algunos meses que se había inaugurado el Instituto de Investigaciones Clínicas y Médicas en Madrid, el primer hospital moderno en España en el que se aunaba asistencia, docencia e investigación. Violeta se bajó en la entrada de Cristo Rey y fue caminando hacia el hospital. La emoción la embargaba: ante ella un edificio que ocupaba dieciocho mil cincuenta y dos metros cuadrados en un lugar denominado Cerro del Pimiento, de la antigua localidad de la Florida, situado entre la avenida de los Reyes Católicos y la plaza de Cristo Rey. Un edificio circular construido en ladrillo, que se levantaba imponente alrededor de una zona poco masificada de viviendas, casi a las afueras de Madrid.

Entró por la puerta principal y respiró dos veces. A la entrada colgaba una gran foto de don Carlos Jiménez Díaz, el médico que una tarde en el Lhardy soñó con fundar un hospital que unificara la medicina y la investigación.

—Buenas tardes, ¿su nombre?

—Me llamo Violeta Herrera del Saz Galiana. Empiezo mis prácticas hoy.

—La estábamos esperando. Se incorporará al equipo del doctor Jiménez Díaz, un hombre excepcional y con un trato exquisito. Va usted a trabajar muchísimo.

Su corazón se agitó como una paloma mensajera, para Violeta cruzar las puertas del hospital era viajar por el mundo, tenía la misma sensación que si sus pies hubieran estado en algún Congreso Internacional de Puerto Rico o Cuba. Se sentía útil y diferente a Mentxu y Terele, y estaba deseando poder salir de allí para contárselo.

Había escuchado hablar mucho del doctor Carlos Jiménez Díaz; levantar este proyecto no había sido fácil, tuvo que luchar mucho contra sus detractores y los devastadores efectos de una guerra civil.

Continuó andando por un pasillo, y empezó a ver médicos que se dirigían a diferentes plantas. En el lado izquierdo de la pared había fotos de Carlos Jiménez Díaz con sus alumnos en el Aula Magna de la universidad. Todos mostraban las mismas caras que Violeta: estaban exultantes.

Llamó a una puerta y directamente le abrió el doctor Jiménez Díaz. Violeta entornó los ojos y cerró la puerta quedándose con él, sin saber qué decir.

—¿Preparada para trabajar?

Ella no pudo ni articular palabra, se mostró inquieta y superada por las circunstancias. No esperaba que una eminencia como él le diera la bienvenida.

—Y dime, ¿cuál es la especialidad de medicina que más te gusta?

—Cualquiera en la que pueda aportar algo. Mi debilidad es la gente mayor y los niños con parálisis cerebral. Pero podría estar con cualquier médico que le preocupen las personas.

—Estas profesiones tienen un componente vocacional y humano bastante alto, me gusta tu respuesta. Mi visión es multidisciplinar, quiero que cuando entre una persona por esa puerta se la pueda atender desde cualquier ángulo. A veces un dolor de garganta puede derivar a piedras en el riñón. Creo que el cuerpo está conectado. Empecé estudiando en el Instituto San Isidro, en Puerta Toledo, y luego un día mi padre me sentó a charlar, y con él decidí que tenía que ser médico. Así que estudié Medicina en la Facultad de Medicina de San Carlos, pero, lo que tiene la vida, no me encontré cómodo ni con lo que vi ni con los compañeros, así que me fui a estudiar con el mejor, con don Ramón y Cajal. Las clases de histoquímica normal y anatomía patológica son donde yo sentía que me desenvolvía mejor. Y dime, ¿tú cómo sentiste la llamada?

—Tenía muy claro que el hogar se me quedaba corto, y, además, en mi casa cuando alguien se ha hecho alguna herida, siempre he sido la primera en ir a socorrerle.

—Eso es muy importante, Violeta, que la sangre no te de miedo. Aquí tendrás que hacer muchas transfusiones.

—Creo que tengo un don para animar a la gente a que no tenga miedo, porque yo no lo tengo.

—Esperemos que estés muy feliz con nosotros. Suelo tener mucho trabajo, pero hay ratos que me gustará enseñarte, creo que todos nacemos sin saber y los que hemos pasado antes por el camino debemos facilitaros el viaje. Ya sabes quitar las chinitas del zapato.

—No sabe lo importante que es para mí. Conozco muy bien lo difícil que fue levantar este hospital, y formar ahora parte del proyecto es algo que me hace sentir muy orgullosa.

—En efecto, los comienzos no fueron fáciles. En nuestro país nunca se le ha dado ninguna importancia a la investigación y, en cambio, es la base para llenar esta arquitectura de ciencia. Tenía algunos contactos, gente de confianza, grandes políticos, algún que otro banquero que no quiero nombrar. Los reuní en el Lhardy. Creo que en nuestra cultura las cosas alrededor de un caldo caliente sientan mejor. Y esos locos, al igual que yo, creyeron en el proyecto, les debo mucho.

—No sé cómo agradecerle tanto, don Carlos.

—Yo no he hecho nada —dijo señalando la insignia—. Te lo has ganado tu sola.

Violeta paseó la mirada por la habitación y salió de allí en busca de la ropa para ponerse a trabajar. Anduvo por los pasillos largos y estrechos, pasó por una pequeña capilla y siguió andando hasta encontrarse con el cuarto de las transfusiones.

—¿Eres Violeta? —Esta asintió—. Te estaba esperando. Detrás de la puerta tienes la ropa.

Temblorosa, muy despacio, se puso la bata de enfermera, la cofia sobre la cabeza y el brazalete en el lado izquierdo.

—Estoy lista.

—Puedes empezar llevando ese material de laboratorio a la segunda planta.

Violeta asumió que hoy iba a ser un día menos brillante de lo que había imaginado. Esperaba estar en cirugía general pero el día empezaba más suave. Acompañada de otras dos practicantes, quitaron las sábanas de las camas y las lavaron a mano en el baño.

—¿Pensabas, Violeta, que esto iba a ser más divertido?

—No me importa, para mí estar aquí es un premio. ¿Cómo te llamas?

—Elvira, aunque me llaman Elvirita. Suelo trabajar en la primera planta, pero como hoy está todo más tranquilo, me han subido a hacer la colada contigo. Es lo más aburrido, pero me han dicho que te tenía que enseñar.

—¿Cuándo entraste tú?

—Ayer. Tu cara me resulta familiar, yo creo que me pareció verte el día que nos entregaron la insignia.

—No me acuerdo de ti.

—¿Por qué crees que me llaman Elvirita? —dijo riéndose.

—Encantada, es un gusto cuando encuentras a gente con quien trabajar.

—El gusto es mío. Yo no tenía vocación, a mí me metió mi padre aquí. Era médico, y durante la guerra civil estuvo ayudando a mucha gente. El hospital quedó destrozado, solo se libró la biblioteca. Mi padre salvó muchos libros importantes. Algunos nos los han regalado por su arrojo.

—¡Qué valiente!

—¿Tu padre a qué se dedica?

—Era militar, él estuvo en el frente y allí murió.

—Vaya, lo siento de veras. No fue una época fácil. ¿Vas a dormir en la Escuela de Enfermería? Está en la última planta.

—No, volveré a casa todos los días.

—Vas a ver cosas que te dejarán devastada. Es duro volver a casa y llevarte esas imágenes. ¿Tienes novio?

—No, no tengo.

—Me pareció que hablabas con un chico en la entrega de premios.

—¡Ah, no! Era un amigo de la infancia.

—Me pareció verte, ya te digo.

En la cadena del dolor que se veía día a día pasar por el hospital, había madres con niños en brazos que no sabían qué tenían y morían allí mismo; otros se salvaban, pero eso se recordaba menos.

Violeta llegaba cada día extenuada a su casa. Almorzaban en un comedor, por un lado los médicos y por otro las enfermeras. Ella se pasaba la mayoría del tiempo en un cuarto leyendo historias clínicas y comprendiendo el significado de cada enfermedad. Para Carlos Jiménez Díaz, las enfermeras debían tener ojos de médicos, porque si no, era imposible poner una vía o hacer una transfusión.

A la semana, Violeta tomó el tranvía con mucha más tranquilidad, le había tocado el turno de tarde, ya sabía dónde estaba el uniforme y sus tareas del día a día.

Llevaba un vestido negro, cerrado con unos clips que imitaban a hojas, debajo de un chaleco blanco que permitía asomar el cuello. Le gustaba ir arreglada y perfumada, creía que era un detalle hacia el que iba a cuidar. Entró en el hospital y se dirigió al despacho. La estaba esperando Elvirita.

—Te necesitan en la habitación de la segunda planta. No ha venido la enfermera que estaba pendiente de la Inglesita. Y ha empezado con los estertores en el pecho.

—A mí nunca se me ha muerto nadie. Tengo miedo.

—Ser enfermera es esto, Violeta. No es estar en un despacho viendo historiales.

Violeta se puso la bata de enfermera y salió corriendo a la segunda planta. Entró despacio en la habitación. Sobre una cama, una mujer mayor con el pelo revuelto y los ojos medio cerrados preguntó:

—¿Quién eres? —Apenas le salía la voz.

—Soy una amiga que te va a acompañar esta tarde.

—Descríbeme lo que ves a través de la ventana.

Violeta dejó el termómetro en la mesilla, se levantó y se dirigió a la ventana. No sabía cómo empezar, a aquella mujer le faltaba un hilo de vida, y pronto se apagaría.

—Veo el Ejército del Aire y las montañas que dan a la sierra.

—¿Ves Navacerrada?

Ese día había una gran neblina y poco se podía ver desde la ventana, pero no se puede negar a un moribundo la fantasía de volar lejos del dolor a la muerte.

—Sí, claro que veo Navacerrada. Se ve muy verde.

—Ahí están enterrados mis padres. Y pronto iré con ellos.

—No pienses eso ahora.

—Solo te voy a pedir algo.

—Lo que quieras.

—Ve a la capilla y reza por mí. Hay una frase que dice así: «A la tarde, te examinarán en el amor». Yo he amado mucho.

—¿Tú has amado mucho?

—Seguro que no tanto como tú. Amar, lo único que nos queda es amar.

Violeta vio que esa mujer se le escapaba de las manos y no podía hacer nada por ella. Le acarició la mano, se la apretó fuerte, algo de ella se iba con esa mujer que no conocía de nada. Había esperado de la enfermería solo curas o aplicar algún medicamento, pero no sabía que se encontraría con la muerte de cara. Recordó aquel día en el que llegó a su casa y le dijo a su madre: «Ya sé a lo que me quiero dedicar el resto de mi vida». Ahora le pareció un camino lleno de obstáculos.

Salió del cuarto y siguió con sus tareas del día, afiló las agujas y las encapsuló. Se trataba de una operación sencilla, pero no se podía quitar de la cabeza a aquella mujer que se le había deslizado entre las manos como un soplo de aire ya sin vida. Encendió el fuego, y en una lata metálica puso una jeringuilla; la dejó calentando unos segundos para desinfectarla.

Mientras, pensaba en aquella mujer que le había dicho que

había amado tanto. Le había prometido rezar, pero qué difícil era hacerlo cuando uno no creía. La vocación se fundaba en el respeto a las personas y ella debía cumplir su última voluntad. Apagó el fuego y dejó las agujas sobre la mesa, bajó por las escaleras hasta llegar a la capilla. Los pasillos recogían el silencio de la sala magna, presidía el respeto y sobrevolaba el miedo a perder a las personas que allí se encontraban. Con aquella muerte a la edad adulta, se había dado cuenta que la vida dura un instante y había que aprovechar cada segundo, porque no vuelve más. Un golpe frío de aire en los riñones, una vida que se escapa aunque uno no quiera. Se preguntaba cómo sería la vida con fe, si el miedo disminuye o por el contrario se acrecienta.

Respiró dos veces y abrió la puerta con sigilo. La iglesia estaba casi vacía, tan solo una señora en los primeros bancos con un rosario en la mano rezaba en alto jaculatorias, seguro que por la enfermedad de algún familiar. En el altar se encontraba el sacerdote de espaldas al sagrario, estaba colocando la patena y el cáliz.

Violeta entró despacio y se sentó en el último banco, tirando al suelo el misal que estaba en una de las esquinas. La señora la miró con mala cara y Violeta lo recogió con el estómago encogido. Un frío estremecedor le recorrió el cuerpo, era la primera vez que entraba en una iglesia con intención de rezar. Ya no se acordaba ni del padrenuestro. Cuando acompañaba a su madre, gesticulaba para que no se ofendiera, pero las dos sabían que la fe no se podía forzar. Y ella desde pequeña era algo que no podía fingir.

El sacerdote cerró el sagrario con llave, dio dos vueltas y se giró hacia el púlpito. Los ojos color miel de Violeta se oscurecieron, su ilusión cayó al suelo y se arrastró hacia el abismo. Reconoció los rizos cayendo por la frente, su corazón descendió hasta el estómago y se quedó sin habla. Cuando sus ojos se encontraron con los de él, en un baile de miradas, un frío eterno la paralizó desde dentro. Sujetó el banco con sus antebrazos e intentó esbozar una sonrisa. Tan solo podía ver el alzacuellos que tenía un blanco que la mareaba, que le hacía daño, como la luz cegadora de los faros de un coche. Se sintió una idiota por haberse ilusionado con un sacerdote, luego vino la culpabilidad, y de nuevo la atracción magnética que tenía hacia él mientras se iba acercando.

—Violeta, no sabía que trabajabas aquí de enfermera.

—Ni yo que tú eras...

—Puedes decirlo, la palabra sacerdote no quema.

—Estoy un poco perdida, abrumada. No sé, perdida. Ya lo he dicho, ¿no?

—El otro día tenía que habértelo contado. Pero no encontré el lugar y la forma, y quizá yo necesitaba también un tiempo para poder explicártelo.

—No llevabas alzacuellos.

—No siempre lo llevo, algo que me lleva muchos disgustos con el arzobispado, como otras muchas cosas. Creo que en la calle no debe significarnos. Nos distancia de las personas. Ahora mismo tú ya no me estás tratando de igual forma.

—Lo siento, siempre genera un cierto respeto. ¿Sabes? Esa sensación de sentirte fuera de lugar. Pues así estoy ahora mismo.

—En la casa del Señor uno no puede sentirse incómodo. Salgamos afuera, por favor.

—No me puedo quedar mucho, estoy trabajando.

—No te entretendré mucho. Me ordené sacerdote hace unos años, estoy en la casa parroquial de la iglesia de San Nicolás.

—Estás a una manzana de mi casa.

—La vida nos ha puesto en el camino, Violeta. Son los designios de Dios.

Enrique temblaba al conversar con ella, intentó mantener la

compostura de los sacerdotes, hablar desde la línea que había aprendido estudiando Teología en el seminario, pero los ojos miel de Violeta le quemaban y sintió un fuego que debía apagar y no sabía cómo. Su cintura era el pecado, era la tentación en el desierto. El mismo diablo lo había llevado hasta el monte más alto y le mostraba la grandeza de todos los reinos del mundo a través de los ojos de Violeta. Sabía que si los traspasaba caería en el mismísimo infierno. Retírate, Satanás, pensaba en silencio mientras miraba los ojos de ella.

Violeta estaba impactada, aquel chico había salido de las novelas románticas para hacerse realidad en su corazón, había salido del papel y se negaba a desprenderse de él. Ahora el sueño se había roto. Miró sus rizos, escuchó su voz profunda y sintió como el corazón iba por libre. Tragó saliva y le hizo entender que no podía ser, que debía olvidarlo. Necesitaba escuchar su historia para sentir que su vida tenía un sentido al separarse de la suya.

—¿Siempre supiste que querías ser sacerdote?

—No siempre. Yo soñaba con casarme, como hacen los chicos de mi edad, pero cuando iba con ellos a Pasapoga, o tomaba picatostes en El Sotanillo, escuchaba un ruido, un ruido de fondo que no me dejaba salir. Todas las mujeres, todos esos cabarets, las mismas revistas de Celia Gámez con sus chicas bajando las largas escaleras me alejaban de la llamada.

—¿Sentiste la llamada en el Decanato? Perdona que te haga tantas preguntas, pero es que estoy estupefacta. Nunca hubiera dicho de ti que pudieras convertirte en sacerdote.

—Por favor, Violeta, no me veas como un ser ajeno a ti, al mundo. Soy humano y así quiero que me sigas viendo.

Enrique cogió las manos de Violeta y las acarició despacio para calmarla, en cambio, provocó un fuego abrasador que recorrió su cuerpo.

—¿Cuándo sentiste que Dios te llamaba? —Violeta insistió.

—La muerte de mi padre me marcó mucho, para mi madre y para mí, no fue fácil olvidarlo. La gente del barrio nos lo recordaba continuamente; nosotros pagamos el error de mi padre, pero mi madre seguía estigmatizada. Un día me acerqué a ella y le dije que me ordenaría sacerdote, y creo que, para ella, mi vida de servicio y dedicación la ha liberado.

—¿Y a ti, Enrique? ¿O debo llamarte padre?

—A mí también. Dejé de salir y me ordené en la vida seglar. Pasé más de seis años estudiando Teología y Filosofía en el Seminario Conciliar de Madrid, cerca de las Vistillas, donde me levantaba a las cinco de la mañana y el toque de queda llegaba a las diez de la noche. Mi vida se ordenó. En el catecismo encontré mi conexión con el cielo. Y siento que mi padre liberó su pecado conmigo. Y, por favor, no me llames padre, solo Enrique.

—¿Nunca te han gustado las mujeres?

—Claro que me han gustado, pero creo que ninguna es tan especial como es mi comunión con Dios.

—En el fondo te tengo envidia.

—¿Por qué?

—Quizá porque tienes a alguien por el que te sientes correspondido. Me gustaría sentir eso y provocar en el otro una pasión desmedida.

—Violeta, tú eres una mujer muy hermosa, cualquier hombre se volvería loco solo con tenerte. Por llevarte de la mano por el mundo. Creo que estar a tu lado es la mejor misión que un hombre podría tener. El amor es así, un compromiso extremo con la persona que amas, es una ordenación como la que hice yo. El amor no deja de ser un comisionado oficialmente por alguien, ya sea Dios como es mi caso, o un amor que te llegará a ti.

—¿Tú qué sabrás si no has conocido el amor?

Enrique era un hombre que había estado absorbido entre libros, paseando por las calles de Madrid y viendo de lejos las vidas de los demás, que ahora le ponían a prueba, descubriendo la pasión más cerca que nunca. Desde muy joven estaba interesado por la cultura, por las gentes de la calle, había vivido en una residencia donde muchos de sus compañeros se habían metido a estudiar por hacer algo de provecho, porque no tenían dinero para pagarse los estudios, pero por las noches salían y estaban hasta altas horas hablando de mujeres que decían ser sus primas o hermanas.

Él repudiaba esa vida de falsedad. Y ahora se sentía tan falso como ellos. Esforzarse día a día por las tareas de la Iglesia y, de repente, en un soplo de aire, por dejar una puerta abierta la corriente lo arrasaba todo. Enrique no era de los que se quedaba dentro sentado en la sacristía, le gustaba salir, conocer la opinión pública, le encantaba viajar, e iba personalmente a dar la extremaunción a los enfermos. Los feligreses lo adoraban, aunque había otros a los que les parecía un sacerdote demasiado moderno. El arzobispado le había avisado en alguna ocasión que debía ceñirse a las reglas y llevar por supuesto sotana.

Enrique no podía más, sintió los labios de Violeta acariciando su rostro al hablar, le atormentaba que la imagen de ella se le apareciera con más fuerza en las últimas noches. Dios le había puesto en su camino esta tentación y debía sobreponerse a ella. Todo era cuestión de dominar la cabeza, y si lo lograba dominaría sus actos, pero aquellos ojos irradiaban con fuerza una atracción que desbordaba.

Él, que pensaba que el amor venía de una forma controlada, de un conocimiento largo y profundo. Asemejaba el amor a los estudios de Teología, poco a poco se sumergió dentro de él, hasta enamorarse de Dios. Se enfurecía consigo mismo, no entendía qué pasaba, porque con una explosión de una mirada Violeta le embriagaba.

Aquella niña, que había crecido, al igual que él, le quemaba por dentro. Muchas noches cerraba los ojos y pensaba en las manos pequeñas de ella cuando se las ponía en su pecho en aquella azotea y contaban juntos los latidos del corazón. Si ahora cogiera las manos de Violeta en su pecho comprobaría que los latidos iban con más fuerza. Cada vez que ella le llamaba Enrique su vida daba un vuelco. Recordaba aquel día en que se ordenó ante el obispo y juró celibato. Pensaba en las campanas de San Nicolás, cuando oficiaba servicios religiosos, cuando visitaba enfermos. Evocaba aquellas cosas que lo habían sustentado durante los últimos años, su actos de fe, de amor al prójimo, su vocación hacia los demás; sin embargo, eso se quedaba pequeño cuando estaba delante de Violeta. No podía echar todo por la borda por un deseo, había emprendido una misión espiritual y llevaría las Buenas Nuevas de la salvación al mundo.

—Enrique, me tengo que ir a trabajar. Te diría que nunca dejas de sorprenderme, pero no sé si eso se puede convertir en algo indecoroso. ¿Hay algo más que me convenga saber, Enrique?

—No, nada más.

No podían dejar de mirarse, para Violeta era imposible ver esos rizos de otra forma. Los imaginaba mojados, con el agua de la lluvia cayendo por su frente.

Enrique pensó en sus votos de obediencia, de pobreza, que había asumido con facilidad hasta ahora, el voto de castidad golpeaba con fuerza su culpa. Quería experimentar lo que sentían los hombres al abrazar a una mujer, el deseo escalaba dentro de él, como un funicular que le dejaba parado. Quería despedirse de Violeta, pero a la vez necesitaba estar allí absorbiendo el olor de su perfume que se mezclaba con el olor de su piel. Mientras que Violeta se revolvía de rabia contra el universo. Este le había quitado a su amor, se lo había puesto cuando era una niña para luego arrebatárselo sin compasión.

Violeta sonrió guardando su secreto más profundo, aunque percibía que la atracción era mutua. La de ella era libre, mientras que la de Enrique estaba atada a unos lazos no visibles en la tierra.

Se despidieron con un apretón de manos. Violeta corrió por el pasillo, intentando olvidar aquella imagen con la sotana negra. El amor se volvió cucaracha que arrastraba los pies. Ahí, justo ahí debía parar. Subió a la habitación, cogió el agua y pinchó el brazo a uno de los enfermos.

—No será nada, ya lo verás.

Eso es lo que se decía a sí misma mientras la aguja entraba en la piel. Como lo había hecho Enrique, con ese pinchazo de los que dolían y escocían.

Enrique entró de nuevo en la iglesia, se arrodilló y miró al Cristo que estaba enfrente.

—Señor, no me tengo por santo de la Iglesia, pero quiero honrarte y entregarme a ti toda mi vida. Yo que he querido marcar una diferencia en el mundo. Tú me elegiste para una misión, elegiste para mí un lugar cristiano. Yo no he deseado ser cura, sino sacerdote. Calma mi cabeza, mi corazón y aléjame de ella.

Juntó las manos y el olor de Violeta le llegó hasta dentro. Todavía olía a ella y podía sentir la delicada piel de sus manos. Y recordó el momento en el que le contó a su madre su decisión de ordenarse: «Mamá, seré sacerdote»; «Piénsalo bien, será muy difícil»; «Lo he pensado bien, lo he meditado y es más lo que voy a ganar que lo que puedo perder»; «Me acuerdo de tu padre».

Enrique, arrodillado, se acordaba también de su padre. Era un hombre seco, sin palabras cariñosas, aunque seguro que lo quería a su manera. Se equivocó de camino, pero quién era él para no perdonarlo. En el banco lloró amargamente. Las lágrimas saladas resbalaron por su rostro. La imagen de su padre, de su madre, de Violeta, de aquel Decanato lo arrollaron como un tren de sillas en fila que descarrilaba. Evocó a aquel niño que ayudaba al padre Nicolás sujetando la patena. Ahora ya era un hombre que tenía que tener las ideas claras. Apretó con fuerza sus manos y rezó el rosario, pidiendo por su alma. Por cada misterio que pasaba, recordaba la sonrisa de Violeta, y de nuevo se enfurecía consigo mismo. Qué difícil era vivir en el desierto, cuando uno conoce el oasis.

27

Lo último que yo me esperaba era enamorarme, ni se me pasaba por la cabeza. Cuando en una reunión veía que las mujeres de mi edad estaban pendientes de una llamada telefónica, pensaba: «Dios mío, están chifladas». Y entonces me enamoré.

ESTHER TUSQUETS

Las semanas siguientes Enrique se centró en la práctica cristiana, hizo más penitencia, confesión, y comulgaba diariamente en la iglesia de San Ginés. Su corazón se calmaba celebrando misas, y por las tardes iba a casas de enfermos a impartirles la reconciliación sacramental o la eucaristía. Por las tardes, corría los bancos de la iglesia y recibía a los jóvenes donde les confesaba para prepararles para la comunión. Pensaba que encerrado en la sacristía, con la foto colgada del papá Pío XII vigilante, y el olor a incienso, se liberaba de todo pecado.

Las campanas de San Nicolás sonaban en el cuarto de la ropa, retumbaban con una fuerza abrumadora, como nunca lo habían hecho. Violeta recogía la ropa de las camas y las echaba en el cesto. Estaba desganada, había perdido la esperanza, y cuando eso sucedía los días pesaban, se reducían a monótonos e interminables bucles de apatía. Un dolor en el pecho la sobrecogía, la falta de aliento le impedía concentrarse en algo tan nimio como las tareas domésticas. Esas campanas ya no tocaban igual, les acompañaba el dolor de la ilusión; cómo dos palabras pueden ser tan antagónicas, pensaba Violeta, e ir anudadas.

Su madre entró a ayudarla. Durante largas semanas había preparado lo que quería decirle, y si no lo hacía hoy, quizá sería tarde. Entró comedida y con ganas de ayudar a Violeta. No la veía bien, se había apagado esa mirada brillante, apenas hablaba, había dejado de comer con apetito, y la mayoría de los domingos se quedaba en casa mirando por la ventana. En la mano llevaba las pinzas para empezar a tender.

—Querida, ¿por qué no te vas a tomar algo con tus amigas hoy?

—No me apetece, estoy bien aquí en casa.

—¿Sabes? He estado pensando y, aunque creas que a veces no te entiendo, te entiendo más de lo que crees. Si no quieres, no veas más a Rafael, y échate de novio al chico de la embajada. Enrique, así se llama, ¿no?

—Mamá, de verdad, no insistas.

—No seas tan arisca, los hombres te ven algo cruda y, claro, se echan para atrás. No quiero que te encierres a piedra y lodo en casa, quiero que salgas, que te diviertas, que seas como cuando eras una niña. Eras muy dulce, siempre buscando la complicidad con los demás mediante tus travesuras o tus frases ocurrentes.

Helena hablaba de los hombres como de sellos, ahora podía desechar a uno y retomar a otro, pero el objetivo era que su hija tuviera alguno al retortero, no debía quedarse sola, era la única obsesión de su madre, la soltería. Una chica soltera en aquella época estaba desahuciada. Violeta seguía echando ropa sucia en el cesto. Desde luego no quería estar con ningún chico, ella era de armas tomar, y así seguiría. Si no podía ser con Enrique, no sería con ninguno.

—Bueno, yo solo quería darte un consejo. La vida de las personas tiene muchos laberintos y yo, aunque me veas viuda, también tuve una vida.

—El interés de Enrique se me ha pasado.

—Cómo sois los jóvenes. Flor de un día.

La frase de Helena en la cabeza de Violeta retumbaba como las campanas de San Nicolás.

Yo también tuve una vida. ¿A qué se refería su madre con esa frase? Violeta se quedó sola en ese cuarto, abrió la ventana que daba a un patio de luces y encendió un cigarrillo Philip Morris que le había dado a escondidas Elvirita en el hospital. El humo se escapaba hacia el cielo; ahora todo lo relacionado con la vida espiritual le conducía hasta Enrique. La vecina de abajo cosía en silencio, dicen que su marido fue a comprar tabaco y nunca volvió; arriba vivían los Keller, una familia muy bien avenida, de padre inglés, cuatro hijos y los que mandara el señor; y en el segundo, vivían los jolines, siempre con jolín en la boca. Qué sabemos de la vida de los demás, pensaba Violeta sujetando las cuerdas de la ropa. Estiró su cuerpo y medio lo sacó por la ventana, jugando con las cuerdas como si se tratase de una equilibrista que empieza su espectáculo.

Cuando terminó el cigarro, se sentó un rato en el sillón, y recordó la pulsera que encontró en el altillo del armario. Pensó que podía ser de algún novio de su madre y que nunca se lo había dicho. Volvió de nuevo al altillo, cogió la pulsera, se la guardó en el bolsillo y memorizó el nombre de la joyería Aldao, no perdía nada por acudir algún día.

Se fue a la cocina, su madre escuchaba la radio, pudo distinguir una voz melódica bajo una canción insulsa, era el *Consultorio de Elena Francis*. El consejo es de Francis. La belleza de Francis. Helena separó las lentejas de las piedras, era una labor de micos y la luz de la cocina tampoco contribuía mucho, no alumbraba nada, era de las que tardaba siglos en encenderse y te dejaba los ojos viendo chiribitas. La radio transmitía a través de sus ondas aquel programa, donde una mujer controlaba los pasos de las Mujeres Francis.

«Hola, amigas, todas, oyentes, seguidoras asiduas de este consultorio. Un cariñoso saludo para todos. Hoy como ayer, estoy aquí para escucharte».

La seña de identidad era la voz apesadumbrada de las oyentes que llamaban sin consuelo alguno. Una chica telefoneó al consultorio, su voz sonaba juvenil, pero transmitía cansancio. Contó que estaba enamorada de un chico que tenía novia, y que se veían a escondidas. Pidió consejo a Elena Francis para que le guiara en su decisión. Debía de ser una de las cartas prohibidas y punteadas con un asterisco, pero se había colado entre las ondas.

—Desde luego esta chica, vergüenza le tenía que dar. Llamar a la radio para decir que se ha metido en una relación de dos. Terminará mal, como todas aquellas que no respetan —espetó Helena, mientras puso agua en una cacerola.

—Mamá, no puedes ser tan injusta. Hay que conocer la vida de las personas. Quizá deberías leer más para entender la vida de los otros y ser más indulgente.

—Querida, yo no quiero empacharme de libros como lo hizo tu tía.

Violeta sintió un dolor en el pecho que no paró de sangrar. Cada vez que una nota de desprecio iba contra su tía, esta le caía como una losa sobre la cabeza. Debían de ser muy parecidas, su madre reparó en esas similitudes y por eso le brotó esa quina. La tía Carmen tuvo que ser una mujer peligrosa a los ojos de su madre. El gen de la desdicha lo había heredado ella, pensó Violeta, conteniendo las lágrimas.

Elena Francis contestaba por voz de otros, personas que estaban entre bambalinas controlando que España no perdiera a la mujer que se estaba fraguando. Que no se dejara embaucar por lo moderno dejando a un lado su labor hacendosa.

Las cartas se sucedían, el consejo de la Señorita Francis era muy sencillo, si el hombre era infiel, había que aguantar como mujer abnegada, «hazte la ciega, y sigue tu camino», apostillaba en sus contestaciones. Las mujeres estaban en un valle de lágrimas y no quedaba otra que secárselas y continuar viviendo. Los paseos y los bailes agarrados eran un peligro porque llevaban a cualquier tipo de desviación. Las cartas estaban escritas desde la represión familiar más absoluta donde no había cabida a la autonomía y la decisión libre.

—Mamá, eso es una barbaridad. Mira lo que está diciendo.

—Querida, a veces hay que aguantar. Elena tiene razón, es una mujer sin complejos. Dice lo que piensa. Y vosotros los jóvenes buscáis lo fácil.

—¿Si papá te hubiera sido infiel habrías aguantado?

Helena siguió separando las lentejas de las piedras. Esta vez encontró una más grande, la retiró y la tiró al suelo. Ya la recogería.

Necesitaba conocer más de su familia, adentrarse más en ella. Había visto a su madre abierta, y era un buen momento para seguir charlando con ella, aunque fuera en la discusión, pero era la única manera de mantener un diálogo. Violeta estaba cansada de interrogantes sin responder. Todo se ocultaba, se levantaba la alfombra y se escondían las pelusas revueltas.

—Mamá, me gustaría ver alguna foto de la tía. Ya no me acuerdo de ella. Recuerdo que era alta y que tenía las piernas como alfileres, con unos tobillos muy finos.

—Sí, a punto de resquebrajarse.

—¿Piensas en ella a menudo?

—Anda, pásame el pan rallado. Voy a empanar los filetes.

Violeta quitó un trozo de filete crudo y lo echó por la ventana para que el gato de la portera se lo comiera.

—Mamá, ¿era tan guapa como la recuerdo?

—El pasado nos hace ver unos recuerdos desfigurados que no son tal y como los recordamos.

—¿Se parecía a ti?

El nombre de Carmen sobrevolaba en la habitación en un ambiente cargado, se percibía que no fluía en el espacio, parecido al nudo que se hace cuando masticas carne nervuda y se queda dando vueltas, un tropezón que no puede escupirse.

—¿Se parecía a mí, mamá?

En el momento en que Violeta se comparó con su tía, el ambiente se tornó turbio. Era abrir el grifo al pronunciar su nombre y el agua se volvía negruzca, había algo en la innombrable que producía cierto misterio. Violeta sentía cada vez más interés por su tía a partir de los silencios de su madre. Nada puede despertar mayor atención que callar algo para siempre.

—¿Quieres que te haga un flan de chino mandarín? —dijo Helena, poniendo los platos en la pila.

—¿Por qué dices que se parece a mí?

—Te lo digo y ya. Eres como ella, con esa libertad en la cabeza, nada parece atarte. Todas tus amigas están buscando una vida y tú parece que juegas a perdértela. Y esas personas, te lo digo, Violeta, no terminan bien.

Helena aludía a su hermana de forma despreciable, solía hablar con monosílabos, pero cuando se explayaba más, su hija distinguía el rencor en sus ojos; frases sentenciadas y desafecto es lo que albergaba el corazón de su madre.

Violeta se fue a su cuarto, se sentía como esa chica que da la espalda a la sociedad y todos le tiran piedras. ¿Por qué su madre cuando hablaba lo hacía con tanta inquina y vehemencia hacia las mujeres que no seguían sus normas?

Se enfrentaba a un futuro incierto, no quería casarse como sus amigas, que se veían por las tardes con sus novios en La Austriaca. No sería feliz con un chico que la llevara de un lado a otro, como si fuera su niñera que le cantase nanas. No deseaba que ninguno la sacara con la correa a pasear por Recoletos. Ni quería un certificado del marido para viajar. Violeta pretendía viajar sola y si tenía novio, pues mejor. Pero no iba a perderse en ninguna barraca de feria olvidando su ser.

Llamaron a la puerta, era su hermana con Jorge y los niños. La viva imagen de la felicidad, traían unos buñuelos para celebrar el ascenso de Jorge. Pasaron a la salita, y Helena preparó para ellos un chocolate. Los ojos de Helena se movían de un lado a otro viendo a su hija pequeña, como el perro cuando mueve el rabo. Estaba contenta con la visita de sus nietos.

Violeta miró a Jorge, que vestía corbata y traje de corte impecable, y fumaba un puro. Sujetó el *Blanco y Negro* en la mano, con el rostro del chico ganador que hacía las delicias de la suegra.

—Enhorabuena, Jorge.

—Violeta, si quieres trabajar quizá podríamos hacer algo. Voy a tener más contactos ahora.

—Lo siento, pero yo estoy muy contenta en el hospital.

—No sé cómo puedes trabajar con esos olores de hospital.

Amelia abrió la ventana y se asomó a la calle Mayor.

—Esta casa siempre está cargada.

—Amelia, antes de que venga mamá, necesito preguntarte algo.

—Lo que quieras, dime.

—¿Tú no tienes la extraña sensación de que la tía Carmen es un tema velado?

—¿Qué quieres decir?

—No tenemos ninguna foto de ella, mamá apenas nos cuenta cosas, y a veces lo achaca a su mala memoria. Cuando tú y yo sabemos que tiene mucha para lo que quiere.

—Jorge también tiene una tía y tampoco se habla mucho de ella. ¿Verdad, Jorge?

—En mi casa pasa igual, yo creo que es algo de la generación, lo dejan pasar, porque no quieren sufrir.

—Perdona, Jorge, pero esto no va contigo. Hablo de la tía Carmen, de la hermana de nuestra madre. ¿Tú no te acuerdas cuando nos llevaba al Retiro?

—Alguna noción. Recuerdo sentarnos en la plaza de Oriente y que nos movía el agua de la fuente haciéndonos ondas. Tú eres muy nostálgica, yo creo que es porque no tienes hijos. Tienes la cabeza más libre para pensar.

—La tía Carmen es mucho más que unas ondas en una fuente. Es nuestra esencia.

—Eres tan egocéntrica como ella. Creo que quieres buscar e interesarte por su vida, porque en el fondo te buscas a ti. Mamá siempre dice que tú eres ella.

Hubo un momento en que Violeta tuvo ganas de romper a llorar, pero su madre apareció con el chocolate caliente en mitad del salón.

—Queridos, me ha quedado poco líquido y muy espeso.

Estaba denso, como la conversación que mantenían en aquella salita. Violeta fantaseaba con tener alguna foto de su tía, algo que le llevara a conocerla mejor, ni siquiera hacía falta llegar hasta lo más profundo de su corazón, solo entender su historia para desvelar la suya.

—Violeta, el cuarto olía a tabaco. Por favor, deja de fumar en casa. A los hombres les desagrada que la mujer fume. Díselo tú, Jorge, que a mí no me hace caso. Yo siempre que veo a una mujer con un cigarrillo pienso que le gusta llamar la atención. Vamos, que es de vida alegre.

—Violeta no sé cómo te gusta fumar. Yo lo detesto —dijo Amelia.

—Alguna vez cuando estamos en fiestas, sí que te doy un cigarro —añadió Jorge, matizando las palabras de su mujer. Y dirigiéndose al resto, afirmó—: Pero es verdad que, por regla general, Amelia no fuma.

—Y ya, Amelia si puedes quitarle el vicio de que se muerda la punta del pelo. No sé como no lo tiene podrido, a mí no me hace caso —dice Helena.

—Mamá siempre con los mismos temas, no me des la vara —replicó Violeta.

Los niños estaban jugando en el cuarto de los armarios, se oían golpes contra el suelo y algún mueble, y a la abuela no le importaba escucharlos, sino que le gustaba.

—Son niños, deben pegarse, si no lo hacen a esta edad, ¿cuándo lo harán?

—Mamá, Jorge y yo queremos encargar unas misas por papá en San Nicolás. ¿Podéis bajar?

—No —dijo rotundamente Violeta.

—Violeta, por favor —increpó su madre—. Todo el día dándome sofiones. Si tu hermana quiere encargar en esa iglesia, se lo haremos, aunque nosotras seamos de las Carboneras.

—Perdona, yo lo encargaré.

Violeta dejó escapar la rabia contenida durante tantos años, esperando alguna complicidad por parte de la que fue su compañera de juegos, o una palabra dulce de su madre, a la que había ido perdiendo poco a poco. La muerte de su padre habría truncado sus vidas, su madre protegía su dolor volcándose en ellas, primero en las dos, y después, descubriendo que la única que seguía sus directrices era su hija pequeña, se deshizo en atenciones y buenas palabras solo hacia esta.

—Me parecería bien que encarguemos alguna vez para la tía Carmen.

Amelia asintió con la cabeza.

—A mí no me importa, cuanta más gente interceda por nosotras mejor.

Su madre al venir de su hija pequeña, asintió y dio un sorbo al chocolate caliente.

Se había hecho tarde para ir a la joyería Aldao, la familia de Amelia se quedó a cenar al completo, por lo que hubo que hacer para todos huevos escalfados. Jorge bajó al coche y subió con una caja embalada.

—¿Y si vemos una película?

—No me lo puedo creer, hija. ¿Qué habéis traído?

—Había que celebrar el ascenso de Jorge. Creemos que te va a distraer más que la radio.

—A mí la radio sabes que me encanta. Estoy enganchada a Elena Francis, no sabes qué consejos de belleza, de vida. Una sabia.

—Creo que hoy ponen *Las campanas de Santa María* —dijo Jorge, desembalando la caja de cartón.

—Es muy bonita —gritó la madre—. Es de Ingrid Bergman y un sacerdote que ahora no recuerdo el nombre.

—Bing Crosby, mamá —dijo Violeta malhumorada.

—Qué nombres tan raros. ¡Como para recordarlos!

Toda la familia se preparó para ver la película. Carmen Sevilla presentó mirando a cámara y sonriendo: «Con todos ustedes vamos a disfrutar de una película que viene de América, de donde también vienen cosas buenas, *Las campanas de Santa María*».

Se sentaron frente al televisor ocupando las sillas y el tresillo. Ese fue el primer pensamiento que conmovió a Helena, sus hijas y el bueno de Jorge, del que solo podía tener palabras de agradecimiento por regalarle unos nietos maravillosos. Comprendió que la familia que veía junta la televisión permanecería unida.

Violeta, sentada en la mesa camilla junto a ellos, estaba más alejada que nunca, rodeada de un universo que no le pertenecía. Fijó su mirada en la pantalla y en el cuello clerical de Bing Crosby vio a Enrique. Ella que había jurado no volver a verlo, y el destino movía los hilos; quizá su padre lo había puesto en el camino para que se reencontrara con él. Aunque no creía en Dios, ahora quizá lo hacía un poco más.

No tenía nada de malo acercarse a pedir unas misas, una buena excusa para volver a verlo y demostrarse a sí misma que podía olvidarlo. Una prueba inmaculada que Violeta necesitaba superar, que ambos necesitaban, colocarse frente a frente, para apaciguar esa voracidad desmedida que les quemaba por dentro y que lentamente debía apagarse como una vela en mitad de la noche. Lo nocivo del deseo es que puede avivarse al encontrarse de nuevo, la cruda realidad es que cuanto más tiempo pasa sin ver al ser amado, más intensa es la pasión, porque imaginas su tacto, su olor, su mirada alterando tus sentidos debajo de las sábanas que abrigan la pasión desbocada. El deseo ciego es el más peligroso que existe en el mundo.

Aquella noche, Violeta se tumbó en la cama y cerró los ojos. Imaginó sus manos como si fueran las de Enrique y se volvió deseada. En ese momento se hizo más mujer, más libre, más lasciva, más prohibida. Y eso le gustó.

28

Recordar no es siempre regresar a lo que ha sido.
En la memoria hay algas que arrastran extrañas maravillas;
objetos que no nos pertenecen o que nunca flotaron.
La luz que recorre los abismos
ilumina años anteriores a mí, que no he vivido
pero recuerdo como ocurrido ayer.

JULIA UCEDA

Violeta aprovechó esa mañana para acudir a la iglesia de San Nicolás y pagar las misas que su hermana le había encargado para su padre. Estaba inquieta, era algo que no le hacía mucha gracia, pero si no lo cumplía, podía levantar sospechas en su casa y ya estaba muy cansada de que su madre se inmiscuyera en su vida amorosa. Pasó por delante de Ciriaco, un restaurante castizo, de los de Madrid de siempre, con su color rojo teja. Lo vio muy animado y decidió entrar a tomar un vermut, necesitaba que su cuerpo entrara en calor antes de ver a Enrique. Requería de un condimento externo para volver a saborearlo sin mostrarse nerviosa. El camarero la miró extrañado, una mujer sola y sin complejos no era lo que más abundaba en el barrio. Violeta ya estaba acostumbrada a esas miradas críticas, a esos codazos de hombres en el vagón de metro. Una mariposa se coló en el bar y revoloteó por las cabezas de los allí presentes, y pensó que podría ser su tía que aleteaba las alas conmoviéndose de su arrojo.

Hojeó las páginas de un diario que estaba arrugado y manchado de café encima de la mesa. El príncipe Rainiero y Grace Kelly se habían dado el sí en Mónaco. Grace, con esa cara angelical, encaramada del brazo de aquel príncipe que cualquier mujer de la época deseaba. Otro cuento de hadas sin ver la casa por dentro. Violeta se sonrió al encontrarse con algo de glamour en el periódico. Sabía que algunas actrices en España andaban a sus anchas, paseando sus noches en Chicote, pero era algo en lo que ella no ponía atención. Se detuvo en la página de cultura, donde leyó que el marido de Martín Gaite, Sánchez Ferlosio, había ganado el Nadal por *El Jarama*. Reparó en ella, en Carmen Martín Gaite, su mujer, en la gran escritora que era, y pensó que parte de ese premio seguro que le pertenecía a ella. Revisaría comas, puntos, y sus camisas que planchar, pero ellas no alzaban la voz, los premios los ganaban ellos.

España estaba estancada, lo recogían los medios extranjeros. La BBC comentaba que en nuestro país se habían perdido los derechos civiles y el avance que se auguraba años antes. España se llenaba de revistas, de fútbol de domingo, de bailes agarrados en verbenas de barrio, pero siempre bajo la atenta mirada de una luz cegadora. Con una noticia más pequeña, casi imperceptible, Violeta se sobrecogió: un sacerdote católico había sido multado con cien marcos y diez días de cárcel por haber casado a una pareja sin celebrar antes la confirmación. Se daba cuenta de que el mundo castigaba a los que pisaban mal el bordillo. Todas las noches soñaba con un beso de Enrique, tan largo como el recorrido del tranvía más extenso de Madrid. Sintió sin darse cuenta una fila de personas aclamándola de sacrílega. Si eso sucediera le tirarían piedras y la colgarían de alguna farola de la Puerta del Sol. Terminó el vermut y dejó una propina en el mostrador.

Violeta terminó de subir la cuesta, le faltaba el resuello, pasó por la bodega en la que los de Ciriaco guardaban los vinos, y llegó hasta la plaza de San Nicolás, donde se respiraba un olor a pueblo fuera de Madrid. Las palomas sobrevolaron el campanario y Violeta sintió que había llegado al lugar prohibido.

La torre mudéjar del siglo XII vigiló sus pasos. Era la iglesia más antigua de Madrid. Por debajo de sus muros corría la muralla, y dentro de ella se hallaba enterrado Juan de Herrera, el arquitecto de Felipe II. Por fin estaba en la casa de Enrique, se la había imaginado de otra forma, ubicada en otro lugar, pero Enrique no era como los otros hombres, y esto había producido entre los dos una gran brecha. El tintineo de las campanas la despertó de su ensoñación. Gentes y saludos de barrio hacían cola en la tienda de ultramarinos que hacía esquina. El corazón de Violeta se alborotó a medida que se iba acercando a la puerta principal. Alguna feligresa entraba por la puerta con su moño apretado, su espalda encorvada, subiendo esos escalones pronunciados y desgastados por el paso del tiempo. Ninguna de ellas perdonaba una misa, ni por un dolor de espalda. Pepita Carmona, una amiga de su familia, se acercó, poniéndole la mano temblorosa en el hombro.

—Te he traído unos caramelos, Violeta. Te van a gustar. Un caramelo Violeta para una Violeta.

Ella aceptó resignada y cogió un buen puñado.

—¿Vienes a misa?

—No, quiero encargar unas misas por mi padre.

—Estamos tan contentas con el nuevo párroco, un hombre recto y bueno que ya hacía falta. La iglesia con él parece que se va llenando. Te dejo que vayas a pagar, yo también he pagado por mi Ramiro. Parece que no, pero diciéndoles misas, yo creo que están más cerca de nosotros. Mi Ramiro me dijo en su lecho de muerte: «No dejes de ir a misa y pedir mucho por mí».

Detrás subían dos chicas de la edad de Violeta que se daban codazos, iban del brazo, muy cómplices, esas seguro que tenían otras intenciones que la misa diaria. Para muchas la iglesia era el lugar de encuentro, como lo podía ser una verbena o el café Comercial. Decidió ir por la entrada de la casa parroquial que estaba a la vuelta, en el soportal que cruzaba con la plaza del Biombo. Aquel rincón olía a meado de gato y a mueble viejo. Llamó dos veces, y nadie le abrió. Era extraño, porque faltaban quince minutos para la misa de una, pero no la atendían.

Pensó que tendría que entrar por la puerta principal. Accedió con recelo y miró a san Nicolás de Bari, que estaba en un pedestal vestido de blanco y con el faldón rojo. Las imágenes eran tétricas, algunas sin cuerpo, otras con los brazos ensangrentados. Violeta anduvo despacio, algo turbada, estaba en la casa que llamaban del Señor para ver al padre Enrique, y se sentía inquieta, como si algo no estuviera bien. Caminó por el pasillo, de fondo se escuchaba el gorjeo de las palomas fervorosas. El altar estaba presidido por un arco triunfal construido en forma de herradura. Violeta subió dos peldaños, miró a ambos lados, parecía el controlador de los cines que pasea con linterna en mano, buscando algún alma en pecado. Solo voy a pagar unas misas, se repetía continuamente.

Entró por una puerta de escasa altura que había en el altar en el lado derecho, agachó la cabeza y accedió a un sombrío recibidor. Olía a despensa cerrada, a legumbres recién hervidas, quizá se tomaban a mansalva en los seminarios. Por decoración, solo un mueble triste de esos de Toledo con una Biblia y un manojo de llaves. Las paredes estaban vacías, la desnudez que se vivía allí iba envuelta de pecado. A su lado había unas escaleras que se dirigían hacia las habitaciones y comunicaban con el coro.

—¡Padre Enrique! ¡Padre! —Una voz tímida salió de su garganta.

Un maullido de gato se fue acercando hasta Violeta. Se trataba de un gato callejero con un hocico blanco que contrastaba con el cuerpo grisáceo del animal. Violeta entró en la habitación y se apoyó en el gozne de la puerta, a los pies había una lata de atún que empujó delicadamente. Enrique salió del cuarto anexo con la camisa clerical en la mano, solo llevaba puesto los pantalones y unos zapatos negros de cordones recién abrillantados, llegaba tarde para oficiar la misa. Lo austero del ambiente fue llenado al segundo con el cuerpo de Enrique, compacto, sereno y con esa voz aterciopelada que la hacía romperse en mil pedazos. Violeta se sobrecogió, y el gato acarició sus tobillos provocando en ella cierta excitación.

Tomó el asa del bolso, quería tener alguna asidera a la que agarrarse y no sentir que se desmayaba. Cuando estudiaba, entendía el pecado original, para ella llegó tarde, lo hizo en el Círculo de Bellas Artes, pero sentía que no había salida. Su tía quizá cometió el delito de leer libros, pensaba, aunque ella cometería el mayor crimen del mundo, acariciar el pecho de aquel hombre que le arrebataba los sentidos. El cielo debería juzgarla, pero ella como mujer no podía detenerse ante ese tranvía que había descarrilado en su corazón. Violeta miró alrededor, empujó una silla y se detuvo en su piel, una piel brillante, blanca natural, como la nieve que tantas veces le contaba su madre que caía en Madrid. Una piel envuelta en inocencia. Todavía podía reconocer en ese pecho a aquel niño que corría por la azotea en busca de fuegos artificiales. Una explosión sin guerra se vivió en esa sacristía.

—Perdón, he llamado y no me han abierto.

—Lo siento, me ha entretenido Pepita Carmona. Ya sabes, quieren encargar misas, pero en el fondo quieren desahogarse.

Su marido murió hace un mes, recuerdo que fui a su casa a darle la extremaunción y la mujer no anda muy católica.

Enrique habló con naturalidad, de cerca podía apreciar aún más el encanto que desprendía aquel chico, solo rodeado de un buró abierto con notas encima de la mesa y un crucifijo colgado.

—Si me puedes ayudar te lo agradezco. En la planta de arriba tengo la casulla, ¿podrías ir a por ella? Verás varias, la morada es para Semana Santa, bájame la verde, estamos en tiempo ordinario.

Enrique se dio la vuelta y su piel reveló las marcas de un cilicio que había sacudido la espalda. Estaban todavía ensangrentadas de la Semana Santa. Se había golpeado en la soledad de su cuarto hasta caer rendido en el reclinatorio. Ella cerró los ojos y pensó en mojar con sus labios las heridas y cicatrizarlas con la humedad de su boca.

Violeta se paró un momento en la escalera y quiso espiarle unos minutos. Enrique dejó en una silla de madera la camisa clerical y tomó entre sus manos el alba, una túnica blanca que se metió por la cabeza, de estrechez de cuello y ligera holgura, un símbolo de pureza, que se deslizó por su cuerpo, acariciando cada rincón de su piel. Con ella cobraba sentido su fe, su alma se purificaba. Violeta se arrastró hasta la habitación de arriba, subió los escalones de dos en dos, no había tiempo que perder, la misa iba a comenzar en unos minutos. Tomó la casulla y la apresó entre sus manos, la abrazó como si fuera el mismo Enrique, alguien indefenso que tenía que proteger bajo sus brazos. Violeta quedó embelesada con su aroma. Amaba a ese hombre, y no podía estar más sin retenerle entre sus brazos, pero no podía ser ella quien lo alejara de Cristo. El cielo, si existía, debía apiadarse de ellos.

Enrique se colocó el cíngulo, se dio dos vueltas y se lo ciñó a la cintura con fuerza.

—Si no es por ti, hoy no podría dar misa.

—La casulla blanca, ¿cuándo os la ponéis?

—Para que te hagas una idea, es cuando vamos de fiesta.

—Me cuesta entender tus fiestas y las mías.

Enrique sonrió. Y Violeta se contuvo, nada de aquel cuarto sobrio le interesaba más que él. Una mujer entró en la sacristía:

—Padre, lo estamos esperando.

—Gracias, Braulia, ahora mismo salgo.

—Ya tiene limpia la patena.

—Muchas gracias.

En ese momento Violeta percibió que había dos hombres en esa sacristía, el sacerdote, hombre fervoroso y silencioso, con una vida metida hacia dentro como los dobladillos que solo él conocía; y el chico de la azotea, el hombre encantador, libre y con esos ojos donde se reflejaban los fuegos artificiales que ahora solo él provocaba.

Mientras Enrique se ponía la casulla y se dirigía a la puerta, ella depositó encima de la mesa el dinero para pagar la misa de su padre. Antes de que saliera lo paró y delicadamente tomó la estola entre sus manos, sintió el peso de ella y se acercó hasta sus hombros y con delicadeza extrema la colocó, palpando sus espaldas, hasta dejarlo caer por su pecho. Él puso las manos sobre las de Violeta y, como un secreto a voces, le insinuó con aquel gesto que la amaba. Enrique se arrodilló delante del sagrario y subió al púlpito a oficiar la misa. Hoy era distinta. Dios latía en su corazón con más fuerza que nunca, pero a la vez una nube de pesadumbre y culpabilidad le ató las manos.

—Yo te invoco porque tú me respondes, Dios mío. Aquí está mi siervo a quien he escogido, mi amado en quien me deleito. Pondré sobre él mi espíritu.

Violeta salió corriendo de la sacristía, necesitaba respirar aire en la calle. Caminó hasta Señores de Luzón, cerró los ojos y vio su cálida y envolvente mirada. Cómo necesitaba pasar horas en esa mirada, para ella sus ojos sí que eran las sombras de su tempestad. Todo estaba revuelto en su interior, por qué se había enamorado de un sacerdote. Todavía recordaba aquel día que llegó hasta el café de San Ginés y se sentó a su lado. Su perfecta dicción, su voz suave, todo estaba creado para envolver a Violeta en una seducción que ya no podía parar. Si en la vida había tentaciones, Enrique era la más grande. Ahora su mundo giraba en torno a él. Cuando separaba las piedras de las lentejas, estas eran los hombres que no le interesaban; cuando fregaba los cacharros, era Enrique el vaso más limpio y donde Violeta se reflejaba. Y hasta cuando tendía la ropa, la camisa o el pantalón que traía hacia ella era Enrique. Toda su vida se transformó en Enrique. Quizá lo prohibido revolucionaba más los sentidos. Él era un hierro magnético que atraía los clavos del suelo y, por más que quisiera dejar de ser clavo, Violeta estaba imantada a él.

Algunas noches cuando terminaba de sintonizar Radio Pirenaica, Violeta tomaba la Biblia entre sus dedos y leía los versículos. Le gustaba hacerlo porque todas esas letras conformaban el mundo de Enrique, y ella quería estar en su mundo. Sentía que cada línea podía esconder mensajes encriptados del amor callado que les unía.

«De mañana hazme sentir tu favor, pues en ti confío. Dame a conocer el camino por donde ir, porque a ti alzo mi alma», Salmo 143:8.

Parecía que todos aquellos textos estaban escritos para ella. Ya conocía el camino, se lo había señalado Enrique para elevar su alma hasta el monte más alto. Ahora entendía todos esos versículos que escuchaba junto a su madre en la iglesia y que antes no tenían ningún sentido. Si existía un Dios, debía ser así, un Dios que le permitiera amar a Enrique, tocarlo y sentirlo bajo las sábanas. No había nada más preciado ni más valorado para Dios que un amor entre dos personas, ¿quién tendría la valentía de juzgarles?

Violeta comprendió que no podía vivir alejada de él, tenía que sentirle y si él no podía ser pecador, lo sería ella en su lugar. No le importaba ser juzgada, vilipendiada por la sociedad y, en consecuencia, por su madre. Ella que juzgó tanto a su hermana, que no la protegió, qué podía esperar de su hija.

Violeta abrió el bolso y palpó con sus dedos aquella pulsera que pertenecía a su legado familiar. Era un brazalete maravilloso, se lo puso en la mano derecha y anduvo por Madrid sintiéndose orgullosa de su ciudad. Tenía otro empaque, otra manera de pisar las calles que convergían en su devenir. Madrid tenía el sabor de un gran mercado, con sus tiendas de portal, donde se vendía tabaco o lotería en el piso superior, tiendas en las que arreglaban las medias, estudios fotográficos, encuadernadores, teleros con sus cortes a patrón, vendedores de leche, traperos; Madrid con sus quioscos en cada esquina vendiendo tebeos y golosinas. Pasó por delante de la iglesia de Santiago, bajó por la calle Amnistía, donde estaban los zapateros remendones que ponían parches a las cazuelas, y llegó a la calle de la Unión. En esa calle viviría con Enrique y siempre estarían juntos. El cierre del brazalete le pilló la piel y le hizo una herida. Escocía tanto como no tenerle. Siguió subiendo por Arenal, miró al fondo de la calle Campomanes, donde bajaban por el balcón un sillón, una mudanza, una nueva vida, mientras que la de Violeta seguía estancada. Llegó a Preciados y continuó hasta la avenida del Conde de Peñalver, esquina con la avenida de José Antonio; hablábamos de la Gran Vía, que cada vez iba ganando más adeptos a este nombre conocido por todos. Estuvo aguardando fuera, había mucha gente dentro de la tienda, parecía que lo regalaban. El escaparate era magnífico, uno de los más destacados de la calle.

Su suntuoso comercio era de estilo Luis XVI y la clientela que paraba allí era de las que luego pasaban sus tardes en el Club de Campo. En el interior llamaban la atención dos muebles rococó acristalados, en la parte de arriba, dos bandejas de cobre, con algún trofeo en plata. Y en medio destacaba una coqueta con dos candelabros en plata. Entrar en aquella joyería era acceder a un palacio dieciochesco.

—Buenos días, señorita, ¿en qué podemos ayudarla? —dijo un señor con aspecto recortado y tímido. Apoyado en el mostrador, se mostró solícito.

Se le veía muy correcto, con una corbata y el pelo peinado hacia el lado derecho. Lucía en la muñeca derecha un reloj de la marca Movado, un artículo que se podía encontrar en la tienda, nada como llevarlo él para tentar a los clientes. El local estaba lleno de repisas de cristal, con joyas que deslumbraban, que contrastaban con las paredes verdes de mármol.

—Buenos días, me gustaría que me ayudase con algo.

—A su cara, le quedarían encantadores los pendientes *cuff*. Cubren toda la oreja y le dan un aire muy snob a su rostro.

—No vengo a comprar, me gustaría preguntar por esta pulsera. Se la regalaron a mi madre hace años.

El dependiente la observó, la tomó entre sus manos. Levantó la cabeza hacia el escaparate.

—Déjeme verla, desde luego esta joya sin duda la tuvo que hacer su anterior dueño José López. Tiene su sello. Pero él murió en 1930. Ya no hay manos como las de él. Es cuando estaba la joyería López y Fernández, luego pasó a llamarse Aldao. Se podía pasar horas encerrado en esa habitación engarzando joyas. Ahora nosotros tenemos que llevar el negocio de otra forma. Ya sabe, los tiempos cambian. Lo que no hemos perdido nunca es nuestro deseo de que cada mujer brille como quiera. Yo personalmente estoy encantado con don Manuel Fernández Aldao y su bella hija. Pero ahora mismo ella se encuentra trabajando en el taller y él no está.

El dependiente tenía las manos apoyadas en el mostrador, esperando que Violeta se decidiera al final por alguna joya. Una mujer entró y ambos se giraron hacia ella.

—No me gusta cómo me has dejado el clip de este pendiente, me queda suelto. Ayer se me cayó en el Pasapoga y no había manera de encontrarlo.

—Déjamelo, Carmen, y veremos qué podemos hacer.

Esa mujer se llamaban como su tía, era una mujer sofisticada, llevaba un pañuelo anudado al cuello, un abrigo de La Dalia, un collar de perlas y unas gafas de sol enormes que le tapaban la cara, parecía una actriz de cine. Se quedó mirando a Violeta.

—Aunque me haya pasado esto, son buenos. Los conocí por mi madre, cuando era una mocosa y mi nariz no llegaba al mostrador. Y desde entonces no hay nadie mejor en todo Madrid. Y mira que alguna vez te he sido infiel, Demetrio.

Los oficios corrían de padres a hijos como los nombres. Todo en Madrid se sucedía como una cadena de engarces iguales. Aldao era una joyería familiar y se notaba el saber de las cosas hechas en casa.

Demetrio tomó unas pinzas y apretó el pendiente.

—Ya lo tienes, Carmen, ya puedes seguir rodando tacón en Pasapoga.

—No sabes cómo te lo agradezco. Siempre doy tu tarjeta. Muchas de tus clientas seguro que lo son por mí.

De nuevo Violeta se quedó a solas con el vendedor. Este tenía las manos entrelazadas en la espalda y esperaba que Violeta se decidiera por alguna joya, pero ella había venido para interesarse por ese brazalete.

Demetrio lo tomó en sus manos otra vez y le dijo:

—¿Te gustaría venderlo? Tengo clientas que estarían muy interesadas.

—No puedo, es de mi madre. Pero es bueno saberlo, por si algún día nos falta el dinero.

Demetrio se puso una lupa en el ojo y se acercó al cristal del escaparate.

—Es un trabajo de micos, lo que hizo este hombre aquí es orfebrería pura.

Le dio la vuelta y vio que había dos iniciales mal hechas: C.R.

—Un crimen lo que ha hecho tu madre aquí. Nos la podíais haber traído y lo hubiéramos grabado con sumo cuidado.

—¿Le puedo ser sincera?

—Puede usted ser lo más sincera que quiera. Por aquí hemos visto de todo, y lo que pasa en joyerías Aldao se queda en el baúl de la entrada.

—Mi madre tenía esa pulsera, pero se llama Helena. No veo ninguna H por aquí.

—A usted le gustaría saber quién compró esta joya —afirmó, mientras guardaba una bandeja de terciopelo negro debajo de la mesa.

—Me violenta pedirle estas cosas.

Demetrio cruzó el umbral de la puerta y se sentó frente a un armario lleno de pequeños cajones. Abría uno, cerraba otro y vuelta a abrir. Sacó papeles amarillentos, se quitó las gafas, se las puso y escribió en un papel. Se levantó y se dirigió a la puerta.

—Señorita, le voy a decir algo, y es que no puedo estar toda la mañana. El señor López tenía muchos papeles, mucha gente a los que servía con sus joyas. Me podría llevar una semana.

—¿Y si le doy tres duros, podría buscar con más ahínco?

—Señorita, un hombre como yo no acepta sobornos. Mi padre me prohibió trabajar de esa manera. Si le parece vamos a hacer algo mejor. Si le encuentro algo de información, me comprará los pendientes *cuff*. Va a estar bellísima.

—Al final se ha salido con la suya. Sabe que hay cosas que no se las llama por su nombre, pero significan lo mismo.

—¿Me está hablando de adulterio?

Violeta resopló dentro de la tienda y alargó la mano.

—Trato hecho. Dentro de tres días, prepáreme los pendientes *cuff*, creo que saldré a bailar con mis amigas. Y usted haga bien su trabajo.

—Me gusta negociar con mujeres inteligentes que entienden el lenguaje del estraperlo.

—Por suerte no lo viví.

Dejó la pulsera en las manos del dependiente, que con sumo cuidado la colocó en una tela aterciopelada, envolviéndola hasta quedar luego amarrada con un lazo. Aquel envoltorio guardaba algún secreto y quería averiguarlo.

—Si no estoy yo la próxima vez que venga, no se preocupe, que lo dejaré todo apuntado. Espero de verdad que haya algo de suerte y podamos saber a quién perteneció esta joya.

—No tengo duda, la joya perteneció seguro a mi madre, quiero saber las siglas de la persona que se lo regaló.

—En esta vida no dé nada por supuesto, señorita. Hoy puede hacer un día radiante de sol y mañana llover a cántaros.

Violeta terminó la mañana almorzando con su madre en Mingo. Hacía mucho sol y se había animado; nada como disfrutar de Madrid comiendo pollo y sidra junto a su madre. Las sillas plegables estaban apoyadas en la pared, las mesas de tijera estaban al retortero. Su madre sacaba del bolso un pañuelo blanco y limpiaba con esmero.

—¡Cómo está todo! La gente es muy descuidada.

—Me apetecía tanto invitarte a comer, ya estoy ganando mi dinerito y había que celebrarlo.

—Espero que lo estés ganando de forma honrosa.

—Mamá, de verdad.

—Venga, querida, pídeme un vasito de sidra. Esta zona me trae recuerdos, tu padre y yo paseábamos alrededor del río, luego veníamos a bailar a la bombilla y terminábamos siempre en Mingo. Recuerdo que tu padre robó algunas sillas y se las subió a casa porque daban una fiesta.

—Papá tenía que ser muy divertido.

—Los hombres divertidos dicen que son un peligro. Prefiero que hablemos de él como un militar, regio y de valores.

—¿Y así lo era?

—Pues, hijita, ya ni me acuerdo.

—Mamá, que eres joven. A veces hablas como si te hubieran caído miles de años.

—La vida me ha hecho una desmemoriada, y tú, dale que dale, intentando siempre hablar del pasado.

—Entiéndelo, apenas pude disfrutarlo.

Helena pegó dos sorbos a la sidra y empezó a hablar.

—Está fresquita, qué gusto. Recuerdo cuando lo conocí, tu tía Piedad lo fichó antes, siempre fue una casamentera. Me acuerdo que siempre me decía: «Matrimonio y mortaja, del cielo bajan». Y Carmen en broma siempre añadía «... si en la tierra se trabajan».

—Debía de ser muy simpática.

—Sí que lo era.

En ese momento Violeta percibió por primera vez que su madre se emocionaba al hablar de su hermana.

—Tú la has querido mucho.

—A ver, éramos hermanas, pero la vida... la vida es tan dura.

Violeta podía ver en los ojos de su madre el destrozo que había hecho la guerra. Y ahora ella fue quien le cambió de tercio.

—Mamá, ¿sabes que fui a la iglesia y me encontré con Pepita Carmona?

—Pobre mujer, lo que debe de estar pasando. Adoraba a Ramiro. Cuando la vida te pega un zarpazo así, en toda la cara, es duro levantarse.

—Bueno, mira tú, mamá, has sacado a dos hijas adelante hechas y derechas.

—Me alegro de que lo veas, no ha sido fácil ser padre y madre. Tú, Violeta, has sido muy rebelde, muy niña de papá, y yo sé que a veces me cuesta entenderte.

—Intentaremos vivir como papá nos enseñó, a cuidar las unas de las otras.

—¡Ay! Qué buen día se ha quedado, los pajaritos cantan, las nubes se levantan. Pero, Violeta, ahora en serio, me tienes preocupada. Ayer me encontré con Brígida, su hijo tiene mucho interés en ti y ya no sé qué excusas darle. Es un pollo de los que no se encuentran a diario. Con carrera, listo, educado, y conocemos a la familia.

—Mamá, hablaré con él, pero cuando has conocido lo que es amar, la pasión de verdad, no hay nada que pueda pararlo. Es algo que brota en el pecho y no te deja respirar.

—Hablas como si tuvieras escarlatina.

—Es más que eso, al menos sabes que de paperas te curas. Pero del amor, del amor, no te curas.

—¿Él te corresponde?

—No puede.

—Hija, no te dejes engañar, cualquier hombre que ama a una mujer puede dar un paso al frente; si no lo dan es porque hay otra, o porque son cobardes que quieren vivir al abrigo de la madre y luego se largan con las amonestaciones.

—Me enfada que veas la vida tan blanca o negra. Para ti, mamá, no hay grises, no hay variedad de colores. Eres tajante, y creo que es porque no te pones en la piel de los demás.

—Ya estás juzgándome.

Violeta llamó al camarero y pagó la cuenta. Desde Príncipe Pío bajaba una vecina del barrio que había tenido hacía poco una niña. La madre sujetaba el capacho, se la veía pletórica. Helena y su hija metieron las cabezas para ver a la niña, que no era agraciada pero sonría ante las voces y los «ays» de los adultos.

La reciente madre se echó a los brazos de Violeta.

—Seguro que pronto serás madre y sentirás la emoción que me embarga ahora mismo.

Helena se despidió sabiendo que su hija no la haría nunca abuela y Violeta pensó en Enrique y en cómo serían los ojos de los niños si los tuviera con él.

Madre e hija eran dos veletas en el cielo de Madrid que no se cruzaban en ningún momento. La figura de Carmen se interponía entre las dos: para Helena, su hermana era un mal que había heredado su hija, como si se hubiera contagiado el tifus; y para Violeta, su tía era un ejemplo de la mujer que se quitó la combinación en presencia de todos, y a ella quería parecerse. Carmen representaba la libertad ansiada de esos tiempos de Madrid donde una mujer no podía ir sola al médico, ni mezclarse en una piscina con hombres, solo se le permitía soñar con un matrimonio a la vieja usanza. Madrid había creado mujeres en serie como las Mariquita Pérez, y Violeta solo soñaba con romper la horma y disfrutar la vida con la pasión que se merecía.

29

> A insinuar me enseñó la censura, porque decía las cosas claras y eso me lo rechazaban. Hubo meses que me rechazaron hasta cuatro novelas. Algunas novelas venían con tantos subrayados que apenas quedaba letra en negro. Me enseñaron a insinuar, a sugerir más que a mostrar.
>
> CORÍN TELLADO

Violeta llegó al hospital con un traje que le había cosido su madre imitando a Balenciaga. Tenía un escote barco que le caía al bies, se lo había cosido con una máquina nueva, la Sigma. Era una manera de mostrarle que la quería sin decirlo, la había escuchado darle al pedal durante toda la noche para que su hija fuera con las mejores galas a la calle. Para Violeta era difícil hablar con su madre, así que habían aprendido a comunicarse a través de las tareas del día a día. Ir a la compra significaba cuento contigo para comer, fregar los cacharros era quitarle tarea a su hija para que pudiera leer y ver la televisión juntas, aunque detestaran los gustos de cada una, era pasar un poco de tiempo en compañía con la excusa de expresar lo que sentían.

Trabajar en el hospital ahora le ponía más nerviosa, sabía que en esos pasillos podía estar Enrique. Su corazón vibraba cada vez que pasaba por la puerta de la capilla. Una mezcla de tristeza y gozo la embriagaba. Se puso la bata y la cofia y fue a recoger el instrumental para llevarlo a la cuarta planta. Sin quererlo miró a ambos lados por si se encontraba con Enrique. Ardió con la sensación de verlo, y pareció que sus pensamientos atrajeron su presencia. Se encontraron en el cuarto del instrumental.

—No esperaba encontrarte hoy por aquí —dijo de forma falsa Violeta.

—Yo tampoco, la verdad.

Ambos balbucearon como dos niños en un cuarto de juegos. En el centro, rodeados de material instrumental frío y metálico, Enrique y Violeta se miraron sin poder quitarse la vista de encima. No estaban en la sacristía y a ninguno le apetecía salir de ese cuarto. Allí escondidos, las miradas eran más descaradas. Sobre la mesa había un fonendoscopio que llamó la atención de Violeta. Se lo hubiese puesto en su corazón, así sentiría los latidos y comprobaría si iban igual de rápido que los suyos. Palpitaciones, sudores y miedo, mucho miedo, parecían dos enfermos a punto de entrar en el quirófano.

—Estás radiante, Violeta. Pareces aquella niña que corría por los pasillos del Decanato en busca de juegos. Cómo te gustaba jugar.

—No más que a ti, Enrique. Quiero recordarte que tú ponías las sillas en fila india y soñábamos que íbamos en tren. Llegué a ver contigo hasta Navacerrada. Parecía el fin del mundo, y lo vimos juntos.

—¿Desde aquel tren prefabricado?

—Vi todo lo que veían tus ojos. Tantas veces me asomé a esa ventana, intentando ver algo más en esas azoteas de Madrid.

—Por favor, no sigas.

—Sí, quiero seguir, quiero contarte tantas cosas. Cosas que te has perdido, Enrique, por elegir los hábitos.

—Eres el mismo diablo.

—¿Por qué? ¿Por qué te duele saber que hay vida fuera del seminario?

—Eres tan injusta, Violeta. Yo no juzgo la tuya, y tampoco creo que sea para echar cohetes. Una vida sin previsión. Tú que eres enfermera deberías cuidar más de ti.

Estaban enfurecidos, decían cosas que no sentían. A Enrique le dolía tener a esa mujer delante y no poder abrazarla. Y Violeta se enfadaba con el negro de esa sotana que lo alejaba de ella. Era como un túnel sin salida. Ella se acercó cada vez más a su cuello, podía sentir la falta de aire entre los dos, le ponía a prueba, deseaba que Enrique perdiera el control. Este trajo a la vida de Violeta todos los fuegos artificiales, incluso aquellos que no se abrían en el cielo por falta de claridad.

—Enrique, tú has jugado. Has jugado como cuando nos ponías en fila india y subíamos a aquel tren. Me has hecho que me subiera y has parado el tren a mitad de camino. Estoy en un túnel cargado y sombrío.

—Creo que lo has malinterpretado, que estás tan pendiente de películas como *Sabrina* o *Embrujada*, que has soñado con algo absurdo.

—Eres cruel, Enrique.

—Soy un sacerdote que ha hecho votos para ser un buen hombre de fe en esta vida. Me estoy ganando el cielo, por mi padre, y por mí. Es que no me entiendes.

Se arrodilló en el suelo, envuelto en lágrimas. Violeta se arrodilló con él, llorando juntos.

—¡Salta de ese tren!

—Violeta, calla, calla.

—¡Salta!

Enrique se levantó, se colocó el pelo, a la vez que el alzacuellos.

—Para mí eres una amiga de la infancia a la que quiero, pero las cosas son diferentes a como las ves. Y te ruego por favor que te alejes de mi vida.

—Si así lo quieres, lo haré, padre Enrique. Vaya usted con Dios.

Enrique salió del cuarto y cerró la puerta, su corazón estaba confundido y revuelto. Quería redimir su culpa. Corrió por los pasillos perdido, como un loco desaforado que no encuentra la camisa de fuerza. Buscaba esa camisa para parar sus impulsos. El pánico se apodero de él, no quería ir a la capilla y hablar con Dios, sin embargo, hoy debía hacerlo más que nunca. Así que entró, se arrodilló en el banco, y durante más de una hora estuvo allí en silencio, solo con el sonido de un cirio pascual que humeaba desprendiendo el olor a incienso, con el que volvió a encontrarse con Él.

Violeta tiró parte del material al suelo, lloró desconsoladamente y se dejó caer sobre sus rodillas. Empezó a recogerlo y lo metió en una bandeja de metal, mientras recordaba la escena y la rabia se acumulaba hasta convertirse en una tristeza sin consuelo. Cogió un bisturí y realizó una pequeña incisión con él en el muslo. Un hilo de sangre recorrió la pierna hasta llegar al tobillo. Sintió que aquel dolor apagaba el dolor del amor hacia Enrique, y, aun intuyendo que lejos de él no sería feliz, pensó que tenía una vida y no podía desaprovecharla. En la actualidad había pocas mujeres que podían acceder a un trabajo, y ella lo había conseguido. Debía seguir en el hospital y ayudar a los enfermos. Ninguno se merecía el dolor que padecía Violeta. Durante semanas, se volcó en ellos, poniéndoles vendas, limpiándoles las heridas, ayudando a las matronas y a las practicantes, en definitiva, se centró en salvar vidas, ya que la de ella no podía. La vida de Violeta se volvió exhausta, pero de esta manera podía llegar derrengada a la cama y dejar de pensar en lo que le torturaba, en el daño que la palabra Enrique ocasionaba en su cabeza. Los boleros la machacaban de noche, soñaba con bailes agarrados en los salones. Enrique se volvía vivo, más vivo que nunca entre sus sábanas, sin embargo, le había hecho una promesa. Nunca más iría a buscarle, no sería ella quien lo separara de Dios. No sería la Garbo que le arrancara de su vida como una vampiresa sin escrúpulos.

La madre de Helena le preparó un chocolate con unos picatostes que habían quedado del día anterior. Vio a su hija con mala cara.

—No me gusta verte así. ¿Quieres contármelo?

—Nada, mamá.

—Los nada siempre son algo. Los he conocido bien a lo largo de mi vida. Cómo te pareces a tu padre hasta para los nadas.

—¿Por qué dices eso, mamá?

—Por nada. Mira, ¿no ves? Todo se pega.

Las dos se echaron a reír.

—Mamá, si te dijera que estoy enamorada de un hombre y que a pesar de su voluntad quiero estar con él.

—La voluntad solo la decide Dios. Me preocupas mucho, querida. Te voy a hacer una pregunta. Si no quieres no me respondas.

—Mamá, me da reparo hablar contigo de estas cosas.

—A veces, aunque no lo creas, te miro y te entiendo. Me cuesta, pero de veras que lo intento —expresó de forma enrevesada.

—Mamá, es un hombre que no puede casarse.

—Lo sabía. ¿Es un hombre casado?

Violeta guardó silencio. Infinidad de miedos al ver la cara de su madre la ahogaron.

—Hija mía, solo te voy a decir una cosa. Quiero que cuando te vayas a la cama no tengas remordimientos. Y no hagas al otro lo que no quieras para ti.

—Esa frase como todas las que me has enseñado son fáciles cuando la garganta no te quema, cuando tu pecho no arde. ¿Te acuerdas de lo que sentías hacia papá?

—Nunca fui tan romántica como tú, pero recuerdo que nada más verle me quería casar, quería besarle, quería estar a su lado y verle la sonrisa cada mañana. Sobre todo recuerdo que quería ser madre. Y el cielo me escuchó, porque tengo dos hijas maravillosas.

—¡Ay, mamá! Estás viva. Querías ver su sonrisa cada mañana. Me quedo con eso. Su sonrisa cada mañana.

—Pues claro que lo estoy. Violeta, no sabes nada de la vida. Que sea madre no quiere decir que no fui antes mujer. Solo te digo que con la cuchara que cojas, luego tendrás que comer. Ese chico está casado, tendrá una mujer, unos hijos... ¿Quieres ser la amante toda tu vida? ¿Quieres que esa familia sufra como la nuestra?

—La nuestra no ha sufrido así.

—Tienes razón, era un mal ejemplo. No sé ni lo que digo. Piensa que por una noche de pasión no se puede quemar un bosque.

—Y si el árbol que vas a quemar da calor de por vida...

Helena se quedó callada. Por primera vez pensó en Carmen, en aquella desdicha que había cruzado sus caminos. Quizá ella también sintió aquella zozobra.

—Voy a ir a Pontejos a comprar unos botones, te estoy haciendo una chaqueta de punto que te va a encantar.

—Gracias, mamá.

—¿Quieres que doblemos las sábanas juntas?

Las doblaron estando aún húmedas, juntaron las puntas y

tomaron con las manos las puntas opuestas, una tarea laboriosa. Sacudieron dos veces en el aire las sábanas, que, a modo de paracaídas, bajaron lentamente entre las dos y volvieron a acercarse. Helena cogió las puntas de su hija y se unieron en la tarea del hogar.

Violeta se acordó de que tenía que ir a la joyería Aldao, habían pasado varias semanas, y soñó con ponerse esos pendientes *cuff* y parecerse a Elisabeth Taylor; una pena que su adorado Burton no estaría para verla. Eso querría decir que Demetrio había encontrado algún tipo de información.

Los transeúntes cruzaban la Gran Vía en busca de la boca de metro o de los locales de moda. Se hallaba en ese momento repleta de vida, de limpiabotas en cada esquina, de cines con luces de neón parpadeantes con sus bombillas Osram. De grandes tiendas como la tapicería Peña, calzados, confecciones, tiendas de aparatos eléctricos y, por supuesto, la joyería Aldao, con sus letras en relieve. Esta calle era un corazón abierto bombeando en una camilla de hospital, o así lo veían los ojos de Violeta.

Eran las diez de la mañana cuando Violeta entró en la tienda. No estaba Demetrio pero sí la hija de los dueños, que muy amablemente la recibió.

—Dígame, ¿en qué podemos ayudarla?

—Buenos días, el otro día vine y dejé un brazalete de mi madre para ver si me podían dar algunos datos.

—Sí, Demetrio es un hombre muy ordenado y me comentó que usted vendría por aquí. Es un placer ayudarla.

La mujer se fue hasta un recibidor que estaba alumbrado, y tomó una llave para abrirlo con sumo cuidado.

—Esta joya fue hecha por el anterior dueño, el señor López, y se lo compró en 1937 un tal Ricardo Herrera del Saz. ¿Lo conoce?

—Sí, era mi padre.

—Normalmente no damos estos datos tan concretos, pero

Demetrio nos comentó que parecía usted una buena mujer y que estaba inquieta con algún secreto familiar —admitió, aparentando discreción.

Un ruido de motor se paró delante de la tienda, sonaba a Seat 1400 viejo. Era un coche negro y destartalado. Se bajaron dos hombres con uniforme que entraron en la tienda de forma atropellada. Violeta se colocó la pulsera y tocó sus recovecos. Los hombres se pusieron detrás de ella y gritaron:

—¡Arriba las manos! O les matamos.

—Por favor, no nos haga nada.

—A callar la boca, alondras.

En aquella escena angustiosa, casi irreal, Violeta sintió que su estómago se encogía.

Uno de los hombres la empujó por la espalda y la empotró contra la pared.

—¿Vos está comprando alguna joyita para ir al Morocco? ¿No te gustaría venir conmigo? —dijo, tomándola de la barbilla y con un acento del otro lado del Atlántico.

—Déjala, mira cómo está, asustada. Es una alondra asustada —le comentó el otro tipo, mientras se dirigía hacia la dependienta.

—Por favor, deje a mis clientes —le reprochó la dependienta.

—Mira la valentona, Juanín, que se nos pone brava.

Uno portaba un revólver Parabellum que comenzó a engrasar, y el otro sacó del talego una metralleta. Acariciándola en la cara de Violeta, escupió al suelo.

—¿No serás de esas mujeres que cuando van al cine, se bajan la falda y a mitad de película se la suben un poco?

—Eres asqueroso —le increpó Violeta.

—Y parecía una mosquita muerta. ¡Mutis! —ordenó el que portaba el revólver, disparando al techo.

Violeta miró a la calle, la gente subía y bajaba sin detenerse en el escaparate. Uno de los atracadores rompió las repisas de cristal con la empuñadura de la metralleta. El otro hombre se acercó a Violeta, dejando la pistola de marca Astra en la mesa, y le susurró al oído:

—Me gusta tu pulsera. Es muy bonita. ¿Es una herencia de la abuelita? Parece antigua —dijo, cogiendo su brazo y mordiendo un trozo.

Violeta escondió el antebrazo por detrás de la espalda con los ojos llenos de lágrimas y el cuerpo temblando. No se atrevió a levantar la mirada.

—Dame esa pulsera y te dejaré.

—Mátame, pero no te voy a dar esta pulsera.

Violeta se deshizo de él y la hija del dueño comenzó a gritar:

—¡Qué horror, Dios mío!

En la trastienda su padre, Manuel Fernández Aldao, estaba trabajando con la lupa en una de las piezas para uno de sus clientes. Al oír el grito de su hija, salió decidido hacia uno de los atracadores, el que más cerca estaba del mostrador. Apretó una pera que había en el suelo y un cajón oculto se abrió. Extrajo de este una Parabellum de 7,65 mm, se escondió rápidamente detrás de una de las columnas y se dirigió a uno de los asaltantes:

—Sé un hombre, no vayas a por unas chiquillas.

El dueño de la joyería apuntó sin que le temblara el pulso y disparó hiriendo en el hombro a uno de los atracadores, que enseguida se levantó por su propio pie y se dirigió al coche negro que le esperaba fuera, escapando los dos por la calle Clavel. Los atracadores habían llenado las sacas de piedras preciosas, gemas, circonitas, diamantes, rubíes, y habían robado también el dinero de la caja, un motín con más de siete millones de pesetas.

Manuel Fernández Aldao aguantó el nervio, empuñando la pistola.

—Papá, tírala, que las carga el diablo.

—Estoy muy nervioso, hija.

—Nos han robado todo —comenzó a llorar ella.

—Tranquila, lo importante es que estáis las dos bien.

Padre e hija dieron la mano a Violeta, que seguía en un rincón, como una paloma a la que acabaran de atropellar.

—Sentimos mucho todo. Por favor acepta un regalo nuestro.

—Más lo siento yo, de verdad. No puedo aceptar nada.

—Insisto, elija ese collar de perlas, o estos pendientes de circonitas. Hoy debemos estar alegres, y no os invito en la Mari Pepa, ahí en la calle Jesús, porque tengo que recoger todo este destrozo.

Madrid estaba repleto de tiendas con dependientes que sabían lo que había supuesto una guerra, y no se amilanaban por una pistola.

Al día siguiente, su madre la despertó con la noticia en el periódico. Cuando abrió los ojos, se vio en portada saliendo de la joyería Aldao. La madre le leyó:

A la salida del lugar le tomaron declaración a uno de los testigos, la señorita Violeta Herrera del Saz Galiana, y aunque nos dan datos contradictorios, parece que uno de los atracadores era alto, delgado, moreno, con bigote y muy pálido y el otro bajo y cargado de espaldas.

La madre tiró el periódico encima de la colcha.

—Todas mis amigas me están preguntando. Ya les he dicho que tengo una hija muy valiente. Pero estoy enfadada contigo, no sé qué hacías en un lugar como ese.

—Mamá, es muy largo de contar.

—Querida, tengo todo el tiempo del mundo.

Violeta abrió el cajón y mostró la pulsera. Después la guardó de nuevo en el mismo sitio.

—Mamá, algún día quiero saber de quién son las iniciales, y por qué papá te hizo un regalo así. Nunca me has hablado de nada. Vivo contigo, pero no te conozco. A veces es duro convivir así. Tantos silencios, tantos huecos sin rellenar.

—Violeta, me prometí que cuando fueras mayor te contaría cosas, las cosas de las que hablan los adultos, pero creo que uno debe estar preparado y yo no lo estoy.

—Pensé que en tu vida hubo otro hombre, esperaba encontrarme con un nombre, C.R. Un Clemente Rebollo o un Carlos Ruiz. Un hombre de los de barrio, que te llevara a bailar, a comprar novelas por fascículos. Un hombre al menos que te hubiese sacado una sonrisa, buscaba una fantasía en tu vida, alguien interesante que te hubiese acompañado al café Comercial, que te hubiese dado la mano a hurtadillas. Vivir, mamá.

—¿Qué sabes tú de la vida?

Llamaron a la puerta y la conversación se interrumpió. Era la vecina Juliana, la del tercero izquierda, que preguntaba por Violeta. Helena dejó que se desahogara, la hizo pasar y la sentó en la mesa camilla.

—¡Tu hija en peligro! Cuando me he enterado... Es que ya no está una tranquila ni en su propio barrio. Encima no eran españoles, eran de esos que hablan con acento diferente. Creo que los cogieron. Uno quedó herido, y la novia de uno, que creo que era enfermera, se lo llevó a su casa y lo curó. Las mujeres de hoy en día estamos locas. Poco pasa, Helena, poco. Y yo me pregunto, ¿qué hacía tu hija en una joyería donde va a comprar la mujer de Franco, Carmen Polo?

—Si te soy sincera, Juliana, no lo sé, los jóvenes sabes que van por libre y no te cuentan nada.

—Me dijo Brígida que tenía muchas ganas de emparentar contigo.

—Sí, se intentó, pero es que mi hija es muy exigente.

—Pues ten cuidado con las exigentes que en nada se quedan para vestir santos.

—Ay, querida, no me disgustes.

Helena mantenía esa conversación mientras servía un poco de Calisay en dos copas, y la vecina, con aire de quedarse horas, seguía inmiscuyéndose en la vida de Violeta. Esta pasó por delante de ellas, pronunció una despedida desde la entrada al salón y se marchó a la calle.

Enrique llevaba más de dos horas apostado enfrente del portal, había leído la noticia a primera hora de la mañana y quería saber de ella. Violeta agradeció las palabras atentas de Enrique, parecían sinceras.

—Violeta, en cuanto lo he leído, he venido a buscarte. ¿Tú estás bien?

—¿Llevas mucho aquí?

—La espera me mantiene vivo —dijo sonriendo.

—Sí, fue un susto grande, pero al final ha tenido un final feliz. Ahora si me dejas voy a la Casa de Palazuelo, quiero hacer algunas compras antes de comer.

—Es ese edificio estilo Chicago que hay cerca de Sol, ¿no? —Y añadió, balbuceando—: ¿Puedo acompañarte?

—En tu cara veo que te pone nervioso subir hacia Sol.

—Entiéndelo. Para mí es difícil, cualquier vecina puede murmurar, y se lo debo al obispo.

—¿Y a mí no me debes nada?

—Por favor, Violeta, una tregua. Vivamos este paseo no como un duelo, sino como dos seres que un día sintieron fuegos artificiales y quieren volver a verlos. Si te dijera, Violeta, que hoy desde tu balcón pudiéramos volver a verlos, ¿no saldrías al balcón?

—Quizá sería demasiado incauto asomarse y arriesgarnos a que esa luz cegadora nos dejara ciegos, Enrique.

—Entonces viviremos este paseo como dos amigos, dos buenos amigos, que se quisieron, que se contaron confidencias, que bebieron del mismo vaso, que corrieron por una azotea sin roces, sin deseo, sin eso que corrompe el amor espiritual. Somos carne, sí, pero en la tierra. Y yo contigo toco el cielo.

—Para ti es tan fácil. Pero para mí, Enrique, sin tus creencias, es un dolor infernal que no puedo parar, me desgarra por dentro. Mi madre me repite cada día que las personas que sienten de esta manera no terminan bien. Soy consciente de ello, tuve una tía que llevó una vida diferente al resto de la sociedad y que era juzgada cada día. Eran otros tiempos, sí, pero qué complicado es sentirse diferente, actuar diferente, soñar diferente, amar diferente. Desear entrelazar tus piernas a las mías de manera diferente todas las noches que me voy a la cama. Contigo estoy en el borde del barranco, y no sé si quiero eso en mi vida.

—Somos la misma persona, siento lo mismo que tú. Sé que no es un consuelo, pero he querido verte para decirte que fui un miserable por dejar que toda la culpa recayera en ti. Estamos juntos en esto.

—¿Y para eso has esperado horas enfrente de mi casa?

—He recibido una amonestación por parte del cardenal Spellman desde la archidiócesis de Boston, donde se me insta a conservar las antiguas tradiciones de fe y de piedad. Es un hombre muy conservador, anticomunista y ha estado muy implicado en la caza de brujas de McCarthy. Franco y él luchan por un mismo ideal, les interesa llevarse bien. Se ha radicalizado mucho y buscan sacerdotes más comprometidos con lo que ellos creen. Ven en mí un pensamiento anticlerical. Ya había notado desplantes hace unos años, cuando no me invitaron a la Conferencia Episcopal Española y no pude recibir como otros compañeros míos la indulgencia plenaria. Ha llegado información al obispo donde le dicen que paso más tiempo fuera de la iglesia visitando a enfermos que orando en el templo y que no doy buena imagen al régimen. Critican verme sin alzacuellos, dicen que no es de un sacerdote como Dios manda.

—¿Y qué manda Dios?

—Se lo pregunto cada noche. He conocido un amor superior a tu lado, y creo que a través de ti, puedo seguir amando a Dios. Pero tengo miedo, Violeta. Me he dado cuenta de que los fuegos artificiales son metralla envuelta en colores, y eso da mucho miedo, están empezando a oler la pólvora y para mí los símbolos que quieren que venere son solo eso, símbolos. Lo importante es lo que está escondido. No dejes que tu mano izquierda sepa lo que hace la derecha.

Enrique la invitó a dar un paseo a su pequeño mundo de intimidad. Bajaron hasta la plaza de la Cruz Verde, donde anduvieron por la Cuesta de Segovia ajenos a miradas; esa zona era más solitaria que el centro bullicioso de la Puerta del Sol o la calle Cádiz. Violeta caminaba como si fuera sola, quería alejarse de él, no implicarse más en su mundo y rodar por inercia. La incertidumbre constante de aquel hombre no le venía bien. Enrique lo tenía medido, quería alejarla del centro estando en la ciudad. Llevarla a un lugar donde pudieran estar solos. Él se detuvo y la miró con los ojos de los que miran por primera vez. En la caída de los brazos, su paso, parecía mucho más relajado, transportaba a Violeta a un sitio mágico.

—¿Caminamos sin dirección?

—Quiero llevarte hasta un lugar que es importante para mí. Siempre he ido allí cuando he tomado alguna decisión relevante. El día que me ordené sacerdote tuve miedo, la conclusión no era fácil. Me pasé horas sentado en los escalones de piedra meditando la decisión que tenía que tomar y que iba a suponer romper con mi vida anterior.

—¿Perdías un sinfín de mujeres?

—Eso no me importaba, porque elegía algo superior que me

calmaba, para mí Dios estaba por encima de todo. Los hombres que se casan también las pierden. Eligen una, como yo elijo a Dios.

—Nunca he creído que hubiera algo en el mundo por encima de todo.

—¿El amor, Violeta?

—El amor nos destruye cuando no es correspondido. Es ir en un tranvía abierto y tener el tope de la jardinera. Lo que da más miedo es cuando el freno no funciona y entonces no puedes salvar la bajada y vuelcas.

Enrique se puso delante de ella y le frenó el paso.

—En el amor no hay topes, tú me lo hiciste ver, Violeta.

—Creo que me equivoqué. He estado confundida durante este tiempo, sin ir más lejos ayer viví algo traumático, he estado a punto de perder la vida por averiguar un secreto que no me llevaba a nada, solo a sufrir. Y ver que tus padres no son como soñabas, ni siquiera como creías que eran, es algo que provoca vértigo. Como esto que está sucediendo aquí y ahora.

—Nuestros padres son seres humanos, yo aprendí a perdonar al mío. El perdón es lo primero que me enseñaron en el seminario y lo que más cuesta en esta vida. Recuerdo que estaba allí dentro y mi compañero tenía una relación con una chica. Yo lo juzgaba, y entonces leí algo que le dice Pedro a Jesús: «Señor, ¿cuántas veces tengo que perdonar a mi hermano que peca contra mí? ¿Hasta siete veces?»; «No te digo que hasta siete veces, sino hasta setenta y siete veces», le contestó Jesús. ¿Quiénes somos nosotros para juzgar los actos de los demás? Cuanto más juzgas más cometes esos actos. Y yo estoy lleno de errores.

—Sentir por alguien no es un error, Enrique. Huir es el mayor error, porque no huyes de mí, sino de ti.

Violeta le tomó de las manos y le dijo:

—Cierra los ojos.

Enrique sintió un cúmulo de emociones, un tobogán de sensaciones nuevas, las mariposas corrieron de un lado a otro sin encontrar la salida.

—¡No puedo! —se deshizo de las manos.

—Te alejas de mí, porque en el fondo me amas. Cuanto más te alejas, más me amas. Yo he probado a apagar la radio, a no escuchar boleros, a no edulcorar nada de nuestro amor. Pero, Enrique, tú llevas la música aunque todo mi mundo esté apagado.

—¿Qué vamos a hacer, Violeta?

Enrique bajó la cabeza y le habló a la altura de los pómulos. Violeta giró la cabeza y miró hacia el Viaducto, pero aun mirando un punto fijo, Enrique supo que le estaba mirando a él.

Llegaron a la Cuesta de los Ciegos, un lugar mágico y alejado del bullicio, que comunicaba el paseo de la Morería con la Cuesta de Segovia. Una cuesta empinada de granito repleta de escalones. Era un lugar misterioso, lleno de recovecos. Si comenzabas desde arriba se iban desplegando en forma de abanico las vistas de Madrid: las Vistillas, el Viaducto, la Almudena, la calle Segovia... para terminar en una fuente llamada Caño de la Vecindad.

—¿No me harás subir todos esos escalones?

Enrique, tomándola de la mano, le dijo:

—Hay exactamente 254 escalones, ni uno más ni uno menos. Los conté aquella tarde que tomé la decisión.

—Es curioso vivir tanto tiempo en Madrid y no conocer todavía cada uno de sus rincones.

—Es lo fascinante de Madrid, uno parece que controla, que conoce cada uno de los pliegues de su alma, y un día aparece un pasadizo secreto y no puedes dejar de pensar que quieres entrar en él. Debajo de esta cuesta hay un pasadizo que comunica con el Palacio Real. Madrid está conectado de tantos pasadizos secretos, de trozos de muralla perdida, que si levantáramos la tierra nos encontraríamos solo con la piel de lo que somos.

—Estamos construidos de ladrillo, nos van poniendo año a año cemento y olvidamos que fuimos niños, que amábamos sin miedos. Enrique, ¿por qué se llama la Cuesta de los Ciegos?

—Escuché una vez que san Francisco de Asís venía de realizar el Camino de Santiago y se encontró en este desnivel con un grupo de ciegos. Él ungió con aceite los ojos y recuperaron la vista.

—Es una leyenda bonita.

La brisa corría entre los árboles de alrededor. Violeta se sentó en uno de los escalones que había a mitad del desnivel y Enrique se apoyó con los antebrazos en el escalón superior, estirando las piernas. Estaban en diagonal, como el aspa de una cruz, pero buscando siempre el punto de unión. Violeta giró la cabeza y Enrique fue bajando hasta posar sus labios en su boca. La de Violeta se abrió y dejó que Enrique jugara con su lengua, luchara entre sus recovecos por hacerse un sitio. Cada vez se agitaban más y podían besarse de una manera más apasionada, sin la mirada de nadie alrededor. Vieron un sinfín de colores que traspasaron con fuerza; violeta, rojo, azul, verde, blanco... se trataba de fuegos artificiales. Enrique se separó a un lado y metió la mano en el bolsillo. Sacó una cuerda de pastel, se la anudó en su anular, luego tomó el dedo de Violeta y le hizo un pequeño nudo. Dio cuatro vueltas hasta rozarse los dedos.

—El domingo compré pasteles y te he traído la cuerda.

Violeta respiró y se tumbó en los escalones. Enrique hizo lo mismo. Los dos miraron el cielo. Violeta no podía deshacer ese nudo que la amarraba al barco como un nudo marinero.

—¿Qué nos queda, Enrique?

—Escapar. Te esperaré en la calle Montera, donde el Pasaje del Comercio, esta noche a las doce. Intenta llevar poco equipaje. Un amigo, un feligrés, nos recogerá y nos llevará a París. He hablado con él, aunque no me entiende, me aprecia bastante y nos quiere ayudar.

—Nunca he estado en París. ¿Qué pasará contigo?

—Me excomulgarán pero no me importa, tu amor está por encima de todo.

—¿Incluso Dios?

—Cuelgo los hábitos ante la Iglesia pero seguiré amando a Dios, no desde las tinieblas sino desde la luz que irradias a mi vida.

Violeta deshizo el nudo, levantó la nuca y se despidió de él con un beso en la mejilla. Solo quedaban unas horas para comenzar una vida con Enrique, no sería en Madrid, sino en París, la ciudad de la luz. Soñó con un beso encendido más largo y menos prohibido, dando un paseo a orillas del Sena. Sin conocerlo, sabía que París sería el beso imborrable de Enrique.

Volvió a casa sola, la estaba esperando su madre, con los garbanzos en la olla.

—Cuánto has tardado, hija.

—Se me ha hecho un poco tarde, perdóname.

—No te apures, pon la mesa, que ahora llevo yo al salón la comida. —Y añadió—: Acércame el carrito.

Se sentaron en la mesa de madera, una frente a la otra. La televisión estaba encendida. Violeta la apagó y el aparato tardó unos minutos en hacerlo. Ella esperó a que se pusiera en negro para comenzar a hablar. Tragó saliva y puso la mano sobre la mano de su madre.

—No sé por dónde empezar, mamá.

—Hija, me estás asustando.

Violeta sintió que la garganta se le cerraba y no podía articular palabra.

—Mamá, te quiero mucho, aunque a veces no hemos podido entendernos. Yo pertenezco a una generación y tú a otra. Y aunque tú naciste en una época más libre, te has amoldado a esta como un camaleón. Pero yo siento que pertenezco a tu adolescencia, a la de la tía, a los locos años veinte. Quizá si yo hubiera nacido en esa época y no hubiera sido tu hija, estoy segura de que habría sido tu amiga. ¿Lo has pensado alguna vez?

—Qué cosas más raras piensas, Violeta. Si cuando digo que tienes un pensamiento retorcido.

—¿Quieres agua, mamá?

—No, gracias. Estoy bien.

—El amor no se elige. El amor es paciente, es bondadoso. El amor no es envidioso ni jactancioso ni orgulloso. No se comporta con rudeza, no es egoísta, no se enoja fácilmente, no guarda rencor.

—Ya lo que faltaba, ahora te me vuelves pía.

—He intentado encontrar la manera de no hacerte daño, pero me doy cuenta de que da igual cómo te lo diga, nunca me entenderás. Tú no entiendes a las personas que aman fuera de las reglas. Y no solo no las entiendes, sino que las juzgas. Y cuando haces eso, arrojas a tu hija al suelo y la arrastras por el pasillo. Has sido tan injusta conmigo, mamá. Y sé, y es lo que intento pensar, que ha sido por tu educación. Os han hecho de una manera, para no pensar. Tú no piensas, mamá.

—Eso te crees tú. No sabes nada de la vida. ¿De verdad quieres saber lo que yo pienso?

Su madre abrió el aparador con una llave que colgaba al cuello y sacó un álbum de fotos en blanco y negro. Le mostró una que salía con su hermana y su marido en el jardín del palacio de Anglona. Violeta y Amelia jugaban al fondo de la foto.

—¿Ves qué guapas estáis? Inocentes, sin dañar, jugando con el diábolo en vuestro mundo infantil. Una familia feliz. Una familia perfecta.

—Mamá, no éramos perfectos, pero tú buscabas esa perfección obsesiva. Siempre controlando cada compostura nuestra, con nuestros nidos de abeja, controlando que no me mordiera el pelo, dejándome y creándome a imagen y semejanza tuya.

—Escúchame, Violeta, y mira de nuevo esta foto. Mírala con los ojos de un adulto. Ahí yo tenía los ojos de una niña, ojos de ver cómo el diábolo buscaba un trozo de cielo para volar más alto. Estaba ciega. ¿Entiendes, Violeta? CIEGA.

—¿Qué estás insinuando, mamá?

—Mi querido marido, mi amor, mi compañero de vida, tu queridísimo padre con sus galones, su rectitud de capitán de Infantería, tenía un escarceo con mi hermana.

—Mientes.

—Violeta, abre esos ojos de niña, deja el diábolo en el aparador, enciérralo en él, yo tengo la llave, y vive una vida que luego cuando pasen los años no te avergüences de ella. ¿Quieres ser como mi hermana? ¿Una mujer que destroza familias?

Recordaba a su padre subiéndola en el tobogán de la plaza de Lepanto, le recordaba dando de comer a los patos en la plaza de Oriente, remando en las barcas del Retiro, subido con ella en los barrotes de la plaza de la Armería. Lloró como lo hacen las magdalenas, ni un segundo paró de hacerlo, hipaba con la fuerza y el torrente como lo hacen los niños. Era el último lloro de infancia que había llegado algo más tarde. Su padre, su maravilloso padre, había ido seguro contra su voluntad. El amor no se detenía ante él, no pudo pararlo ni ante su cuñada.

Pero su madre lo vestía de escarceo, era más fácil pensar en un pequeño flirteo, es algo más pequeño, y así tu marido todavía te pertenecía algo. Violeta sintió ansiedad y ahogo. A pesar de todo lo que le contaba su madre no podía despojarse del amor que sentía hacia él. No podía juzgarle, pero miraba a su padre y se rompía. Habían vivido años engañadas, envueltos en un secreto familiar, algo que quizá llegó para amortiguar los golpes. Ella nunca guardaría un secreto. Eso era de cobardes, pensaba. Y se dispuso a hablar, no quería tener la actitud de su tía y su padre que callaron. Ella rompería la estela familiar y hablaría, porque ella sí era valiente.

—Mamá, me voy a París. Y no lo haré sola. Me voy con el hombre que amo y que amaré. Se llama Enrique Amorós, tú le conociste en el Decanato como Quique. Tiene un ojo azul y otro verde, pero creo que esos detalles no te importarán. Son pura simbología. Tú te quedarás con otros detalles. Es el sacerdote de la iglesia de San Nicolás de los Servitas.

—Lo sé.

—¿Lo sabes?, ¿desde cuándo?

—A una madre no se la puede engañar. Hace años que tengo ojos de adulta. Y veo lo que está detrás del aparador sin necesidad de que me lo cuenten.

—Mamá, eres tan áspera conmigo, por no decir cruel. He estado callando, llorando, sufriendo en la soledad de mi cuarto. Necesitaba un abrazo, un mínimo gesto de atención. Y claro, eso era muy complicado para ti, porque si no, te volvías mi cómplice. Callas, como callan todos en esta sociedad. Eres como una de esas mujeres de la Brigada Costumbrista, vas con la linterna buscando parejas en el Retiro y les deslumbras en la cara, porque como tú no fuiste feliz, no quieres que los demás lo sean.

La madre de Violeta se levantó y le dio un tortazo.

—Un respeto a tu madre.

Violeta se marchó del comedor y se fue a su cuarto. Cogió una maleta de color granate, era de su padre, comenzó a guardar ropa en ella. Abrió la cómoda y sacó la pulsera, le dio la vuelta y vio las iniciales, C.R. El secreto se desplegó como una hoja en abanico de alta joyería: C, de Carmen; R, de Ricardo. Su padre sufrió lo que Violeta en vida. Se unió a él con más fuerza, aunque había algo de su educación que le impedía amarlo del todo. Violeta nació en un matrimonio que estaba desunido y jamás percibió nada. Los ojos de los niños son de otra manera, se corrompen cuando crecen, y se vuelven de un color negro pardo. Violeta pensó en su hermana, en cómo se lo tomaría ella. Seguro que odiaría a su padre. Siempre fueron niñas buenas y obedientes, nunca una palabra más alta que la otra, unas niñas que jamás dieron problemas, porque estos ya estaban en casa.

La tía Carmen se marchó amando a su padre, con un dolor roto y sordo, no quería que le pasase eso a ella, debía romper ese maleficio familiar. Violeta cerró la maleta y se sentó en la cama a esperar. Sentía que debía darle un último abrazo a su madre, pero las dos tenían demasiada rabia dentro. Helena había querido a Ricardo como el hombre ideal, el que conviene, y su tía lo había querido como el terremoto que llega sin avisar y te pilla en mitad de la casa con invitados y ya no hay manera de echarlos. Los de fuera juzgan, los de dentro chillan que quieren salir, pero tú, como anfitriona, te mantienes en pie sin echar a nadie. Su tía Carmen era una gran mujer, no para su hermana, seguro que lo fue a los ojos de su padre. ¿Qué estaba diciendo? Perdonaba a su tía Carmen porque le convenía hacerlo. Ella estaba envuelta en un amor que ante los ojos del mundo era igual de pecaminoso. Quería salir de él limpia e indemne, pero para el mundo sería una arpía. Una mujer sin corazón que arrastraba al infierno al hombre que amaba.

En la cama sentada, pidió a su padre que la acompañara en este largo viaje, que pudiera vivir lo que él no vivió. Tomó el asa de su maleta y emprendió un camino. Se paró en el hall, pero nadie vino a buscarla.

Abrió la puerta del ascensor y bajó mirando a través de los cristales, quería borrar el pasado de su tía, atreviéndose a llevar la vida que a ella le habían sesgado. Dejaba atrás la casa de su niñez, una vida en esas paredes de madera que ahora olían a moho estancado. Había tenido una infancia feliz, una infancia de amor hacia sus padres, su hermana, habían sobrevivido a una guerra, y ella solo había visto fuegos artificiales con Enrique. Pensó que la vida con él era así, siempre querría vivir viendo fuegos artificiales.

Salió a la calle a deambular hasta las doce de la noche. Intentaba borrar las palabras de su madre de la cabeza, pero era casi imposible. Violeta se pasó el día llorando en un banco de la calle Montera, haciendo tiempo para que la tarde entrara con fuerza y por fin empezar la nueva vida.

Su madre dejó transcurrir las horas y salió a la calle. Quería buscar a su hija, se había enfrentado a ella de una forma brusca y necesitaba liberarse volviéndola a ver. Cruzó la calle Mayor, subió por la del Carmen, antes pasaría por la iglesia, quería rezar y encomendarse a Dios para que la ayudara en este difícil camino de hablar con su hija y no perderla. Ironías del destino, acabó rezando en la iglesia que llevaba el nombre de su hermana. Un frío helador le recorrió el cuerpo, se arrodilló y sacó todo lo que tenía encerrado. Una vida callada y torturada por un amor que no la quiso, el padre abnegado de sus hijas, el esposo impoluto a los ojos de otros, la vida perfecta soñada. Un nudo en el estómago que se fue retorciendo con el paso de los años hasta dejarla sin vida. Gris, temblorosa, muerta en vida. Apretó sus manos contra el banco de madera carcomida y salió de la iglesia, y subió por la calle Montera, estaba confusa. En un estado de atontamiento se cruzó con personas que no volvería a ver. Se cruzó con su hija, que seguía sentada en el mismo banco. Ni se vieron, ni se rozaron, así era la vida de ellas, juntas y con las miradas a diferentes alturas. Su madre pasó por detrás y continuó hacia la Gran Vía. Así era la ciudad de Madrid, con los pensamientos arremolinados, con el bullir de la gente, uno no ve lo que está buscando. No se detuvo ahí, continuó hacia la calle Fuencarral. Cruzó para tomar el tranvía número 220 en la esquina de la Red de San Luis. No miró el lado derecho, justo en ese momento un tranvía atravesó rápido, como una ráfaga demoledora, y la atropelló, causándole gravísimas lesiones. Inmediatamente Helena fue traslada al hospital donde trabajaba Violeta, que llegó horas más tarde avisada por sus amigas, que la habían buscado durante horas hasta dar con ella en el banco. Eran las once y veinte de la noche cuando Violeta entró en el hospital. Hay horas que marcan vidas, momentos dulces y amargos donde las manillas se juntan para vivirlos.

Violeta entró corriendo para apagar el último fuego de su vida. El olor de hospital se metió por sus fosas nasales. Era un olor familiar, pero esta vez traía mucho dolor. No era lo mismo ese olor cuando uno ve enfermos que le son ajenos. El olor de hospital llevaba el aroma a muerte.

—¿Dónde está mi madre? —gritó fuera de sí.

Elvirita se abrazó a ella.

—Está con el equipo quirúrgico. Violeta, tranquila, todo va a salir bien.

—Quiero verla. ¿Me oyes? Quiero verla, es mi madre. Quiero verla.

—Ahora no puede ser, tiene gravísimas lesiones en las piernas, y un traumatismo severo en la cabeza. El doctor Jiménez Díaz está con ella. Debes calmarte, no te hace nada bien.

—¿Se pondrá bien? Elvira, dime que se pondrá bien.

—No lo sé, reza lo que sepas.

—Estoy cansada de los rezos. Estoy cansada de redimir pecados de otros. Estoy cansada de vivir. Estoy cansada, Elvira, muy cansada.

—Por favor, Violeta, te van a oír. Debes tranquilizarte. Te voy a preparar una tila.

Violeta se sentó en la sala de espera, sus tacones repiqueteaban el suelo. Fueron las seis horas más largas de su vida. El médico salió a recibirla.

—Es tu madre, ¿verdad?

—Sí, es mi madre, Helena Galiana.

—No hemos podido hacer mucho. Está todavía bajo los efectos de la anestesia. El final desgraciadamente es inminente. Hemos hecho todo lo que hemos podido.

—¿Pero ella saldrá?

—Le queda un halo de vida, no sabemos cuánto, lo que más nos preocupa es de cintura para arriba. Si logramos que pase esta noche quizá pueda salvarse, pero se le ha complicado con una neumonía severa, que creemos que traía desde hace días. ¿Vive sola?

—Ella vive conmigo.

—En estos casos, juega mucho la ilusión del paciente, las ganas de vivir.

—¿Puedo entrar a verla?

—Hay horarios determinados pero siendo tú, Violeta, y trabajando con nosotros... ponte la bata y la cofia, y quizá puedas quedarte esta noche.

—Gracias, de verdad, trabajar para usted y en este hospital es de las cosas más bonitas que me han pasado en la vida. Lo que me ha salvado.

—Me alegro mucho, Violeta. Y no te muerdas el pelo que te lo vas a desgastar.

—Eso es lo que me diría mi madre.

—Anda, pasa, no tienes que perder tiempo. A tu madre le vendrá muy bien sentirte a su lado.

—Gracias, doctor, por estar haciendo todo lo que está en sus manos.

—Sé que no es un consuelo, pero nos han dicho que al conductor le han puesto bajo custodia de la autoridad judicial.

Violeta se fue a cambiar de ropa, lo hizo más deprisa que nunca, su corazón bombeaba a un ritmo frenético. Abrió el picaporte de la puerta, tenía las manos sudorosas, entró con sigilo, desplegó la cortinilla que arropaba a su madre en su desenlace final, una tela fina, transparente, a través de la cual podía verse. Su madre se encontraba con los ojos entreabiertos. El color blanquecino de su piel se confundía con el blanco nuclear de las paredes. Tenía las manos hinchadas. Violeta la tomó de la mano, la acarició lentamente y observó la alianza doble que llevaba en el dedo anular. Su padre y su madre juntos en el destino final. Helena Galiana no era más que una mujer doliente por un esposo que no la amó. Y eso dolía mucho. La madre de Violeta y Amelia había muerto hacía muchos años. Ese tranvía había pasado por la habitación de la embajada cuando un obús estalló en mitad de su matrimonio. Su rostro pálido mezclado con ceniza no volvió a coger color años después. Violeta sacrificó su vida por amarla, por cuidarla. La frase de Jiménez Díaz preguntando si vivía sola la quemaba. Su madre se había propuesto alejarse del mundo en vida, y Violeta le había entregado la suya. Qué poco agradecida, mamá, pensaba Violeta apretando la mano de su madre. Pero ahora no era el momento de reproches. Ahora era el momento de susurrarle cosas bonitas al oído.

—Mamá, ¿te he dicho que se ven las montañas de la sierra de Madrid? Cuando salgas de aquí, te prometo que iremos a tomar torreznos a la plaza de Navacerrada y aparcaré cerca para que no tengas que andar.

Violeta abrió su bolso y sacó un peine, comenzó a atusarle el pelo.

—Siempre has tenido un pelo muy agradecido, mamá.

Las lágrimas rodaban por el rostro de la hija, y con la lengua les paralizaba el paso.

—Mamá, te prometo que ya no me morderé el pelo, soy una señorita de pan *pringao*. Tienes calor, ¿verdad?

Le bajó la sábana y mojó el pañuelo en una jarra de agua, dejando caer gotitas controladas en la comisura de los labios. Su madre, como un perro sediento, mojó sus labios.

—No me iré, mamá, quiero estar contigo siempre. Perdóname por no entenderte, por ser tan rebelde sin causa. ¿Te acuerdas? Eso me lo decía siempre papá.

El silencio entre las dos era el gran hablador de sus vidas. Era donde se sentían cómodas. Ahora era interrumpido por el gotero que iba enganchado a su cama. Violeta bajó la persiana.

—Así estarás mejor, mamá.

Se sentía culpable, pensaba que ese accidente lo había provocado ella. Durante los últimos acontecimientos de su vida, era como si la vida se hubiera precipitado, como si aquel tranvía fuera sin frenos para acabar con la vida de su madre. Cogió una silla y se acercó hasta su cama. Tomó el mismo pañuelo y le secó la frente. Hacía bastante calor, y aunque a su madre no pareciera que le afectara, ella quería con ese gesto demostrarle su amor.

—Mamá, qué vida, ¿verdad? Al final te has salido con la tuya.

Su madre respiró cada vez más lento. Violeta se quitó los zapatos y se tumbó a su lado.

—Te he querido tanto, mamá. No me salen las palabras para describir cuán grande es el dolor de perderte. Uno piensa que siendo enfermera el dolor será menor, pero nadie cuenta que el dolor de perder a una madre es el dolor más grande de este mundo. Perdemos una parte nuestra. ¿Qué voy a hacer sin ti, mamá?

Su madre comenzó a respirar algo más fuerte, su corazón era una paloma con un halo de vida, dándose golpes contra la pared, queriendo salir de ese lugar para morir al aire libre.

El nombre de su tía vagaba en el aire. Tenía más viveza su nombre que su persona. Toda la vida de Violeta había estado unida a ese nombre, sobre todo en las torpezas, cuando no hacía lo que se esperaba de ella. Era como si el nombre de Carmen fuera cal viva y ella se quemara a cada instante, cada vez que lo nombraran.

—Mamá, me hubiese gustado que hubieras amado como lo he hecho yo, que tus manos hubieran sentido las caricias, que tu corazón hubiese brincado cada vez que papá llegará a casa. Sé que tu vida no ha sido fácil, sé que hubieras esperado algo más de mí. Pero no supe hacerlo de otra manera.

»Yo no esperaba enamorarme de esa manera, yo entendía el amor, al igual que tú, como alguien tranquilo que te acompaña en las vicisitudes de la vida. Yo no contaba con Enrique, como no contamos cuando nos vamos de esta vida. Mamá, cuando yo estaba en tu vientre no esperaba lo maravillosa que era la vida cuando saliera. Era un mundo desconocido, como para mí es ahora sentir a Enrique a mi lado. ¿Por qué te cuento esto? Quizá busco tu aprobación, pero también me dirás que cuándo te hice caso en algo.

»Mira, me sigo chupando la punta del pelo a pesar de tus continuos reproches a mi actitud, pero es que hay cosas en la vida que uno no puede parar, ni siquiera controlar. Son innatas, mamá. El amor es innato, de quién te enamoras es innato, va en la naturaleza de cada uno. Tú, que eres tan creyente, debes saber que Dios no elige lo que queremos, sino lo que somos. Y yo soy de Enrique, como tú eres de nosotras, y tía Carmen y papá fueron de ellos.

Violeta lloró, y las lágrimas cayeron en la mano de su madre.

—Siento llorar así. Te adoro, mamá. Dime algo. Dime si soy demasiado brusca. Quiero que si nos vas a dejar, te vayas en paz. Eres una mujer fantástica, no has vivido la calle Mayor al completo, solo una calle estrecha de tu vida. Pero somos la calle Mayor. Tú eres la arteria de la familia, y eso nunca te lo quitara nadie. ¿Comprendes, mamá?

Su madre continuó con los ojos cerrados. Violeta estrechó su mano fría e hinchada. Estaba aterrada, observó su cara sin maquillar.

—Estás tan guapa, mamá, Amelia me recuerda tanto a ti. Yo soy la fea de la familia, la que se parecía a tía Carmen. Anda, sonríe.

Violeta le acarició los brazos y apoyó la cara en su lugar favorito, donde pasaba horas de los seis a los ocho años. Se quedó unos instantes en ese hueco, entre el cuello y el hombro, aspirando la esencia del olor de su madre.

—La vida es para los adultos. Pero para los adultos curtidos en la infancia. Despertar tarde y atropelladamente siendo adulto es difícil. Perdóname porque no te pude salvar del desamor.

Su madre apretó sus dedos y un halo de vida se coló entre ellos, para luego marcharse y dejar la mano muerta bajo la sábana.

Violeta se levantó y se tiró encima de su madre entre sollozos. Su hermana Amelia estaba detrás, vino descompuesta.

—Mamá ha muerto.

—Ha elegido morir contigo.

Las dos hermanas se pusieron encima de la cama, a cada lado de ella. Entrelazaron sus manos a las de su madre y se abrazaron en una eternidad. Cerraron los ojos y se dejaron ir a los momentos donde la vida era vida. La infancia. Aquel lugar donde nada duele, donde se crece con la certeza de que todo es firme. En el aire sobrevolaba la exhalación compasiva de la niñez. Violeta volvió a su infancia, a pegar su nariz en aquel escaparate de la calle Carretas, donde visualizó aquel deseo infantil pintado en rojo. Y Amelia regresó a la mesa de mármol frío de la cocina donde ayudaba a su madre a separar lentejas. Y es que la vida era eso, separar las lentejas buenas de las piedras negras. Su madre ingrávida, y ellas atrapando el alma que se escapaba de las manos de forma silenciosa. Con ella se iba la infancia, en definitiva, la vida.

Violeta, a pesar de sus creencias, quiso preparar a su madre una despedida con sumo cuidado y organizó el funeral hasta el más mínimo detalle: escogió las flores más bellas, eligió la música ella misma y seleccionó los pasajes de la Biblia. Su hermana estaba a su lado, y no había tiempo para el rencor. Necesitaba despedirse de ella y hacerle un gran homenaje.

A su madre no la mató un tranvía, a su madre la mató la vida, una vida que no supo tratarla bien, eligiendo un marido que no la amó nunca. Obligar a alguien que te quiera es lo más doloroso que cualquier persona podría sentir. Y eso fue apagándola, volviéndola una mujer triste con el mundo y con sus propias hijas.

30

Hacer girar el corazón contra su aguja,
contra el tiempo y su sangre, contra la memoria,
desploma mi pared. ¿Seré un rechazo
de piedra más, herida en el escombro?
No crujas, por cansada, alma mía enzarzada en mi pared,
en mi rodar del tiempo.

MARÍA VICTORIA ATENCIA

El funeral se ofició en la cripta de la Almudena en un ambiente frío y gris, y a él acudieron los de casa, allegados y vecinos de la calle Mayor, donde la mayoría se conocían de vista. Todos querían acompañar a la familia en estos duros momentos. En las primeras filas se colocaron Violeta y Amelia, junto al marido de esta, Jorge, y sus dos hijos, que iban impecablemente vestidos al funeral de su abuela.

—¿Ya no volveremos a verla, mamá? —dijo uno de ellos tirando de la chaqueta de su madre.

Amelia apretó la mano de su marido y sin poder contener las lágrimas dirigió su mirada hacia el cirio pascual que mantenía la llama encendida. No podía explicarles a sus propios hijos la muerte de su abuela. Algún día se sentaría con ellos, pero primero debería digerirlo ella. La vida no era fácil cuando la muerte ocurría de pronto. La relación con su hermana había cambiado, las dos distantes en el mismo mundo pero intentando sobrevivir a la pérdida de una madre. En esto había que estar juntas y así se mostraban, unidas en el dolor, en esa misa funeral que habían preparado en honor de la memoria de su madre.

Violeta había perdido el rumbo de su vida, se sentía culpable, deseaba fundirse con el entorno y aceptar la pérdida como una adulta. Se sentía insignificante y con ganas de que terminase para encerrarse en su casa. Llevaba colgada la medalla de su madre al cuello, ella que no era creyente, así la sentía más cerca. A veces, aunque no tengas fe, el ser humano necesita creer en algo para sobrellevar la vida, para superar la muerte. Se la veía agotada, con los ojos marcados con ojeras tras muchas noches sin dormir, la cara pálida, que el luto apagaba aún más.

En las filas de atrás estaban los amigos de la familia: Terele, Mentxu, también amigas de Amelia, del trabajo de Jorge, vecinas como Brígida y su hijo Rafael, que seguía mirando a Violeta con ganas de arroparla con su chaqueta, los porteros de las fincas, vecinos, los dueños de la farmacia de la Reina Madre, la estanquera, hasta los tenderos del mercado de San Miguel, que se habían enterado de lo ocurrido y querían estar a su lado.

No había sido una muerte natural y eso se percibía en el ambiente, todos estaban sobrecogidos. La muerte de Helena había supuesto un gran impacto en el barrio, y aunque no la conocieran todos, la gente quería estar allí, al lado de las hijas. Las miradas se posaban como mariposas en la figura de Violeta, ella era la que convivía con su madre, y podía escuchar el rumor de los murmullos a sus espaldas. «Una chica tan joven y perder a una madre, es un crimen». «Y de qué manera», decían otros.

Enrique no había acudido al funeral, aplicó una misa en nombre de Helena y se pasó toda la tarde en la sacristía con una vela encendida sin dejar de torturarse. Su historia de amor se había terminado de la manera más brusca sin apenas saborear el comienzo. Miró sobre la mesa el alzacuellos, había perdido la fe en él. Se sentía culpable de la muerte de Helena y desde hacía días no probaba alimento, era la única manera que tenía de castigarse. Vivía un retiro en vida. París se quedó en la Cuesta de los Ciegos y aquel beso rodó por aquel desnivel truncando dos vidas. Entendía que Violeta no querría verle y que lo mejor para los dos sería separarse. Su castigo por la muerte de Helena sería vivir sin Violeta, sin el amor de aquella mujer que lo había vuelto loco y le había hecho tambalear los cimientos de la fe.

El arzobispo le hizo una llamada, fue corta, apenas duró dos minutos, sin dejarle hablar le señaló que lo habían visto bajando la Cuesta de Segovia con una mujer. No levantó la voz, ni siquiera le recordó que tenía unos votos que cumplir, sabía que en la sobriedad de las palabras Enrique encontraría la respuesta para que aquella parroquia no entrara en escándalo. Le recordó que era buen sacerdote, no quería sancionarlo y que sufriera un escarnio público, es lo que se hacía cuando alguien no seguía los preceptos; a cambio, él debía prescindir de toda mujer que le acercara al pecado. Enrique supo que el celibato no era un dogma de fe, pero aquel obispo que actuaba como su director confesional le marcaba sutilmente la senda que debía tomar. Se sintió violento escuchándole. En sus palabras no hubo rasgo de compasión, preferían que callase y siguiera con la vida y los votos que había jurado. Enrique colgó el teléfono, tomó el alzacuellos y se lo colocó ajustándolo. Sintió que su vida le ahogaba sin Violeta. Había fallado a Dios y a él mismo, se encontraba en una encrucijada, y el único consuelo que encontraba era aguantar los golpes y ofrecérselos al Señor.

La misa no había empezado. Todos estaban en silencio cuando el sonido de unos tacones de mujer entraron en la cripta, se la podía ver a través del mar de columnas que sostenía la capilla, que albergaba la catedral. Dio pequeños pasos, saltando, evitando pisar por respeto las tumbas del panteón que había en el suelo. No quería hacer ruido, pero cuanto más despacio iba de puntillas, más sonaba el repique de sus tacones, rompiendo el ambiente espiritual. Violeta la observó sin querer. Amelia le hizo un gesto a su hermana preguntando si era de su entorno. Tenía la figura de los maniquíes, alta, delgada, con un digno porte al caminar. Llevaba gafas de sol y una coleta alta doblada y recogida hacia dentro, tocando una de las puntas con el nacimiento del pelo. Iba de negro, no desentonaba en color, con un cuerpo armado de terciopelo dejando entrever su figura y una falda hinchada *trés* Balenciaga, y sobre los hombros una estola anclada manteniendo recto el talle. En la cabeza, un sombrero con un velo, que se quitó nada más sentarse. Una mujer elegantísima, como la figura de un cisne. A su lado Amelia y Violeta parecían las doncellas de aquella señora. Su traje no parecía hecho con la máquina de coser Sigma, denotaba el estilismo de aquellas mujeres que acudían dos veces al año al salón de Balenciaga de la calle Gran Vía para renovar el guardarropa.

Todo el mundo se giró y murmuró su entrada. La falda en su caída y su vuelo tenía vida al andar. Era un insulto lo que provocaba aquella mujer al caminar dadas las circunstancias en las que se encontraban. Se sentó en el último banco y escuchó la misa en silencio sin dejar de mirar la flor de lis que llevaba la imagen de la Virgen de Nuestra Señora en el altar. Estuvo toda la homilía recogida, esperando a que terminara para poder acercarse a dar el pésame. Al finalizar la misa, Violeta y Amelia subieron al primer escalón del altar y dieron la mano a todo aquel que se quiso acercar. Rafael se aproximó el primero e inclinó su cabeza hacia la mano de Violeta.

—Estoy a tu lado, quería que lo supieses.

—Gracias, Rafael, siempre has sido muy bueno con nosotras, especialmente conmigo.

—Cuando quieras tomamos un café, te vendrá bien distraerte.

Violeta daba la mano como un autómata, deseaba irse a su casa, pero no podía ser tan desagradecida, esa gente había venido por su madre, les debía un respeto. Su hermana estaba pendiente de sus hijos, y se bajó un momento para arreglarle a uno de ellos la camisa que se le había salido por uno de los costados.

Aquella mujer desconocida, de negro, como salida de una revista, se acercó hasta Violeta.

—Siento mucho la pérdida. Hoy se ha ido una parte de mí con Helena.

—Gracias por acompañarnos, mi hermana y yo se lo agradecemos.

Violeta se moría por saber quién era esa mujer tan sofisticada que conocía a su madre. El mundo de Helena no olía a Rochas ni llevaba medias de cristal.

—¿No quieres preguntarme quién soy?

—Sinceramente, estoy muy aturdida pero creo que no nos hemos visto nunca.

Levantó sus gafas de sol y miró a Violeta de nuevo.

—Te pareces tanto a tu padre, tienes los mismos ojos. Desconfiados y tiernos. No sé si he hecho bien en venir. Ha pasado mucho tiempo, no quería importunar ni causaros más dolor. Una vez pertenecí a esta familia. Violeta, soy tu tía Carmen.

Violeta bajó los escalones y la observó de cerca, como un perro que olfatea a su amo y ya no le reconoce.

—No me gusta la gente que juega con el nombre de mi madre. Le ruego que se vaya por donde ha venido. Y que si tiene un mínimo de decencia ponga una vela para que se apiaden de usted en la otra vida.

—El silencio encierra infinidad de significados.

Sacó de su bolso una tarjeta de visita y se la entregó a Violeta.

—Estaré un par de días en el hotel Hilton, luego me volveré a Chile. Ven a verme y entenderás mi ausencia durante todos estos años.

Aquella mujer se dio la vuelta y se fue. Su hermana Amelia, desconcertada, posó su mano en el hombro de su hermana.

—Estás pálida, Violeta.

—Amelia, ¿sabes quién dice ser esa mujer? —preguntó con los ojos encendidos por la rabia.

Negó con la cabeza.

—La tía Carmen, la hermana de mamá.

—En estos momentos de tristeza y debilidad, mucha gente se aprovecha. Lo más seguro es que viene a conseguir algo de herencia de vuestra madre —terció Jorge, poniendo la chaqueta sobre los hombros de su mujer.

Los ojos de Violeta retornaron hacia la puerta.

—Olvídalo, Violeta —sentenció Amelia.

—Cuando ha entrado en la misa, me parecía que no formaba parte del círculo de mamá, que tenía un saber estar diferente, superior al resto. Como cuando el sol se va escondiendo y quieres ver el último rayo mientras desaparece. Pues algo así, hasta que no se ha sentado no he podido dejar de mirarla. Tenía cierto, como decirs, magnetismo.

—Esas personas que se aprovechan de los demás suelen ser listas, estudian todo de la familia. Menos mal que han dado con nosotros que no somos ignorantes, pero pobre gente la que se junte con seres así. —Jorge señaló la puerta.

Violeta dobló la tarjeta y la guardó en su bolso.

Esa mañana reanudó sus rutinas. Estuvo en el hospital, ni rastro de Enrique, la vida le había dejado rota, había perdido la raíz de su madre, su anclaje y también el sentido de la vida al separarse de Enrique. Era un dolor similar, callado, hondo y que escocía. Al salir del cuarto instrumental se paró delante de la capilla, y se acordó de sus caricias, de su manera de hablar tan diferente al resto, nunca nadie la había mirado con esa intensidad. De súbito se le encogió el corazón.

Dentro de unos días, tendría que recoger la casa, debía hacer el duelo por su madre, y había que empezar por donar a la iglesia su ropa. Desde luego, no la llevaría a San Nicolás, sino a las Carboneras, que había oído que estaban necesitados. Sintió que tenía que atarse las manos para no llamar a Enrique.

Tomó el tranvía de vuelta, apoyó su cabeza en el cristal y pensó en su madre, en el día fatídico, en por qué cruzaría de esa forma atropellada, por qué discutió con ella, por qué nunca se entendieron. Violeta se removió en la silla sin dejar de pensar en ella. Sacó la cabeza por la ventana y las virutas del carboncillo le cayeron en la nariz. Abrió su bolso y sacó un pañuelo. Se limpió la nariz y vio la tarjeta de la farsante, la acarició, las letras estaban grabadas en relieve. Carmen Galiana, desde luego se había tomado muchas molestias, pensó, mientras acariciaba la rugosidad de la tarjeta. Sintió asco, no soportaba a aquella mujer con acento diferente que venía del otro lado del Atlántico.

Tenía el estómago revuelto, hoy no comería mucho. Saludó a la portera y subió en el ascensor de poleas. Siempre anclada a ese edificio, parecía que el destino le impedía salir de esa casa de la infancia. Ahora sería más difícil vivir de forma adulta sin su madre. Había despertado de golpe, como lo hacen los neonatos cuando ven la luz. La vecina limpió el descansillo, subió hasta el cuarto. Se le olvidó cerrar la puerta del ascensor, y, al rato, escuchó desde la despensa un grito de la portera minutos más tarde, alguien se había dejado la puerta abierta. Siempre la misma rutina. Puertas abiertas que no cerramos en la vida.

Violeta se acostó pronto y la despertó el grito del butanero de la calle Mayor; de nuevo Félix con las bombonas de butano cargadas en sus hombros. Se asomó a la ventana y le gritó que quería una. Lo esperó impaciente en la puerta, le dijo que podía dejarla en el rincón, que ella se encargaría de arrastrarla hasta la salita. Después de empujarla hasta la estufa. Apretó un botón y lo mantuvo durante varios segundos apretado, hasta que la mecha prendió.

Abrió un cajón, sacó un cigarrillo de la pitillera, se arrimó al fuego de la estufa, lo acercó despacio para prenderlo. Dio dos caladas y se quitó unas briznas del tabaco Bisonte de la boca. Cómo lo detestaba, pero en ese cigarro estaba el olor de su tía Carmen y de su madre. Las recordaba, su tía fumando, el humo navegando por la casa, pesado, espeso; y su madre al otro lado hablando con ella. Sentía que lo echaba de menos. Abrió el bolso y dio la vuelta a la tarjeta. Hotel Hilton. Habitación 474.

31

Me emocionó profundamente que me reconociera al verme (iba con mi madre y se saludaron muy cariñosamente). Nos convidó a su casa y volvió a acariciar mi pelo. Sin embargo no lo visitamos. Por aquel entonces leí su obra poética por primera vez (...) Mis 15 años se conmovieron hasta sus raíces y mi adhesión tomó la forma devota de una admiración que no tiene muros.

MARGARITA AGUIRRE

Violeta llegó al Castellana Hilton en un taxi. En otra época de su vida, no estaría nerviosa, pero sin su madre todo se le hacía más difícil. El Hilton era un edificio espectacular, estaba construido sobre un palacete del siglo XVIII y tenía un estilo art déco con toques modernistas. Se había inaugurado cuatro años antes y era el primer hotel que se abría en España con signos de opulencia económica después de la devastada guerra civil. Por sus habitaciones habían pasado importantes actrices como Ava Gadner, Betty Davis o Liz Taylor. Esas habitaciones escondían secretos de alcoba con toreros, y las firmas de los primeros acuerdos para abrir las bases militares de Estados Unidos en España.

Violeta abrió el tirador de diseño, con las manos temblando: era un lugar que le quedaba grande, que no iba con ella, tenía la sensación de que su vida ya no era la misma, contenía el gran vacío de la pérdida de su madre. Y en ese momento se encontraba en la encrucijada de creer o no a esa mujer. Una farsante que se había vestido de Balenciaga para arrebatarle sus secretos familiares. Violeta se colocó en la muñeca izquierda el brazalete, lo movió de forma ligera, la verdad es que le quedaba un poco grande. Preguntó en recepción por Carmen Galiana y le indicaron que estaba tomando algo en la barra de La Ronda, dentro del hotel. Subió la gran escalera de mármol de Carrara y escuchó una leve melodía de jazz que se oía al fondo.

Carmen, de espaldas a Violeta, jugaba con una copa mirando al infinito. Esta se acercó de forma tímida y delicada. Aquella mujer estaba tomando un Bloody Mary.

—Al final le he hecho caso y he venido.

—En el fondo, te esperaba. ¿Quieres tomar algo?

—No, gracias. Estaré poco tiempo.

—Si te parece vamos a sentarnos en esas butacas, junto al piano. Me apasiona la música, tiene algo que adormece, que te hace estar tranquila. La música se escucha de manera mecánica pero en el fondo nos va calmando en nuestro desasosiego.

Violeta tensa, sin fuerzas, no seguía la conversación, ahora se arrepintió de estar frente a una desconocida. Se hablaba sola, animándose y dándose fuerza interior por estar en aquel hotel.

—Solo le voy a decir algo importante, Carmen, o como se llame en realidad. A la primera mentira iré a la policía.

—Eres tan descarada como lo era tu padre —dijo, dando dos sorbos al Bloody Mary—. Y desconfiada. Te diré que la desconfianza es el rasgo principal de los inseguros.

El camarero se acercó y le preguntó:

—¿Algo más, señora Galiana?

—Voy a tener una charla importante con mi sobrina, ruego que no me molesten en todo este tiempo. Y, por favor, otro Bloody Mary, pero esta vez póngale una rodaja de lima.

Miró a su sobrina y le sonrió. Violeta la observó, intentó comprender lo que no le cuadraba, por dentro estaba enojada, no entendía cómo la llamaba sobrina.

—He sentido tanto la muerte de tu madre. Ella y yo teníamos nuestras diferencias, pero cuando una hermana se va, sientes que se marcha una parte de tu cuarto de armarios.

—No he venido a escuchar sentimentalismos. Estoy aquí, porque mi familia te dio por muerta. Te lloramos, yo era muy pequeña y casi no me puedo acordar. Y un día apareces de la nada y pones todo patas arriba. Hubo una bomba, eso me contaba siempre mi madre, y saliste despedida por el balcón. Y volaste. Voló tu nombre, tu ropa, tus fotos. Todo desapareció de la casa. Y aprendimos a olvidarte.

—Así es. Lo que no te contó es que estaba viviendo una historia de amor maravillosa con Ricardo, tu padre, que nos deshacíamos en besos, en roces furtivos, en caricias que a ella no le daban. Que para los ojos de tu madre fui una ladrona, como hoy me ves tú. Y creo que en todas las historias, antes de echar a alguien al fuego, hay que conocer las dos verdades del relato. Entonces al final, y solo al final, podrás juzgarme.

Violeta se levantó para marcharse. Estuvo a punto de irse sin aguardar a que su supuesta tía la detuviera.

—Espera —espetó sobresaltada. Esa pulsera. ¿Puedo? —Soltó el cierre del broche y cayó en la mano de Carmen. Esta añadió—: Esta pulsera me la regaló tu padre. Fue su único regalo, yo no buscaba nada, solo sus brazos en los que cobijarme. Soy una mujer aferrada a los recuerdos, te puedo asegurar que así uno tampoco vive feliz.

Sabía que el silencio provocaba inquietud. Carmen callaba

mientras Violeta observaba la pulsera, que no había traído por azar, quería encontrar en Carmen el significado y dejar que los silencios pasasen de largo.

—Esta pulsera lleva por detrás dos iniciales. Sé valiente y pronúncialas.

—C.R.

Violeta sintió un escalofrío y se apoyó en la chimenea, sin dejar de escrutarla.

—C de Carmen y R de Ricardo. No tiene un grabado elegante, pero para mí es el más bonito del mundo. Lo hizo tu padre con la cuchilla de afeitar.

Violeta se dejó caer en la butaca y resopló. Las dos mujeres comenzaron a desnudarse.

—Y ahora, por favor, escucha mi historia. No busco tu compasión, ni tampoco nada de tu familia. Pero en cuanto vi la esquela, me la mandó a Chile alguien que me conoce bien, supe que era de recibo que vosotras, las hijas de Ricardo Herrera del Saz, conocierais el hombre que fue. A un padre se le venera, y más en el caso de él que era militar, pero detrás de esos galones había un corazón que latía, y pienso que lo amarás de una manera diferente cuando conozcas su historia.

Tomó la copa, tragó saliva y miró al cielo.

—Ricardo, va por ti.

Violeta tomó el bolso y lo dejó sobre la mesa, era una señal de que daba una tregua a aquella mujer que parecía ser su tía. Carmen no aparentaba impaciencia, saboreaba la bebida a medida que iba hablando.

—Eran las cuatro de la mañana. Una bomba de aeroplano cayó en donde estábamos refugiados, destrozando la habitación. Salí lanzada por la ventana. En el hospital siempre dije que en ese momento estaba arreglando la habitación, pero no era cierto. Estaba abrazada al hombre que amaba, habíamos hecho el amor y teníamos todavía el sudor de los cuerpos que se habían amado en lo prohibido. Hubiera querido morir en sus brazos, pero la vida no estuvo de mi parte, me castigó y me dejó muy malherida sin él. Quedé tirada en la calle y sin sentido. Un coche de milicianos me recogió y me llevó a la casa de Socorro, pero allí no se atrevieron a tocarme en vista de mi gravedad. Se dudó mucho si llevarme al hospital militar que se había montado en el hotel Palace o al hospital San Carlos. Se decidió este último.

Violeta interrumpió, había algo en su interior que deseaba que parase de contar la historia, que no se detuviera en detalles escabrosos. Al fin y al cabo esa mujer a la que su padre abrazaba no era su madre. Las dos se deslizaron en su rincón escondido, mientras su madre se transformaba en la mujer arisca, repleta de cólera durante años.

—Me contaron que se vivieron momentos de confusión, a mi padre se lo llevaron al hotel Palace, estaba lleno de jefes rusos que por aquel entonces andaban por Madrid. Mi madre estuvo preguntando por ti, hasta que pronto la pusieron al corriente de tu muerte.

—¿Lo sintió?

—No te voy a mentir, tu nombre estaba maldito.

—No la juzgo la verdad, y menos ahora que no se puede defender. Pero cómo es la vida de cruel, Ricardo y yo podríamos haber coincidido en el hospital militar del hotel Palace, y los caminos de nuevo se torcieron a nuestro paso. Perdona, es que sigue doliendo mucho. Todavía puedo sentir los calambres en la cabeza al recordarle. Los años se van acumulando, pero los verdaderos sentimientos, aquellos que están en carne viva, siguen escociendo.

A Violeta le salió un gesto instintivo, le puso la mano sobre la suya y la acarició. Sentía que esa mujer había sufrido, podía ver sus heridas sangrantes.

—En el hospital, había muchos heridos por bombas de aviación. Algunos familiares preguntaban por sus allegados, pero les denegaban el permiso. Para vosotros yo había muerto, así que estaba sola e inconsciente. No fue un camino fácil, créeme.

—Lo siento mucho. Mi padre cuando volvió al Decanato y le dieron la noticia de tu muerte, ya no fue el mismo hombre. Ni siquiera jugaba con nosotras. Le recuerdo sentado la mayor parte del tiempo en un rincón, mirando al infinito.

—De veras que lo siento. —Hizo una pausa y exclamó—: ¡No conseguirás hacerme sentir culpable! Hace muchos años que me perdoné.

—Cuando uno es pequeño, no vive las cosas así. Soñaba con cortar flores del jardín, y te las guardaba para cuando las pudieras ver. Me he pasado una vida cortando flores para los que se fueron.

—Siempre me quisiste mucho.

—Sé que te quise, pero con mi mente de adulta me resulta muy difícil imaginarme el amor que sentía hacia ti. Es terrible, es como si lo hubiera olvidado. Percibo que hubo alguien que llevaba tu nombre, que me ayudaba a recoger la pelota en la plaza de Oriente cuando se me caía en la fuente, pero no te identifico. Amaba todo lo que amaba mi madre, y detestaba lo que ella detestaba, así somos los niños. Amar y odiar según los gustos de nuestros padres. Amarte hubiera sido traicionarla.

—Te entiendo, Violeta, la parte de niño nunca se comunica bien con la de adulto.

—Exacto, son dos mundos diferentes, orquestados por educaciones encorsetadas que no te dejan avanzar. Acabas perdiendo tu esencia, lo que de verdad eres. Ahí fuera había mucho ruido. Y para mi madre tú lo habías creado. Tu nombre nos rompía el tímpano, así que eligió silenciarlo.

—Esa esencia de la que hablas la sentía con tu padre y él la encontraba en mí. Nunca vi a nadie tan culto, cosmopolita y encantador; ni exponer los temas de debate con una oratoria y entusiasmo tan perfectos como él. Todo le interesaba. Su porte, su mirada limpia, la suavidad de su cuerpo. Su sonrisa, todavía me sigo despertando en mitad de la noche con la sonrisa puesta evocando esos días de feria, del Madrid bullicioso.

»Tu padre me enseñó otro Madrid, el Madrid del Lion, el de las Vistillas, el Madrid vagabundo, el Madrid de la plaza del Dos de Mayo, donde contábamos estrellas, el Madrid del Gato Negro, el de la posada del Peine, donde veíamos a parejas entrar con las ganas de hacerlo nosotros, el café del Pombo o el del Henar, donde se moldeaba la República, o el Bakanik, donde acudían las jóvenes falangistas. Todo un mundo sucedía a nuestro alrededor y nosotros sin enterarnos. Tu padre siempre encontraba una mesa en la que sentarnos, siempre el rincón secreto donde abrazarnos.

»Ayer salí un poco por los alrededores, y ya no queda nada del Madrid que vivimos, ahora todo son bancos. ¿Dónde se hallarán aquellos cafés? Tal vez murieran con nosotros.

—Creo que recordamos los lugares con las personas, y cuando estas se alejan los lugares dejan de verse con los mismos ojos. Quiero hacerte una pregunta. —Las imágenes de Violeta no paraban de sucederse—. ¿Alguna vez pensasteis en mi madre?

—Déjame que siga antes de juzgarme. Me operó el doctor Gómez Ulla. Me escayolaron el brazo y parte del cuerpo para que no tuviera ningún movimiento. Pasé semanas sin poder moverme, luego me quitaron un trozo de escayola del brazo y más tarde del cuerpo, quedándome libre. Entonces empecé a despertar y me sentía extraña, dicen que lo llamaba en sueños, me preguntaban si se trataba de mi marido, y yo decía que no, que se trataba de un hermano que había muerto. Siempre ocultándolo. Todo mi cuerpo estaba magullado, había caído sobre los adoquines desde una altura de cinco metros con la fuerza de una bomba de aviación. No había quedado bien y los médicos se reunieron. Y entonces, bajo supervisión del doctor Sánchez Rodríguez y su equipo, decidieron hacer una trepanación. Habían visto que tenía una fractura en la base del cráneo. Me trasladaron para hacer unas fotos de la parte afectada y a consecuencia de ese traslado cogí una erisipela, una infección que afectaba a la piel. No me podían tener allí mucho tiempo, y gracias a mi amiga Aurora Casas, que me acogió en su casa, pude salvarme. A través de sus ojos, lo volví a ver. En fin, no quiero recordarlo, lo que sé es que le debo la vida. A ella y a sus padres.

—¿Todo ese tiempo lo pasaste en casa de una amiga? ¿Por qué no nos avisaste? Os hubierais ahorrado mucho dolor.

—Cuando me fui recuperando, escribí una carta a tu padre, que nunca le llegó. Me enteré de su muerte por Humberto Luco, un agregado militar de la embajada, el mismo día que me cortaron el pelo al cero para que las heridas de la cabeza se cicatrizasen. Recuerdo esa sensación de mirarme en el espejo y sentir cómo la tierra se abría ante mí. No me reconocía y me alegré de que tu padre no me viera así, era un monstruo. Entonces empezaron a aplicarme corrientes eléctricas en la cara. Se me había quedado torcida. Me daba igual no ser guapa, ni que mi rostro se desfigurara. Perdí mi belleza cuando él se fue de mi lado, parecía una ironía, ¿verdad?

El labio de Carmen estaba levantado, podía verse aún la cicatriz en su rostro, y a pesar de eso no le restaba ni un ápice de esa belleza sutil y embriagadora que hacía darse la vuelta a los hombres a su paso por la calle.

—¿Has estado todo este tiempo sola? ¿No rehiciste tu vida?

—Créeme, entre gente que no te llena, no hay mejor amor que el de uno mismo. Mi sitio no estaba en Madrid. Sentía que me invadía el pánico, vivir una nueva vida y que me gustara no iba a ser fácil. Vivir arrastrando el dolor del amor es más doloroso que cualquier corriente eléctrica. Pero tú, cariño, ¿qué vas a saber?

Violeta sintió una punzada en el estómago, si no pensaba que ese hombre del que tanto hablaba era su padre, podía entender a esa mujer. Ella le había revelado sus contusiones, sus moratones, su labio roto, en algún momento tenía que mostrar sus heridas de guerra. Violeta sentía la misma desazón. Intentaba calmar la respiración y seguir escuchándola. Le daba miedo el final de su historia. Su madre, en definitiva, le había enseñado que las mujeres que tienen vida aireada terminan mal. Para los ojos de esta sociedad, ellas pertenecían a esas mujeres y no existían los finales felices.

Carmen irradiaba una actitud serena, elegante, carismática, con un saber estar difícil de que pasara desapercibido. Abrió su pitillera y extrajo un cigarro.

—Cómo echo de menos fumar a dos. No me hagas caso.

Entonces bebió otro sorbo y apartó la lima en el plato para continuar con su relato.

—Abandoné Madrid sin saber adónde iría, pero antes pasé por la Casa de las Flores, aquel lugar me traía tantos buenos recuerdos de amigos, tantas voces elevadas de alegría... en el fondo quería acallar el recuerdo de tu padre. La cultura calma gran parte del dolor. Cuando llegué, sentí que era un cuarto de juegos sin ellos, ya no olía a geranios, estaba todo destruido. Esa casa estaba como yo, completamente en ruinas, y salvarte de los escombros supone un esfuerzo desmedido. Intenté subir por las escaleras deshechas, las balas habían atravesado las paredes. La casa era un recorte craquelado sin vida. Todo destruido.

»La puerta estaba abierta, avancé por el interior, ya no quedaba nada. El silencio después de una guerra se oye, te puedo asegurar, Violeta, que tiene voz. Entre los remolinos de polvo y ceniza encontré unas hojas escritas por Pablo Neruda, estaban en el suelo y decían así: «Tantas manos que han cerrado besos, tantas cosas que quiero olvidar». Las tomé entre mis manos y las abracé. En esas hojas iba tu padre, las apreté contra mi pecho y lloré lo que antes no pude llorarle. Llevaba tanto callado que exploté como la metralla. Lo nuestro, Violeta, no era solo una relación íntima carnal, lo nuestro era el arrebato de los sentidos, era el amor en estado puro. Estábamos hechos el uno para el otro. Ahora lo sigo recordando cada día, y no te creas que pienso tanto en sus besos, sino en los espacios que llenaba. Cuando me voy a la cama a dormir, le acomodo la almohada y siento que se tumba a mi lado y que leemos juntos a Lorca.

—¿Y emprendiste el viaje fuera de España?

—Así es, llegué hasta los Pirineos y estuve durante semanas en un campo de concentración en Francia. Pasé hambre y mucho frío. La oscuridad me aterraba, y a veces en la noche nos dábamos la mano entre desconocidos: sentir la mano de una persona que vive lo mismo que tú te da mucha serenidad. Pero las flores llegaron, un día nos avisaron que Pablo Neruda, el escritor, y el cónsul general de Chile en París, Armando Marín, habían puesto en marcha el barco de la esperanza, el Winnipeg, que zarparía desde Burdeos, concretamente desde el puerto francés de Pauillac, y no me lo pensé. Arribamos a Chile con esperanza, con mucha esperanza, pero también con mucha turbación.

—¿Tuviste miedo?

—Mucho, estaba aterrorizada. Yo iba sola con mi maleta, paraban a muchos, los miraban de arriba abajo, hacía mucho calor, un sofocante agosto. Delante de mí iba una familia que no tenía los papeles en regla y les dieron el alto. Recuerdo que cogí a la familia por los hombros y le eché valor. «Ellos vienen conmigo», les aseguré. Todavía puedo acordarme de la cara de esa mujer y sus cuatro hijos. Pensé que nos dejarían fuera, pero la sonrisa de Neruda al otro lado me tranquilizó. Me dijo que las flores siempre encuentran un lugar para florecer. Siento que me reconoció, uno no olvida los momentos donde fue feliz y nosotros lo fuimos mucho. Me ayudó con la maleta. Íbamos a bordo más de dos mil exiliados. Aún puedo oír los pitidos de ese barco, se metían en los oídos. Íbamos camino a Valparaíso. Su nombre sonaba ensoñador, allí sabía que encontraría la paz interior que tanto necesitaba. La gente se subía al barco con la esperanza de encontrar un lugar para trabajar, la Segunda Guerra Mundial amenazaba.

»Repartieron las literas de madera en alturas de seis, todos estaban hacinados pero podías ver en las caras diferentes rostros, algunos felices porque iban en busca de la libertad, pero otros habían dejado a sus familiares y se debatían con el desconsuelo. Las órdenes se daban en francés y en castellano, había que estar muy atenta, porque si no te quedabas sin comer. Nadie hablaba, nos sentíamos invadidos por el desasosiego, pero también a salvo. Una parte de mí deseaba quedarse en España, junto al cuerpo de Ricardo, su alma, su ser todo estaba allí, pero yo también me merecía una vida, un nuevo amanecer. Fui al Decanato por él, dejé mi futuro a un lado por él, y no me arrepiento, pero el mundo me gritaba: «Carmen, espabila, que una nueva vida te está esperando». Ricardo me acompañaba, formaba parte de mí. En la barandilla de la cubierta del barco, cuando el agua sacudía con fuerza, rememoraba los días en los que estábamos juntos, en los que paseábamos por las Vistillas y me cogía de la cintura mostrándome un Madrid que desconocía. Con él, la ciudad me gustó más; juntos, la ciudad olía de otra forma. El amor es como el perfume, según en qué piel se ponga huele diferente.

—Tuvo que ser muy duro estar en ese barco.

—Sí lo fue, tenías que ver a hermanos que se reencontraban

creyéndose bajo los escombros. Sentí cierta envidia. Te juro, Violeta, que buscaba a tu padre entre todos los lugares de ese barco. Al no hallarlo quise morir. Me encontraba muy sola entre tanta gente. Pero tenía que ser justa con la vida, había logrado huir, muchos otros no pudieron hacerlo. De nuevo compartiendo literas, pelando patatas, hablando de fútbol y de política con gente desconocida, y de nuevo creando una nueva familia. Qué distintos somos todos y cómo nos parecemos.

Violeta sacó un pañuelo y se lo dio a su tía.

—Ya pasó todo, Carmen.

—Gracias, Violeta, una parte de mí se quedó en tierra. Me gusta que estés aquí, siento que Ricardo nos está viendo desde algún lugar.

—Me gusta escuchar tu historia, es parte de mí.

La voz de Violeta sonó blanda.

—¿Y tu hermana?

—Para ella no será fácil, vive en un mundo encorsetado, de normas, ella es práctica, como era mamá. ¿Qué sentiste cuando desembarcaste?

—Cuando desembarcamos, lo hicimos el mismo día en que se declaró la Segunda Guerra Mundial. Nos recibieron desde el espigón como si les hubiéramos salvado, partidarios de la República española; aplaudían, cantaban agitando sus pañuelos, esas dulces voces chilenas se metieron en mi alma. Nosotros vitoreábamos a Chile y a su presidente. Recuerdo que nos vacunaron y nos llevaron en tren a Santiago. Por primera vez después de mucho tiempo, sentí que Chile era mi hogar. El Comité Chileno de Ayuda a los Refugiados Españoles nos quería buscar trabajo, pero yo tenía otros planes.

—¿Qué planes?

—Continuar con mi legado. Antes te he dicho que la cultura me salvó, pues no lo hizo una vez, sino dos veces. Es la única que nunca me dio la espalda. Cuando llegué me presentaron a María Elena Gertner en el club Sporting Club Viña del Mar, una escritora maravillosa, luego vinieron otras como Margarita Aguirre, Elisa Serrana, María Carolina Geel, Mercedes Valdivieso, y empecé a editar sus obras. Quería hacer llegar a la sociedad otras voces más allá de Simone de Beauvoir. Ahora se habla de ellas en Chile como la generación de autoras chilenas de los cincuenta y creo que he puesto mi granito de arena en su evolución, ellas me adoran, me ven como su madre literaria. Es una generación transgresora y abierta, escriben para comunicarse. Es el espejo de lo que pudimos vivir aquí. No quieren luchar contra el mundo, sino sacar de ellas mismas un sentido y sentirse libres. Algunas lo pasan mal, porque quieren dejar a sus maridos y no encuentran el cuarto propio del que hablaba la Woolf, y yo las alimento, les doy un hogar en mi casa, mientras ellas siguen escribiendo. Les cubro las necesidades mínimas como decía Virginia, para que puedan dedicarse a lo que más les gusta. Les preparo ferias de libros, hago pequeños clubs de lecturas al mediodía en la trastienda del café Sao Paulo, donde hablamos del tedio, del desamparo, o leemos a Françoise Sagan bajo la luz de una cerilla. Ellas son ahora mi familia. A su lado he aprendido a perdonarme, a enterrar la culpa. Y esa es mi historia, Violeta. Sé que para ti será muy difícil de comprender.

—Solo hay que amar de esa manera para perdonar y dejar que sanen las heridas. Carmen, te voy a ser muy franca, para mí no es fácil escuchar tu historia pensando en mi madre. Tú recordarás a una mujer fuerte, cariñosa con sus hijas, pero el tiempo la fue pudriendo. Tú perdiste a mi padre y paseabas por los cerros de Chile con la imperturbabilidad y el sosiego de la que fue amada, pero mi madre perdió a un hombre que nunca la amó, y eso es una doble pérdida.

Violeta permaneció unos minutos en silencio. Hasta que habló mirando a los ojos de su tía Carmen y tomándole de las manos:

—Pero no te puedo juzgar. Sé lo que es el amor del que hablas, que te arrebata el alma y no puedes detenerlo. Aquel por el que darías la vida y no te importaría nada perderla. Siempre vigilando que las puertas estén bien cerradas, escondidos. Sé lo que es vivir algo en lo prohibido, besarte a espaldas de todos, y sentir el pequeño escalofrío del deseo azotando tu piel y que asciende como una llamarada por tu cuerpo. Y cuanto más prohibido y más imposible, más aumenta su dimensión. Es una adicción que no puedes dejar de beber a pesar de que lleve absenta.

—¿A quién amas tú, cariño?

—No sé si el amor y el dolor se heredan. Yo he heredado de ti la culpa. Amo a un sacerdote, tú le conociste en el Decanato. Aquel niño de mirada diferente que siempre estaba conmigo.

—Claro que lo recuerdo, aquel niño adorable que siempre ayudaba a don Nicolás. Nunca olvidaré aquel tren que conducía, todos teníamos ganas de subirnos a él. No dejaba de ser el tren de la esperanza. Pero ¿él te ama a ti?

—Sin descanso. Es un anhelo constante que no cesa.

—¿Y qué vas a hacer?

—Alejarme, morir en vida. Cerrar el cuarto y no respirar para ver si le olvido.

—No hagas eso, aprende de mi vida. A mí la vida me lo arrebató, pero tu amor está vivo, no lo dejes morir. La primera vez que dices un «te quiero» es inolvidable. Vivirás toda la vida entre tinieblas si no escuchas lo que tienes ahí dentro —dijo, señalando su corazón.

—¿Y adónde vamos a ir?

Carmen no lo pensó dos veces.

—Mi casa en Valparaíso es grande, está enclavada entre montañas, parece que esté descolgada y se asoma al mar. Tiene doble planta, vosotros podríais estar en la parte de arriba y yo me quedaría la de abajo. Dispondréis de intimidad. Hay músicos por las calles, escaleras escondidas, teatros, cabarets porteños, puestos de flores, vida criolla. Valparaíso dicen que es otro país dentro de Chile. Veníos conmigo. Dame la oportunidad de conocerte, de quererte, de cuidarte, han sido tantos años perdidos, Violeta. Subiremos al cerro de los Placeres y bajaremos a pescar, allí conversaremos con los pescadores, y nos bañaremos en la Caleta. Después cenaremos y jugaremos a punto y banca. Allí todos juegan a las cartas. Se me olvidaba comentarte que en las noches de agosto se ven los fuegos artificiales en el puerto.

—Suena tan bien...

—No hay mucho tiempo para pensar, me voy mañana. Violeta, hay algo que no he mencionado y que creo que es importante que conozcas.

Violeta escuchó atentamente la última parte de la conversación. Las manos de Carmen temblaron, no era algo fácil de contar.

—Si vamos a empezar una nueva vida juntas, no quiero que haya secretos. Escribí a tu padre porque estaba embarazada. Quería tenerlo y empezar una nueva vida junto a él.

—No me lo puedo creer, cómo has podido no contármelo al principio de esta conversación.

—No es fácil, lo que se deja para el final es porque cuesta mucho hablarlo. Sí, estaba de casi tres meses, pero aborté cuando me enteré de su muerte. Una mujer sola y con un niño... era muy difícil. La culpa vuelve y vuelve cuando remueves el pasado.

Carmen sabía que ahora sí que la había traicionado, que sería complicado que la perdonara. Violeta se puso en pie y la cogió de los hombros con el aliento seco.

—Estamos aquí para no juzgarnos, ni tú ni yo lo vamos a hacer. Si alguna culpa hay, esa es del corazón, pero no nuestra. La sociedad nos ha dado la espalda muchas veces y no podemos dejar que sea violenta con nosotras. Yo sé que te voy a querer como a mi segunda madre, porque el ser humano tiene unos resortes en el interior que no olvida el amor con el que creció. Y tú nos amaste con toda tu alma. Has abierto tu corazón sin miedo, aun sabiendo que me podías perder. Eres una mujer valiente, y creo que yo tengo mucho de ti. Ir contra ti sería hacerlo contra mí. Nos merecemos vivir.

Violeta adoptó un sentimiento de indulgencia y Carmen se levantó para fundirla en un abrazo. Llevaba años esperando que su sobrina se deshiciera entre sus brazos. Al hacerlo, pudo abrazar una parte de Ricardo. Fue incapaz de contener las lágrimas.

—Os estaré esperando. Y si no nos volvemos a ver, piensa siempre que os querré como a Ricardo, sois parte de él.

Violeta se incorporó bruscamente.

—Tía Carmen, quiero que tengas la pulsera. Te pertenece.

—¿Estás segura?

Violeta tomó su muñeca, se la colocó y cerró el broche.

—A mí me quedaba grande.

Violeta caminó por la calle Mayor, dirección a la iglesia de San Nicolás. Pensó en aquella niña que amó a su madre, que separaba botones en la mesa para tomar un cordel y entrelazarlo por los agujeros. Había crecido demasiado deprisa. Atravesó Calderón de la Barca y entró en la calle Juan de Herrera con el corazón en vilo, se apoyó en la pared de la Travesía del Biombo y pensó en él. Por su lado pasó Brígida, que la saludó de forma displicente. En aquel saludo iban las normas, la vida ordenada y serena que todos le pedían. Pero ella prefería subirse al tranvía, que el aire de Madrid golpeara en la cara. Entró en la iglesia e hizo una genuflexión, había en ella cierto respeto a la casa de Enrique. El templo estaba en silencio. Enrique daba la absolución a un feligrés que se levantaba del confesionario. Ahora era su turno. Se arrodilló e introdujo los dedos entre la rejilla del confesionario, se quedó colgando como el pájaro espera la comida. Estaba hambrienta de él. Enrique estaba cerca de ella, pero aún no la miraba.

—Ave María Purísima.

—Sin pecado concebida.

—He pecado mucho, padre Enrique, he pecado para los demás, pero yo me siento limpia de corazón cuando te miro. Cuando te pienso entre mis brazos, me siento pura. He venido a buscarte.

—Violeta...

—No hables, por favor. Cuando éramos niños siempre me llevabas la delantera, descubrías los lugares antes que yo. Tú me enseñaste aquella azotea, hoy yo quiero enseñarte algo. Y es que no existe la culpabilidad. Debemos deshacernos de ella. Quique, mi dulce amor, te seguiré llamando siempre así porque mi recuerdo infantil me lo exige. Ahí nada nos ataba, nada nos mortificaba. Ven conmigo, escapémonos, he tardado tanto en venir porque me ha costado encontrar un lugar para los dos donde hubiese fuegos artificiales. Me gustó comer contigo patatas en el suelo, me gustó estar hacinados y con esa mezcla de olores que siguen invadiendo mi alma, porque, bajo el dolor y la barbarie humana, estábamos nosotros, nuestra inocencia. El amor más puro que nunca existió. Me he sentido un tranvía descarrilando y ahora sé que tengo que estar unida a ti, porque tú tiras de mí como el cable por el que va unido. Somos uno, Enrique. Márchate conmigo. No sabes los miles de diálogos que me he preparado para convencerte. Y aquí estoy, rogándote de rodillas que vengas conmigo.

Enrique salió del confesionario y la puso en pie.

—Nos pueden ver, por favor, habla bajo.

—No quiero hablar bajo, quiero gritar tu nombre. Quiero subirme a todas las azoteas de Madrid y gritar que amo a Enrique Amorós.

Enrique se sentó en uno de los bancos y se puso las manos sobre la cara.

—¿Es que ya no me quieres, Enrique? ¿Has olvidado el desnivel de la Cuesta de los Ciegos?

—No es eso, Violeta. Pienso que lo que le ocurrió a tu madre puede ser una señal del cielo.

Enrique siguió lamentándose. Sacó de su bolsillo una llave y abrió una de las puertas que daba al patio interior del templo. Violeta entró tras él, miró hacia arriba y vio la torre mudéjar.

—He leído mucho la Biblia en este tiempo, me ha acompañado en estas noches amargas. En el Éxodo se habla de los pecados que se suceden de generación en generación —citó compungido—: «... No los deja impunes; que castiga la iniquidad de los padres en los hijos y en los hijos de los hijos hasta la tercera y cuarta generación».

—Rompamos la cadena, Enrique, no paguemos lo de ellos. Liberémonos de la culpa, del pecado. El amor lo perdona todo. El único mal que has cometido, si lo has hecho, es que has elegido un camino que creías para ti, pero no contabas con el amor de una mujer, con sus labios, con sus manos. No contabas conmigo.

Violeta acarició el rostro de Enrique. Este se arrodilló, y Violeta lo hizo con él. Las campanas de San Nicolás de los Servitas tintinearon con fuerza avisando de la siguiente misa.

—Mira las señales de la tierra, por favor. He estado con mi tía Carmen, la hermana de mi madre, y me he visto en sus ojos, y, Enrique, por nada del mundo quiero estar enterrada en vida. Quiero vivir lo nuestro sin esconderme de nada. Que veamos los fuegos artificiales todos los días de nuestra vida.

Enrique tomó a Violeta entre sus brazos y la besó apasionadamente. Se olvidó del mundo. La sotana rozó las piernas de Violeta, que sintió el cosquilleo de lo prohibido.

—Te llevaré a Valparaíso, iremos con mi tía.

—¿Y tu hermana?, ¿tus sobrinos? ¿Tu vida?

—Ellos han formado su familia, yo quiero formar la mía. Siempre pensando en el otro y me he olvidado de mí. Ahora nos toca a nosotros. Quiero romper la maldición familiar.

—Contigo me sano, Violeta, no peco. Ni nuestros padres ni tú, todo ocurrió para que estuviéramos juntos. El amor es misericordia, y lo he visto en tus ojos —dijo, secándose las lágrimas con el antebrazo.

Enrique miró el rostro de Violeta y besó sus párpados. Nunca abandonaría a Dios, pero sí el ministerio de la Iglesia que le separaba de Violeta.

—El hijo no carga con las culpas del padre. Y yo he cargado con su culpa. No hay pecado en amarte, no hay pecado cuando el amor es justo. No existe nada en cada hombre más enriquecedor e intransferible que el amor. Este solo será de nosotros, no se hereda ni se culpa. Yo te elijo a ti, Violeta, como mi esposa, para el resto de mi vida. No me separaré de ti, porque donde tú vayas, yo iré, donde habites, yo habitaré.

—Donde tú mueras, yo moriré.

Enrique selló sus labios con un beso. Ambos dirigieron la mirada hacia la torre mozárabe que durante años estuvo oculta y ahora les brindaba la sombra que urgían.

32

Los sueños solo se pueden cultivar a oscuras y en secreto.

CARMEN MARTÍN GAITE

Amelia nunca entendió la decisión de Violeta, le parecía que había perdido la cabeza. Escaparse con una farsante que decía ser su tía no era lo más coherente que hacía su hermana, pero aprendieron a callar y a respetarse. Violeta nunca le contó que también se iba con Enrique, el párroco de la iglesia de San Nicolás de los Servitas. La mente tupida de Amelia nunca hubiese entendido la actitud de su hermana. Violeta, a pesar de todo, pensó que vivir en la ignorancia para algunas personas era un bien reparador.

Entró en la casa de la calle Mayor por última vez, todo estaba revuelto. Su hermana se había llevado, con su permiso, la mitad de la ropa de su madre, algunos cuadros, un sagrado corazón de escayola y varios objetos sentimentales. Se podía escuchar un reloj sonando en el aparador. Seguía con vida, a pesar de que su madre ya no estaba y que nadie le daba cuerda. Algunos objetos nos sobreviven, pensó Violeta.

Paseó por los cuartos destartalados, por las vidas rotas de su familia. No había tiempo que perder. Ella no necesitaba nada para irse a Valparaíso, estaba repleta de amor. Había conseguido que el amor maldito en su familia dejara de contagiarse como una tuberculosis. A esa maldita herencia la guardaría en el cajón, y se iría para empezar una nueva vida, junto a Enrique y su tía Carmen, las dos personas que mejor la conocían. Miró la foto de su padre y evocó su historia desde la suya propia. Limpia de culpa, amó más a su padre. Qué vida tan vivida y que no pudo terminar bien, pero la vida de su padre y el amor hacia Carmen se alargaba, proyectándose en ella y en Enrique. Se lo debía a ellos. Amar desde la esperanza en Valparaíso. Violeta había aprendido que los errores de nuestros padres se pueden absolver gracias a la comprensión del perdón, como un día lo harán los hijos de Violeta y Enrique. Violeta era la encargada de liberar a la familia, amando con libertad.

Se sentó en la coqueta y cerró los cajones que estaban abiertos. Se reflejó en el cuadro de la Virgen del Perpetuo Socorro, que estaba torcido. Pensó en su madre, y en la noche en que se arrodillaron porque el Viaducto se había derrumbado. Si solo fuera el Viaducto, pensó. Violeta se acercó al cuadro con paso firme y lo enderezó, y este se volvió a torcer. Un simple gesto de obstinación le hizo descolgarlo, y al darle la vuelta se cayó del bastidor una carta. La leyó.

Querido Ricardo:

No sé cómo empezar esta carta, siento que desordeno tu vida, pero cuando pienso en ti, y en lo solo que estarás sin mí, hay algo que me impulsa a escribirte, una fuerza sobrenatural a salvarte de la barbarie donde estarás sumergido. Hoy está lloviendo en Madrid, quizá tú estés viendo la misma lluvia, eso es tan hermoso. Tú y yo separados pero unidos por la lluvia, qué bonito es cuando ves lo mismo que la otra persona y los demás no lo ven. Tú y yo sabemos tanto de eso. Ricardo, somos una misma alma. He pasado un calvario, muchas semanas en el hospital sin conciliar el sueño, debatiéndome entre la vida y la muerte, pero estoy viva, ya lo sabes por Aurora, que te vio en la estación cuando marchabas a Teruel. Primero fue al Decanato y de allí la derivaron a la estación, apenas pudo hablar contigo, siempre llegamos tarde a todo. Me hubiera encantado ser yo la que fuera a rescatarte, pero no me podía ni mover, tardé mucho en ser la que era. Yo quería que no fuera, pero ya sabes cómo son las amigas; a veces siento que todos me ocultan cosas por no dañarme. El tren partía y tú en la ventanilla. He vivido con esa imagen todo este tiempo, le pedía una y otra vez que te describiera y yo he permanecido con ese recuerdo intacto. Pudo escucharte decir: «Ahora sí que tengo un motivo para volver». Tu amor me ha mantenido viva. Te lo debo a ti, mi amor. Cada día he luchado por verte la cara por última vez, he soñado con tus besos envueltos en ternura, me he imaginado en el sótano del café Lion viendo los dibujos de las ballenas en las paredes, el único mar donde he podido escapar. No entiendo la vida sin tus largas conversaciones, sin que me leas a Lorca cada noche. La vida no tiene ningún sentido sin tenerte a mi lado. El mismo Madrid se apaga si no puedo ya pasear junto a ti. Ricardo, vamos a ser padres, vas a tener un niño, no quiero olvidar cómo sucedió. Será como siempre soñaste, con mis ojos, quizá mi pelo dorado, y esa arruga que dices que hago en la nariz cuando sonrío. Tendrá tu fuerza y tu arrojo, pero no quiero que luche en ninguna guerra, no le regales nunca espadas. Las guerras separan, tú y yo lo sabemos mejor que nadie. Quizá tenga los ojos de Violeta o de Amelia, las he amado tanto. Helena lo hizo muy bien, en el fondo creo que no somos tan distintas, nos enamoramos de lo mismo, tanto jugar en el cuarto de los armarios que al final elegimos el mismo baúl. Nunca olvidaré cuando te besé por primera vez, el tiempo no ha hecho más que acrecentar tu ausencia. Besos contra la pared. Duelen, me desarman, pero sé que tú estarás igual, por eso quiero que con estas letras encuentres la fuerza para seguir. Estoy más viva que nunca y con ganas de amarte por siempre.

Aurora Casas me cuida muy bien, me ha demostrado ser más que una amiga, aunque no sabe qué hacer cuando lloro. Nadie logra comprender que aunque me vaya recuperando siga sumida en la tristeza. Siento que cuando la carta te llegue veas algunas letras descoloridas, mientras escribo no paro de llorar, y mira que intento hacerme la fuerte. Cuando se termine la guerra, iré a buscarte, pequeño, te subiré a la Casa de las Flores, aquel lugar que me salvó de tu ausencia y juntos oleremos los geranios, y es que Neruda explicaba tan bien lo que siento, «tantas manos que han cerrado besos, tantas cosas que quiero olvidar». Eso sí, menos a ti. Te recuerdo todos los días, por mis manos no envejeces.

Ricardo, te amo y te pienso. Queda menos para vernos.

Tuya siempre,

CARMEN

Violeta se cayó desplomada sobre la cama. Su madre había escondido aquella carta de aflicción y angustia, guardó ese secreto hasta el final, interceptando el amor de su padre con Carmen. Helena sabía que Ricardo iba a tener otro hijo, lo calló y lo engulló durante años, llegando a enfermar. Los secretos familiares solo esconden heridas y Violeta también los callaría. Tomó la carta y se fue a la cocina. Abrió la bombona de butano, hizo girar la rueda y encendió el fuego que fue cobrando fuerza, primero con las llamas violetas y luego amarillentas. Tomó la carta y la hizo arder.

En todas las familias se guardan secretos que se van escondiendo de generación en generación, resulta más cómodo callar. Hablarlos en la mesa supone remover el pasado, y eso no es práctico para nadie. Guardar secretos de alguien al que amas es uno de los actos más generosos que hay en la vida, porque salvaguardas a esa persona ante los ojos críticos y despiadados del mundo. Violeta se lo debía a su madre, descubrir su secreto sería echarla al fuego. Ella también sabía guardar secretos. La vida continuaba y los pescadores en Valparaíso remendaban las redes para continuar con la vida.

Epílogo

Me marchaba ahora sin haber conocido nada de lo
que confusamente esperaba: la vida en su plenitud,
la alegría, el interés profundo, el amor. De la casa
de la calle de Aribau no me llevaba nada. Al menos,
así creía yo entonces.

CARMEN LAFORET

La gente estaba sentada en la piedra mirando entretenida cómo
los pescadores deshacían los hilos que estaban tejiendo formando una malla en aquella tarde de julio en la que se celebraba la
fiesta de San Pedro. Mientras, algunas embarcaciones ponían
rumbo al mar en busca de dorados. El olor a pescado y a nudos
marineros se entremezclaba con el olor a sal. Observaban atentos la escena desde las callejuelas y las escaleras desdentadas,
menos Enrique y Violeta, que paseaban de la mano por la Caleta
Portales. La arena había dejado de quemar, el agua venía a la
orilla, parecía que les acariciase. Hacía tanto tiempo que Enrique no sentía la emoción del escalofrío del agua en la piel que
aquella le resultaba una sensación extraordinaria. Violeta le sonreía y apretaba su mano con fuerza, y él la atraía aún más hacia
su cuerpo. Vivir el amor al aire libre, acunados por la brisa del

océano era una conmoción tan magnífica como bañarse en el mar desnudo.

Se sentaron en la arena, Enrique tomó con sus manos la cara de Violeta y la reconoció en sus sendas. Ella se dejó acariciar, sintiéndose una mujer valiente, diferente al resto, mientras observaba cómo una niña jugaba con el diábolo y lo lanzaba al cielo con la misma ilusión que lo hacía ella en la plaza de la Armería. Los juguetes volvían de generación en generación, se bajaban de las buhardillas para que otros niños de la familia jugasen. La niña se la quedó mirando.

—¿Quieres lanzarlo tú?

Violeta aceptó y lo lanzó tan alto como pudo. El diábolo cayó en el agua, podía verlo flotar. Se metió entre las olas, que azotaban con fuerza, y salió completamente empapada con el diábolo en la mano, pero no le importó, había aprendido que para saborear la vida hay que impregnarse de ella. Se acercó a la niña y se lo devolvió. Corrió de nuevo a los brazos de Enrique, le tapó los ojos y le susurró al oído:

—Dime que me comprarás un diábolo.

—¿Nunca has tenido uno de pequeña?

—¿Sabes esa sensación de cuando quieres algo con todas tus fuerzas?

Enrique esbozó una sonrisa y se tumbó en la arena, cogiéndola de la mano.

La tarde cayó sin darse cuenta y la luz violeta iluminó el agua del mar.

—¡Cuando queráis tenéis la cena! —les gritó tía Carmen desde la terraza.

Carmen Galiana se apoyó en la barandilla y observó el Cerro Los Placeres, con su frondosidad vegetal y el bosque con su verdor, sintiendo la emoción que emana de lo bello. Empezaba a refrescar, Carmen se metió dentro de la casa, abrió un cajón y preparó los naipes sobre el tapete verde. Se acordó de las tardes de domingo, cuando jugaba con su hermana y sus tíos y escuchaban de fondo pasar las Cartas Credenciales por la calle Mayor. Una ligera brisa recorrió su cuerpo.

Un pájaro se apoyó en la barandilla, Carmen salió de nuevo, y al ir a acariciarlo voló. Recorrió el cielo con su característico canto.

Pensó que había tenido suerte en la vida por amar tanto, hay personas que se van de este mundo sin haberlo hecho. A Carmen, al igual que a Neruda, le gustaba la palabra Winnipeg, que significaba «alada». Ella tejió grandes alas, y conoció el amor sintiéndose libre a pesar de las ataduras, a pesar de la barbarie, a pesar del terror de una época. Hubo mucho de bello en su vida; incluso en el dolor de la pérdida, siempre hubo un cálido refugio en su corazón. Ricardo formó parte de toda esa belleza. Ya no veía al pájaro, había marcado su vuelo, como hizo ella, se había escondido entre los cerros y quebradas para, de pronto sin esperarlo, levantar el vuelo cerca de la cordillera. Quizá ese pájaro llevaba el alma de Ricardo, quién sabe. Todo pájaro tiene un rumbo, aunque a veces los demás no lo comprendan.

De camino a la casa, un resplandor iluminó el cielo, acompañándolo de silbidos que resonaban con fuerza tiñéndolo de matices, las luces se abrieron en abanicos con infinidad de colores. Valparaíso parecía arder. Algunos curiosos se acercaron al agua para ver cómo el cielo se llenaba de color. Una lluvia de virutas se dejó caer en mitad de la nada. Eran fuegos artificiales, todo un enigma, el color de estos residía en sus envolturas. Violeta y Enrique se abrazaron sin dejar de mirar el cielo. El amor seguía siendo un misterio. Un misterio esperanzador, como lo son las personas y los lugares que nos salvan.

Agradecimientos

A Elena Pilar Romero Pérez, licenciada en Historia por la Universidad de Chile, porque el día que me encontré contigo, sabía que esta novela tendría vida propia. Gracias a ti he podido acceder a materiales y documentación de la Embajada de Chile y acercarme a tu país con total devoción. Gracias por dejarme sumergir en tus investigaciones académicas. A Chile y a España siempre les unirán hilos invisibles de amor y fraternidad. Tú eres el claro ejemplo de generosidad sin esperar nada a cambio.

A Silvia Plaza Delmarés por ser mi segunda voz en la sombra. Gracias, sin ti nada sería posible.

A mi legado familiar, gracias a la colaboración estrecha de Antonio Nogales, que, entregándome documentación, fotografías, cartas, escritos, ha hecho que esta novela tuviera vida. Solo a través de personas como tú la historia pervive.

A Yolanda González Hervías por zambullirse conmigo en la labor de documentalista. Gracias por la pasión compartida.

A la agencia literaria Editabundo, en especial a Pablo Álvarez y David de Alba por su generosidad incondicional hacia los escritores y el amor hacia las letras. Y a David por ser más que un agente, un entusiasta de la vida que ha dado luz a esta novela en mis noches de tormenta.

Gracias a mi editora Clara Rasero por confiar en mí y llevarme de la mano con Ediciones B. Y por supuesto a las correctoras y diseñadoras gráficas por su infinita ayuda.

A todas las personas y lugares que me salvan. Gracias a la vida que me ha dado tanto.